HEYNE <

Das Buch

Wer kennt sie nicht? Drachen und Trolle, Elfen und Zwerge, Helden und Zauberer, Orks und allerlei andere seltsame Wesen. Millionen von Lesern eröffnete sich die Welt dieser phantastischen Geschöpfe mit J. R. R. Tolkiens Fantasy-Trilogie »Der Herr der Ringe«. Doch nicht erst seit Tolkien verbreiten Orks Angst und Schrecken und Hobbits bezaubern Kinder und Erwachsene. Bereits in alten Sagen und Märchen waren viele dieser Fantasy-Wesen und Helden zu Hause. Und noch heute schicken Autoren sie auf gefährliche und wunderbare Abenteuer.
So ist dieser Band all jenen Geschöpfen gewidmet, die unsere Phantasie beflügeln. Die vierundzwanzig Geschichten stammen von amerikanischen und britischen, deutschen, polnischen und russischen Autoren; das zeitliche Spektrum reicht von einer wiederentdeckten Erzählung aus dem Jahre 1941 über Klassiker der modernen Fantasy und neuere Arbeiten bis zu speziell für diese Anthologie geschriebenen Erzählungen.

Die Herausgeber

Franz Rottensteiner, 1942 in Waidmannsfeld/Niederösterreich geboren, studierte Publizistik, Anglistik und Geschichte in Wien. Er war viele Jahre als Bibliothekar an einem Forschungsinstitut tätig und betreute unter anderem die *Phantastische Bibliothek* im Suhrkamp Verlag. Der Herausgeber von rund 50 Anthologien arbeitete an zahlreichen Lexika der Science-Fiction und Fantasy mit. Er lebt in Wien.

Erik Simon (geb. 1950) lebt in Dresden. Er ist Physiker, hat aber überwiegend als Autor, Verlagslektor, Herausgeber, Kritiker und Übersetzer von Science-Fiction, Phantastik und Fantasy gearbeitet. Zahlreiche der von ihm herausgegebenen Anthologien erschienen im Heyne Verlag, unter anderem *Tolkiens Erbe* (06/9161, gemeinsam mit Friedel Wahren).

Mehr Informationen zu den Autoren der einzelnen Beiträge finden Sie am Schluss des Bandes.

Tolkiens Geschöpfe

Fantasy von Marion Zimmer Bradley,
Neil Gaiman,
Ursula K. Le Guin und anderen

Herausgegeben von
Franz Rottensteiner und Erik Simon

Originalausgabe

WILHELM HEYNE VERLAG
MÜNCHEN

HEYNE SCIENCE FICTION & FANTASY
Band 06/9158

Aus dem Englischen und Amerikanischen
übersetzt von Rainer Gladys, Rosemarie Hundertmarck,
Martina Knaup, Ingrid Krane-Müschen, Hilde Linnert,
Hans J. Schütz, Erik Simon, Michael Windgassen
und Biggy Winter, aus dem Polnischen und Russischen
übersetzt von Erik Simon.

Die Einführungen zu den Abschnitten schrieb
Erik Simon.

Umwelthinweis:
Dieses Buch wurde auf chlor- und
säurefreiem Papier gedruckt.

Originalausgabe 11/2003

Der Wilhelm Heyne Verlag ist ein Verlag
der Ullstein Heyne List GmbH & Co. KG.
Übersetzer-, Quellen- und Rechtsvermerke zu den einzelnen
Erzählungen erscheinen am Schluss des Bandes.
http://www.heyne.de
Printed in Germany 2003
Umschlagbild: Donato
Umschlaggestaltung: Nele Schütz Design, München
Satz: Schaber Satz- und Datentechnik, Wels
Druck und Bindung: Elsnerdruck, Berlin

ISBN 3-453-87532-X

Inhalt

Goblins, Kobolde, Orks

Allerlei seltsame Wesen

Zauberer und Helden

Drachen und Drachentöter

Elfen und Elben

John R. R. Tolkien hat mit seinem Roman Der Herr der Ringe *nicht nur eins der erfolgreichsten Bücher des 20. Jahrhunderts geschrieben (einer Umfrage unter britischen Buchkäufern zufolge sogar* das *»Buch des Jahrhunderts«) und damit eine Renaissance des Fantasy-Romans ausgelöst, von der das Genre noch heute zehrt, er hat auch die Bilderwelt und den Themenkanon der Fantasy nachhaltig geprägt. Wer heutzutage Fantasy schreibt, mag sich dabei mehr oder weniger an Tolkiens Mittelerde anlehnen, seine eigene Phantasiewelt erfinden oder sogar bewusst einen Gegenentwurf versuchen – so oder so kommt er nicht an Tolkien vorbei, denn viele Leser erwarten zunächst einmal »etwas wie bei Tolkien«. Das gilt auch für die verschiedenen Helden, Schurken und phantastischen Wesen, die die Fantasy bevölkern: Professor Tolkien, ein ausgewiesener Kenner alt- und mittelenglischer Literatur wie auch der keltischen und insbesondere der germanischen Mythologie, hat die weitaus meisten seiner Geschöpfe dort entlehnt, aber wenn wir uns heute Elben, Zwerge oder Zauberer vorstellen, haben wir wahrscheinlich allererst Elrond, Galadriel und Legolas, Thorin und Gimli, Gandalf und Saruman vor Augen, und wer wüsste ohne Tolkiens Schilderungen schon, was ein Ork ist?*

Wohl am deutlichsten wird das bei den Elfen, die bei Tolkien – aus Gründen, von denen gleich die Rede sein wird –

Elben heißen. Das Wort kommt unter anderem als Elf, Aelf, Alb, Alp vor, es ist sehr alten germanischen Ursprungs und steht im Zusammenhang mit der Bedeutung »weiß und glänzend« (man denke an das lateinische »albus« oder an die weiß glänzenden Gipfel der Alpen); ursprünglich bezeichnete es verschiedene Naturgeister, vielleicht sogar pauschal alle übernatürlichen Wesen außer den Göttern. (Aber sogar eins der beiden germanischen Göttergeschlechter, die Wanen, wurde manchmal mit den Elfen identifiziert.) Von diesen Geistern ist nicht viel mehr geblieben als der Begriff des Albdrucks oder Albtraums; lebendige Überlieferung zu Tolkiens Zeit waren (und sind es noch heute) andere Elfen, die man grob in zwei Gruppen ordnen kann: einerseits die Elfen der Volkssage und des Märchens, andererseits die der Literatur.

Hier ist nicht der Platz für eine ausführliche mythologische Elfenkunde, aber annähernd kann man sagen, dass sich in den Sagen der britischen Inseln das Bild der germanischen Elfen mit dem ihrer keltischen Verwandten, der Sidh, vermischt hat, wobei die letzteren, ursprünglich wohl eine Art Ahnengeister, zu Tolkiens Elben am meisten beigetragen haben. Die Elfen der Sage sind ein nichtmenschliches und zauberkräftiges, aber annähernd menschenähnliches Volk, zum traditionellen Erscheinungsbild gehören eine schlanke Gestalt, große Augen und spitze Ohren. Sie leben in der Natur, oft in Hügeln – eine Erinnerung an die Grabhügel der Verstorbenen. Bei menschlichen Ansiedlungen sieht man sie kaum, sei es, weil sie diese meiden, sei es, weil sie sich unsichtbar machen. Wie Kobolde und andere Zauberwesen neigen auch die Elfen zu allerlei Schabernack, sie können aber auch geradezu boshaft sein – sie rauben Kinder, die ihnen gefallen, und lassen an ihrer Stelle einen Wechselbalg zurück; manche Krankheiten wurden auf unsichtbare Elfenpfeile zurückgeführt (man denke an den »Hexenschuss« im Deutschen). Andererseits vermögen sie aber auch zauberkräftig zu heilen, und wer durch respektvolles Verhalten oder Opfergaben ihre Zuneigung gewinnt, kann von ihnen beschenkt oder belohnt werden. Die Zeit der Elfen vergeht anders als in der Menschenwelt: Wenn jemand in einen Elfenhügel gerät oder auf einer Lichtung mit den Elfen tanzt und dann – was nicht jedem gelingt – zu den Menschen zurückfindet, so sind dort inzwischen Jahre oder Jahrzehnte vergangen. In der vorliegenden Anthologie präsentiert vor allem »Die Frau aus dem Elfenhügel« von Paul Edwin Zimmer solche Elfen.

In der höfischen Dichtung des Mittelalters und in der darauf folgenden englischen Literatur – von Shakespeare bis ins viktorianische England – ist dieses Bild der Elfen allmählich von einem anderen überlagert worden: kleinen, ätherischen Luftgeistern, die mit durchsichtigen Insektenflügeln von Blume zu Blume flattern und ohne erkennbare Regeln bald Elfen, bald Feen (fairies) genannt werden. In Shakespeares Sommernachtstraum findet man unter den Elfen sowohl respektabelmenschenähnliche wie das Herrscherpaar als auch jene Flatterwesen und allerlei grotesk-koboldhafte Elfen. Die als Kitsch berüchtigten gemalten oder aus Porzellan geformten »Elfenreigen«, die weiter nichts darstellen als ein paar dürftig (oder gar nicht) bekleidete junge Damen in neckischen Posen, stammen letzten Endes auch von dieser Auffassung der Elfen her; überhaupt kam im Deutschen bis vor kurzem »die Elfe« viel häufiger vor als »der Elf«. Tolkien hat jegliche Verwandtschaft dieser Art Elfen mit den bei ihm vorkommenden entschieden zurückgewiesen, was in der deutschen Übersetzung durch die Bezeichnung »Elben« unterstrichen wird. Mittlerweile ist diese Unterscheidung aber kaum noch nötig, denn auch die nicht im strengen Sinne tolkienschen Elfen stellt sich der Leser – zumal der Fantasy-Leser – heute kaum noch als fliegende Luftgeister vor. (Ausnahmen, wie die Erzählung von Esther M. Friesner weiter hinten in unserer Anthologie, bestätigen die Regel.)

Tolkien ist bei der Schilderung seiner Elben von den Elfen der Volkssage ausgegangen und hat – neben anderen Erfindungen –

dem Bild zwei ganz wesentliche Änderungen hinzugefügt: Erstens sind seine Elben durchweg gut und edel, zweitens sind sie der Inbegriff für alte Magie und Poesie, für das Wunderbare in Mittelerde. Die Vorstellung von durchweg guten Elfen ist der Volksüberlieferung ganz fremd, sie sind zwiespältig, wie man es von Naturgeistern oder den Seelen Verstorbener eben zu erwarten hat, und gelegentlich findet man diesen Zwiespalt durch die Unterscheidung zwischen Licht- und Schwarzelben verkörpert. So, durch Ausdifferenzierung, sind im Grunde auch die edelmütigen Elben Tolkiens entstanden – indem alles Böse den Orks zugeteilt wurde, die, wie man bei Tolkien eher beiläufig erfährt, eigentlich dem Bösen verfallene und von ihm deformierte Elben sind. Kaum ein anderes Motiv bei Tolkien hat bei seinen Kollegen und Nachfolgern so deutlichen Widerspruch herausgefordert, wie die gar zu idealen Elben – von den Epigonen, die Tolkien einfach nur nachahmen, brauchen wir nicht zu reden, aber gerade bei anspruchsvollen Autoren, die sichtlich von Tolkien beeinflusst sind, aber ihre eigenen Geschichten zu erzählen haben, findet man ein differenziertes Charakterbild der Elfen; zum Beispiel fügen sie dem edlen Wesen, der Überlegenheit und der langen, ererbten Tradition oft eine aus menschlicher Erfahrung nahe liegende Eigenschaft hinzu: den Stolz, ja Hochmut des Adligen.

Viel nachhaltiger hat das andere Motiv gewirkt, das Tolkien mit seinen Elben verknüpft: Sie verkörpern jene Schönheit und Magie, die nicht nur bei Tolkien die Quintessenz der Fantasywelten ausmacht (denn einfach nur Abenteuer kann man auch anderswo haben) – und die sich langsam, aber unaufhaltsam aus diesen Welten verliert: die Elben verlassen Mittelerde. Lange, bevor die Handlung des Herrn der Ringe (oder auch des Prologs dazu, Der kleine Hobbit) einsetzt, haben sie damit begonnen; sie fahren damit fort, während Frodo mit seinen Gefährten all die Abenteuer besteht, große Schlachten geschlagen werden, das Gute mit dem Bösen ringt; schließlich ist Sauron *besiegt, aber: die Elben verlassen Mittelerde. So, wie die Welt war, bleibt sie nicht einmal in der Fantasy, sie wird allmählich so, wie wir sie kennen. (Und man wird kaum daran zweifeln, dass Tolkien, obwohl er mit dem wirklichen Leben sehr gut zurechtkam, dies bedauerte.) Dieser Gedanke, diese Empfindung Tolkiens hallt durch die ganze Fantasy, wo immer Elfen auftauchen; selbst in Swjatoslaw Loginows Geschichte »Das Tal Lórien« – keine Fantasy, sondern Science-Fiction – bleibt den Elfen kein Ausweg, als unsere Erde zu verlassen. Michael Swanwicks grandiose »Erzählung des Wechselbalgs« spielt in einer ganz anderen Welt als Mittelerde, auch seine Elfen sind anders, doch die Erzählung beginnt mit einem Auszug der Elfen, und sie endet mit einem Satz, der wie die ganze Geschichte vom Ende des* Herrn der Ringe *inspiriert ist, wo Sam Gamdschie nach all den Abenteuern im Alltag ankommt und sagt: »Ja, ich bin zurück.« – laut Swanwick der »herzzereißendste Satz der ganzen modernen Fantasy«.**

---

* Vergleiche Michael Swanwicks Essay »Ein Wechselbalg kehrt zurück« in dem Band *Tolkiens Zauber*, hrsg. von Karin Haber (Heyne 06/9228, München 2002).

Die Erzählung des Wechselbalgs

MICHAEL SWANWICK

Stopf die Pfeife noch einmal. Wenn ich diese Geschichte richtig erzählen soll, muss mir die Pfeife helfen. So ist es gut. Nein, das Feuer braucht kein neues Holzscheit. Lass es herunterbrennen. Es gibt Schlimmeres als Dunkelheit.

Wie die Schänke im Schlaf knackt und ächzt! 's ist weiter nichts als die Balken und Steine, die sich setzen, und doch hat kein Gespenst jemals so ein Geräusch voller Einsamkeit gemacht. Es ist spät, die Tür ist verriegelt, und die Tore an beiden Enden der BRÜCKE sind geschlossen. Das Feuer brennt kaum noch. Auf der ganzen Welt ist niemand wach außer dir und mir. Diese Geschichte eignet sich nicht für solche jungen Ohren wie deine, aber ... aber, schau doch nicht so finster drein! Da muss ich lachen, und das ist kein passender Anfang für so eine traurige Geschichte wie meine. Also gut dann.

Wir wollen unsere Schemel näher ans Feuer rücken, und dann erzähle ich dir alles.

Beginnen muss ich vor zwanzig Jahren an einem Tag im Frühsommer. Der Oger war tot. Unsere Heere waren stark dezimiert von ihren verzweifelten Abenteuern im Süden zurückgekehrt, und die Überlebenden gingen wieder ihrem

Tagewerk nach. Im Lande herrschte endlich Frieden, und die Geschäfte gingen gut. Die Schänke war oft voll.

Im Morgengrauen begannen die Elfen die LANGE BRÜCKE zu überqueren.

Ich wurde vom Geräusch ihrer Wagen geweckt, vom Rumpeln der Räder, vom Gesang der Silberglocken, die an hohen Stangen angebracht waren, um den Wind einzufangen. Hastig zog ich mich an und polterte aus der Schornsteinkammer herab und zur Tür hinaus. Die Wagen waren bunt mit Sigillen und geschwungenen, sich überlappenden Runen bemalt, denen eine Magie innewohnte, die ich weder entziffern konnte noch hoffen zu verstehen. Die weißen Ochsen, die sie zogen, sprachen sanft in ihrer eigenen Sprache miteinander. Musik strömte über die Marsch, Trommeln und Becken vermischt mit dem klagenden Ruf des langen gewundenen Hornes namens Serpentina. Doch die Elfen selbst, hoch gewachsen und stolz, schwiegen hinter ihren weißen Masken.

Ein einzelner Krieger wandte sich im Vorüberfahren mir zu und schaute mich an, die Augen kalt und unfreundlich wie eine Speerspitze. Mich schauderte, und der Krieger war vorüber.

Doch ich hatte ihn *gekannt*. Ich war mir dessen sicher. Er hieß ...

Eine Hand fasste mich an der Schulter. Es war mein Onkel. »'n aufregender Anblick, was? Das sind die allerletzten, der letzte Elfenstamm. Wenn sie über die LANGE BRÜCKE sind, wird es nirgends südlich vom Awen mehr einen von denen geben.«

In seiner Stimme lag eine schreckliche, fremdartige Trauer. In all den Jahren, seit der Schwarze Gabb mein Herr und Meister war – und da mein Vater zur Niederlage von Schwarzwasser abmarschiert war, als ich gerade erst geboren wurde, hatte ich nie einen anderen gekannt –, hatte ich ihn nie in solcher Stimmung erlebt. Wenn ich zurückdenke, dann sehe ich, dass es dieser Augenblick war, wo ich zum ersten Mal begriff – und zwar mit solcher Gewissheit, dass ich es in den Eingeweiden spürte –, dass er eines Tages sterben würde und vergessen sein, und nach ihm ich. Damals aber beschränkte ich mich darauf, einfach nur reglos neben dem Mann zu stehen und diese Empfindung eines Verlustes zu teilen, die sich mir so sonderbar mitteilte.

»Wie können sie einander unterscheiden?«, fragte ich, erstaunt, wie ähnlich ihre reich verzierten Roben und die einfachen, schmucklosen Masken waren.

»Sie ...«

Ein Feuerdrache wand sich in der Luft, die Morgenrakete, die gestartet wurde, um den Augenblick zu bezeichnen, in dem sich die Sonnenscheibe vom Horizont löste, und mein Blick folgte ihr empor, um zuzusehen, wie sie explodierte. Als ich den Blick wieder senkte, war mein Onkel fort. Ich habe ihn nie wiedergesehen.

Ha? Entschuldigung. Ich war in Gedanken. Der Schwarze Gabb war ein guter Herr, obwohl ich damals anders darüber dachte; er schlug mich nicht halb so oft, wie ich es verdient hätte. Du willst etwas über meine Narben wissen? An denen ist nichts Besonderes – das sind so Kennzeichen, wie sie alle *Am'rta skandayaksa* haben. Manche habe ich für besonders verdienstvolle Taten bekommen. Andere zeigen eine Treueverpflichtung an. Die dreifachen Striemen über meine Wangen besagen, dass ich dem Fürsten Oakaravartin zugeschworen war, einem Kriegsführer, dessen Name »großer raddrehender König« bedeutet. Es hat eine besondere Bewandtnis mit diesem Namen, doch ich habe vergessen, welche genau, wie ich auch die Art und das Aussehen des großen Raddrehers selbst vergessen habe, obwohl es eine Zeit gab, da ich mit Freuden für ihn gestorben wäre. Das

Zickzack auf meiner Stirn bedeutet, dass ich einen Drachen erschlagen habe.

Klar würdest du das. Welcher Junge in deinem Alter würde es nicht? Und es ist eine Geschichte, die ich dir viel lieber erzählen würde als mein trauriges Leben. Aber ich kann nicht. Daran, dass ich einen Drachen getötet habe, erinnere ich mich noch genau – an den heißen Schwall Blut, an seinen schwachen Verzweiflungsschrei –, aber an mehr nicht. Die Ereignisse, die diesem Augenblick des Schreckens – und, sonderbar, der Schuld – vorausgingen und folgten, sind mir völlig entschwunden, wie so vieles andere, das geschehen ist, seit ich die BRÜCKE verlassen habe: verloren im Nebel und im Vergessen.

Schau dir unsere Schatten an – wie Riesen, die mitfühlend nicken.

Was also? Ich erinnere mich, wie ich über die steilen Schieferdächer kletterte, auf eine Weise sprang und rutschte, die mir jetzt ziemlich verrückt vorkommt. Corwin, der Junge des Handschuhmachers, und ich spannten die Festfahnen zu Ehren des Umzuges über die Straßen. Die Tücher rochen muffig. Sie wurden im Drachentor in dem kleinen Raum über dem Fallgitter aufbewahrt, dem mit dem Mordloch im Boden. Jon und Corwin und ich haben uns da manchmal drüber gehockt und abwechselnd gespuckt und gewetteifert, wer als Erster einen nichts ahnenden Kaufmann auf den Kopf traf.

Windstöße wehten über die Dächer, kalt und belebend. Während ich über die Lücken zwischen Gebäuden hinwegsprang, stellte ich mir vor, ich würde mit den Wolken tanzen. Ich hockte mich hin, um ein Seil durch einen Eisenring zu fädeln, der direkt unter dem Dachvorsprung angebracht war. Cor war zurück zum Tor gegangen, um weitere Fahnenbänder zu holen. Ich schaute auf, um zu sehen, ob er schon da war, und wurde gewahr, dass ich direkt in Bettis Dachkammer blicken konnte.

In dem Zimmer war nichts als eine Pritsche und eine Truhe, ein kleiner Tisch und ein Waschbecken. Betti stand mit dem Rücken zum Fenster und bürstete sich das Haar.

Mir kamen jene Geschichten in den Sinn, wie wir Jungen sie uns über wolllüstige Frauen erzählten, die auf ähnliche Weise beobachtet wurden. Die irgendwie spürten, dass sie Zuschauer hatten, und eine unanständige Vorstellung gaben, indem sie erst ihre Finger benutzten und dann ihre Haarbürsten. Nie hatte einer von uns derlei Sirenen beobachtet, doch unser Glaube an ihre Existenz war grenzenlos. Irgendwo, wussten wir, gab es Frauen, die verworfen genug waren, dass sie sich mit Affen paarten, mit Eseln, mit Bergtrollen – womöglich sogar mit unsereinem.

Betti tat natürlich nichts dergleichen. Sie stand da in einem züchtigen wollenen Nachthemd, den Kopf leicht angehoben, und strich im Takt zu der Elfenmusik, die schwach von der Straße heraufdrang, über ihre langen, kupferfarbenen Flechten. Ein Sonnenstrahl fiel schräg auf ihr Haar und ließ es aufflammen.

Das alles in einem einzigen Augenblick. Dann kam Cor über ihr Dach gesprungen und plapperte wie zehn Ziegen. Er schob ein Bündel von zehn Fahnenbändern unter einen Arm und streckte den anderen aus. »Ho, Willi!«, brüllte er. »Hör auf, Löcher in die Luft zu starren, und wirf mir das Seilende zu!«

Betti wirbelte herum und sah, wie ich sie anstarrte. Mit einem ganz und gar lieblosen Wutschrei schlug sie die Fensterladen zu.

Auf dem ganzen Rückweg zur Schänke ging mir Betti mit ihrer Haarbürste durch den Kopf. Als ich eintrat, wirbelte meine kleine Base, Quecke, an mir vorbei und sang »Elfen-

Elfen-Elfen«, wobei sie sich um sich selbst drehte, als würde sie niemals aufhören müssen. Sie liebte Elfen und alte Geschichten mit redenden Tieren und überhaupt alles, was bunt und magisch war. Man hat mir gesagt, dass sie keine sechs Jahre später an den Weißpocken gestorben ist. Doch vor meinem geistigen Auge lacht sie noch und wirbelt herum, ewig jung, unsterblich.

In der Gaststube waren keine Gäste, und die Tischbretter waren abgenommen worden. Tante Katrin, Doris und meine große Schwester Eleanor waren beim Saubermachen. Katrin wischte den Frühstücksabfall zur Bodenluke hin. »Das kommt, wenn man in schlechter Gesellschaft ist«, sagte sie grimmig. »Dieser Corwin Handschuhmacher und seine muntere Schar Rabauken. So was kommt nicht blitzblatz – er hat sich lange auf diese Schandtat hinentwickelt.«

Ich erstarrte im Vorraum und war mir sicher, dass Bettis Leute von meinem Spionieren erzählt hatten. Und wie konnte ich meine Unschuld behaupten? Ich hätte derlei und Schlimmeres schon längst getan, wenn ich gewusst hätte, dass es möglich ist.

Ein Luftzug strich ins Zimmer, als Eleanor die Luke öffnete, während sie ihr Haar zauste und den Staub tanzen ließ. »Sie treffen sich jede Woche, trinken, bis ihnen schlecht wird, und hecken dumme Streiche aus«, bemerkte Doris. »Marie Kerzenmachers Anna hat dort einen gesehen, wie er auf der Mauer saß und in den Fluss pinkelte, es ist noch keine drei Tage her.«

»Oh, pfui!« Der Abfall stürzte in den Fluss, und Eleanor knallte die Luke zu. Da bewirkte eine Bewegung, die ich unwillkürlich machte, dass sie mich bemerkten. Sie wandten sich zu mir um.

Da überkam mich eine seltsame Sinnestäuschung, und ich stellte mir vor, diese drei Klatschweiber seien Teil eines einzigen Mechanismus, einer Zwitschermaschine, die sie vorherbestimmte Bewegungen ausführen ließ, als ob eine unsichtbare Hand an einer Kurbel drehte, die sie fegen und wischen und reden ließ.

Karl Weißschmieds Junge hat seine Lehre geschmissen, dachte ich.

»Karl Weißschmieds Junge hat seine Lehre geschmissen«, sagte Doris.

Er ist weggelaufen, um zur See zu fahren.

»Er ist weggelaufen, um zur See zu fahren«, fügte Katrin vorwurfsvoll hinzu.

»Was?« Ich fühlte, wie sich mein Mund bewegte, hörte, wie die Worte unabhängig von mir herauskamen. »Du meinst Jon? Der doch nicht!«

Wie viele Lehrlinge hat Karl? Natürlich Jon.

»Wie viele Lehrlinge hat Karl? Natürlich Jon.«

»Karl hat ihn verdorben«, sagte Katrin (und das Echo ihrer Worte lief durch meinen Kopf, ehe sie sie aussprach). »Ein Bursche in seinem Alter ist wie ein Walnussbaum, dem es nicht schadet, sondern eher nützt, wenn er durchgeschüttelt wird.« Sie fuchtelte mit ihrem Besen in meine Richtung. »Das sollte sich deinesgleichen merken.«

Dann versetzte uns alle Oma Heide in Erstaunen, indem sie aus der hinteren Küche kam. Dünn wie ein Zweig, beugte sie sich vor, um einen Teller am Herd abzustellen. Darauf lagen zwei aufgebackene Fische, die vom Vorabend übrig geblieben waren, und eine Hand voll eingelegter Rogen. Sie war schmaler als ein kleiner Finger und ihr Haar weiß, wie bei einem alten Löwenzahn. Zum ersten Mal seit Wochen sah ich, dass sie aus dem Bett aufgestanden war; der Durchzug der Elfen oder vielleicht eine belebende Eigenschaft ihrer Musik hatte ihr neues Leben eingehaucht. Doch ihr Blick war steinhart wie eh und je. »Lasst den Jungen in Ruhe«, sagte sie.

Meine Sinnestäuschung verflog wie Nebel im Morgenwind vom Awen her.

»Du verstehst uns falsch!«

»Wir wollten nur ...«

»Dieser freche Bengel ...«

»Der Küchentrog ist leer«, sagte Oma Heide zu mir. Sie zapfte ein Maß Bier und stellte es neben den Teller. Ihre Stimme war voller Sympathie, denn ich war immer ihr Liebling, und ihr Kinn hatte eine freundliche Neigung. »Geh jetzt und schau nach deinen Fangschnüren. Wenn du wiederkommst, wird sich der Trubel gelegt haben.«

Mit wirbelndem Kopf lief ich brückauf zu der schmalen Treppe, die sich ins Innere von KESSELFLICKERS BEIN hinabwand. Ich war voller Verwunderung, dass Jon – der sanfte, lachende Jon – zur See gegangen war. Wir alle behaupteten, wir würden eines Tages zur See fahren; das war das zweit- oder dritthäufigste Thema unserer nächtlichen Aalfang-Ausflüge flussaufwärts. Doch dass es Jon sein würde, und dass er ohne eine Wort des Abschieds gehen würde!

Und da widerfuhr mir etwas Entsetzliches: Mit der Gewissheit einer Prophezeiung wusste ich, dass Jon nicht wiederkommen würde. Dass er bei den Westlichen Inseln sterben würde. Dass ihn ein Wesen aus dem Meer umbringen und fressen würde, das sich niemand auf der BRÜCKE jemals hatte träumen lassen.

Ich kam bei dem engen Dock an der Hochwasser-Marke heraus. Mit den Gedanken anderswo, zog ich meine Fangschnüre ein und warf einen Barsch zurück, weil er kürzer als mein Unterarm war. Seine Kameraden, die weniger Glück hatten, warf ich mir über die Schulter.

Doch wie ich dort auf den dunklen und schlüpfrigen Steinen stand, sah ich, wie etwas Riesiges und Lautloses sich unter dem Wasser bewegte. Zuerst hielt ich es für eine ungeheuerliche Schildkröte so wie jene, die zehn starke Männer mit Seilen und Haken aus der Bucht beim NIXENKOPF hatten ziehen müssen. Doch als es näher kam, sah ich, dass es dafür zu groß war. Ich regte mich nicht. Mir stockte der Atem. Ich starrte hinab aus das näher kommende Wesen.

Die Oberfläche des Flusses explodierte. Ein Kopf tauchte auf, von dem Wasser herabströmte. Jedes seiner Nasenlöcher war groß genug, dass ein Mann hätte hineinkriechen können. Sein Haar und sein Bart waren dunkel wie die Büsche und kleinen Bäume, die die Ufer flussauf säumen und die bei jeder Springflut im Wasser versinken. Seine Augen waren größer als Wagenräder und stumpf wie Stein.

Die Riese fixierte mich, und er begann zu sprechen.

Was er sagte, willst du wissen? Das frage ich mich selbst. In dieser Hinsicht bin ich wie das Opfer von Straßenräubern, das sich am Wegesrand wiederfindet und dann im Staub umherkriecht, um die kleinen Kupfermünzen einzusammeln, die sie vielleicht zurückgelassen haben. Das Wenige, das ich besitze, will ich mit dir teilen, und du magst daraus erahnen, wie viel ich verloren habe. Den einen Augenblick stand ich vor dem Riesen, und im nächsten fand ich mich im Flusse wieder, in den ich gestürzt war. Es war spät am Nachmittag, und ich tobte nackt mit den Jungs von der Abdeckerei im Wasser herum.

Ich hatte den größten Teil jenes Tages damit verbracht, die Ställe in der AUFFAHRT auszumisten, was zu einer Vereinbarung gehörte, die der Schwarze Gabb getroffen hatte und nach der »Hecht und Fass« einen halben Pfennig für jeden Gast bekam, der ein Pferd dort einstellte. Ich war so verschwitzt und schmutzig wie nur irgendeins von den Pferden, als ich fertig war, und hatte mich gern den Lehrlingen des Pferdeschinders angeschlossen, die sich von Blut reinigen wollten, mit dem sie sich bei der Arbeit beschmiert hatten.

Das war auf der Südseite des Flusses, unterhalb des Ogertors. Ich schrubbte mir die letzten Spuren von Unrat ab, als ich eine Elfendame sah, die mich von der Uferstraße herab anstarrte.

In der Entfernung wirkte sie klein, ihre Maske war ein weißes Oval. In einer Hand trug sie einen Gertenkäfig mit Finken. Ich fand ihren steten Blick sowohl irritierend als auch aufregend. Er durchdrang mich wie ein Speer. Meine Männlichkeit begann sich von selbst aufzurichten.

Das war das erste Mal, dass ich Ratanavivicta sah.

Es dauerte nur einen Augenblick, diese Vision. Das Licht ihrer Augen erfüllte und blendete mich. Und dann sprang einer von den Jungen, die mit mir badeten – es war Herbert der Gerbersohn, den wir in unserer Unschuld für ziemlich wild hielten – auf meinen Rücken und drückte mich unter Wasser. Als ich prustend und nach Luft schnappend wieder hochkam, war die Elfenfrau fort.

Ich schubste Herbert beiseite und wandte den Blick über den Fluss. Mit zusammengekniffenen Augen betrachtete ich die Flöße, die stromab trieben, die Flößer, wie sie mit erhobenen Rudern dastanden, und die Karracken, die nach ihren Reisen übers Meer angelegt hatten. Auf dem anderen Ufer drängten sich Pier an Schuppen und Baracke an Lagerhaus. Steingebäude erhoben sich dahinter, zogen sich Reihe um Reihe ins Weite, hier und da ragten eine Spitze oder ein Turm aus dem allgemeinen Wirrwarr.

Lange schlangengleiche Hälse schossen aus dem Wasser hervor, zwei Flussechsen, die um einen Lachs kämpften. Da erfüllte mich ein seltsames Hochgefühl, und ich lachte bei dem Anblick freudig auf.

Bei Sonnenuntergang zogen die Elfenscharen noch immer über die BRÜCKE. So groß war ihre Zahl. Die ganze Nacht hindurch marschierten sie und erhellten ihren Weg mit Laternen, die sie an Stäben trugen. Ich saß im hohen Fenster eines Zimmers, das wir diesen Abend nicht vermietet hatten, und beobachtete ihren Zug, veränderlich und immer gleich wie der Awen selbst. Sie waren unterwegs zu den Bergen im äußersten Norden, sagten die Leute, durch Länder, die nie eine Menschenseele erblickt hatte. Ich saß da und schaute ihnen voller Sehnsucht nach, bis ich es nicht mehr ertrug.

Schweren Schrittes machte ich mich auf den Weg treppab, um zu Bett zu gehen.

Zu meinem Erstaunen war die Gaststube voller Elfen. Ein kleiner Gertenkäfig hing an einem Deckenhaken. Darin waren fünf gelbe Finken. Ich senkte den Blick vom Käfig herab zu den Augen einer weiß maskierten Frau. Sie krümmte einladend den Finger, berührte dann die Bank zu ihrer Linken. Ich setzte mich neben sie.

Ein Elfenfürst, dessen Art und Stimme mir entfallen sind, eine Schattensäule, Cakaravartin selbst, stand am Kamin und ließ eine Fingerkuppe träge über die Muschelschalen und gewundenen Schlangen fahren, die in den Stein eingeschlossen waren. »Ich erinnere mich«, sagte er mit versonnener Stimme, »an die Zeit, da es keine Furt durch den Awenasamaga gab und diese Steine Teil von Groß-Asura waren, der Stadt der Riesen.«

»Doch wie könnt Ihr ...?«, platzte ich heraus. Maskierte Gesichter wandten sich zu mir um. Verlegen biss ich mir auf die Zunge.

»Ich war hier, als diese Brücke gebaut wurde«, fuhr der Sprecher ohne Hast fort. »Zur Sühne für ihre Untaten waren die letzten Riesen gezwungen worden, ihre Hauptstadt abzureißen und mit ihren Steinen zum Nutzen der Menschen zu bauen. Sie waren einst eine edle Rasse, und ich habe hier auf unserer Suche nach *Parikasaya* innegehalten, weil ich sie noch einmal sehen wollte.«

Doris kam hereingerauscht, sie gähnte und trug zwei Tabletts, eins mit rohem Lachs, eins mit zehn zur Pyramide gestapelten Bierkrügen. »Wer zahlt?«, fragte sie. Dann sah sie mich und runzelte die Stirn. »Willi. Du hast morgen früh Pflichten zu erledigen. Solltest du nicht im Bett sein?«

Ich wurde rot und erwiderte: »Ich bin alt genug, um für mich selbst zu entscheiden.«

Ein Elf reichte eine Münze her, mit der, wenn sie von Silber gewesen wäre, die angebotene Leistung zehnfach überzahlt gewesen wäre, und fragte: »Genügt das?«

Doris lächelte und nickte. Ich stand auf und sagte: »Ich werde den Münzhändler wecken und Wechselgeld für Euch holen.« Und ignorierte die Verzweiflung, die bei meiner Schwester den Ausdruck habgieriger Unschuld hinwegwischte.

Doch die Elfenfrau an meiner Seite ließ mich mit einer Berührung innehalten. »Bleib. Die Münze ist nicht wichtig, und es gibt vieles, wovon ich möchte, dass du es erfährst.«

Als die Münze Doris' Hand berührte, verwandelte die sich für einen winzigen Augenblick, wurde alt und dick. Ich starrte sie offenen Mundes an, und dann war sie wieder sie selbst. Mit einem Rauschen ihrer Röcke verschwand sie mitsamt der Münze so vollständig, dass ich sie zwanzig Jahre lang nicht wiedersehen sollte. Eine von den Elfen wandte sich zur Wand, lüpfte ihre Maske, um einen raschen Schluck Bier zu nehmen, und rückte sie wieder zurecht, ohne dass etwas vom Gesicht zu sehen gewesen wäre.

Die Besitzerin der Finken holte eine lederne Börse hervor und öffnete sie, darin waren getrocknete Kräuter zu sehen. Jemand nahm eine langstielige Pfeife von Ton vom Kaminbrett und gab sie ihr. Während Ratanavivicta den Pfeifenkopf füllte, sagte sie: »Das ist *Margakasaya,* was in eurer Sprache ›der Weg zur Auslöschung‹ bedeutet. Es ist über alle Maßen selten, denn es wächst jetzt nirgends mehr auf der

Welt, nachdem wir unsere Gärten im Süden aufgegeben haben. Wenn man es kaut, ist es ein mildes Schlafmittel. Als Balsam verarbeitet, kann es kleinere Wunden heilen. Wenn man es raucht, bildet es eine Brücke über die Jahre, sodass die Gedanken durch die Vergangenheit oder die Zukunft streifen können, ganz nach Belieben.«

»Wie ist das möglich?«, fragte ich. »Die Vergangenheit ist vorbei, und die Zukunft – wer soll sagen, was geschehen wird? Alles, was wir tun, verändert sie, sonst wären alle unsere Taten nichtig.«

Sie antwortete nicht, sondern reichte mir stattdessen die Pfeife. Mit einer Zange hob sie ein Stück Kohle aus dem Feuer, um sie anzuzünden. Ich führte das Mundstück an die Lippen, atmete nervös aus, atmete ein. Ich zog den Rauch tief in die Lungen, und eine sirrende und summende Empfindung stieg aus meiner Brust hoch und erfüllte meinen Kopf, die mich erst blendete und mir dann die Augen öffnete:

Es war Nacht, und Cakaravartins Überfalltrupp schrie wütend und verzweifelt auf, denn der Feind hatte uns umgangen, und wir saßen am Rande der Marschen fest, leicht bewaffnet und zu Fuß.

Schreiend, wahnsinnig, tanzten wir uns in eine Raserei hinein. Auf ein Zeichen von Cakaravartin lösten wir die Bündel von unseren Rücken und entfalteten ein Dutzend Pferdehäute. Wir zogen unsere Messer und versetzten uns Schnitte über Arme und Brust. Als das Blut auf die Häute fiel, füllte die schwarze Lehmerde sie an, verlieh ihnen Form, blähte sie empor, dass sie Reittiere von Erde wurden, mit scharrenden Hufen, wilden Nüstern und Augen wie kalte Sterne, die nicht funkelten.

Dann sprangen wir auf unsere Reittiere, zogen unsere Schwerter, galoppierten gen Osten. Wo ein Huf den Boden berührte, strömte neue Erde empor in die nekromantischen Bestien und wieder hinab durchs hinterste Bein.

»Tirathika!«

Als ich meinen angenommenen Namen hörte, wandte ich mich um und sah Krodasparasa ohne Maske neben mir reiten, seine Kennungen glänzten silbern auf seinem Gesicht. Seine Augen waren freudig und irr. Krodasparasa machte eine Handbewegung, und ich zog meine eigene Maske ab. Ich spürte, wie mir vor Aufregung der Schwanz steif wurde.

Krodasparasa sah es und lachte. Unsere Rivalität, unser Hass aufeinander war nichts gegen diese Kameradschaft. Während wir Seite an Seite ritten, wechselten wir grimmige Blicke, in denen sich Spott und Verständnis mischten, und trieben unsere Reittiere zu größerer Anstrengung an.

»Es ist ein guter Tag, um zu sterben«, schrie Krodasparasa. »Bist du zum Sterben bereit, kleiner Bruder?« Er schob sein Schwert auf die andere Seite, sodass wir uns in vollem Galopp kurz die Hand geben konnten, und dann schwang er es mit einem kurzen, schnellen Hieb herum, dem auszuweichen ich all meine Geschicklichkeit brauchte.

Ich atmete aus.

Die Gaststube fügte sich wie um mich herum zusammen. Ich stellte fest, dass ich die Auerochsenhörner anstarrte, die als Trophäe an die Westwand genagelt waren, die dickbäuchigen Weidenkörbe, die an den Dachsparren aus Walrippen hingen. Über mir drehte sich entsetzlich langsam eine geschnitzte und bemalte hölzerne Nixe, von deren Kopf ein Elchgeweih nach hinten ragte, um als Kerzenhalter zu dienen.

Die Elfenfrau nahm die Pfeife aus meinen fühllosen Fingern. Sie schob das lange Rohr so geschickt unter ihre Maske, dass kein Fingerbreit ihres Gesichts zu sehen war. Langsam sog sie den Rauch ein. Die Kohle brannte heller, ein winziges orangerotes Freudenfeuer, das alles Licht im Zimmer aufsog. »Das ist es nicht, was ich sehen wollte«, murmelte sie. Sie nahm einen zweiten Zug und gab dann die Pfeife weiter.

Langsam kreiste die Pfeife wieder im Zimmer und kam zuletzt wieder zu mir. Schwerfällig nahm ich sie entgegen und setzte das Mundstück, das jetzt heiß war, an die Lippen. Ich sog die Magie ein:

Ich stand auf einer leeren Ebene, hinter mir die Seidenzelte des Lagers. Reif lag in wirren sternförmigen Streifen auf dem Boden. Mein Blut hämmerte.

Es war eine Festnacht, und wir hatten die Mittelstangen unserer kegelförmigen Zelte doppelt so hoch wie sonst geschnitten. Kleine Laternen hingen an ihren Spitzen wie Sterne. Alles war still. Für die *Am'rta skandayaksa* war es eine große Respektlosigkeit, in einer Festnacht hinauszugehen.

Von Unentschlossenheit gequält, wandte ich mich ab und dann wieder zurück, ab und zurück. Ich konnte für das, was ich vorhatte, getötet werden, doch das kümmerte mich weniger als die Möglichkeit, dass ich die Zeichen falsch gedeutet hätte, dass ich nicht erwünscht wäre. Ich stand vor einem bestimmten Zelt, starrte es an, bis es wie die Sonne strahlte. Schließlich schlüpfte ich hinein.

Ratanavivicta erwartete mich.

Ich warf meine Maske fort und kniete vor ihr nieder. Langsam, behutsam ließ ich meine Finger unter ihre Maske gleiten und streifte sie ab. Ihr Gesicht war narbenbedeckt wie der Mond, und wie der Mond war es schön und kalt. Meine Hand lag schwarz auf ihrer Brust. Eine bleiche Brustwarze ragte zwischen meinen Fingern hindurch wie der erste Stern in der Dämmerung.

»Ahhh«, seufzte sie tonlos, und die Pfeife ging weiter.

Alles hatte sich verändert.

Du kannst dir nicht vorstellen, was für ein Gefühl es war, nach zwanzig Jahren Wanderschaft endlich zur LANGEN BRÜCKE zurückzukehren. Mein Herz war so bitter, dass ich den Geschmack im Munde spürte. Zwei Jahrzehnte meines Lebens waren fort, zu Nichts zerronnen. Meine Erinnerung an jene Jahre waren nur Nebel und Phantome, gestohlen von denen, denen ich am meisten vertraut hatte. Das Drachentor war kleiner als in meiner Erinnerung und nicht annähernd so großartig. Die Steingebäude, deren Spitzen die darüber hinwegziehenden Wolken gefurcht hatten, waren gerade mal drei und vier Stockwerke hoch. Die Straße zwischen ihnen war kaum breit genug, um zwei Fuhrwerke durchzulassen.

Mein Gesicht fühlte sich angespannt und trocken an. Ich schob einen Finger unter meine Maske, um an dem Narbengewebe zu kratzen, wo es einen Winkel des Mundes berührte.

Sogar die Luft roch anders. Der rauchige Dunst meiner Kindheit, Eiche und Zeder aus den Schornsteinen der Reichen, Treibholz und getrockneter Mist aus dem Rauchlöchern der Armen, hatte sich völlig verändert, er bestand jetzt aus Holzkohle und Bergkohle, immer mit einem Hauch Schwefel, der in die Nase stach. Noch immer strömten wunderbare Düfte aus der Garküche, wo der alte Hal Kahlkopf immer einen finsteren Blick und eine Süßigkeit auf Lager hatte, doch die pfeffrige Beimengung von Speckseiten aus der nächsten Tür fehlte, und das Räucherhaus selbst war zum Laden eines Linsenschleifers geworden.

Die schmale Lücke zwischen den beiden Häusern war aber noch da – nennt ihr Jungen sie noch »den Schlund«? –, und durch sie hindurch stieg ein leichter Luftzug vom Awen auf. Ich blieb stehen und stützte mich auf meinen Speer. Genau hier war es gewesen, dass Betti mir an einem weit zurückliegenden Abend ihre sommersprossigen Brüste gezeigt und mich dann ausgelacht hatte, weil ich schockiert war. Hier hatten Jon und ich uns immer hingekniet, um die Eier unter uns aufzuteilen, die wir aus den Taubenschlägen von Uferseite gestohlen hatten, was, da es nicht auf der Brücke lag, für alle guten Flusskerle als erlaubtes Jagdrevier galt – ich sehe, wie du lächelst! Hier kauerte ich und lauerte einem Weberlehrling auf, dessen Name und Gesicht und Vergehen mir jetzt entfallen sind, obwohl mich diese Dummheit einen gebrochenen Arm gekostet hat und dazu Bettis ganze so hart erworbene Sympathie.

Jemand stieß gegen mich, fluchte und war fort, ehe ich mich umdrehen und um Verzeihung bitten konnte. Ich drückte mich in den Schlund, damit andere vorbei konnten, und starrte auf den in der Sonne glitzernden Fluss hinaus.

Stromabwärts auf dem Awen mühte sich ein Pyroskaph zur Bucht hin, aus seiner Esse quoll Rauch, die Ruder schlugen im Gleichklang, als sei es ein Wasserkäfer, durch Zauberei vergrößert. Die Kauffahrteischiffe, die im Hafen ein- und ausliefen, waren größer, als ich sie in Erinnerung hatte, und der Zuschnitt ihrer Takelage war mir fremd. Entlang der Ufer hatten sich die Schornsteine der Stadt vervielfacht und ließen Rauchsäulen in den dunkler werdenden Himmel steigen. Es war eine veränderte Welt, eine, in der kein Platz war für meinesgleichen.

Die Geister meiner Jugend ballten sich so dicht um mich, dass ich Vergangenheit und Gegenwart nicht unterscheiden konnte, Erinnerung und Verlangen. Es war, als hätte ich mich für einen Augenblick abgewandt und wäre, als ich mich zurückwandte, unversehens zwei Jahrzehnte älter.

Füll den Pfeifenkopf noch einmal. Ein letztes Mal will ich die Morgenmusik meiner Jugend hören, das Geräusch der Logiergäste, die verschlafen die Treppe herabstapfen, das Klirren und Rasseln von Tellern und Zinngeschirr in der Küche. Den raschen Schritt von Eleanor, wenn sie aus der Garküche kommt, die Arme voll frisch duftendem Brot. Das Knurren des Schwarzen Gabb, der im Hintergrund steht, gerade außerhalb des Blickfeldes, und etwas an meiner Arbeit auszusetzen hat.

Welch grausamer Kontrast zu diesem Morgen! Als ich mich vom Awen abwandte, wimmelte es auf der BRÜCKE von einherhastenden Leuten, von Ladenbesitzern und Handwerkern in aufgedonnerter Kleidung mit Spitzenbesatz. Die Luft war erfüllt vom Klappern ihrer Absätze. Ihre Gesichter, von Männern wie Frauen gleichermaßen, waren entschlossen und grimmig. Einen Moment lang scheute mein Geist vor dem Gedanken zurück, mich wieder in menschliche Gesellschaft zu begeben. Ich hatte zu viele Jahre in Gesellschaft von Eulen und Wölfen zugebracht, allein in der Einsamkeit des Nordens, um mich hier wohl zu fühlen. Doch ich straffte mich und ging weiter.

Die alte »Hecht und Fass« stand, wo sie immer gestanden hatte, auf halbem Wege die BRÜCKE entlang. Aus der Entfernung wirkte sie unerträglich klein und unbedeutend, obwohl jeder Stein und Balken von ihr für immer in mein Herz eingebrannt war. Das Wirtshausschild schaukelte träge an seiner Stange. Derselbe lachende Fisch sprang aus demselben Fass, wie ein fahrender Schüler sie als Bezahlung für eine Übernachtung gemalt hatte, als Tante Katrin jung war. Ich wusste es, denn sie sprach oft von ihm.

Unter dem Schild hatte sich eine Menschenmenge angesammelt, ein zorniger Wirbel im Strom der Passanten. Ein großes Fass war neben der Tür aufgestellt worden, darauf stand ein kräftiger Mann mit der Feder eines Vogtes am Hut und las von einer Pergamentrolle. Neben ihm stand eine Vogelscheuche von Untergebenem mit einer Handglocke, hinter ihm ein Dutzend Schlagetote mit Eichenstöcken, alle in einer Reihe.

Es war eine Zwangsräumung.

Katrin war da, sie weinte vor Wut und sah auf wunderbare Weise unverändert aus. Ich starrte sie ungläubig an, und dann erkannte ich mit einem Schmerz wie ein Schlag aufs Herz meinen Irrtum. Diese verbrauchte, schwergewichtige Frau musste meine Schwester Doris sein, die entsetzlich, entsetzlich alt geworden war. Bei ihrem Anblick hätte ich mich am liebsten abgewandt. Der gemalte Hecht verspottete mich mit seinem lautlosen Gelächter. Doch ich bezwang meine Beklommenheit und drängte mich durch die Menge.

Ohne es zu wollen, bewirkte ich eine Sensation. Murmelnd machten mir die Umstehenden Platz. Der Vogt hörte auf zu lesen. Seine Schlagetote regten sich unbehaglich, und der dürre Ausrufer machte sich klein. In aller Augen Mittelpunkt erkannte ich, dass mir noch ein schwacher Abglanz des Elfenzaubers anhaften musste.

»Was geht hier vor?« Meine Stimme war tief, unvertraut, und die Worte kamen zögernd aus meinem Munde wie Wasser aus einer Pumpe, die lange nicht benutzt und steif geworden ist.

Der Vogt wedelte heftig mit seinem Pergament vor meinem Gesicht. »Mischt Euch nicht ein! Das ist eine Räumung nach dem Gesetz, und ich habe die Stabträger zu meiner Unterstützung dabei.«

»Du bist ein Feigling, Tom Hock, und wahrlich ein übler Kerl, dass du so was Leuten antust, die mal deine Freunde waren!«, rief Doris. »Jetzt bist du der Speichellecker der Reichen! Einer, der sich an Gelichter und Wucherer verkauft hat, und weiter nichts!«

Aus der Menge erhob sich zustimmendes Gemurmel.

Der Vogt senkte seinen massigen Kopf und knurrte, ohne sich umzuwenden und ihr in die Augen zu schauen: »Verdammt, Doris, ich tue nur meine ...«

»Ich bezahle«, sagte ich.

Tom Hock starrte mich offenen Mundes an. »Hä? Was ist?«

Ich warf meinen Rucksack ab, schweres Zwergentuch, bestickt mit Seidenorchideen in einem Waldelfen-Muster, und gab meinen Speer einem schlaksigen Jungen, der ihn vor Staunen fast fallen gelassen hätte. Das warst du, nicht wahr? Das dachte ich mir. Der Schaft ist von Elfenbein und schwerer, als man vielleicht denkt.

Am Rahmen angeschlagen, neben meinem Köcher und den Bruchstücken, die einst meines Vaters Schwert gewesen waren, befand sich eine Lederbörse. Nach so langem Handel mit Elfen wusste ich nicht mehr genau, was die eine oder andere Münze wert war. Doch es würde reichen, so viel war klar. Das Elfenvolk ist bei Dingen, die nicht wichtig sind, großzügig genug. Ich reichte die Börse meiner Schwester und sagte: »Nimm, so viel du brauchst.«

Doris stand da, die Börse in der ausgestreckten Hand, und machte keine Anstalten, sie zu öffnen. »Wer seid Ihr?«, fragte sie ängstlich. »Welcher Art Mann verbirgt seine Züge hinter einer Maske?«

Unwillkürlich hob ich die Hand – ich hatte vergessen, dass ich die Maske trug. Nun, da sie nicht länger von Nutzen war, nahm ich sie ab. Frische Luft traf auf mein Gesicht. Mir war fast bis zur Übelkeit schwindlig, wie ich vor so vielen Leuten ohne Maske stand.

Doris starrte mich an.

»Willi?«, sagte sie schließlich. »Bist du es wirklich?«

Als das Geld dreimal nachgezählt worden und der Reisigwisch, den der Vogt über den Türbalken genagelt hatte, heruntergerissen und zertrampelt worden war, drängten sich alle Hausleute und die Nachbarn um mich und führten mich in die Gaststube vom »Hecht und Faß« und gaben mir den Ehrenplatz am Feuer. Die Luft war schwül und stickig – ich konnte keinen Gedanken fassen. Doch niemand merkte es. Sie sprudelten Frage auf Frage heraus, sodass mir kaum

Gelegenheit zu antworten blieb, und wetteiferten darin, sich wieder vorzustellen, schrien: »Hier ist einer, mit dem du nicht rechnest!« und »Hättest du je gedacht, dass der kleine Sam so ein ausgefallen langer Lulatsch wird?«, und sie brüllten vor Lachen. Jemand setzte mir ein Kind auf die Knie, einen Jungen, und sagte, er heiße Pip. Jemand anders holte die Laute von ihrem Haken bei der Bodenkammer und begann ein Lied zu klimpern.

Auf einmal wirbelten lauter Tänzer durchs Zimmer. Unbewegt sah ich ihnen zu, diesen dunklen Leuten, diesen Fremden, lauter als schwitzendes und unvollkommenes Fleisch. Nach den Jahren, die ich beim bleichen Volk zugebracht hatte, wirkten sie schwer und erdverbunden. Hitze strömte von ihren Körpern weg wie Dampf.

Eine Frau mit Fältchen in den Winkeln ihrer Augen und Schabernack darin zog mich vom Schemel hoch, und plötzlich tanzte auch ich. Das Feuer warf einen ogerähnlichen Schatten auf die Wand hinter mir, und der tanzte auch, äffte meine plumpen Schritte nach.

Alles kam mir so vertraut vor und doch so fremdartig, all die Gesichter meiner Jugend, vom Alter fremd geworden und mir dennoch auf eine sonderbare, schmerzhafte Art lieb, als wären sowohl die Schänke als auch die BRÜCKE nur Nachahmungen der wirklichen Dinge, denen die Überzeugungskraft fehlte und die trotzdem zu Herzen gehen konnten. Meine Kindheit war außergewöhnlich deutlich, mir so nahe wie das Zimmer, in dem ich saß. Es war, als wäre ich nie fortgegangen. All die Jahren dazwischen schienen ein Traum zu sein.

»Du weißt nicht, wer ich bin, oder?«, fragte meine Tanzpartnerin.

»Klar weiß ich das«, log ich.

»Also wer?« Sie ließ mich los und trat einen Schritt zurück, die Hände in die Hüften gestemmt.

Solcherart herausgefordert, schaute ich sie zum ersten Mal *wirklich* an. Sie wogte locker in ihrer Bluse, eine füllige Frau mit großen braunen Sommersprossen auf Gesicht und Unterarmen. Sie verschränkte die Arme auf eine Weise, dass ihre Brüste hochgedrückt wurden, und lachte, als ich vor Verlegenheit rot wurde.

Ihr Lachen traf mich wie der Klöppel einer großen Glocke.

»Betti!«, schrie ich. »Bei der Sieben, du bist es! Ich hätte nie gedacht ...«

»Du hättest nie gedacht, dass ich so fett werde, was?«

»Nein, nein!«, widersprach ich. »Es ist nicht ...«

»Du bist ein Dummkopf, Willi Schankwirt. Aber einem Mann steht das nicht unbedingt schlecht.« Sie zog mich in den Schatten der Treppe, wo wir unter uns waren und wo auch eine kleine Bank stand. Wir redeten lange miteinander. Und am Ende dieser Unterhaltung schien sie mir unzufrieden auszusehen. Ich konnte es mir auch nicht erklären, bis sie mir zwischen die Beine griff, um zu fühlen, was dort war. Meine Rute indes war klüger als ich und erhob sich, um sie zu begrüßen. »Na gut«, sagte sie, »immerhin ein Anfang. Kaltes Essen kriegt man nicht im Nu wieder aufgewärmt.«

Und sie ging.

Du schaust verbiestert drein. Betti ist deine Mama, was? Jetzt, wo ich dran denke, seh ich das Funkeln in deinen Augen und eine Spur von demselben Teufelchen, das sich am Rande ihres Mundes versteckt hält. Nun ja, sie ist jetzt Witwe, und das heißt, sie kann tun, was ihr beliebt. Aber ich werde dich nicht mit noch mehr Einzelheiten schrecken, was wir gesagt haben.

Wo ist meine Pfeife? Was ist mit diesem Kräutertäschchen passiert? Danke. Ohne diese Hilfe würde ich längst schlafen. Das ist der letzte Rest *Margakasaya*, den es auf der ganzen

Welt noch gibt. Zusammen mit mir wird sogar die Erinnerung daran sterben, denn es gibt keine Elfen mehr in den Gefilden der Menschen. Sie haben *Parikasaya* gefunden, die ›endgültige Auslöschung‹ würdest du sagen, oder vielleicht ›das Ende von allem‹. Wusstest du, dass *Am'rta skandayaksa* ›todlose Elfengruppe‹ bedeutet? Darin liegt eine Ironie, wenn wir sie nur zu deuten wüssten.

Vielleicht war es ein Fehler, den Drachen zu töten.

Vielleicht war nur er es, der sie daran hinderte, in Vergessenheit zu fallen.

Als wir alle Cakaravartins Vision von Groß-Asura geteilt hatten und von den Riesen bei der Arbeit, wie sie mit stumpfen Gesichtern sowohl ihre Schuld als auch ihre Sühne akzeptierten, und nachdem wir mit Boramohanaharahant gesprochen hatten, ihrem König, war es fast Morgengrauen. Cakaravartin ließ die Pfeife noch einmal herumgehen. »Ich sehe, dass du entschlossen bist, mit uns zu kommen«, sagte er zu mir, »und es liegt bei dir, diese Entscheidung zu treffen. Doch zuerst solltest du die Konsequenzen kennen.«

Ratanavivictas Maske neigte sich auf eine Weise, von der ich später erfahren sollte, dass sie Unbehagen bedeutete. Doch Cakaravartin nahm einen tiefen Zug und ließ die Pfeife weitergehen. Ich zitterte, als sie bei mir anlangte. Das Mundstück war glitschig von Elfenspeichel. Ich schob es mir zwischen die Lippen.

Ich nahm einen Zug.

Zuerst glaubte ich, nichts sei geschehen. Die Gaststube war genauso wie vorher, das Feuer brannte im Herd herunter, das Elchmädchen teilte langsam die Luft, wie sie es immer getan hatte. Dann schaute ich um mich. Die Elfen waren fort. Ich war allein, ausgenommen einen schmalen Jungen ungefähr von meinem Alter, den ich nicht erkannte.

Dieser Junge warst du.

Mache ich dir Angst? Ich mache mir selber viel mehr Angst, denn ich habe den Moment erreicht, wo ich alles mit doppeltem Blick sehe und mit geteiltem Herzen wahrnehme. Bete, dass dir solches niemals zuteil wird. Dieses – jetzt – ist es, was mir vor all den vielen Jahren gezeigt wurde, und dies ist die einzige Gelegenheit, die ich jemals haben werde, meinen Zorn und meine Reue jenem jüngeren Ich mitzuteilen, von dem ich weiß, dass es nicht auf mich hören wird. Wie sollte er auch? Ein zerlumpter Schankwirtsjunge mit geringen Aussichten und dem Kopf voller Flausen. Was konnte ich sagen, um ihm verständlich zu machen, wie viel er aufzugeben im Begriff war?

Von Rechts wegen hättest du mein Kind sein sollen. Das ist das Bittere daran – dass Betti, die mir ihr Herz so gut wie versprochen hatte, ihr Kind von einem anderen empfangen hat. Von einem guten Manne wohl – es heißt, die halbe BRÜCKE ist mitgegangen, um sein Feuerboot auf den Weg zu schicken, als ihn die Wassersucht fortraffte –, aber nicht von mir.

Ich habe mehr als nur Jahre verloren. Ich habe das Leben verloren, das ich hätte haben sollen, Kinder auf meinem Knie und eine gute Frau, die zusammen mit mir alt und dick wird, wenn wir in die Jahre kommen. Jemanden, der die Erinnerung ein paar Schritte über die Leere des Grabes hinaus weiterträgt, und Enkel, die Dinge zu Gesicht bekommen werden, die mir verwehrt sind. Sie waren mein Geburtsrecht, und ich habe keine. In seiner Unreife und Unwissenheit hat mein jüngeres Ich mich vernichtet.

Ich sehe ihn, selbst jetzt, wie er wie wahnsinnig den Elfen nachläuft, was er in der Schattenstunde vor der Morgendämmerung tun wird. Sein Herz hämmert vor Furcht, dass er sie nicht einholt, die Lungen schmerzen vor Anstrengung. Verzweifelt darauf aus, ein Held zu sein, fremde Länder zu sehen, die Liebe einer Dame von den *Am'rta skandayaksa* zu erfahren.

Unbeständig und grausam sind sie, die Elfen. Ratanavicta hat mich in einer Laune aus meinem Leben gestohlen, so beiläufig, wie sie vielleicht einen bunten Kieselstein vom Straßenrand aufhob. Sie hat mich so leichthin weggeworfen, wie sie einen Edelstein wegwerfen mochte, dessen sie überdrüssig geworden war. Es gibt keine Treue bei ihresgleichen.

Ach, das ist eine schreckliche Nacht! Der Wind kratzt an den Dächern wie eine Katze, er bringt den Winter. Morgen wird es Frost geben, kein Zweifel.

Ob die Geschichte vorüber ist, fragst du? Hast du nicht zugehört? Es gibt keine Geschichte. Oder aber das alles – dein Leben und meins genauso wie das von Krodasparasa – ist eine Geschichte, und diese Geschichte hört immer auf, ohne je zu einem Abschluss zu kommen. Aber meine Erzählung endet jetzt, wo mein jüngeres Ich aus seinem Traum von Alter und Niederlage aufschreckt und sich verlassen findet, die einzige Menschenseele, die auf der ganzen BRÜCKE wach ist, da die letzten von dem Elfentrupp in die schlafenden Straßen der Stadt jenseits des Drachentors gegangen sind.

Er wird aufspringen und sich das Schwert seines Vaters von seinem Platz überm Herd greifen – dort, wo jetzt mein Speer hängt. Er wird eine Decke als Umhang an sich raffen und eine Hand voll verschrumpeltes Fleisch, um es unterwegs zu essen, weiter nichts, so groß ist seine Angst zurückzubleiben.

Ich würde ihn nicht aufhalten, wenn ich es könnte. Lauf, Junge, lauf! Was kümmert es dich, was aus mir wird? Zwanzig glorreiche Jahre liegen dir zu Füßen. Der Traum schwindet schon langsam aus deinem Kopf. Du spürst den Lufthauch vom Fluss her, während du aus der Tür stürzt.

Dein Herz *singt.*

Der Augenblick ist vorüber. Ich bin zurückgelassen worden.

Erst jetzt kann ich mir das eingestehen. Die ganze Zeit, während ich das erzählte, hat mich ein Gespenst verfolgt, und der Name des Gespensts war *Hoffnung*. Solange ich nicht an dieser lange zurückliegenden Vision vorüber war, gab es immer noch eine Chance, dass ich gar nicht mein älteres Ich war, sondern derjenige, der seine Zweifel abschütteln und aus der Tür springen sollte. Im tiefsten Inneren meines Kopfes war ich noch jung. Der Drache war nicht getötet, die Straße nicht bereist, die Elfen am Leben, die Abenteuer vor mir, die Magie noch nicht aus der Welt verschwunden.

Und nun also gut. Ich bin wieder daheim.

Die Frau aus dem Elfenhügel

Paul Edwin Zimmer

Die Wölfe heulten. Conn Mac Cathla ritt im Dämmerlicht über das Moor. Er zitterte im Winde, der mit eisigen Fingern nach ihm griff. Seinen zerhauenen Schild hatte er fortgeworfen, und von seinen Speeren war keiner übrig geblieben; er war waffenlos bis auf seinen Dolchgürtel und sein schweres Eisenschwert.

Während er seinen wollenen Umhang fester um sich zog, versuchte er mit den Augen die Abenddämmerung zu durchdringen. Erde und Himmel waren grau, und nichts war zu hören als der Wind und der Hufschlag seines Pferdes auf dem gefrorenen Untergrund.

An diesem Tag hatte er einen scharfen Ritt hinter sich. Er hatte gegen die Männer von Clan Domnann gekämpft und war dann vor ihnen geflohen. Sein Pferd war müde, und er hatte sich weit vom Land seiner Leute entfernt. Er war sich nicht darüber im Klaren, ob er bereits die Grenze des Landes von Clan Domnann überquert hatte und sich im Gebiet seiner anderen Feinde, der Elfen von Caer Liath, befand.

Die ersten Sterne zeigten sich an dem dunkler werdenden Himmel. Ein Wolf heulte in der Ferne, und Conns Gesicht verzerrte sich vor Wut. Er hasste Wölfe. Als er noch ein Kind war, hatte er den zerrissenen, verstümmelten Körper seines Bruders gesehen, und von jenem Tag an hatte er den grauen

Mördern nachgespürt und sie getötet, wann immer er sie fand.

Er trieb seinem Pferd die Fersen in die Seiten und lockerte das Schwert in der Scheide. Das Geheul des Wolfes ertönte erneut, diesmal schon näher, und nun antwortete ihm ein zweites, das langsam über der grauen Einöde verhallte. Conns Pferd scheute schnaubend, die Ohren gespitzt, und stampfte mit den Hufen den Boden. Wieder erhob sich in der Dunkelheit ein Geheul, dann noch eins und immer mehr, bis die Nacht erfüllt war vom Heulen der Wölfe.

Das Pferd bäumte sich mit schlagenden Vorderhufen auf, Conn konnte sich kaum noch auf seinem Rücken halten. Als es in einem wilden Galopp mit ihm davonstürmte, zog Conn sein Schwert und presste sich flach gegen den Pferderücken. Seine Augen spähten in die Dunkelheit um ihn, und sein Gesicht war mit kaltem Schweiß bedeckt.

Ein Schimmer am Horizont kündigte den nahenden Mond an. Silbernes Licht breitete sich weich über dem dunklen Moor aus. Ein heulender Chor aus rauen Kehlen erklang und ließ die Nachtluft erstarren.

Conns Hand umspannte den Schwertgriff, seine Augen glühten in todbringender Wut. Überall um sich her hörte er nun die Wölfe, und im Mondlicht erkannte er ihre großen schwarzen Körper.

Sein Pferd wieherte schrill vor Entsetzen, als einer direkt vor ihnen über den Weg sprang. Conn wurde beinahe abgeworfen, als es sich aufbäumte. Aber die Wölfe griffen nicht an. Sie suchten nach anderer Beute.

Während er sich noch darüber wunderte, erklang ein Schrei aus der Dunkelheit vor ihm – der Schrei einer Frau. Conn lenkte sein Pferd darauf zu, die Lippen vor Hass verzerrt.

Bevor das von Entsetzen wahnsinnige Pferd merkte, wie ihm geschah, waren sie mitten im Rudel der Wölfe. Eines der Tiere heulte auf, als es von den stampfenden Hufen niedergetrampelt wurde. Conn beugte sich vornüber, um nach einem anderen zu schlagen.

Jenseits des Rudels sah er ihre Jagdbeute: Ein Mann und eine Frau standen mit dem Rücken an einem mächtigen Baumstamm. Der Mann hielt ein Schwert in der Hand, ein schmales, gerades Schwert, das zu glühen schien, als besäße es ein inneres Feuer. Er rief gerade der Frau etwas zu, das Conn nicht verstehen konnte.

Blitzend sauste sein Breitschwert in einem schrecklichen Bogen nieder und zerspaltete Fleisch und Knochen. Das Pferd wieherte schrill, bäumte sich angstvoll auf, und Conn, der sich an der Seite herabgebeugt hatte, verlor das Gleichgewicht und fiel mitten unter die Wölfe.

Im nächsten Augenblick war er wieder auf den Beinen und schlug mit der schweren Klinge um sich. Von Hass und Verachtung erfüllt stieß er einen Schrei aus. Ein zweiter Ruf antwortete ihm. Der Mann, der am Baum gestanden hatte, kam auf ihn zugesprungen.

Conn blickte kurz hinüber und sah die Frau flink wie ein Eichhörnchen den Stamm des Baumes hinaufklettern. Dann stürzte ein großer schwarzer Körper an seine Kehle, ein schweres Gewicht schlug gegen seine Brust und schleuderte ihn zu Boden.

Er ließ sein Schwert fallen. Mit einer Hand schnellte er vor und umklammerte eine haarige Kehle, um das nach ihm schnappende Gebiss von sich fern zu halten, während er mit der anderen einen Dolch aus seinem Gürtel zog und zustieß.

Ein Schwert blitzte in der Luft über ihm auf, dann zerrte jemand den Körper von ihm weg, und eine schmale Gestalt stand über ihm, die die Wölfe mit einer zuckenden Flammenklinge in Schach hielt.

Conn stand mühsam auf. Dann ergriff er hastig sein Schwert, und die beiden Männer standen Rücken an Rücken, die knurrenden Wölfe um sich herum. Conns riesiges eisernes Breitschwert wirbelte in weiten Schwüngen, die Klinge des Fremden schoss wie ein Vogel herum. Ihre scharfe Spitze zuckte hin und her, das Blut spritzte von ihr nach allen Seiten.

Aus dem Baum über ihnen schrie die Frau etwas in einer Sprache, die Conn unbekannt war. Das wütende Knurren der Wölfe übertönend, hörte er einen Antwortruf und den Klang von Hufschlägen.

Ein Wolf sprang in die Luft und fiel sich überschlagend zu Boden, wobei er nach dem dünnen Pfeil schnappte, der zitternd in seiner Seite steckte. Der Krieger hinter Conns Rücken schrie frohlockend auf, als zwei Reiter in Sicht kamen. Sie trugen Langbogen in den Händen und schossen vom Sattel aus mitten in das Rudel. Ein Schimmer hing über ihnen, und Conn wandte sich ihnen zu, um zu sehen ...

Ein Wolf sprang ihn von der Seite an, und als er Conn zu Boden warf, gruben sich seine Zähne schmerzhaft in den Arm, der das Schwert hielt. Conns Kopf krachte gegen einen Stein, und ein schauderhafter Schmerz durchzuckte ihn.

Der Wolf heulte auf, als sich ein Pfeil zitternd in seine Flanke bohrte. Wie durch einen Nebel sah Conn das flammende Schwert des anderen die Kehle des Wolfs durchschneiden.

Mit Mühe stützte er sich auf seine Ellbogen, doch dann umhüllte ihn ein Nebel, und er fiel in tiefe Dunkelheit.

Nach langer Zeit, wie ihm schien, erwachte er vom Klang eines Dudelsackes, auf dem eine fröhliche Melodie gespielt wurde. Er lag ruhig und lauschte mit geschlossenen Augen auf das fremdartige, wilde Gewoge der Musik, die in ständig wiederkehrenden steigenden und fallenden Melodien ertönte.

Was für eine Musik! Old Buinne, der beste Dudelsackpfeifer des Clan Cormac, hätte so nicht spielen können, nicht einmal Daire Mac Ban, der Pfeifer des Hochkönigs von Eire.

Conn öffnete die Augen. Er lag auf einem Bett in einem kleinen gewölbten Raum, dessen mit Baumrinde bedeckten Wände in einer sanften Krümmung aufstrebend, über ihm ein Dach bildeten. An einem Ende des Raumes blähte sich ein Vorhang leicht im Wind und gab den Blick auf einen grasbewachsenen Abhang frei. Hinter dem Vorhang erklang die Dudelsackmusik.

Eine Frau saß neben seinem Bett. Ihr langes Haar war schwarz wie die Nacht und ihr Gesicht so bezaubernd, dass Conn sie sofort als eine vom Elfenvolk erkannte. Als sie sah, dass er seine Augen geöffnet hatte, erschien ein Lächeln auf ihrem Gesicht, und mit einer Stimme, die sanft wie das Gurren einer Taube klang, sagte sie:

»Willkommen in Frieden. Hast du Schmerzen?«

»Nein«, antwortete Conn und spürte im gleichen Augenblick, dass er log, denn in seinem verletzten Arm pochte der Schmerz. »Aber wer bist du, und an welchem Ort bin ich hier? Wer macht dort solch schöne Musik? Keinen Pfeifer habe ich jemals so spielen hören!«

Sie lachte, und ihr Lachen hörte sich wie ein Teil der Musik an. »Ich bin Ethbrien, die Tochter Aladors, und du bist auf dem Elfenhügel von Caer Liath. Die Musik spielt Kiaran Mac Alador, mein Bruder. Er ist der Herr des Elfenhügels.«

Eisiger Schrecken durchfuhr ihn. Schon viele Generationen lang herrschte Krieg zwischen Clan Cormac und dem Elfenvolk von Caer Liath, seitdem sein Vorfahr, Art Mac Ainnle, den Herrn von Caer Liath erschlagen und ihm den Edelstein geraubt hatte, den man »Tochter der Sonne« nannte. Die Leute des Elfenvolkes jedoch kennen nur das Sterben im Kampf, und der Hass der Menschen überdauert die Zeit und wird vom Vater an den Sohn weitergegeben.

»Wie bin ich hierhergekommen?«, fragte er schließlich und zwang sich dabei, ruhig zu sprechen.

»Nachdem wir die Wölfe vertrieben hatten, fanden wir dich besinnungslos und mit gebrochenem Arm auf dem Boden liegend. Wir brachten dich hierher, und der weiseste unserer Heilkundigen hat sich lange um dich bemüht, um dir zu helfen. Aber wir sind dir zutiefst zu Dank verpflichtet, Conn Mac Cathla.«

Er fuhr auf. »Ihr kennt meinen Namen?«

»Gewiss. Du bist Conn von Clan Cormac, Sohn von Cathla mit dem mächtigen Arm. Du hast mein Leben und das des Herrn von Caer Liath gerettet. Wir vergessen nicht, dass wir tief in deiner Schuld stehen.«

Eine Schuld, die er ihnen gern erspart hätte, dachte er. Aber es war geschehen, und sicher hatte er nun nichts von ihnen zu befürchten ...

»Ich habe es nicht aus Liebe zu euch getan«, antwortete er schroff, »sondern aus Hass gegen die Wölfe. Dennoch ... jetzt, da ich dich im Licht der Sonne sehe, bin ich froh, dass ich euch zu Hilfe kommen konnte. Du bist zu schön, um den Wölfen als Fraß zu dienen.«

Ohne eine Antwort erhob sie sich, ging zur Türöffnung und rief hinaus. Die Musik verstummte. Ein hoch gewachsener Elf betrat mit dem Dudelsack unter dem Arm den Raum, und Conn erkannte ihn als den, an dessen Seite er gegen die Wölfe gekämpft hatte.

Er war größer als Conn, jedoch von leichterem Körperbau. Ein grüner Umhang umhüllte ihn; darunter trug er eine weite grüne Bluse und einen Kilt von fahlem Braun. Ein silberglänzender Schwertgriff ragte aus seinem Gürtel, die Scheide darunter war mit Gold verziert. Das schwarze Haar fiel ihm bis auf die Schultern, und seine Augen waren wie glänzender Stahl. Sein Gesicht war bartlos wie das eines Jungen, doch sprachen Alter, Weisheit und Macht daraus. Conns Blick traf den seinen.

Seine Augen waren ohne Alter. Das Staunen eines Kindes vermischte sich mit der Weisheit eines Greises – die Freude der Jugend und die Traurigkeit des Alters. Conn senkte den Blick.

Er konnte diese klaren, strahlenden Augen nicht ertragen, die sich in sein Herz zu bohren schienen. Die Menschen sagten, dass ein Elf durch die Augen eines Mannes hindurch in seine innerste Seele blicken und alle dort verborgenen Geheimnisse erforschen konnte, und in Conns Vergangenheit gab es noch andere dunklere Geschichten, an die man sich besser nicht erinnerte.

Dennoch kamen andere Menschen mit den Elfen zusammen, trieben Handel mit ihnen und kehrten unversehrt zurück. Die Schuld, in der die Elfen nun standen, diente Conn als Sicherheit ...

Als der Elf sprach, klang seine Stimme hell und heiter, und in ihr schwang eine Musik mit, die Conns Herz leicht machte.

»Du bist unser Feind gewesen, Conn Mac Cathla. Aber jetzt bist du willkommen hier. Wir stehen in einer Schuld, die wir dir nicht vergelten können.«

»Ist die Heilung meines Armes keine Wiedergutmachung?«, fragte Conn. »Und als die Wölfe mich fast zerrissen hätten, hast du mir zweimal das Leben gerettet.«

»Wenn zwei Seite an Seite kämpfen, verteidigt jeder das Leben des anderen, damit nicht beide sterben müssen. Außerdem ist das Leben eines Sterblichen nicht mit dem eines Elfen zu vergleichen, denn ein Sterblicher ist von Geburt an dem Tod geweiht. Was deinen Arm betrifft ...«

»Ein Krieger braucht seine Arme«, sagte Conn.

»Richtig. Aber du erhobst diesen Arm zur Verteidigung von ...«

Er brach ab, als ein weiterer Elf den Raum betrat, kleiner als er, doch das Gesicht glich Kiarans wie ein Spiegelbild. Sein Kilt und seine Bluse waren grün, und ein Schwert von der Art, wie es Kiaran trug, hing an seiner Seite.

In den Augen, die auf Conn ruhten, erkannte er Misstrauen, doch seine Stimme war freundlich.

»Dies ist also der Sterbliche«, sagte er. »Ein großer Mann ist er, das ist sicher. Wie passen diese Schultern jemals durch eine Tür?«

»Mein Volk baut Häuser mit breiten Türen«, erwiderte Conn. »Aber hier muss ich vielleicht seitwärts gehen.«

Die Elfen lachten. »Gut gesprochen!«, rief Kiaran und schlug dem fremden Elf auf die Schulter. »Dies ist Sian, mein Bruder. Er war es, der uns mit Cahir Mac Indol in der Nacht zu Hilfe kam.« Sians Gesicht wurde ernst.

»Du bist wahrhaftig ein starker Mann, und wir schulden dir viel – das Leben meines Bruders und meiner Schwester, und das ist kostbarer, als es ein Sterblicher wissen kann.«

Conn hatte darauf keine Antwort und legte sich erschöpft zurück. Er ließ seine Augen durch das Zimmer wandern, bis sie auf das Mädchen, Ethbrien, trafen. Dort blieb sein Blick eine Zeit lang haften.

Ihr Körper war schlank und geschmeidig, ihre Augen waren wie Sterne.

Ein Elf, dachte er, *so alt wie* – aber er schreckte vor diesen Gedanken zurück. Sein Blick glitt hinauf zu der Wölbung des Daches und verweilte dort. Wo die rindenbedeckten Wände sich trafen, verlief eine schmale Linie, und Conn sah, dass die Wände sich unterschieden wie Eichenholz und Eschenholz.

»Wie wurde dieser Raum erbaut?«, fragte er. Kiaran antwortete:

»Zwei uralte Bäume standen hier, so alt, dass sich nur noch Indol der Heiler an die Zeit erinnern kann, als sie Schösslinge waren. Als sie so groß geworden waren, dass ihre Kronen sich zu verflechten begannen, ließen wir sie diese Wölbung formen. Hinter dir und viele Fuß weiter nach oben berühren sich ihre Stämme wie in einer Liebkosung, dann trennen sie sich wieder. Aus der Ferne sehen sie wie ein Baum aus.«

Conn tat einen tiefen Atemzug. Der Geruch der Bäume und der Erde drang zu ihm. Es schien, als sei er nie mit ihrem Duft vertraut gewesen – als hätte er ihn noch nie wahrgenommen.

»Sie sind die ältesten Bäume des Hügels«, sagte Kiaran. »Und ich befürchte, dass die Zeit – in unserem Sinne – nicht mehr fern ist, da sie sterben werden. Und das ist traurig, denn sie sind schön und haben so lange hier gestanden.«

»Ja«, sagte Sian betrübt. »Sie werden vergehen und sterben, so wie alle Dinge sterben und vergehen. Aber diese Bäume sind länger bei uns geblieben als die meisten anderen Dinge.«

Conn sah, dass in den Augen der Elfen Tränen standen.

Ethbrien schaute ihn an. An ihren Wimpern hingen Tränen. Sie lächelte traurig, und als Conn den Blick senkte, hörte er ihre weiche, schöne Stimme.

»Kommt! Lasst uns nicht länger von diesen traurigen Dingen reden. Heitert man so einen verwundeten Gast auf? Kiaran, nimm deinen Dudelsack und lass ihn von Freude singen!«

Kiaran wandte sich um und blies beim Hinausgehen den Dudelsack auf. Ganz kurz war ein tiefer Summton zu hören, als sich der Balg mit Luft füllte. Musik begann wie perlendes Kinderlachen – Töne erklangen rasch hintereinander, als tanzten sie vor Freude.

Doch inmitten der Fröhlichkeit schwebte ein seltsamer Hauch von Melancholie; Traurigkeit vermischte sich mit Hei-

terkeit, ohne sie jedoch zu schmälern – sie steigerte sie, verstärkte sie, schirmte sie ab vor dem Leid.

Das Leben selber war in dieser Musik, und sie zu hören, bedeutete zu leben, das Schlagen des Herzens und das Strömen des Blutes in den Adern zu spüren, die Luft einzuatmen und die gute kräftige Erde zu riechen.

Conns Augen wanderten zu Ethbrien hinüber. Die Musik umwob sie und umhüllte wie eine leuchtende Aura ihre Schönheit. Ihre Augen glänzten, ihr Mund war schön geschwungen, ihre Wangen schimmerten rosig. Sie war Leben, unsterblich und ewig, jung, schön und zerbrechlich.

Die Musik umgab sie, wurde ein Teil von ihr.

Ein anderer Elf erschien in der Türöffnung, groß und lächelnd, und seine Augen lachten, als er sie ansah. Er drehte sich um und winkte, die Musik hörte auf.

Er verneigte sich und betrat den Raum. Seine Gestalt war schmal und jugendlich, und er hatte das Gesicht eines Kindes, aber seine Augen verrieten Ernsthaftigkeit und Alter. Conn bemerkte, dass ihn die anderen mit einer Ehrerbietung betrachteten, die sein Volk einem Druiden entgegengebracht hätte.

»Dies ist eine Zeit der Freude«, lachte er. »Unser sterblicher Freund hat die Augen geöffnet, seine Ohren hören wieder liebliche Musik. Doch wie geht es deinem Arm, Krieger?« Er stand nun neben Conns Bett und sah auf ihn hinunter. »Ich bin Indol der Heiler.« Er ergriff Conns Arm und bewegte ihn behutsam hin und her. Conn stieß einen unterdrückten Schmerzenslaut aus. Indol ließ ihn los.

»Er heilt, er heilt«, sagte der Elf, »aber es wird noch viel Zeit vergehen, ehe du wieder ein Schwert führen kannst. Das Gebiss eines Wolfes ist stark, und dieser Knochen zerbrach wie ein Zweig. Aber er wird bald zusammenwachsen. Nun muss ich nach deinem Kopf sehen.« Seine Finger glitten sanft über Conns Schläfen, und er lächelte zufrieden.

»Besser als ich zu hoffen wagte. Es verheilt gut. Aber wenn du das nächste Mal fällst, suche dir einen weicheren Stein aus! Dein Gehirn blutete, und du lagst im Sterben, als sie dich hierherbrachten. Zwei Tage lang habe ich dich behandelt – jawohl«, sagte er, als er den Ausdruck bemerkte, der über Conns Gesicht huschte, »zwei Tage lang warst du bewusstlos. Kiaran und ich haben all unsere Fertigkeiten für dich aufgeboten. Wir hatten zunächst keine Zeit, nach deinem Arm zu sehen, denn wenn wir dein Gehirn nicht hätten heilen können, wärst du gestorben, und dein Arm hätte keinen Nutzen mehr für dich gehabt.«

»Ich danke euch«, sagte Conn und fuhr mit der Zunge über seine plötzlich trockenen Lippen. »Aber wie lange dauert es noch, bis ich wieder gesund bin?«

»Einen Monat, einige Wochen vielleicht, kaum mehr als das. Wir haben größere Kenntnisse und Heilkräfte als eure Druiden. Wenn ich deinen Arm fest verbinde und du dich nicht überanstrengst, könntest du morgen für eine Weile aufstehen.«

»Es wäre wirklich sehr schön, wieder auf den Beinen zu stehen«, sagte Conn.

»Heute solltest du noch auf dem Rücken liegen«, meinte Indol. »Doch nun muss ich den Verband an deinem Arm wechseln, danach musst du essen und ruhen.« Er legte die Hände leicht auf Conns Augen. »Nach dem Essen musst du schlafen, verstanden? Schlafen und ruhen.«

Er wickelte die Verbände ab und befühlte vorsichtig den Arm. Das Ergebnis schien ihn zufrieden zu stellen; lächelnd schiente er ihn von neuem und legte einen frischen Verband an.

Man brachte das Essen, eine kräftige Suppe. Conn aß fast mechanisch, und die Lider wurden ihm schwer.

»Iss tüchtig, Krieger, damit du wieder zu Kräften kommst«, hörte er Indols Stimme. »Dann schlafe.« Conn aß den Rest der Suppe und legte sich zurück, dann fielen ihm die Augen zu.

»Schlafe!«, ertönte Indols Stimme aus der Dunkelheit.

Als er erwachte, war Ethbrien da. Sie hatte eine neue Schüssel Suppe für ihn. Wahrend er aß, sang sie ein seltsames Lied in einer Sprache die er nicht kannte. Ihre Stimme klang schöner als die aller Vögel. Er lag ganz still und hörte ihr zu.

Als der Gesang verklungen war, herrschte eine Zeit lang Stille. Conn dachte über seine merkwürdige Lage nach. Er war sicher unter den Elfen, die sein Volk seit Jahrhunderten bekämpfte, die Feinde seines Clan waren, seit die »Tochter der Sonne« der Leiche Aladors von Caer Liath geraubt worden war. »Sag mir«, fragte er nach einer Weile, »warum wart ihr auf dem Moor in jener Nacht, als die Wölfe umherstreiften?«

»Ich hatte einen Traum«, sagte sie mit einem seltsamen Ausdruck im Gesicht. »Ich hatte geträumt, ich würde auf dem Moor einen großen edlen Hirsch finden, stark und schön, und auf der Welt gäbe es nichts Kostbareres als ihn.« Sie schwieg und sah Conn mit verwirrten Augen an. Dann schaute sie schnell zur Seite. Ihre Wangen waren gerötet.

»Ich blieb dort, um den Mond zu betrachten und Blumen zu pflücken und achtete nicht auf die Zeit, aber natürlich wäre Kiaran nicht ohne mich zurückgegangen.«

Die Vorhänge wurden zurückgeschlagen, Indol trat mit Sian und Kiaran im Gefolge ein.

Der Heiler stellte sich an Conns Seite und ließ die Finger sacht über seine Kopfhaut gleiten. Dann entfernte er den Verband von seinem Arm. Er betastete ihn ebenso vorsichtig, dann legte er einen neuen Verband an und band den Arm so fest an Conns Seite, dass er ihn nicht bewegen konnte.

»So ist es gut«, sagte er schließlich. Er wandte sich Sian und Kiaran zu. »Helft ihm beim Aufstehen und Anziehen, und lasst ihn eine Stunde auf dem Hügel spazieren gehen – nicht länger. Er darf sich nicht überanstrengen.« Nun drehte er sich wieder zu Conn um. »Du hast gehört, Sterblicher. Gib dich damit zufrieden, ruhig zu gehen – kein Rennen und kein Tanzen, ist die Musik auch noch so schön!« Er lächelte ein trauriges, freundliches Lächeln. »Wenn sie dich zurückbringen, gibt es wieder etwas zu Essen für dich.«

Die Elfen halfen Conn auf die Füße, und er entdeckte, dass er alleine gehen konnte, obwohl er sich schwach und schwindelig fühlte. Sein Arm schmerzte fürchterlich, aber er konnte gehen, und das war gut.

Auf der anderen Seite des Raumes lagen seine Kleider und seine Waffen auf einer Bank: Leinenbluse, Lederkilt, der lange wollene Umhang und dazu sein Dolchgürtel und das schwere schmiedeeiserne Schwert.

Mit Hilfe der Elfen zog er den Kilt über, aber die Bluse versuchte er mit seinem festgebundenen Arm gar nicht erst anzuziehen. Der Tag war warm, daher würde der Umhang genügen.

Als er sah, dass die Elfen bis auf ein Messer, das sie im Gürtel trugen, waffenlos waren, nahm auch er nur einen seiner Dolche mit sich. Er hätte das Schwert ohnehin nicht mit der Linken führen können.

Wahrend der Herr des Elfenhügels ihn am Ellbogen stützte, damit er nicht stolperte oder fiel, ging Conn in den Sonnenschein hinaus. Grüner Rasen lag vor ihm, Bäume wuchsen ringsum; sie standen in weiten Abständen voneinander, und ihre Äste wölbten sich in grünen Bögen über seinem Kopf.

Zu allen Seiten fiel das Land steil ab, und dahinter war das Moor, grau und wogend wie die See.

Elfen wanderten unter den Bäumen umher, und etwas weiter auf einer Lichtung rannte eine lachende Gruppe in fröhlichem Spiel durcheinander. Der Wind strich mit sanftem Murmeln durch das Laub. Conn warf den Kopf zurück, um die Luft tief einzuatmen.

Sie erreichten den Rand der Hügelkuppe und blickten über das Moor. Die Abhänge waren mit Eschen, Buchen und Dornengestrüpp dicht bewachsen. Gestalten bewegten sich zwischen den Bäumen. Unter ihnen am Hang war eine Öffnung, durch die Elfen aus- und eingingen.

Die Stimme Ethbriens drang an sein Ohr:

»Seit vielen Jahren blickt wieder ein Sterblicher von diesem Hügel. Ist es nicht schön, Krieger?«

»Es ist wunderschön«, erwiderte Conn.

»Schön sind die Hänge von Caer Liath, und grün sind die Bäume, die sich über ihnen erheben«, sagte sie leise. »Traurig wird der Tag sein, an dem wir uns von ihnen trennen müssen.«

Conn blickte nach Süden über die Sümpfe. Die Sonne hing tief am Himmel; schräge Strahlen fluteten über das Moor und glänzten auf den smaragdgrünen Blättern. Er fühlte sich plötzlich müde und setzte sich ins Gras.

»Und ihr wohnt in diesem Hügel?«, fragte er nach einer Weile.

»Es ist unser Warenlager und unsere Befestigung in Kriegszeiten«, sagte Kiaran. »Aber wir leben nicht im Inneren des Hügels. Für unser Wohlbefinden brauchen wir keine Wände um uns, die Licht und Luft abschirmen. Ein Lager im Freien unter den Bäumen ist mehr nach unserem Geschmack.«

»Aber es gibt Gemächer von großer Schönheit im Inneren des Hügels«, sagte Sian, »in denen wir Feste feiern und fröhlich sind, wenn das Wetter trübe ist – Räume, deren Wände vom Gold schimmern, wenn das Herdfeuer prasselt.«

»Er wird sie bald sehen«, meinte Kiaran. »Denn wenn ich jemals etwas vom Wetter verstanden habe, zieht ein Sturm herauf. Und es ist Zeit für uns zu feiern, da unser Sterblicher wieder wohlauf ist!«

Als sie ihn am nächsten Tag weckten, war der Himmel wolkenverhangen, und leichter Regen begann zu fallen, als er mit Sian und Indol auf den Eingang im Hügel zuging.

Es waren viele Elfen draußen; sie waren fröhlicher Stimmung. Der Regen schien ihnen nichts auszumachen. Einige saßen lachend und schwatzend in kleinen Gruppen beieinander, andere schossen mit Pfeilen auf ein Ziel.

Conn beobachtete sie neidisch. Die ihm aufgezwungene Untätigkeit betrübte ihn, seine Muskeln schrien nach Betätigung.

»Eure Leute scheinen es nicht eilig zu haben, ins Innere des Hügels zu kommen«, sagte er, und Indol lachte.

»Wahrhaftig, es gibt manche, die dieses feuchte Wetter so gern mögen wie den Sonnenschein oder sogar noch lieber. Riechst du den Regen? Aber die Feuchtigkeit verstimmt die Dudelsäcke. Die meisten von uns werden später drinnen sein, um nicht beim Tanz zu fehlen. Doch du solltest besser schnell hineingehen, Sterblicher. Du bist noch nicht kräftig genug, und ich habe gehört, dass Nässe nicht gut für Sterbliche ist, wenn sie krank sind.«

Conn lächelte grimmig. Seine Wunden schmerzten von der Feuchtigkeit.

Sie folgten einem gewundenen Pfad, der den Abhang hinunter und um den Hügel herum bis zu der Öffnung führte, die Conn am Tage zuvor gesehen hatte. Hoch und weit tat sich ein mächtiger Bogen vor ihnen auf; Licht strömte zwischen offenen Bronzetoren heraus.

In die Tiefen des Hügels führte ein langer von Fackeln erleuchteter Gang, und Räume und andere Gänge zweigten dann und wann von ihm ab. Elfen drängten sich in dem Durchgang, und um Conn herum hallte ihr Gelächter wider.

Am Ende des Ganges schien ein Licht – nicht das flackernde der Fackeln, sondern ein heller Silberschein, der das Fackellicht blass und düster wirken ließ, ergoss sich durch die Türöffnung. Dort stand Ethbrien, herrlich anzusehen in dem silbernen Glanz, der die Konturen ihrer schlanken Gestalt hervorhob. Hinter ihr erspähte Conn einen riesigen Raum voll lachender Elfen.

»Willkommen!«, rief sie ihm feierlich zu. »Das Messer steckt im Braten, und die Trinkhörner sind gefüllt, doch wir haben auf unseren ehrenwerten Freund gewartet.« Sie lächelte, und die Freude in diesem Lächeln wirkte wie Wein auf ihn. »Komm, Conn Mac Cathla, und nimm deinen Platz an unserer Tafel ein.«

Er folgte ihr in die Halle. Staunen ergriff ihn, denn das silberne Licht glänzte auf den Wänden, die mit getriebenem Gold ausgekleidet waren. In der Mitte des Raumes, neben dem langen Tisch, ruhte auf einem Dreifuß eine große kristallene Kugel. Diese strömte das Silberlicht aus. In jeder Ecke aber stand ein weiterer Dreifuß, und jeder trug einen Edelstein. Einer flammte grün, ein anderer rot, der dritte in einem tiefen weichen Blau, und der vierte strahlte einen warmen goldenen Schein aus. Grell loderte eine große Feuerstelle, die an der einen Seite des Raumes aus dem massiven Fels gehauen war, aber ihr Licht wurde von der Helligkeit der Edelsteine verschluckt.

Von Ehrfurcht ergriffen stand Conn unbeweglich da, dann brachte ihn der Duft von gebratenem Fleisch in die Wirklichkeit zurück, und er folgte dem Mädchen zur Mitte der langen Tafel, an der Kiaran neben der Kristallkugel saß.

Indol und Sian halfen ihm in einen Stuhl zur Rechten des Herrn der Elfen, Ethbrien ließ sich neben ihm nieder. Sian hatte seinen Platz neben ihr, Indol setzte sich an Kiarans linke Seite.

Ein Trinkhorn voller Met und ein Gericht aus gedämpften Kräutern wurde vor Conn hingestellt. An der gegenüberliegenden Seite des Raumes begann jemand auf einer Harfe zu spielen, und ein junger Elf mit einem klaren Tenor sang dazu ein sanftes Lied in der Sprache der Elfen.

Conn konnte die Worte nicht verstehen, aber die Musik klang traurig und schön. Irgendwie stieg sie ihm zu Kopfe. Ihm kamen seltsame Visionen vom Elfenvolk, das in grünen Wäldern lebte und vor den sich ausbreitenden Menschenstämmen nach Westen getrieben wurde. Er sah, wie sie sich an den Küsten des Großen Ozeans niederließen, um endlich in Frieden zu leben. Doch dann kamen Schiffe voller Menschen aus dem Osten, die mit Feuer und Schwert an den Gestaden Eires landeten.

Die Musik verklang, und Conn bemerkte, dass er das Gericht vor ihm kaum angerührt hatte. Schuldbewusst begann er zu essen, und da erst spürte er, wie hungrig er war. Als er das Kräutergericht verzehrt hatte, setzte erneut Musik ein. Eine Frau sang ein sorgloses, glückliches Lied, das in ihm die Lust zu tanzen weckte, ihn aber nicht so in Bann schlug wie das vorige. Er trank in tiefen Zügen aus seinem Trinkhorn. Fleisch und roter Wein wurden ihm vorgesetzt.

Es folgten Früchte und Brot, köstlicher, als er je gegessen hatte. Dann wurde Uisqebaugh gebracht, das starke »Lebenswasser«. Die Elfen hatten es zu brauen gelernt, weil kein anderer Alkohol stark genug auf sie wirkte. Nun begann das Fest erst richtig.

In der Ecke des Raumes neben dem grünen Edelstein spielte ein Dudelsackpfeifer eine schnelle und fröhliche Weise. Viele der Elfen sprangen auf und begannen zu tanzen. Solch einen Tanz hatte Conn noch nie gesehen.

Die Elfen wirbelten im Raume umher wie Blätter im Wind. Kiaran und Ethbrien blieben an seiner Seite, aber Sian und auch Indol erfreuten sich an dem stürmischen, wild hüpfenden Tanz. Der Uisqebaugh strömte wie Feuer durch seine Adern, als er sich mit dem Met und dem Wein vermischte, die Conn zur Mahlzeit getrunken hatte. Seine Blicke richteten sich immer wieder auf die Frau an seiner Seite, die so schön, so viel schöner war als jede sterbliche junge Frau.

Nicht einmal das hübscheste Mädchen des Clans konnte sich mit den unscheinbarsten der Elfenfrauen messen, aber in seinen Augen war die Schwester des Elfengebieters die schönste von allen. Ein seltsames Glühen durchfuhr ihn, als er sie anschaute.

Ihre Augen wandten sich von den Tanzenden ab und trafen die seinen. Eine feurige Röte stieg in sein Gesicht, er senkte den Blick. Wer war er, ein Sterblicher, dass er solche Schönheit mit seinen Augen erblicken durfte? Eine wahrhaft unsterbliche Schönheit, die niemals altern oder sterben konnte. Elfenschönheit. *Und dennoch ...*

Vielleicht war der Uisqebaugh schuld an der Kühnheit, die ihn ergriff. Er hob die Augen und fing ihren Blick auf. Lange Zeit sahen sie einander an.

Musik und Tanz endeten, und die Elfen kehrten an ihre Plätze zurück. Ethbrien schaute in eine andere Richtung, und Conn wandte sich mit plötzlicher Unbekümmertheit Indol zu.

»Was meinst du, Heiler – bin ich zum Tanzen kräftig genug?« Der Elf lachte, dann, als er Conn ins Gesicht sah, runzelte er nachdenklich die Stirn.

»Du bist noch nicht sehr kräftig – dies ist erst der zweite Tag, an dem du wieder bei Bewusstsein bist«, sagte er. »Aber deine Wunden heilen gut.« Er betrachtete Conn.

»Vielleicht, wenn der Tanz nicht zu anstrengend ist, und das sind die meisten unserer Tänze. Doch ich kenne ein wenig von der Musik der Sterblichen, und ich spiele sie dir, wenn du willst. Ich weiß, dass es schwer für einen Krieger ist, lange bettlägerig zu sein.«

»Ja, so ist es.« Conn leerte das Trinkgefäß, das vor ihm stand, und richtete sich mühsam auf. Der Raum drehte sich um ihn, aber er stellte seine Füße fest auf den Boden, und im nächsten Moment war der Schwindel vorbei. »Kannst du *Der Hirsch im Frühling* spielen?«

»Das kann ich.«

»Dann spiel es!«, sagte Conn. »Aber das ist ein Tanz, den man nicht allein tanzen sollte. Willst du mit mir tanzen, Lady Ethbrien?«

Verwirrt sah sie zu ihm auf.

»Ich kenne die Tänze der Sterblichen nicht«, sagte sie zögernd. »Doch wenn du mir die Schritte zeigst ...«

»Das werde ich schon. Komm mit mir!«

Unter den Elfen erhob sich fröhliches Gelächter, doch Kiarans Gesicht war ernst, und Sian runzelte die Stirn. Indol ging in die Ecke zu dem grünen Edelstein und nahm den Dudelsack des Elfen, der zuvor gespielt hatte.

Conn fühlte, wie unsicher er auf den Füßen stand, als er mit Ethbrien den Tisch verließ. Er schalt sich einen Narren. Er hatte nicht den trinkfesten Schädel eines Elfen! Der Raum drehte sich um ihn.

Die Basspfeifen des Dudelsackes erdröhnten tief und feierlich, darüber erklang mit betörender Süße die Melodie der Dudelsackflöte. Conn verwünschte seine wackeligen Beine, aber dann tat er einen tiefen Atemzug und begann mit den komplizierten Schrittfolgen des kraftvollen Tanzes.

Ethbrien beobachtete seine Füße, wobei sie bemüht war, sich die umständlichen Schritte des Tanzes einzuprägen – und im nächsten Moment begann sie ihn mit Anmut und Leichtigkeit nachzuahmen. Auch andere Elfen hatten zugesehen und kamen, um den Tanz zu versuchen.

Der Raum drehte sich immer schneller um sie; Conn drohte das Gleichgewicht zu verlieren. Jeden Augenblick musste er ins Stolpern geraten – aber dann war die Musik verklungen, und schon war Indol neben ihm.

»Es ist genug«, sagte dieser. »Du darfst dich nicht überanstrengen, Sterblicher. Dein Körper ist noch lange nicht wieder gesund.« Der Heiler sah Conn einen Moment in die Augen, aber dieser wich seinem Blick aus.

Wieder begann die rasche Tanzmusik, und erneut schwatzten die Elfen und lachten und wirbelten und sprangen in ihrem wilden, schönen Tanz umher. Conn saß da und beobachtete sie und trank Uisqebaugh, bis sich alles um ihn drehte, doch immer wieder kehrten seine Augen zu Ethbrien zurück, um auf ihrem wunderschönen Gesicht und ihrer schlanken Gestalt zu ruhen.

Er erwachte in einem Raum des Hügels, dessen Wände aus festgestampfter Erde bestanden. Sein Kopf drohte vom Uisqebaugh zu zerspringen. Er lag auf einem Bett aus frischen grünen Binsen, ein Fell bedeckte ihn. Im schwachen Kerzenlicht sah er Ethbrien, die ihn aus einer Ecke des Raumes beobachtete.

Er setzte sich auf, und seine Pulse hämmerten ... *Hatte er da nicht einen Traum gehabt ...?*

Aber die Erinnerung an den Traum verblasste durch den pochenden Schmerz in seinen Schläfen; er schloss die Augen und verzog das Gesicht. Als er sie wieder öffnete, sah er Ethbriens Blick auf sich ruhen, aus dem Belustigung und Mitleid sprachen. Er lachte, und sie stimmte ein – von ihren Augen glitt ein Lächeln über ihr Gesicht, das sich schließlich in lautes Lachen verwandelte.

»Es tut mir Leid«, sagte sie. »Ich sollte nicht lachen ...«

»Lach nur weiter!«, rief er fröhlich. »Ich hätte mich hüten sollen, mit den Elfen um die Wette zu trinken. Aber vielleicht sollte ich die alte Weisheit befolgen, nach der man einen Kater mit Alkohol bekämpft.«

Wieder lachten sie, und sie gab ihm Uisqebaugh aus einer Lederflasche. Der Alkohol brannte in seinen Adern, und obwohl das Hämmern in seinem Kopf nicht ganz verschwand, ging es ihm merklich besser.

»Ich kann mich nicht mehr daran erinnern, wie ich letzte Nacht die Halle verlassen habe«, sagte er. »Aber ich bezweifle, dass ich gegangen bin.« Sie lachte.

»Ganz recht, man hat dich getragen. Indol sagte, es sei am besten, dich nicht in den Sturm hinauszubringen.«

»Ich besitze weder den trinkfesten Schädel eines Elfen noch eure Widerstandsfähigkeit gegen den Regen«, stimmte er zu. »Und doch scheint ihr Elfen so leicht und zerbrechlich wie Kinder zu sein. Eure Männer sind bartlos und schlank wie Knaben, und ich könnte jedem von ihnen mit nur einer Hand die Knochen brechen.«

»Das kommt daher, dass wir entweder jung oder alt sind«, sagte sie. »Es kommt nicht auf die Körperkraft an. Du bist wie ein mächtiger Bulle oder ein Bär, mit starken Muskeln an deinen kräftigen Knochen – und doch wirst du genauso schnell wie diese sterben und vergangen sein. Unser Leben verzehrt sich nicht wie das eure; unser Blut ist nicht vergiftet, denn das Lebenslicht in uns erlöscht nicht. Wir sind wahrhaftig wie Kinder, denn wie Kinder wachsen wir ständig. Wir werden zwar nicht größer, aber unser Fleisch ist stets das eines Kindes, das sich immer wieder erneuern und heilen kann. Ich weiß jedoch nicht, warum das so ist. Es macht mich aber traurig«, sagte sie und sah Conn ernst ins Gesicht. »Denn du bist ein starker und edler Mann, und es gibt so viele schöne Dinge, die sich verändern und vergehen – während ich weiterlebe.«

Die Augen, die in die seinen blickten, waren voll schmerzhafter Traurigkeit. Conn fühlte den drängenden Wunsch, sie zu trösten, den Kummer aus ihren Augen zu vertreiben und sie wieder fröhlich zu machen.

Er fühlte sich hilflos; er war ein Mann des Schwertes, ein Krieger, und ihm fehlten die Worte, mit denen er diese traurigen Augen vor ihm wieder hätte zum Lächeln bringen können.

Er beugte sich vor und küsste sie auf den Mund.

Ihre Augen sahen in die seinen, ihre Arme waren um seinen Hals geschlungen. Dann riss sie sich von ihm los und lief aus dem Raum.

Conn saß allein da und wunderte sich über das, was er gedacht und getan hatte. Warum hatte er ... eine Frau der Elfen, eine Unsterbliche geküsst ...?

Doch sie war schöner und begehrenswerter als jede sterbliche Frau, die er kannte, und als sie ging, hatte sie ihn aufgewühlt und voller Sehnsucht zurückgelassen.

Sie war vor ihm davongelaufen. Aber sie hatte seinen Kuss erwidert.

Sie war schön und für immer jung – keine Schönheit war wie die ihre. Er würde alt werden und sterben, aber sie würde für immer weiterleben. Nie würde sie der Tod berühren, Alter nie ihr dunkles Haar ergrauen lassen, und er könnte im Gedenken an seine Liebe in ihr weiterleben.

Sie war Leben, siegreich über Zeit, Veränderung und Tod. Aus ihr strömte, hell und nie versiegend, das Leben in seiner höchsten Vollendung. In ihrem Widerschein könnte er leben wie nie ein Sterblicher vor ihm ...

Er fühlte, wie sie von der Tür zu ihm herüberstarrte, und als er sich umwandte, lief sie lachend in seine Arme.

»Ich hatte Angst«, sagte sie nach einer Weile. »Ich dachte, der Atem des Todes hätte mich gestreift.«

»Sei ganz ruhig«, sagte er und hielt sie fest in seinen Armen, aber sie ließ sich nicht beruhigen.

»Ich habe genug von der Leere und der Müdigkeit – von der ständigen Trauer darüber, alle Dinge vergehen zu sehen. Ich hatte gedacht, dass ich eines Tages – egal, ob früher oder später, denn ich hatte keine Eile – einen Liebsten aus meinem eigenen Volk wählen würde, um mit ihm gemeinsam die Jahrhunderte zu verbringen.

Aber jetzt muss ich mich beeilen, denn du bist nur ein Mensch. Du wirst bald sterben, dann wird unser Leben und unsere Liebe zu Ende sein. Und ich werde nicht ins Land der Jugend gehen.« Er verstand sie nicht, aber sie lag in seinen Armen, ihre Lippen berührten die seinen, und alles andere war unwichtig.

Er küsste sie sacht und wiegte sie still und nachdenklich in seinen Armen. Nach einer Weile rührte sie sich. »Wir müssen mit meinen Brüdern sprechen«, sagte sie.

Er nickte, aber nun überkam ihn Furcht. Doch sie las in seinen Gedanken und antwortete:

»Ich gehöre einem der ältesten Elfengeschlechter an und bin die Tochter eines Elfenherrschers. Ich heirate, wen ich mag.«

Sie küsste ihn noch einmal, dann erhob sie sich und führte ihn durch die Gänge des Hügels zu einer Kammer, deren Eingang mit einem smaragdfarbenen Vorhang verhangen war. Hier schien auch sie seine Ängste zu fühlen. Bevor er den Vorhang zurückschlagen konnte, legte sie ihm die Hand auf die Brust, um ihn zurückzuhalten.

»Ich werde allein mit ihnen sprechen. Es wird alles gut werden – warte auf mich.« Ihre Lippen streiften die seinen, der Vorhang fiel zurück, und er war allein.

Er wartete. Die Zeit schlich langsam dahin. Durch den Vorhang drangen undeutlich Stimmen, aber er konnte keine Worte verstehen.

Es war Wahnsinn. Eine Elfenfrau, eine Unsterbliche wollte einen dem Tode geweihten und dem Joch der Zeit unterworfenen Mann heiraten und sich den Sorgen der Sterblichen aussetzen. Sicher würden ihre Verwandten, die sie liebten, so etwas nicht zulassen! Er musste den Hügel verlassen, dachte er, jetzt in aller Stille verlassen und zu seinem Volk zurückkehren ... Der Vorhang wurde zur Seite gezogen, und Ethbriens Augen strahlten ihn an. Er schritt in den Raum.

Der Herr des Elfenhügels saß in einem mit Schnitzereien verzierten Sessel. Seine traurigen Augen trafen Conns, als dieser eintrat. Hinter ihm stand Sian, und in seinen Augen waren Kummer und ein wütendes Leuchten.

Conn stand bewegungslos da und sah sie an. Ethbrien stellte sich neben ihn und legte ihre Hand in die seine.

»Nun, Sterblicher«, sagte Kiaran schließlich. »Ethbrien hat gesprochen und uns gesagt, dass sie ... ihre Wahl getroffen hat.« Er wartete auf eine Entgegnung, aber Conn fand keine Worte. Er legte seinen gesunden Arm um Ethbrien und musterte die beiden Männer still und herausfordernd. Ein Glühen flammte in Sians Augen auf, er schien etwas sagen zu wollen. Kiaran blickte Conn fest in die Augen, und ein Lächeln huschte über seine Lippen, das der Traurigkeit in seinen Augen trotzen sollte. Conn erwiderte offen den Blick, und im nächsten Moment nickte der Elf freundlich.

»Mut und Stärke. Und Ehrgefühl.« Sein Mund verzog sich zu einem bitteren Lächeln. »Es ist gut, wenn das Gebüsch, das sich an den Eichenbaum schmiegt, wenigstens ein paar Tugenden hat.

Wir sind nur noch wenige, wir letzten Elfen. Hier, an den Küsten der Welt, warten wir auf das Schiff, das uns zu den Ewiglebenden bringen wird. Wir haben wenig mit Sterblichen zu tun oder mit irgendetwas, das vergeht und stirbt, und so schirmen wir uns von Kummer und Sorge ab. Doch nun ist einer unter uns, der nicht zum Land der Jugend segeln wird. Auf diese Weise bringst du uns Kummer, keine Freude, und das wollen wir auch nicht vor dir verbergen.

Doch ich habe keine Macht über die Liebe. Ebenso wenig kann ich meiner Schwester verwehren, was unser aller Recht ist.« Er bückte sich und hob etwas vom Boden neben seinem Stuhl auf. Es war ein Schwert in einer Lederscheide – genauso eines, wie er und sein Bruder trugen.

»Diese Schwerter wurden vor uralten Zeiten hergestellt, noch bevor der Mensch in dieses Land kam. Alador besaß drei für seine Kinder – eines für mich, eines für Sian und das Dritte für den Auserwählten Ethbriens.« Der Herr der Elfen erhob sich von seinem Sitz und schritt auf Conn zu. Dann gürtete er ihm das Schwert um.

»Willkommen, Jüngerer Bruder. Möge deine Liebe für unsere Schwester niemals aufhören; möge sie sich als so stark und hell erweisen wie die Klinge, die du trägst.«

Dann sprach Sian zum ersten Male, und aus seiner Stimme klang Leidenschaft.

»Möge sie niemals schwinden, Sterblicher – denn ich schwöre: Solltest du meine Schwester verlassen oder ihr Kummer bereiten, werden die Wölfe dein Gebein zernagen!«

Man hörte Ethbrien schwer atmen. Conns Augen trafen herausfordernd Sians Blick; es war ganz still, während sie einander anstarrten. Dann ertönte Kiarans Stimme.

»Was ist das für ein Unsinn!«, sagte er scherzend, aber mit einem bitteren Unterton. »Wie kannst du, Sian, einem Sterblichen, der zum Sterben geboren ist, mit dem Tod drohen?« Seine Stimme klang ruhig, aber scharf wie Stahl. »Lasst uns nichts Böses reden, um unserer Schwester nicht das Glück und die Freude zu nehmen.«

Sian schaute finster drein, dann senkte er den Blick.

»Ich wünsche dir Glück, Sterblicher«, sagte er endlich mühsam. »Und dir, Schwester ...« Seine Stimme schwankte. Tränen standen in seinen Augen. Er ging auf sie zu und küsste sie zärtlich.

»Mögest du glücklich sein«, sagte er schließlich, aber seine Stimme klang sehr traurig.

Dann nahm Ethbrien Conn an der Hand und verließ mit ihm den Raum. Sie durchquerten die Halle und gingen durch den Eingang des Hügels in die Mittagssonne hinaus.

Conn stand da wie in einem Traum und schaute an den bewaldeten Hängen entlang über das weite Moor. Ethbrien schmiegte sich eng an seine Schulter. Er drehte den Kopf und sah auf sie hinunter. Ihre Blicke versanken ineinander.

»Ich habe dir mein Leben geschenkt, Sterblicher«, flüsterte sie mit fremd klingender Stimme, »und ich werde deinen Tod mit dir teilen.«

Er hörte sie nicht. Er hielt sie in den Armen, seine Lippen lagen auf ihren. Das war das Einzige, was zählte. Er hörte sie nicht.

Für die Elfen gibt es keine Zeit, weil sie von ihr unberührt bleiben. Dennoch vergeht die Zeit und reißt jene mit sich fort, die sich in ihrer Macht befinden.

Conn lebte glücklich mit seiner Ethbrien beim Volk des Elfenhügels. Die Jahre flogen rasch dahin, aber Conn achtete nicht darauf, denn er war noch immer jung. Doch von Zeit zu Zeit sah er die Augen der Elfen auf sich gerichtet und las in ihnen die unausgesprochene Frage: *Was bedeutet es, ein Sterblicher zu sein und so bald altern und dahingehen zu müssen?*

Aber in Ethbriens Augen stand keine Frage, und er lebte zufrieden mit ihr.

Vier Jahre vergingen. Eines Tages ritt Conn mit den Elfen Adiar, Erlin und Arivel auf die Jagd. Der Tag war hell und warm, obwohl es bald Winter wurde und die Vögel auf ihrer jährlichen Reise schon weit im Süden waren.

Sie ritten weit in das Moor hinaus. Die Elfen lachten und sangen abwechselnd oder scherzten mit Conn, während sie mit Falkenaugen nach Wildspuren suchten. Conn führte das Elfenschwert und seine Jagdspeere mit sich, zusammen mit einem runden Schild am Sattel. Die Elfen trugen ihre langen, kraftvollen Bogen, und in ihren Gürteln steckten lange Messer und leichte Äxte.

Sie ritten in weiten Abständen hintereinander her. Eine Zeit lang war Adiar den anderen voraus, denn er hatte ein schnelleres Pferd. Dann erreichten sie eine Anhöhe und verloren Adiar, der darüber hinwegritt, aus den Augen. Als sie die Kuppe überwanden, sahen sie ihn ein Stück tiefer, wie er bewegungslos auf seinem Pferd saß und traurig in die Ferne schaute.

»Hier in der Nähe hat eine Schlacht der Menschen stattgefunden«, sagte er, als sie ihn erreichten. »Und zwar vor kurzem, denn ich sah den Geist eines Sterblichen, gerade erschlagen und noch im Todeskampf, an mir vorbei über die Ebene jagen. Ich versuchte, mit ihm zu reden und ihn zu trösten, aber er entfloh und verschwand.«

»Möge er Frieden finden und eine kurze Reise haben!«, sagte Arivel. Conn fühlte ihre Augen auf sich gerichtet.

Doch dann vertrieb ein plötzlicher Ruf Erlins alle Gedanken an menschliche Schlachten und umherziehende Geister.

»Ein Wild!«, rief er und deutete auf eine niedrige Hügelkette im Norden. »Da am Fluss. Eine junge Hirschkuh – und ein Hirsch, dort zwischen den Bäumen!«

Conn, der für einen Menschen scharfe Augen hatte, strengte sich an, einen winzigen Punkt zu erspähen, der sich an der Grenze seines Blickfeldes bewegte.

Schon war Arivel auf dem Weg; sein Pferd jagte auf die Hügel zu, die anderen Elfen ein Hufschlag hinter ihm. Conn drückte seinem Pferd die Fersen in die Weichen und eilte ihnen nach. Die Hügel rückten näher, aber das Wild war nun in den dicht bewaldeten Hängen verschwunden.

Sie ritten zum Fluss, um die Fährte aufzunehmen, aber dann zeigte Adiar zu einer Schlucht rechts von ihnen hinüber. Die Elfen lauschten angestrengt, und selbst Conn meinte, in dem Wald Hufschlag zu hören.

Sie wendeten ihre Pferde und ritten von Süden in die Schlucht hinein. Die steilen Hänge waren dicht mit Bäumen und dickem Gestrüpp bewachsen. Sie ritten schweigend und suchten angestrengt nach dem Rudel. Conn konnte hören, wie sich auf beiden Seiten in den Büschen etwas bewegte. Es würde eine gute Jagd geben.

Aber Erlin schien sich plötzlich unbehaglich zu fühlen und spähte wachsam umher. Er richtete sich im Sattel auf, als er einen Pfeil aus dem Köcher auf seinem Rücken nahm.

»Ich fühle Blicke«, flüsterte er, »und nicht ...«

Ein Schrei unterbrach ihn, dann brachen Reiter aus dem Unterholz: Eine Gruppe von Kriegern ritt die Abhänge der Schlucht herunter, umzingelte sie und schnitt ihnen den Rückweg ab.

Zum Verhandeln gab es keine Gelegenheit. Die Bogen der Elfen waren gespannt, und schon flogen ihre Pfeile. Ein Speer traf Erlin in die Brust; Conn schleuderte den Speer in seiner Hand auf den nächsten Feind. Wahrend er den Schild vom Sattel zerrte, riss er das Schwert heraus und stieß seinem Pferd die Fersen in die Seiten. Hinter sich hörte er Arivel vor Schmerz aufschreien, dann war er unter den Reitern. Seine Klinge blitzte um ihn her.

Männer fielen von seinen Schlägen. Wut und Sorgen verdunkelten seinen Blick, er sah nur verschwommene, undeutliche Konturen von Männern und Pferden, bis ein einzelnes Gesicht sich aus dem Chaos hinter seinem Schwert heraushob – das Gesicht Culains, seines Bruders.

Er ließ die Arme sinken, und das Schwert fiel aus seiner Hand.

Culain zog seinen zerlumpten Umhang fester um sich. Der Feuerschein flackerte auf seinem vernarbten, bärtigen Gesicht, das vor Wut dunkel angelaufen war, und seine Arme, mit denen er zornig gestikulierte, warfen Schatten, die auf die Lehmwände der Hütte fielen.

»Jetzt ist alles klar! In den vergangenen vier Jahren haben wir dich tot geglaubt. Stattdessen bist du vom Hügelvolk verhext gewesen! Darüber kann es jetzt keinen Zweifel mehr geben.« Seine Stimme klang bitter und schroff. »Dieser lange Winter, die Seuche unter unserem Vieh und die Wölfe, die uns überfallen haben – es kann keinen Zweifel mehr geben, dass all dies durch die Zauberei des Hügelvolkes ausgelöst wurde!«

»Aber das ist nicht wahr!«, rief Conn bleich und zornig. »Das Elfenvolk ... es ist nicht ihre Art, Zauberei gegen Sterbliche einzusetzen, die sich nicht wehren können.«

»Du hast lange unter ihrem Bann gestanden.« Culains Augen glühten ihn an. »Ihre Zaubereien haben deinen Geist verwirrt. Hast du nicht dein Schwert gegen Leute deines eigenen Clans erhoben und Männer getötet, die deine Freunde waren?«

»Ich habe euch nicht erkannt!«, sagte Conn. »Ich wusste nicht, ob ihr Menschen oder Elfen wart. Ich wusste nur, dass ihr unsere Gruppe angegriffen und meine Freunde getötet habt.«

»Deine Freunde! Und wie kam es dazu, dass du mit Feinden deines Clans auf der Jagd warst, mit Leuten, die seit hunderten von Jahren gegen uns Krieg geführt haben, die sogar jetzt noch ihre Magie benutzen, um uns zu schaden?«

»Seit der letzten Schlacht zwischen dem Elfenvolk und Clan Cormac sind sieben Jahre vergangen. Sie haben keine Magie gegen euch angewandt. Ich muss es schließlich wissen, denn ich lebte unter ihnen?«

»Was weiß ein Gefangener der Elfen von den Taten derer, die ihn gefangen genommen haben? Du glaubst doch nicht, dass sie dir von den Angriffen auf uns erzählen würden?«

»Ich war kein Gefangener«, sagte Conn. »Ich bin verheiratet mit Ethbrien, der Schwester ihres Anführers, der Tochter Aladors.«

»*Alador!* Alador wurde vor zwei Jahrhunderten von Art Mac Ainnle, *unserem* Vorfahren, getötet! Sie ist so alt wie die Fehde zwischen uns!

Siehst du nicht, wie verhext du gewesen sein musst, um ein altes Weib zu heiraten, das schon alt war, als dein Großvater noch ein Säugling war?«

»Sie ist jung und schön!«, sagte Conn, aber Culain schüttelte nur den Kopf und sah ihn mitleidig an.

»Die Illusion von Schönheit mag sie ausgestrahlt haben, aber jung ist sie nicht.« Seine Stimme war fast sanft. »Welche Falle wäre besser, als dich zu verleiten, dich in eine ihrer Frauen zu verlieben?

Vor vier Jahren verschwandest du, und in jenem Jahr begann unser Kummer. Zuerst nahmen dich die Elfen gefangen, dann machten sie unser Vieh und unser Getreide krank und brachten uns eisige Winter, und im tiefen Schnee streiften sie in der Gestalt von Wölfen umher, um uns zu töten. Durch Zauberei stehlen sie unsere Kinder und lassen an ihrer Stelle kränkliche Elfenwesen zurück, die bald sterben oder scheinbar sterben – doch die Wölfe wühlen sie aus ihren Gräbern, und wir wissen nicht ...«

»Was für ein Unsinn ist das!«, sagte Conn ungeduldig. »Die Elfen nehmen weder Wolfsgestalt an noch stehlen sie Kinder auf diese Art und Weise.«

»Tatsächlich nicht? Und waren nicht die größten Druiden der Alten Zeit Kinder, die die Elfen gestohlen und in den Hügeln mit ihrer eigenen Weisheit aufgezogen hatten? Sind nicht die besten Dudelsack- und Harfenspieler aus den Elfenhügeln als Kinder ihren sterblichen Eltern weggenommen worden? Und du willst mir erzählen, dass sie keine Kinder stehlen?«

»Sie sagen, dass sie es nur selten tun und sie dann eines ihrer gesunden Kinder bei den Eltern lassen. Ich habe einen Elfen von einem anderen Hügel getroffen, der wie ein Sterblicher des Clans Iolair erzogen wurde und nach einer Lebenszeit unter den Menschen wieder zu seinem Volk zurückgekehrt war.«

»Würden sie es zulassen, dass ihre Kinder von ihren schlimmsten Feinden aufgezogen werden?«, rief Culain. Hass und Argwohn flammten in seinen Augen auf. »Aber vielleicht würden sie es tun. Wer weiß, wie viele unserer Kinder in Wahrheit Elfen sind. Vielleicht verwandeln auch sie sich eines Nachts in Wölfe und werden uns zerreißen!

Du behauptest, dass sie keine Wolfsgestalt annehmen«, sagte er mit unterdrücktem Grimm in der Stimme. »Aber kann ein Elf nicht jede beliebige Gestalt annehmen? Haben die großen Druiden das nicht so gemacht? Haben sich Elfen nicht in Wild oder Falken verwandelt, wenn unsere Krieger sie verfolgten?« Conn schwieg. Er hatte Elfen von mächtigen Zaubern sprechen hören, durch die man jede gewünschte Gestalt annehmen konnte, obwohl man sagte, dies sei hohe Magie, die nur wenige beherrschten. Und doch ...

»Und wenn ein Elf sich die Gestalt eines Wolfes oder jedes andere Aussehen geben kann, könnte sich dann nicht auch einer in eine junge schöne Frau verwandeln, um dich zu umgarnen?«

Conns Kopf schnellte hoch, sein Mund öffnete sich zu einem zornigen Widerspruch, aber dann befielen ihn Zweifel. Was Culain sagte, konnte möglich sein.

»Wahrhaftig, mit ihrem Zauber haben sie dich eingefangen«, sagte Culain. »Aber nun befreist du dich allmählich. Siehst du nicht ein, dass du verblendet gewesen sein musst, um zu glauben, du liebtest eine Frau, die älter ist als das älteste Weib des Clans, älter als Generationen von Menschen?«

Conn saß schweigend da und starrte finster ins Feuer.

»Wo ist Fingan der Druide?«, fragte er schließlich. »Er könnte uns sagen, ob ich einer Illusion ausgesetzt war.«

»Das ist das Schlimmste von allem«, sagte Culain. »Fingan ist tot. Im Winter nach deinem Verschwinden raffte ihn ein Fieber hinweg. Er lag tagelang im Fieberwahn und starb unter Verwünschungen gegen das Volk der Elfen.«

»Menschen sagen seltsame Dinge, wenn der Tod ihnen nahe ist.«

»Kann es einen Zweifel daran geben, dass die Elfen das Fieber geschickt haben, damit wir keinen Druiden mehr zu unserem Schutz haben?« Culains Stimme hob sich vor Zorn, und sein Gesicht verzerrte sich. »Kannst du das nicht erkennen, Mann? Haben ihre Zauber dich so verblendet?«

Conn schloss die Augen. Was Culain sagte, konnte nicht wahr sein, er wollte es einfach nicht glauben.

Doch wie kam es, fragte er sich, *dass ich sie so schnell begehrte und sie so bereitwillig zu mir kam, einem Sterblichen?* Er schüttelte den Kopf, um diese Gedanken zu verscheuchen, aber sie ließen ihn nicht los.

»Du bist jetzt sehr erschöpft«, sagte sein Bruder, und seine Stimme war nun sanfter und mitfühlend. »Du bist zu uns zurückgekehrt, und bald wirst du frei von ihren Zaubern sein. Es ist am besten, du schläfst jetzt.« Er erhob sich und schlüpfte aus der Hütte. Doch in dieser Nacht fand Conn keinen Schlaf.

Über den armseligen Hütten der Leute von Clan Cormac ging die Sonne auf, und das Vieh wurde zum Weiden auf das Moor getrieben. Menschen gingen zur Arbeit auf die Felder, aber Conn begab sich mit Culain auf den Platz vor der Hütte des Anführers, wo sich die bedeutendsten Männer des Clans versammelt hatten.

Es war kalt, und ein frischer Wind wehte über das Moor. Conn saß nahe am Feuer und wickelte sich fest in seinen Umhang. In der Nacht hatte er die meiste Zeit wachgelegen und versuchte die Zweifel zu zerstreuen, die Culain in ihm wachgerufen hatte, denn er hatte in der stickigen Enge der Hütte keinen Schlaf gefunden. Sein Onkel Coll, der Anführer von Clan Cormac, schaute ihn über das Feuer hinweg an. Er war in einen schweren wollenen Umhang gehüllt und schien älter, als Conn ihn in Erinnerung hatte. Mit seinen zittrigen Händen wirkte er fast hilflos vor Altersschwäche.

An seiner Seite stand Culain, der seit dem Tode von Colls Sohn der gewählte Nachfolger und schon jetzt, wie Conn bemerken konnte, das eigentliche Oberhaupt des Clans war.

Um sie herum hatten sich die Ältesten des Clans versammelt, die aufgrund ihrer Weisheit bekannt und angesehen waren, und auch junge Krieger, die sich durch ihre Kühnheit einen Namen gemacht hatten. Manche waren noch Kinder gewesen, als Conn sie zum letzten Mal gesehen hatte, andere junge Krieger, mit denen er gejagt und Feste gefeiert hatte. Viele Gesichter suchte er jedoch vergeblich.

Conn hörte den Männern aufmerksam zu. Die Krieger, die den jagenden Elfen aufgelauert hatten, waren auf dem Rückweg von einem erfolglosen Raubzug gegen die Viehherden von Clan Domnann gewesen. Die immer schon erbitterte Fehde der beiden Clans hatte sich zu einem grimmigen und unversöhnlichen Krieg entwickelt, seit Clan Cormac einen Großteil seiner Nahrung rauben musste, da er seine eigenen Herden verloren hatte und die Felder verwüstet waren.

So glichen die Leute des Clans ausgehungerten Wölfen. Culain erzählte die Geschichte des Raubzuges, während andere seiner Männer Einzelheiten hinzufügten oder richtigstellten und die Alten viele scharfsinnige Fragen dazwischenwarfen.

Er erzählte, wie Krieger sie von der Herde vertrieben hätten und wie sie, da sie in der Minderzahl waren, vor ihren Feinden geflohen wären. Schließlich hätten sie Zuflucht in der Schlucht gefunden, wo sie die Elfen in den Hinterhalt lockten.

»Wir sahen Reiter über das Moor kommen und glaubten, sie seien Kundschafter von Clan Domnann. Wir versteckten uns zwischen den Bäumen, um uns zu verbergen, doch als sie näher kamen, fassten wir den Plan, ihnen eine Falle zu stellen. Als wir an ihrer Ausrüstung sahen, dass es sich um Elfen handelte, hielten wir an unserem Plan fest, denn ein Feind war so gut wie der andere.«

»Ich sah, dass ein Mensch dabei war«, warf einer der jüngeren Krieger ein, von dem Conn glaubte, dass er Aigidiu hieß. »Ich fragte mich, ob er zu Clan Domnann gehörte, und ob unsere Feinde sich schließlich gegen uns verbündet hätten. Ich dachte nicht im Traum daran, dass er zu unserem Stamm gehören und mit unseren Feinden reiten würde, um uns für Clan Domnann aufzustöbern!«

»Wir jagten nach Wild!«, rief Conn.

»Das ist wahr«, sagte Culain. »Ein Hirsch floh vor ihnen die Schlucht hinauf durch unsere Reihen – wir hätten ihn leicht erlegen können, wenn wir nicht hinter anderem Wild her gewesen wären.«

»Das hättet ihr besser getan«, meinte Termoc, einer der alten Männer. »Den Hirsch hätten wir zumindest essen können, und du hättest nicht so viele Leute verloren.«

»Die Elfen folgten ihm ahnungslos«, sagte Culain. »Einer spürte unsere Anwesenheit – ich sah, wie er sich umwandte und zu den anderen sprach … aber inzwischen saßen sie bereits in unserer Falle. Wir ließen sie zuschnappen! Die Elfen starben schnell – diese Schwächlinge!

Aber mein Bruder ist ein Mann und schwerer zu töten! Er erschlug vier Männer ...«

»Stammesbrüder! Männer seines eigenen Clans!«, schrie Aigidiu. »Warum lebt er noch immer?«

»Er erkannte uns nicht!«, sagte Culain. »Die Elfen hatten ihn verhext. Er ist vier Jahre lang ihren Zaubereien ausgeliefert gewesen!«

»Und ist er jetzt frei von ihnen?«, rief Aigidiu. »Wie sollen wir wissen, dass ihn die Elfen nicht gesandt haben, um uns etwas Böses anzutun?«

Einer der älteren Männer rührte sich und ergriff das Wort. An seinen Namen konnte Conn sich nicht erinnern.

»Oh, gewiss die Elfen, es sind immer die Elfen. Woher wollen wir wissen, ob die Elfen Übles gegen uns im Schilde führen? Ihr sagt, die Hungersnot sei das Werk der Elfen. Wir haben auch schon vorher, ohne Elfenzauber, unter Hungersnöten gelitten. Ihr sagt, sie seien schuld an Fingans Tod, aber Fingan war ein alter Mann und von vielen Jahren aufgezehrt. Ist es dann so wunderlich, dass ein Fieber ihn hinwegraffte?«

»Du zweifelst immer noch?«, schrie Culain. »Nach *all diesem* zweifelst du immer noch? Vor vier Jahren verschwand mein Bruder, weil er, wie wir nun wissen, von den Elfen gefangen genommen wurde, und in genau diesem Jahr begannen unsere Plagen. Unsere Ernte befiel der Brand, unser Vieh wurde verseucht und ein tödliches Fieber überkam Fingan, damit wir keinen Druiden mehr zu unserem Schutz hätten! Zwischen allen diesen Ereignissen soll kein Zusammenhang bestehen? Bist du denn so blind?«

Der alte Mann dachte einen Augenblick nach; dann sagte er: »Lass uns hören, was dein Bruder zu sagen hat. Lass Conn sprechen!«

Conn erhob sich. Die Gesichter um ihn herum drückten Misstrauen und Feindseligkeit aus. Er tat einen tiefen Atemzug, während er seinen Bruder über das Feuer hinweg ansah, und begann mit seiner Geschichte.

»Ich ritt zur Jagd mit unseren Kriegern aus, dabei wurden wir von Männern des Clans Domnann angegriffen. Wir kämpften tapfer, aber wir waren in der Minderzahl.« Er betrachtete den Kreis der Gesichter. Einige waren kalt und grimmig, andere unsicher. Einige glühten vor Hass.

»Wir zerstreuten uns, um ihnen zu entgehen, und ich ritt nach Westen, in das Land der Elfen, weil ich versuchen wollte, einen Bogen zu schlagen, um in unser Gebiet zurückzukommen. Überall um mich her auf dem Moor hörte ich Wölfe heulen. Ich sah einen Mann und eine Frau – ich wusste nicht, dass es Elfen waren – die von Wölfen bedrängt wurden. Ich hasse Wölfe zu sehr, um ihnen ihre Beute zu lassen, und so ritt ich den beiden zu Hilfe.

In dem folgenden Kampf wurde ich verletzt, und die Elfen trugen mich nach Caer Liath, um mich zu heilen. Als ich wieder auf den Beinen war, gaben sie mir zu Ehren ein Fest ...«

»Ein Fest?«, fragte Culain. »Und das kommt dir nicht merkwürdig vor?«

»Merkwürdig? Ich hatte gerade ihren Anführer und seine Schwester vor den Wölfen gerettet ...«

»Ein Anführer und seine Schwester? Das erklärt es möglicherweise. Aber falls ein Feind von uns – zum Beispiel ein Mann von Clan Domnann – zwei unserer Leute retten sollte, dann würden wir ihm gewiss danken und unseren Druiden seine Wunden heilen lassen, aber ein Fest? Das scheint eher Schmeichelei als Dankbarkeit zu sein. Für einen Elfen vielleicht jedoch nicht.«

»Aber erzähl uns, Conn, wie es kam, dass dieser Anführer und seine Schwester allein im Moor herumwanderten, während die anderen Wölfe jagten?«

»Warum ...« Conn runzelte die Stirn, als er, durch Culains Frage verwirrt, sich vier Jahre zurückzuerinnern versuchte.

»Ich weiß es nicht mehr, ich kann mich nicht erinnern, dass sie es mir jemals erzählt haben. Da war etwas mit einem Traum, ich ... ich habe nie darüber nachgedacht.« Die Stimme Colls, des Anführers, unterbrach seine Überlegungen.

»Conn, sag mir: Hast du die Elfen nicht gefürchtet, wo du doch wusstest, dass sie grausam und Feinde deines Volkes sind?«

»Gewiss, zuerst, aber das habe ich bald vergessen ...«

»Vergessen!«, rief Culain. »Du hattest Angst und dann plötzlich nicht mehr? Sind es nicht Unsterbliche mit unheimlichen Mächten, die fähig sind, mit wilden Tieren und den Toten Kontakt aufzunehmen?«

»Gewiss ...«

»Und du hast keine Angst vor ihnen gehabt? Du hast *vergessen,* dass sie Feinde deines Clans sind? Und du zweifelst, dass ein Zauber auf dir gelegen hat? Aber erzähl uns den Rest deiner Geschichte, Conn! Erzähl uns von der Frau.«

»Was für eine Frau?«, fragte der alte Anführer verwundert.

»Das Erste, was meine Augen in Caer Laith wahrnahmen«, sagte Conn, »war Ethbrien, die Tochter Aladors. Sie war noch schöner als Etain, von der die Sage erzählt. Ich schaute sie an, und mein Herz flog ihr zu, und nach dem Fest ...«

»Und nach dem Fest wurdest du mit der Tochter Aladors vermählt!«, knirschte Culain. »*Alador,* der vor zweihundert Jahren von unserem Vorfahren getötet wurde! Alador, mit dessen Tod die Fehde zwischen unserm Volk und den Elfen begann! Seine *Tochter* heiratet den Nachkommen seines Mörders! Und der Herr des Elfenvolkes hat dies zugelassen – Aladors *Sohn* hat dies zugelassen? Und daran war nichts merkwürdig?« Conn schwieg. Er spürte die Blicke seiner Stammesgenossen. Erbarmungslos fuhr Culains Stimme fort.

»Offenbar war es ganz normal für dich, eine Frau zu begehren, deren Vater vor zwei Jahrhunderten starb, eine Frau, die schon alt war, als dein Vater geboren wurde! Älter als das älteste Weib in unserem Dorf!«

»Sie ist unsterblich!«, schrie Conn. »Alter berührt sie nicht!«

»Wenn das wahr ist«, sagte Culain ruhig, »wie kommt es dann, dass sie sich einen Mann gewünscht hat, der in vierzig Jahren Staub sein wird?«

Conn bemerkte, dass in den Augen, die auf ihm ruhten, keine Feindseligkeit mehr zu erkennen war.

Es war Mitleid.

»Nun frage ich mich, was mit den anderen war«, meinte Culain. Conns Kopf fuhr hoch.

»Andere?«, fragte er, und seine Stimme klang kalt und gefährlich.

»Du glaubst doch sicher nicht, dass du in zwei Jahrhunderten der Erste warst?«, sagte Culain.

Conn würgte seinen Zorn hinunter und bemühte sich, ruhig zu bleiben.

»Ich war der Erste.«

»Nach zwei *Jahrhunderten*?«, sagte Culain. »Das kann doch wohl nicht dein Ernst sein!«

»Culain, ich *weiß* es«, sagte Conn und lauschte erstaunt der gelassenen leichten Ironie in seiner Stimme, während er gegen den Zorn ankämpfte, der sich dahinter verbarg.

»Du bist einer Illusion erlegen«, sagte Culain. Conn schüttelte den Kopf.

»Nein«, erwiderte er mit einem seltsamen Lächeln, und seine Stimme war leise und ruhig. »Das war Wirklichkeit. Keine Illusion.« Alles schien sehr einfach zu sein. Im nächsten Augenblick würde er Culain zu Boden schlagen.

»Wenn eine zweihundert Jahre alte Frau dich dazu bringen kann, sie jung und schön zu finden, kann sie dich gewiss auch glauben machen, sie sei eine Jungfrau«, sagte Culain. Er zuckte die Achseln. »Aber lassen wir das. Dann haben sie dir also erzählt, warum ein gewisser Herr der Elfenhügel und seine jungfräuliche Schwester allein auf dem Moor waren, während Wölfe Jagd auf Beute machten. Merkwürdig, wenn Leute, die so weise und voller Zauberkraft sind, von einem sterblichen Krieger gerettet werden. Welch ein Glück, dass du zur rechten Zeit kamst! Oder wussten sie vielleicht, dass du kommen würdest?«

Conn zuckte zusammen. Er sah, worauf Culain hinauswollte, und Zweifel befielen ihn. Sein Bruder fuhr fort, und seine Stimme schien Conn das Echo seiner eigenen Gedanken zu sein.

»Warteten sie vielleicht auf dich? Warteten sie darauf, dich gefangen zu nehmen und ihre Zaubernetze um dich zu spinnen? Warum sonst hätten sie sich der Gefahr ausgesetzt, von Wölfen angegriffen zu werden – wenn es überhaupt Wölfe waren, gegen die du gekämpft hast, und nicht Elfen in Wolfsgestalt.

Du warst verletzt und in ihrer Gewalt, deshalb konnten sie dich verzaubern, dich an sie binden und im Elfenhügel, fern von deinem Volk, festhalten. Als arglose Geisel festhalten, die nicht den Wunsch zur Flucht verspürte, während sie gegen uns Krieg führten.«

Conn schwieg. Es gab wohl nichts, was er dazu noch hätte sagen können. Er konnte das Mitleid in den Augen seiner Stammesbrüder erkennen, und die Zweifel, die sein Bruder in ihm hervorgerufen hatte, zerrissen ihm das Herz.

Seine Gedanken flogen zurück zu dem Raum im Hügel, in dem er nach dem Fest erwacht war. Er war damals bewusstlos gewesen und auch, als er zum ersten Mal in den Hügel gebracht worden war. Woher sollte er wissen, dass sie ihn nicht verzaubert hatten, als er schlief? Und warum hatte er sie geküsst, als sei er von Sinnen?

Einer der alten Männer auf der anderen Seite des Feuers sagte: »Culain hat Recht. Conn ist verzaubert und hilflos gewesen und trägt keine Schuld an dem, was er getan hat. Er sollte eine Geisel sein, gewiss, – und zwar so lange, bis wir von ihrem Zauber gegen uns erfahren würden.«

»Den Druiden töten und einen Verwandten des Anführers gefangen nehmen, ja. Sie fürchten uns, denn wir können uns in ihren Hügel hineingraben und sie aufstöbern, so wie schon früher einmal, als der Hügel von Rath Aela zerstört wurde.«

»Wahrhaftig, Conns Geschichte lässt keinen Zweifel offen«, sagte Coll ernst. »Zunächst habe ich auch noch gezweifelt und gedacht, uns habe nur ein unglückliches Schicksal verfolgt und nicht der Zauber der Elfen. Doch nun erkennen wir, dass Culain die ganze Zeit Recht hatte.«

Zustimmendes grimmiges Gemurmel erklang nun aus dem Kreis, und ein wölfisches Lächeln erschien auf den Gesichtern von Männern, die schon der Verzweiflung nahe waren, nun aber neue Hoffnung schöpften, zumindest Hoffnung auf Rache.

Aber Conn bemerkte nichts davon. Er saß da und hatte die Augen zu. Kämpfe tobten in seinem Innern.

Culain trat zu ihm. Seine Gestalt überragte Conn. Er beugte sich nieder und fasste Conn an der Schulter.

»Siehst du es nun ein, mein Bruder? Bist du nun frei von ihren Zaubern? Bist du zu uns zurückgekehrt?« Conn blickte auf und sah bestürzt, dass in den Augen seines Bruders Tränen standen. »Siehst du es nun endlich ein?«

Conn sah wieder zu Boden. »Du musst wohl Recht haben«, sagte er schließlich mit tonloser Stimme.

In dieser Nacht träumte Conn, und es schien ihm, dass es Ethbriens Augen waren, die vor Sehnsucht leuchtend und wie Sterne funkelnd, ihm in seinem Traum erschienen. Sian und Kiaran tauchten hinter ihr auf, und alle drei standen über ihm. »Wir hatten dich tot geglaubt«, hörte er sie sagen, und Ethbrien rief voller Freude: »Er lebt! Er lebt!« Irgendwie wusste er, dass sie lange auf der Suche nach ihm gewesen waren. Sie hatten ihre Seelen aus dem Hügel hinaus weit fortgesandt und schließlich die Schlucht gefunden, wo Raben sich an den Leichen von Erlin, Adiar und Arivel gütlich taten. Angstvoll hatten sie dann nach ihm gesucht, und nur Ethbrien hatte daran geglaubt, ihn lebend wiederzufinden.

Ihre Sehnsucht umwob ihn wie mit seidenen Netzen und schien ihn zu umklammern.

»Komm zurück zu mir, mein Liebster, komm zurück zu mir, denn ich erwarte ein Kind von dir ...« Er wollte nach ihr greifen; doch mit einem Mal war ihm, als stünde Culain zwischen ihnen, und Ethbrien begann sich in ein hässliches altes Weib mit krummem Rücken und runzliger Haut zu verwandeln.

»Komm zurück zu mir, Conn!«, rief sie. »Komm zurück ... da ist ein Schatten zwischen uns, und er zieht sich zurück. Er glaubt mir nicht! Aus irgendeinem Grunde glaubt er mir nicht! Conn, liebst du mich denn nicht?« Und der Wolf, zu dem Kiaran geworden war, rief ihm zu:

»Conn! Lass es nicht zu, dass dein Zweifel uns eine falsche Gestalt verleiht. Reiß den Schleier von deiner Seele und sieh uns so, wie wir sind!«

Für einen Moment begann die Wolfsgestalt zu verschwimmen, und Conn glaubte, durch sie hindurch Kiarans schönes stolzes Gesicht zu sehen. Aber starrsinnig zwang er den Wolf zurück. Sie sollten ihm nicht wieder eine Falle stellen!

Sians verwirrte Stimme drang aus dem zweiten Wolf hervor. »Conn, was stört dich? Warum versperrst du deine Seele vor uns?« Er hörte Ethbrien weinen und nach ihm rufen, er solle zurückkommen ...

»Nein! Nein, er liebt mich nicht! Er liebt mich nicht! Conn, ich erwarte ein Kind, komm zurück!«

Und dann wieder Kiarans Stimme, ruhig und beschwichtigend. »Hab keine Angst, Schwester, wir werden ihn dir zurückbringen.«

Ihre Stimmen und Gestalten verblassten, doch noch immer verfolgte ihn die Erscheinung Ethbriens als hässliches altes Weib. Zu ihren Füßen fletschten die Wölfe die Zähne, sie krochen auf ihn zu, und ihre Fänge blitzten auf ...

In kalten Schweiß gebadet, erwachte er in der Dunkelheit und dem Gestank der Hütte. Die Kohlen im Feuer flackerten kurz auf und warfen ein rötliches Licht über den lehmigen Fußboden. Conn legte sich zurück und fiel nach einer Weile in Schlaf; doch quälten ihn Träume von Ethbriens warmem Körper, der sich an ihn schmiegte und dann zu einem kalten Gerippe wurde.

Am nächsten Tag kamen die Elfen. Conn saß gerade bei Culain vor der Hütte, als ein lautes Geschrei ausbrach und junge Krieger vom Rande des Dorfes hergelaufen kamen.

Culain rannte ihnen entgegen, Conn folgte ihm.

»Elfen!«, sagte der erste Krieger, auf den sie trafen. Er rang hörbar nach Luft. »Eine kleine Gruppe auf Pferden. Sie sagen, sie kämen in friedlicher Absicht. Von Caer Liath.«

Culain wandte sich zu seinem Bruder um. Sein Gesicht war verzerrt vor Zorn.

»Wir werden ihnen entgegenreiten.«

Pferde wurden gebracht, und Conn und Culain ritten mit den anderen aus dem Dorf hinaus. Beide hatten ihren Schild dabei. Culain trug sein mächtiges schmiedeeisernes Schwert, und an Conns Seite hing die lange scharfe Klinge aus dem Elfenhügel, die Sians und Kiarans zum Verwechseln ähnlich war.

Sian und Kiaran warteten auf einer kleinen Anhöhe, von der aus sie das Dorf überblicken konnten. Sie trugen Schilde und Schwerter an ihren Seiten. Hinter ihnen befanden sich zehn berittene Elfen mit Langbogen in den Händen.

Kiaran machte das Zeichen des Friedens und ritt vor, Sian folgte ihm.

Conn und Culain ritten auf sie zu, während die Krieger des Clans mit gezogenen Waffen warteten.

Sie trafen sich zwischen den Fronten und hielten ihre Pferde an, sodass sie einander gegenüberstanden. Kiaran sprach als Erster.

»Wir haben lange nach dir gesucht, Conn, und fürchteten, du seiest tot. Unsere Schwester wartet auf dich – sie hat viel geweint. Es ist gut, dass du dein Volk wiedergesehen hast, aber sicher wirst du nun wieder mit uns kommen.«

Bevor Conn etwas sagen oder überhaupt darüber nachdenken konnte, was er erwidern wollte, warf Culain mit rauer, wilder Stimme ein:

»Genug davon! Mein Bruder ist jetzt vor euren Listen sicher. Ihr werdet ihn nicht wieder einfangen! Die Zeit ist gekommen, dass du vom Frieden sprechen solltest, davon, dass eure Zauber gegen uns ein Ende haben werden und ihr den Schaden wiedergutmacht, den ihr angerichtet habt. Sonst werden wir euren Hügel angreifen und ihn zerstören, und mit ihm alles Böse, das in ihm steckt!«

Kiaran fuhr auf und sah Culain verblüfft an.

»Was soll das heißen …? Vor vielen Jahren ist die Fehde in offenen Kampf ausgebrochen. Wir werden gern Frieden schließen – wir haben es früher schon versucht, aber …«

»Aber nun versuchst du, meinen Bruder wiederzugewinnen und ihn erneut zu behexen!«, schrie Culain. »Vier Jahre lang ist er euer Gefangener gewesen und war euren Zaubern hörig, während eure Verwünschungen Hunger und Seuchen über unser Volk gebracht haben! Glaube nicht, ihn wieder zu eurem Sklaven machen zu können! Ihr sollt ihn nicht besitzen. Und glaube nicht, wir ließen eure Angriffe auf uns ungestraft. Wir werden jeden Elfen im Hügel erschlagen und euch vollends zerstören, wenn ihr nicht nachgebt!«

»Aber das ist nicht wahr!«, rief Kiaran. »Wir benutzen keine Zauber gegen Sterbliche! Conn, du glaubst doch sicher nicht an diesen Irrsinn?«

Conn schwankte, unschlüssig, wem er glauben sollte. Die Erinnerung an seinen Traum erstand vor ihm, undeutlich und verworren, wie solche Erinnerungen sind – und mit ihm das Greisenbild Ethbriens.

»Das war es also, warum er seine Gedanken letzte Nacht vor uns verschlossen hat!«, murmelte Sian.

Conns Kopf fuhr hoch, und seine Augen blickten argwöhnisch. Dann war der Traum wahr gewesen!

Seine Faust umkrampfte den Zügel, er schloss die Augen: Die Gestalt des hässlichen alten Weibes erschien ihm. Wenn der Traum wahr gewesen war ...

»Conn ...« Sians Stimme drang zu ihm. »Hör nicht länger auf diesen Verrückten. Komm zu uns, zu Ethbrien ...«

»Zu Ethbrien?«, sagte Conn mit bebender Stimme. »Zu Ethbrien, damit ich erneut verhext werde? Zu euren Täuschungen zurückkehren? Nein, ich werde wieder bei meinen Leuten bleiben. Von ihnen weiß ich zumindest, dass sie Wirklichkeit sind!«

»Wovon redest du da?«, rief Kiaran. »Hat dich dieses Gerede von Täuschungen und Zaubern verrückt gemacht?«

»Er spricht von dem gemeinen Zauber, mit dem ihn deine unehrliche Schwester bestrickt hat!«, schrie Culain. »Von der Illusion der Jugend und Schönheit, die ihn in Liebe gefangen hielt, damit ihr ihn als Geisel halten konntet!« Er drängte sein Pferd näher an sie heran.

»Du lügst!«, sagte Sian mit bleichem Gesicht, unfähig, seinen Zorn länger zurückzuhalten.

Culain riss sein Eisenschwert aus der Scheide und hieb nach Kiaran. Der Schild des Elfen fuhr empor, um den Schlag abzuwehren. Ein Schrei klang von den Männern des Dorfes herüber.

Sian zog seine Klinge und sprengte auf Culain zu.

»Sian! Nicht!«, schrie Kiaran. Die Männer von Clan Cormac stießen ihren Schlachtruf aus, und auf dem Hügel über ihnen spannten die Elfen ihre Bogen.

Als Sian und Culain aufeinander prallten und Stahl auf Stahl klirrte und Holz auf Holz krachte, riss Conn die Elfenklinge aus der Scheide und ritt auf Kiaran zu.

Bogensehnen schwirrten, Pfeile zischten und sterbende Männer schrien, aber Conn wandte sich nicht um.

»Conn!«, schrie der Elf und riss im gleichen Moment sein Pferd herum, um zu fliehen, ohne zum Schwert zu greifen. Conn trieb sein Pferd gegen das andere, sein Schwert sauste in einem sirrenden Bogen nieder und durchschlug Fleisch und Knochen. Mit bis zum Kinn gespaltenem Schädel stürzte der Herr der Elfenhügel vom Pferd.

Culain schrie auf, als Sian die Elfenklinge durch sein Handgelenk stieß. Das schwere Eisenschwert entfiel seiner Hand.

Die Männer von Clan Cormac flohen, und vom Hügel aus sandten die Elfen Salve für Salve erbarmungsloser Pfeile in ihre Reihen.

Conn sah, wie sein Bruder mit blutendem Handgelenk sein Pferd herumriss und floh. Sian machte keine Anstalten, ihn zu verfolgen, und vom Hügel sauste kein einziger Elfenpfeil hinter ihm her. Die Elfen standen still, bewegungslos.

Conn fühlte Sians Blick. Kiaran lag da, wo er vom Pferd gestürzt war. Sein Blut tropfte von Conns Schwert.

Die Hufe dröhnten, und Sians Pferd prallte auf seines. Als Conn von dem Anprall taumelte, umklammerte eine Hand seinen Schwertarm und entwand die Klinge seinem Griff.

Das Pferd des Elfen galoppierte davon. In der Hand hielt Sian Conns glänzendes Schwert aus dem Elfenhügel, an dessen Schneide Kiarans noch feuchtes Blut klebte. Es glänzte in der Sonne und fing Conns Blick mit seinen glitzernden Strahlen.

»Dieses Schwert wurde dir als Zeichen der Brüderschaft gegeben!«, rief Sian. »Dir gegeben wegen deiner Liebe zu unserer Schwester. Du hast unsere Schwester verlassen und das Schwert mit dem Blut eines Bruders befleckt! Willst du das Schwert noch haben?«

Conn wusste kaum, was er sagte, als er schrie: »Gib mir mein Schwert zurück!«

»Dein Schwert?«, rief Sian. »Von nun an nicht mehr! Du musst es dir zurückholen. Genauso, wie du durch das Schwert den Tod gebracht hast, soll es auch dir den Tod bringen! Die Wölfe sollen dein Gebein zernagen, Sterblicher!«

Er schwang das Schwert über seinem Kopf. Conn konnte den Blick nicht von seinem schimmernden Glanz wenden.

»Und jetzt – folge mir!« Das Elfenross wirbelte herum, und er floh gen Norden davon.

Conn trat seinem Pferd in die Weichen und raste hinter ihm her, die Augen fest auf die glänzende Klinge gerichtet.

Hinter ihm versammelten sich die Männer des Clans und sahen, wie er Sian nachjagte. Sie sahen, wie die Gruppe der Elfen herumwirbelte und das Schlachtfeld verließ. Sie hängten sich ihre Bogen über die Schultern und ritten westwärts, dem Land der Elfen entgegen.

Die Männer sahen, wie Sian gen Norden floh, Conn dicht hinter ihm. Doch während sie noch schauten, bemerkten sie, dass der Elf nach Westen hin abdrehte, während Conn weiter nordwärts ritt, und dabei sein Pferd anspornte, als jage er noch immer dem Elf hinterher.

Einige glaubten, noch etwas anderes zu sehen – einen Nebel oder Schatten, der vor Conns Pferd dahinflog, als werde er verfolgt.

Die Sonne ging unter, und noch immer trieb Conn sein Pferd zur Eile an. Weiter und weiter ritt er, schnell wie der Wind, doch der andere Reiter war immer noch vor ihm und hatte das glänzende Schwert hoch erhoben.

Doch es war nicht mehr Sian, der vor ihm herritt, sondern Kiaran. Kiaran schaute über seine Schulter zurück, und Conn konnte den tiefen Spalt in seinem Schädel erkennen, aus dem das Blut floss.

Die Nacht senkte sich über sie – eine dunkle, sternenlose Nacht, in der Wolken den Himmel verdeckten –, und noch immer ritten Verfolgter und Verfolger dahin. Conns Pferd strauchelte, doch er peitschte es erbarmungslos voran, die Augen auf das Schwert gerichtet.

Der andere floh weiter vor ihm, ohne dass Conn auch nur eine Pferdelänge aufholte. Das Licht des Schwertes blendete Conn fast.

Der Reiter schien zu verschwimmen, das Licht der Klinge zu flackern und zu verlöschen ...

Nein! schwor Conn. Es durfte nicht verschwinden! Es durfte nicht geschehen, dass es ihm auf diese Weise entging!

Er heftete seine Blicke auf das schwindende Phantom und befahl ihm zu bleiben, während er seine Peitsche gebrauchte. Er konnte es zwar nicht erreichen, aber es flackerte nicht mehr. Sein Pferd strauchelte vor Müdigkeit, aber er trieb es vorwärts. Der Boden glitt unter den wild stampfenden Hufen dahin, der Reiter vor ihm kam aber nicht näher.

Nach einiger Zeit nahm Conn eine verschwommene Gestalt neben sich in der Dunkelheit wahr. Als er sich umwandte, erkannte er Sian, der auf gleicher Höhe mit ihm dahinritt. Es kam ihm so vor, als höre er eine Frau voller Verzweiflung weinen. Ethbrien.

»Halt ihn an! Lass ihn umkehren!«, schrie sie, und er glaubte beinahe, ihr Gesicht zu sehen, in dem sich die roten Lippen bewegten.

»Conn!«, schrie die Gestalt an seiner Seite, aber er drehte sich nicht um. Erneut hörte er ihre Stimme, ohne zu erkennen, woher sie kam.

»Conn, kehr um!« Er gab keine Antwort. »Er kann mich nicht hören! Sian, befreie ihn! Nimm den Zauber von ihm und lass ihn umkehren!«

»Ich habe ihn von ihm genommen!«, rief der Elf verzweifelt.

»Aber er kehrt nicht um! Er selber will es jetzt so – Conn! Kannst du mich denn nicht hören?«

Conn antwortete nicht, sondern zog einen Dolch aus seiner Scheide.

»Es wird dein Tod sein, Mann! Siehst du nicht, dass gar nichts da ist?«

Das Phantom schien nun näher zu sein. Er würde es fangen, wenn sie ihn nicht daran hinderten.

»Conn! *Das Schwert ist gar nicht da!* Es ist nur eine Illusion, die ich dir vorgespiegelt habe! Lass es! Kehr um!«

Er beugte sich hinüber, und seine Hand schloss sich um Conns Arm.

Conn wirbelte im Sattel herum und stach nach Sians Handgelenk. Der Elf zog die Hand gerade noch rechtzeitig zurück.

Conn trieb das Pferd weiter heftig an, aber der Elf blieb neben ihm. »Conn!«, schrie Sian noch einmal, aber dieser beachtete ihn nicht. Sie wollten ihn wohl ablenken, von der Verfolgung Kiarans abbringen, aber das würde er nicht zulassen. Er musste den erschlagenen Elfen einholen, um ihn noch einmal zu töten und das Schwert zurückzuerobern. Nur das zählte.

Schwach und aus weiter Ferne hörte er Ethbrien sprechen. »Sian! Können deine Zauber ihn nicht zur Rückkehr zwingen?«

Eine Gestalt erhob sich vor ihm. Ein Riese, groß wie ein Baum, mit einem riesigen Knüppel in der Hand.

Conn trieb sein Pferd geradewegs auf ihn zu.

Der Riese zerfiel und verschwand vor ihm. Eine Illusion, die ihn von seiner Verfolgung abbringen sollte! Aber das sollte nicht geschehen.

Sian war noch immer an seiner Seite, er ritt auf gleicher Höhe mit Conn, und wieder rief er Conns Namen. Conn stieß mit seinem Dolch nach ihm, aber Sian riss nur sein Pferd zur Seite, kam außer Reichweite, und arbeitete sich dann wieder an Conn heran. Ein zweiter Stoß hatte das gleiche Ergebnis. Es war, als steche er im Dunkeln nach einer Fledermaus.

»Geh!«, krächzte der Mann. »Verlass mich! Geh!«

»Conn!« Ethbriens Stimme drang erneut zu ihm, und sie weinte dabei. »Kehr um, Conn! Merkst du nicht, dass es nur eine Täuschung ist?«

In seinen Gedanken sah er ihr Gesicht noch einmal, doch er löschte es aus und heftete seine Augen wieder auf das glänzende Schwert. Hexe! Zauberin! Glaubte sie, ihn wieder einfangen zu können? *Liebliche Frau aus den Elfenhügeln, deine Schönheit blendet mich, mein Herz fliegt zu dir gleich einem Vogel ...*

»Conn!«, schrie Sian. »Kehr um!«

Er erwiderte nichts, wendete nicht einmal den Blick.

»Conn!« Wieder erklang ihre Stimme, aber sein Blick und sein Denken waren auf das glitzernde Schwert gerichtet.

»Es ist sinnlos, Schwester!«, rief der Elf, und aus seiner Stimme klang Schmerz. »Es ist jetzt nicht mehr mein Hass, der ihn tötet, *sondern sein eigener!*«

Das Elfenross wirbelte herum und flog wie ein dunkler Vogel in die Nacht hinein.

Der leuchtende Reiter schwebte vor ihm dahin, die Elfenklinge hoch erhoben. Conns Peitsche klatschte unaufhörlich auf Flanken und Schultern seines Pferdes, doch der Reiter kam nicht näher. Sie ritten durch die Nacht, die Pferdehufe dröhnten auf dem gefrorenen Boden.

Im Osten wurde es hell, aber der Geisterreiter war noch immer so weit von ihm entfernt wie zuvor.

Conns Pferd stolperte vor Müdigkeit, und es atmete in langen, keuchenden Stößen, aber Conn trieb es weiter an.

Als die Peitsche keine Wirkung mehr zeigte, riss er seinen Dolch aus dem Gürtel und bearbeitete damit den Widerrist des Pferdes.

Die Sonne wanderte über den Himmel, aber Conn achtete nicht darauf. Erbarmungslos trieb er das schreiende, blutüberströmte Pferd vorwärts. Dämmerung breitete sich über den Himmel, und schwarze, flammenäugige Gestalten heulten düster auf der Blutspur hinter ihm. Vor ihm war das Schwert.

Sein Pferd taumelte und fiel zur Seite, sodass Conn zu Boden stürzte. Weder Schläge noch Flüche konnten das Tier wieder auf die Beine bringen. Es war tot.

Conn wandte sich von ihm ab, ohne auf die heulenden Gestalten zu achten, die mit geifernden Lefzen über das Moor kamen, und stolperte gen Norden, die Hände ausgestreckt, um das leuchtende Schwert zu ergreifen, das immer gerade außerhalb seiner Reichweite vor ihm schwebte.

Viele von den Wölfen zernagte Menschenknochen liegen in den Mooren des Nordens. Conns Dolchgürtel wurde im darauf folgenden Frühling von einem Mann des Clans Cormac gefunden.

Man erzählt, dass die edle Ethbrien einige Zeit darauf starb – einige sagen, aus Kummer, andere sagen, im Kindbett, und wieder andere behaupten, dass die Elfenfrau, die einem Menschen ein Kind gebiert, seine Sterblichkeit mit seinem Samen aufnimmt.

Aber bevor sie starb, schenkte sie einem Sohn, Erithan Mac Conn, das Leben, und er wurde zu einem der größten Krieger der Elfen und der schrecklichste und unversöhnlichste im Kampf seines Volkes gegen Clan Cormac, bis zuletzt Mananaan über die See zurückkehrte und das Volk von Caer Liath westwärts zum Land der Jugend segelte.

Galadriel Island

MONIKA FELTEN

Beim Anblick des weißen Tores, das am Ende der gepflasterten Straße auftauchte, fühlte sich Sharon unvermittelt in die Kindheit zurückversetzt. War es wirklich schon zwanzig Jahre her, seit sie dieses Anwesen mit ihrem Vater besucht hatte?

Verstohlen warf sie einen Blick in den Rückspiegel des schwarzen Jeeps, den sie am Shannon Airport gemietet hatte, und schmunzelte. Ja, das war es wohl. Die Lachfältchen in den Augenwinkeln waren nicht zu übersehen. Wie schnell doch die Zeit verging. Die Jahre, in denen sich das kleine Mädchen zur erfolgreichen Geschäftsfrau gemausert hatte, waren wie im Flug verstrichen. So schnell, dass sie es gar nicht ... Eine melodische Klangfolge ertönte. Ohne den Wagen anzuhalten, griff Sharon in die geöffnete Handtasche, die neben ihr auf dem Beifahrersitz lag, und fischte das Handy heraus.

»Blank«, meldete sie sich. »Oh, Mr. Rosebud ... Ja, danke. Alles bestens. Ich habe den Vertrag.«

Sie parkte den Wagen vor dem Tor, lauschte, lächelte und nickte dann. »Ja, es ist alles bestens gelaufen. Die irischen Kollegen haben ganze Arbeit geleistet ... Stimmt, ich brauchte nur noch zu unterschreiben ... Nein, ich komme erst in zwei oder drei Tagen zurück. Ich habe mir einen Jeep gemietet und in Eatonsgrove ein Zimmer genommen. Bed and Breakfast, Sie wissen schon, wie eine ganz gewöhnliche Reisende. Ich möchte nicht, dass die Leute misstrauisch werden, schließlich stehen wir noch ganz am Anfang, da kann ich keine aufgebrachten Anwohner gebrauchen. Wie? ... O ja, natürlich reise ich allein. Ich möchte mir unbedingt einen Überblick verschaffen, bevor ich mit den Architekten ... Ach, das glauben Sie doch selbst nicht. Das sind alles nur Märchen. Ich will mir das Land ... Also, lieber Mr. Rosebud, ich bitte Sie. Sie brauchen sich wirklich keine Sorgen zu machen. Ich war als Kind schon einmal hier und kenne mich aus ... Nein, das ist nicht nötig, wirklich nicht. Ich habe ja das Handy dabei ... Ja, ich melde mich bei Ihnen, sobald ich zurück bin, dann können wir alles Weitere besprechen. Bye.« In bester Laune ließ Sharon das Handy wieder in die Tasche gleiten und stieg aus dem Wagen, um das Tor zu öffnen. Dieser Mark Rosebud war ein verdammt guter Anwalt und ein verdammt gut aussehender dazu. Sie wusste schon lange, dass er weit mehr als nur geschäftliche Gefühle für sie hegte, war aber bisher nicht auf seine Avancen eingegangen. Als Geschäftsführerin von AB&B, einem großen New Yorker Immobilienunternehmen, fehlte ihr für die Liebe einfach die Zeit.

Loser Sand, von einem heftigen Regenguss über den Asphalt gespült und von der Frühlingssonne getrocknet, knirschte unter den Sohlen ihrer Schuhe, als sie sich dem verwitterten Tor näherte. Der Zahn der Zeit hatte dem einst makellosen Weiß heftig zugesetzt. Überall blätterte die Farbe ab, und an einigen Stellen hatten sich bereits Moose und Flechten angesiedelt. Sharon nahm es beiläufig zur Kenntnis und griff nach dem rostigen Eisenriegel. Das Tor war nicht wichtig, es würde ohnehin nicht mehr lange stehen.

»Der alte Erin O'Connell war in den letzten Jahren wohl ein wenig nachlässig«, murmelte sie und öffnete das Tor mit einem kräftigen Stoß. Dann ging sie zum Wagen zurück, drehte den Zündschlüssel herum und bog auf den schmalen Sandweg ein, der vom Tor aus durch den Wald zum Herrenhaus führte. Der verstorbene Besitzer von Longwood Island war lange Zeit ein guter Freund ihres Vaters gewesen. Niemand kannte sein wahres Alter, doch in Eatonsgrove, dem kleinen Dorf nahe dem riesigen Anwesen, munkelte man, er habe weit über einhundertfünfzig Lenze gesehen. Beweisen ließ sich dies allerdings nicht, denn die Urkunden waren vor vielen Jahren bei einem Brand verloren gegangen. Sicher war nur, dass er der einzige, uneheliche Sohn von Maeve O'Connell war, in deren Familienbesitz sich Longwood Island nachweislich seit mehr als fünfhundert Jahren befunden hatte.

Wie schon seine Mutter hatte auch Erin O'Connell niemals geheiratet. Und wie alle O'Connells hatte er die verwunschene Abgeschiedenheit der Halbinsel bevorzugt und nur wenig Kontakt zur Außenwelt gepflegt.

Soweit Sharon wusste, war die Freundschaft zwischen ihm und ihrem Vater Anthony Blank, einem wohlhabenden New Yorker Immobilienmakler, nur durch einen Zufall entstanden. Ihr Vater hatte sich zeitlebens für keltische Mythologie interessiert und in seiner knapp bemessenen Freizeit Nachforschungen über das sagenumwobene Volk der Elben angestellt. Oft hatten ihn Studienreisen nach Irland, der Heimat des geheimnisvollen Volkes, und irgendwann auch nach Longwood Island geführt, wo er in Erin O'Connell auf jemanden mit einem schier unerschöpflichen Wissen über die Elbenvölker gestoßen war.

Wieder ertönte das Handy. Sharon überlegte, ob sie es klingeln lassen sollte, hielt dann aber an und meldete sich. »Ah, Mr. Parker ... Ja, der Vertrag steht ... Aber natürlich! Ich dachte, Sie hätten längst damit begonnen ... Neue Fotos? Nein, aber das können wir schnell ändern. Ich bin gerade auf dem Weg zum Herrenhaus und habe meine Digicam dabei ... Von allen Seiten? ... Geht klar! Mach ich ... Haben Sie inzwischen diese lehmfarbenen Ziegel auftreiben können? ... Schade! Ich hoffe, Sie werden bald fündig ... Den Investoren soll ein möglichst originalgetreues Modell präsentiert werden. Sie wissen schon, etwas, das einen tiefen Eindruck hinterlässt ... Gut, ich verlasse mich auf Sie. Bye!«

Noch immer keine passenden Ziegel! Sharon schaltete das Handy aus und schimpfte leise vor sich hin, während sie den Wagen zügig über den holprigen Weg lenkte, der von Büschen und Bäumen gesäumt war. Die ausladenden Äste neigten sich weit über den Jeep, und Sharon hörte, wie das zarte Maigrün sanft über das Wagendach strich.

Als wollten die Bäume mich berühren, schoss es ihr durch den Kopf.

Reiß dich zusammen, Sharon, ermahnte sie sich selbst und schalt sich einen Feigling. Sie würde sich doch nicht von Marks übertriebenen Ängsten anstecken lassen. Schließlich war sie nicht mehr das kleine Mädchen, das hier überall verwunschene Geheimnisse vermutet hatte. Und von dem, was sich die Leute in Eatonsgrove über Longwood Island erzählten, glaubte sie kein Wort. Die gespenstischen Geschichten über unerklärliche Vorkommnisse und seltsame Begegnungen, die sich auf dem Anwesen zugetragen haben sollten, waren Lügenmärchen, weiter nichts. Ausgeburten vom Whiskey umnachteter Gemüter, die sich einen Spaß daraus machten, den wenigen Besuchern, die sich in diese Gegend verirrten, Angst einzujagen.

Wenn hier wirklich seltsame Dinge vor sich gingen, hätte es ihr Vater damals erzählt – so, wie er ihr immer alles erzählt hatte, was mit seinem großen Traum zusammenhing.

Der Gedanke brachte sie zurück zu den lehmfarbenen Ziegeln. Sie konnte nur hoffen, dass Parker bald welche auftrieb. Die Präsentation von *Elronds Haus,* wie das prachtvolle

Hotel des künftigen Abenteuerparks auf Longwood Island heißen sollte, würde in drei Wochen stattfinden. Bis dahin musste das Modell fertig sein. Den Kaufvertrag für das Land hatte sie am Vortag unterschrieben. Jede Verzögerung würde sie von nun an eine Stange Geld kosten. So wie das ganze Projekt.

Sharon seufzte. Es war das bislang ehrgeizigste Mammutprojekt der Immobilienfirma, die sie vor fünf Jahren von ihrem Vater geerbt hatte. Doch es war auch der große, unerfüllte Traum eines Mannes, den ein viel zu früher Tod mitten aus dem Leben gerissen hatte, und Sharon sah es als ihre Pflicht an, ihm diesen Traum zu erfüllen.

Jahrzehntelang hatte ihr Vater mit überaus verlockenden Angeboten versucht, das ausgedehnte Anwesen Erin O'Connell abzukaufen, der sich seinerseits hartnäckig geweigert und selbst achtstelligen Summen gegenüber immun gezeigt hatte. Der Staat hingegen, dem Longwood Island nach dem Ableben des letzten O'Connells zugefallen war, hatte dem großzügigen Angebot von 50 000 000 $ nicht widerstehen können.

Ein spitzbübisches Grinsen huschte über Sharons Gesicht. Endlich konnte sie die Pläne, die seit dem Tod ihres Vaters ein staubiges Dasein in den Schubladen der Chefetage von AB&B fristeten, in die Tat umsetzen: *Galadriel Island* würde ein Erlebnispark der gehobenen Klasse werden, in dem die Besucher das Leben der sagenumwobenen Elben hautnah erfahren konnten. Das Angebot würde von stilechtem Wohnen über diverse sportliche Aktivitäten wie Langbogenschießen, Reiten und Schwertkampf bis hin zu Sindarin-Workshops und abendlichen Vorführungen reichen, in denen die Gäste die heroischen Schlachten der Elben gegen die Orks auf einer naturgetreuen Freilichtbühne live miterleben könnten. Hinter der Fassade einer echten Elbenstadt würden die Touristen alles finden, was ihr Herz begehrte: Casinos, Bars, Sauna, Wellness-Angebote und viele verschiedene Restaurants, in denen es neben Lembasbrot und anderen elbischen Gerichten natürlich auch typisch amerikanische Steaks und Hamburger geben würde.

Eingebettet in die wildromantische und zerklüftete Landschaft von Longwood Island würde der Erlebnispark ein voller Erfolg werden, dessen war sich Sharon ganz sicher. Und statt des verwitterten alten Tors würde ein riesiges Eingangsportal mit der Aufschrift MAE GOVANNEN die Gäste begrüßen. Die Ausschreibung hierfür lief schon seit Monaten, und mehrere Künstler hatten bereits so vortreffliche Entwürfe eingereicht, dass die Auswahl schon jetzt schwer fiel.

In Gedanken ging Sharon die wunderschönen Zeichnungen noch einmal durch, als vor ihr mitten auf der Straße wie aus dem Nichts ein umgestürzter Baum auftauchte. Geistesgegenwärtig riss sie das Steuer herum, um dem Hindernis auszuweichen, und lenkte den Jeep in die Böschung am Wegrand. Aber der Wagen hielt nicht an. Nahezu ungebremst pflügte er durch das Gestrüpp und schoss auf den dahinter liegenden Abhang zu. Sharon schrie auf und tastete mit dem Fuß nach dem Bremspedal, doch da bahnte sich der Jeep schon hüpfend und holpernd einen Weg hangabwärts durch das Unterholz.

Sharon klammerte sich am Lenkrad fest, um nicht hin und her geschleudert zu werden. Instinktiv drehte sie es nach links oder nach rechts, um dicken Bäumen auszuweichen, während sie gleichzeitig versuchte, das Bremspedal durchzutreten. Äste und Zweige schlugen krachend gegen den Jeep und schabten über Lack und Scheiben, während die Stoßdämpfer bis an die Grenzen der Belastbarkeit beansprucht wurden.

Das Ende des Geländetrips kam in Form einer dicken Eiche, deren Stamm sich mit einem hässlich berstenden Geräusch mitten in die Motorhaube bohrte. Öl und Wasser spritzen auf die gesplitterte Windschutzscheibe, und Sharon spürte den brennenden Schmerz, mit dem ihr der Sicherheitsgurt in die Schulter schnitt. Dann war es vorbei.

Erschöpft schloss sie die Augen und atmete tief durch. Sie zitterte am ganzen Körper. Über das Rauschen des Blutes in den Ohren hinweg hörte sie ihr Herz wie verrückt hämmern.

Ich muss telefonieren! Benommen steckte sie die Hand aus, um auf dem Beifahrersitz nach der Handtasche mit dem Handy zu tasten. Ich brauche einen Abschleppwagen! Bis Eatonsgrove sind es mindestens acht Meilen. Das schaffe ich zu Fuß niemals vor Einbruch der Dunkelheit ... Verdammt, wo ist meine Handtasche? Sharon bückte sich blinzelnd und suchte den Boden vor dem Beifahrersitz ab, doch die Handtasche blieb unauffindbar. So ein Mist! Wütend starrte Sharon auf die offene Beifahrertür. Bestimmt ist sie herausgefallen und liegt jetzt irgendwo weiter oben am Hang, überlegte sie.

Vorsichtig schälte sie sich aus dem Haufen Schrott, der noch vor wenigen Minuten ein neuer Jeep gewesen war, und machte sich humpelnd auf die Suche nach der Handtasche. Den Blick fest auf den Boden gerichtet, folgte sie den Reifenspuren, die sich tief in die feuchte, humusreiche Erde gegraben hatten, und stolperte den Hang hinauf. Irgendwo hier musste die Tasche doch liegen!

»Mylady?« Die fremde Stimme war nicht laut, ertönte jedoch so unerwartet, dass Sharon zusammenzuckte und einen spitzen Schrei ausstieß. Erschrocken fuhr sie herum und starrte in die hellblauen Augen eines jungen Mannes, der sie besorgt ansah. Mit dem erdfarbenen Overall und dem gleichfarbigen Tuch, das er sich um den Kopf gebunden hatte, erinnerte er an einen Waldarbeiter, doch irgendetwas sagte Sharon, dass der Eindruck trog. Vielleicht lag es an den langen hellblonden Haaren, die er im Nacken mit einem dünnen Lederband zusammengebunden hatte oder an dem merkwürdigen Akzent. Ein Waldarbeiter war er jedenfalls nicht.

»Verzeihen Sie!« Der Mann machte eine entschuldigende Geste und sagte: »Es war nicht meine Absicht, Sie zu ängstigen.«

»Das haben Sie aber getan«, erwiderte Sharon unwirsch. Sie war froh, in dieser gottverlassenen Gegend auf jemanden zu treffen, aber der Schreck saß ihr noch zu tief in den Gliedern, als dass sie freundlicher hätte reagieren können. »Wer sind Sie? Und wie haben Sie mich so schnell gefunden?«

»Oh, vergeben Sie mir, ich habe mich nicht vorgestellt. Mein Name ist Leiron. Ich bin – oder besser, ich war – der Stallmeister Erin O'Connells und kümmere mich um dessen Pferde, bis ein neuer Besitzer für Longwood Island gefunden ist.« Er deutete in Richtung des Wegs. »Atholon, mein Pferd, steht dort oben und wartet auf mich. Ich war gerade auf dem Weg zu den Weiden, als ich seltsame Geräusche hörte. Dann sah ich den umgestürzten Baum und Wagenspuren, die den Hang hinabführten, und bin sofort abgesessen, um ...«

»Sie sind den Wagenspuren gefolgt?«, unterbrach Sharon den Stallmeister.

»Ja.«

»Haben Sie vielleicht irgendwo eine Handtasche liegen sehen?«

»Meinen Sie diese hier?« Leiron hielt die Tasche hoch, und Sharon bemerkte zu ihrer Überraschung, dass er sie die ganze Zeit in der Hand gehabt hatte. »O ja! Das ist sie!« Strahlend nahm sie die Tasche in Empfang. »Das ist ja wunderbar. Ich fürchtete schon, sie den ganzen Nachmittag suchen zu müssen. Ich hatte einen Unfall, wissen Sie?«, erklärte sie, während sie den Inhalt der Tasche durchwühlte. »Der Jeep, mit dem ich hierher gekommen bin, steht da unten an einem

Baum – Totalschaden. Ich brauche dringend einen Abschleppwagen, aber ohne mein Handy kann ich nicht ... Mein Handy!« Sharons Bewegungen wurden hektischer, als sie die Tasche durchforstete. »Wo ist mein Handy?«, stieß sie fassungslos aus. »Es ... es muss herausgefallen sein. Wir müssen es suchen!« Ohne darauf zu achten, ob der Mann ihr folgte, hastete sie den Abhang hinauf. Hin und wieder hielt sie an, schob das trockene Laub mit den Füßen zur Seite oder hob einen Erdklumpen auf, in der Hoffnung, darunter das Handy zu finden. Nach der Hälfte des Wegs drehte sie sich um und rief: »Was stehen Sie da so herum? Wollen Sie mir nicht helfen?«

»Das hat wenig Sinn.« Der Stallmeister zuckte bedauernd mit den Schultern und deutete auf den Boden. »Die Laubschicht ist hier dick und trocken und liegt sehr locker. Wenn Ihr Handy da hineingefallen ist, finden Sie es nie.«

»Aber ich muss es finden!«, rief Sharon aus. »Wie soll ich denn sonst einen Abschleppwagen rufen? Wenn ich nicht bald telefonieren kann, ist es dunkel, bevor ... Warten Sie.« Sie überlegte kurz, dann hellte sich ihre Miene auf. »Würden Sie mich zum Herrenhaus bringen?«, fragte sie.

»Selbstverständlich!« Der Stallmeister nickte und folgte ihr den Hang hinauf. »Können Sie reiten?«

Wenig später fand sich Sharon auf dem Rücken eines prächtigen Schimmels wieder, der sie, vom Stallmeister geführt, gemächlich in Richtung des Herrenhauses trug.

»Sie sind die neue Besitzerin, nicht wahr?«, fragte Leiron nach einer Weile geradeheraus.

»Wie kommen Sie darauf?«, erwiderte Sharon ausweichend. Der Stallmeister machte auf sie einen sehr sympathischen Eindruck; trotzdem war sie sich nicht sicher, ob es klug wäre, ihm so früh die Wahrheit zu sagen.

»Sie haben die Schlüssel zum Herrenhaus bei sich.«

»Es zeugt nicht gerade von guten Manieren, fremde Taschen zu durchsuchen«, meinte Sharon spitz.

»Das war nicht nötig.« Der Stallmeister blieb gelassen. »Die Schlüssel schauten heraus, als ich die Tasche fand.«

Sharon seufzte. »Also gut, Sie haben Recht. Mein Name ist Sharon Blank. Ich bin die neue Besitzerin. Aber sagen Sie es bitte nicht weiter«, bat sie. »Ich möchte nicht, dass die Leute in Eatonsgrove davon erfahren.«

»Ich gehe nie nach Eatonsgrove!« In der Stimme des Stallmeisters schwang ein seltsamer Unterton mit, den Sharon nicht einordnen konnte.

»Nicht? Nun, da verpassen Sie auch nicht viel. Ist ein ziemlich verschlafenes Nest.« Sie wechselte das Thema. »Arbeiten Sie schon lange hier?«

»Kann man sagen.«

»Dann kannten Sie Erin O'Connell sicher sehr gut.«

»Ja.«

»Und? Wie war er? Hatten Sie ein gutes Verhältnis zu ihm?«

»Wie ein Vater zu seinem Sohn.«

»Sie meinen sicher: wie ein Sohn zum Vater«, korrigierte Sharon schmunzelnd.

»Ich meine, was ich sagte«, erwiderte Lerion knapp.

»Aber ...«

»Ich werde Anweisung geben, den Baum von der Straße zu räumen.« Offensichtlich wollte der Stallmeister das Thema nicht weiter verfolgen. »Wenn das Herrenhaus wieder bewohnt ist, muss der Zugang frei sein.«

»Wieder bewohnt?« Sharon konnte den Worten zunächst nicht ganz folgen, doch dann begriff sie. »O nein. Sie verstehen da etwas falsch«, beeilte sie sich zu erklären. »Ich bin zwar die neue Besitzerin, aber ich habe nicht vor, hier zu wohnen.«

»Sind Sie sicher?« Der Stallmeister schaute zu ihr auf. Sein Blick hielt den ihren fest, und Sharon hatte das Gefühl, dass er ihr mitten ins Herz sah. Es war unbeschreiblich. Wärme, Wissen und eine unendliche Sanftheit lagen in diesem Blick und dazu ein Hauch von Ewigkeit und eine Ahnung von etwas, das sie sich nicht erklären konnte.

»Können wir nicht schneller reiten?«, fragte sie peinlich berührt und schaute verlegen auf die Armbanduhr. »Es ist schon spät. Wenn wir weiter so herumtrödeln, kommt der Abschleppwagen heute bestimmt nicht mehr.«

»Können wir!« Mit einer anmutigen Bewegung schwang sich Lerion aus dem Stand hinter Sharon auf den Rücken des Pferdes und schnalzte leise mit der Zunge. Der Schimmel reagierte sofort. Als hätte er nur darauf gewartet, trabte er an und trug die beiden Reiter mit wehender Mähne den Weg entlang auf das Herrenhaus zu.

»Kein Telefon? Warum haben Sie mir das nicht gleich gesagt?!« Aufgebracht durchschritt Sharon die geräumige Empfangshalle des Herrenhauses. Dass hier alles noch so aussah, wie sie es von dem Besuch vor zwanzig Jahren in Erinnerung hatte, erstaunte sie, doch sie war viel zu ärgerlich, um sich jetzt darüber Gedanken zu machen. Ohne auf Leiron zu achten, der mit gleichmütiger Ruhe in der geöffneten Eingangstür stand, hetzte sie von einem Tisch zum anderen und schaute in jede Ecke, in der Hoffnung, irgendwo doch noch ein Telefon zu finden.

»Sie haben nicht danach gefragt.«

»O Himmel, das können Sie sich doch denken! Mein Handy ist weg, und ich muss dringend telefonieren.«

»Erin O'Connell hatte keinen Bedarf an den Errungenschaften der Technik«, erklärte der Stallmeister mit einem Anflug von Wehmut in der Stimme. »Er schätzte die ruhige und friedliche Idylle dieses Landstrichs.«

»Ein so alter Mann, ganz allein hier draußen? Ohne jede Verbindung zur Außenwelt?« Sharon schüttelte den Kopf.

»Das Märchen können Sie einer anderen erzählen. Was machte er denn, wenn er einen Arzt oder Medikamente brauchte?«

»Auch daran hatte er keinen Bedarf.«

»Das wird ja immer besser. Als Nächstes erzählen Sie mir noch, er hätte auch keinen Bedarf an Nahrungsmitteln gehabt«, meinte sie spitz.

»O doch, das hatte er.«

»Na, wunderbar«, erklang Sharons Stimme aus einem der angrenzenden Räume. »Und das Bestattungsunternehmen ist wohl durch Rauchzeichen oder eine Brieftaube von seinem Ableben verständigt worden!« Als Leiron darauf nichts erwiderte, kehrte sie in die Empfangshalle zurück und fragte: »Oder hatte er daran etwa auch keinen Bedarf?«

»So ist es.«

Mit finsterer Miene trat Sharon auf den Stallmeister zu. »Das glaube ich Ihnen nicht. Sie wollen mich doch nur auf den Arm nehmen.«

»Nichts läge mir ferner.«

Irgendetwas am Verhalten des Stallmeisters verriet Sharon, dass er die Wahrheit sagte. »Heißt das, er ist hier ...?«

»... bestattet worden, wie es der Brauch verlangt«, erklärte Leiron knapp.

»Dann gibt es auf Longwood Island eine Familiengruft oder dergleichen«, schlussfolgerte Sharon, während sie gleichzeitig überlegte, wie teuer eine Umbettung auf den Friedhof von Eatonsgrove wohl sein mochte.

»Etwas Ähnliches.«

»Wissen Sie, wer dort noch bestattet wurde?« Die Aussicht auf solch unerwartete Nebenkosten ließ Sharon den Ärger über das fehlende Telefon für einen Augenblick vergessen. Von einem Familiengrab hatte ihr bei der Vertragsunterzeichnung niemand etwas gesagt, aber die Kosten, die dessen Beseitigung verursachen würde, mussten unbedingt noch vor der Präsentation mit in den Finanzierungsplan aufgenommen werden. »Möchten Sie es sehen?«, fragte Leiron, ohne auf Sharons Frage einzugehen.

»Ja ... ähm ... Nein, jetzt nicht. Später. Ich muss zuerst telefonieren.«

»Aber ...«

»Ja, ich weiß«, Sharon setzte sich auf einen hochlehnigen, mit rotem Samt gepolsterten Stuhl, stützte die Arme auf die Knie und schlug die Hände vors Gesicht. Die langen brünetten Haare fielen wie ein Vorhang vor ihr Gesicht und verbargen es vor Leirons Blicken. »Warum muss das ausgerechnet mir passieren?«, klagte sie. »Und dazu noch mitten in einer wildfremden Gegend.«

»Longwood Island ist nicht fremd.« Ein warmer Unterton schwang in der Stimme des Stallmeisters mit. »Es ist Ihre neue Heimat.«

»Meine Heimat ist New York!«, entgegnete Sharon brüsk. »Downtown Manhattan. Das sechsundfünfzigstöckige Gebäude von AB&B. Dort habe ich ein Apartment, meine Arbeit, Freunde ... Ich bin zwar die neue Besitzerin von Longwood Island, aber meine Heimat wird es niemals werden. Bald ...« Sharon verstummte errötend. Beinahe hätte sie zu viel verraten.

Der Stallmeister ging jedoch nicht weiter darauf ein. »Ich habe das Gästezimmer für Sie herrichten lassen«, sagte er so selbstverständlich, als wäre sie ein lang erwarteter Gast.

»Wie?« Sharon blickte verwirrt auf.

»Es ist oben in der Mansarde.« Leiron deutete auf die breite, gewundene Treppe, die von der Empfangshalle in den ersten Stock hinaufführte, und meinte: »Es wird Ihnen gefallen. Heute schaffen Sie es ohnehin nicht mehr, nach Eatonsgrove zu gelangen. Es wird bald dunkel.«

»Du meine Güte, ist es denn schon so spät?« Erschrocken warf Sharon einen Blick auf die Armbanduhr. 19.45 Uhr!

Über all der Aufregung hatte sie gar nicht bemerkt, wie schnell die Zeit verstrich. Plötzlich fiel alle Anspannung von ihr ab, und sie fühlte sich nur noch müde. Der Unfall mit dem Leihwagen, das verlorene Handy, der ungewohnte Ritt, die vielen neuen Eindrücke und unbeantworteten Fragen schlugen wie eine dunkle Woge über ihr zusammen. Ermattet stützte sie den Kopf auf die Hände und schloss die Augen.

»Sie fühlen sich nicht wohl!« Mit wenigen Schritten war der Stallmeister bei ihr und reichte ihr ein Glas Wasser.

»Danke.« Erst jetzt bemerkte Sharon, wie durstig sie war. Sie leerte das Glas in einem Zug und gab es Leiron zurück. »Vielen Dank«, sagte sie noch einmal und schenkte ihm ein aufrichtiges Lächeln. »Es tut mir Leid, dass ich wegen des fehlenden Telefons so ungehalten war«, sagte sie entschuldigend. »Ich fürchte, der Stress in den vergangenen Tagen war einfach zu viel für mich.«

»Das glaube ich Ihnen gern«, erwiderte Leiron. »Ein wenig Schlaf wird Ihnen gut tun. Ich bin sicher, morgen werden Sie alles mit anderen Augen sehen.« Er deutete erneut zur Treppe und sagte: »Wenn Sie möchten, zeige ich Ihnen jetzt Ihr Zimmer. Dort erwartet Sie auch eine schmackhafte Abendmahlzeit, die ...«

»Sie reden, als gäbe es hier noch anderes Personal.« Sharon rieb sich ermattet über die Augen und schaute sich um. »Wie kommt es dann, dass ich außer Ihnen bisher niemanden gesehen habe?« Sie konnte ein Gähnen nicht unterdrücken. Ganz leise kam ihr der Verdacht, dass das Wasser sie noch schläfriger gemacht hatte; sie fühlte sich jedoch zu erschöpft, um den Gedanken weiter zu verfolgen.

»Nun, es gibt hier im Haus noch viele *Angestellte*«, erklärte Lerion. »Die meisten haben um diese Zeit aber schon *Feierabend*.«

Sharon nickte stirnrunzelnd und erhob sich mit bleiernen Gliedern. Etwas in der Art, wie der Stallmeister die Worte

Angestellte und *Feierabend* betonte, stimmte nicht, doch sie schaffte es kaum noch, die Augen offen zu halten, und wollte jetzt nicht darüber nachdenken. Am Ende der Treppe wartete ein warmes und weiches Bett auf sie, das allein zählte. Schlaftrunken folgte sie dem Stallmeister und tastete sich am Treppengeländer hinauf zu einer weißen, mit kunstvoll geschnitzten Efeuranken verzierten Tür. Dahinter befand sich ein kleines Mansardenzimmer mit einem Bett, das nicht einladender hätte sein können. Im flackernden Licht eines dreiarmigen Kerzenleuchters versprachen die üppige Daunendecke und das prall gefüllte Kissen Wärme, Behaglichkeit und einen erholsamen Schlaf.

Schlaf! Nie zuvor hatte sich Sharon so danach gesehnt.

»Wenn Sie etwas wünschen, brauchen Sie nur an die Wand zu klopfen«, hörte sie den Stallmeister im Hinausgehen sagen. »Mein Zimmer ist gleich nebenan.« Dann schloss er leise die Tür hinter sich, und sie war allein.

Der Anblick des üppigen Abendessens aus Brot, Früchten und Käse, das auf einem kleinen Tisch neben dem Bett für sie bereitgestellt worden war, erinnerte Sharon daran, wie hungrig sie war. Mit knurrendem Magen setzte sie sich auf die weiche Matratze, nahm sich einen der kleinen runden, verführerisch duftenden Brotfladen und biss herzhaft hinein. Kauend zog sie Schuhe, Strümpfe, Jeans und Pullover aus und schlüpfte schließlich nur mit einem T-Shirt bekleidet unter die Bettdecke. Das Brot war köstlich. Ein einziger Fladen reichte, um den Hunger zu vertreiben.

Auch das Bett war herrlich. Behaglich kuschelte sie sich unter die Decke. Sharon kannte die unpersönliche Aura fremder Zimmer und den kühlen Charme von Hotelmobiliar. Der Job als Geschäftsführerin von AB&B brachte es mit sich, dass sie oft und viel unterwegs war und nur selten in ihrem Apartment übernachtete – doch dieses Zimmer war anders. Es war ihr fremd, aber gleichzeitig auch vertraut.

Obwohl sie bei dem schwachen Kerzenschein kaum etwas erkennen konnte, vermittelte es ihr ein Gefühl von Wärme und Geborgenheit, wie sie es schon lange nicht mehr gespürt hatte. Ein Gefühl wie damals, wenn sie als Kind während eines Gewitters zu ihren Eltern ins Bett gekrochen und in der tröstlichen Sicherheit zwischen den Erwachsenen eingeschlafen war.

Sharon gähnte erneut. Der Gedanke, ob man sie in Eatonsgrove wohl vermissen würde, flackerte kurz auf, und ihr fiel ein, dass sie dort niemandem erzählt hatte, wohin sie fahren wollte. Dann forderte die bleierne Müdigkeit endgültig ihren Tribut, und sie glitt auf den sanften Wogen des Schlafs dahin.

Sie erwachte, weil sie spürte, dass sie nicht mehr allein war. Ihr Herz raste, aber sie setzte sich nicht auf, sondern blieb stumm und starr unter der Decke liegen, während sie das Zimmer mit den Augen nach der Ursache für das beunruhigende Gefühl absuchte. Die Kerzen in dem Leuchter waren heruntergebrannt, doch obwohl tiefe Nacht war, war es nicht richtig dunkel. Vielleicht ging der Mond auf oder ...

»*Mae govannen, muthiel* – Sei gegrüßt, Schwester.« Die elbischen Worte streiften Sharon wie die eine Feder, und sie erschauerte. War das ein Traum? Vorsichtig richtete sie sich auf, drehte sich um und sog überrascht die Luft ein.

Neben der Tür stand eine wunderschöne Frau in einem langen, weiß schimmernden Gewand. Die hellblonden Haare trug sie wie eine Krone um den Kopf geflochten, nur im Nacken fielen sie offen bis zu den Hüften herab. Sie hatte sehr blasse, elfenbeinfarbene Haut und Augen von einem unnatürlich hellen Blau. Schlank und hoch gewachsen war sie, doch das Auffälligste an ihr waren die spitz zulaufenden Ohren. Es konnte keinen Zweifel geben: Sie war eine Elbin!

»Steh auf und folge mir, Schwester.« Die Frau trat näher und gab Sharon die Hand. Über dem Arm trug sie ein fließendes helles Gewand; sie reichte es Sharon und bedeutete ihr, es anzuziehen.

Sharon widersprach nicht. Wie im Traum erhob sie sich, zog das T-Shirt aus und tat, wie ihr geheißen. Fast beiläufig bemerkte sie, dass das durchscheinende Gewand mehr enthüllte als verbarg, doch das störte sie nicht. Gefangen von der Magie des Augenblicks, folgte sie der Frau stumm und ehrfürchtig aus dem Zimmer, die Treppe hinunter und durch die Empfangshalle hinaus in den Garten, wo sich ihr ein unheimliches und zugleich auch faszinierendes Bild bot.

Zu beiden Seiten des schmalen Kieswegs, der von der breiten, steinernen Treppe des Herrenhauses aus in den Garten führte, standen Dutzende hoch gewachsene, in bodenlange dunkelblaue Umhänge gehüllte Gestalten. Jede hielt eine Fackel in den Händen, deren flackernder Lichtschein die dunstige Luft entlang des Weges erhellte, der sich wie ein leuchtendes Band in den Park hineinschlängelte. Weite Kapuzen hüllten die Gesichter der Blaugewandeten in tiefe Schatten, und die statuengleiche Ruhe, mit der sie die Fackeln hielten, ließ sie geheimnisvoll und unheimlich erscheinen. Doch Sharon fürchtete sich nicht. Berauscht von der mystisch magischen Stimmung folgte sie der Elbin, die gemessenen Schrittes auf den erleuchteten Weg zuhielt, und tauchte mit ihr in das warme Licht der Fackeln. Sie spürte die Blicke der Dunkelgewandeten auf sich ruhen und bemerkte erstaunt, dass sich alle, an denen sie vorbeigegangen war, hinter ihr auf dem Weg einreihten, bis sich eine lange, Fackeln tragende Prozession nahezu lautlos durch den nächtlichen Garten bewegte.

Wenig später gelangten sie an eine Wiese, auf der ein großer Lichterkreis aus unzähligen Kerzen erstrahlte. Liebliche Klänge von Windspielen erfüllten die Luft, und der betörende Duft unzähliger Blüten war allgegenwärtig. Die Elbin führte Sharon in die Mitte des Kreises und wartete schweigend, bis die Dunkelgewandeten ihre Plätze am äußeren Rand eingenommen hatten. Dann maß sie Sharon mit einem schwer zu deutenden Blick und sagte: »Du bist gekommen, um dir ein Bild über dieses Land zu machen, Schwester. Deshalb frage ich dich: Bist du bereit, wirklich zu sehen?«

Sharon nickte schweigend. Sie hatte keine Ahnung, was die Elbin meinte, doch der Zauber der Nacht hielt sie fest umfangen, und es verlangte sie danach zu sehen, während sie sich gleichzeitig davor fürchtete zu erwachen.

»Dann sieh!« Die Elbin machte eine Handbewegung, als zöge sie einen Vorhang zurück, und Sharon blickte sich staunend um.

Wie von Geisterhand waren die Umhänge und Fackeln der Dunkelgewandeten verschwunden, und rings um den Kreis aus Kerzen standen plötzlich unzählige Elben im silbernen Licht des Mondes. Wie die Elbin, die Sharon hierher geführt hatte, trugen die Frauen lange, weiße Gewänder, doch im Gegensatz zu ihr hatten sie die Haare mit Blütenkränzen geschmückt, während die Männer Langbogen und Köcher trugen und in Hosen und Tuniken aus hellem Leder gekleidet waren. Die Elben schauten Sharon an, doch die unbewegten Gesichter gaben ihr keinen Hinweis darauf, was sie dachten oder fühlten.

Angesichts der vielen Beobachter kam Sharon sich plötzlich nackt und schutzlos vor, doch dann entdeckte sie etwas, das sie jegliches Schamgefühl vergessen ließ. Nicht nur die dunklen Umhänge der Elben waren verschwunden, auch die Umgebung hatte sich völlig verändert. Wo eben noch eine typisch irische Parkanlage gewesen war, erstreckte sich nun eine atemberaubende Landschaft mit riesigen urwüchsigen Pflanzen, prachtvollen Häusern und kunstvollen Brücken.

Die hellen Gebäude mit den hohen Fenstern und malerisch gestalteten Balkonen und Balustraden passten sich hervorragend in die natürlichen Gegebenheiten der Natur ein. Die Schönheit war einfach überwältigend.

»Wo bin ich?«, stieß Sharon hervor und biss sich hastig auf die Unterlippe, weil ihr die wenigen geflüsterten Worte in der andächtigen Stille wie ein Frevel vorkamen.

Die Elbin aber tadelte sie nicht. »Dies sind die heiligen Gestade der Elben, und du bist willkommen hier, Bewahrerin des ewigen Volkes«, sagte sie leise, und die alterslosen hellblauen Augen schienen bis auf den Grund von Sharons Seele zu blicken.

»Aber ich bin nicht …«

»Du bist, wer du bist«, unterbrach die Elbin den zaghaften Einwand und lächelte sanft. »Wir haben dich erwartet, und du bist gekommen, das allein zählt. Nun trink mit uns, Schwester. Die Nacht ist noch jung.« Man legte Sharon einen Kranz aus Frühlingsblumen auf das offene Haar und reichte ihr einen Pokal mit schwerem süßem Wein, von dem sie kostete, obgleich sie Alkohol sonst nicht vertrug.

»Sieh, dies ist die Heimat meines Volkes«, hörte sie die Elbin mit melodischer Stimme sagen. »Die letzte Zuflucht in einer Welt aus Stein, Stahl und Technik. Eine Insel des Friedens und der alten Werte in dem immer größer werdenden Meer aus Neid, Hass und Missgunst.« Sie seufzte traurig. »Hier leben die *Tawarwaith* und *Leagrim* – die ewigen Völker. Doch die Zeit verrinnt, und auch wir sind gezwungen, Wege zu finden, uns zu behaupten.«

»Es ist wunderschön.« Sharon konnte den Blick nicht von dem herrlichen Anblick der fernen Gebäude abwenden. Mit einem Mal erschienen ihr die Entwürfe der Architekten, die *Galadriel Island* errichten sollten, stümperhaft und nichtig, und ihr wurde bewusst, dass nichts, was Menschenhände erschaffen konnten, je an die wahre Kunstfertigkeit der

Elben heranreichen würde. »Aber wo ist der Park? Wie ist das möglich?«, fragte sie voller Bewunderung.

»Er ist noch hier«, erwiderte die Elbin. »Es ist möglich, weil du siehst.«

»Weil ich träume«, berichtigte sie Sharon.

»Weil dir gestattet wurde zu sehen«, beharrte die Elbin.

»Dann bin ich noch auf Longwood Island?«, wollte Sharon wissen.

»Dieser Landstrich hat schon viele Namen getragen. Longwood Island ist einer davon.«

»Aber all diese herrlichen Bauten und Anlagen müsste man doch sehen! So etwas Gewaltiges kann man nicht verstecken. Da muss Magie im Spiel sein. Es kann unmöglich ...« Sharon verstummte.

Lautlos wie Rauchgespinste glitten plötzlich dünne Nebelschwaden über die Wiese und hüllten alles in einen zarten hellgrauen Schleier. Der Dunst wurde immer undurchlässiger, und ehe Sharon richtig begriff, was geschah, verdichtete er sich so sehr, dass er alles, was sich außerhalb des Lichterkreises befand, vor ihr verbarg.

»Was ist das?«, fragte Sharon verwundert, erhielt aber keine Antwort. Die Elbin war fort. Suchend blickte sie sich um, doch auch die anderen Elben blieben verschwunden. »Wo seid ihr?«, rief Sharon verwirrt. »Wartet! Ihr könnt mich doch nicht allein lassen.« Sie drehte sich um, doch wohin sie auch blickte, überall sah sie nichts als die undurchdringliche Nebelwand.

Und dann hörte sie die Stimmen.

»*Muthiel* – Schwester ...« Wispernd und raunend kamen sie aus dem Nebel, strichen wie unsichtbare Geister um sie herum und verschwanden wieder in dem schützenden Grau. »*Elvellon* – Elbenfreund.« Junge und alte Stimmen waren es, männliche und weibliche. »*Estel* – Hoffnung.« Immer wieder flüsterten sie ihr die Worte in der alten Sprache der

Elben zu. Freundlich und sanft, doch auch flehend, beschwörend. Die Worte formten sich zu kurzen Sätzen. »*Si dartho muthiel!* – Bleibe hier, Schwester!«, und immer wieder: »*Le nallam, elvellon!* – Dich rufen wir an, Elbenfreund.«

Obwohl Sharon der Sprache nicht mächtig war, verstand sie jedes Wort. Die Stimmen kamen und gingen immer schneller, bis sich Worte und Sätze zu einem einzigen berauschenden Stimmengewirr verdichteten. Als Sharon glaubte, es nicht länger aushalten zu können, kauerte sie sich auf den Boden, schloss die Augen und hielt sich die Ohren zu, doch die Stimmen waren auch in ihren Gedanken und ließen sich nicht aussperren. Dann, ganz plötzlich, waren sie fort.

Sharon verharrte. Zitternd und ängstlich kauerte sie im Gras, aber die Stimmen kehrten nicht zurück. Alles war so still und friedlich wie zuvor, und selbst der Nebel lichtete sich ein wenig.

Wenn das ein Traum ist, dachte sie erschauernd, wird es langsam Zeit zu erwachen. Wenn nicht ...

»Sei willkommen, Schwester. Du hast die Prüfung bestanden.« Jemand berührte sie sanft an der Schulter. Sharon zuckte zusammen und schaute erschrocken auf. Neben ihr stand ein hoch gewachsener Elb und blickte sie aus auffallend hellblauen Augen lächelnd an. Auch er trug eine Hose aus hellem Leder und ein dünnes Stirnband, das die langen Haare zurückhielt, doch im Gegensatz zu den anderen Elben war sein Oberkörper unbekleidet. Die elfenbeinfarbene Haut schimmerte im Kerzenlicht, dessen tanzende Schatten geheimnisvolle Muster auf die nackte, athletische Brust warfen.

»Welche Prüfung?«, fragte sie verwirrt.

»Die Prüfung der Ahnen«, erwiderte der Elb, ohne Näheres zu erklären, und streckte Sharon die Hand entgegen, um ihr aufzuhelfen.

Dankbar nahm sie die Hilfe an, doch als sie ihn berührte, durchfuhr es sie wie ein Blitz.

Wie gut er aussieht!, dachte sie.

Unfähig, den Blick von ihm abzuwenden, erhob sie sich und gab die Hand nur zögernd frei. Der Anblick des Elben ließ eine Seite in ihr anklingen, die sie bisher immer verdrängt hatte. Mit einem Schlag waren die unheimlichen Stimmen und alle Furcht vergessen. Sie fühlte sich wie ein Teenager. Hunderte von Schmetterlingen schienen sich plötzlich in ihrem Bauch zu tummeln, und in ihren Gedanken gab es nur noch ihn. Reiß dich zusammen, Sharon, ermahnte sie sich, doch die Gefühle waren zu übermächtig. Sie bemerkte, wie sie errötete, und wandte sich hastig ab, damit er es nicht sah.

»Du brauchst dich nicht zu schämen, *muthiel*«, sagte er, als wüsste er, was sie bewegte. »Niemand kann uns sehen.« Er deutete auf den Nebel, der noch immer wie ein Schleier zwischen den Bäumen hing. »Wir sind ungestört.« Zärtlich berührte er sie am Kinn, damit sie ihn wieder ansah. Sein Blick hielt den ihren fest, und in den hellen Augen erkannte sie das gleiche hungrige Feuer, das auch in ihr loderte. Er begehrte sie, wie sie ihn begehrte. Sie spürte, dass er sie wollte, und sie wusste, dass sie nicht Nein sagen würde.

Noch nie hatte sie sich so danach gesehnt, sich einem Mann hinzugeben, zu keiner Zeit ein solch unbändiges Verlangen nach Zärtlichkeit gespürt. Vielleicht lag es an dem Wein, an der mystischen Stimmung der Nacht oder an der ungestillten Sehnsucht, die sie so viele Jahre verdrängt hatte; was immer der Grund für die übermächtigen Gefühle sein mochte – sie wehrte sich nicht dagegen.

Erschauernd fühlte sie, wie er mit einer Hand das Lederband löste, das ihr Gewand um die Hüften hielt. Sie schämte sich nicht, als es zu Boden glitt.

Er lächelte zärtlich und umfing sie mit starken Armen. Sein Mund schmeckte süß nach Beeren, und die aufkommende Leidenschaft riss auch die letzten Zweifel mit sich fort. Alles war gut und richtig, und Sharon erwiderte den Kuss so verlangend und fordernd, wie sie es noch bei keinem Mann getan hatte.

In diesem Augenblick waren sie sich so nah wie zwei Hälften eines Ganzen, die sich lange gesucht und endlich gefunden hatten. Es machte ihr nichts aus, dass das Gras feucht und kühl war, als sie nackt unter ihm lag. Er war warm, und seine Berührungen entfachten ein leidenschaftliches, nie gekanntes Feuer in ihr. Wie in Trance bewegte sie sich mit ihm und empfing ihn so hungrig, als hätte es nie einen anderen gegeben. Lustvoll schloss sie die Augen, um sich ganz den sinnlichen Gefühlen zu überlassen ...

... und plötzlich fürchtete sie sich. Sie wollte kein Kind! Noch nie hatte sie einen Mann in dieser Weise empfangen, ohne zu verhüten. Die Folgen dieses erotischen Abenteuers würden ...

»Hab keine Angst, schöne Schwester«, sagte der Elb, als hätte er ihre Gedanken gelesen, und küsste sie sanft. »Nicht in dieser Stunde!« Wieder küsste er sie. »*Gen aniron!* Es ist die Zeit der Freude, nicht der Furcht ... Alles ist bestimmt, auch dieses ...« Er seufzte glücklich. »Vertraue auf deine Bestimmung.«

»Ja!« Sharon bäumte sich auf, umschlang ihn mit beiden Armen und schob die Bedenken kurzerhand zur Seite. Dann versank die Welt um sie herum in einem Feuerwerk aus Farben und Gefühlen, und vom Himmel schien ein Schauer von Sternen auf sie herabzuregnen.

Als sie am nächsten Morgen erwachte, stand die Sonne schon hoch am Himmel. Die luftigen Vorhänge ließen die wärmenden Strahlen nahezu ungehindert ins Zimmer, wo sie lichtdurchwirkte Muster auf die weiße Bettdecke zeichneten. Jemand hatte eines der Fenster geöffnet, und Sharon lauschte entzückt dem vielstimmigen Vogelchor, dessen Frühlingslieder die Luft erfüllten, während der Wind die Vorhänge sanft bauschte und den Duft wilder Kirschblüten in das kleine Mansardenzimmer trug.

Sie seufzte glücklich, streckte sich und genoss die Wärme der Sonnenstrahlen auf dem Gesicht. Wann hatte sie sich zum letzten Mal so entspannt und zufrieden gefühlt? Wie lange war es her, dass sie die vollkommene Schönheit der Natur so bewusst erlebt hatte? War sie wirklich davon überzeugt gewesen, dass die Erfüllung des Lebens allein in erfolgreichen Projekten und stetiger Expansion läge und man auch ohne Liebe glücklich sein könnte?

Welch eine Närrin war sie doch gewesen. Im Bestreben, AB&B zu dem zu machen, was ihr Vater nicht mehr hatte erreichen können – einem international angesehenen Global-Player der Immobilienbranche –, hätte sie ihre Jugend fast vergeudet. Blind und taub hatte sie sich allem verschlossen, was den wahren Sinn des Lebens ausmachte, und hätte am Ende vermutlich das Schicksal ihres Vaters geteilt – wenn *sie* ihr in der vergangenen Nacht nicht die Augen geöffnet hätten.

Sharon verschränkte die Arme hinter dem Kopf und schaute zur stuckverzierten Zimmerdecke empor. Mit *Galadriel Island* wäre es ihr zweifellos gelungen, erfolgreich in ein neues Marktsegment vorzustoßen und international Fuß zu fassen, davon war sie auch jetzt noch fest überzeugt, doch die Pläne waren für sie nun nichts weiter als die verstaubten Erinnerungen an ein anderes Leben.

Galadriel Island ... Nicht im Traum hätte sie vermutet, wie nahe der Name der Wahrheit kam.

Es klopfte leise an der Tür, und Leiron betrat das Zimmer. Auf dem Arm trug er ein Tablett mit einem köstlichen Frühstück. »*Mae aur!*«, sagte er lächelnd und stellte das Tablett auf dem kleinen Tisch neben dem Bett ab. Dann setzte er sich zu Sharon auf die Bettkante und reicht ihr wortlos das kleine rote Handy, das sie am Vortag so verzweifelt gesucht hatte. »Ich dachte, du brauchst es vielleicht.« Die hellblauen Augen des Stallmeisters suchten die ihren und befreiten erneut die Schmetterlinge in ihrem Bauch. Sie war sich sicher, dass er das Handy schon am Vortag gehabt hatte, aber auch das war jetzt nicht mehr wichtig.

Sie hatte gesehen, gefühlt und verstanden. Die Ahnen der *Tawarwaith* und *Leagrim* hatten sie erwählt wie einst die Mutter von Erin O'Connell, und tief in ihrem Innern spürte Sharon bereits den winzigen Keim eines neuen Lebens, der sich zart und verletzlich unter dem Herzen regte.

Beiläufig nahm sie das Handy an sich und drehte es nachdenklich in den Händen. »Die Sharon von gestern brauchte es«, erwiderte sie knapp.

»Und die Sharon von heute?«

Sie lächelte geheimnisvoll und schwieg. Und während sie sich ein Stück Lembasbrot vom Tablett nahm, überlegte sie, ob sich hier wohl irgendwo weiße Farbe auftreiben ließe, mit der das Eingangstor zu Longwood Island neu gestrichen werden konnte.

Das Tal Lórien

SWJATOSLAW LOGINOW

Bis zum Ende der endlos langen, sanften Steigung blieben kaum mehr als hundert Schritte, als das Fahrrad kaputtging. Die Pedale ließen sich unerwartet leicht drehen, und das Tempo verringerte sich augenblicklich, sodass Roman beinahe auf den Asphalt gestützt wäre. Er bückte sich, betrachtete den Schaden und stellte fest, dass die Kette nicht einfach vom Zahnkranz gerutscht, sondern gerissen war und als schwere Metallschlange ein Dutzend Schritte entfernt auf der Straße lag. Roman ließ das Fahrrad liegen, ging zurück und hob die Kette auf. Eins von den Gliedern, auf denen stolz die Aufschrift »English Steel« prangte, hatte der Belastung nicht standgehalten und war quer durch die Aufschrift gerissen. Solch einen Defekt konnte man weder mit Hilfe des Mutternschlüssels noch mit der Luftpumpe reparieren. Andere Werkzeuge hatte er nicht bei sich, also würde er tippeln und das Stahlross am Zügel führen müssen.

Wie immer nach langem Pedaltreten fielen die ersten Schritte schwer, der Raum wurde gleich zäher und die Bewegung erstaunlich langsam. Mit ungelenken Schritten erreichte der eilige Radfahrer die Stelle, wo die Straße wieder sanft abfiel, stellte sich seitlich auf die Pedale und rollte auf dem defekten Rad bergab. Eine dumme Haltung, eine dumme Fahrweise, aber wenigstens nicht auf Schusters Rappen. Das Motel »Zum Tänzelnden Pony« lag anderthalb Kilometer von hier, sodass er in zehn Minuten dort sein konnte. Falls nicht ein Rad abging oder der Rahmen brach.

Beim Motel stand verwaist ein einzelner Kleinwagen; das »Tänzelnde Pony« erfreute sich sichtlich keines regen Besuches. Roman lehnte das invalide Fahrrad an die Wand und ging in die Schänke. Auf das Läuten der grün gewordenen Glocke erschien aus der Küche ein stämmiger Mann, kostümiert in einem über die Maßen patriarchalischen Stil.

»Edler Herr!«, rief er und hob die Hände mit gespreizten Fingern, die jeder wie eine kleine Rostbratwurst aussahen, »ich sehe, dass Ihr ein erfahrener Reisender und Kenner der Elben seid! Manche kommen hier mit Automobilen an und glauben, die Elben würden sich ihnen zeigen! Aber die Elben können ja den Benzingestank nicht ausstehen. Nur mit dem Fahrrad, edler Herr, nur mit dem Fahrrad! Und weiter, nach Lórien hin – überhaupt zu Fuß. Das Fahrrad könnt Ihr hier lassen, ich werde darauf Acht geben ...«

»Mir ist die Kette gerissen«, sagte Roman.

»Kein Wunder, edler Herr. Es wäre sonderbar, wenn es ohne Defekte abginge. Die Elben mögen überhaupt keinerlei Mechanismen und gebrauchen oft Zauberei, um den einen oder anderen kaputtgehen zu lassen. So wisset denn, dass die Elben mit den Gremlins verwandt sind, wenngleich die Wissenschaft die Existenz jener launischen Übeltäter leugnet. Doch erinnert Euch, dass die Wissenschaft bis vor kurzem auch die Existenz der Elben selbst geleugnet hat. Und was die Kette angeht, so wird man sie Euch richten, dass sie fester ist, als wäre sie verzaubert. Doch zuvor, edler Herr, das Essen! Hirschbraten, Bier und natürlich ein Schlückchen *miruvor* ...«

»Eigentlich würde ich gern Gerstenmann Butterblume sehen«, unterbrach Roman den Dicken.

»Gerstenmann Butterblume zu Euren Diensten!« Vor Eifer machte der Schankwirt einen Kratzfuß.

»Äh ...«, sagte Roman und versuchte sich zu erinnern, wie der Besitzer des »Tänzelnden Ponys« wirklich hieß, »ich meine Bradley Patterson.«

»Sie haben den alten Brad gekannt?« Die Miene des Wirtes verdüsterte sich. »Aber der ist schon seit drei Jahren tot. Jetzt führe ich sein Geschäft weiter und nenne mich Gerstenmann Butterblume. Nichts zu machen, unsterblich sind nur die Elben, die Menschen aber kommen und gehen.«

»Elben sind auch sterblich«, berichtigte ihn Roman.

»Das stimmt freilich«, bestätigte der Wirt mit Zweifel in der Stimme, »aber wenn man tausend Jahre auf dem Buckel hat und mindestens noch einmal so viel vor sich, kann man die Zeit schon vergessen. Wir aber dürfen das auf keinen Fall, und darum, edler Herr, zu Tisch! Hirschbraten ...«

Rindslende, dachte Roman bei sich, doch laut sagte er: »Ich werde wohl doch lieber gehen. Und ein Schlückchen *miruvor* werde ich an Ort und Stelle trinken.«

»Entschuldigen Sie«, ließ sich der Wirt vorsichtig vernehmen, hin und her gerissen zwischen Wahrheitsliebe und der Angst, einen Kunden zu verlieren, »aber an Ihrer Stelle wäre ich nicht so selbstsicher. Selbst Elben von weitem zu sehen, ist ein überaus seltener Glücksfall, und erst zu hoffen, dass sie Sie an ihren Tisch bitten ...«

»Früher ist mir das gelungen.« Roman lächelte.

»Sie wollen sagen, Sie sind Círdan?«, fragte der Wirt flüsternd.

»Ganz richtig«, gestand Roman. »Ich heiße Roman Jewsejew.«

»Ich werd verrückt! Sie waren ja sicherlich zwanzig Jahre nicht in unserer Gegend! Sind Sie sicher, dass sich die Elben an Sie erinnern werden?«

»Wenn man tausend Jahre auf dem Buckel hat«, zitierte Roman, »braucht man an eine Lappalie wie zwanzig Jahre keinen Gedanken zu verschwenden. Also werde ich mich jetzt auf den Weg machen. Kümmern Sie sich um mein Fahrrad.«

»Selbstverständlich ... natürlich ... Auftrag ist Auftrag ...« Der Wirt begleitete den Gast watschelnd zur Tür, blieb für einen Augenblick stehen: »Herr Círdan, ich werde alles bestens ausführen ... ganz kostenlos ... nur ... könnten Sie mich nicht Gerstenmann Butterblume nennen? Das wäre eine Art Anerkennung ...«

»Gut, Gerstenmann, abgemacht«, sagte Roman.

Das staubige Band der Autobahn bog nach Osten ab, vielleicht einen halben Kilometer von dem dichten Laubgehölz von Lórien. Eigentlich nannte man die Gegend erst seit kurzem Lórien, und noch vor einem halben Jahrhundert hatte die Gegend nur Teufelswald geheißen. Die vierspurige Straße sollte mitten durch den Teufelswald schneiden, doch die Arbeiten gerieten schon im Stadium der Landvermessung ins Stocken. Es kam weiter nichts zustande als Luftaufnahmen, die für den Bau der Trasse überaus günstige Bedingungen verhießen. Doch schon die Hydrographen, die mit ihren Bohrvorrichtungen hier aufkreuzten, mussten schleunigst das Weite suchen. Zwei Zeltlager brannten unter höchst verdächtigen Umständen ab, sodass gut die Hälfte der Technik verloren ging und die Menschen mit Mühe ihr Leben retteten.

Die Ereignisse wurden albernen Zufällen zugeschrieben, und den ganzen Winter über gingen die Arbeiten an der Trasse weiter, die Straße strebte hartnäckig auf den weißen

Fleck des Teufelswaldes zu. Als eine neue Abteilung Landvermesser aufbrach, hatte die Straße die Wasserscheide überquert und wuchs weiter über Gegenden, deren Hydrologie unbekannt und deren Topographie nicht vollständig aufgenommen worden war.

Es ist schwer zu sagen, wie die Saison ausgegangen wäre, hätte nicht einer der Landvermesser seinen zehnjährigen Sohn mit vor Ort genommen, dem seit langem spannende Ferien im Lager der Topographen versprochen worden waren.

Das Weitere ist aus hunderten von rührenden Nacherzählungen und Dutzenden Melodramen bekannt. Die Geschichte von dem kleinen Roman und von Aniotel, die einen aussichtslosen Krieg zwischen den Menschen und dem Schönen Volk verhinderten ... Überflüssig zu sagen, dass sich in allen Verfilmungen Aniotel als bezauberndes Elbenmädchen von vielleicht acht Jahren erwies, obwohl es in Wahrheit ein Bursche war, fast zwei Meter groß und, wie es bei Elben oft vorkommt, von völlig unbestimmtem Alter. Mit seiner Namensvetterin aus den Filmen hatte er nur die großen strahlenden Augen gemein, die im Dunkeln blaugrün leuchteten.

Die Begeisterung, die in aller Welt aufflammte, war so unaufhaltsam, dass sich die Baufirma aus eigenem Antrieb beeilte, die Arbeiten einzustellen und die Straße dann um das Schutzgebiet herumzuführen, obwohl das einen Umweg von gut fünfzig Kilometern verhieß. Die letzten zwei Kilometer der vierspurigen Autobahn aber führten jetzt zum Motel »Zum Tänzelnden Pony«, das bis zu seinem Tode Bradley Patterson geführt hatte, einer der wenigen Menschen, die tatsächlich zwischen den Eichen und Eschen, mit denen das verbotene Tal dicht zugewachsen war, Elben erblickt hatten.

Anfangs strömte viel Volk nach Lórien, träumte von Unerhörtem und Magieträchtigem. Die Elben drängten alle ziemlich unhöflich hinaus. Sie selbst tauchten auch nicht vor den Augen der neugierigen Gaffer auf. Nur einmal, als sich am Waldrand eine Delegation der Vereinigten Menschheit einstellte, kamen ihr drei schweigsame Gestalten in Tarnumhängen entgegen. Ohne eine Miene zu verziehen, hörten sich die Spitzohrigen die Versicherungen an, dass die Menschen niemals und unter keinen Umständen einen Handbreit des heiligen Elbenlandes beanspruchen würden, und dann versprach der Älteste der Elben im Namen seines ganzen Volkes, dass die Elben außerhalb des Schutzgebiets keine Menschen töten würden.

Danach nahm der Strom der Wallfahrer merklich ab, viele begannen, die Schönen für eine Art unzivilisierte Indianer zu halten: Sie machen sich gut auf der Kinoleinwand, doch im wirklichen Leben gehören sie in eine Reservation. Zumal bei den Elben keinerlei wirksame Magie festgestellt wurde.

Die Tolkien-Fans sahen das natürlich anders. Nun, da sich erwiesen hatte, dass die Elben wirklich existierten und sogar Qenya sprachen, kannte ihre Begeisterung keine Grenzen. »Der Professor wusste es!« – diese Losung konnte man in jeder halbwegs anständigen Gemeinde auf jedem Zaun lesen. Natürlich hatte der Professor tatsächlich etwas gewusst, doch größtenteils vom Hörensagen, sonst wäre Galadriel, der Herr Lóriens, unter seiner Feder nicht zur Herrin geworden. Und wenn dieser Name dem groben menschenlichen Gehör weiblich vorkommt, dann kann sogar der Spion und Geschichtenerfinder Daniel Defoe zu einer schönen Elbin werden. Dazu braucht es nur Zeit und Geheimnis.

Der einzige Mensch, der in Lórien ein- und ausgehen konnte, war der kleine Roman Jewsejew. Nachdem der Wache stehende Elb Aniotel sich des verirrten Jungen erbarmt hatte, erkannten die Elben das Kind als einen der Ihren an. Und Roman enttäuschte ihr Vertrauen nicht. Er erzählte bereitwillig von den Sitten und Gebräuchen des

Waldvolkes, unterstützte aber keinen einzigen Plan zur Zivilisierung der Elben, brachte kein einziges ethnographisches Exponat aus Lórien mit und trug in den Schatten der Eichen nicht einmal eine Perlenkette oder ein Taschenmesser hinein. Nur einmal nahm er ein Paar Kilo-Hanteln mit, doch die brachte er am selben Tag zurück, ohne zu erklären, wozu er das überflüssige Gewicht mitgeschleppt hatte.

Anfangs pflegten die guten Onkels aus dem Forschungszentrum, wenn sie den Jungen »zu Gast« zu den Elben schickten, ihm etliche Abhörgeräte in die Kleidung zu praktizieren, und die schönen Knöpfe, die nicht nur auf der Knopfleiste des Anoraks aufgenäht waren, sondern auch an den Ärmeln, verbargen Kameras, die eine Rundumsicht gewährten. Diese Aufnahmen lieferten viel unbezahlbare Information, doch dann wurde Roman älter, entdeckte den wahren Zweck der schönen Knöpfe und weigerte sich entschieden, den Spionageanorak anzuziehen.

»Täuschung verzeihen die Elben nicht«, erwiderte er auf alle Überredungsversuche.

Ein anderes Kind bei den Elben einzuführen, gelang nicht, ein Gesandter des Schönen Volkes führte jeden neuen kleinen Spion zum Vorposten der Menschen und übergab ihn Gerstenmann Butterblume, der nicht nur Schankwirt war, sondern einer der führenden Xenologen der Welt.

Nun setzten die Elbologen ihre ganze Hoffnung in Roman, der nach Ansicht der Wissenschaftler nach der Schule sein Leben der Erforschung des geheimnisvollen Volkes widmen sollte. Tatsächlich verbrachte Roman, als er größer geworden war, immer mehr Zeit in Lórien, obwohl es nicht mehr gelang, ihm nachzuspionieren. Bekannt war nur, dass die Elben ihn als einen der Ihren akzeptierten und dem Jungen sogar einen alten Elbennamen gegeben hatten, der für die ausgestorbenen Küstenelben typisch gewesen war – Círdan. Das Geheimnis dieses Namens blieb ebenfalls unergründet; Círdan, der Elbenfreund, konnte von klein auf den Mund halten.

Für die Verfasser der Filmversionen gab es da natürlich keinerlei Geheimnis; dank der allwissenden Filmkunst wusste jedermann, dass der Menschenjunge den Spitznamen Círdan der Schiffsbauer erhalten hatte, weil er den gleichaltrigen Elbenkindern beigebracht hatte, wie man auf dem Flüsschen Nimrodel Schiffchen schwimmen ließ. Leider floss kein Nimrodel durch Lórien, das einzige Flüsschen, das sich durch das Zaubertal wand, trug den zärtlichen Namen Toffel. Doch selbst auf dem Toffel ließ niemand Schiffchen schwimmen, denn in Lórien gab es kein einziges Elbenkind. In dem gesegneten Lande lebten verschiedenen Berechnungen zufolge sieben- bis neuntausend erwachsene Elben und kein einziges Kind.

Diesbezüglich wurden zahlreiche scharfsinnige Hypothesen aufgestellt, deren Bestätigung oder Widerlegung man von dem heranwachsenden Círdan dem Schiffsbauer erwartete.

Umso schmerzlicher war es, dass Roman Jewsejew, genannt Círdan der Schiffsbauer, sich nach der Schule nicht an der Universität für eine der passenden Fakultäten bewarb, sondern an der Raumfahrtakademie, und als er sie absolviert hatte, verließ er die Erde für zwanzig lange Jahre.

Ein halbes Hundert Schritte vor dem Waldrand blieb Roman stehen. Er fühlte, dass er hinter dem Laubvorhang hervor aufmerksam beobachtet wurde, und wartete geduldig. Unter den Elben herrschte keine Übereinstimmung in Bezug auf das Menschenkind, und obwohl keiner der Wachposten einen tödlichen Pfeil abschießen würde, wollte Roman die Wache nicht unnütz provozieren. Außerdem waren zwanzig Jahre für einen Menschen kein geringer Zeitraum, sodass Roman dem selbst ernannten Gerstenmann Butterblume eine Zuversicht vorgespielt hatte, über die er gar nicht verfügte.

Das Schwirren des Pfeils hörte Roman nicht, sondern ahnte es eher voraus. Der Pfeil bohrte sich unmittelbar vor dem bloßen Fuß in den Boden. Roman bückte sich, zog den Pfeil heraus. Er war gerade und schwer, mit den Federn einer Rotente befiedert. Eine glatte Spitze von gesprenkeltem Feuerstein, für den die kleinen Sandbänke des Toffels berühmt waren. Metall kannten die Elben nicht, in dieser Hinsicht hatte der Professor geschwindelt. Klar, wenn die Elben Eisen oder Kupfer hätten schmelzen können, dann hätten sie im Handumdrehen alle ihre berühmten Wälder zu Feuerholz verarbeitet, und Abraumhalden hätten die Gegend verunstaltet, wie es bei den Menschen oft genug geschehen war. Nur in einem Fantasyroman konnte der gute Professor solch eine Arbeitsteilung verwirklichen: dem auserwählten Volk alle Früchte des Fortschritts schenken und den schädlichen Orks alle damit verbundenen Übel zuschieben. Im wirklichen Leben muss man entweder als Wilder leben oder aber Ork und Elb in sich vereinen.

In den Büschen am Waldrand ertönte Gelächter.

»Sehr komisch«, bemerkte Roman, während er näher ging und dem Wachposten seinen Pfeil reichte. »Irgendwann wird einer von euch danebenschießen und mir den Pfeil direkt in den Fuß jagen. Das wird wehtun.«

Zur Antwort lachte der Posten laut auf. Er lachte fröhlich und ohne Arg, einfach nur, weil es für Elben eine äußerst komische Annahme war, man könnte auf solche Entfernung und bei solch einem Ziel fehlen.

»Aniotel wird gleich kommen«, ließ sich der Wächter vernehmen. »Es ist schon jemand losgelaufen, um ihn zu holen ...« Er machte eine Pause und fügte vielsagend hinzu: »Hant'el.«

Das war eine ganz alte Geschichte. Einer von den Elben – ein guter Freund Aniotels – trug den schönen Namen Hantel. Er konnte lange nicht verstehen, warum der Menschenjunge seinen Namen auf Altelbisch aussprach, mit abgesetztem T. Damals hatte dann der kleine Roman das Paar Hanteln in den Wald geschleppt, um zu erklären, warum er den Bekannten nicht bei diesem scheinbar so schönen Namen nennen wollte. Es sah so aus, als sei die Geschichte mit den Eisentrumms nicht in Vergessenheit geraten und löse immer noch Heiterkeit aus.

Das Gebüsch teilte sich lautlos und gab den Boten und Aniotel frei, an denen nichts erkennen ließ, dass sie soeben etliche Kilometer durch dichten Wald laufen mussten.

»Guten Tag«, sagte Roman, ohne sich von der Stelle zu rühren. Er wusste schon lange, dass Elben keine Berührungen leiden können und man sie von weitem grüßen muss.

»Der Tag heute ist wirklich gut«, bestätigte der Elb. »Herrliches Wetter, gerade richtig zum Wettschießen, sodass du zur rechten Zeit gekommen bist.«

Roman nickte ergeben. Wettschießen mit Teilnahme eines Menschen – eine bessere Unterhaltung konnten sich die Elben nicht ausdenken. Romans ungeschickte Versuche, mit dem straffen Elbenbogen zurechtzukommen, riefen unweigerlich das schadenfrohe Gelächter der Umstehenden hervor.

»Am vielen Lachen erkennt man den Narren«, pflegte Roman dann gekränkt zu murmeln. Jetzt, nachdem er vieles über die Elben erfahren hatte, dachte er nicht mehr so. Und noch weniger versuchte er, sich vor der Teilnahme am Wettschießen zu drücken.

Sie gingen einen Weg entlang, der am ehesten einem Wildwechsel glich. Roman versuchte möglichst exakt zu gehen, dennoch fing er sarkastische Blicke auf, in denen unverkennbar Staunen stand, wie man denn mit derart viel Lärm durch den Wald brechen kann.

Die Siedlung, in der der Herr Galadriel lebte und wo für gewöhnlich Zusammenkünfte stattfanden, zählte ein halbes Hundert Häuser, größtenteils Hütten am Erdboden, doch man sah auch nach alter Art im Geäst gewaltiger Eichen erbaute Unterkünfte. Auf der festgetretenen Lichtung wurden bereits die Zielscheiben aufgestellt, mit Vorbedacht besonders große, damit auch die von Roman abgeschossenen Pfeile den lederbespannten Schild trafen. Diese Zielscheiben, die das Elbenvolk früher nicht gekannt hatte und über die sich Roman so geärgert hatte, flößten ihm jetzt etwas Optimismus ein. Und nicht etwa, weil er jetzt besser schießen könnte – eher im Gegenteil –, sondern weil es ein Beweis war, dass die Elben Neuerungen nicht völlig abhold waren.

Zu dem Fest versammelten sich an die hundertfünfzig Bewohner, alle mit Bögen, alle redeten durcheinander und lächelten schon voller Vorfreude. Ein Wettschießen war die einzige Gelegenheit, wo die lautlosen und schweigsamen Wesen sich gehen ließen und schrecklich viel Lärm machten.

Es wurden Lose geworfen, und die Schützen stellten sich in einer Reihe auf. Roman würde als einer der Letzten schießen, Aniotel aber sollte das Fest eröffnen. Der Elb trat vor, riss den Bogen hoch und jagte, anscheinend ohne auch nur hinzuschauen, den Pfeil in den schwarzen Punkt in der Mitte des Scheibe. Der Schild war grau, sodass Roman aus dieser Entfernung den Zielpunkt nicht einmal erkennen konnte.

Der zweite Elb schoss seinen Pfeil ab, noch ehe sich das beifällige Raunen erhob, das den Beginn des Wettkampfes begrüßte. Der zweite Pfeil traf denselben Punkt, aber ein paar Millimeter höher, sodass ein steinernes Klacken ertönte und der Zusammenstoß der beiden Feuersteinspitzen einen Funken erzeugte, der im Sonnenlicht kaum zu bemerken war.

Roman seufzte. Echte Elbenwettkämpfe finden abends statt, im Halbdunkel, sodass alle die Funken sehen, die von einem geglückten Schuss zeugen. Jetzt aber konnten sich nur die Zuschauer erfreuen, die Plätze in der Nähe der Zielscheiben ergattert hatten. An die zwei Dutzend Elben drängten sich dort und versperrten beinahe den Schützen die Sicht. Bei keinem Wettkampf unter Menschen wäre derlei Sorglosigkeit denkbar gewesen, hier aber kam niemandem in den Sinn, es könnte gefährlich sein, direkt neben der Zielscheibe zu stehen. Wieso auch, wenn ein Elb schoss? Bei einem Menschen war es etwas anderes; Roman wartete und hoffte im Stillen, der Wettkampf würde zu Ende sein, ehe er an der Reihe wäre. Er fürchtete, ein Fehlschuss könnte sich als verhängnisvoll erweisen, auch wenn die Elben mit seinem Schuss rechneten. Beiseite treten würden sie schon, doch weit genug?

Aniotel reichte Roman mit einer Verneigung seine Waffe. Die Bögen der Elben sind nicht besonders groß, aber so straff, dass nicht jeder Kraftmensch sie spannen kann. Roman zupfte an der Sehne, sie schwirrte wie eine Saite. Roman legte den vom Freund erhaltenen Pfeil auf, machte sich fertig. Er würde bald an der Reihe sein, und er wollte den gleichmäßigen Fluss des Wettkampfes nicht zu sehr aufhalten. Nun, es war so weit ...

Roman hob den Bogen. Tausendmal hatte er sich überzeugt, dass es keinen Sinn hatte, lange zu zielen, er würde sowieso nicht treffen und mit langen Vorbereitungen nur sich und den anderen auf die Nerven gehen; dennoch konnte er sich nicht beherrschen und zögerte ein paar Sekunden lang, versuchte, möglichst gut zu zielen.

Außer den überflüssigen Sekunden gab es auch noch die zur Ausführung eines eigenartigen Rituals notwendigen, das sich vor einem Vierteljahrhundert herausgebildet hatte.

»So geht doch beiseite, ehe ich euch alle erschieße!«, riefen die Elben, die die bevorzugten Stellen bei der Zielscheibe innehatten, durcheinander, worauf sie es immerhin taten.

Einst hatte Roman selbst diesen Satz ausgesprochen, fast bei seinem ersten Wettkampf, und seither war er ein feststehendes Attribut für den Meisterschuss Círdans des Schiffsbauers. Die Pracht der Formulierung erheiterte die Elben stets aufs Neue. Darauf musste man erst mal kommen, so was zu anzukündigen – allesamt mit einem einzigen Pfeil zu erschießen! Das musste wahrlich ein hervorragender Schütze sein!

Roman ließ die Sehne los. Es war nicht sein schlechtester Schuss; er traf rund fünf Zentimeter neben der Stelle, wo der Pfeil seines Vorgängers aus dem schartig gewordenen Holz ragte. Ein wirklich gar nicht übler Schuss für einen Dilettanten, doch hier löste er die übliche Reaktion aus – Gelächter. So oder so, sie lachten andauernd über Roman, über seine Ungeschicklichkeit, seine Unkenntnis der einfachsten Dinge, die erstaunliche Naivität der Menschen. Man musste schon sehr gutmütig sein, um das viele Jahre lang zu ertragen. Roman nahm das Lachen gelassen hin, zumal er früh begriffen hatte, dass Lachen und Auslachen zweierlei sind. Und wenn man bedachte, dass die Elben von den plumpen und naiven Menschen praktisch vom Antlitz der Erde vertrieben worden waren, konnte man sich nur freuen, wenn das Schöne Volk gerade so auf jede Bewegung des Menschenkindes reagierte.

Jetzt war ein neues Ziel für die Schützen aufgetaucht.

»Oi!«, sagte der Elb, der in die Schussposition trat, erstaunt, und sein Pfeil schlug den fehlgegangenen Pfeil Romans aus der Scheibe.

»Oi! ... Oi! ... Oi!«, riefen die Bogenschützen einer nach dem anderen, und jeder neue Schuss brachte die beiden im

Holz steckenden Pfeile einander um die Breite einer Feuersteinspitze näher. Schließlich standen sie so nahe, dass der Elb Mariel beide mit einem Schuss herausschlug.

»Ich erschieße alle!«, rief er, als er die Sehne losließ.

Die beiden herausgeschlagenen Pfeile fielen zu Boden auf den Haufen der anderen, die Funken aber, die der Aufprall erzeugte, waren so stark, dass das von den vielen Treffern rau gewordene und mit feinen Spänen bedeckte Holz der Zielscheibe Feuer fing.

Das war das Ende des Wettschießen. Alle Elben waren ideale Bogenschützen, die nie fehlten, doch zum Sieger wurde der erklärt, der die ölgetränkte Zielscheibe in Brand zu setzen vermochte, und das hing dann schon vom Zufall ab, denn der beste Funke könnte wirkungslos bleiben, insbesondere, wenn das Holz noch nicht ganz von den vorangehenden Pfeilen aufgeraut war.

Ein einstimmiger Aufschrei begleitete das Erscheinen von Rauch und dann auch einer hellen Flamme. Die Teilnehmer des Wettkampfes stürzten los, um die Pfeile zu retten, die vor der Scheibe lagen, nur der Pfeil des Siegers ragte weiterhin aus dem Schild und brannte wie eine Fackel. So war es Brauch, den siegreichen Pfeil ließ man verbrennen, damit er nicht allen Erfolg der Elben auf sich zog.

Die Elben sortierten die Pfeile auseinander, begannen sie zu betrachten und festzustellen, wie genau der Rivale getroffen hatte. Eigentlich sollte man den vorangehenden Pfeil so herausschlagen, dass die Fiederung nicht beschädigt wurde, doch das gelang bei weitem nicht allen, und wenn der Besitzer sah, dass bei seinem Pfeil Federn abgetrennt waren, teilte er das unverzüglich allen Umstehenden mit. War indes der Pfeil heil geblieben, dann verkündete das der treffsichere Schütze selbst. Niemandem kam in den Sinn, deswegen gekränkt zu sein, sodass auch Roman das allgemeine Gelächter während seines Auftritts nicht übel nahm. Wenn Menschen lachen, ist es gut. Und es spielte überhaupt keine Rolle, dass es keine Menschen waren, sondern Elben.

Über das Tal senkte sich unmerklich der Abend herab, das Fest verklang von selbst. Es sind die Menschen, bei denen mit Einbruch der Dunkelheit der Frohsinn von neuem angefacht wird. Die Leute versammeln sich an Lagerfeuern, die ewig lebendige Flamme hypnotisiert und weckt in der Seele zuvor verborgene Gefühle. Die Elben kannten zwar das Feuer, doch sie benutzten es nie, schon gar nicht, um sich einfach zu erholen und fröhlich zu sein. Bei Einbruch der Dunkelheit drängten sie in ihre Hütten und Baumhäuser, wo es ganz ohne Feuer immer trocken und warm war, und führten lange vertrauliche Gespräche. Genau das war die Zeit, auf die Roman wartete, um mit Aniotel zu sprechen. Der Spaß hatte seine Zeit und das Wichtige seine abendliche Stunde.

Nach menschlichen Maßstäben war die Nacht längst hereingebrochen, und man hätte entweder auseinander gehen oder ein Feuer entfachen müssen, doch die funkelnden Elbenaugen sahen im Halbdunkel vorzüglich, sodass die Zeit für das Gespräch kam, als es vollends Nacht war. Julinächte sind warm, sodass sich Roman und Aniotel direkt unter freiem Himmel einrichteten, sich hinsetzten, die Rücken an einen dicken Baumstamm gelehnt.

»Wie hast du die ganze Zeit gelebt?«, erkundigte sich als Erster Roman.

»Wie immer. Die Zeit vergeht unmerklich, wenn weder Schlechtes noch Gutes geschieht, und seit wir mit den Menschen die Übereinkunft getroffen haben, ist nichts passiert.«

Roman nickte; er wusste, dass Aniotel die Geste sehen und richtig deuten würde.

»Und bei dir? Du sagtest, du würdest zurückkehren, wenn du gefunden hättest, was du suchst ...«

»Ich bin zurückgekehrt«, sagte Roman knapp.

»Also hast du Valinor gefunden ... Und was ist, leben dort wirklich diejenigen, die wir für tot halten? Und jetzt müssen wir die Erde verlassen, um den Menschen Platz zu machen?«

»Ich hatte niemals vor, Valinor zu suchen, denn ich glaube nicht an seine Existenz. Ich habe ein weiteres, ein neues Lórien gesucht, ein ebenso wirkliches, das aber nicht von böser Nachbarschaft verdorben ist. Und ich habe es gefunden.«

»Trotzdem, jenseits des Himmelsgewölbes kann sich nur Valinor befinden. Du hast dich getäuscht, Círdan, die Valar haben dich betrogen. Sie wollen, dass die Elben nicht länger unter Bäumen leben. Doch wir haben uns ihrem Willen niemals unterworfen, und darum bleiben wir hier.«

»Niemand zwingt dich, in den Himmel zu reisen«, sagte Roman. »Und keinen von euch wird irgendwer mit Gewalt wegführen. Das Tal wird weiter euch gehören, selbst wenn hier kein einziger Elb mehr leben sollte. Die Menschen haben das versprochen, und das Versprechen kann nicht zurückgenommen werden.« Roman führte nicht genauer aus, dass das Tal zum Schutzgebiet erklärt worden war, und beileibe nicht, weil es die letzte Zuflucht des Schönen Volkes war. In den unberührten Gehölzen hatte sich eine unglaubliche Anzahl nur hier vorkommende Arten erhalten, und die Biologen hätten sich eher selbst umbringen lassen, als der gierigen Axt den Weg in das Tal zu öffnen. Freilich, Botaniker und Zoologen konnten die Lebenswelt des Tales auch nicht richtig erforschen, da sie nicht hineingelassen wurden. Aber es war ja auch an den Rändern einiges zu finden, und die Ausbeute der wissbegierigen Naturforscher war groß.

»Erzähl, wie du diese Erde gesucht hast und wie sie ist.«

»Und du dichtest dann ein Lied über meine Fahrten ...«, ließ sich Roman vernehmen, halb fragend, halb mit bitterem Spott.

»Ein Lied werde ich unbedingt dichten ...« Ein Hauch von Unbestimmtheit ließ in Roman den Anflug einer schwachen Hoffnung keimen.

»Höre, Aniotel«, begann Roman. Er nannte den Freund beim vollen Namen, weil er wusste, dass der sich sonst einfach nicht angesprochen fühlen würde. »Wie du dich erinnerst, habe ich schon erzählt, dass es dort jenseits des Himmelsgewölbes keinerlei Valinor gibt, wo die Toten hingehen könnten. Doch dafür gibt es dort eine Vielzahl von Welten, leer und tot oder von allen möglichen Wesen bewohnt, die manchmal denen ähneln, die hier leben, öfter aber fremd und unbekannt sind. Auf manchen von diesen Welten kann man leben, andere sind feindlich. In zwanzig Jahren habe ich sehr viele von diesen Welten bereist, und wenn ich überhaupt das Geringste verstehe, dann habe ich eine Welt gefunden, die euch wie eure Heimat vorkommen wird. Doch entscheiden könnt ihr nur selbst. Wenn du bereit wärst, mit mir zu fliegen ...«

»Ich will noch leben«, entgegnete der Elb mit leichtem Lachen.

»Aber ich war ja dort und bin zurückgekehrt.«

»Denk daran, wie man dich nennt. Círdan der Schiffsbauer, von dem in den Liedern gesungen wird, ist auch nach Valinor gefahren und zurückgekehrt. Doch niemand von denen, die er mitgenommen hatte, ist je wieder in der Heimat aufgetaucht.«

Roman saß mit gesenktem Kopf da. Abermals, zum wer weiß wie vielten Male, traf er auf dieses Unverständnis. Die Elben, die schön bis zur Vollkommenheit waren, die alles zu können und zu wissen schienen, konnten die einfachsten Dinge nicht verstehen. Einst, noch in der Kindheit, war ihm das unbegreiflich vorgekommen, doch jetzt kannte Roman die grausame Wahrheit. Vielen erscheint es auch jetzt noch sonderbar, dass die weisen Elben, von der Natur mit allen möglichen Fähigkeiten versehen, gegen die Menschen den wichtigsten Kampf verloren hatten – den Kampf ums Überleben. Selbst ernannte Kenner schrieben das einer Art Edelmut des Schönen Volkes zu, die es den Elben nicht erlaubt habe, viele unehrenhafte Kunstgriffe anzuwenden, deren sich die Menschen durchaus bedienten. Wenngleich an den Elben keinerlei besonderer Edelmut festgestellt worden war. Das Tal Lórien trug nicht von ungefähr den Namen »Teufelswald«, und bis vor kurzem hatten die Elben zu Recht als besonders schädliches Ungeziefer gegolten. In der Vergangenheit hatten die beiden Rassen aufeinander eingeschlagen, wie es bei zwei eng verwandten Arten zu erwarten war, die ein und dieselbe ökologische Nische einnahmen, und die Elben waren keinen Deut zimperlicher gewesen als die Menschen. Erst jetzt als Sieger konnten die Menschen sich Großmut leisten, und die Elben hatten noch immer weiter nichts versprochen, als Menschen nicht ohne triftigen Grund zu töten. Es fiel ihnen ungeheuer schwer, auf einer anderen Ebene mit den Menschen umzugehen. Und das lag nicht nur an der ungewöhnlichen Langlebigkeit der Schönen, die sie unweigerlich konservativ sein ließ, sondern auch an einer Vielzahl von Tugenden und Künsten, die den Elben von alters her eigen waren.

Die altertümlichen Lieder der Elben, die noch zu jener Zeit aufgezeichnet worden waren, als der kleine Roman sich seiner zwiespältigen Rolle nicht bewusst war, waren längst publiziert und erforscht worden. Man hatte Parallelen mit den Mythen der Menschen gefunden, eine Theorie der Elbenpoetik entwickelt, und nicht wenige Dichter schmiedeten Elbenverse. Mitunter haben sie Erfolg bei den Menschen, doch kein Elb hört sich derlei an. Nur Roman Jewsejew wusste, dass den Elben Metaphern fremd sind, und was ein Gleichnis ist, konnten sie erst recht nicht verstehen. Und wenn es im Lied heißt, dass der Elb Fëanor gleich nach seiner Geburt von seiner Mutter einen Bogen erbat und den Pfeil hundert Schritt weit schoss, dann war es auch so: Er wurde geboren, bat um den Bogen und schoss den Pfeil ab. Man kann nicht lernen, derart unglaublich treffsicher mit Pfeil und Bogen zu schießen, und wenn man tausend Jahre alt wird. Doch die Elben tun es, einer wie der andere. Und einer wie der andere verstehen sie sich darauf, Bögen herzustellen und Tarnkleider zu weben, die die Leichtindustrie bis heute nicht übertreffen kann. Und als der kleine Roman bat, ihn zu lehren, wie man Umhänge herstellt, weiche Grasmatten oder dicht befiederte Pfeile, schauten sie ihn verwundert an und sagten, man müsse es einfach nur tun. Sein Freund Aniotel verstand nicht, wie man Gras oder einen Baum für eine Handarbeit auswählen muss – das versteht sich doch von selbst.

Die Natur kennt viele solche Meister. Eine neugeborene Spinne spinnt solch ein Netz, dass die besten Spitzenklöpplerinnen davon nur träumen können, Bienen vermögen Bauten zu errichten, dass Corbusier vor Neid erblasst. Eine Schlupfwespe trifft ihre Beute mit beispielloser Genauigkeit in den Nervenknoten, ohne andere Organe zu verletzen. Biber bauen hydrotechnische Anlagen, die sich in das ökologische System ideal einpassen; sie brauchen keinen Umgehungskanal für Fische zu bauen, und doch gedeihen die Fische. Alle diese Weisheiten bringt niemand den Tieren bei, sie beherrschen ihre Arbeit von Geburt an. Ebenso wie die Elben, die ein weiser Instinkt gelehrt hat, im Einklang mit der Natur zu leben. Und solange die vom unfehlbaren Instinkt verliehenen Fähigkeiten ausreichten, besiegte das Schöne Volk die plumpen und törichten Menschen. Doch dann blitzen in den Händen des Gegners Bronze- und Eisenschwerter auf, an die Stelle von Pfeil und Bogen, mit denen die Menschen nicht richtig umgehen konnten, traten Armbrüste und dann das donnernde Schießpulver. Und die Elben begannen zurückzuweichen, eine Stellung nach der anderen aufzugeben. Der Instinkt, der einst das Überleben gesichert hatte, zeigte seine Kehrseite; jetzt verhinderte er, dass sie die neue Kunst erlernten, die in den Händen der Menschen eine so grausam tödliche Waffe war. In den Liedern wurde davon ungern gesungen, und schon daran konnte man ersehen, wie verwirrt das Schöne Volk war. Immerhin waren sie keine Tiere, die unter dem Ansturm der Menschen klaglos ausstarben, sie hatten einen von Instinkt fast unterdrückten, aber dennoch lebendigen Verstand, sie kannten Lieder und dichten oft welche, um sie des Abends zu singen. Auch jetzt sangen ein kleines Stück abseits Elben zweistimmig:

Wenn gleißend von des Nordens Stern
Das Licht herniederfällt,
Und alle Fremden sind euch fern
Rings auf der ganzen Welt,
Seid einen Tag weit ihr allein
Nach allen Seiten hin ...

Auch dieses Lied enthielt Wahrheit und keine poetischen Übertreibungen. Doch es war ein sehr altes Lied, aus jenen Zeiten, da die Elben die Herren der Erde waren. Damals konnte man sich leicht allein finden, nach allen Seiten hin einen Tagesmarsch weit von allen anderen entfernt. Denn selbst für einen Elben misst ein Tag Weg durch unwegsamen Wald kaum mehr als dreißig Kilometer.

»Sehr lange bin ich zwischen den himmlischen Welten umhergestreift«, sagte Roman langsam. »Lange nach menschlichen Maßstäben, aber mein Leben ist ja ein Menschenleben geblieben, kurz, und darum sage ich, dass ich lange umhergestreift bin. Und schließlich fand ich eine Welt, auf der es Elben geben müsste. Aber es gibt dort keine, nicht einen Tagesmarsch weit, nicht hundert. Bäume gibt es dort, Gräser, Vögel und Tiere, darunter sehr gefährliche. Doch man atmet dort leicht, und es herrscht eine wahre lebendige Stille. Wenn ich überhaupt etwas vom Leben verstehe, dann ist das ebenjene lebendige Stille, die es nicht einmal in Lórien mehr gibt.«

»Ich sehe das nicht«, ließ sich Aniotel vernehmen, »aber ich glaube, dass du die Wahrheit sprichst. Obwohl das nichts ändert, denn die Elben können nicht fliegen. Einst konnten sie auf dem Meer fahren, doch jetzt ist uns auch dort kein Ziel mehr geblieben.«

»Die Menschen können fliegen. Ich werde dich dort hinbringen, und dann kehrst du zurück und erzählst, was du gesehen hast.«

»Aus Valinor kehrt niemand zurück.«

»Es ist nicht Valinor, denn ich bin ja zurückgekehrt«, sagte Roman und erstarrte. Am meisten fürchtete er die Antwort: »Aber du bist ja kein richtiger Elb«, doch aus der Dunkelheit ertönte nur ein kurzes »Ja«.

»Wirst du mit mir kommen?«

Wieder folgte langes Schweigen, lebendige Stille, nicht zerstört von dem fernen Lied, das sich endlos hinzog wie die Melodie des Windes in den Tannenwipfeln oder das Murmeln des Toffels auf den Kieselbänken.

»Ist es dort wirklich so, wie es im Lied heißt?«

»Ich weiß es nicht, Aniotel, denn ich bin ja doch kein richtiger Elb«, sprach Roman die Worte aus, die er so fürchtete. »Das könnt nur ihr selbst entscheiden. Doch dazu musst du dort hinfliegen und es statt mit meinen mit deinen eigenen Augen sehen.«

»Ich werde nachdenken.«

»Denke schnell, denn mein Leben ist nicht lang genug für gründliche Überlegungen. Doch weißt doch, dass langes Nachdenken mitunter schadet. Ich schieße ja so schlecht, weil ich immerzu überlege, wie ich am besten ziele. Heute musst du dich entscheiden, ob du der Kundschafter der Elben zwischen den Sternen wirst oder ob ihr für immer hier in der Enge bleibt. Und morgen werde ich zum Herrn Galadriel gehen und ihm erzählen, was du gerade gehört hast.«

»Ich werde nachdenken«, lautete die Antwort. »Und ich werde mit anderen reden ...«

Aniotel stand auf und verschwand lautlos zwischen den Baumstämmen.

Den Rest der Nacht verbrachte Roman unter dem Baum zusammengerollt. Manchmal schlief er für kurze Zeit ein, doch meistens lag er einfach da und lauschte der lebendigen Stille, die es nicht einmal mehr in Lórien gab. Er wusste, dass er weiter nichts tun konnte; morgen würde man ihm »Ja« oder »Nein« sagen. Morgen – die Elben konnten Jahrhunderte lang überlegen und zögern, doch wenn man vor dem Ziel stand, musste man den Pfeil ohne überflüssiges Nachdenken abschießen. Und Aniotel hatte anscheinend einen seinem Volke fremden poetischen Vergleich erfasst, und jetzt würde derselbe Instinkt, der den Bogenschützen nicht zögern ließ, dafür sorgen, dass er morgen antwortete.

Der Herr Galadriel war ungeheuer alt. In mancher Hinsicht erinnerte er an einen Mammutbaum, riesig, unerschütterlich, doch zu vollwertigem Leben schon nicht mehr imstande. Seine Haare waren so weiß wie bei allen seiner Art, doch in diesem Weiß schimmerte eine stumpfe Nuance, die das Alter verriet. Die Haut hatte längst ihre Glätte eingebüßt, der Gang die flinke Leichtigkeit. Jeder Mensch hätte den Alten ohne zu zögern auf um die Sechzig geschätzt, doch als die Wissenschaftler die Erzählungen analysierten, die der kleine Roman einst notiert hatte, schätzten sie Galadriels Alter auf sieben-, achttausend Jahre. Erwähnungen von früheren Ereignissen, an denen der Elbenführer angeblich teilgenommen hatte, schrieben sie als poetische Übertreibungen ab, und nur sehr wenige glaubten, dass, wenn der Elb von einer einst bestehenden Landbrücke zwischen Asien und Amerika erzählte und dass er selbst in jungen Jahren über diese Brücke gegangen sei, er dann auch tatsächlich dort ging und die Erinnerungen der Vorfahren damit nichts zu tun hatten.

Der Herr herrschte über nichts und niemanden, er gebot über keine besondere Macht, und als Herrscher galt er nur kraft seines Alters. Unter den Elben gab es noch ein paar, die vom Alter gezeichnet waren, doch alle standen sie hinter Galadriel zurück, wenngleich sich ihre Ratschläge kaum von dem unterschieden, was der Gebieter äußerte. Verbote und Befehle gab es unter den Elben nicht, jeder Krieger ordnete sich dem Älteren freiwillig unter oder eben nicht. In diesem einhelligen Fehlen von Einheit lag ein weiterer Grund für die Misserfolge der Elben in den Kriegen gegen die Menschen, worauf die Elben schon seit tausend Jahren versuchten, direkten Auseinandersetzungen mit Menschen aus dem Wege zu gehen.

Das Gerücht, dass Círdan der Schiffsbauer Valinor entdeckt habe und dem Herrn davon erzählen werde, breitete sich im ganzen Tal aus, sodass über anderthalbtausend spitzohrige Bewohner auf die Lichtung unter der uralten Eiche kamen. Das war eine erstaunliche Ansammlung von Volk, denn die Elben mögen keine großen Mengen, und man trifft selten eine Abteilung von mehr als einem guten Dutzend Bogenschützen. Heute ging es um ernste Angelegenheiten, daher war kein Gelächter zu hören und keine dem menschlichen Ohr kaum verständlichen Scherze.

Im gleichen grauen Mantel wie seine Untertanen, mit den gleichen weichen Schuhen und dem gleichen Bogen wie alle stand Galadriel an die Eiche gelehnt, deren Stamm zu umfassen es fünf Armpaare brauchte. Die Elben sitzen überhaupt nicht gern, dafür versuchen sie sich bei jeder Gelegenheit an lebendiges Holz zu schmiegen, das, wie sie glauben, ihnen Kraft verleiht. Ob dem so ist, konnten die Gelehrten nicht entscheiden, doch in den letzten anderthalb Jahrzehnten war auch bei vielen Menschen die Neigung erwacht, Birken und Ahornbäume zu umarmen. Sogar ein Zweig der Medizin war entstanden – die Dendropathie, der sich mit der Frage beschäftigte, welchen Baum man bei dieser oder jener Krankheit berühren müsse und wie man dabei die Langlebigkeit der Elben erreiche. In dieser sympathischen, wenn auch zweifelhaften Disziplin stand die Eiche für Kraft, Standhaftigkeit in Prüfungen und einen scharfen Geist, sodass Roman der Gedanke durch den Kopf ging, dass der Herr die Hilfe des Baumriesen heute sehr nötig haben würde, der fünfmal jünger war als der Elb selber.

Nachdem er das Zeichen des Herrn abgewartet hatte, begann Roman zu sprechen. Er erzählte von seinen Wanderungen, und wie er zwischen den Sternen eine Erde gefunden habe, die auf Elben warte. »Ein Lórien«, wiederholte er immer wieder und malte aus, welche Stille dort herrschte und wie außerordentlich leer an Bewohnern der Ort war. Und dennoch, als Roman fertig war, sagte Galadriel leise, als wiederhole er Aniotels Worte vom Vortag: »Also hast du doch Valinor ausfindig gemacht ... Schade, dass die von uns gegangenen Vorfahren sich dir nicht zeigen wollten, ich hätte gern einen Gruß von ihnen erhalten und erfahren, wie alte Freunde in der Himmlischen Welt leben.«

»Es ist nicht Valinor«, widersprach Roman fest. »Dort hat es niemals einen einzigen Elben gegeben.«

»Warum sollen wir dann dorthin fortgehen?«

»Ihr sollt nicht, ihr könnt. Gehen wird nur, wer will. Und wem es dort nicht gefällt, der kann zurückkehren.«

»Aus Valinor kehrt niemand zurück, wenn es aber wirklich nicht Valinor ist, warum sollte dann jemand in dieses unbekannte Land wollen?«

»Weil diese Erde« – Roman stampfte mit dem Fuß auf – »euch keine Heimat mehr sein kann. Weil es unter den Elben schon seit dreihundert Jahren kein einziges Kind mehr gegeben hat! Dort aber gibt es Weite und Stille ...«

Stille herrschte auch hier, auf dem Platz der Elbensiedlung. Eine schreckliche, ungute Stille. Eben hatte der Halbelb Círdan der Schiffsbauer das Ungeheuerlichste ausgesprochen, was an ein Elbenohr dringen kann. Selbst Nachts im Schutze der Hütte unter vier Augen wagten die Elben nicht über dieses Thema zu sprechen, doch jeden von ihnen quälte das gemeinsame Unglück. Nur in Liedern wurde von der süßen Einsamkeit zu zweit gesungen, wenn zwei »einen Tag weit allein nach allen Seiten hin« bleiben. Das Waldvolk kannte keine Gleichnisse, und Übertreibungen waren ihm fremd. Für die Liebe brauchte ein junges Paar tatsächlich solch eine übernatürliche Abgeschiedenheit. Denn so hatte die listige Natur die Geburtenrate der Langlebigen begrenzt; wenn es eng wurde, konnten sich die Elben einfach nicht der Liebe hingeben. Kein Tier konnte die heilige Abgeschiedenheit stören, nur Elben ... und Menschen. Die beiden Arten erwiesen sich als einander zu nahe, und das fruchtbare Menschenvölkchen verdrängte die Elben allein schon durch seine Anwesenheit. Und jetzt eben hatte Círdan das vor allen ausgesprochen, laut, auf dem Platz. Danach blieb nur noch eins: einen Krieg zu beginnen und im aussichtlosen Kampf umzukommen.

»Man muss dich töten«, sprach der Herr Galadriel langsam.

»Wird davon irgendetwas anders? Gibt es dann in Lórien mehr Platz? Wenn an meiner Stelle auch nur ein Elb geboren wird, bin ich bereit, mich selbst umzubringen.«

»Die Menschen verstehen es, zu lügen.« Die Worte fielen wie trockenes Laub, doch alle hörten sie. »Elben lügen nie. Wer bist du?«

»Ich bin Círdan der Schiffsbauer. Ich kann mich irren, doch ich lüge nicht. Und um einen Irrtum zu vermeiden, bitte ich um Hilfe.«

»Ich kann keinen Kundschafter dorthin schicken, von wo niemand zurückkehrt.«

»Und wenn jemand von selbst mitfliegen will?«

»Die Elben sind ein freies Volk.«

Roman ließ den Blick über die Versammelten schweifen. Gleiche Gestalten, gleiche Gesichter, gleiche Kleidung. Hier gab es mehr Instinkt als Verstand, von welcher Freiheit konnte da die Rede sein? Doch selbst unter Haustieren findet sich ja immer eins, das den Stall und den vollen Futtertrog aufgibt und ins Unbekannte geht, einfach, weil dort etwas Neues wartet. War denn das Elbenvolk derart degeneriert und hoffnungslos?

Die Elben, bekannte, wenig bekannte und solche, an deren Namen sich Roman nicht erinnerte, standen reglos da; auf ihren Gesichtern, die kein ungeübter Mensch zu unterscheiden vermocht hätte, spiegelten sich keinerlei Gefühle. Sie warteten einfach, und niemand schickte sich an, vorzutreten.

Es hatte keinen Sinn zu warten. Da niemand die Bogensehne spannte, würden sie ihn nicht töten. Da niemand vortrat, würden sie nie mehr vortreten. Beim Dichten von Liedern können Elben jahrhundertelang nachdenken, doch wenn etwas zu tun ist, tun sie es entweder oder sie rühren sich nicht von der Stelle.

Roman wandte sich um, um wegzugehen, und entdeckte, dass hinter seinem Rücken, viel zu nahe nach Elbenmaß, Aniotel stand. In seinem gewöhnlichen Mantel, mit dem unabänderlichen Bogen und mit einem kleinen Rucksack, wie man ihn nur vor einer langen Reise packt.

Roman unterdrückte mit Mühe ein Lächeln.

»Gehen wir«, sagte er nur.

Die Grenze des heiligen Hains war nahe. Die Bäume wuchsen hier dicht, Sträucher und junges Unterholz hatten sich verwoben und standen wie eine Wand. Roman hatte nie verstanden, ob es sich von selbst so ergeben hatte oder ob die Elben eigens undurchdringliche Dickichte auf dem Weg ungebetener Gäste hatten wachsen lassen. Undurchdringlich für einen Menschen, wenn er weder Säge noch Bulldozer hat. Der Elb aber schritt ohne Eile hindurch und brachte es sogar fertig, dabei ein Gespräch zu führen.

»Es wollten viele mit dir kommen, doch ich habe gesagt, dass du zuerst mit mir gesprochen hast, also muss ich mitgehen.«

»Ich habe gar nicht gehört, wie du an mich herangetreten bist.«

Aniotel lächelte, lachte aber nicht. Unterwegs kann man sich unterhalten, darf aber nicht laut lachen.

»In dem Augenblick, wo du gesagt hast, es würde nur der mitkommen, der es will. Wie wärst du sonst am Leben geblieben, nachdem Galadriel gesagt hatte, man müsse dich töten.«

»Ich habe mich selbst gewundert, dass ich am Leben geblieben bin.«

Sie blieben stehen. Das Strauchwerk hatte aufgehört, vor ihnen erstreckte sich ebener freier Raum, und dort, ganz in der Nähe, lagen flach die Blockhäuser des Motels »Zum Tänzelnden Pony«. Von dort aus waren die beiden Gestalten in den Tarnumhängen natürlich nicht zu erkennen, doch Roman stellte sich schon die verwirrte Miene des selbst ernannten Gerstenmann Butterblume vor, wenn die erstaunlichen Reisenden vor ihm auftauchten, über die er seit drei Jahren redete, um seinen Lebensunterhalt zu verdienen.

»Müssen wir unbedingt in Menschensiedlungen gehen?«, erkundigte sich Aniotel. Seine Stimme klang gleichmäßig, doch Roman spürte deutlich die Unruhe des Waldbewohners. »Vielleicht wäre es einfacher, sich unauffällig zu deinem Schiff durchzuschlagen, auf Umwegen?«

»Zum Kosmodrom führen keine Umwege«, antwortete Roman, »und wir werden offen hingehen. Ich war unter euch in Lórien ein Elb, und du wirst unter diesem Volk ein Mensch sein. Niemandem wird in den Sinn kommen, die Hand gegen dich zu erheben, und selbst wenn jemand lachen sollte, wird in dem Lachen kein Arg sein. Solange wir über die Menschenerde gehen, werden wir es als Menschen tun.«

Und obwohl die Elben keine Berührungen mögen, ging Roman näher und nahm den Freund bei der Hand, damit er weniger Furcht verspürte.

Zwerge, Hobbits und andere

War der vorangehende Abschnitt dem Schönen Volk gewidmet, so geht es in diesem um das Kleine Volk. Elben und Zwerge verkörpern bei Tolkien Gegensätze, die einander nicht unbedingt feind sind, aber doch etwas reserviert, die miteinander wetteifern und einander ergänzen wie unter Frodos Gefährten der Elb Legolas und der Zwerg Gimli. Ich weiß nicht, ob Tolkien diese Gegenüberstellung als Erster erfunden hat; jedenfalls hat er sie populär gemacht, und andere Fantasy-Autoren (nicht zuletzt übrigens die Verfasser von Fantasy-Rollenspielen) haben das Bild aufgegriffen und verfestigt: Elben sind hoch gewachsen, schlank, flink, elegant, Zwerge kleinwüchsig, untersetzt, stark, burschikos; hier der Bogenschütze im weiten Raum, da der Axtkämpfer in der Enge. Die einen leben in der Natur, schlafen am liebsten auf Bäumen, sind dem Schönen zugetan und begnadete Heiler, die anderen sind unter Tage wie zu Hause, erwerbsfleißige und ausdauernde Arbeiter, mit einem Wort: Elfen sind, *Zwerge* tun. *Das Zwischending zwischen einem Elf und einem Zwerg ergäbe bei Ausgleich aller Gegensätze einen ziemlich normalen und vollständigen Menschen.*

Alles in allem unterscheidet sich dieses Fantasy-Idealbild des Zwerges kaum von dem, welches man aus den europäischen Märchen kennt, nur die Größenverhältnisse waren da nicht so genau festgelegt, während der typische Fantasy-Zwerg eigentlich nicht viel kleiner ist als ein etwas kurz geratener normaler Mensch, nur eben viel kräftiger. Die gute Übereinstimmung ist kein Wunder, denn anders als bei den Elfen, hatten die Menschen Vorbilder für Zwerge vor Augen: Sie erlebten unter ihresgleichen gelegentlich kleinwüchsige Menschen, und sie hatten, selbst wenn sie selber keine kannten, eine Vorstellung von Bergleuten. Dass der ideale Bergmann ein Zwerg sein müsste und Bergmann der Idealberuf für einen Zwerg, war im Altertum und im Mittelalter offensichtlich – um der meist ganz schmalen Erzader zu folgen, musste ein Vielfaches an taubem Gestein abgeschlagen werden, und das war so mühevoll, dass man die Stollen nicht breiter und höher machte, als unbedingt nötig – den größten Teil des Weges legte der Bergmann unter Tage kriechend zurück, und noch im 19. Jahrhundert ließ man in vielen europäischen Bergwerken die Hunte von Kindern ziehen, weil die so schön klein sind. Die langen Bärte, nehme ich an, gehörten zum Bild des Zwerges, damit von vornherein klar wurde: Das ist kein Kind, sondern ein erwachsener und ausgewachsener Mann. Übrigens sind sowohl im Märchen wie bis vor kurzem auch in der Fantasy Zwerginnen außerordentlich rar, aber im Bergwerk kamen ja auch keine Frauen vor.

Außer den nach Erz grabenden Zwergen gibt es noch allerlei andere kleinwüchsige, menschengestaltige Märchenfiguren – zum Beispiel den Däumling, Wichtel, die Heinzelmännchen mitsamt ihren schottischen und irischen Verwandten, den Brownies und Leprechauns, die kornischen Pixies und allerlei Kobolde; manche halten auch Gnome für eine von den Zwergen verschiedene Art. Bei Tolkien allerdings ist neben den Zwergen nur eine Art kleinwüchsiger Geschöpfe von Bedeutung – und zwar von allergrößter Bedeutung, denn sie stellt seine Haupthelden in Der kleine Hobbit und Der Herr der Ringe: die Hobbits, deutlich kleiner als Zwerge. Sie sind Tolkiens ureigenste Erfindung (vielleicht mit einem schwachen Anklang an

Brownies?) und mittlerweile bekannter als viele andere von den kleinen Völkern.

Auch in den beiden letzten Geschichten in der nun folgenden Abteilung spielen Hobbits eine wichtige Rolle, allerdings neben anderen Wesen. Dies scheint überhaupt eine Eigenheit von Hobbitgeschichten zu sein: Während andere Märchen- und Sagengestalten oft einzeln (neben Menschen, versteht sich) vorkommen, treten die Hobbits, weil sie von Anfang an Bestandteil einer Fantasywelt waren, praktisch immer im Ensemble mit anderen Fantasyfiguren auf. (Falls es Ausnahmen gibt, so kenne ich doch keine nennenswerte.) Vielleicht liegt es aber auch am bekanntermaßen friedfertigen Naturell der Hobbits und an ihrer Neigung zur Gemütlichkeit – wenn sie unter sich sind, passiert einfach nichts Aufregendes. Andrzej Sapkowskis »Das Ewige Feuer« gehört zu seinem Zyklus über den Hexer Geralt, einen umherziehenden Spezialisten für den Kampf gegen alle möglichen Ungeheuer. Eher eine Tolkien-Parodie ist Andy Duncans »Senator Bilbo«, die sich auf eine zufällige Namensgleichheit stützt: Es gab einen Theodore G. Bilbo, der in der ersten Hälfte des 20. Jahrhunderts zweimal Gouverneur des US-Staates Mississippi war und dem der Ruf anhängt, nicht nur selbst für einen Südstaatler jener Zeit auffällig rassistisch gewesen zu sein, sondern vor allem selbst für einen Berufspolitiker ungewöhnlich korrupt, was ihn 1946 daran hinderte, eine dritte Amtsperiode anzutreten, obwohl er die Wahl gewonnen hatte.

Zwergenzorn

Markus Heitz

**Der Steinerne Torweg des Nordpasses
im Reich des Fünften, Giselbart, im Jahr
des 5199sten Sonnenzyklus, Spätsommer**

Weißer Nebel füllte die Schluchten und Täler des Grauen Gebirges. Die Gipfel der Großen Klinge, der Drachenzunge und der anderen Berge erhoben sich trotzig aus dem Dunst und reckten sich der Abendsonne entgegen.

Zögernd, als fürchtete es sich vor den schroffen Felsen, stieg das Gestirn herab und erhellte den Nordpass mit seinem dunkelroten, schwächer werdenden Licht.

Glandallin aus dem Clan der Hammerschlags lehnte sich schnaufend an die grob behauene Wand des Wachturmes und legte die Rechte über die buschigen schwarzen Brauen, um seine Augen vor der ungewohnten Helligkeit zu schützen. Der Zwerg war durch den Aufstieg außer Atem geraten, und das Gewicht des dicht geflochtenen Kettenhemdes, der beiden Äxte und des Schildes drückte schwer auf seine betagten Beine.

Doch Jüngere als ihn gab es nicht mehr.

Die Schlacht, welche die neun Clans des Fünften Stamms vor wenigen Tagen gemeinsam in den Stollen geschlagen hatten, hatte zahlreiche Leben gekostet. Der Tod hatte sich vor allem die Jungen, Unerfahrenen gegriffen. Doch ihr Opfer war nicht vergebens: Der unbekannte Feind war vernichtet.

Dennoch starben seine Freunde weiter, weil eine tückische Krankheit umging, von der keiner wusste, woher sie kam. Sie schwächte die Zwerge, ließ sie fiebern und raubte ihnen die Kraft, den klaren Blick und die sichere Hand. Und so hatte er als einer der Älteren die Pflicht übernommen, in dieser Nacht über den Steinernen Torweg zu wachen.

Von dem hoch gelegenen Aussichtspunkt aus führte der Pfad durch das Graue Gebirge und weiter in das Geborgene Land, wo Menschen, Elben und Zauberer in ihren Reichen lebten. Sein Stamm war es, der dem Land im Norden den Frieden sicherte.

Zwei gigantische Portale aus härtestem Granit verweigerten jedem Scheusal ein Durchkommen. Vraccas, der Gott der Zwerge und ihr Schöpfer, hatte einst die gewaltigen Steinflügel geformt und sie mit fünf Riegeln gesichert, die allein mithilfe geheimer Worte bewegt werden konnten. Nur die Hüter des Pfades kannten die Losung, und ohne die rechte Formel blieb die Pforte fest versperrt.

Vor den mächtigen Türen lagen die ausgeblichenen Knochen und zertrümmerten Rüstungen derer, die sich von dem Hindernis nicht hatten abschrecken lassen. Orks, Oger und andere Scheusale hatten Niederlage um Niederlage erlitten und auf blutige Weise erlebt, dass die Äxte der Zwerge auch nach tausenden von Sonnenzyklen noch scharf waren.

Der einsame Wächter nahm den Lederschlauch vom Gürtel und trank von dem kühlen Wasser, um die trockene Kehle zu befeuchten. Einige Tropfen rannen aus seinen Mundwinkeln und sickerten in den schwarzen Bart. Es hatte Stunden gekostet, das Gesichtshaar zu solch kunstvollen

Zöpfen zu flechten, die nun wie dünne Seile auf der Brust baumelten.

Glandallin setzte den Trinkschlauch ab und zog die Waffen aus dem Gürtel, um sie auf die Brüstung des aus dem Berg gemeißelten Turmes zu legen. Die beiden eisernen Axtköpfe klirrten melodisch, als sie den Fels berührten.

Ein orangeroter Sonnenstrahl strich über die polierten Verzierungen und beleuchtete die Runen und Symbole, die dem Träger Schutz, Treffsicherheit und Ausdauer verleihen sollten.

Der Zwergenmeisterschmied und Begründer des Stammes der Ersten, Borengar Weißesse, hatte die Klingen selbst geschmiedet und sie ihm, der aus unzähligen Schlachten am Steinernen Torweg als Sieger hervorgegangen war, zum Geschenk gemacht. Kein Orkschwert, keine Trollkeule, kein Ogerspieß vermochten es, seinen 327 Sonnenzyklen langen Lebensfaden zu durchtrennen – auch wenn es schon genügend finstere Kreaturen versucht hatten, wie die Narben an seinem gedrungenen Körper bezeugten. Aber auch die Macht der Inschriften und seine Rüstung hatten ihm stets treu beigestanden.

So weit der Zwerg blickte, stemmte sich das Bergmassiv als bleifarbener Brocken aus dem hügeligen Land Gauragar empor, das von Menschen besiedelt wurde. Gleich einem Rückgrat wuchs es in die Höhe und schreckte den Wanderer mit Steilhängen, unsicheren Wegen und wechselhaftem Wetter, und so geschah es trotz der Reichtümer des Grauen Gebirges selten, dass sich ein Bewohner Gauragars in diese Gegend begab.

Allein sein Volk lebte in den Schatten dieser zerklüfteten Gipfel. Die Zwerge vom Stamm des Fünften, Giselbart Eisenauge, errichteten ihr unterirdisches Reich im harten Fleisch des nördlichen Hochlandes. Sie gruben Schächte, erbauten kunstvolle Hallen, schufen die heißesten Feuer und trieben

Säle aus dem Felsen, um fernab von Sonne und Witterung ihr Leben dem Schürfen von Schätzen und dem Schmieden zu widmen.

Glandallin betrachtete die unüberwindbaren Gipfel, die in weiter Entfernung zu einem breiten, dunklen Band schrumpften. Das war seine geliebte Heimat – ein Ort voller unterirdischer Schönheit, den er gegen keinen anderen eintauschen würde.

Vraccas, der göttliche Schmied, hatte das gesamte Geborgene Land mit dem schützenden Gürtel aus Bergen umgeben, um seine Bewohner vor den Ungeheuern des Gottes Tion zu bewahren. So oblag es allein den Elben, Zwergen, Menschen und anderen Kreaturen, in Frieden miteinander zu leben.

Als er den Blick nach Norden wandte, folgten seine braunen Augen dem dreißig Schritt breiten Pass, den sie den Steinernen Torweg nannten und der in das Jenseitige Land, in unerforschtes Gebiet führte. Früher hatten die Menschenkönige Expeditionen in alle Windrichtungen entsandt, aber nur die wenigsten waren zurückgekehrt und hatten zudem ungewollt dafür gesorgt, dass die Orks den Weg zum Tor fanden. Mit den Orks kamen die übrigen Scheusale, die der Gott Tion aus Bosheit schuf, um ihnen das Leben schwer zu machen.

Forschend suchte er den Weg ab. Die Aufmerksamkeit eines Wächters durfte zu keiner Zeit nachlassen. Die Kreaturen lernten nichts aus ihren Niederlagen. Ihr finsterer, bösartiger Verstand, den Tion ihnen gab, brachte sie dazu, immer wieder gegen die Portale anzurennen, um in das Geborgene Land zu gelangen. Sie wollten alles und jeden vernichten, denn sie waren zu nichts anderem von ihrem Schöpfer geschaffen.

Mal vergingen Sonnenzyklen, mal nur Umläufe, bevor sie einen weiteren Vorstoß unternahmen. Bislang kamen die

Horden nicht auf den Gedanken, die Angriffe in geordnete Bahnen zu lenken und mit List vorzugehen; daher blieb es beim blindwütigen Anstürmen, das für die Angreifer stets im Blutbad endete. Die tobenden und brüllenden Bestien gelangten nie weiter als bis an die Zinnen der Wehrgänge, wo die Äxte der Zwerge zur tödlichen Begrüßung ihrer harrten und von Sonnenaufgang bis Sonnenuntergang Fleisch, Knochen und Rüstungen der Ungeheuer durchtrennten. An solchen Tagen stand deren schwarzer, dunkelgrüner und gelbbrauner Lebenssaft knöchelhoch vor den unverwüstlichen Granittoren, an denen Rammböcke und Katapultgeschosse krachend zersplitterten.

Auch die Kinder des Vraccas erlitten Verluste, wurden verstümmelt und verletzt, doch keiner von ihnen haderte mit dem Schicksal. Schließlich sie waren die Zwerge, das härteste Volk der bekannten Welt und die Beschützer des Geborgenen Landes.

Und dennoch haben sie uns überrumpelt. Glandallin dachte an die rätselhaften Kreaturen in den Schächten, denen so viele Angehörige seines Stammes zum Opfer gefallen waren. Plötzlich waren sie da gewesen. Äußerlich glichen sie den Elben: hoch gewachsen, schlank und grazil in ihren Bewegungen, aber sie waren grausamer und heimtückischer im Kampf.

»Elben oder unbekannte Bestien?«, rätselte er halblaut und entschied sich für Bestien. *Tion der Niederträchtige wird sie vor langer Zeit in der Erde vergraben und vergessen haben. Unsere eigenen Mineure müssen sie aus ihrem Schlaf gerissen und aus dem Fels befreit haben,* suchte er nach einer Erklärung.

Glandallin war sich so gut wie sicher, dass es keine Elben aus dem Geborgenen Land sein konnten. Zwerge und Spitzohren hassten einander; Vraccas und Sitalia, die Schöpferin der Elben, hatten es so beschlossen, als sie die Völker ins Leben gerufen und ihnen gegenseitige Abneigung mitgegeben hatten. Daraus entsprang so mancher unversöhnliche Streit und so manches Scharmützel, das Tote forderte, niemals jedoch ein Krieg.

Und wenn sie es doch waren? Ist der Hass derart gewachsen, dass wir in einen Krieg mit ihnen geraten?, dachte er im Stillen. *Oder wollen sie einen Krieg wegen unserer Schatzhorte? Sind sie neidisch auf unser Gold?* Glandallin wusste keine Antwort darauf und zwang sich, die notwendige Aufmerksamkeit walten zu lassen. Die Gedanken an das Gemetzel in den finsteren Stollen gegen die unheimlichen Krieger, Elben oder nicht, lenkten die Augen ab, machten sie stumpf. Sie glitten über die Landschaft, ohne die Berge und den Steinernen Torweg wirklich zu sehen.

Seine Augenbrauen zogen sich im Zorn zusammen, denn der scharfe Nordwind, der ihm so weit oben eisig um die Bartsträhnen pfiff, trug ihm einen Geruch zu, den er aus seinem tiefsten Inneren hasste. Orks.

Sie stanken nach geronnenem Blut, nach Exkrementen und Schmutz; dazu mengte sich das ranzige Aroma ihrer eingefetteten Rüstungen. Sie glaubten, die Schneiden der Zwergenäxte würden an dem Talg abrutschen und so weniger Schaden am Metall anrichten.

Das Fett wird euch wieder nichts gegen uns nützen. Glandallin wartete nicht, bis er die zerlumpten Banner und verrosteten Speerspitzen über die letzte Anhöhe des Steinernen Torweges kommen sah oder das Scheppern der Panzerhemden vernahm. Er machte einen Schritt zur Seite und stellte sich auf die Zehenspitzen; die schwieligen Hände legte er um die hölzernen, rauen Griffe der beiden Blasebälge. Die künstlichen Lungen füllten sich mit Luft, ehe der Zwerg ihren Atem mit einer kräftigen Bewegung auspresste.

Die Luft strömte durch das breite Rohr, schoss in die Tiefe und erweckte das Signalhorn unter der Erde zum Leben.

Dumpfes Dröhnen rollte die Stollen und Gänge der Fünften entlang.

Der Zwerg betätigte die Blasebälge im Wechsel, damit der Luftstrom nicht abriss. Das Dröhnen schwoll zu einem gleichmäßigen, durchdringenden Ton an, der selbst den Verschlafensten seines Stammes aus den Kissen jagte. Einmal mehr rief sie die ehrenvolle Pflicht, das Geborgene Land zu verteidigen.

Schwitzend blickte Glandallin über die rechte Schulter, um den Vormarsch der Angreifer abzuschätzen.

Sie kamen. Zu Hunderten.

Die Kreaturen des Gottes Tion schoben sich in breiter Front den Steinernen Torweg entlang, und das zahlreicher als je zuvor. Beim Anblick der Ungeheuer hätte das Herz eines Menschen vor Furcht ausgesetzt, und die Elben wären in den Schutz ihrer Wälder geflüchtet. Nicht so ein Zwerg!

Die Attacke gegen den Durchgang überraschte Glandallin zwar nicht, doch der Zeitpunkt beunruhigte ihn. Seine Freunde und Verwandten brauchten Ruhe, um sich vollständig von den Strapazen der letzten Kämpfe und der schleichenden Krankheit zu erholen. Die nahende Schlacht würde gewiss mehr Kraft kosten als gewöhnlich. *Mehr Kraft und mehr Leben.*

Die Verteidiger besetzten die Wehrgänge rund um die Pforte eher zögerlich; einige von ihnen taumelten mehr, als sie gingen, und ihre Finger schlossen sich kraftlos um die Schäfte der Äxte. Die Schar, die sich schleppend zur Abwehr formierte, kam gerade einmal auf einhundert tapfere Seelen. Tausend hätten sie benötigt.

Glandallin beendete seine Wache, weil er an anderer Stelle dringender gebraucht wurde.

»Vraccas stehe uns bei! Wir sind zu wenige«, flüsterte er und konnte die Augen nicht von der Straße wenden, auf der sich der breite, stinkende Strom von Orks ergoss. Grunzend und brüllend walzten sie voran und hielten genau auf das Portal zu. Die nackten Berghänge warfen ihre animalischen Laute zurück, und das Echo verstärkte das siegessichere Grölen.

Die verzerrten Klänge drangen tief in sein Gemüt, und ihm kam es plötzlich so vor, als hätten sich die Bestien verändert. Die tobende und lärmende Masse strömte eine solche Siegesgewissheit aus, dass er sie förmlich greifen konnte.

Unwillkürlich machte der Zwerg einen Schritt zurück. Zum ersten Mal empfand er Furcht vor den Wesen.

Und sein Schrecken wuchs.

Als seine Augen abschätzend über das Heer der Angreifer wanderten, streiften sie auch die kleine Gruppe von standhaften Höhentannen, die den kargen Verhältnissen stets getrotzt hatten. Er kannte sie von klein auf, hatte sie wachsen und gedeihen sehen.

Nun aber senkten sich ihre Zweige nach unten, die Nadeln regneten auf den steinigen Untergrund herab und verschwanden zwischen den Felsen. Sie waren todkrank, starben.

Es geht den Tannen wie uns. Glandallin dachte an seine leidenden Freunde. *Welche Kräfte sind hier am Werk, Vraccas? Beschütze dein Volk!,* betete er und nahm seine Äxte vom Sims.

Angsterfüllt küsste er die Runen. »Bitte, verlasst mich nicht«, rief er sie leise an, wandte sich um und hastete die Stufen hinab, um der Hand voll Verteidiger beizustehen.

Er gelangte bei ihnen an, als die erste Angriffswelle gegen die Mauern schwappte. Pfeilschauer sirrten auf die Zwerge herab. Die Orks legten Dutzende Sturmleitern an und kletterten ohne zu zögern die wackligen Sprossen hinauf. Andere setzten tragbare Katapulte zusammen, um den Sturm auf die Zinnen mit Brandgeschossen zu unterstützen. Die prall gefüllten, brennenden Lederbeutel zischten durch die

Luft und barsten, sobald sie auf Widerstand trafen. Alles in ihrem näheren Umkreis wurde mit Petroleum überschüttet und entzündet.

Die ersten Salven flogen zu tief; dass die vordersten Orkabteilungen im eigenen Feuersturm vergingen, störte die schwarze Brut nicht. Weder der Steinhagel noch die heiße Schlacke, die von oben auf sie niedergingen, vermochten ihren Eifer und ihre Gier zu bremsen. Für einen Gefallenen drängten fünf neue Bestien auf die Tritte. Dieses Mal wollten sie durch die Pforte hindurch gelangen, dieses Mal sollte der Steinerne Torweg fallen.

»Gib Acht!« Glandallin stand einem Verteidiger bei, den ein Pfeil in die rechte Schulter getroffen hatte. Eines der Geschöpfe Tions, ein weniger kräftiges Exemplar mit breiten Hauern und platter Nase, nutzte den Moment der Unachtsamkeit. Es schwang sich auf die Mauer und sprang zwischen den Zinnen hindurch auf den Wehrgang.

Zwerg und Ork starrten einander an, die Zeit schien stillzustehen. Das Geschrei, das Zischen der Pfeile und das Klirren der Äxte wurden mit einem Mal leiser, undeutlicher.

Dafür hörte Glandallin das schwere Atmen des Gegners. Verunsichert rollten die rot geäderten Augäpfel, die tief im Schädel saßen, nach rechts und nach links. Der Zwerg erkannte deutlich, was die Bestie bewegte. Sie war die erste ihrer Art, die es bis auf den vordersten Verteidigungswall geschafft hatte, und dieses Glück musste sie erst einmal fassen.

Er roch den Talg, der als gräulicher Belag fingerdick auf der Plattenrüstung lag, und der Gestank des ranzigen Fetts brachte all seine Sinne in die Schlacht zurück.

Mit einem Schrei warf sich Glandallin gegen den Ork. Die Kante seines Schildes zuckte nach unten und zerschmetterte dem Wesen den Fuß; gleichzeitig schlug er über die Deckung hinweg zu. Die Schneide seiner Axt grub sich knirschend in die ungeschützte Stelle unter der Achsel. Sauber abgetrennt fiel der Arm auf den Stein. Dunkelgrünes Blut schoss in hohem Bogen aus der offenen Wunde.

Der Ork quiekte gellend auf und erhielt im nächsten Augenblick einen wuchtigen, senkrecht geführten Hieb gegen die Kehle.

»Bring deinen Verwandten meinen Gruß und sage ihnen, dass ich auf sie warte!« Glandallin drängte den Sterbenden zurück und schob ihn zusammen mit dem nächsten Angreifer über die Brustwehr. Sie fielen über die Kante und verschwanden in der Tiefe. Der Zwerg hoffte, dass der Aufschlag ein halbes Dutzend ihresgleichen mit in den Tod riss.

Von nun an bekam er keine Atempause mehr. Er rannte auf der Balustrade umher, spaltete Helme samt Schädel und duckte sich unter Pfeilen und Brandgeschossen hinweg, um sich sogleich auf den nächsten Ork zu stürzen.

Die Dunkelheit, die sich mehr und mehr über den Steinernen Torweg senkte, bereitete ihm keine Schwierigkeiten; sein Volk vermochte in finsterster Nacht zu sehen. Aber seine Arme, die Schulter, die Beine wogen von Schlag zu Schlag und von Schritt zu Schritt mehr.

»Vraccas, gewähre uns eine Rast, damit wir zu Kräften kommen können«, keuchte er, während er sich das Orkblut mit den Zöpfen seines Barts aus den Augen wischte.

Und der Gott der Schmiede hatte ein Einsehen.

Hörner und Trombonen signalisierten den Geschöpfen Tions, von den Zinnen abzulassen. Gehorsam begannen die Orks mit dem Rückzug.

Glandallin schickte einen letzten Feind ins Jenseits, ehe er auf den Steinboden sank und nach seinem Trinkschlauch langte. Er zog den Helm ab und goss sich das Wasser über die schweißnassen Haare. Kühlend rann die Flüssigkeit über sein Gesicht und erweckte sein Lebensfeuer.

Wie viele sind uns geblieben? Er stemmte sich in die Höhe, um nach den Verteidigern des Wehrgangs zu sehen. Aus den einhundert waren siebzig geworden; unter ihnen erkannte er die weithin sichtbare Gestalt von Giselbart Eisenauge, ihrem Urvater.

Der Erste aller Fünften stand dort, wo die meisten abgeschlachteten Orks lagen. Seine polierte Rüstung aus dem härtesten Stahl, der in einer Zwergenschmiede jemals geschaffen worden war, schimmerte hell, und die Diamanten, die seinen Waffengurt zierten, funkelten im Schein der brennenden Petroleumlachen. Er erklomm einen Vorsprung, damit ihn jeder sah.

»Bleibt auf euren Posten«, schallte seine feste Stimme über die Zinnen. »Seid standhaft wie der Granit, aus dem wir gemacht sind. Nichts vermag uns zu brechen, kein Ork, kein Oger, keine der Bestien, die Tion zu uns schickt. Wir zerschmettern sie, wie wir es schon seit tausenden von Zyklen tun! Vraccas ist mit uns!«

Leiser Jubel und zustimmende Rufe ertönten. Ihre Zuversicht, die bedrohlich ins Schwanken geraten war, kehrte wieder; an ihrem Stolz und Trotz würden die Angreifer scheitern.

Die erschöpften Krieger versorgten sich mit Essen und Schwarzbier. Mit jedem Bissen und jedem Schluck fühlten sie sich lebendiger, frischer. Die tieferen Wunden erhielten eine notdürftige Behandlung, klaffende Wundränder wurden kurzerhand mit feinen Bindfäden zusammengenäht.

Glandallin setzte sich neben seinen Freund Glamdolin Starkarm. Während sie aßen, betrachteten sie die gewaltige Orkhorde, die sich etwa hundert Schritt von der Pforte zurückgezogen hatte. Ihm kam es so vor, als wollten sie sich zu einem lebendigen Rammbock formieren und Anlauf nehmen, um die Portale mit der Gewalt ihrer Leiber aufzusprengen.

»So hartnäckig, so erschreckend furchtlos wie in dieser Nacht habe ich unseren ärgsten Gegner noch nie erlebt«, sagte er leise. »Etwas ist anders als sonst.« Schaudernd erinnerte er sich an die sterbenden Bäume.

Eine Axt fiel klirrend auf die Steinplatten zu seiner Linken. Der Zwerg drehte sich zu seinem Kampfgefährten um und sah ihn gerade noch in sich zusammensacken. »Glamdolin!« Rasch packte er ihn, um ihn zu untersuchen, und erschrak. Seine glühende Stirn war voller kleiner, feiner Wasserperlen, die ihm über das Gesicht und in den Bart rollten, und die geröteten Augen blickten fiebrig ins Leere.

Glandallin wusste sogleich, dass die rätselhafte Krankheit sich ein weiteres Opfer gesucht und seinen Freund in die Knie gezwungen hatte. Was die Unholde nicht erreichten, das schaffte das tückische Leiden.

»Ruh dich aus. Es wird bestimmt bald besser.« Er zog den röchelnden Glamdolin zurück bis an die Mauer und bettete ihn sorgfältig. Doch er hegte kaum Hoffnung, dass sich der Zustand seines Freundes bessern würde.

Das Warten zermürbte die Zwerge wie auch die Orks; Müdigkeit, der Feind aller Krieger, breitete sich aus. Glandallin döste selbst im Stehen immer wieder ein, doch als sein Helm mit einem dumpfen Laut gegen die Brüstung schlug, schreckte er hoch und blickte sich um. In der Zwischenzeit waren noch mehr Zwerge Opfer der Krankheit geworden und mussten die Reihen der Verteidiger verlassen. Es sah nicht gut aus für die Kinder des göttlichen Schmieds.

Ein durchdringender Alarmruf brachte sein Herz zum Pochen, die Angreifer erhielten neue Verbündete.

Im kalten Schein des Mondes erblickte der Zwerg die eindrucksvollen Silhouetten gewaltiger Monstrositäten, die viermal so groß wie die Orks waren. Er zählte vierzig von ihnen. Die hässlichen Körper steckten in schlecht geschmiedeten

Rüstungen, die prankengleichen Hände schwangen junge, grob zugehauene Tannen als Keulen.

Oger.

Wenn sie über die Zinnen gelangten, müssten sie die Verteidigungslinie aufgeben. Die Kessel mit der siedenden Schlacke waren leer, die Steinreserven vorerst aufgebraucht. Doch Glandallins Zaudern währte nur kurz; ein Blick auf die leuchtende Gestalt von Giselbart genügte ihm, um den Glauben an einen weiteren Triumph über die dunklen Geschöpfe zurückzubringen.

Die Masse der Orks geriet in Bewegung, die heranmarschierenden Oger wurden mit Freudengebrüll begrüßt.

Die gigantischen Wesen, welche die Orks an Hässlichkeit und Ungeschlachtheit noch übertrafen, stapften zur Spitze des Heeres. Dort angekommen, machten sie große eiserne Wurfanker bereit, deren vier Widerhaken jeweils die Länge eines ausgewachsenen Menschen besaßen. Als Nächstes zogen sie lange Ketten durch die Ösen am oberen Ende der Anker.

Als Klettergerät sind die Konstruktionen ungeeignet, überlegte Glandallin. *Vermutlich wollen die Oger damit die Mauern des Wehrgangs einreißen. Und so, wie diese Wesen aussehen, könnte es ihnen gelingen.*

Die Wurfanker wirbelten durch die Luft und verhakten sich an drei Dutzend Stellen des massiven Vorbaus. Auf einen gebrüllten Befehl hin zogen die wartenden Orks zusammen mit den Ogern an den Ketten. Die Metallglieder spannten sich klirrend, Peitschenknall drang herauf.

Der Zwerg hörte ein leises Knirschen. Das Bollwerk, erbaut von den Händen seines Volkes und seit vielen Sonnenzyklen über standhaft, rang verzweifelt mit der rohen Kraft der Ungetüme.

»Schnell, bringt die Verletzten von hier weg!«, rief er. Heraneilende Helfer, die zuvor noch die Schlackekessel bedient hatten, trugen Glamdolin und all die anderen Kampfunfähigen davon.

Eine Zinne riss ab, die Eisenkralle und die Steinstücke sausten hinab und töteten zwei der Oger und zehn Orks. Aber die Bestien gaben nicht auf. Nur wenig später surrte der Anker erneut heran und verkeilte sich an einer anderen Stelle.

Dieses Mal zogen sich die Zwerge zurück. Sie verließen den Wehrgang gerade noch rechtzeitig und positionierten sich oben auf den Flügeln des steinernen Portals. Die Schmiede hatten vor Jahren stählerne Verschanzungen angebracht, hinter die sich die Verteidiger nun kauerten.

Glandallin vernahm das Poltern, als die Balustrade abbrach und auf den Torweg stürzte. Die Erde erzitterte unter dem Gewicht, und das Freudengeschrei der Gegner war unbeschreiblich.

Meinetwegen sollen sich die Bestien die Schädel einrennen. Der Zwerg zwang sich zur Ruhe. Diese Pforte würde niemals fallen, weil es mehr als ein paar Wurfkrallen bedurfte, um die Barrikade zu zerstören.

Er schaute vorsichtig über den Rand der schützenden Verkleidung. Weitere Feinde der Zwerge nahten. Auf stattlichen nachtschwarzen Pferden ritten sie zur Spitze des Heeres aus Orks und Ogern. Der Zwerg erkannte die hoch gewachsenen, schlanken Gestalten mit den spitzen Ohren sofort wieder. Sie waren diejenigen gewesen, welche die Zwerge in den Tunneln angegriffen hatten und unter großen Verlusten zurückgeschlagen worden waren.

Die Augen ihrer Pferde glommen dunkelrot, und die Hufe schlugen mit jedem Schritt weißliche Funken. Zwei Reiter preschten bis vor das Portal und erteilten den Orks und Ogern Anweisungen, die ohne Widerworte ausgeführt wurden. Die Scheusale räumten die Trümmer vor der Pforte weg und bereiteten den Weg für einen neuerlichen Sturm.

Die Elben wendeten ihre Pferde und zogen sich zurück, um die Ungeheuer aus sicherer Entfernung zu beobachteten. Einer der beiden Reiter nahm einen gewaltigen Bogen von der Schulter und legte einen Pfeil auf die Sehne. Die mit Handschuhen geschützten Finger lagen locker an der geflochtenen Schnur; der Schütze wartete, bis sein Einsatz benötigt wurde.

Eilig schleppten die Zwerge Steinbrocken herbei und schleuderten sie auf die Bestien. Einige versuchten, den Wurfgeschossen zu entkommen. Doch kaum wandten sich drei Orks zu Flucht, ruckte der Bogen des Elben in die Höhe. Schneller als Glandallin schauen konnte, sandte er das erste, ungewöhnlich lange Geschoss auf die Reise. Schon brach das Ungeheuer getroffen zusammen.

Während der Ork fiel, hatte der Elb bereits den nächsten Pfeil auf die Sehne gelegt und geschossen; das zweite Ungeheuer starb quiekend, das dritte nur einen Herzschlag darauf. Die anderen Scheusale verstanden die drastische Warnung und kehrten an ihre Arbeit zurück. Keiner wagte es, gegen den Mord an ihren Mitstreitern aufzubegehren; sogar die Unteranführer schwiegen vor Furcht, selbst tödlich gemaßregelt zu werden.

Es dauerte bis zum Morgengrauen, dann lagen keine Trümmer mehr vor dem Tor.

Die Zwerge vom Stamm des Fünften bestaunten ein bizarres Schauspiel. Während sich der Himmel im Osten allmählich hell einfärbte und das Nahen der Sonne verkündete, erhob sich im Norden eine breite Nebelbank. In ihrem Innersten schimmerte es schwarz, silbern und rot; die Farben mengten sich, und ihre Intensität wechselte unentwegt.

Sie bewegte sich über die Köpfe der Ungeheuer hinweg und schwebte entgegen der Windrichtung auf das Tor zu. Die sonst so lärmenden Orks schwiegen, duckten sich ängstlich zusammen und hüteten sich, mit dem lebendigen Dampf in Berührung zu kommen. Auch die Oger wichen zurück. Demütig senkten die Elben die Häupter und entboten dem Brodem einen Gruß, wie er einem Herrscher gebührte. Der schimmernde Nebel senkte sich vor den Reitern zu Boden und verharrte.

Dann geschah das Unfassbare: Ein Ruck lief durch das Portal, der Stein bebte, und der erste der fünf Riegel schob sich zurück. Jemand musste das Unfassbare getan und die magische Losung genannt haben, um das Geborgene Land den Horden preiszugeben!

»Das kann nicht sein!«, rief Glandallin entsetzt und schaute zur anderen Seite des Portals hinab, um den Schuldigen zu entdecken. »Wie ...«

Es war Glamdolin Starkarm. Er stand einsam vor der Pforte, die Hände beschwörend gegen das Tor gereckt und die nächste Losung rufend.

»Schweig, du Narr!«, schrie er entsetzt zu seinem Freund hinab. »Was tust du da?!«

Aber der Zwerg wollte ihn nicht hören. Schon glommen die Runen der zweiten Sperre auf. Ächzend schob sich der Riegel zurück.

»Es kann nur verfluchte Magie sein, die gegen uns wirkt«, mutmaßte Glandallin laut. »Der Nebel! Er muss ihn verhext haben!«

Der dritte Riegel löste sich und gab die Eisenbänder am Portal frei.

Jetzt kam Bewegung in die Reihen der Verteidiger. Die ersten sprangen auf und rannten zu den Treppen, um nach unten zu eilen und Glamdolin zum Schweigen zu bringen. Aber schon glitt die vierte Sperre aus ihrer Halterung. Nur noch ein Riegel war übrig und von den Zwergen, welche den Verräter, den Verhexten aufhalten sollten, nichts zu sehen.

»Wir schaffen es nicht mehr rechtzeitig«, erkannte Glandallin grimmig. »Vraccas vergib mir meine Tat, aber es geht nicht anders.« Er nahm seine Axt und schleuderte sie mit aller Kraft und Wut nach dem Freund, mit dem er vorhin noch Seite an Seite gekämpft hatte.

Die Klinge wirbelte durch die Luft, drehte sich um die eigene Achse und zischte in die Tiefe. Der Zwerg hatte gut Maß genommen, seine Waffe fand ihr Ziel.

Glamdolin ächzte auf, als sich die Schneide in die linke Schulter grub. Ein Schwall Blut schoss aus der klaffenden Wunde, und er stürzte zu Boden. Glandallin dankte seinem Gott voller Erleichterung, dass er die Axt geleitet hatte.

Doch es war bereits zu spät, der Verräter hatte sein schreckliches Ziel erreicht. Die letzte Barriere fiel.

Die gigantischen Torflügel bewegten sich langsam. Rüttelnd, widerstrebend schwangen sie zurück, als spürte der Granit, dass er sich für die Falschen öffnete.

Fels rieb auf Fels; aus dem schmalen Spalt wurde eine klaffende Lücke, die sich zu einem wachsenden Durchlass verbreiterte. Nach schier unendlich langer Zeit stand die Pforte offen. Ein letztes Knarren ertönte, dann lag der Weg in das Geborgene Land zum ersten Mal seit der Erschaffung der Welt frei.

Nein! Das darf nicht sein. Glandallin schüttelte seine Lähmung ab. Er folgte Giselbart und den letzten Kriegern die Stufen hinab, um nach unten zu gelangen und das Tor zu verteidigen.

Er traf als Vorletzter an der breiten Öffnung ein. Seine Gefährten hatten sich bereits aufgestellt, die Schilde hielten sie als Schutz vor den Körper, die andere Hand führte die Axt, die gefürchtete Waffe der Zwerge.

Sie standen dicht nebeneinander und bildeten einen kleinen, lebendigen Wall gegen die übermächtige Flut aus Orks, Ogern, Trollen und Elben. Vierzig gegen vierzigtausend.

Ihre Gegner wagten sich nicht vorwärts. Sie fürchteten einen Hinterhalt, denn niemals zuvor hatte sich der Durchgang für sie geöffnet.

Glandallins Augen schweiften über die erste Reihe der widerwärtigen Feinde, hinter der eine zweite, eine dritte, noch eine, wieder eine und viele weitere lauerten. Seine buschigen Brauen zogen sich zusammen, eine tiefe Furche entstand über seinem Nasenbein. Trotz, Hass gegen das greifbar Böse und der unerschütterliche Glaube an die Pflicht festigten ihn.

Giselbart hatte die Formel gesprochen, um das Portal wieder zu schließen. Die Türen schwangen gehorsam, aber langsam, viel zu langsam aufeinander zu. Er schritt die Reihe hinter ihnen ab und legte jedem noch einmal die Hand auf die Schulter. Die Berührung wirkte beruhigend und ermutigend zugleich; sie stärkte die letzten Verteidiger des Geborgenen Landes.

Die Elben gaben Befehle, Trombonen quäkten los. Die Orks und Oger brüllten sich selbst Mut zu, rissen die Waffen in die Höhe und verfielen in donnernden Trab. Der Sturm begann.

»Sie können nur in einer Linie kommen. Gebt ihnen unseren guten Stahl zu fressen!«, rief Glandallin nach rechts und nach links, um seinen Gefährten Mut zuzusprechen. »Vraccas ist mit uns! Wir sind die Kinder des Schmieds!«

»Wir sind die Kinder des Schmieds!«, schrieen seine Stammesbrüder zurück, die Füße fest gegen den Fels gestemmt.

Vier der Zwerge stellte Giselbart als letzte Verteidigung ab. Dann warf er seinen Schild weg, zog beide Äxte und gab das Zeichen zum Gegenangriff. Die Letzten aus dem Stamm des Fünften rannten los, um ihren Gegnern den Tod zu bringen.

Zehn Schritte vor dem Torbogen erfolgte der Zusammenprall der ungleichen Streitmächte. Die Hüter des Torwegs gruben sich wie die Maulwürfe durch die Reihen der Orks, die vorweg gestürmt waren.

Glandallin schwang seine Axt und durchtrennte einen Unterschenkel nach dem anderen. Er hielt sich nicht damit auf, die Bestien zu töten; es reichte ihm, sie zu Fall zu bringen und zum Hindernis für die Nachfolgenden zu machen.

»Ihr werdet niemals an mir vorbeigelangen!«, schrie er ihnen entgegen. Bald haftete stinkendes Blut an seinem ganzen Körper, es troff von der Rüstung und dem Helm und brannte in den Augen. Als ihn die Kraft zu verlassen drohte, warf er eine Axt weg und führte die andere mit beiden Händen. »Niemals!« Knochen brachen, warme Flüssigkeiten ergossen sich über ihn; ein Schwert und ein Speer verletzten ihn leicht, doch er drosch weiter zu.

Es ging nicht um sein Leben. Glandallin wollte erreichen, dass die Pforte sich rechtzeitig schloss und das Geborgene Land sicher blieb. Wenn die Kranken sich vom Fieber erholt hätten, würden sie die Verteidigung übernehmen. *Noch ist nichts verloren!*, sagte er sich.

Die Runen des Meisterschmieds Borengar aber, die bis zu dieser Stunde wahrlich Wunderbares geleistet hatten, mussten ihren Vorrat an Schutz endgültig verbraucht haben. Glandallin nahm aus dem Augenwinkel wahr, wie der Kampfgefährte zu seiner Rechten fiel; das Zweihänderschwert eines Orks spaltete dem Zwerg den Schädel.

Getrieben von glühendem Hass und dem Willen, den Mörder niederzustrecken, machte er zwei Ausfallschritte, trieb dem schwarzhäutigen Scheusal die Axt in den Wanst und schlitzte ihn der Länge nach auf.

Der Schatten, der über ihn fiel, warnte ihn zu spät. Vergebens versuchte er, sich unter der herabstoßenden Ogerkeule wegzuducken, aber das schwere Ende traf seine Beine und zerquetschte sie. Schreiend fiel er gegen den nächsten Ork und trennte ihm noch im Sturz den Oberschenkel halb ab. Dann landete er kopfüber im Gewirr der Beine und hieb knurrend um sich, bis kein Gegner mehr in seine Reichweite gelangte.

»Kommt her!«, verlangte er wütend nach neuen Feinden.

Sie straften ihn mit Missachtung. Ihre Gier war zu groß, sie rannten an ihm vorbei, um in das Geborgene Land zu gelangen. Was sollten sie mit zähem Zwergenfleisch, wo doch Besseres auf sie wartete? Einfältigen Tieren gleich drückten und schoben sie, um durch das Portal zu gelangen. Sie scherten sich nicht mehr um den Zwerg, er war besiegt.

Unter Qualen stemmte er seinen Oberkörper in die Höhe, um nach den beiden Granitflügeln zu sehen. Er hoffte, dass die letzte Zwergenreihe standhielt und den Vorstoß abwehrte.

Seine Hoffnung blieb unerfüllt. Er war der letzte Überlebende, die anderen Zwerge lagen tot und aufs Grausamste verstümmelt am Boden, umgeben von den unzähligen Kadavern ihrer erschlagenen Feinde. Die Diamanten an Giselbarts Gürtel glitzerten und wiesen zu der Stelle, an der ihr Stammesherr gegen drei Oger gefallen war. Der Anblick erfüllte Glandallin mit unerträglichem Seelenschmerz und trotzigem Stolz zugleich.

Das Portal hatte sich indes fast geschlossen. Acht Oger stemmten sich verzweifelt gegen die Türen, um sie davon abzuhalten, sich erneut zu verriegeln. Doch die verhornten Fußsohlen rutschten über den Felsweg, denn selbst ihre titanische Kraft vermochte nichts gegen die Magie des Gottes Vraccas auszurichten. Die wenigen Scheusale, die bisher ins Geborgene Land gelangt waren, bedeuteten gewiss keine übermächtige Gefahr für die Menschen, Elben, Zauberer und die vielen anderen Wesen.

Die Morgensonne schob sich über den Gebirgskamm über dem Steinernen Torweg und blendete Glandallin. Er schirmte die empfindlichen Augen mit der Hand, damit er sehen konnte und die Gewissheit erhielt, dass die Pforte nicht mehr die kleinste Lücke aufwies.

Es ist uns gelungen, Vraccas, dachte er erleichtert, als ein glühender Schmerz durch seinen Rücken fuhr. Eine schmale Klingenspitze ragte für den Zeitraum mehrerer Lidschläge aus seiner Brust, ehe sie wieder herausgezogen wurde. Ihm stockte der Atem. »Wer...?«

Der heimtückische Angreifer umrundete ihn und ließ sich vor ihm in die Hocke nieder. Der Zwerg blickte in ein feines Elbengesicht, Sonnenstrahlen schienen durch die blonden Haare und verwandelten sie in goldene Fäden. Die Schönheit litt unter einem Furcht einflößenden Makel: Anstelle der Augen sah der Zwerg zwei mandelförmige, unergründlich schwarze Löcher.

Das Spitzohr trug eine schimmernde Plattenrüstung aus geschwärztem Stahl, die bis über die Knie reichte. Die Beine wurden durch Lederhosen geschützt, die dunkelbraunen Stiefel reichten bis unter die Knie. Dunkelrote Handschuhe bewahrten die Finger vor Schmutz, und die Rechte hielt einen Speer mit einer dünnen, blutfeuchten Eisenspitze, die das enge Ringgeflecht des Kettenhemdes durchstoßen hatte.

Der seltsame Elb sprach zu dem Zwerg.

Glandallin verstand ihn wieder nicht, doch der düstere Klang der Worte sandte eisige Schauer über seinen Rücken.

»Mein Freund sagte: Sieh mich an. Dein Tod heißt Sinthoras«, übersetzte jemand hinter ihm. »Ich nehme dir das Leben, und das Land nimmt dir die Seele.«

Glandallin hustete dunkles Blut, es rann aus dem Mundwinkel und sickerte in seinen Bart.

»Geh mir aus der Sicht, niederträchtiges Spitzohr! Ich möchte beobachten, wie sich das Tor schließt«, verlangte er mit schroffer Stimme. Er versuchte, den Gegner mit einem Hieb der Axt zu verscheuchen. Beinahe wäre sie ihm entglitten, denn seine Kraft schwand. »Geh weg, oder ich spalte dich wie einen Strohhalm, verräterischer Elb«, polterte er ungerührt weiter.

Sinthoras lächelte kalt. Er hob den Spieß und fädelte die Spitze in einen schmalen Spalt zwischen den Kettenhemdringen.

»Du irrst. Wir sind die Albae. Wir sind gekommen, um die Elben zu vernichten«, sagte die Stimme in seinem Rücken sanft. »Das Tor mag sich schließen, aber wenn du dich durch die Macht des Landes wieder von den Toten erhebst, wirst du einer von uns sein und es öffnen. Du kennst die Losung.«

»Niemals!«, widersprach der Zwerg. »Meine Seele zieht zu Vraccas ...«

»Nein, denn deine Seele gehört nun dem Land, und damit gehörst du ihm auf ewig«, unterbrach ihn die samtene Stimme. »Nun stirb, kehre zurück und gib uns das Geborgene Land.«

Das geschliffene Ende fuhr in das Fleisch des hilflosen, geschwächten Zwerges. Der Schmerz brachte ihn zum Verstummen.

Mit sanftem Druck schob Sinthoras die Klinge ein zweites Mal durch den geschundenen Körper. Er tat es beinahe andächtig, zärtlich, voller Glückseligkeit, dann wartete er auf das Sterben. Eingehend betrachtete er Glandallins vom Todeskampf verzerrte Züge und sog die Eindrücke neugierig in sich auf.

Erst als er sich sicher war, dass alles Leben aus dem letzten Hüter des Steinernen Torwegs gewichen war, stand er auf.

Möchten Sie mehr über das tapfere Volk der Zwerge lesen?

»Zwergenzorn« ist der Auftakt zu Markus Heitz' großem Epos Die Zwerge *(06/9372), das ebenfalls im Heyne Verlag erschienen ist.*

Es war einmal ein Zwerg

HENRY KUTTNER

Tim Crockett hätte sich niemals in das Bergwerk auf dem Dornsef-Berg schleichen sollen. Was in Kalifornien eine Lappalie ist, kann in den Kohlegruben von Pennsylvanien verheerende Folgen haben. Besonders, wenn Zwerge darein verwickelt sind.

Nicht, dass Tim Crockett von den Zwergen gewusst hätte. Er untersuchte nur die Bedingungen bei den unteren Klassen, um es mit seinen eigenen, ziemlich unpassenden Worten zu sagen. Er gehörte zu einer Gruppe von Südkaliforniern, die beschlossen hatte, dass die Arbeit ihrer bedürfe. Sie irrten sich. Sie bedurften der Arbeit – mindestens acht Stunden pro Tag.

Wie seine Kollegen hielt Crockett den Arbeitsmann für eine Mischung zwischen einem Gorilla und dem *Mann mit der Hacke*, zu dessen Vorfahren wahrscheinlich die Kallikaks gehörten.* Er redete vehement über unterdrückte Minder-

---

* »Der Mann mit der Hacke« (The Man with the Hoe) ist ein Gedicht von Edwin Markham (1852–1940), das den Arbeitsmann als unglückliches, halb vertiertes Wesen beklagt. Die Kallikaks waren eine amerikanische Familie, an deren Beispiel ein gewisser Henry Goddard in einer 1912 veröffentlichten Studie seine Theorie nachzuweisen versuchte, dass Alkoholismus, Prostitution, Inzest, Kriminalität u. dgl. oder zumindest die Disposition dazu auf erblichen Schwachsinn zurückzuführen sind. – *Anm. d. Übers.*

heiten, schrieb flammende Artikel für das Blatt der Gruppe, *Erde*, und vermied es geschickt, als Angestellter ins Rechtsanwaltsbüro seines Vaters einzutreten. Er hatte, sagte er, eine Mission zu erfüllen. Leider stieß er weder bei den Arbeitern noch bei ihren Unterdrückern auf viel Sympathie.

Ein Psychologe hätte Crockett ganz leicht analysieren können. Es war ein hoch gewachsener, dünner, ernsthaft dreinschauender junger Mann mit ziemlich knopfförmig wirkenden kleinen Augen und einem hübschen Geschmack, was Krawatten anging. Er brauchte weiter nichts als einen kräftigen Tritt in den Hintern.

Aber doch nicht von einem Zwerg verabreicht!

Er reiste vom Geld seines Vaters im Lande herum, untersuchte die Arbeitsbedingungen und ging den Arbeitern, denen er begegnete, gründlich auf die Nerven. Mit dieser Absicht drang er heimlich in die Kohlengrube Ajax ein – oder zumindest in einen Schacht davon –, nachdem er sich als Bergmann verkleidet und sich das Gesicht ordentlich mit Kohlenstaub eingeschmiert hatte. Während er im Förderkorb einfuhr, wirkte er inmitten einer Gruppe von gut gewaschenen Gesichtern ausnehmend unordentlich. Bergleute sehen erst nach der Schicht schmutzig aus.

Der Dornsef-Berg war durch und durch von Gängen durchzogen – aber nicht von den Stollen der Ajax-Gesellschaft. Die Zwerge kennen Mittel, um ihre Tunnel zu sperren, wenn Menschen zu nahe bei ihnen graben. Der Ort war für Crockett völlig verwirrend. Er ließ sich mit den anderen mittreiben, bis sie zu arbeiten begannen. Ein gefüllter Hunt rumpelte auf seinen Schienen vorbei. Crockett zögerte, dann machte er sich an einen stämmigen Typen heran, dem die Anzeichen großer Sorge ins Gesicht geschrieben zu sein schienen.

»Hören Sie«, sagte er, »ich möchte mit Ihnen reden.«

»Ingliss?«, antwortete der andere fragend. »Viski. Tschin. Vein. Hell.«

Nachdem er solcherart seine etwas unvollständige Beherrschung des Englischen unter Beweis gestellt hatte, lachte er rau brüllend auf und wandte sich wieder seiner Arbeit zu, wobei er den verblüfften Crockett ignorierte, der sich abwandte, um ein anderes Opfer zu suchen. Doch dieser Abschnitt des Bergwerks schien verlassen zu sein. Ein anderer beladener Förderwagen rumpelte vorbei, und Crockett beschloss nachzuschauen, wo er herkam. Er fand es heraus, nachdem er sich mindestens fünfmal den Kopf gestoßen hatte und der Länge nach hingefallen war.

Er kam von einem Loch in der Wand. Crockett stieg hindurch und hörte im gleichen Augenblick einen rauen Schrei von hinten. Der Unbekannte verlangte, dass Crockett zurückkäme.

»Damit ich dir deinen platten Hals brechen kann«, versprach er und fügte einen Schwall von saftigen Flüchen hinzu. »Komm da raus!«

Crockett warf einen Blick zurück, sah einen gorillaähnlichen Schatten auf sich zustürzen und kam augenblicklich zu dem Schluss, sein geheimer Plan sei entdeckt worden. Die Besitzer der Ajax-Grube hatten einen Schläger angeheuert, der ihn ermorden oder mindestens windelweich prügeln sollte. Entsetzen beflügelte Crocketts dahinfliegende Füße. Er stürzte voran und suchte fieberhaft nach einem Seitentunnel, in den er sich verdrücken könnte. Das Gebrüll hinter ihm kam als Echo von den Wänden zurück. Plötzlich drang Crockett ein bedeutsamer Satz klar ins Bewusstsein.

»... ehe das Dynamit hochgeht!«

Das war exakt in dem Augenblick, als das Dynamit hochging.

Crockett jedoch wusste das nicht. Er stellte fest – für ziemlich kurze Zeit –, dass er flog. Dann wurde sein Flug mit schmerzhafter Plötzlichkeit von der Stollendecke beendet.

Danach empfand er überhaupt nichts mehr, bis er wieder zu sich kam und einen Kopf gewahrte, der ihn unverwandt anstarrte.

Es war keine trostreiche Sorte Kopf – keiner, nach dem man instinktiv greift, um Gesellschaft zu haben. Es war vielmehr ein außergewöhnlich sonderbarer, wenn nicht sogar abstoßender Kopf. Crockett war zu sehr darein vertieft, ihn anzustarren, als dass ihm aufgegangen wäre, dass er eigentlich im Finstern sah.

Wie lange war er bewusstlos gewesen? Aus einem unerfindlichen Grunde hatte Crockett das Gefühl, es müsse ziemlich lange gewesen sein. Die Explosion hatte ... was?

Ihn hier hinter einer heruntergebrochenen Felsdecke verschüttet? Crockett hätte sich kaum besser gefühlt, hätte er gewusst, dass er sich in einem ausgebeuteten Stollen befand, der jetzt wertlos und seit langem aufgegeben war. Als die Bergleute die Sprengung gezündet hatten, um einen neuen Stollen anzulegen, war ihnen klar gewesen, dass der alte einstürzen würde, doch das hatte keine Rolle gespielt.

Außer für Tim Crockett.

Er blinzelte, und als er die Augen wieder öffnete, war der Kopf verschwunden. Das war eine Erleichterung. Crockett kam augenblicklich zu dem Schluss, das unangenehme Ding sei eine Sinnestäuschung gewesen. In der Tat konnte er sich kaum erinnern, wie er ausgesehen hatte. Es blieb nur ein vager Eindruck von einem rübenförmigen Umriss, großen, leuchtenden Augen und einem unglaublich breiten Spalt von einem Mund.

Ächzend setzte sich Crockett auf. Wo kam dieses merkwürdige silbrige Leuchten her? Es war wie Tageslicht an einem nebligen Nachmittag, das von keinem bestimmten Ort ausging und keine Schatten warf. Radium, dachte Crockett, der sehr wenig über Mineralogie wusste.

Er befand sich in einem Stollen, der sich voraus in das Dämmerlicht erstreckte, bis er in etwa zwanzig Metern scharf abbog. Hinter ihm ... hinter ihm war die Decke herabgestürzt. Augenblicklich hatte Crockett das Gefühl, kaum noch Luft zu bekommen. Er warf sich auf den Geröllhaufen, zerrte fieberhaft hier und da Gesteinsbrocken weg, keuchte und stieß raue, unartikulierte Laute aus.

Dann wurde er seiner Hände gewahr. Seine Bewegungen wurden langsamer, bis er völlig reglos halb hingekauert innehielt und die großen, höckrigen und erstaunlichen Dinge anstarrte, die aus seinen Handgelenken herauswuchsen. Konnte er, während er bewusstlos gewesen war, sich Fausthandschuhe zugelegt haben? Noch während ihm der Gedanke kam, erkannte Crockett, dass niemals Handschuhe gestrickt worden waren, die auch nur annähernd an das erinnerten, was er rechtens für seine Hände halten durfte. Sie zitterten ein wenig.

Vielleicht waren sie schlammüberkrustet – nein. Das war es nicht. Seine Hände hatten sich ... verändert. Sie waren riesige, knorrige, braune Dinge wie knotige Eichenwurzeln. Schütteres schwarzes Haar spross auf den Handrücken. Die Nägel brauchten entschieden eine Maniküre – am besten mit einem Meißel.

Crockett schaute an sich herab. Er stieß leise fiepende Geräusche aus, die von Unglauben zeugten. Er hatte stämmige O-Beine, dick und stark und gerade mal einen halben Meter lang – eher kürzer. Vor Ungläubigkeit unsicher, untersuchte Crockett seinen Körper. Er hatte sich verändert – und gewiss nicht zum Besseren.

Er war knapp über einen Meter zwanzig groß und fast einen Meter breit, hatte eine tonnenförmige Brust, riesige nach außen gestellte Füße, kurze Stummelbeine und überhaupt keinen Hals. Er trug rote Sandalen, eine kurze blaue Hose und eine rote Hemdbluse, die seine schlanken, aber sehnigen Arme frei ließ. Sein Kopf ...

Rübenförmig. Der Mund ... *Huch!* Crockett hatte unwillkürlich die Hand komplett hineingesteckt. Er zog sie sofort zurück, schaute sich benommen um und brach zusammen. Das konnte alles nicht wahr sein. Es war ganz unmöglich. Halluzinationen. Er war am Ersticken und hatte Sinnestäuschungen, die dem Tod vorausgingen.

Crockett schloss die Augen, abermals überzeugt, dass seine Lungen um Atem rangen. »Ich sterbe«, sagte er. »Ich k-kriege keine Luft.«

Eine geringschätzige Stimme sagte: »Du glaubst doch hoffentlich nicht, dass du *Luft* atmest!«

»Ich atme k-keine ...« Crockett vollendete den Satz nicht. Er bekam wieder Stielaugen. Jetzt bildete er sich Stimmen ein.

Er hörte sie erneut. »Du bist ein ausgenommen schäbiges Exemplar von einem Zwerg«, sagte die Stimme. »Aber nach Nids Gesetz können wir es uns nicht aussuchen. Immerhin wirst du nicht zum Graben von harten Metallen eingeteilt, so viel sehe ich. Anthrazit dürfte so ungefähr deine Sache sein. Wo starrst du hin? Du bist viel hässlicher als ich.«

Crockett unternahm das Wagnis, sich über die trockenen Lippen zu lecken, und stellte entsetzt fest, dass das Ende seiner feuchten Zunge ihm schlaff über die Augen fuhr. Er ließ sie zurückschnellen, was ein lautes schnalzendes Geräusch machte, und brachte es fertig, sich aufzusetzen. Dann blieb er völlig reglos und starrte.

Der Kopf war wieder aufgetaucht. Diesmal befand sich ein Körper darunter.

»Ich bin Gru Magnu«, sagte der Kopf im Plauderton. »Du kriegst natürlich einen Zwergennamen, es sei denn, deiner ist guttural genug. Wie heißt du?«

»Crockett«, erwiderte der Mann benommen und mechanisch.

»Hä?«

»Crockett.«

»Hör auf, Geräusche wie ein Frosch zu machen – ah, verstehe. Grockett. Das wird's tun. Und jetzt steh auf und komm mit, oder ich tret dir den Steiß durch die Hose.«

Doch Crockett stand nicht sofort auf. Er betrachtete Gru Magnu – offensichtlich einen Zwerg. Kurz, breit und verwachsen, erinnerte die Figur des Wesens an ein bauchiges kleines Fass mit einer umgekehrten Rübe obenauf. Das Haar wuchs dicht zu einer Spitze hinan – der Wurzel sozusagen. Im Rübengesicht befanden sich ein riesiger Spalt von einem Mund, ein Knopf von einer Nase und zwei sehr große Augen.

»Steh auf!«, sagte Gru Magnu.

Diesmal gehorchte Crockett, doch die Anstrengung erschöpfte ihn völlig. Wenn er sich wieder bewegte, dachte er, würde er verrückt werden. Was auch nicht viel anders wäre. Zwerge ...

Gru Magnu platzierte einen großen, schiefen Fuß an die Stelle, wo er am meisten Nutzen brachte, und Crockett beschrieb einen Bogen, der bei einem zackigen Felsbrocken endete, der von der Decke gefallen war. »Steh auf«, sagte der Zwerg, ohne ersichtlichen Grund schlecht gelaunt, »oder ich trete dich noch mal. Es ist schlimm genug, eine Außenpatrouille zu haben, wo ich jeden Augenblick auf einen Menschen stoßen kann, ohne ... *Hoch!* Oder ...«

Crockett stand auf. Gru Magnu nahm ihn beim Arm und nötigte ihn in die Tiefen des Tunnels.

»Also, jetzt bist du ein Zwerg«, sagte er. »Das ist das Nid'sche Gesetz. Manchmal frage ich mich, ob es die Mühe lohnt. Aber wahrscheinlich doch – da sich Zwerge nicht fortpflanzen können und die Population irgendwie aufrechterhalten werden muss.«

»Ich will sterben«, sagte Crockett heftig.

Gru Magnu lachte. »Zwerge können nicht sterben. Sie sind unsterblich bis zum *Tage.* Den Tag des Jüngsten Gerichts meine ich.«

»Du bist unlogisch«, merkte Crockett an, als könnte er durch Widerlegung eines Faktors die ganze phantastische Sache widerlegen. »Entweder seid ihr von Fleisch und Blut, und dann müsst ihr irgendwann sterben, oder ihr seid es nicht, und dann seid ihr nicht wirklich.«

»Oh, wir sind von Fleisch und Blut, durchaus«, sagte Gru Magnu. »Aber wir sind nicht sterblich. Da gibt es einen Unterschied. Nicht, dass ich etwas gegen manche Sterblichen hätte«, erklärte er hastig. »Fledermäuse zum Beispiel oder Eulen – die sind in Ordnung. Aber Menschen!« Er schüttelte sich. »Kein Zwerg kann den Anblick eines Menschen ertragen.«

Crockett klammerte sich an den Strohhalm. »Ich bin ein Mensch«, sagte er.

»Du warst einer, meinst du. Auch kein besonders gutes Exemplar, soweit ich das schürfen kann. Aber jetzt bist du ein Zwerg. Das ist das Nid'sche Gesetz.«

»Du redest andauernd von diesem Nid'schen Gesetz«, beklagte sich Crockett.

»Natürlich verstehst du nichts«, sagte Gru Magnu herablassend. »Das verhält sich so. In uralter Zeit ist festgelegt worden, dass, wann immer sich Menschen unterirdisch verirren, ein Anteil von ihnen in Zwerge verwandelt werden soll. Der erste Zwergenkaiser, Podrang der Dritte, hat das so eingerichtet. Er sah, dass die Elfen Menschenkinder entführen und behalten konnten, und hat mit den Obrigkeiten darüber gesprochen. Sagte, es wäre ungerecht. Wenn also Bergleute und dergleichen sich unter der Erde verirren, wird ein bestimmter Teil von ihnen verwandelt und gehört dann zu uns. Das ist mit dir passiert. Klar?«

»Nein«, sagte Crockett schwach. »Schau. Du sagst, Podrang war der erste Zwergenkaiser. Warum wurde er Podrang der Dritte genannt?«

»Keine Zeit für Fragen«, sagte Gru Magnu kurz angebunden. »Beeil dich!«

Er rannte jetzt beinahe und schleppte den unglücklichen Crockett hinter sich her. Der neue Zwerg hatte die Herrschaft über seine Gliedmaßen noch nicht gewonnen und trat sich wegen der extremen Breite seiner Sandalen ständig selber auf die Füße. Einmal trat er schwer auf seine rechte Hand, doch danach lernte er, seine Arme gebeugt und dicht am Körper zu halten. Die Wände, von jenem sonderbaren silbrigen Schein erhellt, huschten verwirrend schnell vorüber.

»W-was ist das für Licht?«, konnte Crockett um Atem ringend hervorstoßen. »Wo kommt es her?«

»Licht?«, fragte Gru Magnu zurück. »Das ist kein Licht.«

»Nun ja, es ist nicht dunkel ...«

»Natürlich ist es Dunkelheit«, versetzte der Zwerg. »Wie sollten wir denn sehen, wenn es nicht dunkel wäre?«

Darauf gab es keine Antwort, höchstens, wie Crockett durch den Sinn ging, ein irres Kreischen. Und er brauchte seinen ganzen Atem zum Laufen. Sie befanden sich jetzt in einem Labyrinth, bogen ab und liefen hin und her durch zahllose Tunnel, und Crockett wusste, dass er nie den Weg zurück finden würde. Er bedauerte es, den Ort des Bergsturzes verlassen zu haben. Doch was war ihm anderes übrig geblieben?

»Beeil dich!«, drängte Gru Magnu. »Beeil dich!«

»Warum?«, stieß Crockett atemlos hervor.

»Es ist ein Kampf im Gange!«, sagte der Zwerg.

Gerade da bogen sie um eine Ecke und stolperten geradezu in den Kampf. Eine wogende Masse von Zwergen erfüllte den Tunnel und schlug sich mit fieberhafter Wut. Rote und blaue Hosen und Hemdblusen bewegten sich in rascher

Hektik; Rübenköpfe hüpften heftig auf und ab. Anscheinend ging es jeder gegen jeden.

»Schau!« Gru strahlte. »Ein Kampf! Ich habe ihn sechs Tunnel weit gerochen. Oh, wie schön!« Er duckte sich, als ein bösartig aussehender kleiner Zwerg aus dem Getümmel hervorsprang, um einen Felsbrocken zu packen und ihn mit boshafter Zielgenauigkeit zu werfen. So verfehlte das Geschoss dennoch sein Ziel, und Gru überließ seinen Gefangenen sich selbst und stürzte sich augenblicklich auf den kleinen Zwerg, riss ihn zum Höhlenboden herab und begann ihn mit dem Kopf dagegen zu schlagen. Beide Gegner kreischten gellend, was aber in dem ohrenbetäubenden Lärm unterging, der im Tunnel widerhallte.

»Oh ... Himmel«, sagte Crockett schwach. Er blieb stehen und glotzte, was ein Fehler war. Ein sehr großer Zwerg kam aus dem Haufen hervor, packte Crockett an den Füßen und warf ihn weg. Das entsetzte unfreiwillige Wurfgeschoss flog durch den Tunnel und prallte schwer gegen etwas, was *»Wuu-uf!«* sagte. Es gab ein Durcheinander von missgebildeten Armen und Beinen.

Crockett stand auf und stellte fest, dass er einen boshaft aussehenden Zwerg mit flammend rotem Haar und vier Diamantknöpfen am Hemd zu Boden gerissen hatte. Dieses abstoßende Wesen lag reglos da, bereit, ausgezählt zu werden. Crockett machte sich an eine Bestandsaufnahme seiner Verletzungen – es gab keine. Jedenfalls war sein neuer Körper strapazierfähig.

»Du hast mich gerettet!«, sagte eine neue Stimme. Sie gehörte – einer Zwergendame. Crockett kam zu dem Schluss, dass, wenn es überhaupt etwas Hässlicheres als einen Zwerg gab, es nur das weibliche Geschlecht dieser Art sein konnte. Das Wesen stand geduckt hinter ihm und hielt einen großen Felsbrocken in einer angemessen kräftigen Hand.

Crockett zog den Kopf ein.

»Ich tu dir nichts«, heulte sein Gegenüber, dass es den Radau übertönte, der den Tunnel erfüllte. »Du hast mich gerettet! Mugsa versuchte gerade, mir die Ohren abzureißen – oh! Er wacht auf!«

Der rothaarige Zwerg war tatsächlich im Begriff, zu Bewusstsein zu kommen. Seine erste Tat war es, ein Bein anzuziehen und Crockett einen Tritt zu verpassen, dass er glatt auf die andere Seite des Tunnels flog. Die Zwergin setzte sich augenblicklich auf Mugsas Brust und hämmerte ihm mit dem Felsbrocken auf den Kopf, bis er wieder wegtrat.

Dann stand sie auf. »Du bist nicht verletzt! Gut! Ich bin Brockel Buhn ... Oh, schau nur! Gleich hat er seinen Kopf ab!«

Crockett wandte sich um und sah, dass sein vormaliger Führer, Gru Magnu, zwerghaft am Kopfe eines unidentifizierten Gegners zerrte, anscheinend versuchte er, ihn glatt abzudrehen. »Was ist hier eigentlich los?«, heulte Crockett auf. »Äh ... Brockel Buhn! *Brockel Buhn!*«

Sie wandte sich widerwillig um. »Was?«

»Der Kampf! Was hat ihn ausgelöst?«

»Ich hab ihn ausgelöst«, erklärte sie. »Ich hab gesagt: ›Lasst uns kämpfen.‹«

»Oh, und das war alles?«

»Dann haben wir angefangen.« Brockel Buhn nickte. »Wie heißt du?«

»Crockett.«

»Du bist neu hier, nicht wahr? Oh – ich weiß. Du warst ein Mensch!« Plötzlich erschien ein neues Leuchten in ihren vorquellenden Augen. »Grockett, vielleicht kannst du mir was sagen. Was ist ein Kuss?«

»Ein ... Kuss?«, wiederholte Crockett verblüfft.

»Ja. Ich war mal in einer Bergkuppe auf Horchposten und habe gehört, wie sich zwei Menschen unterhalten haben – den Stimmen nach ein Mann und eine Frau. Ich hab natürlich nicht gewagt, sie anzuschauen, aber der Mann bat die Frau um einen Kuss.«

»Oh«, sagte Crockett ziemlich tonlos. »Er hat also um einen Kuss gebeten?«

»Und dann gab es ein schmatzendes Geräusch, und die Frau sagte, es war wunderbar. Seither frage ich mich immer, was das war. Denn wenn mich ein Zwerg um einen Kuss bitten würde, wüsste ich nicht, was er meint.«

»Zwerge küssen nicht?«, sagte Crockett ohne besondere Anteilnahme.

»Zwerge graben«, sagte Brockel Buhn. »Und wir essen. Ich esse gern. Ist ein Kuss so was wie Schlammsuppe?«

»Na ja, nicht direkt.« Irgendwie brachte es Crockett fertig, die Mechanik des Küssens zu erklären.

Die Zwergin schwieg, in tiefes Nachdenken versunken. Schließlich sagte sie im Tone von jemandem, der an einen hungrigen Bittsteller Schlammsuppe austeilt: »Ich werde dir einen Kuss geben.«

Crockett hatte eine albtraumhafte Vorstellung, wie sein ganzer Kopf von diesem enormen Schlund verschlungen wurde. Er wich zurück. »N-nein«, brachte er heraus. »Ich ... ich möchte lieber nicht.«

»Dann lass uns kämpfen«, sagte Brockel Buhn ohne Bosheit, holte mit der knorrigen Faust aus und knallte Crockett schmerzhaft eins aufs Ohr. »Oh, nein«, sagte sie bedauernd und wandte sich ab. »Der Kampf ist vorbei. Hat nicht lange gedauert, was?«

Während Crockett sein misshandeltes Ohr rieb, sah er ringsum, wie sich Zwerge aufrafften und eilig ihrer Wege gingen. Sie schienen den eben stattgefundenen Konflikt völlig vergessen zu haben. Der Tunnel war wieder still, abgesehen vom Tappen der Zwergenfüße auf dem Gestein. Gru Magnu kam herbei und grinste glücklich.

»Hallo, Brockel Buhn«, grüßte er. »Ein guter Kampf. Wer ist das?« Er schaute auf den ausgestreckten Körper von Mugsa herab, dem rothaarigen Zwerg.

»Mugsa«, sagte Brockel Buhn. »Er ist noch weg. Treten wir ihn.«

Dem widmeten sie sich mit Begeisterung, während Crockett zusah und beschloss, sich niemals bewusstlos schlagen zu lassen. Das war entschieden zu gefährlich. Schließlich jedoch bekam Gru Magnu das Vergnügen über und nahm Crockett wieder am Arm. »Komm mit«, sagte er, und sie eilten den Tunnel entlang, während hinter ihnen Brockel Buhn dem ohnmächtigen Mugsa auf dem Bauch herumsprang.

»Es scheint euch nichts auszumachen, jemanden zu schlagen, wenn er bewusstlos ist«, riskierte Crockett zu sagen.

»Das macht viel mehr Spaß«, antwortete Gru fröhlich. »Auf die Weise weiß man wenigstens, wo man ihn treffen will. Komm mit. Du musst vorgestellt werden. Neuer Tag, neuer Zwerg. Hält die Bevölkerung stabil«, erklärte er und begann, ein kleines Lied zu summen.

»Schau mal«, sagte Crockett. »Mir ist eben etwas eingefallen. Du sagst, Menschen werden in Zwerge verwandelt, um die Bevölkerung stabil zu halten. Aber wenn Zwerge nicht sterben, heißt das nicht, dass es jetzt mehr Zwerge als jemals zuvor gibt? Die Bevölkerung wächst ständig, nicht wahr?«

»Sei still«, befahl Gru Magnu. »Ich singe.«

Es war ein ausgesprochen melodieloses Lied. Crockett, dessen Gedanken wie verrückt hin und her sprangen, fragte sich, ob die Zwerge wohl eine Nationalhymne hatten. Wahrscheinlich »Dornsef, Dornsef unter alles«. Na schön.

»Wir werden zum Kaiser gehen«, sagte Gru Magnu schließlich. »Er sieht sich immer die neuen Zwerge an. Du solltest lieber einen guten Eindruck machen, sonst schickt er dich zum Lavawaschen.«

»Äh …« Crockett schaute auf sein rußiges Hemd hinab. »Sollte ich mich nicht lieber ein bisschen sauber machen? Dieser Kampf hat mich ganz von der Rolle gebracht.«

»Das war nicht der Kampf«, sagte Gru kränkenderweise. »Was hast du eigentlich? Ich sehe nichts, was nicht stimmt.«

»Meine Sachen – sie sind schmutzig.«

»Mach dir deswegen keine Sorgen. Das ist guter dreckiger Schmutz, oder? Da!« Er blieb stehen, bückte sich und nahm eine Hand voll Staub, den er Crockett ins Gesicht und in die Haare schmierte. »Jetzt ist alles komplett.«

»Ich … *pffht!* … Danke … *pffh!*«, sagte der neueste Zwerg. »Ich hoffe, ich träume. Denn wenn ich es nicht tue …« Er beendete den Satz nicht. Crockett war äußerst unwohl zumute.

Sie gingen durch ein Labyrinth tief unter dem Dornsef-Berg und kamen schließlich in eine kahle, große Kammer mit einem steinernen Thron an einem Ende. Ein kleiner Zwerg saß auf dem Thron und schnitt sich die Zehennägel. »'n grottenguten Tag«, sagte Gru. »Wo ist der Kaiser?«

»Er nimmt ein Bad«, sagte der andere. »Hoffentlich ertrinkt er. Schlamm, Schlamm, Schlamm – früh, mittags und abends. Erst ist er zu heiß. Dann ist er zu kalt. Dann ist er zu dick. Ich arbeite mir die Finger wund, um ihm seine Bäder zu mischen, und kriege weiter nichts als 'nen Tritt«, beklagte sich der Kleine. »Man kann auch zu schmutzig sein. Drei Schlammbäder pro Tag – das geht zu weit. Und nie ein Gedanke an mich! Oh nein. Ich bin ein Schlammbubi, genau das bin ich. So hat er mich heute genannt. Hat gesagt, da seien Klumpen im Schlamm. Ja warum auch nicht? Die verdammte Lehmerde, die wir gekriegt haben, könnte einem Wurm den Magen umdrehen. Ihr findet Seine Majestät da drin«, schloss der kleine Zwerg und zeigte mit einem Ruck seines Fußes zu einem Torbogen in der Wand.

Crockett wurde in den nächsten Raum gezerrt, wo in einem in den Boden eingelassenen, mit dampfendem braunen Schlamm gefüllten Bad ein sehr dicker Zwerg saß, von dem durch die tropfende Schicht hindurch, die ihn überzog, nur die Augen auszumachen waren. Er war dabei, seine Hände mit Schlamm zu füllen und sich den auf den Kopf tropfen zu lassen, wobei er senil vor sich hin kicherte.

»Schlamm«, bemerkte er mit Löwenstimme zufrieden zu Gru Magnu. »Gibt nichts besseres. Guter, gehaltvoller Schlamm. Ah!«

Gru schlug mit dem Kopf auf den Boden, und seine kräftige Hand in Crocketts Genick zwang diesen, seinem Beispiel zu folgen.

»Steht schon auf«, sagte der Kaiser. »Was ist das? Was hat dieser Zwerg angestellt? Raus mit der Sprache.«

»Er ist neu«, erklärte Gru. »Ich habe ihn weiter oben gefunden. Das Nid'sche Gesetz, wisst Ihr.«

»Ja, natürlich, Schauen wir ihn uns an. Uch! Ich bin Podrang der Zweite, Kaiser der Zwerge. Was sagst du dazu?«

Crockett fiel nichts ein außer: »Wie ... wie können Sie Podrang der Zweite sein? Ich denke, Podrang der Dritte war der erste Kaiser.«

»Eine Quasselstrippe«, sagte Podrang II., verschwand unter der Oberfläche und prustete eine Fontäne hoch, als er wieder zum Vorschein kam. »Kümmere dich um ihn, Gru. Leichte Arbeit für den Anfang. Anthrazit graben. Merk dir, dass du nichts davon isst, solange du bei der Arbeit bist«, warnte er den benommenen Crockett. »Wenn du ein Jahrhundert hier bist, darfst du pro Tag ein Schlammbad nehmen. Gibt nichts besseres«, fügte er hinzu und schmierte sich eine klebrige Hand voll übers Gesicht.

Plötzlich straffte er sich. »Druk! *Druk!*«

Der kleine Zwerg, den Crockett im Thronsaal gesehen hatte, kam händeringend hereingelaufen. »Euer Majestät! Ist der Schlamm nicht warm genug?«

»Du kriechendes Häufchen!«, brüllte Podrang II. »Du sabbernder Abkömmling von sechstausend einzelnen widerlichen Gerüchen! Du muskovitäugiger, unfähiger, schleifohriger, krummer Fleck auf den guten Ruf der Zwerge! Du geologischer Irrtum! Du ... du ...«

Druk machte sich zunutze, dass seinem Gebieter vorübergehend die Worte fehlten. »Es ist der beste Schlamm, Euer Majestät! Ich habe ihn selber gereinigt! Oh, Euer Majestät, was stimmt denn nicht?«

»Es ist ein Wurm drin!«, donnerte Seine Majestät und ließ einen derart entsetzlichen Schwall Flüche vom Stapel, dass er praktisch den Schlamm zum Kochen brachte. Crockett hielt sich die klingenden Ohren zu und ließ sich von Gru Magnu wegzerren.

»Den alten Knaben hätte ich gern mal in 'nem Kampf«, bemerkte Gru, als sich sicher in den Tiefen eines Tunnels waren, »aber er würde natürlich Zauberei einsetzten. So ist er eben. Der beste Kaiser, den wir je hatten. Hat kein Fünkchen Fairness im aufgedunsenen Leibe.«

»Oh«, sagte Crockett ausdruckslos. »Also, was jetzt?«

»Du hast doch gehört, was Podrang gesagt hat, oder? Du gräbst Anthrazit. Wenn du davon isst, schlag ich dir die Zähne ein.«

Während er über das sichtlich unfreundliche Naturell der Zwerge grübelte, ließ sich Crockett zu einem Stollen führen, wo Dutzende von Zwergen beiderlei Geschlechts mit wütendem Eifer ihre Pickel und Hacken schwangen. »Das ist es«, sagte Gru. »Also! Du gräbst Anthrazit. Du arbeitest zwanzig Stunden, dann schläfst du sechs.«

»Und dann?«

»Dann fängst du wieder an zu graben«, erklärte Gru. »Du hast eine kurze Pause alle zehn Stunden. Dazwischen darfst du nicht aufhören zu graben, es sei denn für einen Kampf. Und so findest du Kohle: Denk einfach an welche.«

»Hä?«

»Was meinst du, wie ich dich gefunden habe?«, fragte Gru ungeduldig. »Zwerge haben ... gewisse Sinne. Es gibt eine Legende, dass Elfen Wasser finden können, indem sie einen gegabelten Stock benutzen. Also wir werden von Mineralien angezogen. Denk an Anthrazit«, schloss er, und Crockett gehorchte. Augenblicklich stellte er fest, dass er sich zur nächstgelegenen Tunnelwand hindrehte.

»Siehst du, wie es funktioniert?« Gru grinste. »Das ist eine natürliche Evolution, vermute ich. Zweckmäßig. Wir müssen wissen, wo die unterirdischen Lagerstätten sind, also haben uns die Obrigkeiten diesen Sinn verliehen, als sie uns schufen. Denk an Erz – oder jede andere Lagerstätte –, und du wirst davon angezogen. Genauso, wie alle Zwerge von Tageslicht abgestoßen werden.«

»He?« Crockett war etwas überrascht. »Was war das?«

»Negativ und positiv. Wir brauchen Erze, also werden wir von ihnen angezogen. Tageslicht ist schädlich für uns, wenn wir also glauben, wir könnten zu nahe an die Oberfläche herankommen, dann denken wir an Licht, und es stößt uns ab. Versuch es!«

Crockett gehorchte. Etwas schien die Spitze seines Kopfes niederzudrücken.

»Genau über uns.« Gru nickte. »Aber weit entfernt. Ich habe einmal Tageslicht gesehen. Und ... auch einen Mann.« Er starrte den anderen an. »Das habe ich vergessen zu erklären. Zwerge können den Anblick von Menschen nicht ertragen. Sie ... also es gibt eine Grenze, wie viel Hässlichkeit sich ein Zwerg ansehen kann. Jetzt, wo du einer von uns bist, wird es dir ebenso gehen. Halte dich vom Tageslicht fern und schau nie einen Menschen an. Wenn dir deine geistige Gesundheit lieb ist.«

In Crocketts Kopf regte sich ein Gedanke. Er konnte also einen Weg aus diesem Tunnellabyrinth finden, indem er einfach seinen neuen Sinn einsetzte, um sich zum Tageslicht führen zu lassen. Danach – wenigstens würde er dann draußen sein.

Gru Magnu schob Crockett an eine Stelle zwischen zwei arbeitenden Zwergen und drückte ihm eine Picke in die Hand. »Da. An die Arbeit.«

»Danke für ...«, begann Crockett, als ihm Gru plötzlich einen Tritt versetzte und dann fröhlich summend seiner Wege ging. Ein anderer Zwerg kam herbei, sah Crockett reglos dastehen und sagte ihm, er soll loslegen, wobei er seinen Befehl mit einem Hieb auf das schon mitgenommene Ohr begleitete. Notgedrungen ergriff Crockett die Picke und begann, Anthrazit aus der Wand zu hacken.

»Grockett!«, sagte eine vertraute Stimme. »Du bist es! Ich dachte mir, dass sie dich hier herschicken würden.«

Es war Brockel Buhn, die Zwergin, der Crockett schon begegnet war. Sie schwang wie die anderen eine Picke, ließ sie aber jetzt fallen, um ihren Gefährten anzugrinsen.

»Du bleibst nicht lange hier«, tröstete sie ihn. »Zehn Jahre oder so. Wenn du keine Schwierigkeiten kriegst. Und dann wirst du für richtig schwere Arbeit eingesetzt.«

Crocketts Arme schmerzten bereits. »*Schwere* Arbeit! Mir werden jeden Augenblick die Arme abfallen.«

Er lehnte sich auf seine Picke. »Ist das deine übliche Arbeit?«

»Ja – aber ich bin selten hier. Meistens werde ich gerade bestraft. Ich mache Ärger, wirklich. Ich esse Anthrazit.«

Sie führte es vor, und Crockett erschauderte bei dem hörbaren Knirschen. Gerade da kam der Aufseher vorbei. Brockel Buhn schluckte eilig.

»Was ist das?«, knurrte er. »Warum arbeitet ihr nicht?«

»Wir wollten gerade zu kämpfen anfangen«, erklärte Brockel Buhn.

»Oh – bloß ihr beide? Oder kann ich mitmachen?«

»Alle können«, bot die so wenig damenhafte Zwergin an und hieb dem nichtsahnenden Crockett ihre Picke über den Kopf, dass er ausging wie eine Lampe.

Als er etwas später erwachte, fand er ramponierte Rippen vor und kam zu dem Schluss, dass ihn Brockel Buhn getreten haben musste, nachdem er das Bewusstsein verloren hatte. Was für eine Zwergin! Crockett setzte sich auf und stellte fest, dass er im selben Tunnel war und Dutzende von Zwergen geschäftig Anthrazit abbauten.

Der Aufseher kam auf ihn zu. »Wieder wach, was? An die Arbeit!«

Benommen gehorchte Crockett. Brockel Buhn warf ihm ein vergnügtes Grinsen zu. »Du hast es verpasst. Ich hab ein Ohr erwischt – siehst du?« Sie zeigte es. Hastig hob Crockett die Hand und fühlte nach. Es war nicht seins.

Graben ... graben ... graben ... die Stunden verstrichen träge. Crockett hatte sein Lebtag noch nicht so hart gearbeitet. Doch wie er feststellte, beklagte sich kein einziger Zwerg. Zwanzig Stunden Plackerei mit einer kurzen Pause – die hatte er verschlafen. Graben ... graben ... graben ...

Ohne mit der Arbeit innezuhalten, sagte Brockel Buhn: »Ich glaube, aus dir wird ein guter Zwerg, Grockett. Du wirst schon jetzt kräftiger. Niemand würde glauben, dass du einmal ein Mensch warst.«

»Oh ... nein?«

»Nein. Was warst du, Bergmann?«

»Ich war ...« Plötzlich stockte Crockett. Interesse leuchtete in seinen Augen auf.

»Ich war ein Arbeiterführer«, beendete er den Satz.

»Was ist das?«

»Hast du je von einer Gewerkschaft gehört?«, fragte Crockett absichtsvoll.

»Ist das ein Erz?« Brockel Buhn schüttelte den Kopf. »Nein, nie davon gehört. Was ist eine Gewerkschaft?«

Crockett erklärte es. Kein echter Arbeiterführer hätte diese Erklärung akzeptiert. Sie war, gelinde ausgedrückt, etwas verfälscht.

Brockel Buhn wirkte verwundert. »Ich verstehe nicht, was du genau meinst, aber es scheint in Ordnung zu sein.«

»Versuchen wir es anders. Wirst du nie müde von zwanzig Stunden Arbeit am Tag?«

»Klar. Wer wird das nicht?«

»Warum tust du es dann?«

»Wir haben das immer getan«, sagte Brockel Buhn nachgiebig. »Wir können nicht aufhören.«

»Und wenn du es tätest?«

»Dann würde ich bestraft – mit Stalaktiten geschlagen oder so was.«

»Und wenn ihr es alle tätet?«, beharrte Crockett. »Jeder verdammte Zwerg. Angenommen, ihr machtet einen Sitzstreik.«

»Du bist verrückt«, sagte Brockel Buhn. »So was ist noch nie vorgekommen. Es ... es ist menschlich.«

»Küsse sind unter der Erde auch noch nie vorgekommen«, sagte Crockett. »Nein, ich will keinen! Und kämpfen will ich auch nicht. Gütiger Himmel, lass mich feststellen, wie es hier läuft. Die meisten Zwerge arbeiten für den Unterhalt der privilegierten Klassen.«

»Nein. Wir arbeiten einfach.«

»Aber warum?«

»Wir haben es immer getan. Und der Kaiser will es so.«

»Hat der Kaiser jemals gearbeitet?«, trumpfte Crockett auf. »Nein! Er nimmt bloß Schlammbäder! Warum sollte nicht jeder Zwerg dasselbe Privileg haben? Warum ...«

Er redete lange weiter, während er arbeitete. Brockel Buhn hörte mit wachsendem Interesse zu. Und schließlich schluckte sie den Köder – mitsamt Haken, Schnur und Senker.

Eine Stunde später nickte sie zustimmend. »Ich werde es weitersagen. Heute Nacht. In der Brüllhöhle. Gleich nach der Arbeit.«

»Moment mal!«, wandte Crockett ein. »Wie viele Zwerge können wir kriegen?«

»Na ja – nicht sehr viele. Dreißig?«

»Wir müssen uns erst organisieren. Wir brauchen einen festgelegten Plan.«

Brockel Buhn ging auf Distanz. »Lass uns kämpfen.«

»Nein! Wirst du wohl zuhören? Wir brauchen ein ... einen Rat. Wer ist hier der schlimmste Störenfried?«

»Mugsa, glaub ich«, sagte sie. »Der rothaarige Zwerg, den du k.o. geschlagen hast, als er auf mich einschlug.«

Crockett runzelte leicht die Stirn. Würde Mugsa ihm etwas nachtragen? Wahrscheinlich nicht, entschied er. Oder vielmehr würde er keine schlechtere Laune haben als andere Zwerge. Mugsa würde vielleicht versuchen, Crockett zu erwürgen, sobald er ihn erblickte, aber das würde er zweifellos auch bei jedem anderen Zwerg tun. Außerdem war, wie Brockel Buhn des Weiteren erklärte, Mugsa unter den Zwergen so etwas wie ein Herzog. Seine Unterstützung würde wertvoll sein.

»Und Gru Magnu«, schlug sie vor. »Er liebt Neues, vor allem, wenn es Ärger macht.«

»Ah ja.« Das waren nicht die beiden, die Crockett ausgewählt hätte, doch ihm fielen jedenfalls keine anderen Kandidaten ein. »Wenn wir jemanden aus der Umgebung des Kaisers kriegen könnten ... Was ist mit Druk – dem Kerl, der Podrang die Schlammbäder bereitet?«

»Warum nicht? Ich regle das.« Brockel Buhn hatte das Interesse verloren und begann, verstohlen Anthrazit zu essen. Da der Aufseher zusah, führte das zu einer gewalttätigen

Meinungsverschiedenheit, von der Crockett ein blaues Auge davontrug. Halblaut Flüche ausstoßend ging er wieder ans Graben.

Doch er fand Zeit, mit Brockel Buhn noch ein paar Worte zu wechseln. Sie würde alles einrichten. Diese Nacht würde es ein geheimes Treffen der Verschwörer geben.

Crockett hatte sich auf den Schlaf der Erschöpfung gefreut, doch die Gelegenheit war zu gut, als dass er sie verpassen durfte. Er hatte keine Lust, mit dem unerfreulichen Anthrazitgraben fortzufahren. Sein Körper schmerzte schrecklich. Außerdem, wenn er die Zwerge zum Streiken bringen konnte, würde er vielleicht Druck auf Podrang II. ausüben können. Gru Magnu hatte gesagt, der Kaiser sei ein Zauberer. Konnte er dann nicht vielleicht Crockett in einen Menschen zurückverwandeln?

»Das hat er noch nie gemacht«, sagte Brockel Buhn, und Crockett erkannte, dass er seinen Gedanken laut ausgesprochen hatte.

»Aber könnte er es – wenn er wollte?«

Brockel Buhn zuckte nur mit den Schultern, doch in Crockett glomm ein Fünkchen Hoffnung auf. Wieder ein Mensch sein!

Graben ... graben ... graben ... graben ... mit monotoner, abstumpfender Regelmäßigkeit. Crockett verfiel in benommene Teilnahmslosigkeit. Wenn er die Zwerge nicht zum Streiken brachte, hatte er eine Ewigkeit mühseliger Arbeit vor sich. Er merkte kaum, wie er Feierabend machte, wie ihm Brockel Buhn die knorrige Hand unter den Arm schob und ihn durch Gänge zu einer winzigen Zelle führte, die sein neues Zuhause war. Die Zwergin ließ ihn dort zurück, und er kroch in eine steinerne Koje und schlief ein.

Dann weckte ihn ein beiläufiger Tritt. Blinzelnd setzte sich Crockett auf und duckte sich instinktiv unter dem Schlag weg, den Gru Magnu in Richtung auf seinen Kopf führte. Er hatte vier Gäste: Gru, Brockel Buhn, Druk und den rothaarigen Mugsa.

»Tut mir Leid, dass ich zu früh aufgewacht bin«, sagte Crockett bitter. »Sonst hättest du noch mal zutreten können.«

»Dafür ist noch massenhaft Zeit«, sagte Gru. »Also, worum geht es? Ich wollte schlafen, aber Brockel Buhn hier hat gesagt, es wird einen Kampf geben. Einen *großen*, was?«

»Iss erst mal«, sagte Brockel Buhn nachdrücklich. »Ich mache Schlammsuppe für alle.« Sie machte sich in einer Ecke zu schaffen und bereitete einen Imbiss zu. Die anderen Zwerge hockten sich hin, und Crockett setzte sich auf den Rand seiner Koje, noch immer schlaftrunken.

Doch er brachte es fertig, seine Idee von der Gewerkschaft zu erklären. Sie wurde mit Interesse aufgenommen – hauptsächlich, schien ihm, weil sie die Möglichkeit einer gewaltigen Schlägerei einschloss.

»Du meinst, jeder Zwerg vom Dornsef stürzt sich auf den Kaiser?«, fragte Gru.

»Nein, nein! Friedlicher Ausgleich. Wir verweigern einfach die Arbeit. Wir alle.«

»Also *ich* kann das nicht«, sagte Druk. »Podrang muss seine Schlammbäder kriegen, der verdammte alte Wurm. Er würde mich in die Rauchkrater schicken, bis ich geröstet bin.«

»Wer würde dich hinbringen?«, fragte Crockett.

»Oh – die Wachen, denke ich.«

»Aber die würden auch streiken. *Niemand* würde Podrang gehorchen, bis er nachgibt.«

»Dann würde er mich verzaubern«, sagte Druk mit großem Nachdruck. »Außerdem könnte er jeden Zwerg im Dornsef mit einem Zauber belegen. Uns in Stalaktiten verwandeln oder so.«

»Und dann? Dann hätte er überhaupt keine Zwerge mehr. Lieber die Hälfte als gar nichts. Wir werden ihm einfach mit Logik kommen. Wäre es ihm nicht lieber, wenn ein bisschen weniger gearbeitet würde, als gar nicht mehr?«

»Dem doch nicht«, warf Gru ein. »Eher verzaubert er uns alle. Oh, das ist ein übler Bursche, ist er«, schloss der Zwerg anerkennend.

Doch Crockett konnte es nicht recht glauben. Es passte zu wenig zu seiner Auffassung von Psychologie – menschlicher Psychologie natürlich. Er wandte sich Mugsa zu, der wütend und finster dreinblickte.

»Was hältst du davon?«

»Ich will kämpfen«, sagte der andere boshaft. »Ich will jemandem einen Tritt geben.«

»Möchtest du nicht lieber dreimal am Tage ein Schlammbad nehmen?«

Mugsa grunzte. »Klar. Aber der Kaiser lässt mich nicht.«

»Warum nicht?«

»Weil ich es gern täte.«

»Du kannst unmöglich zufrieden sein«, sagte Crockett verzweifelt. »Das Leben besteht doch aus mehr als immer nur Graben.«

»Klar. Kämpfen. Podrang lässt uns kämpfen, wann immer wir wollen.«

Crockett kam plötzlich eine Erleuchtung. »Aber das ist es ja gerade. Er hat vor, alles Kämpfen abzuschaffen! Er will ein neues Gesetz erlassen, das Kämpfen verbietet, außer für ihn selbst.«

Das war ein Schuss aufs Geratewohl – und ein Volltreffer. Alle Zwerge sprangen auf.

»Das *Kämpfen* abschaffen!« Das sagte Gru, wütend und ungläubig. »Wieso denn, wir haben doch immer gekämpft.«

»Nun ja, ihr werdet damit aufhören müssen.«

»Werden wir nicht!«

»Genau! Warum solltet ihr? Jeder Zwerg hat ein Recht auf Leben, Freiheit und Streben nach ... nach Handgreiflichkeit.«

»Lasst uns gehen und Podrang zusammenschlagen«, schlug Mugsa vor, während er von Brockel Buhn eine dampfende Schüssel mit Schlammsuppe entgegennahm.

»Nein, so geht das nicht - nein, danke, Brockel Buhn -, überhaupt nicht so. Ein Streik ist es, was wir brauchen. Wir werden Podrang friedlich zwingen, uns zu geben, was wir wollen.«

Er wandte sich Druk zu. »Was kann denn Podrang machen, wenn wir uns alle hinsetzen und die Arbeit verweigern?«

Der kleine Zwerg überlegte. »Er würde fluchen. Und mich treten.«

»Tja - und was dann?«

»Dann würde er losgehen und alle verzaubern, Tunnel für Tunnel.«

»Ah-hm.« Crockett nickte. »Ein wichtiger Gedanke. Solidarität brauchen wir. Wenn Podrang ein paar Zwerge zusammen antrifft, kann er sie das Fürchten lehren. Aber wenn wir alle zusammen sind - das ist es! Wenn der Streik ausgerufen wird, werden wir uns alle in der größten Höhle in dem Laden hier treffen.«

»Das ist die Ratskammer«, sagte Gru. »Neben Podrangs Thronsaal.«

»Gut. Dort treffen wir uns. Wie viele Zwerge werden sich uns anschließen?«

»Alle«, grunzte Mugsa und warf seine Suppenschüssel Druk an den Kopf. »Der Kaiser kann uns nicht das Kämpfen verbieten.«

»Und was für Waffen kann Podrang einsetzen, Druk?«

»Er könnte die Basiliskeneier verwenden«, sagte der andere zweifelnd.

»Was ist das?«

»Es sind keine richtigen Eier«, schaltete sich Gru ein. »Es sind magische Juwelen für Pauschalverzauberungen. Jedes enthält andere Zaubersprüche. Die grünen, glaube ich, dienen dazu, Leute in Regenwürmer zu verwandeln. Podrang zerbricht einfach eins, und der Zauberspruch breitet sich so an die sechs Meter weit aus. Die roten sind ... mal überlegen. Zur Verwandlung von Zwergen in Menschen – aber das ist ein bisschen zu hart. Nein ... ja. Die blauen ...«

»In *Menschen*!« Crockett bekam große Augen. »Wo werden die Eier aufbewahrt?«

»Lasst uns kämpfen«, schlug Mugsa vor und warf sich auf Druk, der wie am Spieß quiekte und seinen Angreifer mit der steinernen Suppenschüssel auf den Kopf schlug, dass sie zerbrach. Brockel Buhn steigerte die allgemeine Aufregung, indem sie beiden Kämpfern unparteiisch Tritte verpasste, bis Gru Magnu sie zu Boden gehen ließ. Im Handumdrehen erfüllte das begeisterte Geschrei kämpfender Zwerge das Zimmer. Unvermeidlich wurde Crockett hineingezogen ...

Von allen perversen, unglaublichen Lebensformen, die es jemals gab, waren Zwerge so ziemlich die sonderbarste. Es war unmöglich, ihre Philosophie zu verstehen. Ihr Geist funktionierte auf anderen Bahnen als die menschliche Intelligenz. Selbsterhaltung und Arterhaltung – diese beiden grundlegenden menschlichen Instinkte gingen den Zwergen ab. Weder starben sie, noch pflanzten sie sich fort. Sie taten nichts, als zu arbeiten und zu kämpfen. Übellaunige kleine Ungeheuer, dachte Crockett gereizt. Dennoch existierten sie seit ... Zeitaltern. Vielleicht von Anfang an. Ihre Gesellschaftsform war das Ergebnis einer Evolution, die viel älter als die menschliche war. Für Zwerge passte sie vielleicht gut. Vielleicht war Crockett im Begriff, unnötigen Sand ins Getriebe zu streuen.

Na und? Er hatte nicht vor, eine Ewigkeit lang Anthrazit zu graben, obwohl er, wenn er es im Rückblick betrachtete, eine merkwürdige Befriedigung bei der Arbeit empfunden hatte. Zwergen machte Graben vielleicht Spaß. Gewiss war es ihr Daseinszweck. Nach und nach würde Crockett vielleicht selbst seine menschlichen Neigungen verlieren und vollends zum Zwerg werden. Was war mit anderen Menschen passiert, die so eine ... Umwandlung wie er durchgemacht hatten? Alle Zwerge sahen gleich aus. Aber vielleicht war Gru Magnu einst ein Mensch gewesen - oder Druk, oder Brockel Buhn.

Jetzt waren sie jedenfalls Zwerge, dachten und lebten durchweg wie Zwerge. Und im Laufe der Zeit würde er genauso werden wie sie. Er hatte bereits jenen seltsamen Tropismus erworben, der ihn zu Metallen hinzog und von Tageslicht abstieß. Aber ihm machte Graben *keinen* Spaß!

Er versuchte, sich das Wenige in Erinnerung zu rufen, was er über Zwerge wusste: Bergleute, Metallschmiede, leben unterirdisch. Da war etwas über die Pikten - zwergenhafte Menschen, die sich unterirdisch verbargen, als vor Jahrhunderten Eindringlinge nach England gekommen waren. Das schien vage zur Furcht der Zwerge vor Menschen zu passen. Aber die Zwerge selbst stammten entschieden nicht von Pikten ab. Höchstwahrscheinlich hatte man die beiden Rassen oder Arten miteinander identifiziert, weil sie denselben Lebensraum bewohnten.

Also das brachte ihn nicht weiter. Was war mit dem Kaiser? Er war sichtlich kein Zwerg mit hohem Intelligenzquotienten, doch er war ein Zauberer. Diese Juwelen - Basiliskeneier - waren wichtig. Wenn er sich die verschaffen konnte, die Zwerge in Menschen verwandelten ...

Aber gegenwärtig konnte er das offensichtlich nicht. Lieber warten. Bis der Streik ausgerufen war. Der Streik ...

Crockett schlief ein.

Er wurde schmerzhaft von Brockel Buhn geweckt, die ihn adoptiert zu haben schien. Höchstwahrscheinlich lag es an ihrer Neugier, was es wohl mit einem Kuss auf sich hätte. Von Zeit zu Zeit bot sie an, Crockett einen zu geben, doch er weigerte sich standhaft. Statt dessen versorgte sie ihn mit Frühstück. Zumindest, dachte er verbissen, würde er jede Menge Eisen in den Körper kriegen, obwohl die rostigen Stückchen eher an Cornflakes erinnerten. Als besonderen Anreiz streute Brockel Buhn Kohlenstaub über das Zeug.

Nun ja, zweifellos hatte sich auch sein Verdauungssystem verwandelt. Crockett wünschte, er könnte eine Röntgenaufnahme seines Inneren sehen. Dann entschied er, dass dies viel zu beunruhigend wäre. Doch er konnte die Fragen nicht verdrängen. Zahnräder in seinem Magen? Kleine Mühlsteine? Was würde passieren, wenn er aus Versehen etwas Schmirgelstaub schluckte? Vielleicht konnte er den Kaiser auf diese Weise außer Gefecht setzen.

Er merkte, dass seine Gedanken weit abschweiften, schluckte den Rest der Mahlzeit hinunter und folgte Brockel Buhn zum Anthrazittunnel.

»Was ist mit dem Streik? Wie lässt er sich an?«

»Gut, Grockett.« Sie lächelte, und Crockett zuckte bei dem Anblick zurück. »Heute Nacht treffen sich alle Zwerge in der Brüllhöhle. Gleich nach der Arbeit.«

Es blieb keine Zeit für weitere Unterhaltung. Der Aufseher erschien, und die Zwerge griffen nach ihren Picken. Graben ... graben ... graben ... Es ging im selben Tempo weiter. Crockett schwitzte und schuftete. Es würde nicht lange dauern. Sein Denken setzte kurz aus, sodass er in einen Wachschlaf verfiel und seine Muskeln automatisch taten, was notwendig war. Graben, graben, graben. Manchmal ein Kampf. Einmal eine Pause. Dann wieder graben.

Fünf Jahrhunderte später endete der Tag. Es war Schlafenszeit.

Doch es gab etwas Wichtigeres. Die Gewerkschaftsversammlung in der Brüllhöhle. Brockel Buhn führte Crockett zu einer großen Höhle mit glitzernden Stalaktiten. Zwerge strömten herein. Immer mehr Zwerge. Die Rübenköpfe waren überall. Ein Dutzend Kämpfe ging los. Gru Magnu, Mugsa und Druk fanden Plätze in der Nähe von Crockett. Als gerade etwas Ruhe einkehrte, schob ihn Brockel Buhn auf die steinerne Plattform, die sich aus dem Boden erhob.

»Jetzt«, flüsterte sie. »Sie wissen alle davon. Sag ihnen, was du willst.«

Crockett ließ den Blick über die auf und ab wippenden Köpfe schweifen, die Kleidung in Rot und Blau, alles von jenem unheimlichen silbernen Leuchten erhellt. »Mitzwerge!«, begann er unsicher.

»Mitzwerge!« Das Wort donnerte heraus, von der Akustik der Höhle verstärkt. Das Brüllen machte Crockett Mut. Er kam in Fahrt.

»Warum solltet ihr eigentlich zwanzig Stunden am Tage arbeiten? Warum solltet ihr nicht das Anthrazit essen dürfen, das ihr grabt, während Podrang in seinem Bad hockt und euch auslacht? Mitzwerge, der Kaiser ist nur einer; ihr seid viele! Er kann euch nicht zum Arbeiten zwingen. Wie würde euch Schlammsuppe dreimal am Tage gefallen? Der Kaiser kann nicht gegen euch alle kämpfen. Wenn ihr die Arbeit verweigert – ihr alle –, muss er klein beigeben! Er muss!«

»Sag ihnen das mit dem Kampfverbot«, rief Gru Magnu.

Crockett tat, wie ihm geheißen. Kämpfen war jedem Zwergenherzen teuer. Und Crockett redete weiter.

»Wisst ihr, Podrang wird versuchen, einen Rückzieher zu machen. Er wird so tun, als hätte er niemals vorgehabt, Kämpfen zu verbieten. Das wird der Beweis sein, dass er Angst vor euch hat! Wir sitzen am längeren Hebel! Wir werden streiken – und der Kaiser kann überhaupt nichts dagegen tun. Wenn er keinen Schlamm für seine Bäder mehr hat, wird er im Handumdrehen aufgeben.«

»Er wird uns alle verzaubern«, murmelte Druk betrübt.

»Das wird er nicht wagen! Was hätte er davon? Er weiß, wo Bartel den ... äh ... den Schlamm holt. Podrang ist unfair zu den Zwergen! Das ist unsere Losung!«

Natürlich endete es in einer Schlägerei. Doch Crockett war zufrieden. Die Zwerge würde morgen nicht an die Arbeit gehen. Statt dessen würden sie sich in der Ratskammer treffen, die an Podrangs Thronsaal angrenzte – und sich hinsetzen.

Diese Nacht schlief er gut.

Am Morgen ging Crockett mit Brockel Buhn zur Ratskammer, einer ausreichend großen Höhle, um die Tausende von Zwergen aufzunehmen, die in Scharen hinströmten. Im silbrigen Licht hatte ihre rote und blaue Kleidung etwas sonderbar Elfenhaftes. Oder vielleicht, dachte Crockett, waren Zwerge, genau genommen, Elfen?

Druk kam heran. »Ich habe Podrangs Schlammbad nicht hergerichtet«, teilte er mit heiserer Stimme mit. »Oh, der ist aber wütend. Hört nur.«

Tatsächlich drang ein fernes Knistern von Flüchen durch einen Durchgang in einer der Höhlenwände.

Mugsa und Gru Magnu gesellten sich ihnen zu. »Er wird gleich kommen«, sagte der Letztere. »Das wird ein Kampf!«

»Lasst uns jetzt kämpfen«, schlug Mugsa vor. »Ich möchte jemandem einen Tritt verpassen. Kräftig.«

»Da drüben schläft ein Zwerg«, sagte Crockett. »Wenn du dich an ihn heranschleichst, kannst du ihm einen ordentlichen ins Gesicht verpassen.«

Ein wenig sabbernd ging Mugsa seinen Auftrag erledigen, und gleichzeitig trampelte Podrang II., Kaiser der Dornsef-Zwerge, in die Höhle. Es war das erste Mal, dass Crockett den Herrscher ohne eine Schlammschicht sah, und unwillkürlich blieb ihm bei dem Anblick der Mund offen stehen. Podrang war sehr hässlich. Er vereinte in sich die abstoßendsten Eigenschaften jedes Zwerges, den Crockett zuvor gesehen hatte. Das Ergebnis war ganz unbeschreiblich.

»Ah!«, sagte Podrang, blieb stehen und schwankte auf seinen kurzen Beinen hin und her. »Ich habe Besuch. Druk! Wo im Namen der neun dampfenden Höllen ist mein Bad?« Aber Druk hatte sich verdrückt.

Der Kaiser nickte. »Verstehe. Schön, ich will nicht die Beherrschung verlieren. *Ich will nicht die Beherrschung verlieren!* ICH WILL ...«

Er hielt inne, als sich ein Stalaktit von der Decke löste und herabstürzte. In der folgenden kurzen Stille trat Crockett etwas zögerlich vor.

»W-wir streiken«, verkündete er. »Es ist ein Sitzstreik. Wir werden nicht arbeiten, bis ...«

»Haaa!«, brüllte der wuterfüllte Kaiser. »Nicht arbeiten wollt ihr, he? Also, ihr glotzäugigen, lappenzüngigen, hängebäuchigen Abkömmlinge von unaussprechlichen Algen! Ihr wimmelnden kleinen aussätziges Klümpchen von fledermauszerfressenem Pilz! Ihr verkrümmten Schmarotzer auf der Unterseite eines mickrigen und verächtlichen Wurms! *Haaa!*«

»Kämpfen!«, schrie der nicht zurückzuhaltende Mugsa gellend und stürzte sich auf Podrang, um sogleich von einem gut gezielten Tiefschlag gefällt zu werden.

Crocketts Kehle fühlte sich trocken an. Er hob die Stimme und versuchte, sie nicht zittern zu lassen.

»Euer Majestät! Wenn Ihr nur eine Minute ...«

»Ihr pilznasige Brut von degenerierten schwarzen Fledermäusen«, schrie der wütende Kaiser. »Ich werde euch alle verzaubern! Ich werde euch in Fliegenmaden verwandeln! Streiken wollt ihr! Mich hindern, mein Schlammbad zu nehmen, wollt ihr? Bei Kronos, Nid, Ymir und Loki, ihr werdet

Grund haben, das zu bereuen! *Haaa!*«, schloss er, vor Raserei nicht mehr imstande, verständlich zu sprechen.

»Rasch!«, flüsterte Crockett Gru und Brockel Buhn zu. »Geht zwischen ihn und die Tür, damit er nicht an die Basiliskeneier kommt.«

»Die sind nicht im Thronsaal«, erklärte Gru Magnu, was nicht sehr hilfreich war. »Podrang greift sie einfach aus der Luft.«

»Oh!«, stöhnte Crockett gequält. In diesem strategisch entscheidenden Moment wurde Brockel Buhn von ihren schlimmsten Instinkten überwältigt. Mit einem lauten Freudenschrei schlug sie Crockett nieder, trat ihn zweimal und sprang auf den Kaiser zu.

Sie konnte einen guten Treffer landen, ehe ihr Podrang mit einer knorrigen Faust auf den Kopf hieb, und augenblicklich schien ihr rübenförmiger Schädel in ihren Brustkorb zu rutschen. Vor Wut hochrot angelaufen, langte der Kaiser ins Leere – und ein gelber Kristall erschien in seiner Hand.

Es war eins von den Basiliskeneiern.

Brüllend wie ein Elefantenbulle in der Musth, warf Podrang das Ei. Sofort war ein Kreis von sechs Metern frei von den gedrängten Zwergen. Doch er war nicht leer. Dutzende von Fledermäusen erhoben sich und flatterten umher, was die Verwirrung nur noch steigerte.

Aus der Verwirrung wurde Chaos. Schreiend vor freudiger Wut, strömten die Zwerge vorwärts, auf ihren Herrscher zu. »Kämpfen!«, erklang ein donnernder Schrei und hallte von der Decke zurück. *»Kämpfen!«*

Podrang griff einen weiteren Kristall aus dem Nichts – diesmal einen grünen. Siebenunddreißig Zwerge wurden augenblicklich in Regenwürmer verwandelt und zertrampelt. Der Kaiser ging unter einer Lawine von Angreifern zu Boden, die unvermittelt verschwanden, vom nächsten Basiliskenei in Mäuse verwandelt.

Crockett sah einen der Kristalle auf sich zufliegen und rannte, was das Zeug hielt. Er fand ein Versteck hinter einem Stalagmiten und sah von dort aus dem Gemetzel zu. Es war entschieden ein lohnender Anblick, allerdings nichts für einen nervösen Menschen.

Die Basiliskeneier explodierten in unaufhörlicher Folge. Jedes Mal breitete sich ein Zauberspruch sechs Meter oder mehr aus, ehe er seine Wirkung verlor. Wen es am Rande des Kreises erwischte, der wurde nur teilweise verwandelt. Crockett sah einen Zwerg mit einem Maulwurfkopf. Ein anderer war von der Taille abwärts ein Wurm. Wieder einer war – huch! Manche von den Vorbildern der Zaubersprüche stammten offensichtlich nicht einmal aus der bekannten Mythologie.

Der ohrenbetäubende Lärm, der die Höhle füllte, ließ andauernd Stalaktiten von der Decke herabstürzen. Ab und zu tauchte Podrangs lädierter Kopf auf, nur, um wieder unterzugehen, wenn weitere Zwerge zum Angriff übergingen – um verzaubert zu werden. Mäuse, Maulwürfe, Fledermäuse und anderes füllten die Ratskammer. Crockett schloss die Augen und betete.

Er öffnete sie rechtzeitig, um zu sehen, dass Podrang einen roten Kristall aus der Luft griff, innehielt und ihn dann sacht hinter sich legte. Als Nächstes kam ein purpurfarbenes Basiliskenei. Das zerschellte am Höhlenboden, und dreißig Zwerge verwandelten sich in Baumkröten.

Augenscheinlich war nur Podrang gegen seine eigene Zauberei immun. Die Tausende, die die Höhle gefüllt hatten, wurden rasch ausgedünnt, denn die Basiliskeneier schienen aus einer unerschöpflichen Quelle zu kommen. Wie lange würde es dauern, bis Crockett selbst an der Reihe war? Er konnte sich nicht ewig hier verstecken.

Sein Blick wanderte zu dem roten Kristall zurück, den Podrang so sorgfältig abgelegt hatte. Er erinnerte sich an etwas – an das Basiliskenei, welches Zwerge in Menschen verwandeln würde. Natürlich! *Das* würde Podrang nicht benutzen, da der bloße Anblick von Menschen für Zwerge so erschreckend war. Wenn Crockett diesen roten Kristall in die Hände bekommen könnte ...

Er versuchte es, indem er sich durch den Wirrwarr schlich, sich dicht an die Höhlenwand hielt, bis er sich Podrang näherte. Der Kaiser wurde von einer neuen Woge Zwerge weggedrängt, die sich unversehens in Haselmäuse verwandelten, und Crockett erwischte das rote Juwel. Ihm war unnatürlich kalt zumute.

Fast hätte er es zu seinen Füßen zerbrochen, doch ein Gedanke ließ ihn innehalten und erschauern. Er befand sich tief unter dem Dornsef-Berg in einem Höhlenlabyrinth. Kein Mensch konnte den Weg hinaus finden. Doch ein Zwerg konnte es mit Hilfe seines seltsamen Gespürs für Tageslicht.

Eine Fledermaus flog gegen Crocketts Gesicht. Er hatte den nachhaltigen Eindruck, dass sie mit einer Parodie auf Brockel Buhns Stimme quiekte: »Was für ein Kampf!«, doch ganz sicher konnte er es nicht wissen. Er ließ einen Blick durch die Höhle schweifen, ehe er sich zur Flucht wandte.

Es war ein komplettes und totales Chaos. Überall krochen, flogen, liefen, bissen, kreischten, knurrten, grunzten, heulten und krächzten Fledermäuse, Maulwürfe, Würmer, Enten, Aale und ein Dutzend andere Arten. Aus allen Richtungen strömten die verbliebenen Zwerge – jetzt nur ungefähr tausend – zu einem anschwellenden Hügel zusammen, der die Stelle bezeichnete, wo sich der Kaiser befand. Während Crockett hinstarrte, löste sich der Hügel auf, und eine Anzahl Geckos rannte in Sicherheit.

»Streiken wollt ihr!«, brüllte Podrang. *»Euch werd ich's zeigen!«*

Crockett wandte sich um und floh. Der Thronsaal war verlassen, und er tauchte in den ersten Tunnel ab. Dann konzentrierte er sich auf den Gedanken an Tageslicht. Sein linkes Ohr fühlte sich an, als würde es zusammengedrückt. Er eilte weiter, bis er links einen Abzweig sah, der schräg nach oben führte, bog in ihn ein und lief weiter, was die Beine hergaben. Das gedämpfte Kampfgetöse erstarb hinter ihm.

Er hielt das rote Basiliskenei fest. Was war schief gegangen? Podrang hätte aufhören und Verhandlungen anfangen müssen. Nur - nur hatte er es nicht getan. Ein beispiellos übellauniger und kurzsichtiger Zwerg. Er würde wahrscheinlich nicht aufhören, bis er sein ganzes Reich entvölkert hatte. Bei dem Gedanken eilte Crockett noch schneller weiter.

Der Tropismus führte ihn. Manchmal wählte er den falschen Tunnel, doch immer, wenn er an Tageslicht dachte, *fühlte* er, wie das nächstgelegene Tageslicht auf ihn drückte. Seine kurzen O-Beine waren überraschend ausdauernd.

Dann hörte er, wie jemand hinter ihm her rannte.

Er wandte sich nicht um. Der prasselnde Schwall von Flüchen sagte ihm, wer sein Verfolger war. Podrang hatte zweifellos die Ratskammer bis auf den letzten Zwerg geleert und hatte jetzt vor, Crockett in kleine Stückchen zu zerreißen. Das war nur eins von den Dingen, die er versprach.

Crockett rannte. Er schoss den Tunnel entlang wie aus der Pistole geschossen. Der Tropismus wies ihm den Weg, doch er dachte mit Entsetzen daran, er könnte in eine Sackgasse geraten. Der Lärm hinter ihm schwoll an. Wenn Crockett es nicht besser gewusst hätte, hätte er geglaubt, eine Armee von Zwergen sei hinter ihm her.

Schneller! Schneller! Doch jetzt war Podrang in Sicht. Sein Gebrüll ließ buchstäblich die Wände erzittern. Crockett sprintete, bog um eine Ecke - und sah eine Wand von flammendem Licht - einen Kreis davon in der Ferne. Es war Tageslicht, wie es für Zwergenaugen erschien.

Er konnte es nicht rechtzeitig erreichen. Podrang war zu nahe. Noch ein paar Sekunden, und diese knorrigen, schrecklichen Hände würden sich um Crocketts Kehle schließen.

Dann fiel ihm das Basiliskenei ein. Wenn er sich jetzt in einen Menschen verwandelte, würde es Podrang nicht wagen, ihn anzurühren. Und er war fast an der Mündung des Tunnels.

Er blieb stehen, wirbelte herum und hob das Juwel. Gleichzeitig streckte der Kaiser, der seine Absicht erkannte, beide Hände aus und griff sechs oder sieben Kristalle aus der Luft. Er warf sie direkt nach Crockett, eine Salve von Regenbogenfarben.

Doch Crockett hatte den roten Edelstein bereits auf den Felsen zu seinen Füßen geschmettert. Es gab einen ohrenbetäubenden Knall. Rings um Crockett schienen Juwelen zu bersten – doch das rote war zuerst zerbrochen.

Die Decke fiel ein.

Wenig später wühlte sich Crockett mühsam aus dem Schutt hervor. Ein Blick zeigte ihm, dass der Weg in die Außenwelt noch offen war. Und – dem Himmel sei Dank! – Tageslicht sah wieder normal aus, nicht diese grelle Flamme, die die Augen versengte.

Er schaute in die Tiefe des Tunnels und erstarrte. Aus einem Geröllhaufen kam mit einiger Mühe Podrang hervor. Seine gemeinen Verwünschungen hatten nichts von ihrem Feuer eingebüßt.

Crockett wandte sich zur Flucht, stolperte über einen Gesteinsbrocken und fiel platt hin. Als er aufsprang, sah er, dass Podrang ihn gesehen hatte.

Einen Augenblick lang stand der Zwerg wie erstarrt da. Dann schrie er gellend auf, machte auf dem Absatz kehrt und floh ins Dunkel. Weg war er. Der Klang seiner schnellen Schritte erstarb.

Crockett schluckte mühsam. *Zwerge fürchten sich vor Menschen – uff!* Das war knapp gewesen. Doch jetzt ...

Seine Erleichterung war größer, als er geglaubt hatte. Im Unterbewusstsein hatte er sich wohl gefragt, ob der Zauber wirken würde, da Podrang sechs oder sieben Basiliskeneier nach ihm geworfen hatte. Doch er hatte das rote zuerst zerbrochen. Sogar das seltsame, silbrige Zwergenlicht war verschwunden. Die Tiefe der Höhle war völlig schwarz – und still.

Crockett ging auf den Eingang zu. Er trat hinaus, genoss die Wärme der Nachmittagssonne. Er befand sich nahe am Fuße des Dornsef-Berges in einem Brombeergebüsch. Dreißig Meter weiter pflügte ein Farmer ein Terassenfeld.

Crockett torkelte auf ihn zu. Als er näher kam, drehte sich der Mann um.

Einen Augenblick lang stand er wie erstarrt da. Dann schrie er gellend auf, machte auf dem Absatz kehrt und floh.

Seine schrillen Schreie stiegen den Berg hinan, während Crockett sich an die Basiliskeneier erinnerte und sich zwang, an seinem Körper hinabzuschauen.

Dann schrie auch er. Doch es war kein Laut, der jemals aus einer menschlichen Kehle hätte kommen können.

Was auch wieder ganz natürlich war – unter den Umständen.

Das Ewige Feuer

ANDRZEJ SAPKOWSKI

I

»Du Schwein! Du windiger Bänkelsänger! Du Schwindler!«

Neugierig geworden, lenkte Geralt die Stute um die Ecke der Gasse. Noch ehe er die Quelle des Geschreis ausgemacht hatte, gesellte sich ein tiefes, klebrig gläsernes Klirren hinzu. Ein Glas Kirschmarmelade, dachte der Hexer. Dieses Geräusch gibt ein Glas Kirschmarmelade von sich, wenn man es aus großer Höhe und mit ganzer Kraft nach jemandem wirft. Er hatte das gut in Erinnerung; als sie zusammen in Vergerberg gewohnt hatten, war es mitunter vorgekommen, dass Yennefer im Zorn mit Marmeladengläsern nach ihm geworfen hatte. Mit denen, die sie von den Kunden bekommen hatte. Denn Yennefer hatte keine Ahnung, wie man Marmelade kocht, und die Magie half in dieser Hinsicht nicht weiter.

Hinter der Ecke, unter einem schmalen, rosa angestrichenen Häuschen, hatte sich ein Grüppchen Gaffer angesammelt. Auf dem kleinen, blumengeschmückten Balkon, gleich unter dem steilen Dachvorsprung, stand eine junge, blonde Frau im Nachthemd. Die Frau streckte den etwas molligen und rundlichen Arm aus, der unter den Falbeln zu sehen war, und warf mit Schwung einen Blumentopf herunter.

Der magere Mann mit dem pflaumenblauen Käppchen und der weißen Feder daran sprang wie gesengt zurück, der Topf krachte direkt vor ihm zu Boden, zersprang in Stücke.

»Ich bitte dich, Vespula!«, rief der Mann mit dem federgeschmückten Käppchen. »Schenk den Gerüchten keinen Glauben! Ich bin dir treu gewesen, ich will tot umfallen, wenn es nicht wahr ist!«

»Mistkerl! Teufelsbraten! Zugelaufener Stromer!«, brüllte die mollige Blondine und verschwand im Haus, zweifellos auf der Suche nach weiteren Geschossen.

»He, Rittersporn«, rief der Hexer und zog die widerstrebende und schnaubende Stute auf das Kampffeld. »Wie geht es dir? Was ist los?«

»Normal«, erklärte der Troubadour und ließ die Zähne blitzen. »Wie üblich. Grüß dich, Geralt. Was machst du hier? Verdammt, pass auf!«

Ein kleiner Zinnpokal pfiff durch die Luft und prallte scheppernd vom Pflaster ab. Rittersporn hob ihn auf, betrachtete ihn und warf ihn in den Rinnstein.

»Nimm diese Lumpen mit!«, schrie die Blonde und ließ die Falbeln über dem molligen Busen hübsch wogen. »Und geh mir aus den Augen! Lass dich ja nicht mehr hier blicken, du Lautenklimperer!«

»Das ist nicht meine«, wunderte sich Rittersporn und hob eine Männerhose mit verschiedenfarbigen Beinen auf. »Mein Lebtag hab ich keine solche Hose gehabt.«

»Verschwinde! Ich will dich nicht sehen! Du ... du ... Weißt du, wie du im Bett bist? Eine Null! Eine Null, hörst du? Hört ihr's, Leute?«

Der nächste Blumentopf pfiff, das daraus wachsende dürre Kraut raschelte. Rittersporn konnte gerade noch ausweichen. Nach dem Blumentopf flog wirbelnd ein kupferner Kochtopf von mindestens zweieinhalb Gallonen Fassungsvermögen herab. Die Menge der Gaffer, die sich außer Schussweite hielt, brach in Gelächter aus. Die Witzigsten klatschten Beifall und stachelten die Blondine boshaft zur Tat an.

»Ob sie womöglich eine Armbrust im Hause hat?«, fragte der Hexer beunruhigt.

»Nicht auszuschließen«, sagte der Dichter und hob den Kopf zum Balkon hin. »Sie hat eine schreckliche Gerümpelkammer im Hause. Hast du diese Hose gesehen?«

»Vielleicht sollten wir also lieber weggehen? Du kommst wieder, wenn sie sich beruhigt hat.«

»Den Teufel werd ich.« Rittersporn verzog das Gesicht. »Ich gehe nicht wieder in ein Haus, aus dem man mir Verleumdungen und Kupfertöpfe nachwirft. Ich betrachte diese kurze Beziehung als abgebrochen. Wir wollen nur warten, bis sie meine ... Um Himmelswillen, nein! Vespula! Meine Laute!«

Er stürzte los, streckte die Hände aus, stolperte, fiel, erwischte das Instrument im letzten Augenblick, kurz vor dem Pflaster. Die Laute ertönte seufzend und melodisch.

»Uff«, stöhnte der Barde und stand auf. »Ich hab sie. In Ordnung, Geralt, jetzt können wir gehen. Ich hab zwar bei ihr noch einen Mantel mit Marderkragen, aber schön, ab mit Schaden. Mit dem Mantel, wie ich sie kenne, wird sie nicht werfen.«

»Du verlogener Schuft!«, ließ sich die Blondine vernehmen und spuckte vom Balkon. »Du Lump! Du krächzender Fasan!«

»Warum ist sie so zu dir, Rittersporn? Was hast du angestellt?«

»Das übliche.« Der Troubadour zuckte mit den Schultern. »Sie verlangt Monogamie, wie alle andern, und selber wirft sie mit fremden Hosen nach einem. Hast du gehört, was sie über mich herumgeschrien hat? Bei den Göttern, ich kenn auch welche, die einen hübscher abweisen, als die einen lässt, aber ich schrei's nicht in die Straßen hinaus. Gehen wir.«

»Was schlägst du vor, wohin?«

»Was denkst du denn? In den Tempel des Ewigen Feuers? Komm, schauen wir in der ›Lanzenspitze‹ vorbei. Ich muss meine Nerven beruhigen.«

Ohne Widerspruch zog der Hexer die Stute hinter Rittersporn her, der munter in eine enge Gasse marschierte. Im Gehen stellte der Troubadour die Wirbel der Laute nach, klimperte probehalber herum, schlug einen vollen, schwingenden Akkord an.

»Im ersten kalten Hauch von Norden her
Kam mit dem Winterwind der Worte Sinn abhanden.
So muss es sein, nichts ändern daran mehr
An deinen Wimpernspitzen die Brillanten ...«

Er brach ab, winkte mit der Hand fröhlich zwei Mädchen zu, die mit Körben voll Gemüse vorbeikamen. Die Mädchen fingen an zu kichern.

»Was führt dich nach Nowigrad, Geralt?«

»Einkäufe. Ein Zaumzeug, ein wenig Ausrüstung. Und ein neues Wams.« Der Hexer zog das knisternde, neu riechenden Leder um sich straff. »Wie findest du mein neues Wams, Rittersporn?«

»Du gehst nicht mit der Mode.« Der Barde verzog das Gesicht und schnippte eine Hühnerfeder vom Ärmel seines glänzenden kornblumenblauen Wamses mit Puffärmeln und einem in Zacken auslaufenden Kragen. »Ach, ich freu mich, dass wir uns getroffen haben. Hier in Nowigrad, der Hauptstadt der Welt, dem Mittelpunkt und der Wiege der Kultur. Hier kann ein heller Kopf aus voller Brust atmen!«

»Vielleicht sollten wir zum freien Atmen eine Gasse weiter gehen«, schlug Geralt angesichts eines heruntergekommenen Subjekts vor, das sich, niedergehockt und mit hervorquellenden Augen, in einer Seitengasse entleerte.

»Dein ewiger Sarkasmus geht mir allmählich auf die Nerven.« Wieder verzog Rittersporn das Gesicht. »Nowigrad, sag ich dir, ist die Hauptstadt der Welt. Fast dreißigtausend Einwohner, Zugereiste nicht gezählt, Geralt, kannst du dir das vorstellen? Gemauerte Häuser, die Hauptstraßen gepflastert, ein Seehafen, Lagerhäuser, vier Wassermühlen, Schlachthäuser, Sägewerke, eine große Stiefelmanufaktur, dazu alle nur denkbaren Zünfte und Gewerke. Eine Wechselstube, acht Banken und neunzehn Leihhäuser. Ein Schloss und eine Stadtwache, dass es einem den Atem verschlägt. Und Unterhaltung – ein Schafott, ein Galgen mit Falltür, fünfunddreißig Herbergen, ein Theater, eine Menagerie, zwei Märkte und zwölf Bordelle. Und Tempel, ich weiß nicht mehr, wie viele. Viele. Na, und diese Frauen, Geralt, gewaschen, frisiert und parfümiert, die Atlas-, Samt- und Seidenstoffe, diese Korsetts und Bänder ... Och, Geralt! Die Verse kommen einem ganz von selbst auf die Lippen:

Der Schnee glänzt weiß im kalten Winterlicht,
Vom Eis sind Seen und Sümpfe gläsern zugemauert.
So muss es sein, das ändert nun auch nicht
Die Sehnsucht, die in deinen Augen lauert.«

»Eine neue Ballade?«

»Hm. Ich nenne sie ›Winter‹. Aber sie ist noch nicht fertig, ich komm nicht zum Ende, wegen Vespula bin ich ganz durcheinander, und die Reime fügen sich mir nicht. Ah, Geralt, ich hab ganz vergessen zu fragen, wie steht es mit Yennefer?«

»Gar nicht.«

»Verstehe.«

»Einen Scheißdreck verstehst du. Also, wo ist diese Schänke, ist es noch weit?«

»Um die Ecke. Oh, da sind wir schon. Siehst du das Schild?«

»Ich seh's.«

»Meinen Gruß und meine Verbeugung der Dame!« Rittersporn bleckte die Zähne einem Fräulein entgegen, das die Treppe fegte. »Hat dem Fräulein schon jemand gesagt, dass sie hübsch ist?«

Das Fräulein wurde rot und umklammerte fest den Besen. Einen Moment lang glaubte Geralt, sie würde dem Troubadour damit eins überziehen. Er hatte sich geirrt. Das Fräulein lächelte lieb und klimperte mit den Wimpern. Rittersporn beachtete das wie üblich nicht im Geringsten.

»Meinen Gruß allerseits! Guten Tag!«, tönte er, als er in die Herberge trat, und fuhr hart mit dem Daumen über die Saiten. »Meister Rittersporn, der berühmteste Poet in diesem Lande, besucht dein schmutziges Lokal, Hausherr! Er hat sogar Lust mitgebracht, Bier zu trinken! Weißt du die Ehre zu schätzen, die ich dir erweise, Beutelschneider?«

»Das weiß ich wohl«, sagte der Wirt trübsinnig und beugte sich hinter der Theke hervor. »Ich freue mich, Euch zu sehen, Herr Sänger. Ich sehe, dass Euer Wort tatsächlich nicht Schall und Rauch ist. Ihr habt ja versprochen, gleich frühmorgens hereinzuschauen und die gestrige Rechnung zu bezahlen. Und ich, man denke nur, dachte, Ihr lügt wie üblich. Ich schäme mich unsäglich.«

»Du brauchst dich durchaus nicht zu schämen, guter Mann«, sagte der Troubadour unbekümmert. »Dieweil ich kein Geld habe. Darüber reden wir später.«

»Nein«, sagte der Wirt kalt. »Sofort reden wir darüber. Dein Kredit ist erschöpft, gnädiger Herr Poet. Zweimal hintereinander haut mich keiner übers Ohr.«

Rittersporn hängte die Laute an einen aus der Wand ragenden Haken, setzte sich an einen Tisch, nahm das Hütchen ab und betrachtete nachdenklich die daran befestigte Reiherfeder.

»Hast du Geld, Geralt?«, fragte er mit Hoffnung in der Stimme.

»Nein. Alles, was ich hatte, ist für das Wams draufgegangen.«

»Schlecht, schlecht«, seufzte Rittersporn. »Verdammt, keine Menschenseele da, niemand, der was borgen könnte. Wirt, wieso ist es heute bei dir so leer?«

»Zu früh für die üblichen Gäste. Und die Maurergesellen, die, wo den Tempel renovieren, waren schon da und sind auf den Bau zurückgegangen, zusammen mit dem Meister.«

»Und niemand da, überhaupt niemand?«

»Niemand außer dem edlen Kaufmann Biberveldt, der im großen Alkoven frühstückt.«

»Dainty ist da?«, freute sich Rittersporn. »Warum denn nicht gleich so. Geh zum Alkoven, Geralt. Kennst du Dainty Biberveldt, den Halbling?«

»Nein.«

»Macht nichts. Du lernst ihn kennen. Oho!«, rief der Troubadour und lenkte den Schritt zu dem Nebenraum. »Ich spüre von Westen her den Duft und Hauch einer Zwiebelsuppe, die meiner Nase wohl tut. Kuckuck! Wir sind es! Überraschung!«

Am Mitteltisch des Alkovens, unter einem mit Girlanden von Knoblauch und Büscheln von Küchenkräutern dekorierten Pfeiler, saß ein pausbäckiger, kraushaariger Halbling in pistaziengrüner Weste. In der rechten Hand hielt er einen hölzernen Löffel, die linke stützte die tönerne Schüssel. Als er Rittersporn und Geralt erblickte, erstarrte der Halbling reglos mit offenem Munde, und seine großen, nussbraunen Augen weiteten sich vor Angst.

»Grüß dich, Dainty«, sagte Rittersporn und wedelte fröhlich mit dem Käppchen. Der Halbling hatte sich noch immer nicht bewegt und den Mund nicht zugemacht. Die Hand, wie Geralt bemerkte, zitterte ihm leicht, und der vom Löffel herabhängende lange Streifen gekochter Zwiebeln ging wie ein Pendel hin und her.

»Sssei … sssei mir gegrüßt, Rittersporn«, brachte er mit einem Aufstoßen hervor und schluckte laut Speichel herunter.

»Hast du den Schluckauf? Ich erschreck dich, soll ich? Pass auf: Am Schlagbaum ist deine Frau gesehen worden! Gleich wird sie hier sein! Gardenia Biberveldt in eigener Person! Ha, ha, ha!«

»Was bist du dumm, Rittersporn«, sagte der Halbling vorwurfsvoll.

Rittersporn lachte abermals hell auf und schlug gleichzeitig zwei komplizierte Akkorde auf der Laute an.

»Na, aber du, Bruderherz, schaust ausgesprochen dumm drein, und du glotzt uns an, als ob wir Hörner und Schwänze hätten. Oder macht dir vielleicht der Hexer Angst? Was? Vielleicht denkst du, die Jagdsaison auf Halblinge ist eröffnet worden? Vielleicht …«

»Hör auf.« Geralt wurde es zu viel, er trat an den Tisch. »Verzeih, Freund, Rittersporn hat heute eine schwere persönliche Tragödie durchgemacht, er ist noch nicht drüber weg. Er versucht, mit Witzen seine Trauer, Niedergeschlagenheit und Scham zu überspielen.«

»Nicht sagen.« Der Halbling schlüfte endlich den Inhalt des Löffels. »Ich will selber raten. Vespula hat dich endlich hochkant rausgeschmissen? Was, Rittersporn?«

»Ich lass mich nicht in Gespräche über delikate Themen mit Subjekten ein, die selber fressen und saufen, ihre Freunde aber stehen lassen«, sagte der Troubadour, worauf er sich, ohne eine Antwort abzuwarten, hinsetzte. Der Halbling nahm einen Löffel Suppe und leckte die herabhängenden Käsefäden ab.

»Wo du Recht hast, hast du Recht«, erklärte er missmutig. »Ihr seid also eingeladen. Setzt euch und seid meine Gäste. Nehmt ihr eine Zwiebelsuppe?«

»So früh am Tage esse ich prinzipiell nicht.« Rittersporn rümpfte die Nase. »Aber meinetwegen, ich nehm eine. Heda, Wirt! Bier, wenn's gefällig! Aber flink!«

Ein Mädchen mit einem imponierend dicken Zopf, der bis zu den Hinterbacken reichte, brachte Humpen und Schüsseln mit Suppe. Geralt, den Blick auf ihr rundes, flaumbedecktes Mündchen gerichtet, stellte fest, sie hätte hübsche Lippen, wenn sie daran denken würde, sie zuzumachen.

»Walddryade!«, rief Rittersporn, griff nach der Hand des Mädchens und küsste sie auf den Handteller. »Sylphide! Wahrsagerin! Göttliches Wesen mit Augen wie blaue Seen! Du bist schön wie der Morgen, und die Gestalt deiner erbaulich geöffneten Lippen ...«

»Gebt ihm Bier, schnell«, stöhnte Dainty. »Sonst passiert ein Unglück.«

»Nein, es passiert keins«, versicherte der Barde. »Nicht wahr, Geralt? Man findet schwerlich ruhigere Leute als uns beide. Ich, Herr Kaufmann, bin Dichter und Musiker, und die Musik veredelt die Sitten. Und der hier anwesende Hexer ist nur für Ungeheuer bedrohlich. Ich stelle dir vor: Das ist Geralt von Rivien, der Schrecken der Striegen, Werwölfe und jeglichen Ungeziefers. Du hast doch wohl von Geralt gehört, Dainty?«

»Hab ich ...« Der Halbling warf Geralt einen misstrauischen Blick zu. »Und was ... Und was treibt Ihr in Nowigrad, Herr Geralt? Sind hier etwa irgendwelche schrecklichen Monster aufgetaucht? Seid Ihr ... ähm, ähm ... beruflich hier?«

»Nein.« Der Hexer lächelte. »Ich bin zum Vergnügen hier.«

»Oh«, sagte Dainty und zappelte nervös mit den behaarten Füßen, die eine halbe Elle überm Boden hingen. »Das ist gut ...«

»Was ist gut?« Rittersporn nahm einen Löffel Suppe und spülte mit Bier nach. »Hast du vielleicht vor, uns beizustehen? Beim Vergnügen, versteht sich? Das trifft sich bestens. Hier in der ›Lanzenspitze‹ gedenken wir uns einen leichten Rausch anzutrinken. Anschließend haben wir vor, in die ›Passiflora‹ reinzuschauen, das ist ein sehr teures und gutes Freudenhaus, wo wir uns eine Halbelfe finanzieren können, wer weiß, vielleicht sogar eine reinblütige Elfe. Wir brauchen aber einen Sponsor.«

»Wen?«

»Jemanden, der bezahlt.«

»Das hab ich mir gedacht«, knurrte Dainty. »Tut mir Leid. Erstens bin ich zu Handelsabsprachen verabredet. Zweitens habe ich nicht die Mittel, derlei Vergnügungen zu finanzieren. Drittens, in der ›Passiflora‹ lassen sie ausschließlich Menschen rein.«

»Ja was sind wir denn, Steinkäuze? Ach, ich verstehe. Sie lassen keine Halblinge rein. Das ist wahr. Du hast Recht, Dainty. Das ist Nowigrad. Die Hauptstadt der Welt.«

»Ja ...«, sagte der Halbling, den Blick noch immer auf den Hexer gerichtet und mit seltsam verkniffenem Mund. »Ich werd dann gehen. Ich habe eine Verabredung ...«

Die Tür des Alkovens ging knarrend auf, und herein kam ...

Dainty Biberveldt.

»Götter!«, schrie Rittersporn auf.

Der in der Tür stehende Halbling unterschied sich in nichts von dem Halbling, der am Tisch saß, abgesehen von der Tatsache, dass der am Tische sauber war und der in der Tür schmutzig, zerzaust und ramponiert.

»Hab ich dich, du Hundeschwanz!«, brüllte der schmutzige Halbling und stürzte auf den Tisch zu. »Du Verbrecher!«

Sein sauberer Zwilling sprang auf, warf den Stuhl um und Geschirr vom Tisch. Geralt reagierte instinktiv und blitzschnell – er riss das Schwert mitsamt Scheide von der Bank und hieb Biberveldt kräftig ins Genick. Der Halbling stürzte zu Boden, überschlug sich, tauchte zwischen Rittersporns Beinen hindurch und eilte auf allen vieren zum Ausgang, und Arme und Beine wurden bei ihm plötzlich länger, wie bei einer Spinne. Bei diesem Anblick fluchte der schmutzige Dainty Biberveldt, schrie auf und sprang beiseite, wobei er krachend mit dem Rücken gegen die hölzerne Trennwand stieß. Geralt warf die Schwertscheide beiseite, stieß mit einem Fußtritt einen Stuhl aus dem Weg und setzte zur Verfolgung an. Der saubere Dainty Biberveldt, der schon in nichts mehr außer in der Farbe der Weste Dainty Biberveldt ähnelte, setzte wie ein Grashüpfer über die Schwelle in die allgemeine Gaststube, stieß gegen das Fräulein mit dem halboffenen Mund. Angesichts seiner langen Pfoten und des Zerrbilds einer Physiognomie riss das Fräulein den Mund vollends auf und stieß einen ohrenbetäubenden Schrei aus. Geralt, dem der Tempoverlust durch den Zusammenstoß mit dem Mädchen zunutze kam, erreichte das Geschöpf in der Mitte des Saales und warf es mit einem geschickten Tritt ans Knie zu Boden.

»Ja keine Bewegung, Freundchen«, zischte er durch die zusammengebissenen Zähne, während er dem Wunderwesen die Schwertspitze auf den Hals setzte. »Keine Bewegung.«

»Was geht hier vor?«, brüllte der Wirt, der mit einem Schaufelstiel in der Hand gelaufen kam. »Was soll das sein? Wache! Detschka, lauf nach der Wache!«

»Neeein!«, heulte das Geschöpf auf, presste sich platt an den Boden und verlor noch mehr seine Form. »Gnade, neeein!«

»Keine Wache!«, fiel der schmutzige Halbling ein, der aus dem Alkoven gestürzt kam. »Fang das Mädchen ab, Rittersporn!«

Der Troubadour griff nach der schreienden Detschka, wobei er trotz der Eile sorgsam die Stelle wählte, nach der er griff. Detschka stieß einen hohen Schrei aus und sackte ihm zu Füßen auf den Boden.

»Ruhig, Herr Wirt«, sagte Dainty Biberveldt schwer atmend. »Das ist eine Privatangelegenheit, wir werden die Wache nicht rufen. Ich komme für alle Schäden auf.«

»Es gibt keine Schäden«, sagte der Schankwirt nüchtern und schaute sich um.

»Aber es wird gleich welche geben«, knurrte der ramponierte Halbling. »Denn gleich werde ich ihn verprügeln. Und wie. Ich werde ihn grausam und lange durchprügeln, dass er es nicht vergisst, und da wird er hier alles zerschlagen.«

Die am Boden ausgestreckte langpfotige und verzerrte Karikatur Dainty Biberveldts begann kläglich zu schluchzen.

»Nichts da«, sagte der Wirt kalt, kniff die Augen zusammen und hob leicht den Schaufelstiel. »Verprügelt ihn auf der Straße oder auf dem Hof, Herr Halbling. Nicht hier. Und ich ruf die Wache. Ich muss ja, sonst riskier ich meinen Kopf. Denn das ... das ist ja irgend so ein Ungeheuer!«

»Herr Wirt«, sagte Geralt ruhig, ohne den Druck der Klinge auf den Hals des Fremden zu verringern. »Bewahrt Ruhe. Niemand wird etwas zerschlagen, es wird keinerlei Schäden geben. Die Situation ist unter Kontrolle. Ich bin Hexer, und das Ungeheuer, wie Ihr seht, hab ich an der Gurgel. Da das aber in der Tat nach einer Privatangelegenheit aussieht, werden wir sie in Ruhe im Alkoven klären. Lass das Mädchen los, Rittersporn, und komm her. Im Ranzen hab ich eine silberne Kette. Nimm sie raus und fessele diesem Herrn hier ordentlich die Arme, an den Ellenbogen, hinterm Rücken. Ja keine Bewegung, Freundchen.«

Das Geschöpf begann leise zu wimmern.

»Gut, Geralt«, sagte Rittersporn. »Ich hab ihn gefesselt. Geht in den Alkoven. Und Ihr, Herr Wirt, was steht Ihr herum? Ich habe Bier bestellt. Und wenn ich Bier bestelle, dann habt Ihr so lange neues zu bringen, bis ich nach Wasser rufe.«

Geralt stieß das gefesselte Wesen in den Alkoven und setzte es grob unter den Pfeiler. Dainty Biberveldt setzte sich ebenfalls und schaute angewidert zu.

»Eine Schande, wie das aussieht«, sagte er. »Wirklich ein Haufen gärender Teig. Schau dir seine Nase an, Rittersporn, gleich wird sie abfallen, verdammich. Und Ohren hat er wie meine Schwiegermutter unmittelbar vorm Begräbnis. Brrr!«

»Gleich, gleich«, murmelte Rittersporn. »Du bist Biberveldt? Doch, ja, kein Zweifel. Aber das, was da unterm Pfeiler sitzt, war vor einem Augenblick noch du. Wenn ich mich nicht irre. Geralt! Aller Augen ruhen auf dir. Du bist Hexer. Was zum Teufel geht hier vor? Was ist das?«

»Ein Täuschling.«

»Selber Täuschling«, sagte das Geschöpf kehlig und wackelte mit der Nase. »Ich bin überhaupt kein Täuschling, bloß ein Doppler, und ich heiße Tellico Lunngrevink Letorte. Kurz Penstock. Meine Freunde nennen mich Dudu.«

»Gleich geb ich dir Dudu, Hurensohn verdammter!«, brüllte Dainty und holte mit den Faust aus. »Wo sind meine Pferde? Du Verbrecher!«

»Ihr Herren«, erinnerte sie der Wirt, der mit einem Krug und einer Hand voll Humpen hereinkam. »Ihr habt versprochen, dass Ruhe sein wird.«

»Och, Bier«, stöhnte der Halbling. »Ich hab vielleicht einen Durst, verdammt. Und Hunger!«

»Ich würde auch was trinken«, erklärte glucksend Tellico Lunngrevink Letorte. Er wurde völlig ignoriert.

»Was ist das?«, fragte der Wirt und betrachtete das Geschöpf, das beim Anblick des Bieres eine lange Zunge zwischen den herabhängenden, teigartigen Wangen herausgestreckt hatte. »Was ist das da, Ihr Herren?«

»Ein Täuschling«, wiederholte der Hexer, ohne die Grimasse des Ungeheuers zu beachten. »Er hat übrigens viele Namen. Wandler, Doppelgänger, Vexling, Bedak. Oder Doppler, wie er sich selber bezeichnet hat.«

»Ein Vexling!«, schrie der Wirt auf. »Hier, in Nowigrad? In meinem Lokal? Rasch, man muss die Wache rufen! Und die Priester! Sonst riskier ich meinen Kopf ...«

»Gemach, gemach«, knurrte Dainty Biberveldt, der eilig Rittersporns Suppe in der wie durch ein Wunder heil gebliebenen Schüssel aufaß. »Wir werden die nötigen Leute noch rechtzeitig rufen können. Aber später. Dieser Schurke hier hat mich bestohlen, ich habe nicht vor, ihn dem hiesigen Recht zu überantworten, ehe ich mein Eigentum zurückhabe. Ich kenn euch doch, euch Nowigrader, und eure Richter. Ich würde vielleicht ein Zehntel bekommen, mehr nicht.«

»Habt Erbarmen«, begann der Doppler durchdringend zu stöhnen. »Übergebt mich nicht den Menschen! Wisst ihr, was sie mit solchen wie mir machen?«

»Klar, wissen wir.« Der Wirt nickte. »Über einem gefangenen Doppler veranstalten die Priester einen Exorzismus. Dann wird so einer in den Stock geschlossen und dick eine Kugel aus Lehm um ihn geschmiert, der mit Sägespänen vermischt ist, und er wird im Feuer gebacken, bis der Lehm sich zu einem Ziegel verfestigt hat. So ist es zumindest früher gemacht worden, als diese Ungeheuer hier öfter vorkamen.«

»Ein barbarischer Brauch, echt menschlich.« Dainty verzog das Gesicht und schob die nun leere Schüssel zurück. »Aber vielleicht ist es ja die gerechte Strafe für Wegelagerei. Also, sag, Schurke, wo sind meine Pferde? Schnell, sonst zieh ich dir die Nase zwischen den Beinen durch und steck sie dir in den Hintern! Wo sind meine Pferde, frag ich?«

»Ver... verkauft«, stöhnte Tellico Lunngrevink Letorte, und die herabhängenden Ohren ringelten sich plötzlich zu Kügelchen zusammen, die an kleine Blumenkohl-Köpfe erinnerten.

»Verkauft! Habt ihr gehört!« Der Halbling schäumte. »Er hat meine Pferde verkauft!«

»Klar«, sagte Rittersporn. »Zeit hatte er. Er ist seit drei Tagen hier. Seit drei Tagen sehe ich dich ... das heißt, ihn ... Verdammt, Dainty, heißt das etwa ...?«

»Klar heißt es das!«, brüllte der Kaufmann und stampfte mit den fellbewachsenen Füßen auf. »Er hat mich unterwegs ausgeraubt, eine Tagesreise vor der Stadt! Ist hier als ich hergekommen, versteht ihr? Und hat meine Pferde verkauft! Ich bring ihn um! Mit diesen Händen erwürg ich ihn!«

»Erzählt uns, wie es passiert ist, Herr Biberveldt.«

»Geralt von Rivien, wenn ich mich nicht irre? Der Hexer?«

Geralt nickte zur Bestätigung.

»Das trifft sich sehr gut«, sagte der Halbling. »Ich bin Dainty Biberveldt von Knöterichau, Farmer, Viehzüchter und Kaufmann. Sag Dainty zu mir, Geralt.«

»Erzähl, Dainty.«

»Nun ja, das war so. Ich und meine Pferdeknechte haben die Pferde zum Verkauf geführt, auf den Markt in Teufelsfurt. Eine Tagesreise vor der Stadt kamen wir zum letzten Rastplatz. Wir übernachteten, nachdem wir ein Fässchen abgezogenen Branntwein niedergemacht hatten. Mitten in der Nacht wache ich auf, fühle, dass mir fast die Blase platzt, klettere also vom Wagen, und bei der Gelegenheit, denk ich, werfe ich einen Blick, was die Pferde auf der Weide machen. Ich geh raus, es ist stockfinster, plötzlich seh ich, da kommt jemand. Wer da, frag ich. Er antwortet nicht. Ich geh näher ran und sehe ... mich selber. Wie im Spiegel. Ich denke, ich hätte keinen Branntwein trinken sollen, das Teufelszeug. Aber der da ..., denn das war er, der verpasst mir eins vor den Kopf! Ich seh Sterne und geh zu Boden. Am Morgen erwache ich in irgend so einem verdammten Gestrüpp, mit einer Beule wie 'ne Gurke am Kopf, ringsum keine Seele, von unserem Lager auch keine Spur. Ich bin den ganzen Tag herumgeirrt, bis ich endlich die Straße gefunden habe, zwei Tage bin ich hierhergelaufen, hab Wurzeln und rohe Pilze gegessen. Er aber ... dieser elende Dudel, oder wie der Kerl heißt, ist inzwischen als ich nach Nowigrad gefahren und hat meine Pferde verscheuert! Gleich werd ich ihn ... Und meine Pferdeknechte prügle ich durch, jedem hundert Hiebe auf den nackten Hintern. Den eigenen Prinzipal nicht zu erkennen, sich derart anführen zu lassen! Die Idioten, Kohlköpfe, Säufer ...«

»Nimm's ihnen nicht übel, Dainty«, sagte Geralt. »Sie hatten keine Chance. Ein Täuschling kopiert derart perfekt, dass es unmöglich ist, ihn vom Original zu unterscheiden, oder vom Opfer, das er sich aussucht. Hast du nie von Täuschlingen gehört?«

»Gehört schon. Aber ich dachte, das sind Ammenmärchen.«

»Es sind keine Ammenmärchen. Ein Doppler braucht sich nur das Opfer genauer anzuschauen, um sich blitzschnell und fehlerlos an die notwendige Materiestruktur anzupassen. Ich weise darauf hin, dass das keine Illusion ist, sondern eine vollständige Verwandlung. In den kleinsten Einzelheiten. Wie die Täuschlinge das machen, ist unbekannt. Die Zauberer vermuten, dass da dieselbe Blutkomponente wirkt wie bei Lykanthropie, ich denke aber, dass es entweder etwas völlig anderes oder tausendmal stärker ist. Schließlich hat der Werwolf nur zwei, wenn's hoch kommt drei Gestalten, aber ein Doppler kann sich in alles verwandeln, worein er will, wenn nur die Körpermasse annähernd übereinstimmt.«

»Die Körpermasse?«

»Na, in ein Mastodon kann er sich nicht verwandeln. Oder in eine Maus.«

»Verstehe. Und die Kette, mit der du ihn gefesselt hast, wozu ist die?«

»Silber. Für einen Lykanthropus ist es tödlich, bei einem Täuschling, wie du siehst, verhindert es nur die Verwandlung. Darum sitzt er hier in eigener Gestalt.«

Der Doppler legte die sich auflösenden Ohren an und stierte den Hexer mit bösem Blick aus trüben Augen an, die schon die nussbraune Augenfarbe des Halblings verloren hatten und gelb geworden waren.

»Und gut, dass er hier sitzt, der unverschämte Hundesohn«, knurrte Dainty. »Man denke nur, er ist sogar hier abgestiegen, in der ›Lanzenspitze‹, wo ich selbst Quartier zu nehmen pflege! Er hat sich schon eingebildet, er wäre ich!«

Rittersporn schüttelte den Kopf.

»Dainty«, sagte er. »Er war du. Ich treffe ihn hier seit drei Tagen. Er sah aus wie du und redete wie du. Er dachte wie du. Wenn es aber daran ging, einen auszugeben, war er so geizig wie du. Vielleicht noch geiziger.«

»Das Letztere beunruhigt mich nicht«, sagte der Halbling, »denn vielleicht kriege ich einen Teil meines Geldes wieder. Ich ekle mich, ihn anzurühren. Nimm ihm das Säckel weg und schau nach, was drin ist. Es müsste eine Menge sein, wenn dieser Pferdedieb wirklich meine Pferdchen verkauft hat.«

»Wie viel Pferde hattest du, Dainty?«

»Zwölf.«

»Nach den anderswo gängigen Preisen zu urteilen«, sagte der Troubadour nach einem Blick in die Börse, »reicht das, was hier drin ist, vielleicht gerade für eins, wenn man ein altes und lahmes findet. Wenn man aber nach Nowigrader Preisen rechnet, reicht es für zwei, drei Ziegen.«

Der Kaufmann sagte nichts, doch er sah aus, als müsse er zu weinen beginnen. Tellico Lunngrevink Letorte ließ die Nase herabhängen, die Unterlippe noch tiefer, worauf er leise zu glucksen begann.

»Mit einem Wort«, seufzte der Halbling schließlich, »mich hat ein Geschöpf beraubt und ruiniert, dessen Existenz ich zu den Märchen gezählt habe. Das nennt man Pech.«

»In der Tat«, erklärte der Hexer und musterte den sich auf dem Stuhl krümmenden Doppler. »Ich war auch der Überzeugung, dass die Täuschlinge seit langem ausgerottet sind. Früher, hab ich gehört, lebten viele von ihnen in den hiesigen Wäldern und auf der Hochebene. Aber ihre Fähigkeit zur Mimikry beunruhigte die ersten Siedler sehr, und man begann, auf sie Jagd zu machen. Ziemlich erfolgreich. Sie wurden rasch fast alle ausgerottet.«

»Ein Glück auch«, sagte der Wirt. »Toi-toi-toi, ich schwör beim Ewigen Feuer, da ist mir schon ein Drache oder ein Teufel lieber, der immer ein Drache oder ein Teufel ist und bei dem man weiß, woran man ist. Aber das Werwolfgezücht, diese Verwandlungen und Verwechslungen, das ist eine abscheuliche, dämonische Sache, Betrug und Verrat, den Menschen zum Schaden und Verderb durch diese ausgedachten Scheusale! Ich sag euch, wir rufen die Wache, und ins Feuer mit diesem ekelhaften Ding!«

»Geralt?«, wollte Rittersporn wissen. »Ich würde gern die Meinung des Fachmanns hören. Sind diese Täuschlinge wirklich so gefährlich und aggressiv?«

»Ihre Fähigkeiten zur Nachahmung«, antwortete der Hexer, »sind eine Eigenschaft, die eher der Verteidigung als dem Angriff dient. Ich habe nicht gehört ...«

»Zum Teufel«, unterbrach ihn Dainty und schlug mit der Faust auf den Tisch. »Wenn es kein Angriff ist, jemandem eins vor den Kopf zu hauen und ihn auszurauben, das weiß ich nicht, was es sonst sein soll. Hört auf, kluge Reden zu schwingen. Der Fall ist einfach: Ich bin überfallen und beraubt worden, nicht nur um meinen mit harter Arbeit erworbenen Besitz, sondern auch um die eigene Gestalt. Ich verlange Genugtuung, ich werde nicht ruhen ...«

»Die Wache, die Wache muss man rufen«, sagte der Herbergswirt. »Und die Priester! Und das Monstrum verbrennen, diesen Nichtmenschen!«

»Hört auf, Wirt.« Der Halbling hob den Kopf. »Ihr werdet lästig mit Eurer Wache. Ich mache Euch darauf aufmerksam, dass Euch dieser Nichtmensch kein Leid zugefügt hat, nur mir. Und beiläufig gesagt, ich bin selber ein Nichtmensch.«

»Ja aber, Herr Biberveldt.« Der Wirt lächelte nervös. »Was habt Ihr mit dem zu tun. Ihr seid ja beinah ein Mensch, und der da ist doch ein Monstrum. Ich wundere mich, Herr Hexer, dass Ihr so ruhig dasitzt. Wozu, mit Verlaub, seid Ihr da? Eure Sache ist es doch, Ungeheuer zu töten, oder nicht?«

»Ungeheuer«, sagte Geralt kalt. »Aber keine Vertreter vernunftbegabter Rassen.«

»Na, der Herr«, sagte der Wirt. »Jetzt übertreibt Ihr aber ein bisschen.«

»Und ob«, warf Rittersporn ein. »Du hast den Bogen überspannt, Geralt, mit der vernunftbegabten Rasse. Schau ihn dir doch an.«

Tellico Lunngrevink Letorte hatte in dem Moment tatsächlich keine Ähnlichkeit mit dem Vertreter einer denkenden Rasse. Er erinnerte an eine aus Schlamm und Mehl geformte Puppe, die den Hexer mit flehentlichem Blick aus trüben, gelben Augen ansah. Auch die schniefenden Geräusche, die er mit der bis zur Tischplatte reichenden Nase von sich gab, standen einem Verteter einen vernunftbegabten Rasse nicht zu.

»Genug mit dem leeren Hickhack!«, schrie Dainty Biberveldt plötzlich. »Da gibt's nichts zu diskutieren! Das Einzige, was zählt, sind meine Pferde und mein Verlust! Hörst du, du verdammter Steinpilz? Wem hast du meine Pferde verkauft? Was hast du mit dem Geld gemacht? Red sofort, sonst zerreiß, zerbrech und häute ich dich!«

Detschka öffnete die Tür einen Spaltbreit und steckte den fahlgelben Kopf in den Alkoven.

»Es sind Gäste in der Schänke, Vater«, flüsterte sie. »Die Maurer vom Bau und andre. Ich bedien sie, aber schreit ihr hier nicht so laut rum, weil, sie fangen sich an zu wundern, was im Alkoven los ist.«

»Beim Ewigen Feuer!« Der Wirt schaute verängstigt auf den zerlaufenden Doppler. »Wenn jemand hier reinschaut und ihn sieht ..., he, da ist was los. Wenn wir nicht die Wache rufen sollen, dann ... Herr Hexer! Wenn das wirklich ein Vexling ist, dann sagt ihm, er soll sich in was Anständiges verwandeln, dass ihn keiner erkennt. Sofort.«

»Richtig«, sagte Dainty. »Soll er sich in was verwandeln, Geralt.«

»In wen?«, kollerte der Doppler dreist. »Ich kann eine Gestalt annehmen, wenn ich sie mir genau anseh. In wen von euch soll ich mich also verwandeln?«

»In mich nicht«, sagte der Wirt schleunigst.

»In mich auch nicht«, sträubte sich Rittersporn. »Übrigens, das wäre keine Tarnung. Alle kennen mich, der Anblick von zwei Rittersporns an einem Tisch würde also eine größere Sensation auslösen, als der da in eigener Person.«

»Bei mir wäre es dasselbe.« Geralt lächelte. »Da bleibst nur du, Dainty. Und das passt gut. Sei nicht gekränkt, aber du weißt selber, dass die Menschen einen Halbling vom anderen schlecht unterscheiden können.«

Der Kaufmann überlegte nicht lange.

»Gut«, sagte er. »Meinetwegen. Nimm ihm die Kette ab, Hexer. Na los, verwandle dich in mich, du vernunftbegabte Rasse.«

Nachdem man ihm die Kette abgenommen hatte, rieb sich der Doppler die teigigen Pfoten, strich sich über die Nase und stierte den Halbling an. Die herabhängende Haut im Gesicht straffte sich und bekam Farbe. Die Nase kringelte sich und zog sich mit einem dumpfem Schmatzen zusammen, aus dem kahlen Schädel wuchsen lockige Haare hervor. Dainty machte große Augen, der Wirt riss in stummem Staunen den Mund auf, Rittersporn stöhnte und seufzte.

Das Letzte, was sich veränderte, war die Augenfarbe.

Dainty Biberveldt der Zweite räusperte sich, langte über den Tisch, griff sich den Humpen von Dainty Biberveldt dem Ersten und setzte ihn gierig an die Lippen.

»Nicht möglich, nicht möglich«, sagte Rittersporn leise. »Seht nur, er hat ihn richtig kopiert. Nicht zu unterscheiden. Reinweg alles. Diesmal sogar die Mückenstiche und die Flecken auf der Hose ... Tatsächlich, auf der Hose! Geralt, das bringen nicht einmal die Zauberer zuwege! Fühl mal, das ist richtige Wolle, keine Illusion! Unglaublich! Wie macht er das?«

»Das weiß niemand«, murmelte der Hexer. »Er auch nicht. Ich habe gesagt, er verfügt über die vollkommene Fähigkeit, die Struktur der Materie zu verändern, aber es ist eine organische, instinktive Fähigkeit ...«

»Aber die Hosen ... Woraus hat er die Hosen gemacht? Und die Weste?«

»Aus seiner eigenen, angepassten Haut. Ich glaube nicht, dass er diese Hosen gern ablegen möchte. Übrigens würden sie sofort die Eigenschaften von Wolle verlieren ...«

»Schade.« Dainty bewies schnelles Denken. »Ich hatte mir schon überlegt, ob man ihm nicht befehlen sollte, ein Eimerchen Stoff in ein Eimerchen Gold zu verwandeln.«

Der Doppler, momentan eine exakte Kopie des Halblings, lehnte sich bequem zurück und lächelte breit, sichtlich erfreut, im Mittelpunkt des Interesses zu stehen. Er saß in derselben Haltung wie Dainty und zappelte wie jener mit den behaarten Füßen.

»Du weißt viel über Doppler, Geralt«, sagte er, worauf er einen Schluck aus dem Humpen nahm, schmatzte und rülpste. »Wirklich viel.«

»Götter! Stimme und Manieren hat er auch von Biberveldt«, sagte Rittersporn. »Hat nicht jemand ein rotes Bändchen? Man muss ihn kennzeichnen, verdammt, sonst gibt's ein Unglück.«

»Also Rittersporn«, sagte Dainty Biberveldt der Erste gekränkt. »Du wirst mich doch nicht mit ihm verwechseln? Erstens ...«

»... sieht man auf den ersten Blick«, beendete Dainty Biberveldt der Zweite den Satz und rülpste abermals elegant. »Also wirklich, um sich da zu irren, muss man dümmer sein als ein Pferdearsch.«

»Hab ich's nicht gesagt?«, flüsterte Rittersporn erstaunt. »Er redet und denkt wie Biberveldt. Nicht zu unterscheiden ...«

»Das ist übertrieben.« Der Halbling schürzte die Lippen. »Stark übertrieben.«

»Nein«, widersprach Geralt. »Es ist nicht übertrieben. Glaub es oder nicht, aber er ist momentan du, Dainty. Auf unbekannte Weise kopiert der Doppler auch exakt die Psyche des Opfers.«

»Die Psy-was?«

»Da, die Eigenarten des Denkens, den Charakter, Gefühle, Gedanken. Die Seele. Was bestätigen würde, was die meisten Zauberer und alle Priester bestreiten. Dass die Seele auch Materie ist.«

»Ketzerei ...«, schnappte der Wirt.

»Und Unsinn«, erklärte Dainty Biberveldt bestimmt. »Erzähl keine Märchen, Hexer. Die Eigenheiten des Denkens, na so was. Jemandem die Nase und die Hose kopieren, ist eine Sache, aber Verstand, das ist was anderes, als in die hohle Hand geschissen. Gleich werd ich dir's beweisen. Wenn dieser lausige Doppler meinen Kaufmannsverstand kopiert hätte, dann hätte er die Pferde nicht in Nowigrad verkauft, wo es keine Nachfrage gibt, sondern er wär nach Teufelsfurt gefahren, auf den Pferdemarkt, wo es Auktionspreise gibt, wer eben mehr gibt. Dort büßt man nichts ein ...«

»Grad da büßt man eben ein.« Der Doppler parodierte die gekränkte Miene des Halblings und prustete auf charakteristische Weise. »Erstens gehen die Preise auf der Versteigerung in Teufelsfurt nach unten, weil sich die Käufer absprechen, wie sie steigern wollen. Zusätzlich muss man noch dem Auktionator Provision zahlen.«

»Lehr mich nicht, wie man handelt, Trottel«, brauste Biberveldt auf. »Ich hätte in Teufelsfurt neunzig oder hundert pro Stück gekriegt. Und wie viel hast du von den Nowigrader Schlauköpfen bekommen?«

»Hundertdreißig«, sagte der Doppler.

»Das lügst du, Halunke.«

»Ich lüge nicht. Ich hab die Pferde direkt zum Hafen geführt und dort einen Pelzhändler aus Übersee gefunden. Die Kürschner benutzen keine Ochsen, wenn sie Karawanen bilden, weil Ochsen zu langsam sind. Pelze sind leicht, aber teuer, also müssen sie schnell reisen. In Nowigrad gibt es keine Nachfrage nach Pferden, also gibt es auch keine Pferde. Ich hatte die einzigen, die zu haben waren, also habe ich den Preis diktiert. So einfach ...«

»Lehr mich nicht, hab ich gesagt!«, brüllte Dainty und lief rot an. »Na schön, du hast also verdient. Und wo ist das Geld?«

»Ich hab's investiert«, erklärte Tellico von oben herab und machte dem Halbling die typische Bewegung nach, wie der sich mit den Fingern durch den Schopf fuhr. »Das Geld, Herr Dainty, muss zirkulieren, und ein Geschäft muss das andere geben.«

»Pass auf, dass ich dir nicht eins vor den Kopf gebe! Erzähl, was hast du mit dem Geld für die Pferde gemacht?«

»Wie gesagt. Ich habe Waren gekauft.«

»Was für welche? Was hast du gekauft, du Tölpel?«

»Ko... Koschenillen«, stotterte der Doppler, dann zählte er schon flüssig auf: »Fünfhundert Scheffel Koschenillen, zweiundsechzig Zentner Mimosenrinde, fünfundfünfzig Metzen Kalmusextrakt, dreiundzwanzig Fässchen Tran, sechshundert Tonschalen und achtzig Pfund Bienenwachs. Den Tran habe ich übrigens sehr billig gekauft, denn er war schon ein bisschen überlagert. Ach, fast hätt ich's vergessen. Ich habe noch hundert Ellen Baumwollschnur gekauft.«

Es trat eine lange, sehr lange Stille ein.

»Überlagerten Tran«, sagte Dainty schließlich, wobei er jedes einzelne Wort sorgfältig aussprach. »Baumwollschnur. Kalmusextrakt. Ich glaub, ich träume. Ja, das ist ein Albtraum. In Nowigrad kann man alles kaufen, alle wertvollen und gefragten Dinge, und dieser Kretin gibt mein Geld für irgendwelche Scheiße aus. In meiner Gestalt. Ich bin erledigt, mein Geld ist futsch, mein Ruf als Kaufmann ist futsch. Nein, ich hab genug. Leih mir das Schwert, Geralt. Ich bringe ihn auf der Stelle um.«

Die Tür des Alkovens ging quietschend auf.

»Kaufmann Biberveldt!«, krähte das eintretende Subjekt in einer purpurfarbenen Toga, die an der dürren Gestalt hing wie an einer Stange. Auf dem Kopf trug es einen Samthut von der Form eines umgekehrten Nachttopfs. »Ist der Kaufmann Biberveldt hier?«

»Ja«, antworteten gleichzeitig beide Halblinge.

Im nächsten Augenblick kippte einer der Dainty Biberveldts dem Hexer den Inhalt eines Humpens ins Gesicht, trat gewandt den Stuhl unter Rittersporn weg und schoss unter dem Tisch hinweg zur Tür, wobei er unterwegs das Subjekt mit dem komischen Hut umwarf.

»Feuer! Hilfe« schrie er, während er in die Gaststube stürzte. »Mord! Totschlag!«

Geralt schüttelte den Schaum ab und setzte ihm nach, doch der andere Biberveldt, der ebenfalls zur Tür rannte, rutschte auf den Sägespänen aus und fiel ihm vor die Füße. Beide lagen sie direkt auf der Schwelle. Rittersporn, der unter dem Tisch hervor aufstand, fluchte grässlich.

»Überfall!«, brüllte vom Fußboden her das dünne Subjekt, in die Purpurtoga verheddert. »Üüüberfall! Bandiiiten!«

Geralt wälzte sich über den Halbling, kam in die Gaststube, sah, wie der Doppler, die Gäste beiseitestoßend, auf die Straße lief. Er stürzte ihm nach, aber nur, um gegen die elastische, doch feste Menschenmauer zu stoßen, die ihm den Weg versperrte. Einer, lehmbeschmiert und nach Bier stinkend, schaffte es, ihn herumzureißen, und die anderen machten ihn mit dem eisernen Druck kräftiger Arme bewegungsunfähig. Er versuchte wütend, sich loszureißen, worauf das trockene Krachen reißender Fäden und aufgerissenen Leders ertönte, und unter dem rechten Ärmel klaffte eine Lücke. Der Hexer fluchte und hörte auf, sich zu wehren.

»Wir haben ihn!«, schrien die Maurer. »Wir haben den Mörder! Was sollen wir machen, Herr Meister?«

»Kalk!«, brüllte der Meister, hob den Kopf von der Tischplatte und schaute mit blicklosen Augen um sich.

»Waaache!«, schrie der Purpurne, der auf allen vieren aus dem Alkoven gekrochen kam. »Überfall auf einen Beamten! Wache! Dafür kommst du aufs Schafott, Verbrecher!«

»Wir haben ihn!«, riefen die Maurer. »Wir haben ihn, Herr!«

»Das ist der Falsche!«, heulte das Subjekt in der Toga auf. »Fangt den Lumpen! Ihm nach!«

»Wem?«

»Biberveldt, dem Halbling! Ihm nach, ihm nach! Ins Verlies mit ihm!«

»Gleich, gleich«, ließ sich Dainty vernehmen und schaute aus dem Alkoven hervor. »Was soll das, Herr Schwann?

Treibt kein Schindluder mit meinem Namen. Und schlagt keinen Alarm, dazu besteht kein Anlass.«

Schwann verstummte und schaute den Halbling erstaunt an. Hinter ihm erschien Rittersporn, das Hütchen schief auf dem Kopf, und untersuchte seine Laute. Nachdem die Maurer miteinander geflüstert hatten, ließen sie endlich Geralt los. Der Hexer, obwohl sehr erbost, begnügte sich damit, saftig auszuspucken.

»Kaufmann Biberveldt!«, krächzte Schwann und blinzelte mit den kurzsichtigen Augen. »Was hat das zu bedeuten? Einen städtischen Beamten anzufallen, kann Euch teuer ... Wer war das? Dieser Halbling, der weggerannt ist?«

»Ein Vetter«, sagte Dainty rasch. »Ein entfernter Vetter von mir ...«

»Ja, ja«, stand ihm sogleich Rittersporn bei, der spürte, dass er in seinem Element war. »Ein entfernter Vetter Biberveldts. Bekannt als Tollhaus-Biberveldt. Das schwarze Schaf der Familie. Als Kind ist er in einen Brunnen gefallen. Einen ausgetrockneten. Aber leider ist ihm der Eimer direkt auf den Kopf gefallen. Normalerweise ist er ruhig, nur der Anblick von Purpur bringt ihn zur Raserei. Aber man braucht sich deswegen keine Sorgen zu machen, denn der Anblick rötlicher Haare auf einem Damenschoß beruhigt ihn. Darum ist er geradewegs in die ›Passiflora‹ gerannt. Ich sage Euch, Herr Schwann ...«

»Genug, Rittersporn«, zischte der Hexer. »Halt den Mund, zum Kuckuck.«

Schwann zog die Toga um sich, klopfte die Sägespäne ab und richtete sich mit Leidensmiene auf.

»Soo«, sagte er. »Achtet besser auf Eure Verwandten, Kaufmann Biberveldt, denn Ihr wisst selber, Ihr tragt die Verantwortung. Wenn ich Anklage erheben würde ... Aber mir ist die Zeit zu schade. Ich bin dienstlich hier, Biberveldt.

Im Namen der städtischen Behörden fordere ich Euch auf, Eure Steuern zu zahlen.«

»Hä?«

»Die Steuern«, wiederholte der Beamte und schob die Lippen zu einer Grimasse vor, die er sicherlich jemand Bedeutenderem abgeschaut hatte. »Ja was denn? Habt Ihr von dem Vetter was abgekriegt? Wenn man Geschäfte macht, muss man Steuern zahlen. Oder im Arrest einsitzen gehen.«

»Ich?«, brüllte Dainty. »Ich und Geschäfte? Nichts als Verluste hab ich, verdammt! Ich ...«

»Pass auf, Biberveldt«, zischte der Hexer, und Rittersporn trat ihm heimlich gegen das fellbedeckte Schienbein.

»Klar«, sagte er und zwang sich ein Lächeln auf das rundliche Gesicht. »Klar, Herr Schwann. Wenn man Geschäfte macht, muss man Steuern zahlen. Gute Geschäfte, hohe Steuern. Und umgekehrt, nehme ich an.«

»Es ist nicht an mir, Eure Geschäfte zu beurteilen, Herr Kaufmann.« Der Beamte setzte sich mit saurer Miene an den Tisch, holte aus den unergründlichen Taschen der Toga ein Rechenbrett und und Bündel Pergamente hervor, die er auf dem Tisch ausbreitete, den er zuvor mit dem Ärmel abgewischt hatte. »Ich habe nur zu rechnen und zu kassieren. Alsoo ... Machen wir dann die Rechnung ... Das macht ... hmmm ... Zwei abziehen, eins im Sinn ... Soo ... Tausendfünfhundertdreiundfünfzig Kronen und zwanzig Kopper.«

Aus Dainty Biberveldts Gurgel drang ein dumpfes Knurren. Die Maurer begannen erstaunt zu murmeln. Der Wirt setzte eine Schüssel ab. Rittersporn seufzte.

»Na, dann auf Wiedersehen, Jungs«, sagte der Halbling bitter. »Wenn jemand nach mir fragt, ich bin im Arrest.«

»Bis morgen Vormittag«, stöhnte Dainty. »Aber der Hundesohn, dieser Schwann, dass ihn der Schlag treffe, den alten Widerling, hätte mir auch mehr Aufschub geben können. Über anderthalbtausend Kronen, wo treib ich bis morgen so eine Summe auf? Ich bin erledigt, ruiniert, ich werd im Knast krepieren! Wir wollen nicht hier herumsitzen, verdammt, sag ich euch, wir wollen diesen Mistkerl von einem Doppler fangen! Wir müssen ihn erwischen!«

Sie saßen alle drei auf der Marmorumrandung am Bassin eines stillgelegten Springbrunnens, der die Mitte eines kleinen Platzes zwischen den stattlichen, aber ausgesprochen geschmacklosen Steinhäusern von Kaufleuten einnahm. Das Wasser im Becken war grün und ungeheuer schmutzig, die zwischen den Abfällen schwimmenden Goldfische arbeiteten schwer mit den Flossen und schnappten mit aufgerissenem Maul an der Oberfläche nach Luft. Rittersporn und der Halbling kauten Kartoffelpuffer, die der Troubadour vor kurzem von einem vorbeifahrenden Wagen stibitzt hatte.

»An deiner Stelle«, sagte der Barde, »würde ich die Verfolgung sein lassen und mich nach jemandem umsehen, der dir Geld borgt. Was nützt es dir, den Doppler zu fangen? Denkst du vielleicht, Schwann nimmt ihn als Gegenwert an?«

»Du bist dumm, Rittersporn. Wenn ich den Doppler fange, nehme ich ihm mein Geld ab.«

»Was für Geld? Was er im Säckel hatte, ist zum Begleichen der Schäden und für die Bestechung Schwanns draufgegangen. Mehr hatte er nicht.«

»Rittersporn« – der Halbling verzog das Gesicht –, »von Poesie verstehst du ja vielleicht was, aber in Fragen des Handels bist du, entschuldige, ein Vollidiot. Hast du gehört, wie viel Steuern mir Schwann ausgerechnet hat? Und worauf zahlt man Steuern? He? Worauf?«

»Auf alles«, behauptete der Dichter. »Ich zahle sogar fürs Singen. Und meine Erklärungen sind ihnen schnuppe, dass ich aus einem inneren Bedürfnis heraus gesungen habe.«

»Dumm bist du, hab ich gesagt. Bei Geschäften werden Steuern auf den Gewinn bezahlt. Auf den Gewinn, Rittersporn! Verstehst du? Dieser elende Doppler hat sich als mich ausgegeben und sich in irgendwelche Geschäfte eingelassen, ohne Frage betrügerische. Und er hat dran verdient! Er hatte Gewinn! Und ich werde die Steuern zahlen müssen, außerdem sicherlich noch die Schulden dieses Lumpen, wenn er welche gemacht hat! Und wenn ich nicht bezahle, dann gehe ich in den Knast, sie brandmarken mich öffentlich mit dem Eisen und schicken mich ins Bergwerk! Verflucht!«

»Ha«, sagte Rittersporn fröhlich. »Dir bleibt also kein Ausweg, Dainty. Du musst heimlich aus der Stadt fliehen. Weißt du was? Ich habe einen Einfall. Wir hüllen dich ganz in ein Schafsfell ein. Du springst durchs Tor und rufst: ›Ich bin ein Schäfchen, bäh, bäh.‹ Keiner wird dich erkennen.«

»Rittersporn«, sagte der Halbling trübsinnig. »Sei still, sonst tret ich dich. Geralt?«

»Ja, Dainty?«

»Hilfst du mir den Doppler fangen?«

»Hör mal«, sagte der Hexer, der noch immer erfolglos versuchte, den zerrissenen Wamsärmel zusammenzuheften. »Das hier ist Nowigrad. Dreißigtausend Einwohner, Menschen, Zwerge, Halbelfen, Halblinge und Gnome, dazu sicherlich ebenso viel Zugereiste. Wie willst du jemanden in dieser Menschenmenge fangen?«

Dainty schluckte den Kartoffelpuffer herunter, leckte sich die Finger.

»Und was ist mit Magie, Geralt? Eure Hexerzauber, von denen so viele Geschichten im Umlauf sind?«

»Ein Doppler kann nur in eigener Gestalt mit magischen Mitteln aufgespürt werden, aber in eigener Gestalt läuft er ja nicht herum. Und sogar wenn, würde Magie nichts nützen, denn ringsum wimmelt es von schwachen magischen Signalen. Jedes zweite Haus hat ein Zauberschloss an der Tür, und dreiviertel aller Leute tragen Amulette, alle möglichen – gegen Verbrecher, Flöhe, Lebensmittelvergiftungen, man kann es nicht zählen.«

Rittersporn strich mit den Fingern über den Hals der Laute, klimperte auf den Saiten.

»Der Frühling kehrt zurück mit warmem Regen!«, sang er. »Nein, das ist nicht gut. Der Frühling kehrt zurück, die Sonne ... Nein, zum Kuckuck. Es klappt nicht. Alles ganz falsch ...«

»Hör auf zu quaken«, blaffte der Halbling. »Du gehst mir auf die Nerven.«

Rittersporn warf den Goldfischen den Rest seines Kartoffelpuffers ins Wasser und spuckte hinterdrein.

»Seht mal«, sagte er. »Goldene Fischlein. Es heißt, solche erfüllen Wünsche.«

»Die hier sind rot«, bemerkte Dainty.

»Was sollen die Kleinigkeiten. Verdammt, wir sind zu dritt, und sie erfüllen drei Wünsche. Also einen für jeden. Was, Dainty? Würdest du dir nicht wünschen, dass so ein Fischchen für dich die Steuern bezahlt?«

»Klar. Außerdem, dass was vom Himmel fällt und den Doppler vor den Kopf trifft. Und dann noch ...«

»Halt, halt. Wir haben auch Wünsche. Ich würde mir wünschen, dass mir das Fischlein das Ende der Ballade sagt. Und du, Geralt?«

»Gib Ruhe, Rittersporn.«

»Sei kein Spaßverderber, Hexer. Sag, was würdest du dir wünschen?«

Der Hexer stand auf.

»Ich würde mir wünschen«, murmelte er, »dass sich der Versuch, uns gerade zu umzingeln, als Missverständnis erweist.«

Hinter der Ecke gegenüber dem Brunnen kamen vier schwarz gekleidete Figuren mit runden Ledermützen hervor und langsam auf das Becken zu. Dainty fluchte leise und schaute sich um.

Aus der Gasse hinter ihnen kamen die nächsten vier. In den Händen hielten sie sonderbar aussehende Rollen wie Stücke aufgelöster Taue. Der Hexer blickte um sich, regte die Schultern, um das auf dem Rücken hängende Schwert zurechtzurücken. Rittersporn stöhnte.

Hinter den schwarzen Gestalten hervor trat ein nicht besonders großer Mann im weißen Wams und einem kurzen grauen Mantel. Die goldene Kette auf seiner Brust glitzerte im Rhythmus der Schritte und versprühte goldene Reflexe.

»Chappelle ...«, stöhnte Rittersporn. »Das ist Chappelle ...«

Die schwarzen Gestalten hinter ihrem Rücken kamen langsam auf den Brunnen zu. Der Hexer griff nach dem Schwert.

»Nein, Geralt«, flüsterte Rittersporn und schob sich an ihn heran. »Bei den Göttern, zieh nicht die Waffe. Das ist die Tempelwache. Wenn wir ihnen Widerstand leisten, kommen wir nicht heil aus Nowigrad. Rühr das Schwert nicht an.«

Der Mann im weißen Wams kam mit raschen Schritten auf sie zu. Die in Schwarz folgten ihm, umringten im Gehen den Brunnen, nahmen strategische, exakt ausgewählte Positionen ein. Geralt beobachtete sie aufmerksam, leicht gebückt. Die sonderbaren Rollen, die sie in den Händen hielten, waren keine gewöhnlichen Schlagstöcke. Es waren Lamien.

Der Mann im weißen Wams kam näher.

»Geralt«, flüsterte der Barde. »Bei allen Göttern, bleib ruhig ...«

»Ich lasse mich nicht anrühren«, murmelte der Hexer. »Ich lasse mich nicht anrühren, von wem auch immer. Pass auf, Rittersporn. Wenn es losgeht, lauft, was die Beine hergeben. Ich werde sie beschäftigen ... für einige Zeit ...«

Rittersporn antwortete nicht. Er warf sich die Laute über den Rücken und verneigte sich tief vor dem Mann im weißen Wams, das reich mit Gold- und Silberfäden in einem kleinen, mosaikartigen Muster bestickt war.

»Ehrwürdiger Chappelle ...«

Der Mann namens Chappelle blieb stehen, ließ den Blick über ihn schweifen. Seine Augen, wie Geralt feststellte, waren kalt und stahlfarben. Seine Stirn war bleich, der Schweiß darauf verlieh ihr ein kränkliches Aussehen, auf den Wangen lagen große, unregelmäßige rote Flecke.

»Herr Dainty Biberveldt, der Kaufmann«, sagte er. »Der talentierte Herr Rittersporn. Und Geralt von Rivien, ein Vertreter der recht seltenen Hexerinnung. Ein Treffen alter Bekannter? Bei uns in Nowigrad?«

Niemand antwortete.

»Für sehr unglücklich halte ich den Umstand«, fuhr Chappelle fort, »dass gegen euch Anzeige erstattet worden ist.«

Rittersporn erbleichte ein wenig, und der Halbling begann mit den Zähnen zu klappern. Der Hexer sah Chappelle nicht an. Er wandte den Blick nicht von den Waffen der schwarzen Subjekte mit den Ledermützen, die den Brunnen umringt hatten. In den meisten Geralt bekannten Ländern waren Herstellung und Besitz einer Ring-Lamie, auch Mayhenner Schläger genannt, streng verboten. Nowigrad war keine Ausnahme. Geralt hatte Menschen gesehen, die man mit einer Lamie ins Gesicht geschlagen hatte. Diese Gesichter konnte man nie mehr vergessen.

»Der Besitzer der Schänke zur ›Lanzenspitze‹«, fuhr Chappelle fort, »hat die Frechheit besessen, euch Herren ein

Komplott mit einem Dämon vorzuwerfen, einem Ungeheuer, das Wandler oder Vexling genannt wird.«

Niemand antwortete. Chappelle verschränkte die Hände vor der Brust und schaute sie mit kaltem Blick an.

»Ich habe mich verpflichtet gefühlt, euch von dieser Anzeige in Kenntnis zu setzen. Ich teile euch auch mit, dass besagter Wirt ins Verlies geworfen worden ist. Es besteht der Verdacht, dass er unter dem Einfluss von Bier oder Branntwein phantasiert hat. Wirklich, was sich die Leute nicht alles ausdenken. Erstens gibt es keine Vexlinge. Das ist eine Erfindung abergläubischer Bauern.«

Niemand bemerkte etwas dazu.

»Zweitens, welcher Vexling würde es denn wagen, sich einem Hexer zu nähern« – Chappelle lächelte –, »ohne auf der Stelle getötet zu werden? Nicht wahr? Die Anschuldigung des Schankwirts wäre also nichts als lachhaft, wenn da nicht ein gewisses wesentliches Detail wäre.«

Chappelle nickte und machte eine Kunstpause. Der Hexer hörte, wie Dainty langsam die Luft ausatmete, die er mit einem tiefen Atemzug in die Lungen gezogen hatte.

»Ja, ein gewisses wesentliches Detail. Wir haben es nämlich mit Ketzerei und Gotteslästerung zu tun. Denn es ist bekannt, dass kein Vexling, absolut kein Vexling wie auch kein anderes Ungeheuer den Mauern Nowigrads auch nur nahe kommen könnte, denn in neunzehn Tempeln brennt das Ewige Feuer, dessen heilige Macht die Stadt beschirmt. Wer behauptet, er habe in der ›Lanzenspitze‹, einen Steinwurf vom Haupttempel des Ewigen Feuers entfernt, einen Vexling gesehen, ist ein gotteslästerlicher Ketzer und muss seine Behauptung widerrufen. Wenn er aber nicht widerrufen will, wird man ihm nach Kräften helfen, die Mittel dazu, glaubt mir, habe ich in den Verliesen zur Hand. Ihr seht also, es gibt keinen Grund zur Sorge.«

Der Gesichtsausdruck Rittersporns und des Halblings zeugte davon, dass beide anderer Ansicht waren.

»Es besteht absolut kein Anlass zur Beunruhigung«, wiederholte Chappelle. »Die Herrschaften können Nowigrad ungehindert verlassen. Ich werde euch nicht festhalten. Ich muss jedoch darauf bestehen, dass ihr Herren niemandem von den bedauerlichen Hirngespinsten dieses Wirts erzählt, dieses Ereignis nicht laut kommentiert. Äußerungen, die die göttliche Macht des Ewigen Feuers herabwürdigen, egal mit welcher Absicht gemacht, müssten wir, die bescheidenen Diener der Kirche, als Ketzerei betrachten, mit allen Konsequenzen. Die eigenen religiösen Überzeugungen der Herrschaften, welche es auch sein mögen und wiewohl ich sie respektiere, spielen dabei keine Rolle. Glaubt, woran ihr wollt. Ich bin so lange tolerant, wie jemand das Ewige Feuer achtet und ihm nicht mit Lästerung begegnet. Und wenn er lästert, dann lasse ich ihn verbrennen, und fertig. Alle in Nowigrad sind vor dem Gesetz gleich. Und das Gesetz ist für alle gleich – jeder, der das Ewige Feuer lästert, kommt auf den Scheiterhaufen, und sein Besitz wird konfisziert. Aber genug davon. Ich wiederhole, ihr könnt ungehindert die Tore Nowigrads passieren. Am besten ...«

Chappelle lächelte leicht, zog die Wangen zu einer schlauen Grimasse ein, ließ den Blick über den Platz schweifen. Die wenigen Passanten, die den Vorgang beobachteten, beschleunigten den Schritt, wandten das Gesicht ab.

»... am besten«, fuhr Chappelle fort, »sofort. Unverzüglich. Es versteht sich von selbst, dass in Bezug auf den ehrenwerten Kaufmann Biberveldt dieses ›unverzüglich‹ bedeutet: ›unverzüglich nach Erledigung der Steuerangelegenheiten‹. Ich danke den Herrschaften für die Zeit, die ihr mir gewidmet habt.«

Dainty, der sich abgewandt hatte, bewegte lautlos die Lippen. Der Hexer zweifelte nicht daran, dass das lautlose Wort ›Hurensohn‹ lautete. Rittersporn hielt den Kopf gesenkt und lächelte dümmlich.

»Herr Hexer«, sagte Chappelle plötzlich. »Wenn Ihr so freundlich sein wollt, ein Wort unter vier Augen.«

Geralt ging auf ihn zu, Chappelle streckte leicht die Hand aus. Wenn er meinen Arm berührt, schlag ich ihn nieder, dachte der Hexer. Ich schlag ihn nieder, obwohl ich nicht weiß, was dann wird.

Chappelle berührte Geralts Arm nicht.

»Herr Hexer«, sagte er leise und wandte den anderen den Rücken zu. »Mir ist bekannt, dass manche Städte im Unterschied zu Nowigrad den göttlichen Schutz des Ewigen Feuers entbehren. Nehmen wir also an, dass ein Geschöpf in der Art eines Vexlings in einer von diesen Städten sein Unwesen treibt. Ich frage mich, für wie viel würdet Ihr es dann unternehmen, den Vexling lebendig zu fangen?«

»Ich lasse mich nicht zur Jagd auf Ungeheuer in bevölkerten Städten anstellen.« Der Hexer zuckte mit den Schultern. »Es könnte schließlich ein Unbeteiligter zu Schaden kommen.«

»So viel liegt dir am Schicksal Unbeteiligter?«

»So viel. Denn in der Regel schreibt man mir die Verantwortung für ihr Schicksal zu. Und droht mit Konsequenzen.«

»Ich verstehe. Aber wäre die Sorge um das Schicksal nicht umgekehrt proportional zur Höhe der Bezahlung?«

»Das wäre sie nicht.«

»Dein Ton, Hexer, gefällt mir nicht besonders. Aber lassen wir das, ich verstehe, was du mit diesem Ton andeuten willst. Du deutest an, dass du das nicht tun willst ..., worum ich dich bitten könnte, wobei die Höhe der Bezahlung keine Rolle spielen würde. Aber die Art der Bezahlung?«

»Ich verstehe nicht.«

»Ich denke, doch.«

»Doch nicht.«

»Rein theoretisch«, sagte Chappelle leise, ruhig, ohne Bosheit oder Drohung in der Stimme, »könnte es sein, dass die

Bezahlung für deine Dienste in der Zusicherung bestünde, dass du und deine Freunde die ... die hypothetische Stadt lebendig verlassen. Was dann?«

»Auf diese Frage« – der Hexer lächelte widerwärtig – »kann man nicht theoretisch antworten. Die Situation, von der Ihr sprecht, ehrwürdiger Chappelle, müsste man in der Praxis durchspielen. Es drängt mich durchaus nicht danach, aber wenn es sein muss ... Wenn es keinen anderen Ausweg gibt ..., bin ich bereit, es zu exerzieren.«

»Ha, vielleicht hast du ja Recht«, antwortete Chappelle gleichmütig. »Wir theoretisieren zu viel. Was indes die Praxis angeht, so sehe ich, dass ich nicht auf Mitwirkung rechnen könnte. Vielleicht ist es auch gut so? Jedenfalls hege ich die Hoffnung, dass das nicht zu einem Konflikt zwischen uns Anlass gibt.«

»Auch ich«, erklärte Geralt, »hege diese Hoffnung.«

»Möge also in uns die Hoffnung brennen, Geralt von Rivien. Weißt du, was das Ewige Feuer ist? Eine nie verlöschende Flamme, ein Symbol der Beständigkeit, ein Weg in der Dunkelheit, das Versprechen des Fortschritts, einer besseren Zukunft? Das Ewige Feuer, Geralt, ist die Hoffnung. Für alle, für alle ohne Ausnahme. Denn wenn es etwas gibt, das wir gemein haben ..., du, ich, die anderen ..., dann ist das nichts anderes als die Hoffnung. Denk daran. Ich freue mich, dich kennen gelernt zu haben, Hexer.«

Geralt verneigte sich steif und wortlos. Chappelle betrachtete ihn eine Weile, dann wandte er sich energisch ab und marschierte über den Platz, ohne sich nach seinem Geleit umzuschauen. Die mit den Lamien bewaffneten Männer folgten ihm und formierten sich zu einer Kolonne.

»Oh du lieber Himmel«, begann Rittersporn zu wimmern und schaute sich verstohlen nach den Abziehenden um. »Wir hatten vielleicht ein Glück. Soweit das alles war. Soweit sie uns nicht sofort greifen ...«

»Beruhige dich«, sagte der Hexer, »und hör auf zu jammern. Es ist doch nichts passiert.«

»Weißt du, wer das war, Geralt?«

»Nein.«

»Das war Chappelle, der Statthalter für Sicherheitsfragen. Der Geheimdienst von Nowigrad untersteht der Kirche. Chappelle ist kein Priester, aber er ist die graue Eminenz der Hierarchie, der mächtigste und gefährlichste Mensch in der Stadt. Alle, sogar der Rat und die Zünfte, haben vor ihm die Hosen voll, denn das ist ein Schurke reinsten Wassers, von der Macht berauscht wie die Spinne vom Fliegenblut. In der Stadt erzählen sie, wenn auch nur leise, was er fertig bringt. Menschen verschwinden spurlos. Falsche Anklagen, Foltern, geheime Morde, Terror, Erpressung und gewöhnlicher Raub. Nötigung, Schwindel und Affären. Bei den Göttern, in eine schöne Geschichte hast du uns hineingezogen, Biberveldt.«

»Gib Ruhe, Rittersporn«, fauchte Dainty. »Gerade du hast was zu befürchten. Niemand rührt einen Troubadour an. Aus mir unbegreiflichen Gründen seid ihr unantastbar.«

»Ein unantastbarer Dichter«, stöhnte Rittersporn, noch immer bleich, »kann auch in Nowigrad unter einen einherjagenden Wagen geraten, an einer Fischvergiftung sterben oder unglücklich im Straßengraben ertrinken. Chappelle ist Spezialist für derlei Unfälle. Dass er überhaupt mit uns gesprochen hat, halte ich für unerhört. Eins ist sicher, ohne Grund hat er das nicht getan. Er heckt irgendwas aus. Ihr werdet sehen, gleich werden sie uns was anhängen, uns schnappen und im Angesicht des Gesetzes auf die Folter schleppen. So macht man das hier!«

»Es ist viel dran an dem, was er sagt«, meinte der Halbling zu Geralt. »Wir müssen uns vorsehen. Dass diesen Lumpen Chappelle überhaupt noch die Erde trägt! Seit Jahren heißt es von ihm, dass er krank ist, dass ihm das Blut stockt, und alle warten, dass er das Zeitliche segnet ...«

»Schweig, Biberveldt«, zischte der Troubadour ängstlich und schaute sich um, »es kann jederzeit jemand hören. Seht, wie sie uns alle anstarren. Lasst uns hier verschwinden. Und ich rate ernst zu nehmen, was uns Chappelle über den Doppler gesagt hat. Ich zum Beispiel hab mein Lebtag keinen Doppler gesehen, wenn es sein muss, beschwör ich das vor dem Ewigen Feuer.«

»Schaut«, sagte plötzlich der Halbling. »Da kommt jemand auf uns zu.«

»Nichts wie weg!«, schrie Rittersporn auf.

»Ruhig, ruhig.« Dainty lachte breit und fuhr sich mit den Fingern durch den Schopf. »Ich kenne ihn. Das ist Pizmak, ein hiesiger Kaufmann, der Schatzmeister der Zunft. Wir haben zusammen Geschäfte gemacht. He, seht nur, was er für ein Gesicht macht! Als ob er sich in die Hosen gekackt hätte. He, Pizmak, suchst du mich?«

»Beim Ewigen Feuer!«, sprudelte Pizmak hervor, während er sich die Fuchspelzmütze auf den Hinterkopf schob und sich die Stirn mit den Händen abwischte. »Ich war sicher, dass sie dich in die Festung schleppen. Wirklich, das ist ein Wunder. Ich staune ...«

»Das ist freundlich von dir«, unterbrach ihn der Halbling ironisch, »dass du staunst. Mach uns noch mehr Freude und sag, worüber.«

»Stell dich nicht dumm, Biberveldt.« Pizmak runzelte die Stirn. »Die ganze Stadt weiß schon, was für ein Geschäft du mit den Koschenillen gemacht hast. Alle reden schon darüber, und es ist offensichtlich auch zum Hierarchen vorgedrungen, auch zu Chappelle, wie gewitzt du bist, wie schlau du an dem verdient hast, was in Poviss passiert ist.«

»Wovon faselst du, Pizmak?«

»Oh, Götter, hör doch auf, Dainty, mit dem Schwanz hin und her zu wischen wie ein Fuchs. Du hast Koschenille gekauft? Halb umsonst, für fünfundzwanzig den Scheffel?

Hast du. Du hast dir die schwache Nachfrage zunutze gemacht und mit einem avalierten Wechsel bezahlt, keinen Groschen Bargeld ausgegeben. Und was? Im Laufe eines einzigen Tages hast du die ganze Ladung zum vierfachen Preis verscherbelt, noch dazu bar auf die Hand. Wirst du vielleicht die Dreistigkeit besitzen zu behaupten, das sei ein Zufall gewesen, einfach nur Glück? Dass du, als du die Koschenille gekauft hast, nichts von dem Umsturz in Poviss wusstest?«

»Dass ich was? Wovon redest du?«

»Ein Umsturz war in Poviss!«, brüllte Pizmak. »Und diese, wie heißt es doch gleich ... Rollefurzion! König Rhyd ist gestürzt worden, jetzt herrscht dort der Clan der Thysseniden! Der Hof, der Adel und Rhyds Heer haben Blau getragen, deshalb haben die Färber dort auch nur Indigo gekauft. Aber die Farbe der Thysseniden ist Scharlach, also ist Indigo gefallen und Koschenille ist gestiegen, und da stellt sich heraus, dass du, Biberveldt, die Hand auf der einzigen verfügbaren Ladung hast! Ha!«

Dainty schwieg mit offenem Mund.

»Schlau, Biberveldt, alles was recht ist«, fuhr Pizmak fort. »Und zu niemandem ein Sterbenswörtchen, nicht einmal zu den Freunden. Wenn du mir was gesagt hättest, hätten wir alle verdienen können, vielleicht sogar eine gemeinsame Faktorei eröffnen. Aber du hast es lieber allein gemacht, fein still für dich. Wie du willst, aber auf mich brauchst du nun nicht mehr zu zählen. Beim Ewigen Feuer, es ist wahr, dass jeder Halbling ein selbstsüchtiger Mistkerl und ein Hundeschiss ist. Mir gibt dieser Vimme Vivaldi nie einen Aval, und dir? Im Handumdrehen. Weil ihr eine Bande seid, ihr nichtmenschlichen, windigen Halblinge und Zwerge! Hol euch die Pest!«

Pizmak spuckte aus, machte auf dem Absatz kehrt und ging. Dainty kratzte sich nachdenklich den Kopf, dass die Haare raschelten.

»Mir dämmert was, Jungs«, sagte er schließlich. »Ich weiß jetzt, was wir tun müssen. Wir gehen zur Bank. Wenn jemand mit alledem zurecht kommt, dann ist dieser Jemand mein Bekannter, der Bankier Vimme Vivaldi.«

III

»Eine Bank hab ich mir anders vorgestellt«, flüsterte Rittersporn, während er sich im Raum umsah. »Wo haben sie hier das Geld, Geralt?«

»Weiß der Teufel«, erwiderte der Hexer leise und verdeckte den aufgerissenen Wamsärmel. »Vielleicht im Keller?«

»Fehlanzeige. Ich hab mich umgesehen, Hier gibt's keinen Keller.«

»Dann bestimmt auf dem Dachboden.«

»Ich bitte ins Kontor, meine Herren«, sagte Vimme Vivaldi.

Die an langen Tischen sitzenden jungen Menschen und Zwerge unbestimmbaren Alters waren damit beschäftigt, Pergamentbögen mit Reihen von Zahlen und Buchstaben zu füllen. Alle ohne Ausnahme saßen sie krumm da und hatten die Zungen leicht herausgesteckt. Die Arbeit, schätzte der Hexer ein, war verteufelt monoton und schien die Arbeitenden restlos in Anspruch zu nehmen. In der Ecke saß auf einem niedrigen Hocker ein alter Kerl mit dem Aussehen eines Bettlers und schnitt Federn spitz. Er kam nicht besonders gut voran.

Der Bankier schloss sorgsam die Tür des Kontors, strich sich den langen, weißen, gepflegten Bart, der hier und da Tintenflecke aufwies, rückte die bordeaurote Samtjacke zurecht, die mit Mühe den hervorragenden Bauch überspannte.

»Wisst Ihr, Herr Rittersporn«, sagte er, während er sich an den riesigen, mit Pergamenten überhäuften Mahagonitisch setzte. »Euch habe ich mir ganz anders vorgestellt. Aber ich kenne Eure Lieder, kenne ich, hab sie gehört. Von der Königin Vanda, die sich im Flusse Dupp ertränkt hat, weil keiner sie wollte. Und vom Eisvogel, der in den Abort fiel ...«

»Das ist nicht von mir.« Rittersporn lief vor Zorn rot an. »Ich habe niemals dergleichen geschrieben!«

»Ah. Dann entschuldigt bitte.«

»Vielleicht könnten wir zur Sache kommen?«, warf Dainty ein. »Die Zeit drängt, und ihr redet hier von dummem Zeug. Ich bin in einer ernsten Bredouille, Vimme.«

»Das hatte ich befürchtet.« Der Zwerg nickte. »Wie du weißt, habe ich dich gewarnt, Biberveldt. Ich hab dir vor drei Tagen gesagt, steck kein Geld in den überlagerten Tran. Was nützt es, dass er billig ist, der Nominalpreis spielt keine Rolle, wichtig ist die Gewinnspanne beim Wiederverkauf. Dasselbe bei dem Kalmus, dem Wachs und den Tonschälchen. Was ist in dich gefahren, Dainty, dass du diesen Mist gekauft hast, noch dazu gegen bar, statt vernünftig mit einem Schuldschein oder einem Wechsel zu bezahlen. Ich habe dir gesagt, die Lagerkosten in Nowigrad sind enorm, in zwei Wochen übersteigen sie dreifach den Wert dieser Waren. Aber du hast ...«

»Na los«, stöhne der Halbling leise. »Sag, Vivaldi, was hab ich?«

»Aber du hast geantwortet, es sei kein Grund zur Sorge, du würdest alles binnen vierundzwanzig Stunden verkaufen. Und jetzt kommst du und erzählst, dass du in der Bredouille bist, wobei du dumm und entwaffnend lächelst. Es geht nicht, was? Und die Kosten steigen, was? Ha, schlecht, schlecht. Wie soll ich dir da heraushelfen, Dainty? Wenn du den Kram wenigstens versichert hättest, dann würde ich gleich einen von den Kanzleigehilfen losschicken, dass er den Speicher ansteckt. Nein, mein Lieber, das Einzige, was man tun kann, ist, die Sache philosophisch anzugehen und sich zu sagen: ›Das hat die Katz gefressen.‹ So ist der Handel, mal macht man Gewinn, mal Verlust. Was sind das übrigens schon für Beträge, dieser Tran samt Wachs und Kalmus. Lachhaft. Reden wir von wichtigeren Geschäften. Sag mir, ob ich die Mimosenrinde jetzt verkaufen soll, denn die Angebote stabilisieren sich allmählich bei fünf und fünf Sechsteln.«

»Hä?«

»Bist du taub?« Der Bankier runzelte die Stirn. »Das letzte Angebot beträgt genau fünf und fünf Sechstel. Ich hoffe, du bist zurückgekommen, um den Zuschlag zu geben? Sieben kriegst du ja doch nicht, Dainty.«

»Ich bin zurückgekommen?«

Vivaldi strich sich den Bart und klaubte ein paar Krümchen von einem Striezel heraus.

»Du warst vor einer Stunde hier«, sagte er ruhig, »und hast angeordnet zu warten, bis der Preis auf Sieben ist. Das Siebenfache von dem Preis, den du bezahlt hast, sind zwei Kronen fünfundvierzig Kopper pro Pfund. Das ist zu hoch, Dainty, sogar für einen derart perfekt günstigen Markt. Die Gerbereien müssen sich schon abgesprochen haben und werden geschlossen den Preis halten. Ich geb dir mein Wort ...«

Die Tür ging auf, und ins Kontor kam etwas mit einer grünen Filzmütze, in einem Flickenpelz aus Kaninchen und mit einem Büschel Hanf als Gürtel.

»Der Kaufmann Sulimir bietet zwei Kronen fünfzehn!«, quiekte es.

»Sechs und ein Sechstel«, rechnete Vivaldi rasch aus. »Was tun, Dainty?«

»Verkaufen!«, schrie der Halbling. »Der sechsfache Preis, und du überlegst noch, zum Teufel?«

Ins Kontor kam ein zweites Etwas gelaufen, mit gelber Mütze und einem Überrock, der an einen alten Sack erinnerte. Wie das erste Etwas, war es ungefähr zwei Fuß groß.

»Der Kaufmann Biberveldt ordnet an, nicht unter sieben zu verkaufen!«, rief es, wischte sich mit dem Ärmel die Nase und lief weg.

»Aha«, sagte der Zwerg nach langem Schweigen. »Der eine Biberveldt sagt, ich soll verkaufen, der andere, ich soll warten. Eine merkwürdige Situation. Was tun wir, Dainty? Fängst du gleich mit den Erklärungen an, oder warten wir, bis ein dritter Biberveldt anordnet, die Ware auf Galeeren zu laden und ins Land der Kynokephalen zu bringen? Hä?«

»Was ist das?«, platzte Rittersporn heraus und zeigte auf das Etwas in der grünen Mütze, das noch immer bei der Tür stand. »Was ist das, zum Teufel?«

»Ein junger Gnom«, sagte Geralt.

»Ohne Zweifel«, bestätigte Vivaldi trocken. »Es ist kein alter Troll. Übrigens ist es unwichtig, was es ist. Also, Dainty, ich höre.«

»Vimme«, sagte der Halbling. »Ich bitte dich sehr. Stell keine Fragen. Es ist etwas Schreckliches geschehen. Nimm einfach an, dass ich, Dainty Biberveldt von Knöterichau, ein redlicher Kaufmann, keine Ahnung habe, was hier vor sich geht. Erzähl mir alles mit allen Einzelheiten. Die Ereignisse der letzten drei Tage. Bitte, Vimme.«

»Merkwürdig«, sagte der Zwerg. »Nun ja, für die Provision, die ich kriege, muss ich die Wünsche des Prinzipals erfüllen, welche es auch sein mögen. Also hör zu. Du bist vor drei Tagen außer Atem hereingeplatzt, hast mir tausend Kronen zur Verwahrung gegeben und einen Aval für einen Wechsel über zweitausendfünfhundertzwanzig verlangt, zu Gunsten des Überbringers. Ich habe dir diesen Aval gegeben.«

»Ohne Sicherheit?«

»Ohne. Ich hab dich gern, Dainty.«

»Sprich weiter, Vimme.«

»Tags darauf kamst du früh morgens mit Getöse und wolltest, dass ich einen Akkreditiv auf die Bank in Wyzima eröffne. Über die nicht unerhebliche Summe von dreitausendfünfhundert Kronen. Nutznießer sollte, soweit ich mich erinnere, ein gewisser Ther Lukokian alias Trüffel sein. Also hab ich so einen Akkreditiv eröffnet.«

»Ohne Sicherheit«, sagte der Halbling mit Hoffnung in der Stimme.

»Meine Sympathie für dich, Biberveldt«, seufzte der Bankier, »endet bei ungefähr dreitausend Kronen. Diesmal habe ich mir von dir die schriftliche Verpflichtung geben lassen, dass im Falle von Zahlungsunfähigkeit die Mühle mir gehört.«

»Welche Mühle?«

»Die Mühle deines Schwiegervaters Arno Hardbottom in Knöterichau.«

»Ich kehr nicht nach Hause zurück«, verkündete Dainty finster, aber entschlossen. »Ich heure auf irgendeinem Schiff an und werde Pirat.«

Vimme Vivaldi kratzte sich am Ohr und betrachtete ihn misstrauisch.

»Ähm«, sagte er. »Diese Verpflichtung hast du ja schon lange eingelöst und zerrissen. Du bist zahlungsfähig. Kein Wunder bei solchen Gewinnen ...«

»Gewinnen?«

»Ach ja, ich hab vergessen«, murmelte der Zwerg. »Ich sollte mich ja über nichts wundern. Du hast ein gutes Geschäft mit Koschenillen gemacht, Biberveldt. Denn weißt du, in Poviss ist es zu einem Umsturz gekommen ...«

»Weiß ich schon«, unterbrach ihn der Halbling. »Indigo ist gefallen, und Koschenillen sind gestiegen. Und ich hab verdient. Ist das wahr, Vimme?«

»Ja. Du hast bei mir ein Guthaben von sechstausenddreihundertsechsundvierzig Kronen und achtzig Kopper. Netto, nach Abzug meiner Provision und der Steuer.«

»Du hast für mich die Steuer bezahlt?«

»Aber ja doch«, wunderte sich Vivaldi. »Du warst doch vor einer Stunde hier und hast gesagt, ich soll sie bezahlen. Ein Kanzleischreiber hat schon die ganze Summe zum Rathaus gebracht. So um die anderthalbtausend, denn der Verkauf der Pferde ist natürlich eingerechnet worden.«

Die Tür ging krachend auf, und ins Kontor kam etwas mit einer sehr schmutzigen Mütze gestürzt.

»Zwei Kronen dreißig!«, brüllte es. »Kaufmann Hazelquist!«

»Nicht verkaufen!«, schrie Dainty auf. »Wir warten auf einen besseren Preis! Beide zurück zur Börse, marsch!«

Beide Gnome fingen die Kupfermünzen auf, die ihnen der Zwerg zugeworfen hatte, und verschwanden.

»Soo ... Wo war ich stehengeblieben?«, fragte Vivaldi und spielte mit einem großen, sonderbar geformten Amethyst-Kristall, der als Briefbeschwerer diente. »Ach ja, bei den gegen Wechsel gekauften Koschenillen. Und den Kreditibrief, den ich erwähnte, brauchtest du zum Kauf einer großen Ladung Mimosenrinde. Du hast viel davon gekauft, aber ziemlich billig, das Pfund zu fünfunddreißig Kopper, von einem Sangwebarer Faktor, diesem Trüffel oder Morchel. Die Galeere lief gestern in den Hafen ein. Und da ging es los ...«

»Ich kann's mir vorstellen«, stöhnte Dainty.

Rittersporn konnte nicht an sich halten. »Wozu braucht jemand Mimosenrinde?«

»Zu nichts«, murmelte der Halbling finster. »Leider.«

»Mimosenrinde, Herr Poet«, erklärte der Zwerg, »ist ein Gerbemittel, das zum Gerben von Häuten verwendet wird.«

»Wenn jemand so dumm wäre«, warf Dainty ein, »Mimosenrinde aus Übersee zu kaufen, wo man in Temerien für einen Pappenstil Eichenrinde kriegt.«

»Und ebenda liegt der Vampir begraben«, erklärte Vivaldi. »In Temerien haben die Druiden nämlich verkündet, dass sie, wenn nicht sofort mit der Vernichtung von Eichen Schluss gemacht wird, eine Heuschrecken- und Rattenplage über das Land schicken. Die Druiden sind von den Dryaden unterstützt worden, und der König dort hat eine Schwäche für Dryaden. Kurzum: Seit gestern besteht ein absolutes Ausfuhrverbot für temerisches Eichenholz, weshalb die Preise für Mimose anziehen. Du hattest gute Informationen, Dainty.«

Von der Kanzlei her war das Trappeln von Füßen zu hören, worauf ein atemloses Etwas mit grüner Mütze ins Kontor stürzte.

»Der edle Kaufherr Sulimir«, sagte der Gnom nach Luft schnappend, »lässt ausrichten, dass der Kaufmann Biberveldt, der Halbling, ein borstiges Wildschwein ist, ein Spekulant und Beutelschneider, und dass er, Sulimir, Biberveldt die Krätze an den Hals wünscht. Er bietet zwei Kronen fünfundvierzig, und das ist sein letztes Wort.«

»Verkaufen«, rief der Halbling. »Los, Kleiner, lauf und bestätige es. Rechne, Vimme.«

Vivaldi langte unter seine Pergamente und holte eine Zwergen-Rechenmaschine hervor, ein echtes Wunderwerk. Im Gegensatz zu den Rechenbrettern, wie Menschen sie benutzten, hatten die Rechenmaschinen der Zwerge die Form einer durchbrochenen Pyramide. Vivaldis Abakus war jedoch aus goldenen Drähten gefertigt, auf denen mit Facetten geschliffene, zueinander passende Stückchen von Rubinen, Smaragden, Onyxen und schwarzen Achaten glitten. Mit raschen, geschickten Bewegungen des groben Fingers verschob der Zwerg eine Zeit lang die Edelsteine, hinauf, hinab, zur Seite.

»Das macht ... hm, hm ... minus Kosten und meine Provision ... minus Steuern ... Jaa. Fünfzehntausendsechshundertzweiundzwanzig Kronen und fünfundzwanzig Kopper. Nicht übel.«

»Wenn ich richtig rechne«, sagte Dainty Biberveldt langsam, »dann habe ich ingesamt netto bei dir …«

»Genau einundzwanzigtausendneunhundertneunundsechzig Kronen und fünf Kopper. Nicht übel.«

»Nicht übel?«, brüllte Rittersporn. »Nicht übel? Dafür kann man ein großes Dorf oder ein kleines Schloss kaufen! Ich hab mein Lebtag nicht so viel Geld auf einem Haufen gesehen!«

»Ich auch nicht«, sagte der Halbling. »Aber gemach, Rittersporn. Es läuft darauf hinaus, dass dieses Geld noch niemand gesehen hat. Und ungewiss ist, ob es einer sieht.«

»Also wirklich, Biberveldt«, entrüstete sich der Zwerg. »Wieso diese trüben Gedanken? Sulimir zahlt bar oder mit einem Wechsel, und Sulimirs Wechsel sind sicher. Worum geht es also? Fürchtest du, mit dem stinkenden Tran und dem Wachs Verlust zu machen? Bei solchen Gewinnen gleichst du diese Verluste doch mit links aus …«

»Darum geht es nicht.«

»Worum dann?«

Dainty räusperte sich, senkte den braunen Kopf.

»Vimme«, sagte er, den Blick auf den Boden geheftet. »Chappelle ist hinter mir her.«

Der Bankier verstummte.

»Übel«, presste er hervor. »Aber das war ja zu erwarten. Siehst du, Biberveldt, die Informationen, dic du bei den Transaktionen benutzt hast, sind nicht nur für den Handel von Bedeutung, sondern auch für die Politik. Was sich in Poviss und in Temerien zusammenbraute, war keinem bekannt, auch nicht Chappelle, und Chappelle weiß so was gern als Erster. Also zerbricht er sich jetzt, wie du dir vorstellen kannst, den Kopf, woher du es wusstest. Ich denke, er ahnt es schon. Denn ich ahne es auch.«

»Interessant.«

Vivaldi ließ den Blick über Rittersporn und Geralt schweifen, rümpfte die breite, aufgestülpte Nase.

»Interessant? Interessant sind deine Kompagnons, Dainty«, sagte er. »Ein Troubadour, ein Hexer und ein Kaufmann. Ich gratuliere. Herr Rittersporn kommt überall herum, sogar an Königshöfen, und sicherlich spitzt er die Ohren. Und der Hexer? Eine Leibwache? Oder um Schuldnern Angst zu machen?«

»Übereilte Schlüsse, Herr Vivaldi«, erklärte der Hexer kalt. »Ich bin niemandes Teilhaber.«

»Und ich« – Rittersporn lief rot an – »spitze nirgends die Ohren. Ich bin Dichter, kein Spitzel!«

»Darüber wird unterschiedlich geredet.« Der Zwerg verzog das Gesicht. »Sehr unterschiedlich, Herr Rittersporn.«

»Lüge!«, brüllte der Troubadour. »Die reinste Scheiße!«

»Schon gut, ich glaub's ja. Ich weiß nur nicht, ob Chappelle es glauben wird. Aber vielleicht verläuft sich alles im Sande. Ich sag dir, Biberveldt, dass sich Chappelle seit dem letzten Schlaganfall sehr verändert hat. Vielleicht ist ihm die Todesangst in den Hintern gefahren und hat ihn gezwungen, es sich zu überlegen? Mit einem Wort, das ist nicht mehr der alte Chappelle. Er ist irgendwie anständig geworden, vernünftig, ruhig und ... und ehrlich irgendwie.«

»Eh«, sagte der Halbling. »Chappelle und ehrlich? Anständig? Das kann nicht sein.«

»Ich sag's, wie's ist«, konterte Vivaldi. »Und es ist, wie ich sage. Zudem hat die Kirche jetzt andere Probleme, und die heißen Ewiges Feuer.«

»Wie das?«

»Überall soll das Ewige Freuer brennen, wie es heißt. Überall, in der ganzen Gegend, sollen Altäre errichtet werden, die diesem Feuer geweiht sind. Viele Altäre. Frag mich nicht nach Einzelheiten, ich kenne mich nicht besonders gut mit dem Aberglauben der Menschen aus. Aber ich weiß, dass alle Priester und auch Chappelle sich praktisch mit nichts anderem befassen als mit diesen Altären und diesem Feuer. Es werden große Vorbereitungen getroffen. Die Steuern werden in die Höhe gehen, das ist sicher.«

»Na«, sagte Dainty. »Ein schwacher Trost, aber ...«

Die Tür des Kontors ging abermals auf, und herein kam das dem Hexer schon bekannte Etwas mit der gelben Mütze.

»Der Kaufmann Biberveldt«, teilte es mit, »ordnet an, weitere Schnüre zu kaufen, falls sie knapp werden. Der Preis spielt keine Rolle.«

»Wunderbar.« Der Halbling lächelte, und das Lächeln erinnerte an das verzerrte Maul einer wütenden Wildkatze. »Kaufen wir viele Schnüre, Biberveldts Wille ist uns Gesetz. Was sollen wir noch zukaufen? Kohl? Teer? Eiserne Harken?«

»Außerdem«, krähte das gelb bemützte Etwas, »bittet der Kaufmann Biberveldt um dreißig Kronen Bargeld, denn er muss ein Schmiergeld zahlen, etwas essen und Bier trinken, und in der ›Lanzenspitze‹ haben ihm drei Galgenstricke das Säckel gestohlen.«

»Ach. Drei Galgenstricke«, sagte Dainty langsam. »Ja, diese Stadt scheint voller Galgenstricke zu sein. Und wo ist, wenn man fragen darf, momentan der edle Kaufherr Biberveldt?«

»Wo schon«, sagte das Etwas und zog Rotz in der Nase hoch, »wenn nicht auf dem Westmarkt.«

»Vimme«, sagte Dainty böse. »Stell keine Fragen, sondern besorg mir einen soliden, dicken Knüppel. Ich will auf den Westmarkt, und ohne Knüppel kann ich da nicht hingehen. Es gibt da zu viele Galgenstricke und Verbrecher.«

»Einen Knüppel, sagst du? Der findet sich. Aber, Dainty, eins möchte ich wissen, weil's mir keine Ruhe lässt. Ich sollte keine Fragen stellen, also frage ich nicht, sondern rate, und du bestätigst oder verneinst. In Ordnung?«

»Rate.«

»Dieser überlagerte Tran, das Öl, das Wachs und die Schalen, der ganze verdammte Kram, das war ein taktischer Schachzug, nicht wahr? Du wolltest die Aufmerksamkeit der Konkurrenz von den Koschenillen und der Mimose ablenken? Na, Dainty?«

Die Tür wurde aufgestoßen, und ins Kontor kam etwas ohne Mütze gelaufen.

»Sauerampf meldet, dass alles bereit ist!«, schrie es mit dünner Stimme. »Er fragt, ob er gießen soll.«

»Gießen!«, donnerte der Halbling. »Sofort gießen!«

»Beim roten Bart des alten Rhundurin!«, heulte Vimme Vivaldi auf, sobald sich hinter dem Gnom die Tür geschlossen hatte. »Ich verstehe gar nicht. Was geht hier vor? Was gießen? Wohin gießen?«

»Keine Ahnung«, gestand Dainty. »Aber die Geschäfte, Vimme, müssen im Fluss bleiben.«

IV

Geralt zwängte sich mit Mühe durch die Menschenmenge und ging geradewegs auf den Stand zu, der mit kupfernen Kesseln, Schmor- und Bratpfannen behängt war, die rot im Schein der Abendsonne funkelten. Dahinter stand ein rotbärtiger Zwerg mit olivgrüner Kappe und schweren Stiefeln aus Seehundsfell. Auf dem Gesicht des Zwerges malte sich unverkennbar Widerwille – er sprach kurz angebunden und sah aus, als wolle er die in den Waren kramende Käuferin anspucken. Die Kundin ließ den Busen wogen, wedelte mit den braunen Locken und überschüttete den Zwerg mit einem pausenlosen Wortschwall ohne Ordnung und Sinn.

Die Kundin war keine geringere als Vespula, die Geralt als Topfwerferin in Erinnerung hatte. Ohne abzuwarten, bis sie ihn erkannte, tauchte er in der Menge unter.

Der Westmarkt brodelte von Leben, der Weg durch die Massen erinnerte an Gehen durch Weißdorngestrüpp. Alle Naselang zupfte etwas an Ärmeln und Hosenbeinen – mal Kinder, die ihre Mütter verloren hatten, als die die Väter von den Schanktischen wegzerrten, mal Spitzel von der Stadtwache, mal fliegende Händler, die Tarnkappen, Aphrodisiaka und in Zedernholz geschnittete schweinische Szenen anboten. Geralt hörte auf zu lächeln und begann zu fluchen und die Ellenbogen entsprechend zu gebrauchen.

Er hörte Lautenklänge und das ihm bekannte perlende Lachen. Die Klänge kamen von einem märchenhaft bunten Stand mit der Aufschrift: »Hier Wunder, Amulette und Fischköder«.

»Hat schon jemand der Dame gesagt, dass die Dame sehr hübsch ist?«, ließ sich Rittersporn vernehmen, der auf dem Stand saß und fröhlich die Beine baumeln ließ. »Nein? Das kann doch nicht sein! Das ist eine Stadt von Blinden, nichts als eine Stadt von Blinden. He, ihr guten Leute! Wer will eine Liebesballade hören? Wer sich rühren und erbauen lassen will, der werfe eine Münze in den Hut. Womit, womit kommst du da an, Hosenscheißer? Das Kupfer behalt für die Bettler, beleidige nicht mit dem Kupfer einen Künstler. Ich werde dir das vielleicht verzeihen, die Kunst aber nie!«

»Rittersporn«, sagte Geralt im Herankommen. »Ich dachte, wir hätten uns getrennt, um den Doppler zu suchen. Und du gibst Konzerte. Schämst du dich nicht, wie ein Straßenmusikant auf Jahrmärkten zu singen?«

»Schämen?«, wunderte sich der Barde. »Wichtig ist, was man singt und wie, und nicht wo. Außerdem habe ich Hunger, und der Besitzer des Standes hat mir ein Mittagessen versprochen. Was indes den Doppler angeht, den könnt ihr selber suchen. Ich eigne mich nicht für Verfolgungen, Schlägereien und Selbstjustiz. Ich bin Dichter.«

»Du solltest lieber etwas tun, was nicht so viel Aufmerksamkeit erregt, Dichter. Hier ist deine Verlobte, es kann Ärger geben.«

»Meine Verlobte?« Rittersporn blinzelte nervös. »Um welche geht es? Ich hab davon etliche.«

Vespula, eine kupferne Bratpfanne in der Hand, drängte sich mit der Gewalt eines Rammbocks durch die Menge der Zuhörer. Rittersporn sprang von dem Stand auf und ergriff die Flucht, setzte geschickt über Körbe mit Mohrrüben. Vespula wandte sich mit geblähten Nüstern dem Hexer zu. Geralt wich zurück, stieß mit dem Rücken gegen die feste Wand des Standes.

»Geralt!«, rief Dainty Biberveldt, der aus der Menge hervorsprang und gegen Vespula stieß. »Schnell, schnell! Ich hab ihn gesehn! Da, da drüben, er entkommt!«

»Euch erwisch ich noch, Gesindel!«, brüllte Vespula, während sie versuchte, das Gleichgewicht zu finden. »Ich rechne noch mit eurer ganzen Schweinebande ab! Eine feine Gesellschaft! Ein Fasan, ein zerlumpter Kerl und ein Zwerg mit Fell auf den Füßen! Ihr werdet an mich denken!«

»Dorthin, Geralt!«, schrie Dainty und stieß im Laufen eine Gruppe Schuljungen auseinander, die »drei Muscheln« spielten. »Dort, dort, er ist zwischen die Wagen verschwunden! Schneid ihm von links den Weg ab! Schnell!«

Sie nahmen die Verfolgung auf, selber verfolgt von den Flüchen der beiseite geschubsten Händler und Käufer. Wie durch ein Wunder konnte es Geralt vermeiden, über einen rotznäsigen Knirps zu fallen, der ihm vor die Füße lief. Er sprang über ihn hinweg, stieß aber zwei Heringsfässchen um, wofür ihm der wütende Fischer mit einem lebenden Aal, den er gerade seinen Kunden zeigte, einen Hieb auf den Rücken versetzte.

Sie erblickten den Doppler, der entlang einer Schafhürde zu entkommen versuchte.

»Von der andern Seite!«, brüllte Dainty. »Schneid ihm den Weg ab, Geralt!«

Der Doppler rannte wie ein Pfeil an dem Zaun entlang, seine grüne Weste blitzte. Es wurde klar, warum er sich nicht in etwas anderes verwandelte. Niemand konnte es an Geschicklichkeit mit einem Halbling aufnehmen. Niemand. Außer einem anderen Halbling. Und einem Hexer.

Geralt sah, wie der Doppler plötzlich die Richtung wechselte, dass eine Staubwolke aufstob, wie er geschickt durch ein Loch in dem Lattenzaun schlüpfte, der ein großes Zelt abgrenzte, das als Schlachthaus und Fleischerladen diente. Dainty hatte es auch gesehen. Er sprang über die Barriere und begann, sich durch die dahinter gepferchte Herde blökender Hammel zu drängen. Es war zu sehen, dass es ihm nicht gelingen würde. Geralt bog ab und folgte dem Doppler zwischen die Bretter des Zauns. Er fühlte einen plötzlichen Ruck, hörte das Geräusch zerreißenden Leders, und auch am anderen Ärmel war das Wams auf einmal sehr geräumig.

Der Hexer blieb stehen. Er fluchte. Spuckte aus. Und fluchte nochmals.

Dainty lief dem Doppler nach ins Zelt. Aus dem Innern drangen Schreie, das Geräusch von Schlägen, Verwünschungen und ein grässliches Getöse.

Der Hexer fluchte zum dritten Mal, ausgesucht obszön, worauf er mit den Zähnen knirschte, die rechte Hand hob, mit den Fingern das Zeichen Aard formte und einfach auf das Zelt zielte. Das Zelt bauschte sich wie ein Segel im Orkan, und aus dem Innern erklangen ein irrsinniges Geheul, Krachen und das Brüllen von Ochsen. Das Zelt fiel in sich zusammen.

Der Doppler kroch bäuchlings unter der Plane hervor und rannte zu einem zweiten, kleineren Zelt, wahrscheinlich einer Kühlkammer. Geralt richtete ohne zu überlegen die Hand zu ihm hin und hieb ihm ein *Zeichen* in den Rücken. Der Doppler stürzte zu Boden wie vom Blitz getroffen, überschlug sich, sprang aber sofort wieder auf und in das Zelt. Der Hexer folgte ihm auf den Fersen.

Im Zelt stank es nach Fleisch. Und es war dunkel.

Tellico Lunngrevink Letorte stand da, rang nach Luft und umklammerte mit beiden Händen eine am Haken hängende Schweinshälfte. Das Zelt hatte keinen anderen Ausgang, die Plane aber war solide und dicht an den Boden geschlagen.

»Es ist eine reine Freude, dich wiederzutreffen, Täuschling«, sagte Geralt kalt.

Der Doppler atmete schwer und keuchend.

»Lass mich in Ruhe«, stöhnte er schließlich. »Warum verfolgst du mich, Hexer?«

»Tellico«, sagte Geralt. »Du stellst dumme Fragen. Um dir Pferde und Gestalt Biberveldts anzueignen, hast du ihm eins auf den Kopf gehauen und ihn in der Einöde ausgesetzt. Du benutzt weiter seine Erscheinung und spottest über die Scherereien, die du ihm damit machst. Weiß der Teufel, was du noch planst, aber ich werde dich an der Ausführung dieser Pläne hindern, so oder so. Ich will dich weder töten noch der Stadtwache ausliefern, aber aus der Stadt musst du verschwinden. Ich werde drauf achten, dass du verschwindest.«

»Und wenn ich nicht will?«

»Dann fahre ich dich mit der Schubkarre hinaus, in einem Sack.«

Der Doppler verschwamm plötzlich, wurde dann unvermittelt schmaler und begann zu wachsen, seine kastanienbraunen Haare wurden weiß und glatt und fielen bis zu den Schultern herab. Die grüne Weste des Halblings glitzerte ölig auf und wurde zu schwarzem Leder, an Schultern und Handgelenken bildeten sich silberne Nieten. Das rundliche, rotwangige Gesicht zog sich in die Länge und wurde blass.

Über der rechten Schulter wuchs ein Schwertgriff hervor.

»Halt Abstand«, sagte heiser der zweite Hexer und lächelte. »Komm nicht näher, Geralt. Ich lasse mich nicht anrühren.«

Ich hab vielleicht ein widerwärtiges Grinsen, dachte Geralt, während er zum Schwert griff. Ich hab vielleicht 'nen widerwärtigen Mund. Ich blinzle vielleicht widerwärtig. So also sehe ich aus? Verdammt.

Die Hand des Dopplers und die Hand des Hexers berührten gleichzeitig den Griff, beide Schwerter fuhren gleichzeitig aus der Scheide. Beide Hexer taten gleichzeitig zwei rasche, weiche Schritte – der eine nach vorn, der andere zur Seite. Beide hoben gleichzeitig die Schwerter und ließen sie in einer kurzen, sausenden Mühle kreisen.

Beide erstarrten gleichzeitig reglos in ihrer Haltung.

»Du kannst mich nicht besiegen«, knurrte der Doppler. »Denn ich bin du, Geralt.«

»Du irrst dich, Tellico«, sagte der Hexer leise. »Lass das Schwert fallen und nimm wieder die Gestalt Biberveldts an. Sonst wirst du es bereuen, ich warne dich.«

»Ich bin du«, wiederholte der Doppler. »Du wirst keinen Vorteil über mich erlangen. Du kannst mich nicht besiegen, denn ich bin du!«

»Du hast überhaupt keine Ahnung, was es heißt, ich zu sein, Täuschling.«

Tellico senkte die Hand, die das Schwert umklammert hielt.

»Ich bin du«, wiederholte er.

»Nein«, widersprach der Hexer. »Bist du nicht. Und weißt du, warum? Du bist ein kleiner, armer, gutartiger Doppler. Ein Doppler, der immerhin Biberveldt umbringen und seinen Körper irgendwo im Gebüsch vergraben konnte, um so absolute Sicherheit zu erlangen und absolute Gewissheit, dass er nicht entlarvt wird, niemals, von niemandem, auch nicht von der berühmten Gardenia Biberveldt. Aber du hast ihn nicht umgebracht, Tellico, weil du dazu nicht imstande warst. Denn du bist ein kleiner, armer, gutartiger Doppler, den seine Freunde Dudu nennen. Und in was du dich auch verwandelst, du bleibst immer du selbst. Du kannst nur kopieren, was an uns gut ist, denn was an uns schlecht ist, begreifst du nicht. So bist du eben, Doppler.«

Tellico wich zurück, stieß mit dem Rücken an die Zeltplane.

»Darum«, fuhr Geralt fort, »wirst du dich jetzt in Biberveldt verwandeln und mir artig die Hände geben, dass ich sie fesseln kann. Du bist nicht imstande, mir Widerstand zu leisten, denn ich bin das, was du nicht zu kopieren vermagst. Du weißt das sehr gut, Dudu. Denn für einen Augenblick hast du ja meine Gedanken übernommen.«

Tellico richtete sich mit einem Ruck auf, seine Gesichtszüge, die die des Hexers waren, verschwammen und zerflossen, die weißen Haare wurden wellig und allmählich dunkler.

»Du hast Recht, Geralt«, sagte er undeutlich, denn seine Lippen änderten die Form. »Ich habe deine Gedanken übernommen. Nur kurze Zeit, aber es reichte. Weißt du, was ich jetzt tun werde?«

Das lederne Wams des Hexers nahm eine schimmernd kornblumenblaue Farbe an. Der Doppler lächelte, rückte das pflaumenblaue Käppchen mit der Reiherfeder zurecht, zog den Riemen der Laute straff, die auf seinem Rücken hing. Der Laute, die eben noch ein Schwert gewesen war.

»Ich sag dir, was ich tun werde, Hexer.« Er lachte das volltönende und perlende Lachen Rittersporns. »Ich gehe meiner Wege, tauche in der Menge unter und verwandle mich still und leise in irgendwen, und wenn es ein Bettler ist. Denn ich bin lieber Bettler in Nowigrad als ein Doppler in der Wildnis. Nowigrad schuldet mir etwas, Geralt. Es war die Entstehung der Stadt, die die Umwelt zerstört hat, wo wir hätten leben können, in unseren natürlichen Gestalten leben. Man hat versucht, uns auszurotten, hat auf uns Jagd gemacht wie auf tollwütige Hunde. Ich bin einer von den wenigen, die überlebt haben. Ich will überleben und werde überleben. Einmal, als mich im Winter Wölfe verfolgt haben, habe ich mich in einen Wolf verwandelt und bin etliche Wochen mit dem Rudel gelaufen. Und ich habe überlebt. Jetzt werde ich das auch tun, denn ich will nicht mehr durchs Unterholz streifen und in Erdhöhlen überwintern, ich will nicht ewig hungrig sein, ich will nicht pausenlos das Ziel von Pfeilen sein. Hier in Nowigrad ist es warm, es gibt was zu futtern, man kann verdienen, und hier schießen sie sehr selten mit Pfeil und Bogen aufeinander. Nowigrad ist das Wolfsrudel. Ich schließe mich diesem Rudel an und überlebe. Verstehst du?«

Geralt nickte mit einiger Verzögerung.

»Ihr habt«, fuhr der Doppler fort und verzog die Lippen im unverschämten Lächeln Rittersporns, »den Zwergen, Halblingen, Gnomen eine bescheidene Möglichkeit zur Assimilation eingeräumt, sogar den Elfen. Warum soll ich schlechter sein? Warum wird mir dieses Recht abgesprochen? Was soll ich tun, um in dieser Stadt leben zu können? Mich in eine Elfe mit grauen Augen, seidigem Haar und langen Beinen verwandeln? Was? Wieso ist die Elfe besser als ich? Weil ihr beim Anblick der Elfe von einem Fuß auf den anderen tretet und euch bei meinem Anblick das Kotzen ankommt? Dieses Argument könnt ihr euch sonstwohin stecken. Ich werde auch so überleben. Ich weiß wie. Als Wolf bin ich gerannt, hab geheult und mich mit den anderen um ein Weibchen gebissen. Als Bürger von Nowigrad werde ich Handel treiben, aus Weidenruten Körbe flechten, betteln oder stehlen, als einer von euch werde ich das tun, was ihr zu tun pflegt. Wer weiß, vielleicht heirate ich sogar?«

Der Hexer schwieg.

»Ja, wie gesagt«, fuhr Tellico ruhig fort. »Ich werde hinausgehen. Und du, Geralt, wirst nicht versuchen, mich zurückzuhalten, wirst dich nicht einmal rühren. Denn ich, Geralt, habe einen Moment lang deine Gedanken gekannt. Darunter auch die, zu denen du dich nicht bekennen willst, weil du sie sogar vor dir selber verbirgst. Denn um mich aufzuhalten, müsstest du mich töten. Und der Gedanke, mich kaltblütig umzubringen, erfüllt dich doch mit Abscheu. Nicht wahr?«

Der Hexer schwieg.

Tellico rückte abermals den Riemen der Laute zurecht, drehte sich um und ging auf den Ausgang zu. Er ging mutig, doch Geralt wusste, dass er in Erwartung der sausenden Klinge den Kopf einzog und den Rücken krümmte. Er steckte das Schwert in die Scheide. Der Doppler hielt mitten im Schritt inne, drehte sich um.

»Mach's gut, Geralt«, sagte er. »Ich danke dir.«

»Mach's gut, Dudu«, antwortete der Hexer. »Viel Glück.«

Der Doppler wandte sich ab und ging auf den belebten Markt zu, mit dem forschen, fröhlichen, beschwingten Schritt Rittersporns. So wie Rittersporn fuchtelte er heftig mit der linken Hand, und so wie Rittersporn grinste er im Vorbeigehen die Mädchen an. Geralt folgte ihm langsam. Langsam.

Tellico griff im Gehen nach der Laute, räusperte sich, schlug zwei Akkorde an, worauf er geschickt eine Geralt bekannte Melodie klimperte. Leicht umgewandt fing er zu singen an.

Ganz wie Rittersporn.

Der Frühling kehrt zurück mit Regenschauern,
Die Herzen werden warm, wenn neu die Sonne brennt.
So muss es sein, und stets wird überdauern
Das Ewige Feuer, das man Hoffnung nennt.

Wiederhol das Rittersporn, wenn du es dir merken kannst«, rief er. »Und sag ihm, dass ›Winter‹ ein miserabler Titel ist. Diese Ballade muss ›Das Ewige Feuer‹ heißen. Mach's gut, Hexer!«

»He!«, ertönte es plötzlich. »Du Fasan!«

Tellico wandte sich überrascht um. Hinter einem Stand kam mit wogendem Busen Vespula hervor und musterte ihn mit bösem Blick.

»Schaust hinter den Weibern her, du Schwindler?«, zischte sie und wogte immer erbaulicher. »Singst Liedchen, du Schurke?«

Tellico nahm das Hütchen ab und verbeugte sich, lächelte Rittersporns breites, charakteristisches Lächeln.

»Vespula, meine Liebe«, sagte er versöhnlich. »Wie froh ich bin, dich zu sehen. Verzeih mir, meine Süße. Ich schulde dir ...«

»Tust du, tust du«, unterbrach ihn Vespula laut. »Und das, was zu mir schuldest, wirst du auf der Stelle bezahlen! Da hast du!«

Eine riesige kupferne Bratpfanne blitzte in der Sonne auf und traf mit lautem Dröhnen auf den Kopf des Dopplers. Mit einer unbeschreiblich dummen Grimasse, die auf seinem Gesicht erstarrt war, knickte er ein und fiel mit ausgebreiteten Armen hin, und seine Physiognomie begann sich plötzlich zu verändern, zu verschwimmen und jede Ähnlichkeit mit wem auch immer zu verlieren. Als er das sah, sprang der Hexer zu ihm hin, zog im Laufen einen großen Teppich von einem Stand. Er breitete den Teppich auf dem Boden aus, stieß mit zwei Fußtritten den Doppler drauf und rollte ihn schnell, aber fest ein.

Er setzte sich auf das Bündel und wischte sich mit dem Ärmel über die Stirn. Vespula, die Bratpfanne umklammert, schaute ihn feindselig an, und ringsum sammelte sich eine Menschenmenge.

»Er ist krank«, sagte der Hexer und lächelte gezwungen. »Das ist zu seinem Nutzen. Drängt euch nicht so, gute Leute, der Ärmste braucht Luft.«

»Habt ihr gehört?«, fragte ruhig, aber laut Chappelle, der sich plötzlich seinen Weg durch die Menge bahnte. »Bitte keine Zusammenrottungen! Bitte auseinandergehen! Zusammenrottungen sind verboten. Bei Geldstrafe!«

Die Menge strömte im Handumdrehen nach den Seiten weg, nur, um Rittersporn ins Blickfeld treten zu lassen, der munteren Schrittes unter Lautenklängen herbeikam. Bei seinem Anblick schrie Vespula durchdringend auf, ließ die Bratpfanne fallen und rannte quer über den Platz davon.

»Was ist mit ihr?«, fragte Rittersporn. »Hat sie ein Gespenst gesehen?«

Geralt stand von dem Bündel auf, das sich schwach zu regen begann. Chappelle kam langsam näher. Er war allein, seine Leibwache nirgends zu sehen.

»Ich würde nicht näher gehen«, sagte Geralt leise. »Wenn ich Ihr wäre, würde ich nicht näher gehen.«

»Was du nicht sagst?« Chappelle presste die schmalen Lippen zusammen und betrachtete ihn mit kaltem Blick.

»Wenn ich Ihr wäre, Herr Chappelle, würde ich so tun, als hätte ich nichts gesehen.«

»Ja, gewiss«, sagte Chappelle. »Aber du bist nicht ich.«

Hinter dem Zelt hervor kam Dainty Biberveldt gelaufen, atemlos und schweißgebadet. Beim Anblick Chappelles blieb er stehen, pfiff vor sich hin, legte die Hände auf den Rücken und tat so, als betrachte er das Dach des Speichers.

Chappelle kam auf Geralt zu, sehr nahe. Der Hexer rührte sich nicht, kniff nur die Augen zusammen. Einen Moment lang schauten sie einander an, dann beugte sich Chappelle über das Bündel.

»Dudu«, sagte er zu den aus dem zusammengerollten Teppich herausragenden, sonderbar deformierten saffianledernen Stiefeln Rittersporns. »Kopiere Biberveldt, schnell.«

»Wie?«, schrie Dainty auf und betrachtete nicht mehr den Speicher. »Was?«

»Still«, sagte Chappelle. »Also, Dudu, was ist?«

»Ja«, erklang aus dem Teppich ein gedämpftes Stöhnen. »Ja ... Gleich ...«

Die aus der Rolle herausragenden saffianledernen Stiefel verschwammen und verwandelten sich in die bloßen, behaarten Füße eines Halblings.

»Komm raus, Dudu«, sagte Chappelle. »Und du, Dainty, sei still. Für die Menschen sieht ein Halbling wie der andere aus. Nicht wahr?«

Dainty murmelte etwas Unverständliches. Geralt, noch immer mit zusammengekniffenen Augen, schaute Chappelle misstrauisch an. Der Statthalter jedoch richtete sich auf und ließ den Blick ringsum schweifen, und sofort blieb von den Gaffern, die immer noch in den Nähe standen, nur das rasch in der Ferne verklingene Klappern von Holzpantinen.

Dainty Biberveldt der Zweite rappelte sich auf und wickelte sich aus dem Bündel, schniefte, setzte sich auf, rieb sich Augen und Nase. Rittersporn setzte sich auf eine unweit liegende Kiste und klimperte auf der Laute, im Gesicht einen Ausdruck mäßiger Neugier.

»Wer ist das, was meinst du, Dainty?«, fragte Chappelle freundlich. »Er sieht dir sehr ähnlich, findest du nicht?«

»Das ist mein Vetter«, antwortete der Halbling und bleckte die Zähne. »Sehr nahe Verwandtschaft. Dudu Biberveldt von Knöterichau, ein heller Kopf in Geschäften. Ich habe gerade beschlossen ...«

»Ja, Dainty?«

»Ich habe beschlossen, ihn zu meinem Faktor in Nowigrad zu ernennen. Was hältst du davon, Vetter?«

»Oh, danke, Vetter.« Die sehr nahe Verandtschaft, der Stolz der Biberveldts, ein heller Kopf in Geschäften, grinste breit. Chappelle lächelte ebenfalls.

»Hat sich der Wunsch erfüllt?«, murmelte Geralt. »Vom Leben in der Stadt? Was findet ihr nur an dieser Stadt, Dudu ... und du, Chappelle?«

»Wenn du auf der Heide gelebt hättest«, murmelte Chappelle seinerseits, »Wurzeln gegessen hättest, in Nässe und Kälte, dann wüsstest du's. Uns steht auch was vom Leben zu, Geralt. Wir sind nicht schlechter als ihr.«

»Nein.« Geralt nickte. »Seid ihr nicht. Mitunter seid ihr sogar besser. Was ist mit dem echten Chappelle?«

»Den hat der Schlag getroffen«, flüsterte Chappelle der Zweite. »Vor gut zwei Monaten. Ein Schlaganfall. Möge ihm die Erde leicht sein, und möge ihm das Ewige Feuer leuchten. Ich war gerade in der Nähe ... Niemand hat bemerkt ... Geralt? Du wirst doch nicht etwa ...?«

»Was hat niemand bemerkt?«, fragte der Hexer mit steinernem Gesicht.

»Danke«, murmelte Chappelle.

»Gibt es hier mehr von euch?«

»Ist das wichtig?«

»Nein«, stimmte der Hexer zu. »Ist es nicht.«

Hinter den Wagen und Ständen hervor kam im Trab eine zwei Fuß hohe Gestalt mit grüner Mütze und einem Kaninchen-Flickenpelz gelaufen.

»Herr Biberveldt«, japste der Gnom und verschluckte sich, blickte von einem Halbling zum anderen.

»Ich denke, Kleiner«, sagte Dainty, »du willst was von meinem Vetter, Dudu Biberveldt. Red. Red. Das ist er.«

»Sauerampf meldet, dass alles weggegangen ist«, sagte der Gnom mit breitem Lächeln, dass die spitzen Zähnchen zu sehen waren. »Zu vier Kronen das Stück.«

»Ich glaube, ich weiß, worum es geht«, sagte Dainty. »Schade, dass Vivaldi nicht hier ist, der würde augenblicklich den Gewinn ausrechnen.«

»Wenn du erlaubst, Vetter«, meldete sich Tellico Lunngrevink Letorte, kurz Penstock, für seine Freunde Dudu, für ganz Nowigrad aber ein Mitglied der weitläufigen Familie der Biberveldts. »Wenn du erlaubst, rechne ich. Ich habe ein untrügliches Gedächtnis für Zahlen. Wie auch für andere Dinge.«

»Bitte.« Dainty verbeugte sich. »Bitte, Vetter.«

»Die Kosten« – der Doppler runzelte die Stirn – »waren nicht hoch. Achtzehn für den Kalmusextrakt, acht fünfzig für den Tran, hmmm ... Alles zusammen, die Schnur mitgerechnet, fünfundvierzig Kronen. Erlös: sechshundert zu vier Kronen, macht zweitausendvierhundert. Keine Provision, weil ohne Vermittler ...«

»Bitte nicht die Steuern vergessen«, brachte Chappelle der Zweite in Erinnerung. »Bitte nicht vergessen, dass vor euch ein Vertreter der Stadtregierung und der Kirche steht, der seine Pflichten ernst nimmt und gewissenhaft versieht.«

»Von der Steuer befreit«, teilte Dudu Biberveldt mit. »Weil es ein Verkauf zu heiligem Zweck ist.«

»Hä?«

»Eine Mischung von Tran, Wachs, Kalmusextrakt im rechten Verhältnis, mit den Resten der Koschenillen gefärbt«, erklärte der Doppler, »braucht man nur in Tonschälchen zu gießen und in jeder ein Stückchen Schnur einzubetten. Die angezündete Schnur gibt eine schöne rote Flamme, die lange brennt und wenig stinkt. Das Ewige Feuer. Die Priester brauchten heiliges Feuer für die Altäre. Jetzt brauchen sie keins mehr.«

»Verdammt ...«, murmelte Chappelle. »Richtig ... Es wurde ein Feuer gebraucht ... Dudu, du bist genial.«

»Ich komm nach der Mutter«, sprach Tellico bescheiden.

»Aber ja doch, die ganze Mutter«, bestätigte Dainty. »Seht doch nur diese klugen Augen. Die leibhaftige Begonia Biberveldt, meine geliebte Tante.«

»Geralt«, stöhnte Rittersporn. »Er hat in drei Tagen mehr verdient als ich mit Singen in meinem ganzen Leben!«

»An deiner Stelle«, sagte der Hexer gewichtig, »würde ich das Singen aufgeben und mich mit Handel befassen. Bitt ihn, vielleicht nimmt er dich in die Lehre.«

»Hexer« – Tellico zupfte ihn am Ärmel. »Sag, wie kann ich ... dir danken ...«

»Zweiundzwanzig Kronen.«

»Was?«

»Für ein neues Wams. Schau, was von meinem übrig ist.«

»Wisst ihr was?«, schrie Rittersporn plötzlich auf. »Wir gehen alle ins Freudenhaus! In die ›Passiflora‹! Die Biberveldts laden uns ein!«

»Ob sie da Halblinge reinlassen?«, fragte Dainty bekümmert.

»Sollen sie nur versuchen, euch nicht hineinzulassen.« Chappelle setzte eine grimmige Miene auf. »Sollen sie's nur versuchen, und ich klage ihnen das ganze Bordell der Ketzerei an.«

»Na also«, rief Rittersporn. »Das geht in Ordnung. Geralt? Kommst du mit?«

Der Hexer lachte leise auf.

»Ach weißt du, Rittersporn«, sagte er. »Gern doch.«

Senator Bilbo

ANDY DUNCAN

»Bedauerlicherweise hat sich für uns, meine Freunde, jetzt die Notwendigkeit ergeben, die dringlichste Frage ernsthaft zu erwägen und offen zu diskutieren, der sich unsere Heimat seit dem Krieg gegenüber sieht. Damit meine ich natürlich die Rassenfrage.«

In der Stunde vor dem Morgengrauen waren die Galerien leer, und beinahe auch der Plenarsaal des Auenlandtages. Über den Saal verstreut lümmelten ein paar von den Verbündeten des Senators – etwas mehr, als benötigt wurden, um die Abstimmungsfähigkeit zu erhalten, nur für alle Fälle – an ihren Schreibbänken, die Füße hochgelegt, die Hände gefaltet, die Pfeifen mit dem besten Wasserau-Blatt gestopft, Picknickkörbe in Reichweite: allesamt Veteranen. Nur der junge Affalter aus der Brückenschänke schnarchte und sackte langsam in sich zusammen; die kastanienbraunen Locken auf seinem Kopf berührten fast die an seinen Füßen. Der Senator notierte sich Affalters Namen, ohne in seiner Rede innezuhalten. Er konnte eine Menge Arbeit erledigen, während er Reden hielt – selbst bei einem Filibuster* von neun Stunden (und noch andauernd).

* »Filibuster«, »Freibeuter«, nennt man einen aus US-amerikanischen Parlamenten bekannten Trick, durch endloses Reden eine unliebsame Abstimmung zu verhindern. – *Anm. d. Übers.*

»Es sind heutzutage Kräfte am Werk, meine Freunde, außerhalb und innerhalb unserer Heimat, die darauf abzielen, alle Grenzen niederzureißen, die zwischen unserer stolzen, edlen Rasse bestehen und dem ganzen maultierkauenden, höhlenhockenden, lichtscheuen, steingezeugten Abschaum des Ostens.«

Bei »Osten« versagte dem Senator die Stimme, also wandte er sich ab, um einen Schluck aus seiner (rein medizinischen) Taschenflasche zu nehmen. Seine Verbündeten verpassten ihren Einsatz nicht. »Hört, hört«, polterten sie und trommelten mit den schwieligen Fersen auf die Tischplatten. »Hört, hört.«

»Diese letzte Vorlage«, fuhr der Senator fort, »dieses so genannte Einwanderungsgesetz – welches, wie ich schon gesagt habe, sogar unsere unschuldigen Töchter den anrüchigen Gelüsten sämtlicher morastgezeugter Legionen der Finsternis aussetzen würde –, wo also stammt dieses kahlfüßige Ansinnen her, meine Freunde?«

»Bockland!«, erklang pflichtgemäß der Ruf.

»Also von der Abordnung von *Bockland* ... das uns allen seit langem als Brutstätte von Buchkrämern, Einerdlern, Elbensympathisanten und anderen abartigen Abarten der Halbling-Rasse bekannt ist.«

Das Letztere war für den eben eingetroffenen Fredegar Straffgürtel gesagt, das ungewöhnlich beleibte Junior-Mitglied der Bockland-Abordnung. Er kam schnaufend den Mittelgang entlang, nachdem er beim stündlichen Hinterzimmer-Ritual den Kürzeren gezogen hatte.

»Wird der ehrenwerte Senator ...«, konnte Straffgürtel noch hervorquetschen, ehe ihn ein Hustenanfall überkam. Er wedelte mit den blasenähnlichen Händen und versuchte vergebens, die dicken Purpurwolken zu teilen, die im Saale hingen wie die Ausdünstungen der Ostermark. Seit ein von Bockland unterstütztes Gesetz, Pfeifenkraut aus dem Parlamentssaal zu verbannen, vor drei Auenlandtagen von Senator Bilbo zu Fall gebracht worden war, war gegen das Pfeiferauchen seiner Verbündeten nicht mehr anzukommen. Schließlich sprudelte Straffgürtel hervor: »Wird der ehrenwerte Senator vom Bühl so freundlich sein, das Wort abzugeben?«

Daraufhin senkte der Senator seine Brille und schaute durch den Saal zum Thain des Auenlandes, der an seinem Tomatenbrötchen vorbei aufsagte: »Gibt der ehrenwerte Senator vom Bühl es also ab?«

»Nein«, antwortete der Senator herzlich.

»Der Antrag ist abgelehnt, und der ehrenwerte Senator vom Bühl hat weiterhin das Wort«, sagte der Thain des Auenlandes auf, worauf er wieder herzhaft von seinem Brötchen abbiss. Die Partei des Senators hatte die Geschäftsordnung so abgeändert, dass das Aufsagen dieser Worte die einzige Pflicht war, die dem traditionsreichen Amt des Thains verblieb.

»Oh, Hölle und Humpen«, murmelte Straffgürtel, der bereits wieder den Mittelgang zurücktrottete. Als er an Gorhendad Bolger von den Dachsbaus vorbeikam, bot ihm dieser Mann des Senators wie einst sein Vater freundlich ein Stück Pickles an, welches Straffgürtel mit finsterer Miene annahm.

»Nachdem nun der ehrenwerte Herr aus dem Nebelgebirge von sich hat hören lassen«, sagte der Senator und wartete das Gelächter ab, »lasst mich nun zu den Beweisen kommen – den überwältigenden Beweisen, meine Freunde –, dass viele von den orkischen Fürsprechern, die gegenwärtig unter uns leben, in Wahrheit seit geraumer Zeit aktive Agenten des Dunklen Herrschers sind ...«

Während der Senator weiter seinen Sermon abzog, wobei er nur selten in seine Notizen schaute und Statistiken und andere Tatsachen nach Bedarf erfand, gewiss, dass dieses Einwanderungsgesetz wie so viele vor ihm hinwelken und eingehen würde, wenn die Geduld der Bockländer erst einmal erschöpft war, wankte sein Selbstvertrauen nur einmal, ohne dass jemand anders im Saal es bemerkt hätte. Nachdem er eine halbe Stunde lang die Orkgefahr entlarvt hatte, bemerkte der Senator im Augenwinkel eine Bewegung, nein, eher einen Lichtwechsel, ein *Schimmern.* Instinktiv wandte er den Kopf der Quelle zu und sah – oder *glaubte* zu sehen –, wie in der fernsten, dunkelsten Ecke der ansonsten leeren Galerie eine menschengroße Gestalt in einem Umhang und mit spitzem Hut saß und etwas hielt, was ein Stab sein musste (sein *konnte*); doch im nächsten Augenblick enthielt die Ecke nur Schatten, und der Senator überging, was immer es gewesen sein mochte, als Grille, geboren aus Erschöpfung und Müdigkeit. Doch ihm blieb ein Frösteln, als ob (wie seine alte Mutter, eine Tuk, zu sagen pflegte) ein Drache über seinem Grab geschwebt habe.

Mittags gaben die Bockländer ihren schändlichen Versuch auf, den Hohen Hag, die Brücke über den Brandywein und die anderen Eingangstore entlang der Grenzen für jeden Bastard von so genanntem »Flüchtling« zu öffnen, sei er nun Halbling, Mensch, Elb, Ork, Warg, Grabunhold oder Schlimmeres. Ja, das wäre doch das Ende der Auenland-Kultur, die Verunreinigung der Halbling-Rasse! Nein, mein Herr! Nicht heute – nicht, solange der Senator das Seine tat.

Siegreich, aber erschöpft, bahnte sich der Vorkämpfer für das Erbe des Auenlandes, umgeben von einem Anhang von Bittstellern, Gehilfen, Wohlgesonnenen, Reportern und Jasagern, seinen Weg durch das Tunnellabyrinth, das zu seiner Bürosuite in der Bühl-Seite führte. Es waren die größten und hübschesten Büros, die nur je ein Senator hatte, mit den meisten Speisekammern und den meisten Fenstern auf die Wässer, doch sie waren auch am weitesten vom Sitzungssaal des Auenlandtages entfernt gelegt. Der berühmte Vorfahr und Namensvetter des Senators war sogar noch mit einundelfzig Jahren gesund und munter gewesen; der Senator, der auf die Neunzig zuging, gedachte diesen Rekord zu brechen. Doch jedes Mal, wenn er das Parlament verließ, schien das Büro weiter weg zu liegen.

»Gogluk tragen?«, fragte einer der Leibwächter.

»Gogluk *nicht* tragen«, gab der Senator ärgerlich zurück. Wenn es erst mal so weit wäre, dass er sich von einem Troll wie ein Gepäckstück durch die Gänge tragen ließ, dann wär's das für ihn wirklich gewesen.

Alle Tunnel, die der Senator für gewöhnlich benutzte, waren vergrößert worden, um der Statur seiner beiden Leibwächter gerecht zu werden, die sich trotzdem bücken mussten, und ihre schuppigen Schultern kratzten an der Decke entlang. Treu, beschränkt und riesig – über fünf Fuß groß –, waren die Trolle des Senators im Auenland fast ebenso bekannt wie der Senator selbst, zum Teil dank einer immer wiederkehrenden Antwort, die der Senator auf eine vor Wahlen immer wiederkehrende Frage der Presse gab: »Ein Rassist? Ich? Wieso denn, ich habe Gogluk und Grischsog gern, als wären sie mein eigen Fleisch und Blut, und sie haben mich ebenso gern, nicht wahr, Jungs? Na also! Da, Jungs, nehmt noch eine Keks.«

Später am Abend, wenn sich die Trolls zurückgezogen hatten, pflegte der Senator seine Gedanken dann auszubauen. Also Trolle, denen konnte man etwas beibringen, sie waren lernfähig; sie hatten ihren Nutzen, genau wie diese herumwuselnden Elben, die sich so gut mit Zahlen auskannten. Selbst als Rasse stellten die Trolle kaum eine Bedrohung dar – seit Jahrhunderten hatte niemand ein Trollkind gesehen. Aber diese Orks? Die vermehrten sich ja pausenlos.

Freilich trugen sie den Senator nicht, doch als die Trolle bei der Tür zum äußeren Büro des Senators angelangt waren (keine menschenmäßige rechteckige Tür, sondern eine traditionell auenländisch runde, grün mit blankem Messingknopf in der Mitte), hielten sie den ermatteten alten Halbling aufrecht und schoben ihn vorwärts wie ein Kind, das eine hässliche alte Tante küssen soll. Nur der Mund des Senators ging unermüdlich. Er fuhr fort, Wähler zu grüßen, Babys zu loben, Lakaien Befehle zuzuschnauzen und sich über das glorreiche Erbe des Auenlandes auszubreiten, während sich die Prozession durch die immer kleiner werdenden Räume der einem Kaninchenbau ähnelnden Bürosuite drängte und Mitläufer wie Schlangenhaut abstreifte. Die Einzigen, die es vom innersten Außenbüro zum äußersten Innenbüro schafften, waren der Senator, die Trolle und vier Reporter, die sich allesamt für gewiefte Unterbühl-Insider hielten, da sie so weit ins Allerheiligste des großen Mannes mitkommen durften. Der Senator erwies diesen Reportern überdies die Gnade, die üblichen Antworten auf die üblichen Fragen aufzusagen, während er seine Post durchsah, die dicken Kuverts einsteckte und die dünnen auf einen Stapel für seine Sekretärin, Fräulein Boffin, legte. Der Senator konnte bei Pressekonferenzen fast ebenso viel Arbeit erledigen wie während einer Rede.

»Senator, einige Mitglieder der Abordnung von Bockland haben inoffiziell angedeutet, es laufe gegen Euch eine Untersuchung wegen vorgeblicher Bestechlichkeit. Habt Ihr dazu etwas zu sagen?«

»Ihr könnt dem alten Gerontius Braunlocke mitteilen, er braucht sich nicht hinter einer Fassade von Anonymität zu verstecken, und des Weiteren, dass ich gesagt habe, er wurde um Mitternacht auf einem Orkfriedhof gezeugt, von einer Warg gesäugt und von einem Idioten erzogen. Das natürlich inoffiziell.«

»Senator, wie schätzt Ihr Eure Chancen für eine Wiederwahl nächsten Herbst ein?«

»Das einzige Mal, meine Beste, dass ich jemals in einem Wahlkampf unterlegen bin, war in meinem ersten. Als Eure

Großmutter klein war, habe ich eine Beamtenstelle an einen Veteranen der Schlacht von Wasserau verloren. Einen einarmigen Veteranen. Ich begann, selber für ihn zu stimmen. Aber wenn nicht sehr bald ein einarmiger Veteran auftaucht, mein Fräulein, dann habe ich's nicht eilig, meine Sachen zu packen.«

Die Presse liebte den Senator. Er war gut zu zitieren, und weiter verlangte die Presse nichts von einem Amtsinhaber.

»Also, meine Herren, Damen, die Angelegenheiten des Auenlandes warten. Nur noch Zeit für eine Frage.«

Eine unbekannte Stimme, alt und scharf wie Düsterwaldkäse, ertönte: *»Es heißt, Ihr Vorfahr hat eine Elbin zur Frau genommen.«*

Der Senator hob den Blick, das Gesicht noch runder und röter als üblich. Die Reporter wichen zurück. »Das ist eine Lüge!«, schrie der Senator. »Wer hat so was gesagt? Los, los. Wer hat das gesagt?«

»Was gesagt, Senator?«, fragte der älteste Reporter Kurzlochner vom *Wasserauer Schlachtruf*, und seine Stimme kam pfeifend wie durch Schilfrohr. »Ich habe nur gerade nach dem Quartalsbericht der Sägewerksproduktion gefragt. Wenn ich fortfahren darf ...«

»Auf Wiedersehen«, sagte der Senator. Die Trolle, die auf dem Sprung standen, griffen sich die Reporter, schoben sie ins innerste Außenbüro, schlugen die Tür zu und schlossen sie ab. Kurzlochner, der schneller draußen war, als er es merkte, beendete seine Frage im Nachbarzimmer, die Stimme vom Holz dazwischen gedämpft. Die Trolle wischten sich die Hände ab.

»Auf Wiedersehen«, sagte Gogluk – oder war es Grischsog?

»Auf Wiedersehen«, sagte Grischsog – oder war es Gogluk?

Was natürlich in der verhunzten Gemeinsamen Sprache, wie sie unter Trollen geläufig war, bedeutete: »Auftrag ausgeführt, Senator.«

»Keine Besucher«, befahl der Senator knapp, noch immer von der körperlosen Stimme verärgert, während er einen großen Messingschlüssel aus seiner Westentasche zog und die Tür zu seinen Privatgemächern aufschloss. Hinter ihm gingen die Trolle in Stellung, falteten die Arme und versteinerten.

»Einbildung«, murmelte der Senator, als er seinen privaten Tunnel betrat.

»Höre Stimmen«, fügte er hinzu, als er die Tür hinter sich abschloss.

»Muss erschöpft sein«, sagte er, als er ins Wohnzimmer trottete, gähnte und sich die Hüfte rieb.

Nichts in aller Welt wünschte er mehr als einen Schluck Bier, eine Pfeife und ein langes Nickerchen in seinem Lehnsessel, also war er erst recht betroffen, als er seinen Sessel bereits besetzt fand – von einer weißbärtigen Großen Persönlichkeit mit hohem, spitzem, blauem Hut, knöchellangem grauem Mantel und gewaltigen schwarzen Stiefeln, einen dicken Eichenstab quer über den Knien.

»Pfui Teufel!«, schrie der Senator.

Der Zauberer – denn ein Zauberer war es gewiss – stand langsam auf, die Augen wie Laternen, die buschigen grauen Augenbrauen zu einem Donnerwetter zusammengezogen, das Gewebe seines Mantels von einem Meteorschauer durchblitzt, einen knorrigen Zeigefinger zum Senator hin ausgestreckt – der, nachdem sich der Überraschungseffekt gelegt hatte, nicht beeindruckt war. Der Meteoreffekt dauerte nur ein paar Sekunden, und danach war der Eindringling ein gewöhnlicher alter Mann, wenn auch seine Fingernägel länger und gelber als bei den meisten waren.

»Erinnert Ihr Euch an mich?«, fragte der Zauberer. Seine Stimme knisterte wie brennende Spelzen. Der Senator erkannte diese Stimme.

»Sollte ich?«, gab er zurück. »Was hat das zu bedeuten, mir Beleidigungen in den Kopf zu blasen? Und mir im Auenlandtag nachzuspionieren? Leugnet das nicht, ich habe Euch auf den Galerien umherhuschen sehen wie einen schlechten Traum. Los, zeigt mir, dass Ihr eine Zunge habt – sonst lasse ich die Trolle danach suchen.« Der Senator machte sich ein Vergnügen; er hatte keinen Eindringling hinauswerfen müssen, seit vor drei Sitzungsperioden jene singenden Elben das Außenbüro besetzt hatten.

»Ihr habt mir vor ein paar Jahren«, sagte der Zauberer, »eine Stelle an der Universität verschafft, im Austausch für gewisse örtlich begrenzte Wettererscheinungen am Wahltag.«

Das war es also nur. Noch so ein verstimmter Amtsinhaber. »Mag sein«, gab der Senator kurz angebunden zurück. »Na und?« Der alte Kerl machte keine Anstalten, sich wieder zu setzen, also ließ sich der Senator in den Lehnsessel fallen. Die Polster stanken jetzt nach Mensch. Der Senator stieß mit dem Fuß den Stab des Zauberers beiseite und zuckte mit dem Bein zurück – ihm war, als habe etwas an seiner Zehe genagt.

Der Stab rollte vor die Füße des Zauberers. Als er ihn aufhob, flammte das breitere Ende in einem inneren blauen Glühen auf. Er fuhr fort, im Zimmer umherzuschlurfen, nahm allerlei Krimskrams in die Hand und legte ihn wieder hin, während er sprach.

»Es sind harte Zeiten für Zauberer«, krächzte er. »Neue Kräfte sind auf der Welt zu Gange, und während die Kräfte von Wind und Fels, von Wasser und Baum verebben, schwinden wir mit ihnen. Dennoch haben wir unserer Hand voll Studenten Achtung vor den alten Bräuchen beigebracht. Doch jetzt leider nicht mehr!«

Der Senator hörte halb hin, pfiff durch seinen Augenzahn und verfolgte einen Floh über die Oberseite seines Fußes.

»Der gesamte thaumatologische Fachbereich – aufgelöst! Mit Pensionen, die eine reine Frechheit sind! Ein Häuflein alter Männer, gebrechlicher als ich, außerstande, sich auch nur in Eure Gemächer zu begeben, wie ich es mit Mühe getan habe – um Euch zu fragen, Antwort zu fordern: Warum?«

Der Senator gähnte. Seine administrative Säuberung der einzigen Universität des Auenlandes in Michelbinge war eine komplexe Angelegenheit mit einem komplexen Zweck gewesen. In den letzten Jahren hatte die Fakultät absonderliche Ostler-Ideen in ihre Köpfe und Hörsäle aufgenommen – wirrköpfige Behauptungen, alle Rassen seien nahe verwandt, Orks und Trolle seien nicht gesondert von der Dunklen Macht gezeugt worden, ja sogar die Existenz der Dunklen Macht sei nur ein Mythos. Dann hörte die Fakultät auf, den Wahlkampfbeitrag zu bezahlen, der von allen Angestellten des öffentlichen Dienstes verlangt wurde, und bedrohte solcherart den berühmten »Abzugskasten« des Senators. Am schlimmsten – die Fakultät forderte »offenen Zugang für qualifizierte Nicht-Halblinge«, und die Schlacht hob an. Nach Jahren einer Politik kleiner Eingriffe beherrschten jetzt die vom Senator eingesetzten Leute die Universitätsleitung, und eine längst überfällige Säuberung war im Gange.

Nicht, dass der Senator das alles einem beschäftigungslosen Sprüchemurmler hätte in Erinnerung rufen müssen. Der Senator sagte weiter nichts als: »Es war die Leitung, die das Budget gekürzt hat, nicht ich.« Mit einem Triumphschrei färbte er einen Fingernagel mit dem Floh purpurrot. »Außerdem«, fügte er hinzu, »haben sie alle populären Fachbereiche behalten. Vielleicht könntet Ihr ein paar Abschnitte von Erbe 101 übernehmen.«

»Erbe 101« war ein neues, obligatorisches Fach, das Studenten in der einzigartigen und überlegenen Natur der Halbling-Kultur unterwies und in den Gefahren von Einwanderung, wirtschaftlicher Entwicklung und Reisen.

Der Zauberer antwortete nur: »Pah!«

Der Senator zuckte mit den Achseln. »Wie Ihr wollt. Ich höre, dass die Spielhäuser am Anduin Personal einstellen. Kennt Ihr irgendwelche Kartentricks?«

Der Zauberer starrte ihn mit wässrigem Blick an, dann schüttelte er den Kopf. »Na schön«, sagte er. »Ich sehe, meine Zeit ist vorüber. Mir und meinesgleichen bleiben nur die Grauen Anfurten. Wir hätten längst gehen sollen. Doch auch Eure Zeit läuft ab. Kein Zaun, keine Grenzwache - nicht einmal Ihr, Senator - kann alle Veränderungen fern halten, die auf das Auenland zukommen.«

»Ach, wir können also nicht?«, gab der Senator zurück. In dem Maße, wie er in Fahrt kam, wurde sein Wasserau-Akzent stärker. »Wir haben immerhin diese Bockländer daran gehindert, dieses so genannte Gerechte Verteilungssystem einzuführen, was den Leuten die Früchte ihrer harten Arbeit wegnimmt und sie an faulen Abschaum verschenkt, damit der sie aufisst. Immerhin haben wir verhindert, dass überall auf dem Bühl diese hässlichen Rauf-runter-Häuser der Menschen als Herbergen für eingewandertes Kroppzeug gebaut werden, das weder ganz Halbling noch ganz Mensch noch ganz irgendwas ist. Immer noch besser, man gehört zu einer bösen Rasse, als zu gar keiner.«

»Es gibt keine bösen Rassen«, sagte der Zauberer.

Der Senator schnaufte abfällig. »Ich weiß nicht, wie *Ihr* erzogen worden seid, aber ich bin mit dem Roten Buch der Westermark aufgewachsen, Kapitel für Kapitel und Vers für Vers, und es steht im Roten Buch geschrieben, dass Orks ein Zerrbild auf Menschen sind, dreckige Kannibalen, gezeugt vom *Feind*, darauf aus, die Welt zu überrennen ...«

Er fuhr in diesem Ton fort, war, wie es ihm oft bei Gesprächen geschah, in seine Standard-Rede verfallen, angespornt von den Erinnerungen an tausend ihm zujubelnde Halbling-Mengen. »Oh, unser gutes solides Auenland-Leben hat überall Feinde«, rief er schließlich, »äußere und innere

Feinde, aber wir werden sie immer wieder zurückschlagen und den guten Kampf führen, den unsere Vorfahren in der Schlacht von Wasserau ausgefochten haben. Erinnert Euch an den Ruf:

Erwacht! Erwacht! Gefahr! Feuer! Feinde!
Erwacht! Feinde! Erwacht!«

Der Jubel verhallte, und dem Senator blieb nur das Echo der eigenen Stimme in den Ohren. Seine erhobenen Fäuste waren aufgedunsen und fleckig – die Fäuste einer Leiche. Rot angelaufen und benommen schaute sich der Senator im Zimmer um, blinzelte ein wenig verlegen – und auf einmal erschöpft. Zwischendurch war er aufgestanden; jetzt gaben seine Beine nach, und er sank in seinem Lehnsessel zurück, dass eine Tabakwolke aufstieg. Auf dem Teppich, knapp außer Reichweite, lag die Pfeife, die ihm wohl aus der Hand gefallen war, mit einem Ende auf einem verstreuten Häufchen auskühlender Asche. Er griff nicht danach, er brachte nicht die Energie auf. Mit dem Taschentuch wischte er sich das von Speichel bedeckte Kinn ab.

Der Zauberer betrachtete ihn, die faltigen Finger über seinem Stab verschränkt.

»Ich weiß gar nicht, warum ich mit Euch rede«, murmelte der Senator. Er beugte sich mit geschlossenen Augen vor, und ihm war übel. »Ihr bereitet mir Kopfschmerzen.«

»Ein Sperrspruch«, sagte der Zauberer. »Er hat Euch daran gehindert, mich hinauszuwerfen. Vorübergehend natürlich. Man stößt dagegen wie gegen eine niedrige Zimmerdecke.«

»Lasst mich allein«, stöhnte der Senator.

»Solch eine Begabung«, murmelte der Zauberer. »Solch eine Energie, und wozu?«

»Zumindest bin ich ein Halbling«, sagte der Senator.

»Größtenteils schon«, sagte der Zauberer. »Gehört Genealogie zu Euren Interessen, Senator? Wir Zauberer haben da was drauf. Wir können die Abstammungslinien sehen, indem wir einfach nur hinschauen. Möchtet Ihr wirklich wissen, wie ... interessant ... Eure Abstammung ist?«

Der Senator raffte alle Energie zusammen, um »Hinaus!« zu rufen, hörte aber nichts. Zauberei hielt die Worte in seinem Mund zurück.

»Es gibt keine bösen Rassen«, wiederholte der Zauberer, »wie bequem diese Ansicht auch für Patrioten, Priester und Geschichtenerzähler sein mag. Ihr könnt jetzt Eure Trolle rufen.« Seine Geste war halb ein Schulterzucken, halb ein Krampf.

Plötzlich hatte der Senator seine Stimme wieder. »Jungs!«, stieß er heiser hervor. »Jungs! Kommt schnell! Hilfe!« Während er brüllte, schien sich der Zauberer wie eine Jalousie aufzurollen, dann zu einem röhrenförmigen Schwarm Glühwürmchen zu werden. Als die Trolle die Tür zu Kleinholz zerschlugen, waren die meisten Glühwürmchen verschwunden. Die letzten Funken verloschen auf ihren schuppigen Schultern, als die Trolle stehen blieben, unschlüssig, was sie pulverisieren sollten. Der Senator hörte, wie ihre Lider über die Augäpfel schurrten, als sie ein-, zweimal blinzelten. Dann fragte der Troll links: »Gogluk helfen?«

»Gogluk zu *spät* zum Helfen, schönen Dank auch!«, knurrte der Senator. Die Trolle versuchten ihm zu helfen, als er sich mit Mühe aus dem Lehnsessel erhob, doch er machte ihnen mit einem Schlag klar, ihm vom Leibe zu bleiben, und zischte, jetzt ordentlich wütend: »Und wenn ihr Ohren von Stein habt, habt ihr mich denn nicht rufen gehört? Mit wem, meint ihr, habe ich gesprochen?«

Die Trolle tauschten Blicke. Dann sagte Grischsog leise: »Senator reden viel, wenn allein.«

»Viel«, rang sich Gogluk ab.

Der Senator hätte vielleicht beiden eine heruntergehauen, wenn ihn nicht der Zauberstab abgelenkt hätte. Mitten in dem Feuerwerk fallen gelassen, war er unter den Tisch gerollt. Ohne zu wissen, warum, langte der Senator mit leuchtenden Augen danach. Das glatte Eichenholz fühlte sich warm an: von Wärme erfüllt wie ein Lebewesen. Dann riss der Senator mit einem Schrei die Hand zurück. Diesmal hatte ihn das verdammte Ding *eindeutig* gebissen; Blut tropfte von seiner rechten Handfläche herab. Unter den starren Blicken von drei Paar Augen versank der Stab im Teppich wie ein schmelzender Eiszapfen, und dann war er weg.

»Zauberei«, sagten die Trolle beeindruckt im Chor.

»Zauberei?«, schrie der Senator. »Zauberei?« Er hieb mit den Fäusten auf die Trolle ein, verletzte indes nur ihre Würde; ihre aufragenden Gestalten brachten es fertig, wie Hunde zu kuschen. »Wenn ihr Zauberei haben wollt, sollt ihr Zauberei kriegen!« Er holte ein letztes Mal aus, verlor das Gleichgewicht und sank ohnmächtig in die Arme der Trolle.

Die Bunce-Schänke, jetzt in den Händen der Urenkelin des Gründers, war seit Generationen die bevorzugte Gaststätte für die Leute vom Auenlandtag. Der Senator war seit Monaten nicht mehr drinnen gewesen. Er schützte Staatsgeschäfte vor, doch die Wahrheit war, dass er jetzt viel mehr Schlaf brauchte. Doch als er aus seiner Ohnmacht erwachte und merkte, wie sich die Trolle mit ihm abmühten, verlangte er, auf einen Schluck zur Bunce-Schänke gebracht zu werden, ehe er schlafen ging. Die rechte Hand des Senators schmerzte ein wenig unter dem Verband, doch ansonsten wirkte das unangenehme Zwischenspiel mit dem Zauberer wie ein schlechter Traum und schmolz schon dahin wie der Stab. Der kleine Trollwagen des Senators ruckelte durch die warme, nach Geißblatt duftende Nacht, über die gepflasterten Straßen der Hauptstadt, in den warmen Lichtschein hinein und wieder heraus, den runde Fenster warfen, hinter denen sich nette glückliche Halbling-Familien zu Halbling-Abendessen und Halbling-Spielen und Halbling-Träumen fanden.

Die Schänke selbst war so voll wie immer, doch die stieren Blicke der Trolle veranlassten eine Gruppe von Trödlern, rasch auszutrinken und ihren Tisch frei zu machen. Die Trolle zogen sich zu einer nahe gelegenen Ecke zurück, aus dem Weg, aber immer zur Stelle, wie es Leibwächter sein sollten. Der Senator setzte sich und lehnte sich mit einem Seufzen und einem Humpen und einem Teller Chips zurück und ließ den Blick über das lebhafte Treiben ringsum schweifen, zufrieden, nicht dazuzugehören. Das Gewicht des randvollen Zinnhumpens in seiner ungeübten Linken überraschte ihn, sodass er auf dem Weg zum Munde ein paar Tropfen von Bunce' Bestem verschüttete. *Ah.* Ganz, wie er es in Erinnerung hatte. Er leckte sich den Schaum von den Lippen und nahm noch einen tiefen Zug – und verschluckte sich prompt. Der da keine sechs Fuß entfernt eifrig einen freien Tisch abräumte, war ein Ork.

Und nicht einfach ein Ork. Dieser hatte offensichtlich unter seinen Vorfahren irgendwo einen Menschen. Der Senator hatte dafür gesorgt, dass die Gesetze des Auenlandes gegen Rassenmischung in Kraft blieben und die zugehörigen Strafen verschärft wurden, doch anderswo auf der Welt waren leider die traditionellen Moralwerte so weit herabgesunken, dass dergleichen gotteslästerliche Vermengungen nur zu oft vorkamen. Dieses Wesen zwar ohne Zweifel ein Ork – der Tonnenkörper und die O-Beine, die flache Nase und die seitlich offenen Nasenlöcher, das breite Gesicht, die schräg stehenden Augen, das grobe Haar, die monströsen Hauer in den Mundwinkeln –, doch wie sich die Arme des Orks bewegten, als er schmutzige Teller stapelte, hatte etwas unangenehm Menschliches. Er hatte auch echte Hände mit langen, schlanken Fingern, und als er den Kopf wandte, sah der Senator, dass seine Pupillen nicht die katzenhaften Schlitze wie bei Orks waren, sondern rund wie bei Zwergen, Menschen und Halblingen. Es war, als sähe man einen armen gefangenen Halbling aus einer ungeheuerlich viehischen Schale herauslugen, wie in jener Kindergeschichte, wo der Held vom Oger verschlungen wird und drinnen nach Hilfe ruft. Der Ork begann beim Arbeiten zu pfeifen.

Den Senator schauderte, er fühlte, wie ihm die Galle hochkam. Seine verletzte Hand schmerzte mit jedem Herzschlag. Ein dreckiger Ork-Mischling arbeitete hier in der Bunce-Schänke! Der alte Bunce würde sich im Grabe umdrehen. Als er das junge Fräulein Bunce erblickte, die durch die Menge sauste, versuchte der Senator, sie an seinen Tisch zu winken, um ihr die Meinung zu sagen. Doch sie schien nur für den Ork Augen zu haben. Sie legte ihm die Hand auf die Schulter und sagte mit freundlich perlender Stimme: »Bitte, mein Herr, bemüht Euch nicht, Ihr seid zu freundlich. Ich werde den Tisch abräumen; setzt Euch nur und sagt mir, was Ihr möchtet. Der Lammbraten ist heute sehr gut und zu empfehlen.«

»Ich helfe doch immer gern, meine Dame«, sagte der Ork und ließ seinen üblen Körper auf die ächzende Bank plumpsen. »Ich sehe doch, wie viel Ihr zu tun habt. Ich habe den Eindruck, Ihr habt jedes Mal mehr zu tun, wenn ich durchs Auenland komme.«

»Manche sagen, ich bräuchte einen Mann hier im Haus«, sagte Fräulein Bunce, die Hände jetzt mit Tellern beladen, »aber Mensch! Dann hätte ich noch mehr zu tun, nicht wahr?« Der Ork ließ ein grässlich glucksendes, schleimgefülltes Gelächter ertönen, während Fräulein Bunce mit wehendem Hinterteil wegrauschte, dann zu ihrem grotesken Gast zurückschaute und zwinkerte.

In diesem unheilträchtigen Augenblick haute jemand dem Senator kräftig auf den Rücken. Es war Fredegar Straffgürtel, einen Humpen schäumendes Bier in der Hand und ein dümmliches Grinsen im dicken roten Gesicht. Der Alkohol hatte ihn in eine betrübliche parteiübergreifende Stimmung versetzt. »Hallo, Senator«, zwitscherte Straffgürtel, während er dem Senator immer wieder auf den Rücken schlug. »Im Parlament gegeneinander, beim Trinken miteinander, was, Senator, was, Freund, was, Kumpel?«

»Hört auf, auf mir herumzuklopfen«, sagte der Senator. »Ich habe mich nicht verschluckt. Hört mal, Straffgürtel. Was macht da drüben dieses ... dieses *Geschöpf*?«

Straffgürtels verschleierter Blick folgte langsam dem Zeigefinger des Senators, wie eine ersterbende Flamme einer feuchten Zündschnur folgt. »Na, er schaut sich die Speisekarte an und lässt sich ein Maß kommen, genau wie wir.«

»Ihr wisst, was ich meine! Schaut euch diese Hände an. Er redet, als ob ihm jemand irgendwo eine Ausbildung gegeben hätte. Wo kommt er her?«

Während er antwortete, bediente sich Straffgürtel bei den Chips des Senators. »Ich erinnere mich nicht an den Namen, aber er stammt aus Dunland, von einer dieser neuen, wie heißen sie doch gleich, Investment-Gesellschaften, die ihre Hände überall ein bisschen drin haben. Sie werden meistens von Orks und Zwergen geführt, aber sie stellen alle möglichen Sorten Leute an. Mein Ältester, Bungo, hat sich da beworben, und ich hab gesagt, mach das, Junge, für einen schlauen Burschen wie dich gibt's im Auenland keine Arbeit, und dein lieber Alter wird auf seine alten Tage nicht weniger verdrücken. Die junge Bunce, die versteht sich auf diese Chips, wirklich. Könntet Ihr mal den Essig rüberreichen?«

Der Senator war bereits aufgestanden und schlich sich zum Tisch des Orks hinüber, wo das hauerbewehrte Ungeheuer seine Bestellung aufgegeben hatte und sich nun mit einem der kleinen Solitär-Spiele befasste, die Fräulein Bunce zur Unterhaltung ihrer Gäste auf die Tische legte. Der Ork hob seinen massigen Kopf, als er die Anwesenheit des Senators gewahr wurde.

»Guten Abend, mein Herr«, sagte er. »Ihr könnt mein Zeuge sein. Schaut Euch das an, bitte. Nur noch ein Stein übrig, und in der Mitte des Brettes. *Das* habe ich noch nie geschafft!«

Der Senator räusperte sich und spuckte dem Ork ins Gesicht. Ein brauner Klumpen rann ihm über die platte Nase. Der Ork griff nach seiner Serviette, wischte sich das Gesicht ab und stand auf, dass die Bank im ansonsten stillen Raum hörbar knarrte. Der Ork war ohne weiteres doppelt so breit wie der Senator und doppelt so groß, dennoch brauchte er nicht den Kopf einzuziehen. Seit dem letzten Besuch des Senators hatte Fräulein Bunce die Decke höher legen lassen. Während er zu dem unerforschlichen, brutalen Gesicht aufschaute, blieb der Senator standhaft, sein eigenes Gesicht zornrot, und ihm verlieh das Wissen Sicherheit, dass sich die Trolle direkt hinter ihm befanden. Jemand auf der anderen Seite des Zimmers hustete. Der Ork schaute in jene Richtung, zwinkerte, schüttelte ein-, zweimal den Kopf, wie ein Pferd, das von Fliegen belästigt wird. Dann atmete er aus, wobei seine dicke Oberlippe wie eine Kinderschnarre flatterte, und setzte sich. Er zog das Spielbrett näher heran und steckte die Steine wieder in die Löcher, einen nach dem anderen, und dann nahm er unter den Augen des Senators das Spiel wieder auf.

Der Senator, um seinen Kampf betrogen, war sich unsicher, was er tun sollte. Er konnte sich nicht entsinnen, wann er das letzte Mal derart komplett ignoriert worden war. Er öffnete den Mund, um dem Ork ein paar Takte zu sagen, doch er fühlte jemanden so kräftig an seinem Ärmel ziehen, dass er still blieb. Es war Fräulein Bunce, die Lippen schmal, das Gesicht bleich, auf den Wangen zwei rote Flecke. »Es ist spät, Senator«, sagte sie sehr leise. »Ich glaube, Ihr solltet jetzt lieber nach Hause gehen.«

Hinter ihr starrten hundert Gesichter ihn an. Die meisten gehörten Fremden. Nicht alle waren Halblinge. Der Senator hielt auf den Gesichern der Menge nach Unterstützung Ausschau, und zum ersten Mal im Leben fand er keine. Er fand nur Feindseligkeit, Neugier, Gleichgültigkeit. Er spürte, wie ihm noch mehr Hitze ins Gesicht stieg, doch nicht vor Zorn.

Beinahe hätte er dieser Bunce-Schlampe gesagt, was er von ihr und ihren Gästen hielt – aber das sparte er sich lieber für den Auenlandtag auf. Am besten, er wandte dieser Pesthöhle den Rücken. Er starrte jedermann vor sich finster an, wies seine Trolle mit einer Handbewegung an, ihm einen Weg zu bahnen, und murmelte: »Gehen wir, Jungs.«

Nichts geschah.

Der Senator wandte langsam den Kopf. Die Trolle waren nicht da. Die Trolle waren nirgends zu sehen. Noch weitere feindselige Gesichter von Fremden. Der Senator fühlte, wie ein kleines Rinnsal von Schweiß zwischen seinen Schulterblättern hinabrann. Der Ork ließ Spielsteine springen, nahm Spielseine weg: *klack, klack*.

Aha. Der Senator zwang sich zu lächeln, den Kopf hochzuhalten. Er nickte, tätschelte Fräulein Bunce die Schulter (sie schien der Berührung abgeneigt) und ging auf die Tür zu. Die Menge teilte sich vor ihm, sehr schweigsam. Er lächelte denen zu, die er kannte. Wenige lächelten zurück. Während er sich durch die Menge bewegte, kam murmelnd die Unterhaltung in Gang. Als er den Ausgang erreicht hatte, erfüllte wieder das übliche Stimmengewirr die Bunce-Schänke, einst die Lieblingskneipe des Senators, wo er vor langer Zeit gewonnen worden war, sich für die Auenland-Zuerst-Partei um ein Amt zu bewerben. Er würde nie wieder einen Fuß hierher setzen. Er stand auf der Schwelle, lauschte dem

Lärm hinter sich, dann schnitt er ihn ab, indem er die Tür schloss.

Die Nachtluft war heiß und drückend schwül. Zwischen den wartenden Wagen und Kutschen und Maultieren und den zweirädrigen Pedalgefährten, die die Schlauen heutzutage fuhren, wirkte im Lampenlicht der kleine Trollwagen des Senators albern. Wie auch seine beiden pflichtvergessenen Leibwächter, die sich in leidenschaftlicher Umarmung gegen eine nachgebende, knarrende Kutsche lehnten. Der Senator beschloss, dass er das nicht gesehen habe; er hatte heute schon genug gesehen. Er räusperte sich, und die Trolle sprangen mit viel Gehuste und Getue auseinander.

»Nach Hause«, blaffte der Senator. Den Blick auf dem unebenen Pflaster, trat er vorsichtig an den Wagen heran, setzte sich hinein und wartete. Nichts geschah. Die Trolle schauten einander nur an, traten von einem Fuß auf den anderen. Der Senator seufzte und fragte wider besseres Wissen: »Was ist los?«

Die Trolle wechselten noch einen Blick. Dann straffte der rechts seine Schultern – eine erstaunliche Geste angesichts der Größe dieser Schultern – und erklärte: »Gogluk kündigen.« Augenblicklich wandte er sich dem anderen Troll zu und sagte: »Bitte, ich hab's gesagt.«

»Und für mich gilt nämlich dasselbe«, sagte der andere Troll. »Lass uns gehen, Süßer. Vielleicht wird irgendein netter reinrassiger Halbling dieses alte Subjekt nach Hause bringen.«

Fühllos bis auf die herabhängende rechte Hand, die sich geschwollen wie ein Kürbis anfühlte, sah der Senator zu, wie die Trolle Arm in Arm fortgingen. Der eine sagte zum anderen: »Leute *anspucken*! Ich dachte, mich trifft der *Schlag*!« Während sie aus dem Bereich des Lampenlichts hinausschlenderten, rieb sich der Senator das Gesicht mit der Linken, massierte sich die runzlige Augenbraue. Vor langer Zeit hatte er in der Schule gelernt, dass die Schädel von Trollen im Kindesalter verknöchern und jegliche feinere Sprachbeherrschung unmöglich machen. Wenn das nicht wahr war, sollte es doch wahr sein. Es müsste ein Gesetz dafür geben. Er würde eins schreiben, sobald er zu Hause war.

Doch wie *kam* er nach Hause? Zu Fuß würde er es nie schaffen, und er konnte jedenfalls nicht wieder in die Kneipe schleichen und den ungeheuerlichen Straffgürtel bitten, ihn heimzufahren. Außerdem konnte er momentan nicht gehen – seine Augen tränten. Er wischte sie am Ärmel ab. Nicht, dass ihm die Trolle *fehlen* würden, gewiss nicht, so wenig, wie er etwa die Kaminroste vermissen würde, wenn sie sich erhöben, Beleidigungen knurrten, ihn im tiefsten Inneren verletzten, die Schufte, und ihn verlassen würden. Man konnte allemal neue kaufen. Doch beim Gedanken an die Kaminroste, die behagliche Feuerstelle, den Lehnsessel, begannen dem Senator wieder die Augen zu tränen. Er war so erschöpft und so verwirrt; er wollte weiter nichts als nach Hause. Und seine Hand schmerzte. Er hielt den Kopf gesenkt, während er sich die Augen wischte, für den Fall, dass jemand vorüberkäme. Es kam niemand vorüber. Die Straßenlampe flammte auf, als ein surrendes Insekt hineinflog. Er wünschte, er hätte diese nutzlosen Trolle gefeuert. Er würde es bestimmt tun, wenn er sie je wiedersah.

»Undank«, sagte der Senator laut, »ist der Fluch dieses Zeitalters.« Ein Maultier wieherte zur Antwort.

Auf der anderen Straßenseite, wo sich schwarz die Festwiese erstreckte, hob sich die Silhouette eines einsamen Mallorn-Baumes gegen den Sternenhimmel ab. Verzauberter Elbenstaub hatte den Mallorn und alle anderen nach dem Krieg gepflanzten Bäume in einem einzigen Jahr zur vollen Größe wachsen lassen, sodass das Auenland alsbald wieder grün und schön war – so zumindest ging die Legende, die die Partei des Senators schon vor Jahren aus den

Schulbüchern getilgt hatte. Der Senator schnaubte kräftig. Das Auenland brauchte nichts von den Elben.

Als die Schänkentür laut aufging, empfand der Senator eine Welle von Hoffnung, die sogleich schwand, als die massige Gestalt des Orks erschien. Der Bastard hatte drinnen schon abstoßend genug ausgesehen; jetzt, allein auf der lampenerleuchteten Straße, schien er tausend Halbling-Albträumen zu entstammen, seine ausladenden Schultern, breit wie Fässer, seine Fingerknöchel, die fast über das Pflaster schleiften, ein einzelnes rotes Auge, das mitten in seinem Gesicht glühte. Nein, halt. Das war eine Zigarre. Der Ork trat auf seinen absurden O-Beinen zurück und blies Rauchringe zur Straßenlampe hin – Ringe, die jedem Halbling Ehre gemacht hätten, doch was hieß das schon? Sogar einem Hund kann man in gewisser Weise das Tanzen beibringen. Der Ork streckte seine entsetzliche menschenähnliche Hand aus und tippte Asche in die Lampe. Dann wandte er, den Arm noch erhoben, seinen großen Kopf mit den breiten Kiefern herum und schaute direkt zum Senator hin. Selbst ein Halbork konnte im Dunkeln sehen.

Der Senator keuchte. Er war alt und allein, keine Leibwächter. Jetzt kam der Ork auf ihn zu! Der Senator schaute sich nach Hilfe um, fand keine. War der Besuch des Zauberers ein Omen gewesen? Hatte der verbitterte alte Sprücheschleuderer zusammen mit seinem scharfzähnigen Stab einen Fluch zurückgelassen? Wie der Senator so geduckt dastand, das unerbittliche Klicken der Orkklauen auf den Pflastersteinen hörte, erstarb ihm der Schrei in der Kehle – nicht wegen irgendwelcher verdammter Zaubertricks, sondern vor Angst, purer, gewöhnlicher Angst. Irgendwie hatte er immer gewusst, dass ihn die Orks am Ende erwischen würden. Er schnappte nach Luft, wich zurück. Der Ork ragte über ihm auf, sein spitzer Kopf verdeckte das Lampenlicht. Der Ork legte eine grässliche Hand, oh wie sanft, dem Senator auf die rechte Schulter, die einzigen Stellen, wo sie ihn berührte, waren die Fingerspitzen – runde, menschliche, höllische Fingerspitzen. Der Senator erschauderte, als sei der Arm des Orks ein Blitzstrahl. Der Senator zuckte zusammen und starrte hin und bildete sich ein, dass die Orkhand und seine eigene verletzte Halblinghand zusammen blau flackerten wie die Enden eines Zauberstabs. Der riesige Mund spaltete das ledrige Gesicht des Orks, von unten blau erleuchtet, und eine Stimme rumorte wie ein unterirdischer Fluss: »Senator? Seid Ihr das? Alles in Ordnung mit Euch?«

Dort im Wagen zusammengekrümmt, von der sanften Hand des Wesens wie von einem Speer festgenagelt, begann der Senator zu weinen, vor Wut und Schmerz und Erniedrigung lauthals zu schluchzen, als ihm aufging, dass dieser verdammte Ork nicht vorhatte, ihm die Glieder zersplittern zu lassen und den Schädel zu zerschmettern und sein Hirn auszuschlürfen. Wie tief bin ich gesunken, dachte der Senator. Heute Morgen waren die vier Viertel des Auenlandes meine eigenen zehn Zehen, mit denen ich nach Belieben wackeln konnte. Heute Abend bemitleidet mich ein Ork.

Goblins, Kobolde, Orks

Gemessen an Andy Duncans »Senator Bilbo« ist der ebendort vorkommende Ork-Mischling zweifellos eine ausgesprochen sympathische Gestalt. Bei Tolkien jedoch sind die Orks dem Bösen verfallene Elben, Werkzeuge des Bösen und selbst nichts als böse und hässlich, das massenhaft auftretende Fußvolk des Dunklen Herrschers. Der Begriff, wohl verwandt mit dem Namen des römischen Gottes der Unterwelt, Orcus, bedeutete ursprünglich einen Dämon aus dem Totenreich, das man später mit der christlichen Hölle identifizierte. In angelsächsischer Zeit tauchte er gelegentlich auch für Riesen auf; übrigens lautet der wissenschaftliche Name des bis zu zehn Meter langen Großen Mörderwals (auch Großer Schwertwal genannt) orcinus orca.

In dem Kinderbuch Der kleine Hobbit, *das dem* Herrn der Ringe *voranging, hießen die Bösewichter ursprünglich nicht Orks, sondern Goblins, obwohl es sich durchaus um dieselbe Art Wesen handelt. (In der deutschen Übersetzung ist das dann gleich zu »Orks« vereinheitlicht worden.) Während die Orks, ehe Tolkien sie den Lesern in Erinnerung rief, aus der englischen Sprache praktisch verschwunden waren (noch heute enthält kaum ein Wörterbuch den Begriff »orc«), waren Goblins jedem Kind geläufig – das englische Wort bedeutet im Grunde einfach »Kobold«, allerdings sind die Goblins wohl im Durchschnitt etwas boshafter als das, was man sich im Deutschen unter einem Ko-*

bold vorstellt. (Das Englische hat noch andere Wörter für Kobolde, etwa »sprite«, was die meisten Deutschen für eine Zitronenlimonade halten, was aber eigentlich ein Kobold von der flink herumgeisternden Art ist.) Doch selbst Goblins können ganz unterschiedlich sein, wie Esther M. Friesners Erzählung »Der Gottesmann und der Kobold« vorführt – eine der beiden Titelgestalten ist just ein Goblin: hässlich wie ein Troll und anscheinend auch wesensverwandt, aber durchaus nicht bösartig wie ein Ork.

Wenn Tolkien also die Goblins in Orks umbenannte, hat er auch vermieden, den ersteren Unrecht zu tun. Doch selbst im Falle der per definitionem bösen Orks hat sich kaum ein anderer Fantasy-Autor von Rang, der diese Gestalten bei Tolkien entlehnte, dazu verstehen können, sie so abgrundtief böse und gesichtslos wie der Meister selbst zu zeichnen. Stan Nicholls beispielsweise hat einen dicken und sehr erfolgreichen Roman (auch dies ursprünglich eine Trilogie) Die Orks geschrieben*, »mit den Bösen aus J.R.R. Tolkiens Herr der Ringe in den Hauptrollen«, wie der Verlag griffig, aber nicht ganz exakt annoncierte, denn Nicholls' Orks sind zwar nicht die Hellsten, auch nicht gerade lieb und hässlich allemal, aber ihrem Beruf als Söldnertrupp gehen sie ehrenhafter nach, als andere Söldner in dem Roman (und, ich kann mir nicht helfen, viel menschlicher als die Menschen-Söldner, die derzeit verschiedene Gegenden der Dritten Welt heimsuchen). Und so kann auch diese Abteilung nicht mit richtig bösen Orks aufwarten: In den drei auf Esther M. Friesner folgenden Geschichten kommen zwar Orks vor, doch es sind allemal eher bedauernswerte als abscheuliche Geschöpfe. Übrigens liegt in zweien von diesen Erzählungen die Betonung gerade auf »Geschöpfe«, insbesondere in »Eine Frage des Glaubens« von Berhard Hennen, wo sie zwar nicht Orks heißen, sondern »Sumpfmänner«, aber genauso zu einem Zweck erschaffen worden sind, wie die Uruk-Hai, die Super-Orks bei Tolkien.

---

* Deutsch 2002 bei Heyne erschienen: Heyne Fantasy (06/9370).

Der Gottesmann und der Kobold

ESTHER M. FRIESNER

Der Kobold mochte Haferkekse sehr, aber völlig weg war er bei Butterkeksen. Eingedenk der oft gelehrten Morallektion, dass wir nur das schätzen, was wir nicht leicht erlangen können, setzte Pfarrer James Eldred seinem Gast daher niemals Butterkekse vor, ausgenommen bei besonders bedeutsamen oder feierlichen Anlässen. Mitunter frappierte ihn, wie eigentümlich es doch war, dass der Kobold nicht wusste und nicht wissen konnte, dass in der Alltagswelt nahezu zwanzig Jahrhunderte nach der Passion Christi Butterkekse nichts Besonderes waren, sondern ganz gewöhnlich. Das jedoch war eine müßige Betrachtung, nutzlos, so unpraktisch, wie das unstete Licht vom Schwanz eines Glühwürmchens als Leselampe zu benutzen.

Er war ein sehr praktisch veranlagter Mensch, der Pfarrer Eldred.

Ein zunehmender Mond hing tief am Himmel und verströmte kremgoldenes Licht. Er berührte die Gartenmauer und schürfte sich den Bauch an den Feldsteinen. Pfarrer Eldred stand am offenen Fenster seines Arbeitszimmers, die eine Hand auf dem Rahmen, in der anderen einen Teller von Knochen-Porzellan mit einem Dutzend Butterkeksen. Die Nachtluft war von Tannenduft erfüllt und von der Kühle der ersten Herbstfröste. Bald würde Halloween sein – bald nach der Art, wie Erwachsene die Zeit berechneten. Oben in ihrem Bett lag Pfarrer Eldreds Tochter Molly, wider Willen in den Schlaf gesunken. Ihre letzten schläfrigen Worte zu ihrem Vater waren Klagen gewesen, wie schrecklich lang sich die Zeit zwischen dieser Nacht und der letzten im Oktober hinzog und wie sie entschieden hatte, dass er sie an jenem spukträchtigen Abend mit Diamanten und Perlen überschütten müsse, denn sie wollte als Prinzessin vor ihm erscheinen.

Pfarrer Eldred seufzte, und die aufsteigende Wärme seines Atems ließ im unteren Teil seiner randlosen Brillengläser eine schmale Nebelspur sich niederschlagen. Ob sie sich nun als Prinzessin verkleidete oder als Kind eines Lumpensammlers, um von den Nachbarn Süßigkeiten zu erpressen, Molly selbst war ein Quirl. Pflichtbewusst sprach er ein Dankgebet an den Herrgott, dass er ihm die Geduld und die Standhaftigkeit und die Haushälterin gewährt hatte, die ihm beistand, die Anforderungen an einen allein erziehenden Vater zu erfüllen. Es hatte anders ausgesehen, als es noch eine Mrs. Eldred gegeben hatte. Alle Dinge zu regeln, die das Haus und den Garten und den Alltag der Bewohner betrafen, war wie Elfenwerk erschienen, so unsichtbar waren die eifrigen häuslichen Zahnrädchen, die sie in Gang hielten. Pfarrer Eldred hatte die Freiheit gefunden, seinen Geist höheren Dingen zu widmen als der Klempnerrechnung oder den ersten Schritten des Babys oder der Frage, wie man das sonntägliche Huhn kocht. Als seine Frau noch lebte, war er einer der wenigen Männer in dieser verchromten und ätzenden modernen Zeit gewesen, der von seiner Gehilfin sprach und es auch wirklich so meinte.

Im Grunde war es sein charmanter Zug gewesen, vergangenen Sitten und Gebräuchen anzuhängen, der Mrs. Eldred zunächst zu ihrem Gemahl hingezogen hatte. Die sanfteren

Manieren früherer Zeiten umschwebten ihn, legten sich mit der bequemen Weichheit eines Schals von blauem Kammgarn auf seine Schultern. Er war ein Mann, der für harmlose Pedanterie und Sanftheit geschaffen war. Alles in allem war es vielleicht ebendieser altertümliche Reiz gewesen – zusammengesetzt aus eingeölten Holzmöbeln, Pfeifentabak, alten Büchern und samtbedeckten Sesseln –, der auch den Kobold zu ihm hingezogen hatte.

Ein Scheit stürzte im Kamin nach vorn, sandte Fontänen von Funken gegen den Kaminbock. Die alte Stutzuhr auf dem Kaminsims zeigte mit zehn blechernen Schlägen die Stunde an. Licht aus der Diele schien in einer Harlekinade von Edelsteinfarben durch die Rhomben von Buntglas, die in das Fenster über der Tür eingefügt waren, Rot und Grün und Blau und Gold. Die gedrungene braune Teekanne auf dem Tisch ließ einen Hauch von Bergamotöl über das eierschalenweiße Tischtuch mit dem gezackten Spitzenrand streifen. Pfarrer Eldred wandte sich von Fenster ab, um den Teller mit Butterkeksen zwischen das Teegeschirr zu stellen, dann richtete er sich in einem von den beiden Ohrensesseln vor dem Feuer ein.

»Ich hoffe, er wird mich nicht lange warten lassen«, sagte er laut. »Der Tee wird sonst kalt.« Das war ein Zauberspruch von großer Kraft, und es funktionierte wie – nun ja, fast buchstäblich wie eine Beschwörung.

»'n Abend.« Der Kobold stand auf dem Fensterbrett, die Mütze in der Hand. Lange, grüne, knorrige Finger zerknautschten die Tweedkrempe, Klauen von der Farbe gealterten Elfenbeins scheuerten über den dicken Stoff. Eine Nase, warzenbedeckt und knollig wie ein Flaschenkürbis, ragte über breite, hängende Lippen, die die minimale Andeutung eines Kinns beinahe verdeckten. Das Wesen sprang vom Fensterbrett und landete auf breiten Füßen mit auseinander stehenden Zehen und auf krummen Beinen von wunderbarer Elastizität. Alles in allem – von den schwarzen, ungeschnittenen Zehennägeln wie verwitterten Zaunlatten bis zu den spitzen Ohren mit Haarbüscheln an den Enden – war er klein genug, dass er mitten in Pfarrer Eldreds Kamin hätte spazieren können, ohne eine einzige Rußflocke an den Ziegeln darüber zu streifen.

Pfarrer Eldred hieß seinen Gast mit einem herzlichen Lächeln willkommen. »Guten Abend«, sagte er. »Wunderschönes Wetter, nicht wahr?«

»Gut genug für jemanden, der sich ums Wetter schert«, erwiderte der Kobold. Er schlurfte über den Teppich und kletterte in den leeren Sessel, wo er dann mit vorgereckten Füßen saß. Ihre ledrigen Sohlen waren ein wahrer Rosette-Stein für die Entzifferung der Geschichte des Schmutzes. »Hab selber nie viel damit anfangen können. Zu knifflig.« Er stopfte die Mütze hinten in seine Hose – ein abgerissenes braunes Ding ohne Gürtel und sein einziges anderes Kleidungsstück – und verschränkte die Finger über einem Bauch wie ein Basketball.

»Nehmen Sie sich doch einen Butterkeks«, sagte Pfarrer Eldred.

Die Freude des Kobolds war ein fast Mitleid erregender Anblick. Trübe grüne Augen erstrahlten, als würden sie von innen beleuchtet, mit dem stumpfen, halb zweifelnden Hochgefühl von einem, der nicht glauben kann, dass er auch nur das kleinste Stückchen Glück verdient hat. Seine Klauen ließen die glasierte Oberfläche des Serviertellers mit einem Kratzgeräusch protestieren, doch man musste ihm zugute halten, dass er immer nur einen Keks auf einmal nahm. Einen nach dem anderen ließ er sie im Abgrund seines Mundes verschwinden und schloss nach jedem Bissen ekstatisch Lippen und Augen. Er schien nie zu kauen, sondern die Kekse eher zerschmelzen zu lassen. Für Pfarrer Eldred erinnerte er nur zu sehr an die richtige Art, wie man eine geweihte Hostie in Empfang nimmt, was ihm einigen Kummer bereitete: für Butterkekse war in seinen Vorstellungen von der Kommunion kein Platz.

Als der Kobold den letzten Butterkeks gegessen hatte, ließ er den Blick betrübt über den leeren Teller schweifen, sagte aber nichts. Die ganze Zeit, seit er mit seinen Besuchen begonnen hatte, hatte er nie etwas zu essen oder zu trinken verlangt, allerdings auch nie etwas angelehnt, was ihm Pfarrer Eldred angeboten hatte. Wenn der Kobold an Butterkeksen mehr Geschmack fand als an Zitronenscheiben, teilte er das ausschließlich dadurch mit, dass er den Teller mit Ersteren leerputzte und von den Letzteren nur anstandshalber und zögerlich an einer knabberte. Nur durch Versuch und Beobachtung erfuhr der Geistliche die Vorlieben seines Besuchers.

»Das war gut«, sagte der Kobold und schmatzte. Er spülte die letzten paar Krümel mit einem herzhaften Schluck Tee hinunter, zwei Stück Zucker. »Ja, das war gar gut.«

»Es sind noch mehr da«, sagte Pfarrer Eldred. »Aber ich dachte, wir könnten uns erst einmal ein wenig unterhalten. Dann mache ich uns auch eine neue Kanne Tee.«

Das Gesicht des Kobolds erstrahlte angesichts der Verheißung weiterer Butterkekse. »Na, das wär fein, Sir; fein wie Seide wär das.« Er setzte Tasse und Untertasse mit leichtem Klirren zurück auf die Tischplatte und schob seine abfallenden Schultern tiefer in die weiche Polsterung des Ohrensessels. »Geht nichts über 'n bisschen erbauliche Unterhaltung an 'nem Herbstabend, sag ich immer.« Und dies gesagt, sagte er nichts weiter, sondern wartete höflich, dass sein Gastgeber ein Thema von beiderseitigem Interesse zur Diskussion vorschlüge.

»Ich möchte, dass Sie meine Tochter stehlen«, sagte Pfarrer Eldred.

Wenn der Kobold in diesem Augenblick gerade beim Trinken gewesen wäre, hätten Teppiche und Kleidungsstücke, sogar weitere entfernte Vorhänge unbeschreiblichen Schaden genommen. Einem teelosen Prusten folgte ein Aufbrüllen des Erstaunens, das die Fenster in ihren Rahmen erzittern ließ, so: *»Waaas?«*

»Psst.« Der Geistliche legte einen Finger an die Lippen und ging rasch von seinem Sessel zur Tür des Arbeitszimmers. Dort blieb er mit vorgerecktem Kopf stehen und horchte, während die alte Stutzuhr auf dem Sims mühsam Ticken um Ticken um Ticken ausstieß. Zufrieden mit der relativen Stille, entspannte sich Pfarrer Eldred und grinste. »In Ordnung«, sagte er. »Sie haben sie nicht aufgeweckt. Gott sei Dank haben diese alten Häuser dicke Wände.« Er kehrte zu seinem Sessel zurück.

Der Kobold knetete seine Finger und schien sich für seinen Ausbruch zu schämen. »'tschuldigung«, murmelte er. Dann ein wenig lauter: »Sie haben Spaß gemacht, was? Der war gut.« Sein Lächeln hatte die scheußliche Schönheit eines Bulldoggen-Welpen.

»Nie im Leben ist mir etwas so ernst gewesen«, sagte Pfarrer Eldred, und das Lächeln des Kobolds zerbröckelte. Ehe das arme verblüffte Geschöpf Luft holen konnte, um wieder etwas zu sagen, fuhr sein Gastgeber fort: »Ich verspreche, es ist weder ein Scherz noch eine Laune oder eine Schrulle. Ich bin nicht die Sorte Mensch, der Steine von der Brücke wirft, um zu sehen, wie weit das Wasser spritzt. Ich habe mir das reiflich überlegt. Meine Tochter heißt Molly. Sie ist vier Jahre alt. Sie schläft oben im Zimmer östlich von der Diele in einem weißen Bett unter einer gelben geblümten Decke, einen Spielzeug-Pandabär im Arm. Es wäre nett, wenn Sie ihr zuliebe auch den Panda mitnehmen würden.«

»Oh, Sir, das kann nicht Ihr Ernst sein!«, rief der Kobold. »Also, so was zu machen, ist ... ist ... ja, das ist doch gar nicht auszudenken ist das!«

»Schön, ich bestehe nicht drauf. Sie brauchen den Panda nicht mitzunehmen«, sagte Pfarrer Eldred.

»Wieso denn den Panda!«, sagte der Kobold mit einigem Nachdruck. »Ihr Mädchen mein ich. Sie stehlen? Wozu?«

»Mir zuliebe«, lautete die Antwort, und dann: »Ihr zuliebe. Letzten Endes zu ihrem Nutzen und zu ihrer Errettung.«

Die Brauen des Kobolds verschlangen sich zu einem gordischen Knoten, ein Blick, so finster, dass die Grimasse eines Wasserspeier-Dämons dagegen kaum mehr als das affektierte Lächeln der jungen Naiven war. »Sir«, sagte er, »wie lang ist's her, dass ich zum ersten Mal das Vergnügen Ihrer Gesellschaft hatte?«

Pfarrer Eldred legte die Finger aneinander und dachte angestrengt nach, ehe er antwortete: »Knapp zwei Jahre. Es war um diese Jahreszeit, ungefähr, dass wir uns begegnet sind.« Er vermied es, die Umstände zu erwähnen; die waren für beide schmerzlich gewesen.

»Ja, so ist's. Und wir haben uns ein jeder gar freundschaftlich verhalten, ja? Nichts als Freundlichkeit und gute Kameradschaft zwischen uns, wie ich denk.«

Der Gottesmann gab zu, dass dies die Situation exakt beschrieb. »Bitte, schleichen Sie nicht um den heißen Brei herum, mein Freund«, sagte er. »Wenn etwas an meiner Bitte Ihnen besonderen Kummer bereitet, sagen Sie es geradeheraus.«

»*Besonderen* Kummer, meinen Sie?« Der Kobold erwiderte die jupitergleiche Gelassenheit des Pfarrers mit so viel Aufregung und Geschrei, dass es für ein Dutzend vom Fuchs heimgesuchte Hühnerställe gereicht hätte. »Mann, wo ist Ihr Grips abgeblieben? Das ist Ihre Tochter, die ich stehlen soll, Ihr eigen Fleisch und Blut! Das ist doch was anderes, als ob Sie mich einladen, noch ein paar Butterkekse zu nehmen.« Ein schlaues Glitzern zeigte sich in den Koboldaugen mit der geschlitzten Pupille. »*Gibt* es noch Butterkekse?« Er war nicht darüber erhaben, sich um seine minderen Interessen zu kümmern, selbst mitten in seiner Entrüstung.

»Mein Freund, nehmen Sie sie mit und dazu so viele Süßigkeiten, wie Ihnen beliebt«, versicherte ihm Pfarrer Eldred. »Was meine Speisekammer hergibt, soll Ihnen zur Verfügung stehen, nennen wir es guten Lohn für gute Arbeit. Aber nehmen Sie sie.«

Der Kobold kreuzte die Arme mit den knolligen Ellenbogen vor der Brust und runzelte noch mehr die Stirn, bis die Augen vollends in den abgrundtiefen Falten seines Gesichts verschwanden. »Nicht, ehe Sie mir den Grund nennen.«

Pfarrer Eldred seufzte und griff nach der Zeitung.

»Was soll ich Ihnen zuerst vorlesen?«, fragte er. »Geschichten von fremden Ländern? Dort haben sie den Himmel in Brand gesteckt, ihre Felder eingeäschert. Kinder irren zwischen dem Abfall umher, die Bäuche angeschwollen und in den Augen keine andere Hoffnung als auf den Tod. Möchten Sie sich die Fotografien anschauen? Wir verstehen uns sehr gut darauf, derlei Dinge zu katalogisieren. Oder soll ich Ihnen lieber eine Romanze vorlesen? Hier ist eine von einer Mutter mit drei kleinen Kindern, die ihren ersten Partner verloren, aber bei einem anderen Mann ein neues Glück gefunden hatte. Eine bezaubernde Geschichte von erneuerter Liebe, wenn es damit sein Bewenden hätte. Leider schien dieser Mann nichts von einer Frau zu halten, die ihm nicht ihre ungeteilte Zuwendung geben konnte, also hat sie, um sein Herz zu behalten, das ihrer Kinder, während sie schliefen, zum Stillstand gebracht. Oh, und hier ist eine Geschichte von Ritterlichkeit! Ein Mann, der dafür sorgt, dass Damen nachts sicher zu Hause bleiben. Bisher, heißt es, hat er sechs widerspenstigen Frauen eine nachdrückliche Lehre erteilt, die doch tatsächlich glaubten, sie könnten jederzeit kommen und gehen, wie es ihnen beliebte.« Er blätterte um und rief aus: »Aha! Eine Morallektion zu Ihrer Erbauung, mein Freund, mit Illustrationen: Die Fotografie eines Hundes, dessen Frauchen Leibwächter angestellt hat, damit sie ihren Liebling beschützen. Hier schreiben sie, die Diamanten am Halsband des Hundes haben den Gatten der Dame fast fünfzigtausend Dollar gekostet. Das Foto und die Geschichte nehmen den größten Teil dieser Seite ein. Aber da ist noch eine fast untergehende Glosse über eine obdachlose Frau, die auf einem U-Bahn-Gitter schlief und von Unbekannten wie eine Vogelscheuche nach der Ernte angezündet worden ist. Niemand hat eine Erklärung, wer da einen Menschen als Feuerholz benutzt haben mag. Die Polizei nennt eine Telefonnummer, wo sie Informationen entgegennimmt, hat aber keine Belohnung ausgesetzt. Eine Schande, was die alte Frau angeht, aber für uns alle eine Lehre: Wenn sie sich nur ordentlich gekümmert hätte, hätte sie nach heutigen Maßstäben so gut wie ein Hund leben können.«

Der Kobold saß so reglos wie die Steine, aus denen seine Knochen bestanden, und hörte, wie Pfarrer Eldred weiterlas und die Katastrophen der Welt auflistete, die verstreuten Widerwärtigkeiten einer Gesellschaft, wo Gift ungehindert über Land und Wasser fließen kann, solange ebenso ungehindert Geld in gewisse Hände fließt; wo sich Familien über das Gold von Toten zerstritten; wo Kinder zusahen, wie ihre Eltern ihnen in die Gewalt hübscher weißer Pülverchen entschwanden, und selbst aus dem Elend zu entkommen versuchten, indem sie sich aus den Leben anderer Kinder eine Leiter bauten; wo Menschen starben, weil sie einen Gott um Gnade anflehten, für den sie einen anderen Namen als den von ihren Nachbarn gebilligten hatten. Leid um Leid, Schrecken um Schrecken brachte er dem Kobold seine Sicht der Dinge bei. Das arme, unglückliche Geschöpf saß da und schluchzte in seine Hände, während milchige Tränen die

Farbe auf jedem Stück Stoff, das sie berührten, verblassen ließen.

»Oh, mein Herr!«, rief der Kobold. »Ich habe mich wahrlich überhoben, als ich das Urteilsvermögen von jemandem wie Euer Gnaden in derlei Dingen angezweifelt habe. Sagen Sie weiter nichts, denn bei meiner Ehr', ich will das Kind so weit wie irgend möglich von dieser betrüblichen Welt hinwegbringen, wie es Ihnen beliebt.« Er stieß sich aus dem Ohrensessel hoch und sprang zum Fensterbrett. Während er sich heftig die Mütze auf den von höckriger Haut bedeckten Schädel schlug, erklärte er: »Bis zum Morgengrauen wird sie fort sein!« Und dies gesagt, war er selber fort.

Pfarrer Eldred holte tief Luft, dann erhob er sich aus seinem Sessel, ein zufriedener Mann. Er stellte das Teegeschirr auf ein bemaltes und lackiertes Blechtablett und brachte sie in die Küche, wo er jedes einzelne Stück sorgfältig abwusch und wegräumte, bis zum winzigsten Teelöffel. Nachdem er diese kleine Hausarbeit erledigt hatte, um sich nicht den Zorn seiner Haushälterin zuzuziehen, begab er sich ins Arbeitszimmer zurück und genehmigte sich die Wohltat einer Pfeife Shag mit Brandyaroma.

Als er gerade dasaß und die zum zweiten Mal aufgerauchte Pfeife ausklopfte, geschah es, dass er den Gang kleiner Füße auf der Treppe gewahr wurde und das Geräusch einer Hand, die mit kleinen Krallen sacht über das Holz seiner Arbeitszimmertür kratzte. »Komm herein«, sagte er und hätte beinahe noch »meine Liebe« hinzugefügt, als ihm eine plötzliche Erkenntnis die Zunge zügelte: Molly hätte geklopft, nicht gekratzt, wenn sie sich überhaupt hätte ankündigen wollen.

Das Wechselbalg-Kind stand in der Tür, die Knie von einem Nachthemd aus weißem Flanell umspielt. Es hatte das Gesicht von Molly mit hart und scharf und um viele Nuancen dunkler gewordenen Zügen, und die blauen Augen des Menschenkindes waren zu einem schlierigen Grau getrübt. Der Wechselbalg bewegte sich mit abgehackt-gleichmäßigem Schritt vorwärts, seine Füße klangen auf blankem Fußboden und Teppich gleichermaßen hohl, bis er vor Pfarrer Eldreds Sessel stehen blieb, die Hände hinterm Rücken verklammert und in den Augen eine Parodie auf den gütigen Hauswirt.

Pfarrer Eldred erwiderte den Blick des Wesens einigermaßen reserviert, gewann aber bald seine Selbstbeherrschung zurück. »Sie ist also fort?«, fragte der Gottesmann den Wechselbalg, denn er wusste, wie derlei Dinge abliefen. Nichts konnte vollends verschwinden: Die zur Tradition gewordene Notwendigkeit erforderte einen Ersatz.

»Vor einer Zeit, wie diese Welt Zeit versteht«, antwortete der Wechselbalg. Seine Stimmen war rau und kratzig, trocken wie das Kalkpulver, das zu Boden fällt, wenn ein Kind am Meer Austernschalen aneinander reibt. Die Haushälterin würde diesem Molly-Ding vergeblich flaschenweise Hustenmedizin verabreichen. »Was sind meine Pflichten?« Es reckte ihm auf Eulenart den Kopf entgegen.

»Fürs Erste klopf an die Tür, wenn du hereingelassen werden willst. Kratz nicht. Wir hier unter diesem Dach sind keine Tiere.«

»Wir sind keine Tiere«, wiederholte der Wechselbalg, und die vier Worte verwehten ins Nichts, denn die hatten keine wirkliche Bedeutung, die sie in der Welt festhalten konnten.

»Äh, ja.« Pfarrer Eldreds Finger schlossen sich heftiger um das geschnitzte Gesicht auf dem Pfeifenkopf, die Maske aus einer namenlosen Groteske aus den deutschen Wäldern. Er spürte, wie der Ballen einer Fingerspitze kräftig genug gegen das Auge des Ungeheuers drückte, dass es in seinem Fleisch einen Eindruck hinterließ. »Ja«, sagte er wieder, nun bestimmter. »Das wird's für diese Nacht tun. Den Rest bringe ich dir morgen bei.« Er stand auf und schickte sich an, zur Treppe zu gehen. Er machte sich nicht die Mühe, dem Wechselbalg eine Hand zu reichen, denn er wusste, dass es nicht nötig war. Das Ding besaß das tiefe Wissen der Felsen, des Korns und des Wassers, all der Dinge, die keiner Führung bedurften, um ihren Weg zu gehen.

Der Wechselbalg machte einen Schritt zur Seite, vertrat ihm den Weg und senkte in seine Augen einen Blick, ernst wie ein Grabstein. Er streckte die Hände vor sich aus und packte den Pfarrer am Handgelenk. Der Griff war warm und ein wenig staubig, und die Berührung ließ vor seinem geistigen Auge die verwitterten Bretter von alten, halb eingestürzten Ställen erscheinen.

»Soll dir das geben«, knurrte der Wechselbalg. Schwarz gewordene Staubperlen an einer Schnur quollen aus seinen plumpen Fingern, in der Mitte hing ein schlecht geschnittener blauer Stein. Er schimmerte matt, ein wässrig trübes Himmelsauge. »Freier Eingang, freier Ausgang.«

»Aber ich will nirgends hingehen.« Pfarrer Eldred betrachtete blinzelnd den unheiligen Rosenkranz in seiner Hand. »Nur schlafen.« Er versuchte, ihn zurückzugeben.

»Freie Öffnung des Weges«, beharrte der Wechselbalg, und er wollte das unerwünschte Geschenk nicht zurücknehmen, sondern eilte in sein Zimmer fort, ehe Pfarrer Eldred auch nur versuchen konnte, sich diesem Ersatzkind gegenüber in väterlicher Strenge zu versuchen. Er folgte ihm und wischte gedankenverloren die goldenen Flecke von Sägemehl vom braunen und olivfarbenen Muster des Teppichs im Obergeschoss.

Pfarrer Eldred gelangte an sein kaltes Bett und brauchte nicht auf Schlaf zu warten. Er schlief lange und so fest wie nur je ein Leichnam, den er begraben hatte. Als er in die kalte Umarmung von Laken und Federbett fiel, verspürte er nicht die geringsten Gewissensbisse wegen seiner Tat. Wieso auch? Er hatte einen ehrlichen, selbstlosen Handel abgeschlossen. Eigentlich war der einzige Gedanke, der ihn beunruhigte, ehe er in traumlosen Schlaf sank, ein flüchtiges Bedauern, dass er keinen zweiten Teller mit Butterkeksen aufs Fensterbrett hinausgestellt hatte, als er erfuhr, dass der Wechselbalg eingetroffen war.

»Darum werde ich mich morgen kümmern«, murmelte er in sein Kissen, und bald begann er zu schnarchen.

Der nächste Morgen war strahlend wie ein Wunsch. Nach Süden ziehende Vögel schnitten Keile von vollkommenem Blau aus dem Himmel. Am Frühstückstisch schaute Pfarrer Eldred mit Wohlgefallen zu, wie die Wechselbalg-Molly Haferflocken in ihren kräftig arbeitenden Mund schaufelte und bei Bedarf ihr Lächeln ein- und ausschaltete, je nachdem, wann die Haushälterin ihr eine Frage stellte oder sie mit einem Kosewort bedachte.

»Und weißt du schon, als was du zu Halloween gehen möchtest, Molly?«, fragte die alte Frau schließlich, während sie mit dicken, aufgesprungenen Händen das Frühstücksgeschirr einsammelte.

»Ich werde ein Baumstumpf im Mondlicht sein«, sagte das Molly-Ding gewichtig. »Ein alter hohler Baumstumpf, wo ein Eichhörnchen schläft, ein Eichhörnchen mit flinken und geschickten Krallen, die über poliertes Holz kratzen. Ich werde ein Kobold sein mit einem zappelnden Sack auf dem Rücken, ein Kobold, der durchs Dunkel eilt, wo Wasser von Steinen tropft und zarte Pilze weiß glimmen, weiß wie Trauben von Totenköpfen auf Stielen.« Sie schaute plötzlich auf, Pfarrer Eldred direkt in die Augen. »Ich werde ein Riss in dem Sack sein, so klein, dass der Kobold, wenn er die Last absetzt, nicht bemerkt, was daraus hervorsickert und auf kleinen nackten Füßen läuft und läuft und versucht, einen Weg nach Hause zu finden.«

»Ein Clown?«, fragte die Haushälterin lächelnd, während sie die Löffel stapelte. »Wie hübsch. Ich werde dir die roten Schuhe meiner Enkelin mitbringen, wenn sie dir gefallen, bestimmt.«

»Ja, bitte«, sagte die Wechselbalg-Molly und lächelte. Ein Fühler ihres goldbraunen Haars wand sich wie ausgegossener Honig ihre weiche Wange hinab.

Als die Haushälterin gegangen war, rief Pfarrer Eldred den Wechselbalg und hieß ihn, sich vor ihn an den Frühstückstisch zu stellen. »Was sollte das alles?«, wollte er wissen. »Was für ein Gerede von Monden und Baumstümpfen, Säcken und Eichhörnchen?«

»Du hast die Butterkekse vergessen«, sagte der Wechselbalg mit einem Gesicht, platt und jedes Lächelns bar. »Wer kümmert sich schon um dich?«

»Ich verstehe, ich verstehe. Es ist eine Strafe, all deine Lügen, was aus meiner Molly geworden ist, eine Art, mich zu quälen, weil ich den Handel nicht vollends erfüllt habe. Und wenn meine gute Haushälterin nichts von deinem Unsinn gemerkt zu haben scheint, dann müssen wir das der Gnade ihres Alters oder ihrer Engel zuschreiben.«

Das Lachen des Wechselbalgs ließ die vergoldeten Stuckrahmen von alten Stickereien erzittern, die sich die Wände des Speisezimmers hinzogen. »Engel verschließen niemandes Ohren und Augen gegen Wunder oder Zauberei. Wenn diese Frau nicht hören konnte, was ich zu sagen hatte, so nur, weil ihre Flügel weggefault sind wie alte Tüllgardinen. Alles, was von ihrem Leben geblieben ist, geht zur Erde hin; das nächste wahre Geräusch, das sie hören wird, ist das Poltern von Erde auf einem Sargdeckel, doch es gibt in dieser deiner Alltagswelt andere, die mich als das sehen können, was ich bin. Sie werden wissen, was du getan hast, wenn ich es ihnen erst einmal sage. Du wirst entdeckt werden, kleiner Mann mit deinem kleinen Gott. Man wird dich zur Rechenschaft ziehen, dass du dich deiner Tochter entledigt hast.«

»Entdeckt?« Pfarrer Eldreds Blicke schossen links und rechts durch den Raum, als suchten sie den angekündigten Verräter in den vier Ecken des Zimmers. »Entledigt? Oh! Gewiss würde es niemand *so* nennen. Ich habe ihr ein wunderbares Leben verschafft, im Elfenring zu tanzen, auf einem Drachen unter warmem, sternenerhelltem Himmel zu reiten. Wie könnte mir das irgendwer zum Vorwurf machen?«

»So, wie Menschen den Göttern von Fluss, See und Meer Kätzchen überantworten?«, entgegnete der Wechselbalg. »Haschen ihre kleinen Pfoten jetzt nach Luftblasen, die den Lippen von Nixen entsteigen, oder jagen sie Aalschwänzen nach, oder dösen sie unter den Wedeln von Tangwäldern, schnurren in den knochigen Händen gescheiterter Matrosen?«

»Unsinn!«, donnerte Pfarrer Eldred. »Nichts dergleichen! Meine Tochter ist in Sicherheit, sage ich dir, und was meinen Ruf angeht, so ist der ebenso sicher. Schließlich bist du hier. Du bist sie, soweit es irgend zählt.«

»Ich werde reden«, widersetzte sich der Wechselbalg. »Ich werde reden, und oh, ich werde Sachen erzählen, dass meine Geschichten von Streifzügen durch Baumwipfel und von leichtfüßigen Pfotenspuren im Schnee dagegen nichts sind als Anflüge von Poesie. Ich werde ihnen ganze Romane erzählen, wie du mit mir umspringst, werde es allen erzählen, die es hören wollen, und ich werde meine Worte so wählen, dass sie über dich Dinge erfahren, die dich selber überraschen werden.«

»Lügen!«, schrie der Gottesmann.

»Nicht von meinen Lippen«, entgegnete die falsche Molly. »Nicht so, dass es irgendein gewöhnlicher Mensch bemerken würde. Nicht, wenn sie in meine Schläue gehüllt sind.«

Sie reckte den Kopf keck vor, und aus ihren Augen blitzte Hohn.

»Und das alles, weil ich es an Butterkeksen habe fehlen lassen?« Pfarrer Eldred legte die Hände auf die Brust, als erwarte er die Muße des Sarges. »Schön, schön, derart Auge um Auge bin ich mit meinen eigenen Leuten nie verfahren, aber vermutlich kann ich das lernen, wenn ich künftig noch mit dir und deinesgleichen zu tun haben will. Gut, sei's drum. Sag meinem Freund, dem Kobold, dass ihn heute Abend bei Mondaufgang eine doppelte Portion Butterkekse erwartet. Und ein paar Haferkekse, wenn ihm nach denen auch der Sinn steht.«

»Ich mache für niemanden den Boten«, erwiderte das Molly-Ding. »Was hätte ich davon? Ein gemütliches Nest, tief mit Eichenlaub gepolstert? Einen Traum von ausgegrabenen Kastanien, die in einem Schneeschauer herangeweht werden? Einen geschmeidigen Zweig, der sich biegt und zurückschnellt, um mir bei meiner Mittwinter-Tollerei Gesellschaft zu leisten? Freien Ein- und Ausgang habe ich dir gebracht, und trotzdem behelligst du mich mit Botengängen? Tu es selbst, du bekümmerter kleiner Mann.«

Pfarrer Eldred sprang von seinem Sitz auf und umklammerte mit einer Hand das Handgelenk des Wechselbalges. »Ich werde es tun, und du wirst mitkommen«, verkündete er. »Eine üblere Vereinbarung ist mir noch nie untergekommen. Was ist meinem Freund nur eingefallen, seine Wechselbälger aus eichhorngeplagten Wäldern zu holen! Aufsässig und eigensinnig, nichts als Geplapper und keine Spur Respekt – ein schönes Kind würdest du für mich abgeben, kein Zweifel! Ich will für mein Geld eine bessere Tochter haben, oder ich will den Grund wissen. Du gehst zurück, und zwar auf der Stelle.«

»Bei Tageslicht?« Der Wechselbalg lachte laut. »Du musst verrückt sein.«

»Warum nicht? Es war am Tage, als wir uns zum ersten Mal getroffen haben, der Kobold und ich.«

»Am Tage, aber am Grabe. Dieser Ort macht jeden Unterschied der Welt aus.«

Pfarrer Eldred schnaufte abfällig. »Ich sehe dafür keinen Grund, noch wie das gehen sollte.«

»Natürlich nicht«, sagte das Molly-Ding. »Du bist dumm wie eine Taubnuss. Tageslicht bannt solche wie ihn, ausgenommen an den von Trauer überschatteten Orten.«

»Pah!«, sagte der Gottesmann, und wenn er zu solchen Geräuschen seine Zuflucht nahm, war der Streit für ihn erledigt. Um sich gegen die Kälte des späten Oktobers zu wappnen, griff er sich seinen großartigen schwarzen Mantel vom geschwungenen Mahagoni-Ständer neben der Haustür, schob die Arme durch Ärmel und die Hände in Handschuhe von weichem, fein genähtem Leder. Das Geschöpf packte er in Mollys rote gesteppte Wolljacke, dann schob er es eilig zur Tür hinaus, ehe die Haushälterin aus der Küche kommen und Fragen stellen konnte. Er trat über die Schwelle, unmittelbar bevor die schwere Haustür hinter seinem Rücken ins Schloss fiel und ihn in eine gleißende Unmöglichkeit stieß.

Die Straße, die auf seinen erstaunten Blick einstürmte, war heiß von sommerlichem Sonnenschein. Alle Gehsteige glühten. Bäume reckten ihre vollen grünen Laubkronen stolz dem Himmel entgegen. Der Gestank von verbranntem Benzin und heißen Gummireifen stieg von der Straße vor dem Pfarrhaus auf und traf Pfarrer Eldred wie ein wohl gezielter Schlag zwischen die Augen. Er stand benommen da, schwitzte, eine Hand am Handgelenk des Wechselbalges, während die andere törichterweise den Mantelkragen zuhielt, zum Schutze vor einem frischen Oktoberwind, den es nicht gab. Aus Rissen im Gehsteig hervor lachte ihn Löwenzahn wegen seiner Dummheit aus.

»Was ist das?«, schrie er und rieb sich Feuchtigkeit von der Stirn, dass Handschuhleder über Schweiß wischte. Spaziergänger in kurzen Hosen und Sommerkleidern beachteten ihn kaum, widmeten ihm oft nur einen wachsamen Blick. »Was hast du getan?« Er ließ sich vor den Wechselbalg auf ein Knie sinken und packte durch den dicken Stoff hindurch fest seine Schultern. »Was ist das für eine Zauberei gegen jedes Gesetz?« Müßiggänger, die weiter nichts zu tun hatten, als das Treiben auf der Straße zu beobachten, grinsten und kicherten.

Der Wechselbalg zeigte ihm Zähne, die eher geeignet waren, an den harten Schalen von Walnüssen zu nagen, als den lieben Gesichtsausdruck eines guten Kindes darzustellen. »Ich habe nichts getan, aber mit mir ist vieles getan worden, nichts davon, was mir gefällt. Du bist mit deinen Fragen am falschen Ort, wenn du passende Antworten haben willst. Ebenso gut könntest du mit einem Holzklotz reden.«

»Ach, mein Gott.« Pfarrer Eldred schlug sich mit einer Hand im dünnen Handschuh gegen die Stirn. Seine Worte waren weder ein Flehen noch eine Beschwörung, und somit konnte keine Kraft in ihnen liegen. »Ach, Herrgott, warum ist das über mich gekommen?«

»Nichts ist gekommen. Du hast es gesucht. Deine Suche ist zu Ende, edler Ritter, und alle deine Drachen sind getötet.« Das Molly-Ding riss sich von Pfarrer Eldreds Hand los und tollte auf der Straße umher, wo alle es sehen konnten. Alte Frauen lächelten beim Anblick des frohen Kindes, und junge Frauen verschlangen es mit Blicken voller Kinderwünsche.

Der Gottesmann fasste sich und packte das Mädchen wieder. »Keinen Unsinn, bitteschön«, blaffte er. »Du wirst mich ohne Umwege dorthin bringen, wohin ich muss.«

»Ja, Vater.« Der Wechselbalg senkte den Kopf und ließ eine Träne über die Wange rinnen. Ein Schluchzen, laut genug, um die Kirchturmspitze wanken zu lassen, ließ den kleinen Körper erzittern. Die Blicke jedes Passanten fuhren herum und fixierten Pfarrer Eldred mit rabenschwarzer Missbilligung.

»Es ist nicht ...«, setzte er an, während er besorgt von einem schweigenden Vorwurf zum nächsten blickte. »Sie ist nicht ... Wir wollen nur ...« Ein zweites Schluchzen aus der Kehle des Wechselbalges und ein Wehlaut, der nach einem kleinen gequälten Tier klang, übertönte alles, was er noch hätte sagen können, wenn ihm denn etwas zu sagen eingefallen wäre. Verzweifelt sprang er auf, raffte das heulende Kind in die Arme und schoss den Plattenweg entlang zurück zum Eingang des Pfarrhauses.

Noch ehe er die Hälfte der unbedeutenden Entfernung zurückgelegt hatte, behinderte Schnee seine Schritte. Wehen von eisigem Weiß krochen an seinen Knöcheln vorbei nach oben, um ihn an den Knien zu fesseln. Seine Augen zogen sich vor den mit dem Wind auf sie einpeitschenden Schneeflocken zusammen, bis er weder Weg noch Tür noch Pfarrhaus finden konnte, noch sonst etwas außer dem Geheul der gepeinigten Luft, die rings um ihn wirbelte. Seine Welt war weiß und grau, ausgenommen die Stellen, wo Baumreihen mit schwarzer Rinde kahl dastanden wie von Ratten abgenagte Knochen. Mit dem Wechselbalg in den Armen stolperte er auf ihre winkenden Äste zu.

Das Molly-Ding lachte, als es spürte, wie die Zweige sein Haar streichelten. Es streckte frostgerötete Hände aus, um im Vorübergehen nach den Zweigen zu greifen.

»Lass das«, sagte Pfarrer Eldred nach Luft schnappend und riss die Hände des Wesens weg. »Da. Du hast kalte Hände. Nimm die.« Er zwang seine guten Lederhandschuhe dem Wechselbalg über die herumfummelnden Pfoten, dann hob er ihn wieder hoch und stolperte weiter.

Die Köhlerhütte, auf die sie in dieser Wildnis stießen, überraschte den Gottesmann fast nicht mehr. Er hatte die Geschichten gelesen, hatte sich so oft an den Erzählungen erfreut, dass nun der kräftige Geruch von Holzrauch fast vom Geruch muffiger Bücher übertönt wurde, deren Rücken von gepunztem Leder und deren Seiten vor Alter steif waren. Er kämpfte sich durch den Schnee voran und stieß die Brettertür auf, ohne die Höflichkeit aufzubringen, anständig zu klopfen oder wenigstens wie ein Eichhörnchen zu kratzen.

»Was wollen Sie?«, knurrte die alte Frau und schaute von ihrem plärrenden Fernseher auf, eine hübsche kleine, gut geölte Pistole in der Hand. Der Fußboden war mit Papiertellern übersät, mit leeren Zellophanhüllen und weißen Kartonböden von alten Napfkuchen, mit Hühnerknochen in rot gestreiften Bechern, an denen kaltes Fett klebte. »Verschwinden Sie, oder ich rufe die Bullen!«

Der Wechselbalg präsentierte sein gewinnendstes Lächeln und sagte: »Steck deine Waffe weg, gute Frau; wir sind dir wohlgesonnen.«

»Hä?« Die alte Frau starrte das Wechselbalg-Kind an. »Bist du plemplem?« Sie warf Pfarrer Eldred einen misstrauischen Blick zu, der gerade große Mengen Schnee von seinen Schultern strich. »Wer zum Teufel hat euch kommen geheißen? Das Kind braucht'n Klapsdoktor. Verschwinden Sie.«

»Es tut mir Leid, wenn wir Sie gestört haben«, sagte der Gottesmann und legte so viel Höflichkeit in seine Worte, wie er unter diesen Umständen aufbringen konnte. »Ich bitte vielmals um Entschuldigung. Sehen Sie, wir haben uns im Walde verirrt, es schneit stark, und ...«

»Was schert mich das? Verpisst euch«, schoss die Alte heraus, und ihr schlaffes Gesicht glich dem einer Schnappschildkröte. »Kümmern Sie sich um Ihre Angelegenheiten, und ich kümmere mich um meine.«

Pfarrer Eldreds Miene wurde streng angesichts solcher Behandlung im Verein mit derart unziemlicher Sprache. »Dann rufen Sie die Polizei, wenn es Ihnen beliebt. Wenigstens wird die uns sicher nach Hause bringen.«

Die alte Frau kicherte nur. »Die Bullen rufen? Scheiß drauf. Ich hab nur Spaß gemacht. Je weniger ich von den Mistkerlen sehe, umso besser. Das Telefon ist sowieso tot. Verschwinden Sie und nehmen Sie Ihr Balg mit, oder ich lege Sie auf der Stelle um und erzähle jedem, der fragt, dass Sie hier eingebrochen sind und versucht haben, mich auszurauben.« Ihre Stimme wurde zittrig und dünn, als sie den Blick zu einem unsichtbaren Verhörbeamten hob: »Oh du meine Güte, ja, Herr Polizist, ich hatte solche Angst. Wie dieser schreckliche, *schreckliche* Mann ins Haus einer armen alten Frau eingebrochen ist ... Also, ich weiß einfach nicht, was über mich gekommen ist.«

»Niemand würde Ihnen glauben«, sagte Pfarrer Eldred hochmütig. »Nicht, wenn dieses ... wenn mein Kind hier ist und aussagt. Außerdem bin ich ein Mann Gottes. Ich bin bekannt.«

»Dann werden Sie für etwas anderes bekannt sein, ehe ich mit Ihnen fertig bin«, erwiderte die alte Frau völlig locker. »Die Toten können nicht viel zu ihrer Verteidigung sagen. Und was Ihr Balg angeht, wird sie längst weg sein, im Winterwald verirrt. Sie werden sie erfroren finden, wenn überhaupt. Ach, wie schade, wie jammerschade.«

»Sie sind eine böse Frau«, sagte Pfarrer Eldred und starrte die Alte an, als könnte die rote Wut in seinem Blick sie in Flammen setzen wie eine Hexe, die verbrannt wird.

»Dann lassen Sie mich in Ruhe böse sein!«, kreischte die Dame und sprang aus ihrem Sessel, um ihn zurückzudrängen. Die Pistole fiel auf den zerlumpten Teppich am Boden und federte zurück. Das Molly-Ding sprang hin, packte sie und biss ein großes Stück vom Lauf ab, reinste Lakritze, gewürzt mit dem Staub und Schmutz und Salz von der feuchten Hand der Besitzerin.

»Verflucht!«, schrie die Alte, als sie sah, dass ihre vorgetäuschte Bewaffnung entlarvt war. »Vater sagte, ich würde mich immer von meinem Temperament unterkriegen lassen. Ich hoffe, er brät in der Hölle.«

Pfarrer Eldred schürzte missbilligend die Lippen und warf unwillkürlich dem Wechselbalg einen besorgten Blick zu, als könnte dieses Geschöpf in seiner Rolle als Kind ungünstig beeinflusst werden, wenn es derart unehrerbietiges Gerede mitanhörte. »Ihr Vater hat recht daran getan, dass er Ihre Charakterfehler korrigiert hat«, sagte er. »Oder es zumindest *versucht* hat. Ich nehme an, das ist das Beste, was Eltern tun können.«

»Woher willst du wissen, ob er's überhaupt versucht hat?«, warf der Wechselbalg mit einem Mund voll Lakritze ein. »Das Beste, was Eltern tun können, wenn sie sich dazu durchringen, überhaupt etwas zu tun.« Schwarze Rinnsale sickerten aus seinen Mundwinkeln und ließen ihn wie eine Bauchrednerpuppe aussehen.

Pfarrer Eldred umschloss abermals das Handgelenk des Wesens. »Wir gehen«, ließ er es wissen. »Schnee hin, Schnee her, wir verlassen diesen gespenstischen Ort.« Er öffnete die beiden unteren Knöpfe seines Mantels und schob die freie Hand in die Hosentasche. »Mein gesegneter freier Ausgang ist das Einzige, worauf du immer wieder zurückkommst. Also gut, soll es so sein, du hast gewonnen. Freier Ausgang hier heraus ist alles, was ich wünsche. Zeige mir, wie ich diesen Firlefanz verwenden kann, um den Durchgang zu erlangen, und wir sind quitt. Und keinen Augenblick, bevor ich es will.« Rußschwarze Staubperlen schienen im Licht des noch immer brüllenden Fernsehers. Ein einzelner blauer Stein fing das kalte Licht von winzigen Leuten ein, die wie Eichhörnchen im Käfig über Kleinkram plapperten.

»Oh!« Die alte Frau hob die Hände dem glitzernden Stein, den schimmernden Perlen entgegen. Das Licht, das sie einfingen und festhielten, pulsierte durch das dünne Fleisch ihrer Finger und zeigte die zerbrechlichen Knochen. Sie versuchte, es zu fassen, doch Pfarrer Eldred riss es fort, und sie brach wimmernd in dem zusammengewürfelten Abfall neben ihrem zerfledderten Sessel zusammen.

»Was wollen Sie damit?«, fragte er sie. »Das Ding ist schmutzig und alt, wenig wert oder gar nichts. Außerdem gehört es mir.«

»Und mir, einst«, weinte die alte Frau. »Mir. Freier Eingang, freier Ausgang, freie Öffnung des Weges. Ach, wie ihre großartigen smaragdgeschuppten Schwingen vor dem Abendhimmel schlugen! Wie die silberschwänzigen Sirenen von fernen Riffen sangen; die hohen, wilden, freudigen Flöten des Feenlandes, die uns zu unseren Tänzen im Mondlicht zusammenbrachten! Es gibt Zeiten, wenn ich nachts mein Bett ausklappe und meine Schuhe ausziehe, da denke ich, dass ich immer noch das sanfte Gras unter den Füßen und die süße Kühle des Taus zwischen den Zehen fühle.« Sie zog Schuh und Strumpf aus, um einen Fuß zu zeigen, dessen Haut sich zu Horn verhärtet hatte, mit Zehennägeln, die so fest und dick waren wie nur je bei einem Kobold.

Pfarrer Eldred ließ das Handgelenk des Wechselbalgs los und kniete sich neben die gramgebeugte alte Frau. »Wessen Kind waren Sie?«, hauchte er, während er ihre Ferse mit seiner Handfläche umschloss. Die Kette Staubperlen wand sich empor und legte sich um ihren Knöchel, und das Licht, das aus dieser dürftigen Fessel sickerte, bannte schuppige Haut und Falten, Leberflecke und die langsam hart werdende Schale, die die Jahre um sie gelegt hatten. Die alten Zehennägel schrumpften von gelblichen Brettern zu kleinen rosa Dingern wie die vom Reif umschlossenen Blütenblätter einer Rose, der unansehnliche Fuß selbst schmolz weg, bis er genau in die Hand des Gottesmannes passte. Seine Augen huschten hoch und fanden das Gesicht seiner Tochter, das für einen winzigen Moment hinter jener von den Jahren gemarterten Maske blasser Tage und fruchtloser Jahre aufschien.

»Oh, Gott!«, schrie Pfarrer Eldred, und diesmal stand hinter den Worten ein Herz, das brach, Liebe, die blutete und weinte. Er umarmte den welken Körper seines Kindes, wollte ihre kindliche Weichheit zurückholen, ihre entschwundene Jugend, die Reife der Jahre, die er in dem Augenblick vertan hatte, als er sie dem Kobold überantwortet hatte.

»Lassen Sie mich los.« Mürrische Hände drückten schwächlich gegen seine Brust. Eine alte Frau mit einem bloßen Fuß, so alt geworden wie der Rest von ihr, kämpfte sich aus seiner Umarmung frei.

»Molly, erkennst du mich nicht?«, drang Pfarrer Eldred in sie, bemüht, ihre Wange zu streicheln, mit den Fingern durch das eisengraue Gewirr ihrer Haare zu fahren.

»Sie erkennen?«, sagte sie. »Nein. Wieso sollte ich? Sie sind für mich weiter nichts als ein Eindringling. Ich kann Sie nicht zwingen, mein Haus zu verlassen, doch ich wünschte, ich könnte es. Ich bin gern allein, das ist sicher. Wenn ich es zuvor nicht geglaubt hätte – es sind Leute wie Sie, die mir wieder und wieder dieselbe Lehre erteilen. Alles da draußen ist verdorben, durchgefault, wird jeden Moment in sich zusammenbrechen. Wo man auch hinschaut, findet man Tod, Unglück, Herzeleid, Verlust. Ärzte bringen uns um, Lehrer zeigen uns unsere Dummheit, Führer lassen uns zum Klang von Hörnern in Abgründe marschieren, Liebhaber könnten ebenso gut zu einem Spiegel sprechen, Mutter sollten, wenn sie ein Kind gebären, über einem offenen Grab hocken, um einfach nur Zeit zu sparen. Am besten, man bleibt für sich und wartet ab, bis das Leben vorbeigeht, wenn man unbeschadet hindurchkommen will. Ich bin die Einzige, die vernünftig genug ist, um zu sehen, wie die Dinge in dieser Welt laufen.« Sie wich zurück, von ihm fort, sodass der Fernsehschirm ihren Kopf wie ein Heiligenschein umgab. »Und ich heiße nicht Molly.«

»Wie kannst du das sagen?«, fragte Pfarrer Eldred mit der Hartnäckigkeit der Verzweiflung. »Ich habe dein wahres Gesicht gesehen, ich kenne dich: Du bist meine Tochter.«

»Sie sind verrückt!«, rief die alte Frau und gestikulierte wild mit ihrer Hand voller Arthritisknoten. »Genauso verrückt wie Ihr Kind. Los, verschwinden Sie schon, in diesem Haus gibt es nichts, was Sie brauchen!«

»Aber was ist damit?« Er hielt ihr die Staubperlenkette vor, den daran hängenden blauen Stein. Sie konnte nicht umhin, ihn zu sehen. »Du hast gesagt, dass es einst dir gehört hat. Nimm es! Nimm es und komm zurück zu dem, was du gewesen bist!«

Sie schüttelte heftig den Kopf. »O nein«, sagte sie. »Zweimal täuscht ihr mich nicht. Das ist bloß ein Schnickschnack, einfach und gewöhnlich, ein Flitterkram, ein Schmuckstück, eine Lappalie. Nehmen Sie es und stecken Sie sich's dorthin, wo keine Sonne scheint!«

Pfarrer Eldred hätte vielleicht auf seinem Ziel beharren können, doch gerade da brachte die alte Frau aus einer unerwarteten Quelle einen Ausbruch von erstaunlicher Kraft zusammen und sprang auf. Sie krallte die Hände in den Mantel des Gottesmannes, Kragen und Schoß, und zerrte ihn zur Tür. Der Wechselbalg sprang vor, um die Tür offen zu halten, und kicherte auf eine Weise, die man wahnsinnig hätte nennen können, wenn man nicht vertraut damit war, wie der Geist eines Eichhörnchens funktioniert. Linde Luft strich über Pfarrer Eldreds Gesicht, als er gewahr wurde, dass er aus der niedrigen Hütte flog und kopfüber auf dem freundlichen Grün einer Frühlingswiese landete.

Er landete auf der Nase inmitten der Gänseblümchen. Die Sonne hüllte ihn in Wärme, das neue Gras verströmte einen süßen Duft, wo sein Gewicht es zerdrückte. Er stemmte sich auf Hände und Knie hoch und schaute sich benommen um. Der Winterwald war fort, alles war ein Weideland, sanfte Hügel, von Blumen übersät. Hier und da erblickte er eine vereinzelte Weide und einen sich ziellos dahinschlängelnden Bach. Das Gras wimmelte von tausend Insekten und dem verborgenen Treiben von Feldmäusen.

»Du hast sie nicht verloren, oder?«, fragte der Wechselbalg, während er sein ganzes Gewicht auf den noch immer gebeugten Rücken von Pfarrer Eldred lehnte, der reinste Suffkopp, der einen Ellenbogen auf die Kneipentheke stützt. »Ach nein, da ist sie.« Er bückte sich, um an der Staubperlenkette zu zupfen, die noch immer eng um seine Hand geschlungen war.

Pfarrer Eldred stand auf und wischte etwas Gras von seinem Mantel. »Wir müssen zurückgehen«, sagte er, während er die Wiese nach der verschwundenen Hütte absuchte. »Ich kann sie doch nicht so sich selbst überlassen.«

»Warum nicht? Aus der Übung?« Der Wechselbalg tanzte in Frühlingsekstase über die Wiese, dann beschleunigte er kichernd seinen Lauf und rannte den Hügel hinan.

»Halt! Komm zurück!« Die Befehle des Gottesmannes gingen ins Leere, und der Wechselbalg war hinter dem Hügel außer Sicht, ehe der Pfarrer begriff, wie nutzlos es war, von einem Wesen Gehorsam zu erwarten, das weder Furcht noch Pflicht kannte. »Kein Wunder, dass die Welt dahin gekommen ist«, murmelte er, als er sich mit raschem Schritt an die Verfolgung des liederlichen Dinges machte. »Wenn sie von derlei Geschöpfen überrannt wird, sollte ich wahrlich nicht überrascht sein.« Und wenn er sich desgleichen fragte, wie viele andere Sterbliche wohl ähnliche Abmachungen mit der Koboldheit getroffen hatten, um sich ihrer echten Kinder zu entledigen und sie ersetzen zu lassen, so war dies ein Pfad, dessen Schatten ihn alsbald zurückschrecken ließen. Es war einfacher, der Wechselbalg-Kind nachzujagen, also tat er das.

Er erklomm die Hügelkuppe rechtzeitig, um zu sehen, wie das Molly-Ding über den Bach am Fuße des Hügels sprang. Er erreichte den Bach rechtzeitig, um den Wechselbalg froh über die frischen Weiten von Grün sausen zu sehen. Die gesteppte Wolljacke flog fort, ein roter Blitz vor einem Himmel, der blauer war, als es irdische Augen zu ertragen vermochten. Die Schuhe wurden weggeschleudert, und die Strümpfe folgten nach nur ein, zwei unbeholfenen Sprüngen, die es brauchte, sie herunterzurollen und wegzuwerfen. Kleid und Unterwäsche versteuten sich über die Landschaft, Häufchen freudig aufgegebener Kleidung, bis der Wechselbalg eine winzige Gestalt mit rosiger Haut in mittlerer Entfernung war, nackt mit Ausnahme der zu großen Lederhandschuhe des Gottesmannes. Sie flatterten an den Enden der Arme wie die Flügel gefangener Motten, doch aus welchem grundlosen Grund auch immer wollte sich das fliehende Molly-Ding nicht von ihnen trennen. Ein fahlgoldener Nebel von Sägemehl zog sich hinter ihm hin, ein sonnenerleuchteter, dem Himmel zustrebender Bandweg, darauf Sylphen, Pixies, Irrlichter und Feen fahren mochten.

Darauf fahren mussten sie, und sie taten es: Es dauerte nicht lange, dass sie solch einer Verlockung nachgaben. Das Volk der Lüfte tanzte den goldenen Pfad im Fahrwasser des Wechselbalges entlang, als Pfarrer Eldred nahe genug herangekommen war, um das unbezwingbare Lachen des Molly-Dings zu hören. Winzige silbergrüne Finger zupften an seinem Haar. Seine Nase füllte sich mit dem blumigen Geruch des Feenvolkes, gegen seine Wangen schlugen sanft ihre Spinnwebenflügel. Verbissen schloss er beim Weiterlaufen den Mund, um nicht womöglich Wunder einzuatmen.

Auf dem Gipfel eines zweiten Hügels glitt seine Ferse auf einem Fleckchen von im Schatten verborgenem Tau aus, und er rutschte den Hang hinab, mit den Füßen in der Luft fuchtelnd. Die Feen schwärmten empor, ihre Flügel summten hektisch, nur, um sich als Decke von edelsteingeschmückter Schönheit herabzusenken, als er am Grunde liegen blieb. Er hob die Hände, um seine Augen vor den Myriaden ihrer starrenden, dunkeläugigen Blicke zu schützen, und der blaue Stein, gefangen auf seiner Perlenschnur, wirbelte im Sonnenlicht von seinen Fingern weg. Das Feenvolk wich bei dem Anblick ehrfurchtsvoll zurück, machte die Musik seiner fremden Sprache und bot ihm weder Hilfe noch Widerstand, als er wieder auf die Füße kam.

»Wo ist sie hin?«, fragte er sie, als er den Horizont ringsum mit einer langsamen, verzweifelten Drehung absuchte. Das Molly-Ding war fort, außer Sicht. Es schien unmöglich zu sein – die Welt vor ihm lag weit offen ausgebreitet –, und dennoch hatte sie es irgendwie fertig gebracht, schnell und weit genug zu laufen, sodass er sie nicht mehr sah, nicht einmal als Punkt in der Ferne. Das zarte Frühlingsgras bot nicht einmal einen geknickten Halm als Hinweis, wohin sie gelaufen war. »Wo ist sie? Helft mir! Bringt mich zu ihr, ich bitte euch.« Und sobald er die flehentliche Bitte aussprach, wusste er, dass es nicht das Molly-Ding war, das er suchte, sondern sein eigenes Kind. Er streckte beide Hände aus, als Schale aneinander gelegt, als hoffe er, dem Volk von Licht und Luft ein Nektaropfer darzubringen. Zwischen seinen zitternden Fingern glänzten gelassen Perlen. »Gewährt mir, ihr Leuchtenden, freien Eingang, freien Ausgang, freie Öffnung des Weges!«

Das Feenvolk schwebte direkt über seinen Händen in der Luft, so lange, wie er gebraucht hätte, um seine alten Gute-Nacht-Wünsche mit Molly herunterzuhaspeln, dann stiegen alle in einer Wolke von geflügelter Pracht empor und verloren sich vor dem brennenden Rund der Sonne. Pfarrer Eldred, lächerlich in seinem dunklen Mantel und seinem inständigen Flehen, blieb allein zurück.

Er stand eine Zeit lang da, hilflos inmitten der Schönheit der hellen Frühlingswiese. In welche Richtung er auch den Blick wandte, es gab nirgends ein Anzeichen, dass sie seiner Schritte eher wert wäre als irgendeine andere. So viel Gleichwertigkeit ließ ihn unschlüssig verharren, nur seine Lippen bewegten sich und wisperten: »Molly?« Weder das Kind noch der Wechselbalg oder auch nur ein Lufthauch waren da, um ihm Antwort zu geben.

»Ach, *Gott!*« Sein herausgeschriener Verlust ließ den Himmel bis aufs Mark aufreißen. Hätte er nach oben geschaut, statt gen Boden zu sinken, hätte er vielleicht Engel gesehen, die erstaunt zu ihm herabschauten. Er packte den Strang von schmutzigen Perlen zwischen Händen mit weißen Knöcheln, Händen, die so fest zum Gebet gefaltet waren, dass sie wie sterbende Blätter zitterten. Sein Kopf war gesenkt, sein ganzer Körper vorwärtsgekrümmt, die Augen so fest zusammengekniffen, dass zu bezweifeln war, ob er jemals die Kraft finden würde, sie wieder zu öffnen und die Welt zu sehen, die er selbst erschaffen hatte. Er wiegte sich dort auf den Knien vor und zurück, stöhnte Mollys Namen und rief seinen Gott an, aus jenem Schmerz heraus, der jenseits eines gebrochenen Herzens liegt und eine gebrochene Seele ist.

»Na, mein Freund.« Eine raue Hand schloss sich um seine beiden so leicht, wie ein Mann eine Walnuss umfassen könnte. »Wenn Sie sie so dringlich zurückhaben wollen, hätten Sie es nur zu sagen brauchen.«

Der Gottesmann hob die Augen und sah das elegant hässliche Gesicht des Kobolds. Das Wesen war gekleidet wie immer, abgesehen von dem Umstand, dass er jetzt nicht mehr die Mütze in der Hand hielt, sondern ein vertrautes Paar Handschuhe. Er trat einen Schritt zurück und ließ Pfarrer Eldreds Hände los, bis er sich an den sauberen, kalten Stein herangeschoben hatte, der das Grab einer Frau bezeichnete.

»Wo ist sie?«, drang Pfarrer Eldred in ihn, der zwischen herbstwelken Efeutrieben kniete, die Hände noch zum Gebet gefaltet. »Geben Sie sie mir zurück!«

»Zurück wird nicht gehen«, sagte der Kobold. »Sintemalen ich sie nie fortgeholt habe.«

»Sie haben ... nie ...?«

»Sie schläft, wo ich sie gefunden habe, schön ordentlich in ihrem eigenen Bett verpackt, wie sich's gehört.« Der Kobold nickte, mit dieser Lage der Dinge zufrieden, denn die Kobolde als Rasse sind bekannt für ihre Vorliebe für wohl geordnete Abläufe. »Wie Sie selber hätten sehen können, wenn Sie sich die Mühe gemacht hätten, nach ihr zu schauen zu gehen.«

»Ich dachte, sie wäre fort«, flüsterte Pfarrer Eldred. »Sobald in jener Nacht der Wechselbalg zu mir kam, nahm ich einfach an, er sei im Austausch für etwas anderes bei mir gelassen worden. Für sie. Für Molly.«

»Das war kein Wechselbalg.« Der Kobold winkte ihm zu. »Das war bloß ich.«

»Sie?« Der Gottesmann starrte ihn an.

»Steinsicher. Ich hielt nicht viel von unserem Abkommen, doch was nutzte es? Ich wusste, dass es keine Möglichkeit gab, Sie zu überzeugen. Sie würden alles tun, um mich zu zwingen, den Handel einzuhalten.«

Pfarrer Eldred schüttelte langsam den Kopf. »Ich wollte sie nur vor einer harten Welt bewahren.« Die Efeustiele zwischen seinen Knien welkten, bis sie dem Gesicht der alten Frau im Walde glichen. Ihre finstere Miene war schrecklich anzusehen, und sie öffnete verzerrte braune Lippen, als wolle sie ihre zynische Litanei wiederholen. Der Gottesmann wandte ruckartig den Blick ab, er wollte derlei nicht wieder hören noch sehen. »Ich wollte für sie nichts als das Beste«, brachte er schwach vor.

»Also wirklich?« Die leise gestellte Frage des Kobolds war wie eine sanfte Berührung mit der Zunge an einem schmerzenden Zahn. Der Gottesmann zuckte zusammen, als er es hörte.

»Nein«, gab er tonlos zu, und bei dieser kleinen Wahrheit fühlte er, wie das Eingeständnis seine Seele reinigte. »Nicht ihr Bestes, sondern meins.« Er kam langsam auf die Füße, eine Hand auf den rauen, unpolierten oberen Rand des Grabsteins gelegt. »Ich habe gefehlt, doch ich will es wiedergutmachen.«

»Dann gehen Sie nach Hause«, sagte der Kobold, »und sorgen Sie dafür, dass Sie es tun.« Dabei nahm er Pfarrer Eldreds Handschuhe in eine Hand und schlug mit ihnen den Gottesmann hart über die Augen.

Der Schmerz flammte rot auf, dann schwarz mit einer flüchtigen Blindheit. Pfarrer Eldred schrie bei der qualvollen Berührung laut auf. Er wankte zurück, taste mit einer Hand nach einem anderen Grabstein als Stütze, doch seine Finger fanden nur Luft, dann Panik, dann wurde die Berührung von einem samtenen Sessel erwidert. Er öffnete die Augen und erblickte dasselbe vertraute Arbeitszimmer, das er vor Stunden oder Tagen oder Jahrhunderten verlassen hatte. Etwas schimmerte auf dem Fensterbrett. Er stand aus seinem Sessel auf und sah den Porzellanteller, alle Butterkeks-Krümel abgeleckt.

»Vater?«

Die Stimme seiner Tochter ließ ihn sich auf der Stelle umdrehen, der Porzellanteller zitterte in seiner Hand. Groß gewachsen und fraulich, erfüllte sie seinen Blick mit derselben ruhigen Schönheit, die er auf einem anderen Gesicht gesehen hatte, das jetzt unter Erde und Efeu und behauenem Stein verloren lag. »Ich habe dich rufen hören«, sagte sie und schwebte in der Tür wie ein Traum, hielt ihren weichen gelben Morgenrock am Kragen zu. »Ich dachte, du könntest die Kinder aufwecken, aber wir scheinen Glück zu haben. Ist mit dir alles in Ordnung?«

»Molly?« Der Gottesmann tat einen unsicheren Schritt auf die Frau zu. Tränen und Zeit ließen seine Sicht verschwimmen, dennoch tastete sein Blick ihr Gesicht nach Spuren ab, womit die Härte der Welt sie gezeichnet haben könnte. Die Winkel ihrer Augen und ihres Mundes waren leicht von Linien berührt, die von Lächeln und einigen wenigen Sorgen zeugten, doch sie waren warm wie ein gastliches Kaminfeuer.

Sie ging ihm durchs Zimmer den größeren Teil des Weges entgegen, legte ihm die Hände auf die Schultern und gab ihm einen Kuss. »Du musst in deinem Sessel eingenickt sein«, sagte sie. »Abgekämpft, du Armer; meine Kinder können einen wirklich in Trab halten, ich weiß. Ich werde das für dich in die Küche bringen.« Sie nahm ihm den leeren Teller ab und war fort.

»Kinder ... Ihre *Kinder* ...!« Pfarrer Eldred ging unsicheren Schrittes zum offenen Fenster. »Verloren«, hauchte er in die Nacht. »So viel habe ich verloren, weggeworfen ...«

»... noch nicht erhalten«, sagte eine Stimme vom im Frost erstorbenen Blumenbeet unter dem Fensterbrett. Der Kobold sprang ins Blickfeld und puhlte sich tote Geranienstängel zwischen den Zehen hervor. »Tut mir Leid«, sagte er, schroff wie ein aus seinem Bau gegrabener Dachs. »Hab Sie zu ihr zurückgebracht, statt sie zu Ihnen. Aber sehen Sie? Sie haben es nicht so schlecht mit ihr hingekriegt, nachdem Sie es erst mal versucht haben.«

»Ich habe das getan?« Pfarrer Eldred schaute sehnsuchtsvoll seiner erwachsenen Tochter hinterher. »Ich habe sie vor der Welt zu bewahren vermocht?«

»Sie wollte nicht davor bewahrt werden.« Der Kobold tätschelte dem Gottesmann die Hand. »Wollen sie nie.«

»Was dann ...?«

»Sie wollen nur beigebracht kriegen, wie man die Welt sieht. Was ist die Welt denn anderes als Schrecken und Wunder?«, fragte der Kobold. »Musik und Knochen, Sonnenschein und Schwerter, Hunger und Schmetterlinge. Wo sollen sie die Klugheit herbekommen, die richtige Wahl zu treffen, wenn man ihnen nichts beibringt als Furcht vor allem?«

»Aber so viel Böses ...!«, wandte der Gottesmann ein.

»Darum ist die Welt nicht weniger voller Wunder. Nicht jede Schlange ist giftig, und dennoch ... manche sind es. Sie haben sie gelehrt, den Unterschied zu sehen. Das war es, was sie gerettet hat – wachsam und ängstlich sind zweierlei. Steine können einen verletzen oder töten, aber es sind Steine, die einen guten, festen Weg nach Hause abgeben.«

»Nach Hause ...« Pfarrer Eldred sank gegen das Fenster, von Rätseln wie betrunken.

»Jawohl, nach Hause, ganz wie Sie sagen. War mein Fehler, dass Sie hier hergekommen sind, aber macht nichts, 's ist rasch ins Lot gebracht, bald repariert, wird keine Minute dauern.« Feine Lederhandschuhe schlugen wie Fledermausflügel im Mondschein. Pfarrer Eldred blinzelte und wurde gewahr, dass er nicht aus einem Fenster starrte, sondern geradezu auf eine geschlossene Tür. Er war benommen und hatte keine Ahnung, wie er hierher geraten war, noch wo er gewesen war, noch was er als Nächstes tun sollte.

Schließlich entschied er, dass er nicht zu einer Tür gegangen wäre, wenn er nicht vorgehabt hätte, sie zu öffnen.

Das Zimmer war behaglich und roch nach weißer Seife, und nur das beständige Glimmen eines Nachtlichts hielt die Dunkelheit in Schach. »Papa?«, sagte Molly mit kleiner, schlaftrunkener Stimme und regte sich unter der Bettdecke. »Ist es Morgen?« Sie schlief schon wieder, ehe er antworten konnte.

Er schloss die Tür und ging nach unten, wo sein Kaminfeuer und seine Pfeife und seine zerschellten Gewissheiten ihn alle geduldig erwarteten. Dort setzte er sich in den samtbezogenen Ohrensessel und starrte für eine Zeit außerhalb der Zeit in die vergehenden Flammen. Er dachte, da sei etwas, woran er sich erinnern müsste, eine Reise, die er vergessen oder noch nicht angetreten hatte. Pfeifenrauch wand sich am unsichtbaren Gitterwerk der Luft empor. Die alte Stutzuhr auf dem Kaminsims regte sich nicht, doch in der Stille, wo einst ihr schweres Ticktack erklungen war, hörte der Gottesmann jetzt nur das gemessene Schlagen von Drachenschwingen, das Sirren des Feenflugs, das verrückte, gedankenlose Geplapper eines Eichhörnchens, das kalte Dröhnen aus dem Fernsehgerät einer alten Frau und jenseits von alledem ein Kinderlachen.

Als seine Pfeife ausging, stand er auf und ging wieder die Treppe hinan zu der geschlossenen Schlafzimmertür. In sein Studierzimmer kehrte er nicht allein zurück.

Die Dämmerung eines Oktobermorgens zog gerade rosa und purpur und goldene Streife über den Himmel, als der Kobold seine Schnauze über den Fenstersims reckte und sich ins Arbeitszimmer des Gottesmannes stahl. Platte Füße patschten über den Boden, bis das Wesen stehen blieb und zu dem Mann aufschaute, der in dem großen Ohrensessel schlief, seine Tochter in den Armen. Ihrer beider Atemzüge im Schlaf ließen kaum die unschätzbare Perlenkette mit dem Diamantanhänger erzittern, die ihre Finger verband.

Sehr sorgsam, sehr geschickt für jemanden, dessen Hände ganz nach der Grazie von Schaufelblättern aussahen, zupfte der Kobold die leuchtende Schnur los, ohne einen der Schläfer zu stören. Er hielt sie dem ersten Tagesschein entgegen und lachte leise in sich hinein, bevor er sie in die Gesäßtasche seiner Hose stopfte und aus dem Fenster kletterte. Einen Atemzug lang nur hielt er auf dem Fensterbrett inne und warf einen letzten Blick zurück auf die Träumenden.

»Keine Butterkekse ...« Er rückte die Mütze auf dem Quadratschädel kecker zurecht. »... aber es reicht.« Ein Morgen, frei von den Schatten der Sorge, nahm ihn auf, und er war für immer aus dem Hause des Gottesmannes verschwunden.

Eine Frage des Glaubens

Bernhard Hennen

**In der Klosterfestung Castra Cordis,
im Westen der Pardischen Sümpfe, am frühen Abend
des 17. Tages des Flutregenmondes,
im 477. Jahr der Abwesenheit Gottes**

Wie Leichentücher hingen die regenschweren, einstmals weißen Umhänge von den Schultern der Überlebenden. Schmutz und Flugrost hatten den Rüstungen der Ordensritter allen Glanz genommen. Stumm zählte Carlos die Männer, die das Tor der Klosterfestung passierten: dreiundvierzig Ritter und zwölf Fuhrleute. Das war alles, was von den hundert Mann geblieben war, die mit ihm vor zwei Monden die Jagd in den Sümpfen angetreten hatten.

Die eisenbeschlagenen Räder der Käfigwagen mahlten schwer über das nasse Pflaster. Carlos wendete sein Pferd und ritt an die Spitze der Kolonne. Böiger Wind peitschte ihm den Regen ins Gesicht. Er blinzelte. Es war ein stilles Willkommen, das man ihnen bereitete. Im Kreuzgang rund um den Platz hatten sich, vor dem Regen geschützt, Priester, Knechte und Ordensritter versammelt und starrten zu den Wagen. Carlos wusste, dass auch sie zählten, doch nicht seine Ritter. Sie hielten Ausschau nach den schattenhaften Gestalten, die sich in den großen Käfigen verbargen.

Als der letzte Wagen zum Stehen gekommen war, liefen eilfertige Stallknechte herbei, um die müden Pferde auszuspannen, und warfen verstohlene Blicke zu den Käfigen. Ritter mit langen Speeren sammelten sich. Man würde sie brauchen, sobald die Ikuruhas aus den Käfigen geholt werden würden. Jeder in der *Provincia pardia* kannte die Schreckensgeschichten über diese Kreaturen, doch nur die wenigsten hatten je einer der Bestien gegenübergestanden.

Carlos' Blick suchte nach dem Mann, der ihn in die Sümpfe geschickt hatte, dem Verantwortlichen für all das Leid. Es dauerte nicht lange, bis er den alten Priester entdeckte. Bruder Francisco hatte etwas an sich, das die Anwesenheit der anderen verblassen ließ, obgleich er sich im Hintergrund hielt.

Müde hob Carlos sich aus dem Sattel und übergab die Zügel einem Stallknecht. Mit schweren Schritten überquerte er den Hof. Die Schrecken der letzten zwei Monde hatten ihm seinen federnden Gang genommen. Sein langer weißer Ordensmantel war vom Schlamm der Straße beschmutzt. Nun war er ein befleckter Ritter. Ein kurzes Lächeln stahl sich auf seine Lippen. Wortspiele dieser Art waren etwas für romantische Lieder fahrender Spielleute. Gänsekiel und Schwert, das ging nicht zusammen.

Als Carlos den vordersten Wagen passierte, hielt er kurz inne. Dieser Ikuruha hatte sie das meiste Blut gekostet. Drei Ritter hatten ihr Leben gegeben, um ihn zu fangen. Jetzt kauerte die Bestie im äußersten Winkel des Käfigs und beobachtete ihn aus bösen schwarzen Augen. Keiner der Sumpfmänner maß vom Scheitel bis zur Sohle weniger als zwei Schritt, doch dieser hier war besonders stattlich.

In ihrer Erscheinung erinnerten die Kreaturen an grotesk überproportionierte Menschen. Ihre Arme waren zu lang, und ihr vornüber gebeugter Gang ließ sie unbeholfen wirken. Dennoch waren sie überaus gewandt und selbst im Kampf mit bloßen Händen schreckliche Gegner. Ihre Haut war von grauschwarzer Farbe, wie der kalte Schlamm der Sümpfe, und auf ihrem Haupt wucherte verfilztes schwarzes Haar.

Der Regen fiel nun noch heftiger. Carlos zog seinen Umhang enger um die Schultern und wandte sich von der lauernden Kreatur ab, um ins Trockene zu gelangen, wo die Purpurbestie auf ihn wartete. Purpurbestie ... Der Ordensritter wog das Wort in Gedanken. Vor wenigen Wochen noch hätte er nicht geduldet, dass ein anderer in seiner Anwesenheit so von einem der hohen Würdenträger der Kirche gesprochen hätte, jenen Männern und Frauen, denen man das Purpur verlieh, um sie unter der Schar der weiß gewandeten Priester hervorzuheben.

Bruder Francisco hatte ihm nicht einmal gesagt, warum er ihn auf die mörderische Mission in den Sümpfen geschickt hatte. Grimmig dachte Carlos an die unsäglichen Strapazen der vergangenen Monde, vor allem an den zähen, grauschwarzen Schlamm aus zermahlenem Ölschiefer, den der Regen hinab in die weiten Senken des Sumpflands spülte. Wie etwas Lebendiges hatte der Schlamm nach den Rädern der schweren Käfigwagen gegriffen, wenn sie von den Knüppeldämmen abgekommen waren. Weite Schilffelder säumten die wenigen Pfade, die man mühsam dem Sumpf abgerungen hatte. Mückenschwärme hingen wie schwarze Schleier über dem brackigen Wasser und forderten blutigen Wegezoll. Nur wenn es regnete, wurden die Reisenden für wenige Stunden von den Plagegeistern erlöst. Obwohl die Kleider, einmal nass geworden, in der schwülen Hitze des Sumpfes nie wieder trockneten, hatte Carlos in den vergangenen Wochen den Regen lieben gelernt.

Wie aus Kübeln goss es jetzt in den Klosterhof. Die Pferdeknechte fluchten, während die Schaulustigen eilig zurück in den Schutz des Kreuzgangs flüchteten.

Bruder Francisco beobachtete das Durcheinander mit einer Gelassenheit, die in Carlos' Augen schon an Überheblichkeit grenzte. Der alte Priester war hoch gewachsen und hager. Mit seinem schlohweißen Haar und dem abgehärmten Gesicht wirkte er wie jemand, den ein inneres Feuer verzehrt. Francisco hielt sich ungewöhnlich gerade für einen Mann, der die sechzig erreicht haben mochte. Der einzige Tribut an sein Alter war der Elfenbeinstock, auf den er sich stützte. Er war in eine makellos weiße Soutane gekleidet; kein Purpur verriet, dass er zu den höchsten Würdenträgern der Kirche gehörte. Er hatte Carlos seine wahre Identität offenbart, bevor dieser zu seiner langen Jagd aufgebrochen war, und was Francisco zu sagen gehabt hatte, hatte den jungen Anführer der Ordensritter zutiefst beunruhigt. Carlos hatte von den Machtkämpfen im fernen Cantamo gehört, von den Intrigen, die am Hauptsitz der Kirche gesponnen wurden. Doch dass auch er einmal in dieses unentwirrbare Gespinst aus Verrat und übersteigerter Gottesfurcht hineingezogen werden würde, hätte er sich nicht träumen lassen.

Wie jeder Krieger hasste es der Ordensritter, wenn Spitzfindigkeit mehr galt als die Macht des Schwertes. Der Kampf mit Worten war ein Kampf ohne Ehre. Bruder Francisco war ein Meister im Krieg der Worte. Er war hier, um Gerüchten nachzugehen, welche die Ausbildung der Scholaren des *Ordo purgatoris Dei* betrafen. Die Ikuruha waren gefangen worden, weil die angehenden Priester irgendeine Prüfung ablegen sollten ...

»Sieben sind nicht genug. Wir haben zehn Scholaren, die sich mit ihnen befassen sollen«, empfing ihn der Priester ohne einen Gruß, als Carlos in den Schutz des Kreuzgangs trat.

Der Ordensritter verneigte sich, damit Francisco nicht in seinen Augen lesen konnte. Was bildete sich dieser Greis ein? Noch bevor er ihm auch nur in groben Zügen von den schrecklichen Ereignissen der vergangenen zwei Monde berichten konnte, tadelte er ihn schon. Dabei hatten sie elf Ikuruhas gefangen. Doch vier hatten sich in den Käfigwagen selbst entleibt. Carlos war zu stolz, sich zu entschuldigen. Sollte Bruder Francisco doch in seinem Bericht lesen, was vorgefallen war.

»Es beschämt mich, dass ich die Erwartungen nicht erfüllen konnte, die man in mich gesetzt hat. Ich erlaube mir jedoch darauf hinzuweisen, dass neun meiner Ritter tot sind und zwölf schwer verletzt wurden. Fasse meine Frage nicht als Anmaßung auf, Bruder, aber bist du dir bewusst, wie gefährlich der Versuch ist, einen Ikuruha lebend und unverletzt zu fangen? Es ist weitaus leichter, sie zu töten. Diese ... Kreaturen können einen Stier mit bloßer Faust erschlagen. Wie soll man ein solches Geschöpf überwältigen, wenn man ihm lediglich die Kraft eines Menschen entgegensetzen kann?«

»Du gehörst zum geharnischten Arm der Kirche, Bruder Carlos, weil du dir einst zugetraut hast, auf Herausforderungen dieser Art eine angemessene Antwort zu finden.« Francisco sprach ohne Hohn und gab sich betont sachlich. »War es nicht deine freie Entscheidung, dich dem *Ordo militis Dei* anzuschließen und unter den acht großen Wegen der Kirche ausgerechnet den des Schwertes zu wählen?«

Carlos verzichtete darauf zu antworten. Er wusste, dass der alte Mann ihn niemals verstehen würde.

Unvermittelt trat Bruder Francisco ganz dicht an ihn heran. Seine Stimme ging fast im Rauschen des Regens unter, als er sprach. »Wenn wir uns das nächste Mal begegnen, behandele mich gefälligst wie einen einfachen Pater! Ich bete zu Aionar, dass die Schaulustigen hier auf den Platz viel zu sehr damit beschäftigt sind, die Ungeheuer in den Käfigwagen anzugaffen, um sich zu fragen, warum der Erste Ritter des *Castra cordis* so eilfertig an einen Priester ohne besonderen Rang herantritt und auch noch sein Haupt neigt. Sollte dir ein zweiter Fehler dieser Art unterlaufen, muss ich davon ausgehen, dass dir daran gelegen ist, meine Tarnung zu verraten. In diesem Fall werde ich gezwungen sein, entsprechende Maßnahmen zu ergreifen.«

Der alte Priester deutete eine Verneigung an, so wie es sich in der *Provincia pardia* gegenüber einem höherrangigen Kirchenbruder geziemte, und verabschiedete sich mit einem Lächeln, das jeder Außenstehende herzlich genannt hätte.

Çamur, der Ikuruha, hatte sich in den hintersten Winkel der rollenden Hütte gekauert. Die Hütte war auf einem kleinen Feld zum Stillstand gekommen, das von roten Klippen umgeben war. Dicht an dicht waren die Felswände hier von Höhleneingängen durchbrochen. Çamur hatte einen solchen Ort noch nie gesehen. Überall waren Menschen. Mörder, die ihre langen Schneidesteine in Häute gehüllt verbargen. Sie alle waren Weißfelle.

Er wusste genau, dass man *diesen* Weißfellen nicht trauen durfte! Sie hatten viele Worte füreinander, und manche kamen, um in die rollenden Hütten zu sehen.

Der Ikuruha wünschte, er wäre im Sumpf und könnte tief in den kalten Schlamm kriechen, um ihren bösen Blicken zu entgehen. Was wollten sie? Er drückte sich in die dunkelste Ecke der rollenden Hütte.

Das Ding, das sie ihm um den Hals gelegt hatten, schnitt bei jeder Bewegung tief in sein Fleisch. Seine Arme waren auf den Rücken gebunden, und ein Seil verband die Fesseln mit dem würgenden Ding um seinen Hals.

Çamur blickte zu dem großen Mörder auf dem Langbein. Er führte das Mörderrudel und ließ alles in Seile knüpfen, was ihm begegnete. Selbst die Langbeine! Dabei waren sie groß und stark. Warum wehrten sie sich nicht? Warum trugen die Langbeine ihn und zogen die rollenden Hütten? Er war ein starker Anführer.

Der Sumpfmann wünschte seine Hände in die weichen Glieder des Mörders zu graben, als dieser an seine rollende Hütte trat und ihn anstarrte.

Die Bethalle war gedrängt voller Geistlicher, die der Zeremonie beiwohnten. Francisco stand in einer der hinteren Reihen. Er war als wandernder Priester auf der Suche nach Schriften über Heilkräuter, die in den Sümpfen wuchsen, hierher gekommen; so hatte er es jedenfalls den Priestern in *Castra cordis* erzählt. In Wahrheit wollte er unerkannt den Verlauf der letzten Prüfung der Scholaren des *Ordo purgatoris Dei* verfolgen. Nach Abschluss dieser Prüfung würde er sich zu erkennen geben und die drei fähigsten Priesterschüler in seine Obhut nehmen. Die Kirche brauchte dringend mehr Geistliche, die den Mut und die Befähigung besaßen, sich den Gefahren durch widernatürliche Kreaturen und Hexenmeister zu stellen, das stand auch für Francisco außer Zweifel; doch war er uneins mit sich, wie weit man in diesem Kampf gehen durfte.

Seit vor nunmehr achtzehn Jahren ein Komet, hell wie die Sonne, über den Himmel gezogen war, war die Ordnung der Welt durcheinander geraten. Eine riesige Flutwelle hatte die Flotte und die meisten Küstenstädte des Merkantilischen Imperiums vernichtet. Zugleich war etwas Fremdes in die Welt gekommen, das Francisco selbst nach all den Jahren kaum in Worte zu fassen vermochte. So wie zu Zeiten der Fleischwerdung Aionars, des einen Gottes, war die Welt von Magie durchdrungen, und Geschöpfe, die es nur in Märchen oder Mythen hätte geben sollen, erhoben ihr Haupt. Es waren nicht allein die Ikuruha, auch Geister und Riesen waren in Erscheinung getreten, riesige Fische, die sich an Land wanden, um des Nachts Vieh zu stehlen, und Schlangen, die groß genug waren, Schiffe auf den Grund des Meeres hinabzuziehen. Einige Menschen schienen die Gabe zu haben, diese widernatürlichen Kreaturen herbeizurufen, so wie das Sandkind, das die Herrscher in den fernen Oasenstädten der Salamar von ihren perlengeschmückten Thronen gezerrt hatte.

In Zeiten, in denen allzu viele der Versuchung erlagen, sich den Verirrungen der Magie hinzugeben, war allein die Kirche in der Lage, die Ordnung zurück in die Welt zu bringen. Doch war es richtig, einen übermächtigen Feind mit seinen eigenen Waffen zu bekämpfen? Seit Jahren entzweite der Streit um diese Frage die Kirchenfürsten. In etlichen Provinzen besann man sich auf halb vergessene Traditionen aus der Zeit der Gründung der acht großen Orden. Francisco wusste, dass die Reform der Kirchenschulen dazu genutzt wurde, ein Wissen zu entfesseln, das für Jahrhunderte in den geheimen Archiven des Roten Ordens verborgen worden war. Nachdem er oft genug Zeuge geworden war, wie Schwerter allein gegen die Macht der Fabelwesen nicht zu bestehen vermocht hatten, wollte er nun mit eigenen Augen sehen, wozu die auserwählten Scholaren des *Ordo purgatoris Dei* fähig waren. Sollten die Priesterschüler ihn überzeugen, dann würde er die besten mit nach Cantamo nehmen und sie unter den direkten Befehl der Primarchin stellen. Es war gefährlich, wenn intrigante Kirchenfürsten, die im Geheimen zweifelhafte Wege beschritten hatten, Einfluss auf die neu heranwachsende Priesterschaft ausübten. Auch wenn die Primarchin, die Oberherrin der Kirche, zweifelte, ob es ein weises und angemessenes Vorgehen war, das Feuer mit dem Feuer zu bekämpfen, war Francisco der Überzeugung, dass man zumindest beobachten musste, welche neuen Möglichkeiten sich die Eiferer unter den Kirchenfürsten erschlossen.

Die zehn Scholaren des *Ordo purgatoris Dei* traten der Reihe nach vor den Altar der Bethalle, auf dem ein schwerer silberner Pokal stand. Jeder der Priesterschüler sollte einen Kiesel aus dem Kelch ziehen. Sieben weiße und drei schwarze Steine würden entscheiden, wer von ihnen von morgen an die Ehre hatte, die Macht des Wortes zu erproben.

Francisco hatte vielen Gottesurteilen wie diesem beigewohnt. Mit großer Gelassenheit verfolgte er den Verlauf der Zeremonie. Erst beim achten Prüfling, einer Schülerin mit Namen Felicia, beugte er sich neugierig vor, um einen Blick auf sie werfen zu können. Die Scholarin hatte etwas Fremdartiges an sich. Der dunkle Teint ihrer Haut, die katzenhafte Art, mit der sie sich bewegte ... Sie unterschied sich von den übrigen Schülern wie ein Wolf von Hunden. Ein wenig erinnerte sie Francisco an die Wilden, die vor sechzehn Jahren in die *Provincia cornia* eingefallen waren.

Schwester Felicia öffnete die Hand, die in den Kelch gegriffen hatte, sodass jeder in der Bethalle sehen konnte, welchen Kiesel ihr das Schicksal zugedacht hatte. Er war weiß.

Francisco hatte sich insgeheim gewünscht, sie möge einen schwarzen Stein ziehen. Zu den Ikuruha zu gehen war gefährlich. Wer nicht fest im Glauben war, riskierte sein Leben. Und wie unverbrüchlich mochte der Glaube einer jungen Schülerin sein, die ganz offensichtlich aus einem Heidenvolk stammte?

Çamur tastete über die Wände der Höhle. Die Mörder hatten ihn geschlagen, bis Dunkelheit über ihn gekommen war. Als die Dunkelheit gewichen war, hatte er sich an diesem Ort wieder gefunden. Eine Höhle. Feine Linien zerteilten die Steine an den Wänden. Der Ort war durchsetzt vom Geruch der Menschen. Ganz anders als die Höhle in den Sümpfen. Jener ferne Ort der Geborgenheit war von Wänden aus warmem Erdreich eingefasst. Çamur erinnerte sich gern daran. Das Rudel kam von dort.

Auch hier, an diesem Platz voller Menschengestank, gab es Schlamm. Der Boden war bedeckt damit. Der Ikuruha hatte den Schlamm zu einem großen Haufen zusammengeschoben. Das war sein Nest. Oft hatte er die Vögel im Schilf beobachtet. Auch sie hatten Nester. Ein Nest war ein Ort, an den man zurückkehren konnte. Ein vertrauter Ort. Es war gut, hier weit weg von den Sümpfen in dieser Höhle aus Stein einen vertrauten Ort zu haben.

Rastlos tastete Çamur die Wände ab. Die einzige Höhle, die er kannte, hatte ein Loch gehabt, durch das man hatte hinauskriechen können. Auch hier musste es so ein Loch geben, überlegte er. Wie sonst war er hierher gelangt? Der Sumpfmann fühlte keinen Hunger und keinen Durst. Er musste auch nicht schlafen. Wenn er sich in das Nest zurückzog, dann nur, um sich geborgen zu fühlen und an die Höhle zu denken, wo Weißfell Luhzius gewesen war.

Luhzius hatte das Rudel ermahnt, die Sümpfe vor Menschen mit Schneidesteinen zu schützen. Das Rudel hatte viele Schneidesteinträger in den dunklen Schlamm hinabgezogen, auch nachdem Weißfell nicht mehr zurückgekommen war.

»Ihr werdet euch nun gleich zu den Ikuruhas begeben, um all das, was ihr im letzten Jahr gelernt habt, zu erproben. Ich erinnere euch noch einmal daran, dass unsere Aufgabe überaus gefährlich ist. Wir wagen uns hinaus ins Unbekannte. Man hat euch Schüler hierher geschickt, weil euch die Oberen unseres Ordens für besonders begabt halten. Zehn Scholaren aus sieben Kirchenprovinzen. Wenn wir sehr viel Glück haben, werden ein oder zwei von euch tatsächlich das Zeug dazu haben, so wie ich einmal zur Speerspitze im Kampf gegen das Widernatürliche zu gehören.« Der stämmige kleine

Ordenspriester ließ den Blick von einem zum anderen wandern.

Sich so pathetisch zu gebärden passte nicht zu Bruder Noran, dachte Felicia amüsiert und hatte Mühe, sich ein Lächeln zu verkneifen. Der Ordenspriester sah aus wie ein Fass, und seine breite Bauchbinde unterstrich diesen Eindruck noch. Seine flinken, von Lachfalten gerahmten Schweinsäuglein und das Doppelkinn aus rosigem Fleisch, das bei jedem seiner Worte erzitterte, standen in drastischem Widerspruch zu seiner ergreifenden Rede. Er sah aus wie ein Mann, dessen Begabung im Ersinnen neuer Saucen und anderer Gaumenfreuden lag und dessen Leib durch die bedingungslose Hingabe an diese Passion geformt worden war. Nein, Noran war niemand, der hinaus in die Sümpfe zog, um Irrlichter und Ikuruhas zu bekämpfen.

»Was amüsiert dich, Schwester Felicia?« Norans Schweinsäuglein funkelten wütend, so als hätte er in ihren Gedanken gelesen.

»Mein Lächeln ist der äußere Spiegel meiner Vorfreude. Ich brenne darauf, mich mit dem Bösen zu messen.«

»Schwester Felicia ... Ich gehöre seit mehr als fünfundzwanzig Jahren dem *Ordo purgatoris Dei* an. Seit fast zehn Jahren unterrichte ich Scholaren wie dich. Glaubst du wirklich, ich würde es nicht bemerken, wenn schöne Worte gesprochen werden, um Gedanken zu verschleiern? Der heilige Guelfo, der Ahnherr unseres Ordens, wurde von Aionar selbst erwählt, das Wort Gottes in die Welt zu tragen. Das Wort ist die mächtigste aller Waffen. Ihr seid hier, weil man glaubt, dass ihr den Gebrauch dieser Waffe meistern werdet.«

Felicia sah aus den Augenwinkeln, wie Bruder Raffael, einer der drei Scholaren, die einen schwarzen Stein gezogen hatten, sie gehässig angrinste. Offenbar rechnete er sich gerade aus, wie gut seine Aussichten waren, mit dem Ikuruha arbeiten zu können, den das Los ihr bestimmt hatte.

»Versuche also nie wieder, mich mit Worten zu blenden, Felicia«, fuhr Bruder Noran in salbungsvollem Tonfall fort. »Und nun macht euch auf den Weg. Möge Aionar euch die Kraft geben, die Prüfung zu bestehen.«

In der Tür zum Priesterseminar passte Bruder Raffael sie ab. Felicia stand nicht der Sinn danach, mit ihm zu streiten, doch er folgte ihr auf den Gang hinaus.

»Ich weiß, dass ich mich auf dich verlassen kann. Du wirst die Sache verbocken. Auf Heidenkinder wie dich blickt Aionar voller Verachtung herab. Was immer du anfasst, wird dir misslingen.«

Raffael hatte goldblondes Haar und tiefblaue Augen. Seine Haut schimmerte in einem blassen Kupferton. Man sah ihm deutlich an, aus welchem Volk er stammte.

»Heißt es nicht, dass man in Belabadangbarad noch immer heimlich zu den achtzehn Thronen betet? Wenn du Recht hast und ich scheitern muss, dann bleibt mir wenigstens die Gewissheit, dass es dir nicht besser ergehen kann. Ich glaube, für Aionar macht es keinen Unterschied, ob unsere Eltern offen oder heimlich anderen Göttern neben ihm huldigten.«

»Du verlogene Schlange! Meine Familie stellt seit sieben Generationen Priester. Was weißt du schon ...«

Sie hatten das eiserne Tor erreicht, das zu den Verliesen hinabführte. »Was ich weiß?«, unterbrach Felicia Raffael. »Ich weiß, dass dieses Tor für dich verschlossen bleiben wird. Während ich zu meinem Ikuruha hinabsteige, kannst du ja darüber nachdenken, ob Aionar so töricht sein mag, uns nach den Taten unserer Vorfahren zu beurteilen, oder ob nicht vor allem anderen das Gewicht unseres Glaubens in der Waagschale unseres Lebens zählt.«

Mit dumpfem Dröhnen schloss sich das schwere Tor zwischen ihnen. Die beiden Ritter, die der Scholarin als Eskorte dienten, blickten sie schweigend an. Sie mussten jedes Wort mit angehört haben. Felicia blickte die zwei herausfordernd an. Es waren junge Männer in Halbharnischen und Sturmhauben. Von ihren Schultern hing der weite weiße Umhang herab, der allein den Rittern des *Ordo militis Dei* vorbehalten war. Kein Schmunzeln oder Stirnrunzeln verriet, was die beiden dachten.

Manchmal hatte Felicia den Eindruck, dass sie hier unten genauso unter Bewachung stand wie die Ungeheuer hinter den Kerkergittern. Sie würde sich keine Blöße geben. Sie musste ihre Aufgabe meistern! Die Kirche war ihre Familie. So hart ihre Lehrmeister auch manchmal zu ihr waren, die Kirche hatte sie nie verraten. Ganz anders als ihr Volk, aus dessen Schoß man sie gerissen hatte. Doch weder ihre zärtliche Mutter noch ihr angeblich liebender Vater hatten je den Versuch unternommen, sie zu finden und zurückzuholen. Immer wieder hatte sie versucht, aus den Klosterfestungen zu fliehen, in denen man sie die Weisheit Aionars gelehrt hatte. Als es ihr schließlich gelungen war, in das weite Bergland zurückzukehren, da war ihr Volk weitergezogen. Man hatte sie aufgegeben. An diesem Tag hatte sie begriffen, dass allein die Kirche wirklichen Anteil an ihr und ihrem Leben hatte. Sie war nach Monte Flora zurückgekehrt und hatte die harte Strafe erduldet, die man ihr in der Klosterfestung für ihre Unbotmäßigkeit auferlegt hatte. Von jenem Tag an war sie beseelt von dem Ehrgeiz, hinter keinem anderen Schüler zurückzustehen. Ihr eigen Fleisch und Blut hatte sie verraten. Nun war die Kirche ihre Familie.

Man sah ihr an, dass sie eine Fremde war. Ein Heidenkind. Um auch nur ein bisschen Anerkennung durch ihre Lehrmeister zu erlangen, musste sie doppelt so gut wie die anderen Scholaren sein. Und hier waren die Besten versammelt. Das Glück war ihr hold gewesen. Oder war es gar Aionar, der ihre Hand geführt hatte? Sie würde sich dieser Gunst würdig erweisen!

Jeder der Ikuruhas war in einem anderen Winkel der Verliese untergebracht. Die Ungeheuer würden sich untereinander nie mehr zu sehen bekommen. Mindestens zwei schwere, mit Eisenbändern verstärkte Zwischentüren trennten sie vom Aufstieg aus den Verliesen. Zu jeder Tageszeit waren zehn Ordensritter als Wachtposten in den Verliesen eingeteilt.

Als Felicia zu der Zelle mit ihrem Ikuruha ging, begleiteten sie zwei Ritter. Jede Tür, die sie passierten, wurde hinter ihnen sorgfältig verschlossen. Einen sichereren Ort als die Verliese unter dem Kloster konnte sich die junge Scholarin nicht vorstellen.

Einer der Ritter öffnete die schwere Zellentür des Kerkers, der andere stand mit blank gezogenem Schwert ein wenig seitlich. Eine zweite Tür aus dicken eisernen Gitterstäben lag hinter der eigentlichen Kerkertür.

»Halte Abstand von den Stäben«, warnte sie der Ritter mit dem Schwert. »Der Ikuruha könnte zwischen den Gitterstäben hindurchgreifen.«

Mit klopfendem Herzen spähte Felicia in die Zelle. Sie war dunkel und roch nach dem schweren, fauligen Schlamm der Sümpfe. Erst in der letzten Woche hatte man auf Befehl von Pater Noran das Stroh in den Zellen gegen schwarzen Schlamm ausgetauscht, damit wenigstens etwas die Ikuruhas an ihre vertraute Umgebung erinnerte. Noran erhoffte sich, dass diese Maßnahme den Umgang mit den Sumpfmännern erleichtern würde.

Felicia konnte ihren Ikuruha nirgends entdecken. Einen Augenblick lang fürchtete sie, die dunkle Zelle sei verlassen. Dann leuchtete einer der Ritter mit seiner Blendlaterne in den hintersten Winkel. In einem Haufen Schlamm blitzten zwei Augen auf. Langsam, so als erwüchse sie aus der Erde selbst, erhob sich eine mächtige Gestalt.

»Weißfell?« Der Ikuruha deutete auf Felicia. Vornüber gebeugt, mit pendelnden Armen, schlurfte er zur Zellentür.

Seine grauschwarze Haut schimmerte feucht im Licht der Laternen. Bedächtig streckte der Ikuruha die rechte Hand nach den Gitterstäben aus.

Felicia kämpfte den Impuls nieder, einen Schritt zurückzuweichen. Sie durfte keine Angst zeigen, wenn sie Erfolg haben wollte! Auch der zweite Ritter ihrer Eskorte zog nun sein Schwert.

»Du solltest ihn nicht so nahe an dich herankommen lassen, Schwester.«

Felicia gebot den beiden Männern mit einer flüchtigen Geste zu schweigen. Sie wusste, was zu tun war. Ein Jahr lang hatte sie gelernt, um in den vor ihr liegenden dreißig Tagen bestehen zu können. Dass diese Lehren sich seit Jahrhunderten nicht mehr in der Wirklichkeit hatten beweisen müssen, verdrängte Felicia. Sie durfte keinen Gedanken zulassen, der ihr womöglich Angst machte. Die Sumpfmänner waren wie Raubtiere. Sie rochen Angst! Angst machte sie wild und unberechenbar.

Die mächtigen Hände des Ikuruha schlossen sich um die Gitterstäbe. Die Muskeln seiner Arme spannten sich, doch die schweren Gitterstäbe bewegten sich nicht mal um Haaresbreite.

»Stharkes Schilf.«

»Eisenstäbe«, sagte Felicia ruhig. Innerlich jubelte sie. Sie hätte nicht geglaubt, dass sie so schnell etwas finden würde, worüber sie mit dem Ungeheuer sprechen konnte. Ihn schon beim ersten Treffen in das Netz der Worte zu spinnen war ein großer Erfolg.

»Eisensthäbe?«, wiederholte der Ikuruha langsam.

»Eisenstäbe.« Felicia nickte bekräftigend und sah zu dem Ungeheuer auf. Neben dem Sumpfmann fühlte sie sich wie ein Kind. Das Gesicht der Kreatur zeigte nicht die geringste Regung. Doch die Augen funkelten im gelben Licht der Blendlaternen. War er neugierig auf sie? Kannte er ein Gefühl wie Neugier überhaupt? Abgesehen von den überlieferten Sagen und einigen widersprüchlichen Berichten aus den Siedlungen am Rande des Sumpfgebietes, wusste die Kirche so gut wie nichts über diese widernatürlichen Geschöpfe.

Kühl musterte Felicia den Sumpfmann Zoll für Zoll. Er war völlig nackt. Ganz so, wie man es ihr gesagt hatte, gab es keine Anzeichen dafür, welchem Geschlecht die Kreatur angehörte. Welch deutlicheren Beweis mochte es noch geben, dass dieser Unhold nicht von Aionar erschaffen war!

Ganz langsam streckte Felicia die rechte Hand aus, um eine der mächtigen Pranken zu berühren, die die Eisenstäbe umklammerten.

»Tu das nicht, Schwester!«, warnte sie der Ritter mit der Blendlaterne. »Er reißt dir die Hand ab.«

Felicia blickte dem Sumpfmann in die Augen. Nichts verriet, was er dachte. Dachte er überhaupt?

Ihre ausgestreckten Finger berührten seinen Handrücken. Seine Haut fühlte sich seidig an und kühl. Bei der Berührung musste Felicia an die Haut denken, die erkalteten Milchbrei überzieht.

Der Sumpfmann taste nach dem linken Ärmel ihrer Soutane. Prüfend rieb er den Stoff zwischen Daumen und Zeigefinger. Konnte eine solche Kreatur Stoff prüfen? Die Scholarin lachte innerlich über diesen törichten Gedanken.

Plötzlich zog der Ikuruha mit aller Kraft an ihrem Ärmel. Felicia verlor das Gleichgewicht und schlug gegen die Gitterstäbe. Der Stoff riss. Der Sumpfmann stieß ein schrilles Geheul aus und zog sich mit dem Ärmel in der Hand von der Tür zurück.

Blut rann über Felicias Wange. Vorsichtig tastete sie nach der Wunde. Ihre linke Augenbraue war aufgeplatzt. Einer der Ordensritter half ihr auf die Beine. »Es sind Tiere, Schwester, das darfst du nie vergessen. Du hast großes Glück gehabt.«

»Weißfell«, rief der Sumpfmann und hielt den Ärmel hoch. »Weißfell. Luhzius! Luhzius …«

Die Scholarin begriff. »Ja, ich bin ein Weißfell, so wie Lucius. Lucius war dein Freund, nicht wahr?«

Der Ikuruha kauerte sich in den Schlamm und hielt den Stoff eng an seine Brust gepresst. Er wiegte den Oberkörper vor und zurück. »Luhzius fort. Fort. Fort …«, wiederholte er immer wieder.

»Dafür, dass ihr schon fünf Tage mit den Ikuruhas arbeitet, sind eure Ergebnisse niederschmetternd, Brüder und Schwestern«, tadelte Noran. Der dicke Ordenspriester hatte die Hände hinter dem Rücken verschränkt und ging rastlos auf und ab. »Euch ist hoffentlich noch bewusst, dass es uns gelingen muss, an den Ruhm unserer Gründertage anzuknüpfen. Wir leben in Zeiten, in denen sich alles verändert, und jeder der acht großen Orden muss sich auf ein Neues beweisen, oder er wird bedeutungslos werden. Selbst die Kirche beschreitet neue Wege, und dazu gehört, dass man sich von allem trennt, was nutzlos ist. Ein Orden, der sich nicht an den Herausforderungen dieser neuen Zeit misst und die Prüfung besteht, läuft Gefahr, für überkommen gehalten zu werden. Deshalb müsst ihr euch noch mehr anstrengen! Nehmt euch ein Beispiel an Schwester Felicia.«

Der Scholarin war es unangenehm, wie die anderen sie anstarrten. Nach dem Unfall war ihr Gesicht immer noch angeschwollen und blaugrau verfärbt. Ihre aufgeplatzte Augenbraue hatte mit drei Stichen genäht werden müssen.

»Felicia hat uns die Bestätigung dafür erbracht, dass zumindest ihr Sumpfmann den Ketzer Lucius kannte.«

Die Scholaren schwiegen. Sie alle hatten die Geschichte von Lucius vernommen, dem fehlgeleiteten Ordensbruder, den die Bewohner der Sümpfe fast wie einen Heiligen verehrten. Es hieß, er habe die Sumpfmänner gerufen, als in den Jahren der Brigantenkriege Banden von Plünderern durch die Provinz gezogen waren. Zunächst hatten die Ikuruhas nur die fremden Söldner zum Opfer gehabt. Doch als die plündernden Soldaten vertrieben worden waren, hatten sie auch Holzfäller, Jäger und Reisende angegriffen. Bald schon hatte man den Namen des Bruders Lucius verflucht, der die Sumpfmänner gerufen hatte. Vor drei Jahren war Lucius von den Rittern des *Ordo militis Dei* gefangen und in Anwesenheit des *Iudicators* der *Provincia pardia* öffentlich hingerichtet worden. Doch die Plage der Ikuruhas hatte damit kein Ende genommen.

»Immerhin haben wir herausgefunden, dass sie sich Namen gegeben haben und dass sie überraschend schnell lernen«, brach Bruder Gernoth aus dem fernen Gautamar das Schweigen im Seminarraum. »Ich lehre meinen Sumpfmann täglich mehr als hundert neue Worte. Sie sind keineswegs nur tumbe Ungeheuer, wie wir anfangs dachten.«

»Keiner von euch wird sie mit Namen anreden! Alles, wodurch wir ihnen Individualität zubilligen, gefährdet unser Ziel! Vergesst das nicht. Im Übrigen sehe ich nicht, welchen Nutzen du aus der Gelehrsamkeit dieser Viecher ziehst, Gernoth!«, erwiderte Noran gereizt.

»Das ist ungerecht, Magister«, empörte sich Felicia. »Sie müssen uns verstehen können, wenn wir die Macht des Wortes nutzen wollen.«

»Und woher willst du wissen, dass sie dich wirklich verstehen?« Raffael ließ keine Gelegenheit aus, die Arbeit der anderen Scholaren zu kritisieren. »In Belabadangbarad gibt es Vögel, die ganze Sätze sprechen. Doch sie wiederholen nur ohne Verstand, was man ihnen beigebracht hat. Es sind lediglich Laute für sie, ohne einen besonderen Inhalt. Woher wollen wir wissen, dass es sich bei den Ikuruhas nicht ganz ähnlich verhält? Für mich sind sie Tiere, und Tiere sprechen nicht!«

»Ein scharfsinniger Beitrag, lieber Raffael«, sagte Noran ironisch. Der korpulente Priester knetete sein Doppelkinn zwischen Daumen und Zeigefinger.

Felicia kannte die Geste inzwischen gut. Sie war ein Zeichen dafür, dass Noran kurz davor stand, die Beherrschung zu verlieren. Allerdings hatte Felicia auch den Verdacht, dass dies ein sorgsam einstudiertes Ritual ihres Magisters war. Ein cholerischer Auftritt als wohl geplante Spielart der Rhetorik ... Zuzutrauen wäre ihm das.

»Bist du dir darüber im Klaren, dass du von allen in unserem Seminar am wenigsten zum Gelingen der gemeinsamen Aufgabe beiträgst? Ich glaube nicht, dass dir bewusst ist, wie kurz ich davor stehe, dich nach Silansiantang zurückzuschicken. Du bist wie ein Furunkel an meinem Arsch, zu nichts Nutze, außer Ärger zu machen«, fluchte der dicke Priester in einer Lautstärke, dass man ihn vermutlich noch auf dem Kreuzgang am anderen Ende der Klosterfestung hörte. »Und ihr anderen glotzt nicht so blöde! Ich erwarte von jedem hier, dass er sein Äußerstes gibt. Verwendet die Blutsteine, die man euch gegeben hat. Wagt endlich etwas und zeigt mir, dass ihr das Vertrauen wert seid, das die Kirche in euch setzt! Wir haben nur einen Mond, um Erfolge vorzuweisen.«

»Darf ich meinem Sumpfmann ein Tier überlassen, das bei ihm in der Zelle leben soll?«, fragte Felicia, ohne sich von dem Wutanfall beeindrucken zu lassen. »Ich glaube, es könnte ihm helfen, eine gefühlsmäßige Bindung einzugehen.«

»Verliebt?«, stichelte Raffael so leise, dass ihn Noran nicht hören konnte. Einige der Scholaren grinsten.

»Die Idee ist nicht schlecht.« Der Magister rang nach seinem Gebrüll noch immer nach Atem. »Die Ikuruhas haben bisher nur Worte gelernt, die mit etwas Dinglichem verbunden sind. Wir müssen erfahren, ob sie zu Gefühlen fähig sind.«

»Ich bin mir sogar ganz sicher, dass sie Gefühle haben, Magister Noran. Ich glaube, mein Ikuruha hat meine Soutane zerrissen, weil sie ihn an Lucius erinnerte. Er wollte ein Andenken an ihn haben. Ein Stück weißen Stoffes.«

»Das ist lediglich eine Vermutung. Vielleicht wollte er dir auch den Arm ausreißen, und du hast Glück gehabt, dass er nur den Stoff zu fassen bekam.« Der Lehrmeister rieb sich müde über die Augen. »Im Übrigen fürchte ich, dass es schwierig wird, ein Tier zu finden, das man mit einem Ikuruha zusammenstecken kann. Ein Schaf oder eine Ziege würden verrückt vor Angst, wenn du sie zu einer solchen Bestie sperrst, und einen Löwen wirst du in Pardia wohl kaum finden.«

Çamur erwachte, als sich Kiefer um seine Kehle schlossen. Kräftige, zerrende Fänge gruben sich in das gallertartige Fleisch. Das Graufell stemmte sich mit steifen Beinen gegen den Boden. Seine kräftigen Pfoten rutschten haltlos durch den dunklen Schlamm.

Der Sumpfmann fühlte keinen Schmerz. Ein faseriger Klumpen Fleisch löste sich von seiner Kehle. Japsend spukte das Graufell das Fleisch aus und versuchte erneut nach der Kehle zu schnappen, als Çamur zutrat. Das Graufell stieß einen schrillen, erschrockenen Laut aus, als es mit großer Kraft gegen die Höhlenwand schlug.

Der Ikuruha erinnerte sich, in den Sümpfen, im Schlamm verborgen, einmal beobachtet zu haben, wie ein schwarzer Nacktschwanz von einem Nachtläufer angefallen worden war. Der Nachtläufer hatte seine Beute bei der Kehle gepackt und etwas herausgebissen. Roter Saft war aus dem Nacktschwanz gespritzt. Er hatte gezittert, und dann hatte er ganz still dagelegen.

Çamur überlegte, ob er nun still daliegen musste. Er betrachtete seine schlammverkrusteten Hände. Sie zitterten nicht. Çamur verdrehte die Augen. Kein roter Saft floss seine Brust hinab oder spritzte gegen die Höhlenwand. Er verlor nie roten Saft, wenn seine Haut zerrissen wurde, auch sah sein Fleisch nicht so aus wie bei den anderen Kreaturen. Es war von grauschwarzer Farbe, so wie der Schlamm im Sumpf.

Çamur war unsicher, wie er sich nun verhalten sollte, und blickte zu dem Graufell. Der Kehlenschnapper winselte leise. Als er sah, wie der Ikuruha ihn betrachtete, knurrte er. Er stemmte sich hoch. Doch etwas in ihm schien zerbrochen zu sein. Seine Hinterbeine blieben zur Seite gedreht und wollten ihn nicht mehr tragen. Sie schleiften über den Boden, als er sich langsam näherte.

Çamur war immer noch unsicher, was zu tun war. Der Nacktschwanz hatte sich einfach fressen lassen, als der Nachtläufer seine Kehle zerfetzt hatte. Der Sumpfmann blickte auf seine Hände und ballte langsam die breiten Finger zu Fäusten. Nein, sich fressen zu lassen wäre falsch. Er verlor keinen roten Saft, und er konnte sich noch bewegen. Er war kein Futter!

Der Ikuruha richtete sich auf und blickte auf den Kehlenschnapper hinab. Das Graufell stieß einen knurrenden Laut aus. Çamur versuchte den Ton nachzuahmen. Sein Geräusch war anders und von einem Pfeifen begleitet, das aus seiner zerrissenen Kehle drang, aber es war viel lauter.

Das Graufell duckte sich und versuchte sich fortzuschleppen.

Çamur beugte sich herab, um den Kehlenschnapper zu greifen. Mühelos hob er ihn hoch. Weißer Schleim tropfte dem Graufell aus dem Maul, und es winselte.

Der Sumpfmann betrachtete den Kehlenschnapper und war unschlüssig, was zu tun war. Das Graufell begann zu zappeln. Er musste den Kehlenschnapper fester halten, damit er nicht hinabfiel. Etwas knackte. Die Augen des Graufells weiteten sich und schienen auch ein wenig hervorzutreten. Den Strampler festzuhalten war die richtige Entscheidung gewesen. Seine Bewegungen wurden schwächer. Er hörte auch auf zu winseln. Dann ließ er sich ganz schlaff hängen.

Çamur beobachtete ihn genau. Mit den Augen des Kehlenschnappers war nun etwas anders. Sie waren immer noch weit, aber sie glänzten nicht mehr.

Nach einer Weile legte er den Strampler auf den Boden. War das Graufell eingeschlafen? Çamur stupste es an. Nein, es schlief nicht, es hatte doch die Augen weit offen. Alles, was schlief, zog Haut über die Augen.

Der Sumpfmann entsann sich an das leise Knacken. Das Geräusch erinnerte ihn an einen trockenen Ast, der zerbrach. Äste, an denen Blätter hingen, machten andere Geräusche, wenn man sie brechen ließ. Konnte es sein, dass in dem Graufell Äste waren? Es hatte doch keine Blätter.

Çamur beobachtete den Kehlenschnapper lange. Als er sich gar nicht rührte, nahm er ihn und zerteilte sein Fell. Darunter war weiches, rotes Fleisch. Der Ikuruha zupfte vorsichtig mit seinen plumpen Fingern daran. Im Fleisch verborgen waren Dinger, für die er keinen Namen hatte. Sie waren hohl, so wie Schilfrohre. Wenn man darauf drückte, kam zäher, roter Schlamm heraus. Der rote Saft schien sich zu verändern. Er wurde dicker und klumpiger, so wie dünnflüssiger Schlamm, der langsam in der Sonne trocknete.

Çamur grub seine Hände tiefer in den Kehlenschnapper und fand Äste. Neugierig holte er einen hervor. Blätter waren nicht daran. Der Sumpfmann freute sich, etwas gefunden zu haben, für das er einen Namen hatte. Dann stutzte er und begriff, für wie viele Dinge er keinen Namen hatte.

»Unterfellvonkehlenschnapperast«, sagte er leise und freute sich. Er hatte einen Namen geschaffen. So etwas hatte er noch nie getan.

Mit neuer Begeisterung grub Çamur die Hände tief in den Leib des Graufells. »Unterfellvonkehlenschnapperschlamm«, nannte er seine nächste Entdeckung und betrachtete begeistert die braune Masse, die an seinen Fingern haftete. Dass der Kehlenschnapper Schlamm in sich trug, berührte Çamur. Sicher war das Graufell auch aus dem Sumpf gekommen. Auch wenn er sich nicht erinnern konnte, jemals ein großes Graufell im weiten Sumpfland gesehen zu haben.

Etwas an diesem Gedanken ließ den Ikuruha stutzen. »Großes Graufell ...«, sagte er mit träger Zunge. Zornig warf er den Schlamm gegen die Wand. Er hatte fremden Dingen immer schon Namen gegeben.

Lange dachte er darüber nach, warum ihm das nicht früher aufgefallen war. »Unterfellvonkehlenschnapperast«, wiederholte er trotzig. So lange Namen hatte er vorher nie geschaffen. Sie waren genauer. Er beschloss, Weißfell mit möglichst vielen neuen Namen zu überraschen.

Voller Tatendrang beugte der Ikuruha sich über das Graufell und zupfte es auseinander, und er hatte Freude daran, immer längere Namen für die Dinge, die er da fand, zu ersinnen.

Felicia war gewarnt worden, und doch hatte sie Mühe, sich ihren Ekel nicht anmerken zu lassen. Dieses Ungeheuer hatte den Wolfshund nicht einfach nur getötet. Der Zellenboden war bedeckt mit den Teilen des Kadavers. Was sie am meisten schockierte, war die Ordnung in dieser Grausamkeit. Die blanken Knochen lagen fein säuberlich nebeneinander. Fleisch und Fell waren voneinander getrennt. Etwas abseits lagen die inneren Organe. Der Schädel war aufgebrochen. Reste des Gehirns konnte Schwester Felicia jedoch nirgends entdecken.

Als der Ikuruha sie bemerkte, kam er auf die Gittertür zugelaufen. Wäre er ein Mensch gewesen, hätte Felicia sein Verhalten freudig erregt genannt. Doch so trat sie sicherheitshalber einen Schritt zurück, um außerhalb der Reichweite seiner langen Arme zu bleiben.

Der Ikuruha hielt etwas Kleines, Rundes hoch. »Voneinerseiteaugeobenankopfvonkehlenschnapper«, sagte er mit träger Zunge derart vernuschelt, dass die Scholarin erst beim dritten Mal begriff, was er meinte.

Das Ungeheuer bückte sich nach etwas und hielt Felicia in der anderen ausgestreckten Hand noch ein Auge entgegen. »Vonandererseiteaugeobenankopfvonkehlenschnapper!«

Der Ikuhura schien stolz auf sein Gestammel zu sein, dachte die Scholarin verwundert. »Das sind Augen«, sagte sie langsam und überartikuliert.

Zunächst nickte das Sumpfgeschöpf, dann hielt es plötzlich inne und schüttelte energisch den Kopf. »Ist ...« Es suchte offensichtlich verzweifelt nach einem Wort. »Auge!« Es machte eine weit ausholende Geste, als wollte es die Welt umfassen. Dann hielt es eines der Hundeaugen hoch. »Vonandererseiteaugeobenankopfvonkehlenschnapper!«

Die Erkenntnis dessen, was mit ihrem Ikuruha vor sich ging, traf Felicia wie ein Schlag. Er bemühte sich, Dinge so genau zu benennen, dass eine Verwechslung mit etwas anderem ausgeschlossen war. Er zeigte ihr nicht einfach ein Auge: er zeigte ihr das Auge von dem Wolfshund, den er Kehlenschnapper benannt hatte, und er unterschied sogar, von welcher Seite des Hundekopfes das Auge stammte! Damit waren Raffaels Einwände widerlegt. Zumindest dieser Ikuruha plapperte nicht einfach nach, was man ihm vorsagte; er erfand sogar neue Wörter, um sich genauer ausdrücken zu können. Jetzt musste es Felicia nur noch gelingen, sein Denken über das Dingliche zu erheben, um seinen gefesselten Geist zu befreien und ihr Ziel zu erreichen.

Çamur wusste inzwischen genau, wo der Eingang zu der Höhle war. Lauernd kauerte er in seinem Nest aus Schlamm.

Er hielt den Fellfetzen zwischen seinen mächtigen Pranken. Die weiße Farbe war aus dem Fellstück gewichen. Es sah nun aus wie der Schlamm rings herum. Weißfell Luhzius war nicht hier, dachte der Sumpfmann düster. Luhzius wäre längst gekommen, wenn er hier wäre.

Çamur wollte auch nicht länger hier sein. Er konnte spüren, dass noch andere seines Rudels ganz nah in Höhlen verborgen waren. Der Ikuruha spreizte für jeden seiner Rudelbrüder einen Finger ab. Sie waren mehr als eine Hand voll. Wenn sie zusammen kämen, dann würden die Mörder mit den langen Schneidesteinen sie nicht besiegen können.

Er würde warten, bis das Weißfell unvorsichtig wurde. Das starke Schilf vor dem Höhleneingang konnte Çamur nicht zur Seite biegen. Aber die Mörder konnten das. Sie hatten ihn hierher gebracht, also wussten sie auch einen Weg hinaus aus der Höhle. Er musste nur warten und bereit sein.

Felicia öffnete das Türchen am unteren Rand des Gitters. Wenn menschliche Gefangene in diesem Kerker saßen, dann konnte durch die kleine Tür der Eimer geschoben werden, in den die Eingekerkerten ihre Notdurft verrichteten.

Der Ikuruha saß auf seinem Schlammhaufen und beobachtete jede ihrer Bewegungen. Er hatte den Kopf leicht geneigt, was ihn verständiger erscheinen ließ.

»Mäuse«, sagte Felicia laut. In letzter Zeit hatte auch ihr Sumpfmann täglich mehr als hundert neue Wörter gelernt. Felicia führte eifrig Listen darüber und verglich sie mit den Erfolgen der übrigen Scholaren. Voller Neid dachte sie an Gernoth, der es geschafft hatte, seinem Sumpfmann beizubringen, mit Schlamm Buchstaben an die Wände des Kerkers zu malen. Sieben Schriftzeichen beherrschte die Kreatur bereits. Der Gedanke an ein Ungeheuer, das lesen und schreiben konnte, ließ Felicia schmunzeln.

Streng rief sie sich zur Ordnung zurück. Die Ikuruhas waren der Feind. Geschöpfe, die alles wahre Leben verhöhnten. Sie aßen und tranken nicht, atmeten nicht und hatten kein Blut in ihren Adern! Und wenn sie verletzt wurden, mussten sie sich nur Schlamm in die Wunden reiben, um sie zu schließen. Durch ihre Existenz verhöhnten sie die Schöpfung Gottes.

Der Ikuruha erhob sich von seinem Schlammhaufen und kam langsam zur Gittertür. »Mäuse«, wiederholte er. Seine Aussprache war in den letzten Tagen viel besser geworden.

»Du sollst sie beobachten«, erklärte die Scholarin. »Erzähle mir morgen, wie sie leben. Ich werde dir auch ein Licht geben, damit du besser sehen kannst.« Sie winkte einen der Ordensritter heran, nahm seine Blendlaterne und stellte sie unten vor die Gittertür.

»Nimm die Laterne.«

Der Ikuruha gehorchte wie ein wohlerzogenes Kind. Vorsichtig tastete er über die Scheiben der Laterne. »Licht unruhig«, sagte er schließlich.

»Die Flamme zittert, wenn du die Blendlaterne bewegst. Stell sie neben den Käfig, und das Licht wird ganz ruhig brennen.«

Der Ikuruha hatte wieder den Kopf geneigt, doch er betrachtete nicht mehr die Laterne, sondern sie. Etwas in der eindringlichen Art, wie er sie ansah, beunruhigte Felicia. Ihr war gestern schon aufgefallen, wie der Sumpfmann sie beobachtete, ja sie sogar nachahmte, auch wenn sie ihn nicht dazu aufforderte. Fast so, als studierte er sie. Sein Blick ... Etwas daran hatte sich geändert. War es ein Fehler, diesen Unwesen das Denken beizubringen? Hatten sie die alten Ordensschriften falsch gedeutet? Nein, das konnte nicht sein. Noran wusste bestimmt, was er tat. Er hatte sogar angedeutet, schon mehrere Priestergruppen vor ihnen unterwiesen zu haben, allerdings an anderen Orten. Anscheinend hatten seine Schüler jedes Mal an anderen widernatürlichen Kreaturen ihre letzte Prüfung bestehen müssen.

Ob das Ende so schrecklich war, dass man die Prüfung nie zweimal am selben Ort stattfinden lassen konnte? Diente dies zum Schutz all der unwissenden Priester, die nicht wirklich begriffen hatten, wozu der *Ordo purgatoris Dei* fähig war?

Felicia blickte zu dem Mäusekäfig. Eines der Tiere war trächtig. Das würde helfen, den Ikuruha zu vernichten.

Die Scholarin tastete nach ihrer Brust. Unter der Soutane verborgen trug sie den Blutstein. Erst am Tag ihrer Ankunft in der Klosterfestung hatte Noran ihnen die Anhänger gegeben. Sie waren schlicht, schmucklos. Rote Steine, die mit einer kupfernen Öse versehen worden waren und an einem Lederriemen hingen. So schlicht sie auch aussahen, jeder dieser Steine war kostbarer als ein Diamant. Ihretwegen war viel Blut geflossen. Vor fünfhundert Jahren, so hieß es in den Ordensschriften, hatte man Kriege um sie geführt. Und auch jetzt hatte es wieder begonnen. Viele Kirchenlehrer waren der Überzeugung, die Kataueken hätten allein wegen der Steine immer mehr Küstenstädte erobert. Fast glaubte Felicia die Kraft spüren zu können, die ihrem Blutstein innewohnte.

Der Ikuruha beobachtete sie noch immer. Warum war sie nur so unruhig? Er konnte doch nicht wissen, was in ihr vorging und was sie mit ihm zu tun gedachte. Felicia beschloss, ihren Besuch vor der Zeit abzubrechen.

»Beobachte die Mäuse«, befahl sie und verließ den Kerker.

Çamur kauerte in seinem Nest und brütete dumpf vor sich hin. Je mehr Dinge er benennen konnte, desto verworrener erschien ihm alles. Im Mäusekäfig fiepte und quiekte es.

»Still, Mäuse!« Die Tiere hörten nicht. Wütend erhob er sich und ging zum Käfig, der noch immer nahe der Tür stand. Er wollte mit der Faust die Gitterstäbe zertrümmern.

Eine der Mäuse lag auf der Seite. Etwas kroch aus ihr heraus. Die übrigen veranstalteten ein Spektakel. Çamur kniete sich nieder. Als sein Schatten auf den Käfig fiel, verstummten die lärmenden Mäuse.

Im trockenen Gras, mit dem der Käfigboden bedeckt war, lagen zwei winzige Tierchen. Sie waren nackt, und ihre Schädel hatten keine Augen, sondern nur dunkle Knoten, die von Haut überzogen waren.

Çamur war überrascht. Gehörte es zu den Eigenarten von Mäusen, dass sie andere Tiere in sich trugen? Auch im Sumpf, wenn er stundenlang still im Uferschilf gelegen hatte, hatte er Mäuse beobachtet. Damals hatte er keinen Namen für sie gehabt. Çamur hatte sich daran erfreut, wie sie vorsichtig nach Körnern gesucht hatten, stets auf der Hut vor größeren Felltieren, die sie fraßen.

Ob Weißfell Licia gewusst hatte, dass aus diesen Mäusen kleine Nackthäute herauskriechen würden? Weißfell Licia konnte allem einen Namen geben. Sie musste es gewusst haben! Sie konnte immer auf alles antworten. Warum hatte Licia gewollt, dass er dies sah?

Çamur beobachtete weiter die Mäuse. Jetzt war eine vierte Nackthaut herausgekrochen. Wie viele würden noch kommen? Wie viele dieser Nackthäute konnten sich in etwas so winzigem wie einer Maus verbergen?

Als Felicia das nächste Mal in den Kerker kam, fand sie den Sumpfmann in großer Aufregung vor. Mit immer neu zusammengesetzten, meist schwer verständlichen Wörtern versuchte er ihr die Ungeheuerlichkeit begreiflich zu machen, deren Zeuge er geworden war. Die Geburt eines Wurfs junger Mäuse! Felicia hatte kalkuliert, dass den Ikuruha dieses Erlebnis durcheinander bringen würde, doch dass es ihn derart aufwühlte, hätte sie nicht zu hoffen gewagt.

Geduldig erklärte sie ihm, wie es zu einer Geburt kam, und dass alles, was lebte, sich auf diese Weise fortpflanzte. Der Sumpfmann weigerte sich zunächst hartnäckig, das zu glauben.

»Aus Vogel kein Nackthaut kriecht. Vogel Weichstein machen. Nacktvogel aus Weichstein kommen.«

»Das ist kein ... Weichstein, sondern ein Ei. Hast du schon einmal ein Ei in die Hand genommen?«

Der Ikuruha nickte. »In Weichstein Schlamm.«

Felicia fluchte stumm. Diese Wendung sollte das Gespräch nicht nehmen. Er durfte auf keinen Fall glauben, dass auch andere Geschöpfe aus Schlamm geboren wurden. »Das Ei kommt immer aus einem Vogel. Es ist in ihm gewachsen. Das Ei wird von der Mutter in ein Nest gelegt.«

»Hmmm ... Nest gut«, bestätigte der Sumpfmann.

»Hast du gesehen, wie Vögel aus Eiern schlüpfen?«

Der Ikuruha starrte sie an, ohne zu begreifen.

»Hast du schon einmal beobachtet, dass die Weichsteine plötzlich aus dem Nest verschwinden und stattdessen kleine Nacktvögel im Nest sitzen?«

Der Sumpfmann nickte.

»Die kleinen Vögel sind aus den Eiern gekommen. Sie wachsen dann. Es dauert einige Zeit, bis sie so groß sind wie ihre Eltern. Später sehen sie genauso aus wie ihre Eltern. So ist es bei allen Kreaturen, die leben. Manche Geschöpfe legen Eier, andere gebären, so wie die Maus, die du beobachtet hast. Die jungen Tiere brauchen den Schutz der Erwachsenen. Sie sind hilflos. Man muss sie ernähren. Du wirst sehen, wie die kleinen Mäuse sich an ihre Mutter schmiegen. Sie trinken Milch, so können sie wachsen.«

Der Ikuruha hatte wieder den Kopf zur Seite geneigt und sah sie eindringlich an, während sie sprach. Felicia war sich nie sicher, wie viel er wirklich verstand. Oft wiederholte sie, was sie ihm zu sagen hatte, oder versuchte ein Problem mit verschiedenen Beispielen leichter verständlich zu machen.

Sie würde in den nächsten Tagen versuchen, das Gespräch auf die Harmonie der Welt zu bringen. Die große Ordnung, die Aionar geschaffen hatte. Das Gleichgewicht von Leben und Tod. Und dann würde sie ganz vorsichtig den Missklang andeuten, der sich in die Ordnung geschlichen hatte. Das Widernatürliche, das die Harmonie störte.

Das größte Problem war, dass sie nicht nachvollziehen konnte, in welchem Ausmaß der Sumpfmann abstrakten Gedanken zu folgen vermochte, die nicht an etwas Dingliches gebunden waren. Konnte er überhaupt denken? Sie wünschte, Noran hätte sie mehr gelehrt. Was hatte der heilige Guelfo vor fünfhundert Jahren getan, als er gegen das Widernatürliche angegangen war? Wenn es nur einen Königsweg gäbe! Sie kamen zu langsam voran. Noch achtzehn Tage, dann war die Frist verstrichen, die ihnen gesetzt war.

Manchmal fragte sich Felicia, ob sie alle dieser Aufgabe gewachsen waren. Raffael wurde immer zynischer bei den täglichen Treffen im Seminar. Und Gernoth, der sein Lieblingsopfer war, wurde immer stiller.

Mitunter hatte Felicia den Verdacht, dass Gernoth ihnen nicht alles erzählte. Sie argwöhnte, dass er mit seinem Ikuruha über Dinge sprach, die er geheim hielt. Zu oberflächlich war, was er ihnen von seinen Gesprächen berichtete. Meistens listete er nur auf, welche neuen Wörter sein Sumpfmann gelernt hatte. Das passte nicht zu Gernoth.

Çamur sah sie noch immer an. Wieder fragte sich Felicia, ob sie es nicht wagen könnte, in die Kerkerzelle zu gehen. Aber die Anweisungen von Magister Noran ließen keinen Zweifel, was erlaubt war und was nicht. Wenn es nur einen Königsweg gäbe!

»Könige ...« War das die Lösung?

»Könige«, wiederholte der Sumpfmann, ohne das Wort zu vernuscheln.

»Wenn ich wieder komme, werden wir beide zu Königen werden«, sagte Felicia zuversichtlich. »Bis dahin beobachtest du die Mäuse. Du musst mir berichten, was sie tun.«

Der Sumpfmann nickte schwerfällig.

»Er ist in der Lage, das Zwei-Könige-Spiel zu spielen und gleichzeitig über etwas ganz anderes zu reden. Heute hat er mich zum ersten Mal besiegt«, berichtete Felicia aufgeregt. »Dabei war offensichtlich, dass er mehrere Spielzüge im Voraus plant.«

»Er hat dich besiegt, und das soll also ein Beleg dafür sein, dass er denken kann.« Raffael machte eine rhetorische Pause, um den Sarkasmus seiner Worte wirken zu lassen. »Für mich hört sich das eher nach dem Beweis dafür an, dass *du* nicht gleichzeitig spielen und denken kannst, Schwester.« Wieder einmal hatte Raffael die Lacher auf seiner Seite.

»Ich neige mein Haupt vor dem Publikumsliebling.« Felicia führte mit großer Geste eine Verbeugung aus. »Am Ende deines Jahres im *Ordo purgatoris Dei* wirst du zwar keinen Makel vom Antlitz der Schöpfung getilgt haben, was ja eigentlich die Aufgabe dieses Ordens ist, aber immerhin hast du uns allen bewiesen, dass du als Possenreißer im *Theatro Phantasmagorico* bestehen könntest, falls die Kirche beschließt, dass sie keinen Bedarf für Schelme und Großsprecher wie dich hat.«

»Du dreckige kleine Heidenschlampe ...« Raffael sprang auf.

»Genug des Wortgeplänkels!« Pater Noran stellte sich zwischen die beiden Scholaren. »Raffael, du wirst mir bis zur Stunde des abendlichen Gebets eine Betrachtung zum Thema des Sieges vom Gleichmut über den Zorn schreiben.

Und du, Felicia, geh nachsehen, wo unser Bruder Gernoth bleibt. Wir wollen vollständig versammelt sein, wenn wir über die Fortschritte im Ringen mit den Sumpfmännern referieren.«

Felicia war überaus zufrieden mit sich, als sie das Seminar verließ. Im Rededuell die Selbstbeherrschung zu verlieren galt als größte Blöße, die sich ein ernsthaft Studierender in den Reihen des *Ordo purgatoris Dei* geben konnte. Raffael war erledigt!

Als die Scholarin den Kreuzgang am hinteren Hof der Klosterfestung passierte, pfiff sie leise vor sich hin. Gernoths Kammer lag gegenüber dem Refectorium im Ostflügel des Klosters. Felicia klopfte und rief leise seinen Namen. Sie bekam keine Antwort. Sollte sie Gernoth verpasst haben? Vielleicht war er auch eingeschlafen. Sie wusste, dass der Gautamanne oft bis tief in die Nacht bei seinem Sumpfmann blieb, um zu reden. Wenn man Gernoth fragte, worüber sie sprachen, antwortete er stets ausweichend. Nur so viel war gewiss: Sein Sumpfmann schien besser als alle anderen zu lernen. Vermutlich würde Gernoth als Erster seine Aufgabe erfüllen können.

Felicia öffnete die Tür. Es war ein regnerischer Tag, an dem die Wolken tief über den Himmel trieben, und die Kammer des Scholaren war in graues Zwielicht getaucht. Wie Felicia erwartet hatte, lag Gernoth auf dem schmalen Bett. Trotz der stickigen Hitze hatte er die Decke bis zum Kinn hochgezogen und schien zu schlafen.

Felicia kniete sich neben ihn. »Wir alle warten auf dich.« Gernoth reagierte nicht.

Sie rüttelte an seiner Schulter. Der Gautamanne öffnete die Lider. Einen Augenblick lang starrte er sie an, als sähe er sie zum ersten Mal. »Lebe wohl ...«

»Komm schon. Schlafen kannst du später. Wir alle sind begierig, von deinen Fortschritten zu hören.« Felicia griff nach der flachen Wasserschüssel, die neben dem Bett auf einem Schemel stand. Sie wollte die Hände befeuchten und ihm ein paar Tropfen Wasser ins Gesicht spritzen, damit er endlich zu sich käme. Erst als sie nach der Schüssel sah, bemerkte sie das blutige Messer. Es war eine der kurzen Klingen, die man zum Anspitzen der Gänsekiele im Scriptorium verwendete.

Erschrocken zerrte Felicia die Decke zur Seite. Dunkles Blut troff aus der verfilzten Wolle. Gernoth hatte den rechten Ärmel seiner Soutane aufgerollt und sich die Pulsader auf der Innenseite des Unterarms der Länge nach aufgeschnitten. In pulsierenden Stößen drang das Blut aus der schrecklichen Wunde.

»Wir irren uns ...«, flüsterte der Gautamanne. »Es steht uns nicht zu ...« Seine Stimme verlor sich in unartikuliertem Raunen.

»Du verdammter Narr!« Mit zitternden Fingern riss Felicia sich die Bauchbinde herunter, kniete sich neben das Bett und rollte den Sterbenden auf die Seite. Die Matratze war so voller Blut gesogen, dass sie ein schmatzendes Geräusch von sich gab, als Gernoth sich bewegte.

Felicia wickelte ihre Bauchbinde zweimal um die Armbeuge des Scholaren. Dann nahm sie einen Zeichenpinsel vom schalen Pult neben der Tür, schob ihn in den Verband und drehte ihn, bis kein Blut mehr aus der Armwunde floss.

Gernoths Augäpfel waren nach oben gerollt, sodass nur noch das Weiße zu sehen war. Seine Haut fühlte sich kühl und trocken an. »Du wirst nicht gehen«, schrie ihn Felicia trotzig an. Dann sprang sie auf, um im Kloster Hilfe zu holen.

Çamur stellte die Figur des Elefanten auf das Brett mit den roten und weißen Feldern zurück. Das Spiel hatte ihn verändert. Etwas in seinem Kopf war anders, so als hätte man Fesseln gelöst. Er besah die Tür der Zelle. So viele neue Worte ... Weißfell hatte für alles Worte, selbst für Dinge, die man nicht anfassen, ja nicht einmal sehen konnte. Und Weißfell wurde es nie müde, ihn neue Worte zu lehren. Er betrachtete wieder das Spielbrett. Wenn er hinaus in den Sumpf gelangte, dann würden sie ihn nicht mehr so leicht einfangen. Er musste sie dazu bringen, die hölzerne Tür und die Gittertür gleichzeitig zu öffnen. Dann würden sie ihn nicht aufhalten können.

Çamur hatte ihnen genau zugehört. Es gab ein kleines Ding ... Schlüssel. Einer der Weißfelle mit den langen Schneidesteinen ... nein, sie hießen Schwerter, die Schneidesteine ... einer der Weißfelle mit den Schwertern trug Schlüssel bei sich. Mit ihnen konnte man Türen überwinden und Gitter.

Çamur überlegte, eines der Schwerter an sich zu nehmen. Warum er nur früher nie daran gedacht hatte! Mit Schwertern konnte man Fleisch viel leichter zerteilen als mit bloßen Händen.

Wenn Weißfell Licia nur die Gittertür öffnen würde! Çamurs Blick fiel auf die Figuren auf dem Brett. Er musste vorausdenken, so wie im Spiel. Es lag in der Kraft seiner Gedanken, zurück in den Sumpf zu gelangen. Doch langes Denken ermüdete ihn. Er hatte Zeit. Vielleicht war es besser, noch zu warten und mehr von Weißfell über das Denken zu lernen? Vielleicht machte sie von ganz allein den Fehler, die Gittertür zu öffnen?

Çamur ließ sich neben dem Käfig nieder und betrachtete die Mäuse. Sie waren wie er: gefangen! Sie saßen im Käfig, der Käfig stand in seiner Zelle ... Gab es noch etwas, das größer war als eine Zelle und das einen gefangen hielt? War vielleicht auch Weißfell Licia gefangen?

Die kleinen Mäuse hatten sich eng an ihre Mutter gepresst. Sie trinken bei ihr, hatte Weißfell Licia gesagt. Çamur hatte niemals bei jemandem getrunken. Warum nicht? Der

Gedanke wühlte ihn mehr auf als sein Sieg im Zwei-Könige-Spiel.

Gernoth war in aller Stille auf dem Friedhof am Rand des großen Sumpfes beerdigt worden. Drei Tage hatten die Heilkundigen unter den Priestern um sein Leben gerungen. Er hatte viel Blut verloren, doch was ihn letztlich getötet hatte, war, dass aller Wille zum Leben in ihm erloschen schien. So jedenfalls hatte Magister Noran es den Scholaren erzählt.

Gernoths Tod hatte das Lachen versiegen lassen. Selbst Raffael verzichtete auf seine Sticheleien. Er war Gernoths Nachfolger geworden. Diesmal hatten sie nicht in der Bethalle, sondern in der kleinen Runde des Seminars Steine aus dem Silberkelch gezogen, um zu bestimmen, welcher der drei, die ohne einen Ikuruha geblieben waren, die Nachfolge des Gautamannen antreten sollte.

Pater Noran hatte die Arbeit unterbrochen, damit jeder der Scholaren auf seine Weise von Gernoth Abschied nehmen konnte. Als sie nun versammelt im Seminar saßen, herrschte gedrückte Stimmung. So gern sie sich sonst mit Worten maßen und keine Gelegenheit verstreichen ließen, ihre Redegewandtheit zur Schau zu stellen, so still waren sie nun.

Schließlich war es Noran, der das Schweigen brach. »Ich bin im Zweifel, ob es nicht klüger ist, den Unterricht an den Ikuruhas abzubrechen. Einen Fall wie den unseres Bruders Gernoth hat es meines Wissens in der Geschichte des *Ordo purgatoris Dei* noch nie gegeben. Ist einem von euch in den letzten Tagen etwas im Verhalten unseres Bruders aufgefallen?«

»Er war immer still und zurückgezogen«, sagte Raffael kühl. »Jemand, der es vorzog, allein zu sein. Ich halte es für falsch, uns alle nach seinem Maß zu richten.«

»Vor ein paar Tagen noch war er mein Meisterschüler«, entgegnete Pater Noran. »Derjenige von euch, der die größten Fortschritte gemacht hatte. Ich frage mich, was geschehen wird, wenn auch ihr so weit kommt? War das, was den Wunsch zu leben in ihm versiegen ließ, schon immer da und lediglich vor unser aller Augen verborgen, oder aber war es sein Sumpfmann, der etwas in ihm erweckte, das ihm allein den Tod als Ausweg ließ?«

»Das würde heißen, dass sie wissen, was wir tun?«, sprach Felicia aus, was sie alle dachten. »Sie entwinden uns unsere Waffe und setzen sie gegen uns ein.«

»Unsinn!«, begehrte Raffael auf. »Sie sind nur Schlamm, der zum Hohn der Schöpfung Aionars lebendig wurde. Wir werden sie lehren, was sie sind! Ich werde es euch allen zeigen, wie man mit diesen Ausgeburten der Magie umgeht!«

Noran sah Raffael lange an. »Von nun an werde ich mit größerer Strenge vorgehen. Ich werde zu euch in die Kerker steigen und mir ansehen, auf welche Weise ihr mit den Ikuruhas verfahrt, Brüder und Schwestern. Und sollte ich nur das geringste Anzeichen dafür finden, dass die Sumpfmänner mehr sind, als wir dachten, dann werde ich eure Prüfung abbrechen.«

»Erinnerst du dich an deine Geburt?«

Çamur tat so, als hätte er nicht verstanden. »Geburth?« Ihm war die Frage unangenehm. Er hatte gelernt, dass es auf jede Frage eine Antwort gab, wenn man nur lange genug darüber nachdachte. Weißfell Licia hatte ihn gelehrt, welche Wege man beschreiten musste, um durch Nachdenken das Unmögliche auszuschließen. Was dann übrig blieb, war die richtige Antwort. Das Zwei-Könige-Spiel war ein guter Weg, das Denken zu schärfen.

Weißfell Licia wiederholte geduldig die Geschichte von den Mäusen. Çamur hatte gesehen, was mit den Mäusen war! Aber seine Geburt war anders gewesen. Er erinnerte sich noch genau, auch wenn er nicht darüber reden mochte.

Weißfell Luhzius hatte ihn aus der weichen Erde der Höhle gezogen. Und er, Çamur, war nicht als kleines nacktes Würmchen zur Welt gekommen, so wie die Mäuse. Er war vollkommen gewesen. Er war nicht gewachsen, und er hatte keine Mutter gebraucht, die ihn säugte.

»Hörst du mir zu?« Weißfell Licia sah ihn durchdringend an.

Çamur nahm einen der leichten Reiter vom Zwei-Könige-Spielbrett und drehte ihn zwischen seinen plumpen Fingern. »Warum du nicht kommst in Kerker? Bin ich ein Tier für dich? Gefährlich?«

»Ich denke an den Wolfshund.«

Çamur fuhr sich mit der Hand über die Kehle. »Hund versuchen mich töten. Keine Wahl als kämpfen. Wirst du auch versuchen mich töten? Deshalb mich fürchten? Oder warum nicht kommen in Kerker?«

»Warum sollte ich ...« Ein dritter Schwertträger erschien und trat an Weißfell Licia heran, um ihr etwas ins Ohr zu flüstern.

Çamur wünschte sich, er könne in den Gesichtern der Menschen lesen, so wie er Fährten im Sumpf las. Wenn er nur mehr über sie wüsste! Dann wären ihre Gesichter die Fährten zu dem, was sie nicht aussprachen. Eine Furche erschien auf Weißfell Licias Stirn. War sie zornig?

»Wir werden später weiter sprechen.« Sie gab den Schwertträgern ein Zeichen, ihr zu folgen.

Çamur betrachtete das Spielbrett. Vorsichtig griff er nach dem roten Elefanten und zog ihn vor, um einen Spießer zu schlagen. Ein Spielzug noch, und der weiße König würde fallen.

»Das ist nicht der reine Weg! Man hätte ihn genauso gut mit dem Schwert erschlagen können«, ereiferte sich Felicia. Raffael war der Erste von ihnen, der seinen Sumpfmann getötet hatte.

»Wie üblich irrst du, Schwester«, entgegnete der junge Scholar hochmütig. »Ich habe drei Tage darauf verwandt, ihm beizubringen, dass alles, was lebt, atmet. Und dass alles, was an Land lebt, Luft atmet, so wie die Geschöpfe des Meeres Wasser zu atmen vermögen. Er erwies sich mir gegenüber als nicht sehr gelehrig ... eher würde ich ihn empfindsam nennen, wäre er nicht ein Mörder mit Händen wie Schaufelblättern gewesen. Ich möchte noch einmal betonen, dass dieser Ikuruha keine Anzeichen von außergewöhnlicher Intelligenz zeigte. Er war ein bemitleidenswertes Geschöpf, zu dumm, um zu begreifen, was mit ihm geschah. Damit ist die Thesis, er habe unseren Bruder Gernoth durch Worte in den Tod getrieben, hinfällig.«

Raffael nahm einen Leinensack und legte ihn auf das Katheder, hinter dem Magister Noran stand. Der Scholar lächelte triumphierend. »Öffne ihn, Meister. Das ist alles, was von der Kreatur blieb.«

Der Lehrmeister tat, wie ihm geheißen. Im Sack fand er einen fleckigen braunen Menschenschädel und einen Blutstein, kaum größer als eine Bohne.

»Und in der Stunde der größten Not wird sich ein Aufrechter erheben, um die Häupter der vergangenen Helden an sich zu nehmen«, zitierte Raffael aus der Sage um die Entstehung der Ikuruhas, die sie alle so gut kannten.

Felicia hätte wie bei einer frommen Liturgie Wort für Wort mitsprechen können, als der Scholar fortfuhr. »Wie Samen wird er die Schädel in die Erde pflanzen, und er wird seine Zauberkraft in sie hineingeben, und die Erde wird gebären ein Ding, nicht Mensch und nicht Tier. Und wie die Helden, die gegangen sind, werden die Erdgeborenen das Übel vertreiben, und sie werden einen jeden bekriegen, der nach Pardia zieht, um dort Blut zu vergießen.«

Raffael hob den Totenkopf mit ausgestreckten Armen hoch, sodass ihn jeder deutlich sehen konnte. »Dies und der Blutstein – das ist alles, was von meinem Ikuruha blieb. Ich habe ihn aus dem Kerker geholt und bin mit ihm hinab zu den Zisternen gestiegen. Er folgte mir, als ich vor ihm ins Wasser trat. Als er den Boden unter den Füßen verlor und das Nass sich über seinem Haupte schloss, da erinnerte er sich, dass alles, was an Land lebt, atmen muss. Er ruderte mit den Armen und versuchte die glatten Wände hinaufzukommen, doch er fand nirgends Halt. Ich hatte vergessen, ihm zu sagen, wie schnell man ertrinkt. Er hat mehr als eine Stunde mit dem Tod gerungen. Als er starb, zerfiel er zu Schlamm. Allein dieser Schädel und der Blutstein blieben übrig.«

Felicia war außer sich vor Wut. In ihren Augen hatte Raffael mit dem Weg, den er gewählt hatte, alles verraten, was Magister Noran sie in den letzten Monden gelehrt hatte. »Du hättest genauso gut ein Schwert nehmen können, um ihm sein Haupt abzuschlagen.«

»Nein!«, sagte Noran mit leiser Stimme. Weder sein Tonfall noch irgendeine Geste verrieten, ob Raffaels Sieg ihn verärgerte oder in seinem Sinne war. »Es gibt keinen Bericht, in dem ein Ikuruha ertrinkt. In den Sagen heißt es, man müsse sein Haupt vom Rumpfe trennen, um ihn zu töten. Bruder Raffael lehrte ihn zu atmen. Er veränderte den Mythos und die Kreatur. So lieferte er Zeugnis von der Macht des Wortes.« Noran nahm den Schädel auf und blickte in die leeren Augenhöhlen, als schaute er ins Antlitz eines verständigen Wesens. »Doch das Wort allein genügte dir nicht, um zu vollenden, was Gott unserem Orden aufgetragen hat. Du brauchtest ein weiteres Hilfsmittel. Ohne das Wasser hättest du ihn nicht töten können. So haftet deinem Triumph ein Makel an.«

»Das ist Haarspalterei, Meister«, empörte sich Raffael. »Du missgönnst mir, dass ich in drei Tagen vollbrachte, was die Übrigen in drei Wochen nicht vermochten. Wenn du meinen Sieg schmälerst, dann werde ich an meinen Schutzherrn schreiben, den Princeps von Silansiantang, und berichten, dass hier Missgunst und Kleingeist regieren.«

Noran lächelte breit. »Was schert es einen Baum, wenn ein Schwein sich an ihm schubbert? Glaubst du wirklich, du könntest mir schaden, Scholar Raffael?« Der Magister wandte sich an die übrigen Schüler. »Mein Stolz als Lehrmeister wäre jedoch auf den Tod verletzt, wenn Raffael der Einzige von euch sein sollte, der einen Ikuruha besiegt. Und es bleiben nur noch zwei Tage.«

Çamur lauschte in die Stille. Die Blendlaterne war verloschen. Ein dünner Lichtstreifen sickerte unter der schweren Holztür hindurch. Leise regte sich eine Maus im Stroh des Käfigs. War da ein Geräusch draußen auf dem Gang gewesen? Das Knirschen von Metall?

Çamur wartete. Er hatte lange nachgedacht. Weißfell Licia spielte ein Zwei-Könige-Spiel mit ihm. Nicht mit roten und weißen Figuren auf einem Brett, nein: sie beide waren die Könige. Und ihre Spießer, Elefanten und Reiter, das waren Worte. Çamur war sich sicher: Wenn er das Spiel richtig spielte, dann würde er in den Sumpf zurückkehren. Weißfell war der weiße König.

Der Sumpfmann hatte Stunden um Stunden darüber gebrütet, welche Spielzüge zum Sieg führten. Dabei war die Lösung so einfach! Worte bestimmten dieses Spiel. Das Letzte, was er zu Weißfell Licia gesagt hatte, war: »So wie du mich und Mäuse in einen Kerker sperrst, so sperre ich meine Worte in den Kerker meines Mundes. Es liegt bei dir, Weißfell, meinen Schlüssel zu finden.«

Çamur war sehr stolz auf diese Worte. Lange hatte er darüber nachgedacht, Wörter ausgetauscht und umgestellt, bis er zufrieden gewesen war. Diese Worte hatten Macht!

Weißfell Licia hatte Zug um Zug verloren. Je länger sie gegen das Schweigen anredete, desto mehr Macht verloren ihre Worte. Immer wieder war sie gekommen und hatte ihn auf die Probe gestellt. Vergebens.

Çamur hörte Schritte vor der Tür. Dann folgte das Knirschen des Schlosses. Die schwere Holztür schwang auf. Weißfell Licia war allein gekommen. Er stutzte. Jetzt würde er kein Schwert haben, um zu kämpfen. Aber Weißfell Licia allein war viel leichter zu besiegen.

Sie machte sich an der zweiten Tür zu schaffen. Das Gitter öffnete sich. Sie trat ein. Mit einem Satz war Çamur auf den Beinen.

»Wirst du reden?« Weißfell Licia flüsterte, obwohl die Schwertträger nicht mitgekommen waren.

Der Ikuruha schob sie zur Seite. So leicht war Weißfell Licia. Ein dunkler Fleck blieb auf ihrem Fell, dort, wo er sie berührt hatte.

»Draußen reden!«, sagte Çamur und trat durch die Gittertür. Misstrauisch spähte er den Gang entlang. Sie waren allein.

Çamur drehte sich um. Mit einem Fingerschnippen stieß er den weißen König vom Spielbrett. Weißfell Licia drückte sich gegen die Wand. Neue Flecken kamen in ihr Fell. Ihre großen dunklen Augen weiteten sich, als er ihre Kehle packte.

»Mich zum Sumpf bringen.«

Çamur hatte geplant, sie zu packen und nach den beiden Schwertkämpfern zu werfen, aber jetzt war niemand hier. Er hatte zu viele Spielzüge voraus gedacht. Das Spiel war viel leichter als erwartet. Er ließ von Weißfell Licia ab.

»Komm.« Sie winkte ihm und führte ihn durch einen langen Gang. In weiten Abständen brannten Laternen. Sie mussten zwei weitere Türen passieren. Nirgends zeigte sich ein Mensch.

Je weiter sie vom Kerker fortkamen, desto unsicherer fühlte Çamur sich. Die Menschenhöhle war voller weiter Wege.

Sie gingen breite Steine hinauf. Dann betraten sie das enge Feld, auf dem vor so langer Zeit die rollenden Hütten zum Stillstand gekommen waren. Es regnete.

Çamur rannte zur Mitte des Feldes und zerrte dabei Weißfell Licia mit sich. Dort blieb er stehen. Seine Hände strichen über seinen nassen Leib. Er legte den Kopf in den Nacken und blickte in den Nachthimmel. Frei!

Ein scharrendes Geräusch ließ ihn herumfahren. Überall aus den Höhleneingängen, die das Feld umgaben, traten Mörder mit blanken Schwertern in der Hand.

Çamur drehte sich im Kreis. Wohin er auch blickte, jeder Weg war versperrt.

»Hast du geglaubt, du könntest entkommen?«, fragte Weißfell. »Du hast wohl auch geglaubt, du hättest mich tatsächlich im Zwei-Könige-Spiel besiegt. Selbst ein Kind spielt besser als du. Ich musste mir große Mühe geben, um gegen dich zu verlieren.«

Regen rann Çamur in die Augen. Er blinzelte und drehte sich wieder im Kreis. Es gab keinen Fluchtweg. Er war aufs Neue in einem Kerker. Einem Kerker mit Menschenmauern.

»Was glaubst du, was du bist?«

Er hielt inne. »Ikuruha«, rief Çamur, dass es von den Felswänden rings um das enge Feld widerhallte.

»Du und dein Rudel, ihr seid wie nichts anderes, das lebt. Du bist nur Schlamm. Ein Irrtum. Es kann dich nicht geben.«

Er blickte auf Weißfell herab. Diese Worte waren so anders.

»Nenne mir ein Wesen, das wie ein Ikuruha ist, und ich lasse dich zu den Sümpfen laufen, damit du dich im Schlamm verkriechen kannst.«

Çamur versuchte nachzudenken. Er wollte sich in Schlamm kauern. In sein Nest. Hier konnte er nicht denken.

»Nichts, was lebt, wird ausgewachsen geboren, so wie du! Nichts, was lebt, wird aus dem Schlamm gezogen, ohne jemals eine Mutter gesehen zu haben, so wie du! Du weißt, was das heißt?«

Er dachte nach. Da war eine Gefahr. Die Worte von Weißfell Licia waren voller Macht. Sie waren wie die Fänge des Wolfshunds, die sich um seine Kehle geschlossen hatten.

»Ich habe versucht, dich denken zu lehren, Schlammgeburt. Nun denke! Du atmest nicht wie alles, was lebt. Du isst und trinkst nicht wie alles, was lebt. Du schläfst nicht wie alles, was lebt. Du weißt, was das bedeutet!«

Ja, Çamur hatte begriffen. Schlamm perlte von seinen Schultern. Er hatte all seine Figuren verloren. Der weiße König war am Zug, ihn zu zermalmen. Das Spiel war aus.

»Ich lebe nicht!« Der Sumpfmann spürte seine Zunge zerfließen. Der Schlamm auf dem Boden stürzte ihm entgegen, ihn in seine kalten Arme zu schließen. Çamur kehrte zurück zu seiner Mutter.

Die Ordensritter und Priester hatten den Kreuzgang um den hinteren Hof längst wieder verlassen, als Carlos noch immer zu dem gelblichen Schädel blickte, von dem der Regen allen Schlamm abgewaschen hatte.

»Erschüttert?« Francisco trat an seine Seite und stützte sich schwer auf seinen Stock.

»Woher wusste die Scholarin, dass der Ikuruha sie nicht zerreißen würde, wenn sie das Gitter zum Kerker öffnete?«

»Sie wusste es nicht. Sie hat darauf gehofft, sich mit einem Harnisch aus Worten schützen zu können. Sie kannte dieses Ding gut.«

Die Antwort ärgerte Carlos. Er hatte das Gefühl, dass der alte Priester ein unseliges Wortspiel mit ihm trieb, so wie die Scholarin es mit dem Ikuruha getan hatte. »Welch ein Unsinn! Wir hätten den Sumpfmann schon vor Wochen töten können, als wir ihn eingefangen hatten. Das wäre leichter gewesen.«

»Die Scholaren sind auf der Suche nach der Macht des Wortes. Sie stehen noch am Anfang ihres Weges. Wie gut ist ein Schwertkämpfer, der erst einen Mond mit seinem Schwert geübt hat?«

»Siehst du nicht, wie widersinnig dies alles ist, Bruder? Welchen praktischen Nutzen hat es? Glaubst du, ein Ikuruha draußen in den Sümpfen würde sich tot reden lassen? Sie verstehen nicht genug, um in die Gefahr zu geraten, durch gelehrte Argumente besiegt zu werden.«

»Bis heute Nacht war ich ein Zweifler wie du, Carlos. Ich kannte dies alles nur aus Büchern, und ich mochte es nicht wirklich glauben. In diesen Büchern steht auch, dass die Priester des *Ordo purgatoris Dei* einst in der Lage waren, die mächtigsten Geschöpfe mit nur drei Fragen zu töten.« Francisco deutete hinaus in die regnerische Nacht. »Glaube mir, Bruder Carlos, dort draußen lauern Geschöpfe, gegen die selbst hundert Ritter wie du nicht zu bestehen vermögen. Ich habe selbst gesehen, wie ein fünfarmiger Riese auf dem Malachiasplatz von Gautamar gegen hundert Ritter des *Ordo executionis silentii finiti* obsiegte. Ich sah, wie sich am Weißen Meer liebestolle Greise ertränkten, von Sinnen von den Stimmen der Sirenen, die nachts auf den Klippen sangen. Ich sah Tote ihre Gräber verlassen und einen Princeps, dessen Leib binnen eines Atemzuges in eine Wolke wimmelnder Fliegen zerfiel, ohne dass man je erfahren hätte, welcher Fluch sich an ihm vollzog. Glaub mir, Carlos, wir werden Priester wie dieses Mädchen brauchen, deren Worte tiefer schneiden als Schwerter.«

Den Ordensritter fröstelte es. Er war klug genug, den Alten zu durchschauen. Glaubte er ihm, dann verleugnete er sich selbst. Verdammte Wortfechter! Die Welt brauchte Ritter wie ihn, um sie vor dem, was im Dunkeln lauerte, zu beschützen. Die Handlungsweise der jungen Scholarin empfand er als zutiefst unmoralisch. Sie hatte den Sumpfmann töten können, weil er ihr vertraute. Carlos mochte sich gar nicht vorstellen, mit welch samtenen Worten sich die Scholarin dieses Schlammding gefügig gemacht hatte. Heuchelei! Ein Schwert war da ehrlicher!

»Da draußen gibt es nichts, was man mit zwei Fuß blankem Stahl nicht töten könnte«, beharrte der Ordensritter.

Francisco starrte in die Finsternis.

»Wenn man sich etwas lange genug einredet, wird es dann wahr?« Der Tonfall des Alten klang nicht einmal ironisch.

Carlos beschloss im Stillen, dass Bruder Francisco nicht mehr ganz bei Verstand sei. Der alte Priester wanderte wohl schon zu lange auf abseitigen Wegen, die ihn weit fort von der reinen Lehre geführt hatten. Wege wie jenem, den die junge Scholarin heute eingeschlagen hatte. Der Ordensritter zog sich den weiten Umhang enger um die Schultern. Verärgert bemerkte er kleine Schlammspritzer auf dem blütenweißen Stoff.

Platiks Bretter

GUNDULA SELL

Ich bring ihn um. Ich nehm die Akst und gehe hin und schlag ihn tot. Gleich wenn ich fertig bin mit dem Schreiben nehm ich die Akst. Und erschlage Mritek. Vielleicht wird es irgend einer lesn was ich schreib wenn ich dann bestraft bin und den Loiten im Dorf nich mehr sagen kann warum ich ihn tot schlag. Zum Schreibn sind noch genug Bretter hier auf dem Bodn von damals als Vater Tischler war. Ich werd die ganze Nacht Zeit habn zum Schreibn.

Es war erst gestern. Da is meine kleine Schwester geborn wordn. Ljassi. Meine Mutter hat schon einen Tag lang immer geschrien immer schlimmer hinter dem Vorhang. Morra war bei ihr. Morra die Hebamme. Hat uns Kinder rausgeschoicht außer Lilaj meiner großen Schwester is schon zwölf sollte ihr helfn. Ich bin schon dreizehn aber ein Junge musste raus gehen. Bin mit Widja durchs Dorf und drum rum gegangn ob wir was findn zu essn oder zu handeln. Niks natürlich. Alle sind arm. Alle habn Hunger. Und kein Wald mehr soweit man gehn kann weil sie die Boime für den Krieg geschlagn habn. Vater auch bevor er wie die Männer im Dorf alle zum Arbeits Haus gehn musste in der Statt. Gehn jedn Morgn im Dunkln. Kommn jedn Abend im Dunkln zurück. Müssn Arbeitn Arbeitn für den Krieg der bald anfängt. Bringn wenig zu Essn. Aber nach dem Sieg wird Alles gut. Essn. Boime. Warm. Alle bleibn lebn. Froindschaft mit Allen. Wieder wie vorher. Vater wird wieder Tischler. Besser. Denn nie wieder Strafn niemand der verschwindet niemals Angst und Lebn wie die Elben.

Hab mit Lilaj gearbeitet im Gartn. Bohnen. Kohl. Jätn. Gießn. Kam Morra und redet mit mir. Sagt mir eine Schwester. Mutter is sehr krank schwach. Morra weiß nich ob sie Lebn bleibt. Wenn Mutter nich Lebn bleibt wird auch Ljassi nich Lebn bleibn. Sind hinein gegangn habn sie angekuckt Mutter und Ljassi. Habe erst Ljassi nich in den Arm genommn. Will sie nich begrüßn wenn ich dann gleich wieder Abschied nehmn muss. Aber Morra sagt ich soll sie nehmn denn sonst weiß die Mutter dass ich es nich glaub dass sie bei uns bleibn wird. Nehme sie und weine. Mutter hat Widja in den Hühnerstall geschickt Eier holn. Widja brachte zwei Eier. Morra sagt der Mutter sie soll ein Ei essn. Aber die Mutter schickte mich gleich zu Mritek weiß viel leicht dass sie nich viel Zeit hat. Wenn doch der Vater hier wär aber er muss Arbeitn Arbeitn dort in der Statt für den Krieg. Bald is der Krieg.

Ich konnte nich gleich gehn. Auf der Straße vorm Haus kamn die Orks. Jedn Tak kommn hier Truppn Orks durch. Ziehn nach Westn. Immer noie. Sammln sich für den Krieg. Nich mehr lange dann geht es los. Woher kommn nur immer die Orks. Früher gab es gar keine jetz werdn es immer mehr. Alle habn Angst vor ihnen. Fast wie vor den Elben und den Menschn von Gondor und alln Feindn. Noch mehr Angst denn hier warn noch keine Feinde aber jedn Tag Orks. Man darf ihnen nich im Weg stehn sie trampeln einn tot. Sie dürfn einn am bestn nich mal sehn. Sie sehn so fürchterlich aus wie jeder weiß. Und dann noch der Gestank.

Als die Orks durch warn ging ich zu Mritek. Mritek is schon zu alt kann nich Arbeitn gehen. Macht im Dorf manches dazu is er eingesetzt. Sagte ihm die Schwester is da er soll kommn und das Schild maln. Er fragte ein Ei. Ich gab ihm das Ei. Er fragte auch Rück Seite. Ich sagte ja. In unserm Haus hat jedes Schild eine Rück Seite. Auch wenn die Eier knapp sind und es is verbotn. Er fragte noch zwei Eier. Ich gab ihm das andere Ei und sagte es sind alle er bekommt das dritte für die Rück Seite später.

Mritek kam mit einem leeren Schild der Schachtl Stifte dem Pinsel und den Farbn. Ich durfte sie tragn. Als ich ihn wieder fragte ob er mich als Lehrling für die Schilder nimmt sagte er wieder nach dem Krieg und lachte. Ich habe aber schon viel vom Zusehn vom ihm gelernt. Er hat die Schilder für alle in der Familje gemalt auch für die die schon tot sind. Hängen alle unter der Decke acht Schilder schon. Mritek kann das ganz genau immer gleich wie es sein muss denn in Mordor sind wir alle gleich. Alle Saurons Loite. Darum auf jedem Schild das Auge und das Gebot.

Als wir heimkamn war Morra weg. Mutter schlief. Lilaj versuchte Ljassi zum Einschlafn zu bringn aber sie wimmerte immer. Ich stellte Mritek eine Lampe auf den Tisch und sah zu wie er malte. Erst das Schild ganz schwarz. Troknen. Dann Vorzeichnn mit dem Stift. Mit Rot und anderm Rot und noch anderm Rot das Auge. Saurons Auge das immer da is. Man soll sich sicher fühln weil es immer da is. Darf keinem sagn dass ich mich nich sicher fühle kann ja sein das is schon Zweifln. Außer Lilaj. Und sie sagte mir sie hat auch Angst vor dem Auge. Und dann malte Mritek die Schrift. Wir alle wissn was das Gebot heißt auch wenn es keiner lesn kann. Es heißt früher konntn alle lesn und viel leicht werdn wir es nach dem Krieg alle wieder könn. Aber jetz nich is verbotn. Alle müssn alle Kraft für den Krieg aufwendn. Nich mal Mritek kann lesn hab ihn gefragt er kann nur das Gebot immer wieder abmaln. Das Gebot müssn wir nich lesn könn nur wissen was es heißt. Es heißt.

Die Elben haben uns Wohlstand und Glück geraubt. Die Menschen von Gondor und Halblinge und Zwerge haben mit ihnen gemeinsame Sache gemacht. Wir müssen ihnen unser Teil entreißen, sonst wird das große Volk von Mordor untergehen. Sonst wird die Welt nie in Ordnung kommen. Sonst werden sie in ihrer Gier die ganze Welt zerstören. Wir müssen ziehen in den großen heiligen Kampf. Sauron ist unser Anführer und unsere Zuversicht. Wir müssen ihm folgen ohne Zögern.

Wer seinen Teil nicht beiträgt zum großen Werk wird bestraft.

Wer nicht das Letzte gibt für Saurons Sieg wird bestraft.

Wer Sauron nicht bedingungslos nachfolgt wird bestraft.

Wer denen nicht gehorcht, die von Sauron eingesetzt sind wird bestraft.

Wer zweifelt oder zögert wird bestraft.

Aber ich kann es lesn. Das habe ich nich mal Lilaj gesagt da hab ich so viel Angst. Aber ich hab es wissn gewollt und hab es gelernt mit dem Gebot auf meinem Schild. Und dass man damit auch was andres schreibn kann. Und dann lesn. Ich habe einmal Mritek einen Stift gemaust nur einen kleinen. Habe es dann versucht auf dem Holz auf dem Bodn. Hab erst gedacht es ginge nich ohne danach mit Farbe zu schreibn. Aber geht und is doch zu sehn. Hab die Bretter mit Schrift dann ganz hintn versteckt. Hab dann mit Stöckchn im Sand geübt kann man gut schnell weg wischn. Weiß nich warum ich es gelernt hab aber konnte es nich bleibn lassn. Viel leicht weil ich einer bin in dessn Familje die Schilder Rück Seitn habn. Dass solche mehr Einzeln Ich sind als andre. Habe gedacht viel leicht habn auch in andren Familjen die Schilder Rück Seitn. Viel leicht hat davon auch jemand lesn und schreibn gelernt. Aber kann man ja nich fragn oder nach sehn. Alle habn Angst. Schon die Frage kann sein dass man bestraft wird. Keiner weiß was es heißt bestraft werden weiß man nur dass derjenige verschwindet nie zurück kommt gibt nur lauter böse Gerüchte.

Als Mritek fertig is mit dem Gebot und es is trokn dreht er das Schild um. Ich geh raus und seh nach ob da auch keiner is schließe die Fenster Läden. Mritek streicht das Schild grün an. Als es trocken is zeichnet er was vor. Alle außer der Mutter kommen hin. Ljassi hört auf zu wimmern. Alle wolln wissn was auf Ljassis Schild kommt. Widja sagt eine Blume. Mritek lächelt schüttelt den Kopf. Lilaj sagt ein Vogel. Mritek schüttelt immer noch den Kopf. Ich sage erinnert mich an was weiß nich mehr was es war. Mritek sagt ein Schmetterling kleines Insekt wie eine Fliege mit Flügeln so groß wie eine große Blume. Kann sich von uns keiner vorstelln. Fragn ihn is das aus dem Elbenland. Eine Elben Hekserei. Nein sagt Mritek hattn wir hier auch kommt wieder nach dem Krieg. Als er es noch ganz bunt malt staunn wir alle glaubn ihm nich. Wert schon sehn sagt Mritek. Lebn aber nich lange. Ljassi hoilt wieder. Mritek geht dann und sagt zu mir ich soll ihm unbedingt noch das fehlende Ei bringn wenn eins da is.

Die Rück Seiten von den Schildern sind natürlich verbotn. Aber es weiß außer uns ja nur Mritek und der macht sie. Aber ich glaube er macht sie für viele denn er kann sie so gut. Meine Rück Seite is ein grüner Baum. Ab und zu seh ich ihn mir an damit ich nich vergesse wie sie aussehn. Ganz früher gab es davon viele jetz nich mehr. Lilaj erinnert sich nich mehr. Auf Lilajs Schild is eine kleine Brücke über den Bach. Die Brücke is wirklich da aber jetz kaputt weil sowieso keiner mehr an den Bach geht und dahinter wo der Wald war. Und keiner hat Zeit sie zu repariern. Früher heißt es war der Bach ganz klar jetz stinkt er fließt aus der Statt wo er den Dreck aus den Arbeits Hoisern weg spült. Widja hat ein Huhn, die Mutter einen rotn warmen Pullower und Vater ein Wagn Rad.

Vater kommt und is ganz müde wie jedn Tag. Er froit sich nich sehr über Ljassi so wie ich. Nimmt sie und weint. Lilaj macht was zu Essn. Die Mutter steht nich auf. Als alle schlafn hör ich immer Vater mit der Mutter redn im Bett die ganze Nacht. Und Ljassi wimmert. Als der Vater auf steht wimmert sie nich mehr. Is gestorbn. Lilaj kocht Kroiter Tee und Vater geht mit mir vor die Tür. Wir sitzn auf der Schwelle und er sagt nich viel. Sagt aber ich muss mit den andern gehn und Ljassi begrabn. Er kann nich mitkommn weil er gehn muss Arbeitn Arbeitn für den Krieg der steht nun kurz bevor. Fragt mich ob ich das Lied kenne das man singn muss am Grab. Ich nicke und will es ihm vorsingn. Aber er will es nich hörn. Lilaj ruft uns. Vater isst schnell und sagt zu mir wirst es schon gut machen Platik. Ihr werdet es alle gut machn sagt er zu uns streichelt die Mutter und geht. Und ich denke er zögert. Er zögert weil er Angst hat. Und er hat Angst weil er zögert. Warum immer nur Angst. Was wird werdn. Und er geht.

Wir habn Ljassi begrabn. Ich hab das Lied gesungn. Aus dem Dorf is keiner gekommn. Nich mal Morra. Alle bleibn für sich. Nur böse Blicke wenn man sich im Dorf sieht. Im Stall war nur ein Ei. Ich frag mich ob jemand der uns weg gehn gesehn hat bei uns Eier gemaust hat und das eine bloß nich gefundn. Ich bin mit dem Ei zu Mritek gegangn. Auf der Straße vor seinm Haus ganz am Dorf Rand seh ich da kommn welche. Ein Mensch groß fett. Und. Ein Ork. Ich bin vor Schreck über Mriteks Zaun wo er kaputt war gesprungn und wollte wartn bis sie vorbei sind. Aber sie gehn nich vorbei gehn in das Haus von Mritek. Ich hab große Angst denke sie werdn ihn mitnehm und bestrafn habn heraus gefundn dass er die Rück Seitn malt. Ich kucke trotz der ganzn Angst durch sein kaputtes Fenster rein. Der Mensch und Mritek sitzn am Tisch. Der Ork steht danebn und grinst Orkisch. Der Mensch sagt laut Mritek. Wir erwartn mehr von dir.

Sauron erwartet mehr von dir. Der Krieg steht unmittlbar bevor. Wir brauchn Orks. Mehr Orks. Ohne Orks könn wir nich siegn. Du musst dafür sorgn. Jeder auf seinem Platz. Sonst sagt er und macht eine Pause. Einen fändn wir leicht. Hier im Zimmer. Ich wundere mich was er meint. Natürlich steht da ein Ork im Zimmer. Aber den braucht er ja nich mehr zu findn. Ein dummes Rätsl. Aber Mritek weiß die Lösung. Es ist eine Lösung mit Angst. Er springt auf und redet leise auf den Menschn ein was ich nich verstehn kann. Sieht zu dem Ork nich hin der grinst immer Orkischer. Der Mensch steht auf und geht raus. Der Ork auch. Das Grinsn hat er scheints drin gelassn. Mritek kuckt vor Angst nirgends hin hält die Hände vors Gesicht. Ich bin zum Glück von der Straße aus nich zu sehn hinterm Zaun. Warte bis die Schritte weg sind und der Gestank von dem Ork. Klopfe bei Mritek. Keine Antwort aber ich geh rein weiß ja er is drinne. Er kuckt mich an wie was Schlimmes. Ich tu so als ob ich es nich merke und sage Mritek dein Ei. Sie is übrigens hoite Morgn gestorbn. Gut dass du da warst gestern und hast das Schild gemalt. Mritek nimmt das Ei und sagt armer Junge zu mir. Schüttelt den Kopf als wollte er was raus schütteln und sagt es noch mal. Sagt sonst niks und ich geh. Als ich die Straße runter geh sehe ich Mritek wie er auch aus dem Haus geht in die andere Richtung nämlich zur Statt hin. Langsam als wär er noch älter als gestern.

Bei der ganzn Arbeit den Tag im Gartn und im Haus überleg Ich was das für ein Rätsl gewesn is was der Mensch gesagt hat zu Mritek. Ich hab das Gefühl es geht mich was an und macht Angst. Schon wenn ich es nich weiß macht es Angst. Ich würd es gern Lilaj erzähln aber wir habn keine Zeit. Die Mutter ist immer noch krank und schwach und ich hab auch um sie Angst. Kann kaum noch was Richtiges tun vor lauter Angst bis mir einfällt ich frage Vater wenn er hoite Nacht heim kommt.

Aber er kommt nich. Es is dunkl die Zeit is ran aber er kommt nich. Wir machn uns Sorgn aber tun so als wär niks damit Widja schlafn geht. Die Mutter ist zu schwach um uns zu tröstn sagt niks kuckt nur immer hinterm Vorhang vor auf die Tür. Ich horch immer raus ob ich ihn kommn hör. Ganz spät hör ich Lärm draußen. Trampln von Ork Truppn. Kommn näher. Nein das is nich worauf ich gewartet hab.

Aber das is es. Doch. Das. Jetz hab ich verstandn was der Mensch zu Mritek meinte. Orks werdn gemacht. Orks werdn geschaffn nich aus dem Niks. Sondern aus uns. Jetz sind sie vollzählig. Da gehn die letzten und nun kann der Krieg beginnen.

Und mein Vater.

Ich nahm die Lampe vom Tisch und ging vor die Tür. Jetz wollte ich mich nich mehr verrammeln ich wollt es mit eignen Augn sehn.

Was dann kam war als hätte ich vorher genau gewusst dass es so sein würde. Die Ork Truppe hielt auf ein scharfes Kommando vom Ober Ork genau entlang unserm Haus in Dreier Reihe. Ich stand und starrte sie an. Auf noch ein Kommando tratn zwei heraus und schubstn mich vor sich her ins Haus zurück. Ich ging rückwärts. Widja und Lilaj drängtn sich hinter mir bis vor dem Vorhang von wo die Mutter heraus sah. Ohne ein Wort rissn die Orks die Schilder von dem Balkn unter der Decke und drehtn sie um. Alle unsre Rück Seitn lagn nun offn und bloß. Ich versuchte sie mir noch mal ein zu prägn auch das seltsame Tier auf Ljassis Schild. Die Orks schmissn die Schilder in einen Sack den sie dabei hattn. Sie lachtn Orkisch dabei dass uns ganz kalt wurde. Es war doitlich zu sehn die habn nich gesucht die habn nur gefundn. Sie habn es gewusst. Sie gingn wieder raus der Ober Ork ließ sie kehrt machn die beidn marschiertn zurück Richtung Statt mit dem Sack. Ich war wieder auf die Tür Schwelle gegangn mit meiner Lampe und sah sie mir an. Grauselig. Ekelig. Aber ich wollt es wissn ob etwas Vertrautes dabei war ob einer davon eine Spur behaltn hatte ob ich was wieder erkenn würde.

Der Ober Ork kommandierte sie setzten sich wieder in Marsch. Und grinstn so Orkisch wie nie. Einer der Orks in der Reihe gleich am Haus drehte sich plötzlich bisschen weg als er an mir vorbei marschieren musste. Und ich wusste nich war es das was ich suche oder wars nur weil sie das Licht schoien. Ich stand mit der Lampe noch lange und sah ihnen nach.

Dann wird Krieg sein. Schon Morgn. Und wir werdn siegn. Gewiss denn uns führt Sauron. Das is das Schlimmste dass wir siegn werdn.

Als ich rein ging sagte lange keiner was. Nur Widja weinte leise. Viel später meinte Lilaj zu mir du musst morgen mit den Männern in die Statt und Arbeitn Arbeitn weil wir sonst niks zu Essn kriegn. Ich sagte niks mehr dachte nur ich suche auf dem Bodn nach der Akst.

Mritek. Der ist dran Schuld. Ich wert ihn erschlagn.

Dann habe ich aber gedacht das wird niks nützn. Da wird keiner wissn warum. Dann hab ich gedacht ich schreib alles auf die Bretter mit dem Stift.

Und jetz bin ich fertig kann gehn. Der Zorn is noch da kein bisschen kleiner.

Aber ich weiß nich mehr was es nützn soll wenn ich Mritek erschlag.

Keiner wird den Grund dafür lesn denn ich bin viel leicht der letzte der es kann.

Wenn ich nur Zeit hätte. Ich könnte es Lilaj beibringn.

Ich habe nach gedacht. Es ist zu spät jetz Mritek zu erschlagn. Wir sind schon alle wie er. Wie die Orks. Fies und bös. Jedem Feind. Und keiner außer Mritek kann Rück Seitn maln.

Ich geh jetz.

Aus dem Tagebuch des Orks Gyrsch

Maxim Terin

12. 1. 1376. Es sind drei Elben ins Lager gekommen. Einer, der mit dem Bogen, stand am Rande der Lichtung, die anderen haben uns ausführlich erklärt, warum wir aus dem Wald verschwinden sollen. Als unser Anführer nach den Erklärungen endlich wieder aufstehen konnte, wollte er aus irgendeinem Grunde wissen, was sie eigentlich gegen uns haben. Da haben sie ihm ganz persönlich erklärt, dass wir mit unserer Anwesenheit den Wald besudeln. Und dann haben sie noch gesagt, dass der Heiler in Goldtal sich gut darauf versteht, ausgeschlagene Zähne wieder einzusetzen.

14. 1. Der Anführer ist endlich wieder auf den Beinen. Wir brechen das Lager ab.

17. 1. Sind in einen anderen Wald gezogen. Großer Hunger. Der Hauptmann hat Schleicher und den Dünnen losgeschickt, um nachzusehen, ob womöglich Elben in der Nähe sind.

18. 1. Schleicher und der Dünne sind wieder da, Elben gibt's keine, dafür aber in der Nähe ein Dörfchen. Da müssten wir was Essbares beschaffen.

19. 1. Haben letzte Nacht eine Ziege weggeführt, 'ne gute, fette. Bloß klein ist sie.

19. 1., abends. Aus dem Dorf ist ein alter Mann gekommen, der Besitzer der Ziege, zusammen mit seinen Kinderchen. Die Kinderchen, sechs ausgewachsene Kerle, haben uns zwei Stunden lang erzählt, wie sehr sich ihr Papachen wegen des verfrühten Todes seines geliebten Zickleins gegrämt hat. Dem Kahlen haben sie seinen Armreif weggenommen. Schleicher sagt, dass mein Rücken in zwei Tagen nicht mehr wehtun wird, aber mit dem Auge sehe ich frühestens in einer Woche wieder.

28. 1. Wir haben beschlossen, auf den Pfaden in der Umgebung Selbstschüsse aufzustellen.

29. 1. Hab im Wald ein Kaninchen gefangen, gebraten und aufgegessen.

30. 1. Nachts waren vom Dorf her sehr unschöne Reden auf Orkisch zu hören. Wo kommen da wohl Orks her?

30. 1., nachmittags. Wir haben herausgefunden, wo die Orks herkommen. Eine andere Bande wollte das Dörfchen überfallen, aber ihr Kundschafter ist auf unseren Selbstschuss gestoßen, und jetzt wird er lange nicht sitzen können. Wir haben versucht, Erklärungen auszuweichen, aber sie waren in der Überzahl und haben mit uns eine Menge von dem gemacht, wovon sie im Morgengrauen geredet haben.

2. 2. Bei uns am Lagerfeuer hat ein Händler vorbeigeschaut. Er hat uns gezeigt, wie man die Knollen brät, die wir auf dem Feld geklaut und immer roh gegessen haben. Außerdem hat er dem Kahlen den Arm wieder eingerenkt. Wir haben ihm Schnaps gegeben.

3. 2. Wir haben beschlossen, im Dorf ein Mädchen zu rauben und Lösegeld zu verlangen.

4. 2. Wir haben eine geraubt, die nächste Woche heiraten wollte. Haben eine Nachricht ins Dorf geworfen, dass wir das Mädchen für zehn Goldstücke zurückgeben.

5. 2. Ugurg und der Dünne haben bei dem Baumstumpf Wache gehalten, unter den das Geld gelegt werden sollte. Erst sind die Eltern gekommen und haben da was druntergeschoben. Ugurg hat nachgesehen. Es waren zwanzig Goldstücke und ein Zettel. Auf dem Zettel stand, wir sollten uns ja nicht einfallen lassen, das Mädchen ins Dorf zurückzubringen. Ugurg ist ins Lager gegangen, und der Dünne ist dageblieben. War gut so. Der Bräutigam kam und hat auch was druntergeschoben. Diesmal waren es fünfundzwanzig Goldstücke und ein Zettel, auf dem ungefähr dasselbe stand, außerdem noch, dass es uns schlecht ergeht, wenn wir die Braut zurückbringen. Und sogar wenn wir hier bleiben, ergeht es uns schlecht. Wir haben das Lager abgebrochen.

6. 2. Als die Braut hörte, dass wir sie nicht zum Bräutigam bringen, sondern von ihm weg, hat sie zu kreischen angefangen. Der Kahle hat gesagt, es sollte uns lieber schlecht ergehen, und ich glaube, er hat Recht.

9. 2. Das dumme Ding schreit immer noch. Wo nimmt sie die Luft her? Wir können ihr nicht mal eins verpassen, denn sobald sich ihr jemand nähert, kreischt sie noch lauter.

10. 2. Der Dünne hat einen Stein nach ihr geworfen und sie am Hinterkopf getroffen. Wir können ein bisschen schlafen.

11. 2. Als Gurdrun wieder zu sich gekommen ist, haben wir ihr gesagt, dass es nicht schön ist, Krach zu machen, und dass wir böse werden. Sie hat geantwortet, wenn wir keinen anderen Bräutigam für sie finden, klettert sie auf einen Baum und kreischt dort weiter. Und dass sie hinter uns herkommen und kreischen wird. Der Anführer hat ihr gesagt, wenn sie still ist, wollen wir versuchen, jemanden für sie zu finden.

12. 2. Sie hat das Essen gekocht. Da wär's schon besser, sie kreischt.

13. 2. Der Hauptmann und Schleicher sind losgezogen, um jemanden aufzutreiben. Wir würden sehr gern was essen.

13. 2., nachmittags. Schleicher kam gelaufen und sagte, auf der Straße hierher kommt ein Zwerg mit 'ner Schubkarre, allein. Wir haben ihm aufgelauert, ihm einen Sack über den Kopf gestülpt und ihn mitsamt der Schubkarre in 'ne Grube geworfen. Er hat zu brüllen angefangen, viel schlimmer als Gurdrun. Das wär'n Paar!

14. 2. Der Zwerg hat bis zum Morgengrauen gebrüllt, dann war er still, und wir sind eingeschlafen. War 'n Fehler, denn wie sich herausstellte, hat er einen Gang aus der Grube gegraben und sich mit seinen Siebensachen verdrückt. Er hat einen Zettel zurückgelassen, auf dem die anständigen Wörter »... und darum ...« standen, alles andere war unanständig. Der Anführer ist gekommen und hat mir und dem Dünnen lang und breit erklärt, dass man einen Zwerg nicht zusammen mit seinen Werkzeugen in der Grube festsetzen darf. Den Dünnen hat er ins Dorf gejagt, was zu essen auftreiben. Mich hat er nicht geschickt, weil ich vorläufig nicht gehen kann.

15. 2. Der Dünne hat in der Nacht versucht, eine Kuh aus der Herde wegzutreiben, aber der Bulle hatte anscheinend was dagegen. Er ist dem Dünnen nachgejagt und hätte ihn eingeholt, wenn der nicht auf einen Baum geklettert wäre. Da hat der Bulle die ganze Herde zu dem Baum geholt und sich aufs Warten verlegt.

16. 2., nachmittags. Der Hauptmann sagt, er weiß, wie wir den Dünnen runterkriegen, aber wir müssen bis zum Abend warten.

16. 2., nach Sonnenuntergang. Der Hauptmann hat Gurdrun zu der Lichtung geführt und ihr gesagt, dass wir keinen Bräutigam für sie suchen werden. Sie hat zu protestieren begonnen, aber der Hauptmann hatte sich vorher schon die Ohren zugestopft, und als die Herde in Panik weggerannt war, hat er ihr gesagt, er hat bloß Spaß gemacht. Dann hat er dem Dünnen erklärt, dass die Bande nicht jedes Mal zwei Tage dransetzen kann, wenn ein Ork zu blöd ist, 'ne kleine Kuh wegzutreiben.

18. 2. Es hat geschneit, und wir haben nichts zu beißen.

20. 2. Haben einem Fuhrmann aufgelauert. Wir haben ihm unsere Säbel gezeigt. Er hat uns seine Wagendeichsel gezeigt. Dann sind wir ins Gespräch gekommen. Er hatte Töpfe geladen. Wir haben ihn bis zum Waldrand begleitet, und er hat uns etwas Brot gegeben.

26. 2. Das Mädchen kocht seit drei Tagen das Essen. Heute habe ich ein neues Loch im Gürtel gemacht.

28. 2. Der Hauptmann sagt, heute geht der Winter zu Ende. Irgendwie merkt man es nicht. Schleicher hat vorgeschlagen, wir sollten einen Zettel ins Dorf werfen, dass bei einer Bande Orks ein schönes Mädchen schmachtet. Der Kahle hat gesagt, er hat nichts gegen Schwindeln, aber das »schön« sollen wir lieber weglassen.

1. 3. Schleicher hat den Brief ins Dorf geworfen. Haben das Dorf beobachtet. So gegen Mittag kamen zwei Menschenmengen zum Dorfplatz und haben einander bewiesen, dass die anderen nicht Recht haben. Wir haben uns für die Menschen gefreut. Ist immer gut, wenn sie miteinander zu tun haben und nicht mit uns. Dann kam Schleicher gelaufen und sagte, dass irgendeine Alte auf den Dorfplatz gesprungen ist und geschrien hat, erst müsste man alle Orks kalt… (durchgestrichen) aus dem Wald vertreiben und das Mädchen befreien, und dann würde sich schon zeigen, wer sie zur Frau kriegt. Als wir die Menge gesehen haben, ist uns klar geworden, dass wir uns lieber einen anderen Ort suchen sollten. Und der Kahle hat gesagt, wir sollten Gurdrun lieber mitnehmen, sonst hält man sie womöglich für 'nen Ork, und dann wären wir blamiert.

4. 3. Haben das Lager abgebrochen. Das Mädchen sagt, es braucht dringend 'nen Mann. Wozu?

5. 3. Schleicher ist ins Dorf gegangen, hat rausgekriegt, dass sie dort einen Burschen haben, der 'ne Frau braucht. Hat ihm 'nen Brief hingeworfen. Wie er dann mit seinen Verwandten angerannt kam, um das Mädchen zu retten, haben wir sie gefesselt im Lager zurückgelassen und sind sel-

ber auseinander gelaufen. Dann, als sie sie weggeführt hatten, haben wir rasch gepackt und sind weitergezogen.

12. 3. Haben endlich Halt gemacht. Ich hoffe, sie finden uns nicht, sonst ergeht's uns schlecht.

15. 3. Hier in der Nähe sind irgendwelche Holzfäller. Ugurg hat vorgeschlagen, sie zu vergiften. Er hat einen Aufguss von Wacholder, Misteln und Brennnesseln in den Schnaps gemischt. Die Flasche hat er dort zurückgelassen, wo die Holzfäller arbeiten. Sehen wir, was weiter wird.

16. 3. Die Flasche ist weg, die Holzfäller sind am Leben. Die Dosis wird zu klein gewesen sein. Vielleicht sind sie kräftiger als Goblins? Sicherlich, denn die Flasche hätte für zehn Orks gereicht. Ugurg hat noch eine Flasche vorbereitet.

17. 3. Die Holzfäller haben irgendwelche wüsten Lieder gesungen. Ugurg hat noch eine Flasche hingelegt, und morgen wird er beobachten.

18. 3. Die Holzfäller haben die Flasche gesehen und dann angefangen, die Gegend zu durchstöbern. Wie sie Ugurg fanden, haben sie sich gefreut. Haben gesagt: Ein dritter Mann hat uns gerade noch gefehlt. Sie wollten ihn nämlich quälen. Haben ihm ein bisschen Schnaps eingeflößt und dann zugesehen, wie er erst gelbe, dann grüne und dann rote Flecke kriegte. Dann haben sie ihm gesagt, er soll ihnen jeden Tag so eine Flasche bringen.

20. 3. Wir haben versucht wegzulaufen, aber sie haben uns erwischt und ausführlich erklärt, dass es nicht schön ist, zu verschwinden, ohne ihnen das Rezept für das Zeug gesagt zu haben. Dann haben sie uns gezwungen, es zu trinken.

29. 3. Ugurg hat ein tüchtiges Fass von den Giftzeug hergestellt, dann haben sie uns laufen lassen. Vielleicht hätten wir bleiben sollen? Immerhin haben sie uns was zu essen gegeben.

4. 4. Schleicher sagt, im Dorf Goldtal brauchen sie zwei Hirten.

7. 4. Wir sind von der Bande weggelaufen.

12. 4. Was war das für ein böser Ork, der mir gesagt hat, dass man mit Räuberei gut verdienen kann? Hier werde ich jeden Monat zwanzig Silbergroschen kriegen, was zu essen und noch eine Hütte dazu. Einen Tag hüte ich, den anderen Schleicher. Ich sollte mir eine Frau zulegen.

Allerlei seltsame Wesen

Wenn man eine Liste aller Geschöpfe und Wesenheiten aufstellt, die im Kleinen Hobbit *und im* Herrn der Ringe *vorkommen oder erwähnt werden – von weniger eng damit zusammenhängenden Werken wie dem* Silmarillion *ganz zu schweigen –, so wird sie ziemlich lang. Viele davon sind aus Märchen und Sagen oder aus der Fantasy-Literatur bekannt, spielen bei Tolkien aber eine untergeordnete Rolle oder kommen nur in einer einzigen, wenngleich wichtigen Szene vor; dazu gehören etwa Trolle, übergroße Spinnen, Wölfe und Vögel (Adler und Krähen), der Balrog (ein Feuerdämon), die Grabunholde, die Armee der Toten, Pelzwechsler (bei Tolkien vor allem Beorn, der sich in einen Bären verwandelt, sonst meistens Werwölfe) … Wieder andere Wesen wie Tom Bombadil sind so tolkien-typisch, dass sie genau* so *kaum bei anderen Autoren auftauchen können; es sei denn in einem allgemeineren Sinne – beispielsweise findet man kaum ein zweites Mal Ents, wohl aber andere Baumwesen oder Bäume, die wie vernunftbegabte Wesen agieren.*

Die nun folgende Abteilung präsentiert eine kleine und durchaus zufällige Auswahl davon; Vollständigkeit wird nicht angestrebt. (Seltsame Wesen verschiedenster Art finden sich ja auch in anderen Geschichten dieses Bandes, etwa weiter vorn in Gesellschaft von Hobbits oder später bei den Zauberern und

Helden.) Markolf Hoffmanns Troll-Geschichte »Ein meisterliches Mahl« greift ein typisches Märchenmotiv auf, das man sonst meist im Zusammenhang mit Riesen findet – aber schon Der Kleine Hobbit *Tolkiens hat sich ja der Trolle mit einem typischen Riesentöter-Trick erwehrt, und auch Tricks haben ihre Grenze.*

Die drei anderen Geschichten zeigen jeweils eine Art Fantasy-Wesen aus ziemlich ungewöhnlichem Blickpunkt, und ich will hier nicht mehr verraten, als die Titel ohnehin ahnen lassen. Auch Neil Gaimans »Trollbrücke« handelt von einem Troll, der unter einer Brücke lauert, wie es Trolle oft zu tun pflegen, trotzdem ist es keine der üblichen Trollgeschichten.

Noch ehe die Rosen Dornen hatten

TOM GODWIN

Jacob Derken stand in der Einfahrt, die Post in den Händen. Er ließ seinen Blick über die vertraute Landschaft schweifen: die rötlichbraunen Berge in der Ferne, das Wüstental, die vielen Yuccabäume und sein modernes Haus, das mitten unter ihnen stand und so gar nicht hineinpasste.

Sie sahen aus wie Palmen mit vielen dicken Ästen, die Enden ihrer grünen, dolchartigen Blätter mit scharfen Spitzen bewehrt. Sie wirkten unnatürlich, wie Relikte aus fernster Vergangenheit, die in der Gegenwart eigentlich nichts verloren hatten.

Smith fand sie schön und meinte, sie hätten etwas Mystisches an sich – aber manche abergläubischen Narren waren ja auch überzeugt davon, dass einst, vor langer, langer Zeit, selbst Rosen keine Dornen hatten.

Während er zum Haus schlenderte, sah er die Post durch, um sicherzugehen, dass kein Brief von Mary dabei war. Doch außer der Gasrechnung hielt er nur eine Werbesendung in der Hand, groß wie eine Zeitung und in die Hälfte gefaltet.

Sehr bald würde er nicht mehr befürchten müssen, dass Smiths Enkelin ihn doch noch fand. Smith trank sehr viel, aus Selbstmitleid, denn seine Frau und seine Tochter waren tot und, wie er annahm, auch seine Enkelin.

Wenn Smith trank – und das tat er seit Monaten –, war er schwach und sentimental und leicht zu behandeln ...

Derkens Grübeln wurde nachdrücklich unterbrochen von einem heftigen, brennenden Dornenhieb gegen seine Stirn.

Wieder einmal war er in den tief herabhängenden Ast des Yuccabaumes gelaufen, der zwischen der Auffahrt und dem Haus stand.

Er fluchte und atmete schwer, als er versuchte, seine Wut zu bezähmen. Am liebsten hätte er das Ding in Stücke gehackt, vernichtet. Aber Smith wäre damit nicht einverstanden gewesen – und eine halbe Million Dollar stand auf dem Spiel.

Wie oft wohl war er in letzter Zeit gegen den Ast gerannt? Und wie kam es, dass dieser Ast von Tag zu Tag tiefer herabhing?

Er ging weiter zum Haus. Seine Gestalt spiegelte sich in der Glastür, und was er sah, gefiel ihm recht gut. Das gefärbte Haar und der sorgfältig gestutzte Schnurrbart ließen ihn sehr viel jünger erscheinen als achtundvierzig. Er hatte immer eine gewisse Wirkung auf Frauen ausgeübt, und wenn er erst einmal Smiths Geld besaß, konnte er kriegen, so viele er wollte ...

Er hörte Smith husten und öffnete die Tür. Höchste Zeit, wieder zurück zur Tagesordnung zu kommen.

Smith saß in einem Lehnsessel im Wohnzimmer, alt und mager, die Augen tief in den Höhlen liegend und das Haar so weiß wie Schnee in dem hageren Gesicht. Mit dem Gesichtsausdruck eines Menschen, der immer noch hofft, obwohl er weiß, dass alle seine Hoffnungen vergeblich sind, sah Smith auf die Post in Derkens Hand.

»Nichts für mich, Jake?«, fragte er wie jemand, der die Antwort bereits kennt.

»Nichts«, sagte Derken voll Mitgefühl. »Ich fürchte, es wird auch nichts mehr kommen.«

»Ich weiß.« Resignation lag in Smiths Stimme. »Ich hatte immer noch gehofft, dass Mary lebe, aber es hat keinen Sinn, weiter zu hoffen.«

»Wir müssen uns mit den Tatsachen abfinden, Joe. Die Leute, bei denen Mary wohnte, sandten Ihnen Nachricht, dass sie bei dem Verkehrsunfall, bei dem auch Ihre Tochter ums Leben kam, schwer verletzt wurde und die Ärzte ihr keine Chance gaben. Wäre sie am Leben, hätte sie Ihnen schon lange geschrieben.«

Smith nickte und nahm wieder einen Schluck aus der Whiskeyflasche auf dem Tisch. Derken setzte sich in einen Sessel ihm gegenüber und strich über seine immer noch brennende Stirn.

»Ist es normal, wenn die Äste von Yuccabäumen sich immer tiefer senken?«

»Die längeren Äste älterer Bäume tun das gelegentlich«, antwortete Smith.

»Der unterste Ast von dem Baum, der draußen neben dem Weg steht, hat sich unentwegt gesenkt, seit meine Frau vor zehn Monaten starb. Er hängt fünf Zentimeter tiefer herab als noch vor vierundzwanzig Stunden.«

»Tatsächlich?«, wunderte sich Smith. »Sind Sie sicher?«

»Natürlich bin ich sicher, zum Teufel! Ich rannte eben dagegen!«

»Das ist ungewöhnlich«, meinte Smith und hob die Schultern. »Ich würde sagen, der Baum erwidert Ihre Gefühle.«

»Wie meinen Sie das?«

»Damals, als ich erst kurz hier wohnte, erzählten Sie mir einmal, dass Ihre Frau die Yuccabäume liebte und Sie sie verabscheuen. Sie sagten, nur die Proteste Ihrer Frau hätten Sie davon abgehalten, alle Yuccabäume auf diesem Grundstück niederwalzen zu lassen und durch Rasen zu ersetzen. Offenbar können die Yuccabäume Sie ebenso wenig leiden wie umgekehrt!«

»Sie meinen ...« Er starrte Smith an. »Wollen Sie damit sagen, dass eine hirnlose Pflanze Gefühle besitzen kann?«

»Natürlich. Viele Leute sind davon überzeugt – und ich habe es mit eigenen Augen gesehen –, dass Pflanzen, denen man Liebe entgegenbringt, viel schöner blühen als solche, die einem gleichgültig sind.«

»Ach, das kommt nur von der besonderen Pflege, die ihnen zuteil wird«, meinte Derken. »Ich glaube nicht, dass Pflanzen Gefühle haben, ebenso wenig wie daran, dass Rosen einmal keine Dornen hatten.«

Die Post lag immer noch auf seinem Schoß. Er nahm die Gasrechnung und warf den Werbeprospekt auf den Tisch. Ein Brief glitt aus dem gefalteten Blatt, und Smith nahm ihn, um ihn zurückzureichen.

Er erstarrte, als er den Absender las. Er sah Derken an, und sein Mund bewegte sich, ohne einen Ton hervorzubringen, bevor er sprach.

»Mary lebt!«

Derken beugte sich schnell vor und weigerte sich, es zu glauben. Aber da stand es: Absender: Mary Weston, Pine Mountain, Montana, adressiert an Mister Smith, Green-Valley-Pflegeheim, Everton, Colorado. Von dort weitergeleitet an Postfach 718, Red Rock, Nevada.

»Sie lebt!« Ungläubiges Staunen stand in Smiths Augen. *»Mary lebt!«*

Derken durchfuhr der Schock der Niederlage, des Fehlschlagens seines sorgfältig geplanten Vorhabens.

Und er hatte tatsächlich sorgfältig geplant; alle Briefe, die Smith und seine Enkelin einander geschrieben hatten, hatte er vernichtet und eine Antwort einer nicht existierenden Detektivagentur in Las Vegas verfasst. Und schließlich, nach neun Monaten, war Smith überzeugt, dass Mary tot war, dass niemand auf der ganzen Welt sich um ihn kümmerte – außer seinem lieben Freund Derken.

Smith hatte ein neues Testament verfasst, in dem er ihm alles hinterließ; hatte ihm eine Generalvollmacht ausgestellt; hatte zugestimmt, bei einer Bank in Las Vegas ein gemeinsames Bankkonto zu eröffnen.

Ein unfehlbarer Plan. Und dann verabsäumte der Idiot es, die Post genau zu kontrollieren!

Aber vielleicht hatte er noch eine Chance ...

Er erhob sich und schlug Smith auf den Rücken. »Wunderbar, Joe – ganz wunderbar! Wir glaubten, Mary sei tot, aber sie lebt! Und jetzt lesen Sie doch endlich den Brief!«

Mit zitternden Händen öffnete Smith den Umschlag, und Derken las über seine Schulter mit.

... Ich schrieb Dir so oft. Wo meine Briefe wohl blieben? Ich lebe, Großvater, ich bin nicht gestorben, wie die Ärzte erwarteten. Wenn ich nur wüsste, wo Du steckst, Großvater! Schon morgen würde ich mich auf den Weg zu Dir machen ... Bitte schreib mir, Großvater, ich habe Dich so gern, und Du bist der einzige Mensch, den ich noch habe ...

»Ich habe mitgelesen«, sagte er, bevor Smith das Wort ergreifen konnte. »Wissen Sie, es wäre doch nett, wenn Sie sie überraschen und rauffliegen! Ich denke, dass Sie in ein paar Tagen dazu fit genug sein könnten.«

In ein paar Tagen, dachte er, ... *Lungenemphysem, rapide fortschreitende Überlastung der Herzkranzgefäße, viel zu viel Whiskey* ... Ja, in ein paar Tagen.

Smith schüttelte den Kopf. »Nein, lieber nicht. Ich schicke ihr das Geld, damit sie herkommen kann. Sie hat nicht einen einzigen der Schecks erhalten, die ich ihr gesandt habe.«

Mit verstörter Miene setzte er hinzu: »Ich frage mich, warum keiner von uns beiden je des anderen Briefe erhalten hat? Und wieso hat mir die Detektei geschrieben, dass Mary tot sei?«

Derken dachte hastig nach. »Die Post heutzutage ... oder vielleicht hat ein neuer Angestellter im Pflegeheim es unterlassen, ihre Briefe an Sie weiterzuleiten? Und der Sache mit der Detektei gehe ich heute noch nach.«

»Versuchen Sie, Mary anzurufen, bevor Sie weggehen«, sagte Smith. »Möglicherweise hat sie kein eigenes Telefon – Sie werden mit ihr über das Büro des Sheriffs da oben Kontakt aufnehmen müssen.«

Derken ging zum Telefon und drehte die 9 statt der 0 für die Vermittlung. Er wählte einige Male, sagte ein paarmal »Hallo?« und hängte ein.

»Das Telefon funktioniert immer noch nicht.« Er zuckte die Achseln. »Ich versuche es von Las Vegas aus.«

Smith hatte einen Scheck auf zweitausend Dollar ausgestellt und schrieb einen kurzen Brief, in dem er Mary wissen ließ, wie überrascht und glücklich er war, dass sie lebte, und dass er sie so bald wie möglich sehen wollte.

Smith beendete den Brief und steckte ihn in den bereits adressierten Umschlag, den sie beigelegt hatte.

»Schicken Sie ihr das Geld telegrafisch, dann erhält sie es ohne Verzögerung.«

Derken nahm Brief und Scheck. »Ich mache mich schon auf den Weg.« Mit einem Gefühl der Erleichterung ging er den Weg zur Garage hinunter. Die Lage war bei weitem nicht so aussichtslos, wie er anfangs befürchtet hatte. Er musste die Verzögerungstaktik nur noch wenige Tage durchhalten. Dann würde der alte Narr tot sein und ...

Die scharfen Spitzen der Yuccablätter peitschten über seine Stirn, viel stärker als vorher. Er fuhr zurück und fluchte, schäumend vor Wut.

Warum bemerkte er das verdammte Ding nie rechtzeitig? Und warum schlug es jedes Mal stärker zu?

Er empfand ein merkwürdiges Gefühl des Begreifens.

Smith behauptete, dass Yuccabäume Regungen kannten, und Smith mochte die Dinger. Mochten sie ihn auch?

Je mehr er, Derken, sich dem Gelingen seiner Pläne näherte, desto bösartiger reagierte der Baum.

Er schüttelte den Kopf, um diese unsinnigen Gedanken zu verjagen, und wischte die Blutströpfchen von seiner Stirn. Der Ast hing deshalb so weit herab, weil die Stelle, wo er vom Stamm abzweigte, schon geschwächt war. Und er rannte nur deshalb dauernd dagegen, weil er ihn in seiner Geistesabwesenheit nicht bemerkte.

Aber als er sich bückte, um darunter durchzugehen, wartete er fast auf die Hiebe der Blattspitzen in seinem Nacken. Er trottete weiter zu seinem Wagen und blickte ihn abschätzend an. Es war ein Chevrolet, schon zwei Jahre alt. Bald würde er das Geld haben, um einen neuen Cadillac zu kaufen, ein Fahrzeug, das zu dem Image passte, das er für seine Zukunft gewählt hatte: Jacob Derken, der reiche Geschäftsmann aus der Großstadt, im Ruhestand.

Er stieg in den Wagen und entschloss sich, nicht die lange Strecke über Red Rock zu fahren, sondern die schlechtere Straße durch den Yuccawald zu nehmen.

Als er dorthin kam, wo die Bäume dichter standen, hatte er die gleiche Empfindung wie jedes Mal, wenn er durchfuhr: dass sie Relikte waren, feindselig abweisende Überbleibsel aus einer dunklen, unbekannten Vergangenheit.

Vielleicht war das einer der Gründe, warum er sie hasste.

Die Straße wand sich in vielen Kurven um die Yuccabäume; er drehte wild am Lenkrad und verfluchte die Sentimentalität und Schwachsinnigkeit der Bezirksstraßenbehörde, die mehr Rücksicht nahm auf Yuccabäume als auf menschliche Bequemlichkeit.

Und nur dem Umstand, dass seine aus dem Westen stammende, wüstennärrische Frau diejenige von ihnen beiden gewesen war, der das Geld gehörte, verdankte er es, dass er in dieser elenden, gottverlassenen Gegend festsaß.

Er kam an eine Kurve, wo sich die Straße scharf um einen hohen Baum wand. Es war ein alter Baum, und viele seiner Äste lagen abgestorben am Boden.

Hier blieb er stehen und stieg aus, um den Brief zu verbrennen, den Smith geschrieben hatte. Der Scheck haftete an dem Brief, als er beides aus der Hemdtasche zog, und ein kurzer Windstoß trug ihn davon. Er flatterte weg und fiel unter dem hohen Yuccabaum zu Boden.

Derken ging hinüber, um ihn aufzuheben. Smith hatte ihn auf Mary Weston ausgestellt, und er war wertlos für ihn, aber eine neugierige Person, die ihn fand und in Red Rock herumzeigte, konnte unabsehbaren Schaden damit anrichten.

Er zerknüllte Brief und Scheck, zündete beides an und ließ das brennende Papier fallen. Er sah den Yuccabaum an und überlegte, ob Smith wohl fände, der Baum müsste ihm das übel nehmen, was er gerade einem Schwärmer antat, der Yuccabäume liebte.

Nichts geschah, und er lachte über seine eigene Fantasie. Er wandte sich um, wollte zum Auto zurückgehen, als ihn ein so schwerer Hieb auf die Schulter traf, dass er in die Knie ging. Trockene Dornen stachen durch sein Hemd.

Der abgestorbene Ast rollte von seiner Schulter und polterte dumpf in den Sand. Er stand auf und zuckte vor Schmerz zusammen, als er seine Schulter berührte.

Er betrachtete den Ast und spürte die Welle hilflosen Zorns, die ihn überkam. Im Augenblick konnte er nichts tun, aber das nächste Mal würde er Benzin mitbringen und den Ast verbrennen, zusammen mit dem Baum, von dem er stammte.

Er richtete seine Schritte erneut zum Wagen. Fünf Meter weiter stand ein kleiner Yuccabaum, nicht größer als dreißig Zentimeter, mit hellen, frischen, jungen Blättern. Vermutlich war er aus einem Samenkorn des alten Baumes gekeimt.

Und wenn man es zuließ, würde das Ding wachsen und wachsen ...

Derken trat mit einem Fuß danach und hatte die Illusion, dass es sich bewegte – auswich. Sein Fuß trat ins Leere, und er fiel der Länge nach hin, direkt auf die schmerzende Schulter, und rammte seine Hand in die dornigen Enden eines toten Astes.

Er erhob sich, sein Bewusstsein rot vernebelt von heißem Zorn.

»Verdammtes Ding ... verdammtes Ding!«

Wieder trat er dagegen und wieder und immer wieder und trampelte den kleinen Yuccabaum in den Sand. Dann riss er ihn aus dem Boden und warf ihn zur Seite. Fast schien es, als versuchte das Bäumchen, sich zu bewegen, nachdem es auf dem Sand aufgeschlagen war – als wollte es sich umdrehen. Dann lag es still da, seine zarten, rankenartigen Wurzeln der heißen Sonne preisgegeben.

Derken sprach zu dem alten Yuccabaum: »Ich habe gerade dein Kind umgebracht!« Er hörte sich lachen – ein schrilles, etwas irres Lachen. »Ich habe gerade dein Baby umgebracht! Wie gefällt dir das?«

Die Antwort war absolute Stille; selbst der Wüstenwind schwieg. Dann spürte er die Kälte. Eine nicht ganz fassbare Kälte. Die Sonne schien immer noch vom wolkenlosen Himmel.

Aber *irgendetwas* rief in seinem Innern Eiseskälte hervor und ließ sein Herz schneller schlagen.

Irgendetwas wollte ihn töten ...

Derken sah sich um, beobachtete die Yuccabäume rundum. Sie standen ruhig und still da, aber ihre Arme schienen in stummer Anklage auf ihn zu zeigen.

Da wusste er, wer ihn töten wollte.

Die Yuccabäume!

Er rannte zu seinem Auto. Er fürchtete sich. Er fürchtete sich mehr als je zuvor in seinem Leben.

Der Yuccawald lag weit hinter ihm, und er fuhr bereits seit geraumer Zeit auf der Bundesstraße Richtung Las Vegas, bevor ihn die Furcht verließ.

In Las Vegas ging er zur Bank und sorgte dafür, dass Smiths fünfhunderttausend Dollar, die in einer Bank in Oregon lagen, auf das gemeinsame Konto bei der Las-Vegas-Bank überwiesen wurden. Dann kaufte er eine Flasche Whiskey für Smith, holte aus einem Reisebüro alle Reisebroschüren, die er bekommen konnte, und machte sich auf den Heimweg.

Er nahm nicht die Abkürzung.

Daheim angekommen, erinnerte er sich rechtzeitig daran, dem Yuccabaum auszuweichen, als er zum Haus ging. Irgendwie kam ihm der Baum jetzt verändert vor, es lag etwas um ihn, das am Morgen noch nicht da gewesen war. Er und alle anderen Bäume auf seinem Grundstück schienen von einer Kälte umgeben, die jener im Yuccawald glich.

Konnten die immer heftiger werdenden Stiche des Baumes neben dem Weg und der noch schmerzhaftere Schlag auf seine Schulter tatsächlich Warnungen gewesen sein? Heute hatte er ein Yuccababy beseitigt – zusätzlich zu all dem, was er Smith und seiner Enkelin antat ...

Hatte er die Grenze überschritten, und sie warnten ihn nun nicht mehr? Und wenn, wie konnten sie ihm etwas anhaben?

Er verscheuchte die Gedanken. Er sah Gespenster, wie ein verängstigtes Kind.

Aber er eilte ins Haus, um der Kälte rundum zu entfliehen.

Smith saß in seinem Lehnstuhl, einen hoffnungsvollen Ausdruck im Gesicht.

»Gute Nachrichten, alter Freund«, sagte Derken. »Ich habe mit Mary gesprochen. Sogar über die Entfernung hinweg habe ich gehört, wie aufgeregt und glücklich sie ist. Sie lässt Sie schön grüßen und sagte, sie würde am Tag nach der Abschlussprüfung herunterkommen, nächsten Dienstag in einer Woche.«

»Fein!«, sagte Smith. »Ich bin glücklich, dass mir vorkommt, ich träume.«

»Kein Traum, lieber Freund.« Er stellte die Whiskeyflasche auf den Tisch neben Smith. »Ich habe ihnen noch etwas davon gekauft; es scheint Ihnen gut zu tun.«

»Ich fühle mich heute viel besser, aber ich glaube, das macht der Brief von Mary. Vielleicht kann ich schon bald etwas Ausgiebigeres als Suppe zu mir nehmen.«

»Ganz gewiss. Ich habe bei der Detektei vorbeigesehen. Der Mann, der den Auftrag übernommen hatte, verbummelte sich in Reno und hat den Bericht erfunden. Ich habe das Geld zurückbekommen.«

Er ging in die Küche, wo er ein Steak aus dem Kühlschrank nahm und zum Garwerden ins Backrohr legte. Er öffnete eine Dose Rindsuppe und goss Smith eine Tasse davon ein, während er angewidert von dem Stallgeruch, der ihm entgegenschlug, die Lippen kräuselte. Dann holte er noch eine Dose Bier aus dem Kühlschrank.

Er kehrte ins Wohnzimmer zurück und setzte die Tasse vor Smith auf den Tisch.

»Nehmen Sie einen Schluck als Aperitif, und essen Sie dann Ihre Suppe«, sagte er. Er setzte sich zu Smith an den Tisch und berührte vorsichtig seine geschwollene Schulter.

»Sie wissen eine Menge über Yuccabäume«, meinte er. »Glauben Sie, dass sie außer freundlichen auch andere Gefühle hegen können?«

»Welche Art von Gefühlen?«

»Nun, Hass, zum Beispiel, oder Rachegelüste.«

»Das glaube ich schon.«

»Glauben Sie auch, dass Yuccabäume Vergeltung üben, wenn jemand absichtlich einem ihrer Kleinen den Garaus macht?«

Smith blickte ihn prüfend an. »Haben Sie das heute getan?«

»Natürlich nicht! Ich wollte nur Ihre Meinung dazu hören.«

»Ich bin überzeugt davon, dass sie sich rächen würden.«

Derken nahm einen Schluck Bier und wunderte sich, weshalb er Wert auf Smiths hirnverbrannte Meinungen legte. Aber er wollte es wissen ...

»Und wie brächte ein Yuccabaum es fertig, jemanden etwas anzutun?«

»Das Reich der Pflanzen ist völlig verschieden vom Reich der Tiere. Sie haben sicher ihre eigenen Methoden.«

»Aber sie stehen doch verwurzelt im Boden, unfähig, sich zu bewegen!«

»Vielleicht eine hintergründige und unerwartete Methode. Der Mensch würde ihren Plan möglicherweise gar nicht erkennen, bevor es zu spät ist.«

Er sagte behutsam: »Das klingt sehr ... interessant.«

»Es breitet sich ein Schleier über das Rätsel der Yuccabäume. Warum gibt es sie noch, lange, nachdem sie eigentlich aufgehört hätten sollen zu existieren? Weshalb wachsen sie nur in bestimmten Gebieten? Sind sie die dahinschwindenden Reste einer einst mächtigen Rasse? Was wird aus ihnen werden, wenn sie einmal so alt sind, dass ihr Zauber sie nicht mehr schützt?«

»Zauber?«, fragte Derken. Nie zuvor hatte er sich das Ausmaß des Glaubens an die Traumwelt vergegenwärtigt, die Smith sich selbst geschaffen hatte.

»Sie spüren ihn ganz deutlich, wenn Sie draußen zwischen ihnen spazieren gehen. Sie ziehen einen in ihren Bann, man hat das Gefühl, man verlässt die Gegenwart und wandert zurück in der Zeit, und ginge man nur ein Stückchen weiter, würde man auf verwunschene Schlösser stoßen, auf Drachen, Vampire und Werwölfe, Elfen und Feen mit goldenen Zauberstäben – auf all die Dinge, aus denen heutzutage Märchen und Legenden gemacht sind.

Ja, man hat sogar den Eindruck, wenn man nur weit genug zurückwandert, kommt man in jene graue Vorzeit, noch ehe ...« – und er lächelte Derken zaghaft an – »noch ehe Rosen Dornen hatten.«

Derken verstand die Anspielung. Er erhob sich.

»Ich habe in der Küche zu tun«, sagte er.

Er wartete ungeduldig, bis das Steak gar war, und aß es dann ohne Appetit. Smiths Phantasien gingen ihm nicht aus dem Sinn.

Er kehrte ins Wohnzimmer zurück und setzte sich wieder zu Smith.

»Ich bin Ihnen wirklich dankbar für alles, was Sie für mich getan haben. Manchmal können Kummer und Einsamkeit ärger sein als körperliche Schmerzen. Ich glaube ... ich weiß, dass ich deshalb zu viel getrunken habe.«

»Ach«, Derken machte eine wegwerfende Handbewegung. »Wenn ich das Gefühl gehabt hätte, Sie trinken zu viel, hätte ich es Ihnen schon gesagt.«

»Kein Whiskey mehr! Jetzt habe ich wieder jemanden, für den es sich zu leben lohnt.«

Derken wollte schon widersprechen, da sah er unvermutet die perfekte Lösung für sein Problem vor Augen.

»Sie haben ganz Recht«, sagte er, »kein Whiskey mehr.«

Endlich wurde es Nacht. Er führte Smith in sein Schlafzimmer und ging selbst zu Bett.

Ruhelos drehte er sich hin und her; immer wieder fiel ihm sein Erlebnis im Yuccawald ein und Smiths Meinung über die Rache der Bäume.

Er erhob sich und sah aus dem Fenster. Es war Vollmond, und die Yuccabäume ragten auf in grün-goldenem Sand und in tintenschwarzen Schatten. Er starrte sie an, bis sie sich in dem trügerischen Mondlicht zu bewegen schienen, immer näher kamen und die sonderbare Kälte mit sich brachten.

Er brummte missbilligend über die Sinnestäuschung und zog die Vorhänge zu. Erst als er bereits im Bett lag, merkte er, dass er sie nicht vollständig geschlossen hatte, und es dünkte ihn, er könnte die Bäume noch immer sehen, und hatte das Gefühl, dass sie langsam, verstohlen näher schlichen.

Er stand noch einmal auf und zog die Rolläden herab. Aber der Schlaf wollte nicht kommen, und als er endlich einschlief, hatte er Albträume, in denen er versuchte herauszufinden, welche Vollstreckungsart die Yuccabäume für seine Hinrichtung gewählt hatten.

Am nächsten Morgen, als Derken sich fertig machte, um nach Red Rock zu fahren, sagte Smith:

»Jetzt, da ich weiß, dass Mary am Leben ist, sollte ich ein neues Testament verfassen. Sie werden trotzdem darin bedacht werden, das verspreche ich Ihnen.«

»Wir machen das möglichst bald – sobald Sie kräftig genug sind, um mit mir in die Stadt zu fahren«, entgegnete er. »Das sind wir Mary schuldig.«

In Red Rock kaufte Derken vier Flaschen Wodka, Tomatensaft, eine Auswahl von Fruchtsäften und Schokoladesirup. Wodka, im rechten Verhältnis mit diesen gemischt, würde nicht herausschmecken.

Als er nach Hause kam, sagte er gut gelaunt zu Smith: »Mein Freund, wir setzen Sie auf eine neue Diät. Wir wollen doch, dass Sie bei Kräften sind, wenn Mary kommt. Zuerst gibt's Tomatensaft, dann Bohnensuppe mit Speck, und abschließend ein großes Glas Schokoladenmilch.«

Er trat in die Küche, wo er durch sorgfältiges Herumprobieren genau feststellte, wie viel Wodka er den Säften beimengen durfte, ohne dass Geschmack oder Geruch beeinträchtigt wurden.

Smith trank und aß gehorsam alles und sprach dann über seine Ungeduld, Mary wiederzusehen.

Die Stunden zogen sich dahin, und Derken hatte nichts zu tun, außer kribbelig auf- und abzurennen und zu versuchen, seine Nerven mit der Aussicht zu beruhigen, dass Smith es nicht mehr länger als vier Tage machen würde.

Am späten Nachmittag hörte er das Donnergrollen drüben, über dem Yuccawald. Eine schwarze Wolke hing dort, unaufhörlich durchzuckt von Blitzen – eine Wolke, die vor zwei Minuten noch nicht da gewesen war.

»Einer von ihnen möchte sterben«, meinte Smith.

»Wer möchte sterben?«, fragte Derken irritiert.

»Ein Yuccabaum. Yuccabäume können jederzeit ein Gewitter herbeirufen, wann immer sie wollen.«

»Sie sind verr...« Er hörte den gereizten Klang seiner eigenen Stimme und fuhr ruhiger fort: »Können Sie das? Aber weshalb sollten sie es wollen?«

»Um zu sterben; jene, die alt sind und wissen, dass das Ende naht. Haben Sie je einen Yuccabaum näher angesehen, der vom Blitz getroffen war? Sein Inneres ist hohl und schwarz, vollkommen ausgebrannt. Wenn der Regen vor dem Blitz kam, werden nicht einmal die trockenen Blätter am Stamm verletzt.«

»Wie kann es brennen? Das Innere eines Yuccabaumes ist faserig, durchtränkt mit Feuchtigkeit.«

»Irgendwie brennt es doch. Und noch etwas Seltsames haben Yuccabäume an sich: Ich habe schon gesehen, dass Blitze die Stämme von Föhren spalten und die Äste abbrechen, aber den Yuccabäumen passiert das nicht. Der Blitz brennt ihr Herz heraus, aber er verstümmelt sie nicht.«

Er wusste, dass Smith die Wahrheit sagte.

»Sonderbar. Was für ein schrecklicher Tod.«

»Weitaus besser, als das langsame, schmerzhafte Sterben durch Altersschwäche und Krankheit, wie bei mir. Ein Blitzschlag verursacht keinen Schmerz.«

»Ich verstehe«, nickte er, als ob er Smiths Meinung teilte, und ging in die Küche, um ihm ein Glas präparierten Saft zu mixen.

Die Sonne war noch nicht untergegangen, als Smith über Müdigkeit klagte. Derken half ihm in sein Schlafzimmer und zog sich dann gleich in sein eigenes zurück, um die Reisekataloge durchzublättern.

Er beschloss, nach Paris zu fliegen, an die Riviera, nach Rom, nach Hawaii – überallhin.

Am nächsten Morgen war Smith nur wenig länger als eine Stunde auf gewesen, als er Derken bat, ihm wieder ins Bett zu helfen. Und Derken brachte ihm den ganzen Tag über regelmäßig seine präparierten Säfte.

Tags darauf saß Smith nur ein paar Minuten lang auf der Kante seines Bettes; mehr schaffte er nicht.

»Mit mir geht es bergab«, sagte er. Mit zitternden Händen nahm er das Glas Tomatensaft, das Derken ihm reichte, und verschüttete einen Teil. »Ich war so überzeugt davon, dass es wieder besser würde.«

»Es wird schon«, versicherte ihm Derken. »Das ist nur ein kleiner Rückfall. Trinken Sie schön Ihre Säfte, dann werden Sie ihn sicher überwinden.«

Zu Mittag rief ihn Smith an sein Bett.

»Irgendetwas stimmt nicht mit mir«, keuchte er. »Wenn es so weitergeht, dann halte ich nicht bis Dienstag durch. Sie sollten besser Mary verständigen.«

»Ich fahre sofort nach Red Rock und rufe sie an«, versprach Derken.

In Red Rock kaufte er eine Flasche amerikanischen Champagner – die einzige Sorte, die sie führten – und fuhr wieder nach Hause.

»Ich habe sie angerufen«, erzählte er Smith. »Morgen Abend wird sie in Las Vegas sein. Ich hole sie vom Flugplatz ab.«

»Gut. So lange kann ich es wohl durchstehen.«

»Ganz sicher, alter Junge, und noch viel länger! Und jetzt hole ich Ihnen Ihren Orangensaft.«

Der Tag zog sich dahin. Die Nacht kam und ein neuer Morgen.

Smith war zu schwach, um sich aufzusetzen. Er weigerte sich, irgendetwas außer Wasser zu trinken.

»Mir ist so schlecht«, klagte er. »Und ich fürchte, Jake ... ich fürchte, dass es schlimmer um mich steht, als ich dachte. Von Tag zu Tag geht es mir schlechter, immer schlechter, und mein Kopf ist nicht klar, nicht so, wie er sein sollte. Ich fühle mich, als wäre ich verkatert vom vielen Whisky, aber ich habe keinen getrunken.«

»Nicht seit dem Rückfall«, bestätigte Derken. »Sie werden sich schon wieder erholen.«

Er wanderte zurück ins Wohnzimmer und schaltete den Fernseher ein. Aber er konnte sich nicht auf das Programm konzentrieren. Er ging auf und ab und fragte sich, wie viele Meilen er wohl in den vergangenen Tagen so zurückgelegt hatte. Er wäre gern ins Freie hinausgegangen, aber er getraute sich nicht. Denn wie sehr er es auch versuchte, es gelang ihm nicht, sich einzureden, dass er nur Gespenster sah.

Am Nachmittag hörte er Smith nach ihm rufen. Er ging zu ihm und sah, dass Smith den Morgen nicht mehr erleben würde.

»Ich gebe auf«, sagte Smith mit seiner keuchenden, schwachen Stimme. »Ich habe mich immer geweigert, ins Krankenhaus zu gehen, denn alles, was sie dort tun können, ist, das Ende hinauszuschieben. Aber nun möchte ich das Ende hinausgeschoben haben. Ich will Mary noch einmal sehen, bevor ich sterbe. Bitte rufen Sie einen Krankenwagen.«

»Ich lasse sofort einen kommen«, versprach Derken.

Er fuhr ein Stückchen in Richtung Red Rock, drehte um und kehrte zurück nach Hause.

»Ich habe angerufen«, erklärte er Smith. »Es wird einer kommen, sobald er von einem anderen Einsatz zurück ist.«

Er begab sich ins Wohnzimmer und schaltete den Fernseher ein. Das Geräusch würde das ... andere überdecken. Er begann, auf- und abzugehen.

Einmal, in der momentanen Stille während eines Programmwechsels hörte er Smiths kraftlosen Ruf:

»Jake ... Jake ...«

Dann dröhnte der Beginn der nächsten Sendung und übertönte alles andere.

Es war bereits dunkel, als er Smiths Zimmer betrat. Er erwartete nicht, ihn noch lebend vorzufinden.

Aber er lebte, seine Augen unnatürlich hell in dem aschfahlen Gesicht, sein Atem ein schnelles, flaches Keuchen.

»Das Ende der Straße.« Smith versuchte zu lächeln – das gespenstische Zerrbild eines Lächelns. »Es sieht so aus, als ob es Ihnen gelungen wäre, Jake.«

»Ich verstehe nicht ...«

»Vor einigen Stunden habe ich endlich nachzudenken begonnen. Zu spät. Diese tägliche Verschlimmerung meines Zustandes, so rapide ... Ich hätte bemerken müssen, was vorgeht, aber ich war ein Narr, der Ihnen vertraute. Was haben Sie mir eingegeben?«

»Joe! Sie wissen, wie sehr ich mich bemüht habe, Ihnen zu helfen ...«

»Ja ... Jetzt weiß ich, wie sehr Sie sich bemüht haben. Und ich weiß auch, dass Sie Mary nicht angerufen haben, und ich weiß, dass Sie keinen Krankenwagen bestellt haben. Und die Briefe, die Mary und ich einander schrieben – wie viele haben Sie verbrannt, Jake?«

»Joe, Sie ...«

»Mein Testament sagt ausdrücklich, dass es in der Annahme – nicht in der Gewissheit – verfasst wurde, dass Mary tot ist. Erinnern Sie sich?«

»Ich ... ich ...«

»Sie erinnern sich. Und das macht Ihnen Sorgen. Eine halbe Million Dollar – zum Greifen nahe, und doch so weit. Ich habe mich gewundert, weshalb Sie in letzter Zeit so nervös waren. Nun weiß ich es. Sie fürchten sich, alter Freund, Sie fürchten sich!«

»Wie kommen Sie auf die Idee ...«

»Der Plan war gut, nicht wahr? Aber Sie werden selbst sterben, bevor das, wofür Sie mich umgebracht haben, in Ihren Händen ist. Sie werden umkommen –, wahnsinnig vor Angst! Was für ein schrecklicher Tod, nicht wahr?« Smiths Stimme ahmte die seine spöttisch nach. »Was für ein schrecklicher Tod, mein Freund ...«

Smith sank in sich zusammen, als hätten ihn diese Worte seine letzte Kraft gekostet. Seine Augen schlossen sich, und als Derken zu ihm sprach, schien er nichts zu hören.

Er griff nach Smiths Puls und fand keinen.

Er ging zum Telefon und benachrichtigte den Sheriff von Smiths Ableben.

Am nächsten Tag traf er Vorbereitungen für das Begräbnis, besuchte Smiths Anwalt, um das Testament für rechtswirksam bestätigen zu lassen und erhielt die Versicherung, dass er zum Nachlassverwalter über Smiths Vermögen bestellt werden würde.

Als er zu Hause ankam, parkte er den Wagen auf der anderen Seite, gegenüber der Einfahrt, möglichst weit entfernt von dem Yuccabaum neben dem Weg, der als Erster Abneigung gegen ihn gezeigt hatte.

Er musste den Wagen an der südlichen Seite eines Yuccabaumes abstellen, der sich ein wenig nach Süden neigte. Sie neigten sich alle ein wenig nach Süden oder hatten zumindest den Großteil ihrer Äste in diese Richtung gestreckt.

Immer nur nach Süden, nie in eine andere Richtung. Er fragte sich, ob Smith wohl gewusst hätte, warum.

Spät an diesem Abend, es war bereits dunkel, und er las in einem Reisemagazin, spürte er Kälte ins Wohnzimmer sickern. Die Zeitschrift fiel aus seinen Händen, als er zu den dunklen, nackten Fenstern hinüberblickte und erkannte, woher die Kälte stammte.

Die Yuccabäume drängten sich genau vor seinen Fenstern zusammen und beobachteten ihn.

Er wusste mit logischer Gewissheit, dass sie in Wirklichkeit draußen im Garten verstreut standen, so wie immer. Aber das Gefühl, beobachtet zu werden, war so stark, dass er in sein Schlafzimmer eilte und die Tür hinter sich verschloss.

Am nächsten Tag hängte er Decken über die Fenster und die Glastür. Von diesem Augenblick an blieben die improvisierten Jalousien Tag und Nacht an ihrem Platz, und er stellte auch den Fernsehapparat nicht mehr ab, obwohl er nie zusah.

Und noch etwas beunruhigte ihn mehr und mehr.

Rückblickend schien es ihm, als hätte er ein kindliches Wimmern gehört, als er den kleinen Yuccabaum zerstörte. Und die Erinnerung daran wurde immer deutlicher, als die Tage und Wochen vergingen.

Einmal stieß er in Red Rock mit Gabby Gorman zusammen, dem fetten, knopfäugigen Gabby, der im Ruf stand, alles von allen zu wissen und es allen weiterzuerzählen.

»Ich habe gehört, dass Smith dir ein Vermögen hinterließ«, sagte Gabby.

»Ja, ich war sehr überrascht darüber«, antwortete er. »Aber es wäre mir lieber, er hätte das Geld irgendeinem Verwandten hinterlassen. Ich brauche es nicht.«

»Er hatte keine Verwandten, was?«

»Niemanden.«

Und ein anderes Mal, als er etliche Drinks zu sich genommen hatte, bevor er sich auf den Weg nach Las Vegas machte, entschloss er sich, die Abkürzung durch den Yuccawald zu nehmen. Er fuhr nicht weit, ehe er anhielt. Er hatte das Gefühl, in eine Falle zu gehen.

Er wendete und fuhr über Red Rock.

Der Frühling trat voll in Erscheinung. Die Yuccabäume auf seinem Grundstück trieben große, grünlichweiße Knospen aus. Zwischen den Bäumen wuchs eine Fülle von wilden Blumen: lila Cleomen, flammend rote Indianerpinsel, violette Lupinen, goldgelber Stechmohn ...

Aber er hatte kein Interesse an ihnen, wie es vielleicht seine Frau gehabt hätte ...

Endlich kam der Montag der letzten Woche. Das Testament würde am Mittwoch bestätigt werden.

Er blieb an diesem Abend lange auf, trank Champagner und dachte an all die Länder, die er bereisen, und an all die Dinge, die er sich leisten würde – an eine Zukunft, die einst aus Geldmangel nur in seinen Wunschträumen existiert hatte.

Tags darauf erwachte er später, als er vorgehabt hatte, aber ein Blick auf die Uhr verriet ihm, dass ihm genug Zeit blieb, um nötigenfalls auch nach Las Vegas zu fahren.

Er trank Kaffee, rasierte sich und zog seinen besten Anzug an. Dann verließ er das Haus, um zum Wagen zu gehen; unvermittelt blieb er stehen.

In der Nacht war der Yuccabaum umgestürzt und auf sein Auto gefallen. Einer der dicken Äste drückte auf den Kofferraumdeckel, und seine Axt lag im Kofferraum.

Er verwendete ein großes Fleischmesser, um den Ast mühselig abzuhacken. Er schwitzte und fluchte, bis er endlich den Kofferraum öffnen und an seine Axt gelangen konnte. Aber die kleine Axt war stumpf, und es dauerte sehr lange, bis es ihm gelang, den Stamm an zwei Stellen durchzuhacken und sein Auto freizubekommen.

Nun war es bereits gefährlich spät – und schuld daran war ein Yuccabaum ...

Ein einziger Brief lag in seinem Fach im Postamt von Red Rock, ein Brief von Mary Weston an ihren Großvater. Er öffnete ihn mit bösen Vorahnungen.

Wie immer gab sie ihrer Sorge um ihren Großvater Ausdruck, aber der letzte Satz traf ihn wie ein Fausthieb.

... ich habe noch einiges Erspartes von der Lebensversicherung von Mama und Daddy. Wenn ich nicht in den nächsten Tagen von Dir Nachricht habe, werde ich in Colorado einen Privatdetektiv beauftragen, Dich von der Adresse des Pflegeheimes ausgehend zu finden ...

»Hallo, Jake!«

Gabby Gorman.

»Hat der Freund von Smith schon bei dir vorbeigeschaut?«, fragte Gabby.

Derkens Herz machte einen Satz, und er spürte, wie sein Mund trocken wurde.

»Smiths Freund?«, fragte er.

»Ja. Im Laden war heute früh ein Knabe, der sich nach ihm erkundigte. Ich sagte ihm, dass Smith lange Zeit bei dir wohnte, ehe er starb, und dass du keine Verwandten ausfindig machen konntest, um ihnen das viele Geld zu überlassen, das Smith dir vermacht hat.«

»Hat er ...« Er wischte den kalten Schweiß von seiner Stirn. »Hat er gesagt, wer er ist?«

»Nee. Aber er fuhr einen Wagen aus Colorado. Das sah ich an seinem Nummernschild.«

Colorado ... der Privatdetektiv!

Vielleicht hatte er Mary Weston bereits angerufen und ihr alles berichtet, was er erfahren hatte.

Er rannte zu seinem Wagen und fuhr mit quietschenden Reifen davon.

Es blieb ihm nichts anderes übrig, als zuerst nach Hause zu fahren; die Bank würde einen Beweis verlangen, dass er der Vermögensverwalter war – das gemeinsame Konto würde möglicherweise nicht genügen.

Es dauerte nur ein paar Minuten, bis er zu Hause alles beisammen hatte, was er brauchte; dann war er bereits wieder unterwegs. Er entschloss sich, die Abkürzung durch den Yuccawald zu nehmen – die Zeit war zu knapp für die längere Strecke über Red Rock. Auch so würde er bestenfalls einige Minuten vor Geschäftsschluss zur Bank in Las Vegas kommen.

Und sobald er das Geld hatte, würde er die nächste Maschine nach Osten nehmen. Sein erstes Ziel wäre die Schweiz. Wenn das Geld einmal sicher auf einem Schweizer Konto lag – eine wunderschöne halbe Million Dollar – konnte Mary Weston nicht an einen Cent davon heran.

Er hatte bereits die Stelle erreicht, wo er das letzte Mal umgedreht hatte, als er bemerkte, dass die Bedrohlichkeit, die über dem Yuccawald gelegen hatte, verschwunden war. Die Yuccabäume waren nichts als eben Yuccabäume, harmlos und unbeweglich.

Und es war nie anders gewesen, sagte er sich. Es gab nichts Mysteriöses, nichts Methodisches an irgendetwas, das ihm widerfahren war. Selbst der Yuccabaum, der auf sein Auto fiel – er stand schon vorher stark nach Süden geneigt und war alt. Ein starker Windstoß hatte ihn dann vollends umgeworfen.

Alle seine Ängste bestanden nur in seiner Einbildung, hervorgerufen durch die nervöse Belastung, darauf warten zu müssen, dass Smith starb.

Nur die Sorge blieb ihm noch: das Geld von der Bank zu bekommen, bevor Smiths Enkelin etwas unternahm, das ihn daran hinderte.

Er fuhr so schnell, wie es die kurvige Straße erlaubte und erfreute sich an seiner simplen Logik, als er über dem Geräusch des Wagens ein Donnergrollen hörte.

Eine schwarze Wolke zog urplötzlich herauf. Sie kam von hinten direkt auf ihn zu und näherte sich schnell, unablässig durchzuckt von Blitzen.

Das Wohlbehagen, das von den Erkenntnissen seiner kühlen Logik herrührte, begann zu schwinden. Er erhöhte die Geschwindigkeit und verlor bei der nächsten Kurve fast die Kontrolle über den Wagen.

Die Wolke wallte schneller auf ihn zu, als er je eine Wolke ziehen gesehen hatte, getrieben von einem heftigen Wind, der vor zwei Minuten noch nicht geweht hatte.

Irgendetwas stimmte nicht ...

Es schien ihm, als hörte er Smith sagen:

Yuccabäume können jederzeit ein Gewitter herbeirufen, wann immer sie wollen.

Er bemühte sich, die quälende Frage aus seinem Kopf zu vertreiben:

Eilte die Gewitterwolke auf Befehl irgendeines Yuccabaumes herbei?

Er erreichte die scharfe Kurve, wo der alte Yuccabaum stand. Sein Anblick brachte ihn auf eine neue Frage:

Hatte dieser Baum die Gewitterwolke gerufen?

Derken wusste mit kalter, angstvoller Gewissheit die Antwort. Er starrte den Baum an und fühlte sich hypnotisiert. Er bemerkte, dass zwei Meter der obersten Äste abgebrochen waren und sah – während er sich fragte, weshalb er diesem Umstand Wichtigkeit beimessen sollte –, dass er keine Blüten trug. Der Baum konnte sich nicht mehr fortpflanzen, und er, Derken, hatte sein letztes Kind getötet ...

Er spürte, dass das rechte Vorderrad des Wagens auf das Bankett geriet. Der Wagen schleuderte, und seine Hände verloren die Kontrolle über das Lenkrad, das sich wild drehte. Das zweite Rad rutschte über das Bankett, und er wusste, er würde sich überschlagen.

Derken hatte eine wirre Wahrnehmung von Erde und Himmel, die sich über ihm drehten, spürte, dass die Tür aufsprang und er hinausgeschleudert wurde; eine Erschütterung, als er auf dem Boden aufschlug; etwas Hartes, das sich gegen seinen Rücken presste, und einen Druck auf seinen Beinen.

Dann war es vorbei. Er saß auf der Erde, den Rücken gegen einen Yuccabaum gelehnt und die Beine unter seinem umgestürzten Wagen festgeklemmt.

Die Beine waren unverletzt, der Sand hatte wie ein Polster gewirkt. Aber sie steckten unter dem Auto fest, und es kostete Zeit, sie auszugraben.

Zeit ... und die Bank würde bald schließen.

Wie toll begann er, den Sand um seine Beine herauszuwühlen. Bald würde die Bank schließen ...

Ohrenbetäubend krachte ein Donnerschlag, als der Blitz ganz nahe einschlug. Er spürte die ersten Regentropfen auf seiner Haut.

Da wurde ihm klar, dass ihm egal sein konnte, wann die Bank schloss.

Zu diesem Zeitpunkt würde er tot sein.

Und er wusste auch, auf welche Weise er sterben würde, und weshalb ihn die Yuccabäume mit dieser unpersönlichen Gleichgültigkeit betrachteten.

Er war gerichtet und für schuldig befunden worden. Das Urteil war gesprochen.

Und nun warteten sie, um seiner Exekution beizuwohnen.

Sie warteten, violette Lupinen und goldgelben Stechmohn zu ihren Füßen, warteten schweigend, um ihn sterben zu sehen ...

Seine Angst wurde zu nacktem Terror. Sein Blick fiel auf das Yuccabäumchen, das er getötet hatte, auf seine gelben Blätter und die kurzen, von der Sonne ausgedörrten, verschrumpelten Wurzeln. Sein Entsetzen wuchs.

Der Yuccabaum sprach in seinen Gedanken zu ihm:

Ich bin alt, und es ist Zeit für mich zu sterben. Ich hatte ein Kind, das groß und stark geworden wäre, so wie ich einst war. Aber du hast mein Kind getötet. Mein letztes und einziges Kind ...

Er riss an seinem Hemdkragen und schnappte nach Luft. Er würde sterben, und er wollte leben ...

Wieder sprach der Yuccabaum; kalt, unversöhnlich:

Du hast mein letztes und einziges Kind getötet.

Derken versuchte mit aller Kraft, seine Beine freizubekommen, krallte die Nägel in den Sand und winselte wie ein Tier. Von überall drangen Stimmen auf ihn ein, deutliche, schrecklich klare Stimmen.

Die Stimme von Smiths Enkelin, jung und flehend:

Bitte schreib mir, Großvater, ich habe Dich so gern, und Du bist der einzige Mensch, den ich noch habe ...

Die gebrochene Stimme von Smith:

Ich möchte Mary noch einmal sehen, bevor ich sterbe ...

Und Smiths andere Stimme, als er im Sterben lag: verächtlich, höhnisch:

Sie fürchten sich, alter Freund, Sie fürchten sich ...

Was für ein schrecklicher Tod, nicht wahr ...?

Was für ein schrecklicher Tod, mein Freund ...

Und noch ein Ton war zu hören, ein wortloser Klang, wie das gequälte Wimmern eines sterbenden Kindes ...

Wieder schlug der Blitz ein, nicht mehr als dreißig Meter entfernt. Und er wusste, der Blitz würde wiederkommen und sein Ziel nicht verfehlen.

Derken warf die Arme hoch, wie um ihn abzuwehren. Er schrie, sein Schrei erstickt von Entsetzen. Er schrie wieder, und das Letzte, was sein Bewusstsein wahrnahm, war ein unbeschreiblicher Horror, als der Blitzschlag ihn verschlang – ihn und den Baum und den Wagen – mit krachender, greller Gewalt.

Der Blitzschlag ließ den Yuccabaum so zurück, wie dieser es gewünscht hatte; zu seinen Füßen lag etwas Zerfetztes, Unkenntliches.

Der Donner verebbte. Die schwarze Wolke hellte sich schnell auf, und mit einem Mal war sie verschwunden. Der Wüstenwind beruhigte sich zu einem sanften Flüstern. Die Sonne schien wieder vom klaren, blauen Himmel herab.

Die violetten Lupinen und der gelbe Stechmohn nickten unter den warmen Strahlen. Die Yuccabäume kehrten zu ihren seit Ewigkeiten währenden Träumen zurück. Irgendwo zwischen ihnen sang ein Vogel.

Und weit entfernt, über Montana, saß ein Mädchen in einer Düsenmaschine nach Las Vegas.

Die Erzählung der Frau

URSULA K. LE GUIN

Er war ein guter Mann, ein guter Vater. Ich verstehe es nicht. Ich glaube es nicht. Ich glaube nicht, dass es geschehen ist. Ich habe es gesehen, aber es ist nicht wahr. Es kann nicht sein. Er war immer freundlich. Wenn ihr gesehen hättet, wie er mit den Kindern gespielt hat, jeder, der ihn mit den Kindern gesehen hat, muss wissen, dass nichts Schlechtes in ihm war, kein Funke Bosheit. Als ich ihn kennen lernte, lebte er noch bei seiner Mutter, drüben beim Spring Lake, und ich sah Mutter und Söhne immer wieder beisammen und dachte mir, dass es sich lohnen würde, die Bekanntschaft eines Jungen zu machen, der so nett zu seiner Familie ist. Als ich dann einmal im Wald unterwegs war, traf ich ihn allein; er kam von einem Jagdausflug zurück. Er hatte überhaupt kein Wild erlegt, nicht einmal eine Feldmaus, aber er war deshalb nicht niedergeschlagen. Er war fröhlich und genoss die Morgenluft. Das war eine der ersten Eigenschaften, die ich an ihm liebte. Er nahm nichts schwer, er nörgelte und jammerte nicht, wenn nicht alles so lief, wie er wollte. Wir sprachen an diesem Tag zum ersten Mal miteinander. Danach ging es ziemlich schnell, denn sehr bald verbrachte er beinahe die ganze Zeit hier. Und meine Schwester meinte – wissen Sie, meine Eltern waren ein Jahr zuvor in den Süden gezogen und hatten uns die Wohnung überlassen –, meine Schwester meinte halb scherzhaft, halb ernst: »Wenn er sich jeden Tag und die halbe Nacht hier herumtreibt, ist hier vermutlich kein Platz mehr für mich!« Und sie zog um – nur ein Stück den Weg hinunter. Sie und ich standen einander immer nahe. So etwas ändert sich nie. Ich hätte diese schlimme Zeit ohne meine Schwester nie überstanden.

Er kam also zu mir und lebte hier. Ich kann nur sagen, dass es das glücklichste Jahr meines Lebens war. Er war ganz einfach gut zu mir. Ein fleißiger Arbeiter, nie faul, und so groß und gut aussehend. Jeder blickte zu ihm auf, wissen Sie, obwohl er so jung war. In den Nächten, wenn die Logenversammlungen waren, ließen sie ihn immer öfter den Chor anführen. Er hatte eine so schöne Stimme, er stimmte laut an, und die anderen fielen im Chor ein, die hohen und die tiefen Stimmen. Mich überläuft ein Schauder, wenn ich jetzt daran denke, wie ich es in den Nächten gehört habe, in denen ich zu Hause geblieben bin, weil die Kinder klein waren – der Gesang drang durch die Bäume zu mir herauf, und das Mondlicht, Sommernächte, der Vollmond schien. Ich werde nie wieder etwas so Schönes hören. Ich werde nie wieder solches Glück empfinden.

Sie behaupten, dass es der Mond war. Der Mond ist schuld, und das Blut. Es kam vom Blut seines Vaters. Ich habe seinen Vater nie kennen gelernt, und ich würde gern wissen, was aus ihm geworden ist. Er war von oben, von Whitewater, und hatte hier keine Verwandten. Ich habe immer geglaubt, dass er dorthin zurückgekehrt ist, aber jetzt bin ich nicht mehr so sicher. Man hat über ihn geredet, Sachen, von denen ich erst erfahren habe, nachdem das mit meinem Mann geschehen war. Es liegt im Blut, sagen sie, und vielleicht kommt es nie zum Vorschein, aber wenn es der Fall ist, dann ist der Mondwechsel daran schuld. Es geschieht immer bei Neumond. Wenn alle zu Hause sind und schlafen. Wer den Fluch in seinem Blut trägt, den überkommt es, behaupten sie, er steht auf, weil er nicht schlafen kann, geht hinaus in die heiße Sonne und macht sich ganz allein auf den Weg – um seinesgleichen zu finden.

Das mag stimmen, denn mein Mann benahm sich so. Ich wachte halb auf und fragte: »Wohin gehst du?«, und er antwortete: »Oh, auf die Jagd, bin am Abend wieder zurück«, und das sah ihm gar nicht ähnlich, sogar seine Stimme klang anders. Aber ich war so schläfrig und wollte die Kinder nicht wecken, und er war immer so gut und fürsorglich, ich hatte kein Recht zu fragen »Warum?« und »Wohin?« und solche Dinge.

So ging es drei- oder viermal. Er kam spät und erschöpft nach Hause und für jemand so Sanftmütigen war er beinahe mürrisch – er wollte nicht darüber sprechen. Ich fand, dass sich jeder einmal austoben muss, und wenn man nörgelt, nützt es bestimmt nichts. Aber ich habe begonnen, mir Sorgen zu machen. Nicht so sehr darüber, dass er fortging, sondern dass er so müde und verändert heimkam. Er roch sogar seltsam. Mir sträubten sich die Haare. Ich konnte es nicht ertragen und fragte: »Was ist das – dieser Geruch an dir? An deinem ganzen Körper!« Er antwortete: »Weiß ich nicht«, wirklich kurz angebunden, und tat, als schliefe er. Aber als er glaubte, dass ich nicht hinsah, ging er hinunter und wusch sich. Doch dieser Geruch blieb tagelang in seinem Haar und unserem Bett.

Und dann das Schreckliche. Es fällt mir nicht leicht, darüber zu sprechen. Ich möchte weinen, wenn ich mich daran erinnern muss. Unsere Jüngste, die Kleine, mein Baby, wandte sich von ihrem Vater ab. Einfach so über Nacht. Er kommt herein, und sie sieht erschrocken aus, wird steif, hat ganz große Augen, und dann begann sie zu weinen und versuchte, sich hinter mir zu verstecken. Sie konnte noch nicht richtig sprechen, aber sie sagte immer wieder: »Schick es fort! Schick es fort!«

Der Ausdruck in seinen Augen, einen Augenblick lang, als er es hörte. Daran möchte ich mich nicht erinnern. Das kann ich nicht vergessen. Der Ausdruck in seinen Augen, mit dem er sein Kind ansah.

Ich sagte zu dem Kind: »Schäm dich, was fällt dir ein!« – ich schimpfte, aber ich drückte sie gleichzeitig an mich, weil ich auch Angst hatte. Solche Angst, dass ich zitterte.

Er sah weg, sagte etwas wie: »Sie ist wahrscheinlich aus einem Traum aufgewacht«, und ging so darüber hinweg. Er hat es jedenfalls versucht. Genau wie ich. Ich bin wirklich böse auf meine Kleine geworden, wenn sie weiterhin tat, als hätte sie eine Todesangst vor ihrem eigenen Vater. Aber sie konnte nichts dafür, und ich konnte es nicht ändern.

An diesem Tag blieb er fort. Wahrscheinlich, weil er es wusste. Der Neumond hatte gerade eingesetzt.

Drinnen war es warm und eng und dunkel, und wir alle schliefen schon seit einiger Zeit, als mich etwas weckte. Er lag nicht neben mir. Als ich horchte, hörte ich ein leises Geräusch im Gang. Ich stand auf, denn ich konnte es nicht länger ertragen. Ich trat in den Gang hinaus, und dort war es hell, durch die Tür fiel blendendes Sonnenlicht herein. Ich sah ihn; er stand draußen im hohen Gras beim Eingang. Er ließ den Kopf hängen. Dann setzte er sich, als wäre er müde, und blickte auf seine Füße. Ich rührte mich drinnen nicht und beobachtete ihn – ich wusste nicht, warum.

Dann sah ich, was er sah. Die Veränderung. Sie begann zuerst in seinen Füßen. Sie wurden lang, jeder Fuß wurde länger, streckte sich, die Zehen streckten sich, und der Fuß wurde lang, fleischig und weiß. Und kein einziges Haar war darauf.

Auf seinem ganzen Körper war das Haar im Verschwinden begriffen. Es war, als würde das Sonnenlicht sein Haar absengen, und dann war es fort. Er war am ganzen Körper weiß, wie die Haut eines Wurms. Und er wandte mir sein Gesicht zu. Es veränderte sich, während ich ihn ansah. Es wurde immer flacher, der Mund flach und breit, die Zähne grinsten flach und stumpf, die Nase war nur ein Fleischknollen mit Nasenlöchern, die Ohren waren fort, die Augen waren blau – blau, mit einem weißen Rand um das Blau –, und sie starrten mich aus dem flachen, weichen, weißen Gesicht an.

Dann erhob er sich auf zwei Beine.

Ich sah ihn, ich musste ihn ansehen, meinen Liebsten, der sich in den Verhassten verwandelt hatte.

Ich konnte mich nicht bewegen, aber während ich im Gang kauerte und in den Tag hinausstarrte, zitterte, bebte und knurrte ich, und das Knurren verwandelte sich in ein irres, schreckliches Geheul. Ein Geheul des Kummers, des Entsetzens, das auch ein Ruf war. Die anderen hörten es, obwohl sie schliefen, und erwachten.

Das Ding, in das sich mein Mann verwandelt hatte, starrte und schaute, und schob sein Gesicht in den Eingang unseres Hauses. Ich konnte mich vor Todesangst noch immer nicht rühren, aber hinter mir waren die Kinder munter geworden, und das Baby wimmerte. Da überkam mich die Wut der Mutter, ich knurrte und kroch vorwärts.

Das Menschending sah sich um. Es hatte kein Gewehr, wie die anderen aus dem Menschengeschlecht. Aber es ergriff mit dem langen weißen Fuß einen schweren Ast, der auf dem Boden lag, und schob sein Ende in unser Haus, auf mich zu. Ich packte das Ende mit den Zähnen und begann, mich hinauszudrängen, weil ich wusste, dass es unsere Kinder töten würde, wenn es Gelegenheit dazu bekam. Aber meine Schwester kam bereits. Ich sah, wie sie mit gesenktem Kopf und fliegender Mähne auf das Menschending zulief, und ihre Augen waren gelb wie die Wintersonne. Es wandte sich ihr zu und hob den Ast, um auf sie einzuschlagen. Aber ich komme wild vor Zorn aus dem Eingang heraus, und die anderen folgen alle meinem Ruf, das ganze Rudel versammelt sich im blendenden Licht und in der Hitze der Mittagssonne.

Das Menschending sah sich um, schrie laut und schwang den Ast, den es festhielt. Dann lief es davon, zu den Feldern und dem Ackerland unten am Berghang. Es lief auf zwei Beinen, sprang und schwankte, und wir verfolgten es.

Ich war die Letzte, weil die Liebe den Zorn und die Angst in mir immer noch eindämmte. Ich lief noch, als ich sah, wie sie es zu Boden rissen. Die Zähne meiner Schwester waren in seinem Hals. Als ich hinkam, war es tot. Die anderen zogen sich zurück, wegen dem Geschmack des Blutes und dem Geruch. Die Jüngeren duckten sich, einige weinten, und meine Schwester rieb ihren Mund immerzu an ihren Vorderbeinen, um den Geschmack loszuwerden. Ich trat nahe heran, weil ich annahm, dass der Zauber, der Fluch vorbei sein musste, wenn das Ding tot war, und dass mein Mann zurückkommen konnte – lebendig, oder auch tot, wenn ich ihn nur sehen konnte, meinen Liebsten, in seiner wahren, schönen Gestalt. Aber nur der tote Mensch lag weiß und blutig vor uns. Wir zogen uns von ihm zurück, drehten uns um und liefen zurück, die Hügel hinauf, zurück in den Wald der Schatten, der Dämmerung und der gesegneten Dunkelheit.

Ein meisterliches Mahl

MARKOLF HOFFMANN

Samtschwarzer Himmel, sternklare Nacht. Kein Wolkenfetzen, kein Nebelstreif trübte das Licht der funkelnden Sterne. Die Luft war eisig und klar; ein zaghafter Wind strich über die Felswände des Gebirges und strebte dem schneeverwehten Gipfel entgegen.

Zwischen den Steinen führte ein Pfad durch das Gebirge. Er wirkte verloren inmitten der ungastlichen Umgebung; ein verlassener Weg, nur wenige Fuß breit, der sich zwischen zerklüfteten Felsbrocken entlangwand und doch beharrlich aufwärts führte. Der Berg schien ihn nur widerwillig zu dulden, zwang ihn zu zahlreichen Umwegen und steilen Passagen, die schon manchem Reisenden zum Verhängnis geworden waren.

An einer Stelle tat sich eine Schlucht zwischen den Felsen auf, deren Grund in der Schwärze der Nacht kaum zu erkennen war. Eine kleine Hängebrücke führte über sie hinweg. Die Stützbalken wirkten morsch, die Planken verwittert, und das Seilwerk, das sie zusammenhielt, war an vielen Stellen zerschlissen. Dennoch stellte die Brücke die einzige Möglichkeit dar, über den Abgrund zu gelangen.

Auf der gegenüberliegenden Seite der Brücke kauerte eine massige Gestalt. Aus der Ferne wirkte sie wie ein

Steinbrocken, der sich von den Felswänden gelöst hatte. Doch wer näher trat, konnte erkennen, dass es sich um ein Wesen handelte. Gelegentlich hob es den breiten Schädel; zwei bleiche Augen schimmerten inmitten eines riesigen Gesichts und blinzelten nervös in die Nacht. Dann öffnete sich unterhalb der gewaltigen Nase ein Maul, groß wie ein Scheunentor, und ein herzhaftes Gähnen hallte durch die Nacht.

»Müde«, murmelte das grobschlächtige Wesen, »müde bin ich. Es wird Zeit, dass der Morgen kommt und ich mich wieder schlafen legen kann.« Und es streckte die behaarten Glieder aus, sodass die Gelenke knirschten wie die rostigen Angeln einer Tür.

Die Nacht dauerte schon ein Weilchen, und Bob – so hieß der riesenhafte Kerl – lag seit etlichen Sunden neben der Brücke auf der Lauer. Als er nach Anbruch der Dämmerung in seiner Höhle erwacht war, hatte er lange darüber nachgedacht, ob er sich nicht einfach von der linken Schulter auf die rechte wälzen sollte, um weiterzuschlummern. Doch dann hatte er sich seufzend emporgequält und den beschwerlichen Weg zur Brücke auf sich genommen; denn er verspürte ein bohrendes Gefühl in der Magengegend, das ihn schon seit Tagen plagte.

»Hunger«, knurrte Bob, »Hunger hab ich!« Wieder öffnete er das Maul, um eine Reihe gelber, spitz zulaufender Zähne zu präsentieren, zwischen denen noch die faulenden Reste seiner letzten Mahlzeit hingen – ein Ziegenbock, der unvorsichtigerweise in der Nähe von Bobs Höhle nach Disteln gesucht hatte. Sein Fleisch hatte grässlich geschmeckt, zäh und säuerlich. Bob hatte zwei ganze Fässer Bier herabschütten müssen, um den bitteren Nachgeschmack fortzuspülen.

Heute jedoch versprach der Speiseplan Abwechslung. Denn gerade als Bob wieder zu einem Gähnen ansetzen wollte, erspähte er auf der anderen Seite der Brücke eine Gestalt, die hinter den Felsbrocken hervorgetreten war – ein Mensch, wie Bob sogleich erkannte. Er trug einen rostroten Reisemantel, eine Lederhaube und Stulpenstiefel. Ganz offenbar war er – auch dies konnte Bob sehen und nun auch riechen – in seinen besten Jahren, ein wohlgenährter junger Mann mit kräftigen Schultern und strammen Waden. Zudem folgte ihm zu Bobs großer Freude ein Esel auf dem Pfad, beladen mit allerlei Säcken und Bündeln. Gleichmütig trottete er seinem Herrn hinterher. Die Hufe knirschten auf dem rauen Felsengrund.

Bob konnte sein Glück kaum fassen. Ein Hauptgericht samt Vorspeise, und dies zu einer Jahreszeit, in der kaum jemand das Gebirge durchquerte! Gierig starrte er auf die zwei Leckerbissen und gab sich alle Mühe, keinen Mucks von sich zu geben.

Der Mann hatte unterdessen die Brücke erreicht. Vorsichtig stieß er mit dem Stiefel gegen die erste Planke. Ein Schaukeln erfasste die Hängebrücke. Nachdenklich blickte der Mann zur anderen Seite hinüber, zuckte mit den Schultern, zog seinen Esel heran und flüsterte ihm ein paar Worte ins Ohr. Das Tier schien zu verstehen; furchtlos setzte es seine Hufe auf die Planken der Hängebrücke. Diese begann unter dem Gewicht des Esels mächtig zu schwanken; die Seile knirschten, die Balken jammerten, doch sie trugen das Gewicht, und auch als der Mann seinem Tier folgte, hielt das marode Konstrukt.

Als sie die Mitte der Brücke erreicht hatten, blieb der Esel plötzlich stehen. Er streckte den Kopf empor, und seine Nüstern blähten sich. Dann stieß das Tier einen meckernden Schrei aus. Es klang wie ein Warnruf.

Sein menschlicher Begleiter hielt inne. Aufmerksam wanderten seine Augen umher und blieben schließlich an dem Felsklotz hängen, der sich neben der Brücke erhob.

»Schaut an«, rief er mit herzlicher Stimme, »ein einsamer Wächter in finsterer Nacht. Seid mir gegrüßt, Gevatter Troll!«

Bob klappte erstaunt das Maul zu. Er hatte nicht erwartet, so rasch erkannt zu werden. Schließlich war es dunkel, und die Augen der Menschen waren schlecht. Doch nun half alles nichts; der Fremde hatte ihn erspäht, ärgerlicherweise noch bevor er die Brücke passiert hatte.

»Was sitzt Ihr so verloren in der Gegend herum, Gevatter?«, fuhr das Menschlein fort. »Wartet Ihr auf jemanden?«

»Ich warte auf mein Essen«, entfuhr es Bob. Im selben Moment, als er die Worte sprach, ärgerten sie ihn bereits; es war unklug, sich mit seiner Mahlzeit zu unterhalten. Dies führte meist zu einer Menge Geschrei und Gejammere, das selbst einem wesensfesten Troll wie ihm den Appetit verderben konnte.

»Auf Euer Essen wartet Ihr, schaut an«, sagte der Fremde. »So seid Ihr wohl hungrig, Gevatter Troll? Der Hunger ist ein widerliches Gefühl, das ich selbst nur zu gut kenne, das könnt Ihr mir glauben.« Liebevoll kraulte er seines Esels Haupt. »Wie bedauerlich, dass ich Euch nicht zu einer Mahlzeit einladen kann. Ich trage für mich und mein Tier kaum Proviant bei mir, und für Euch dürften meine Vorräte kaum mehr als eine Zahnfüllung darstellen.«

Bob hasste diese Art von Gesprächen. Doch nun war es zu spät; er musste dem Fremden wohl oder übel Rede und Antwort stehen, wenn er ihn von der Brücke locken wollte.

»So hungrig bin ich gar nicht«, behauptete er und winkte dem Fremden gönnerisch zu. »Warum kommst du nicht einfach zu mir, Menschlein? Ich verstehe dich kaum. Meine Ohren sind allzu schlecht.«

Das war natürlich gelogen. Trolle haben hervorragende Ohren, und Bob verstand jedes Wort des Fremden. Dieser schien ihm auch nicht recht zu glauben; er legte den Kopf in den Nacken und lachte herzhaft, bis ihm Tränen in die Augen schossen. Bob schien es, als wollte der Kerl ihn zum Narren halten.

»Da gibt es nichts zu lachen, Menschlein«, polterte er und streckte seine Pranke zur Brücke aus. »Komm her, Bursche, dann wirst du sehen, was es heißt, mit mir Spott zu treiben! Du wirst mir eine schöne Mahlzeit sein, und deinen Esel werde ich noch vor dir verspeisen, ratzputz, mitsamt dem Gepäck!«

Nun war es also heraus, und der feine Plan, den Fremden herüberzulocken, war dahin. Doch das scherte Bob nicht weiter. Sollte das Menschlein nur versuchen, zur anderen Seite der Brücke zurückzufliehen. Hier oben im Gebirge gab es kein Entkommen; wo sollte es sich schon verstecken? Dennoch, seine Flucht würde allerlei Unannehmlichkeiten mit sich bringen. Bob würde über die Schlucht springen müssen, um den Burschen einzufangen, und der Troll hasste jegliche körperliche Betätigung; er war über die Jahre fett und träge geworden. Solch ein Aufwand für ein paar Bissen Menschenfleisch! Seine Laune wurde von Moment zu Moment schlechter. Schlimmer noch, sie vergrößerte seinen Hunger. Schon begann sein Magen zu knurren.

Der Fremde indessen machte keine Anstalten zur Flucht. Statt dessen wischte er sich die Tränen aus den Augenwinkeln und lächelte Bob an. »Soso, ich soll also Euer Nachtmahl sein? Dann stimmen also die Gerüchte, dass ihr Trolle Menschen verspeist und auch Zwerge und Elben nicht verschmäht. Wer hätte das gedacht!« Er rückte sich die Lederhaube zurecht. »Nun denn, in diesem Fall habt Ihr Glück, dass ich des Weges kam, denn ich bin eine gute Wahl. Ich bin jung und gesund, mein Fleisch ist zart, und wenn Ihr es gut zubereitet, werde ich Euch wohl munden.«

»Das wirst du ganz bestimmt«, murmelte Bob und leckte sich über die breiten Lippen.

Der Mensch senkte die Hand und legte sie auf das Fell seines Esels. »Den hier solltet Ihr allerdings besser verschonen, Gevatter! Der gute Ulf ist bereits zwölf Jahre alt, sein Fell ist struppig und sein Fleisch so zäh wie das Leder meiner Schuhe. Ich kann Euch von seiner Verköstigung nur abraten. Er wird Euch den Appetit verderben.«

»So?«, fragte Bob verblüfft und starrte den Fremden an. »Und woher willst du das wissen, Menschlein?«

»Ich kenne mich aus in diesen Dingen«, sagte der Mann voller Stolz. »Ich bin ein Meisterkoch. Mein Name ist Ílgorn; ich habe in Rohan für die Festtafel des Königs gekocht und in Esgaroth für den Meister des Langen Sees. Meine Künste sind landauf, landab bekannt, und was Fleischgerichte anbetrifft, kann mir kein Koch auf Mittelerde das Wasser reichen. Ich weiß alles über das Braten und Dünsten, das Spicken und Marinieren; und deshalb müsst Ihr mir glauben, dass das Fleisch dieses Esels ungenießbar ist – selbst für einen anspruchslosen Magen.«

Bob verstand nicht viel vom Braten und Dünsten (vom Spicken und Marinieren ganz zu schweigen). Da er jedoch keineswegs als jemand gelten wollte, der einen anspruchslosen Magen besaß, nickte er wissend und brummte: »Du hast Recht, der Esel sieht klapprig aus, fast wie der Ziegenbock, den ich vor ein paar Tagen verschlang. Auch der war alt und zäh und schmeckte einfach widerlich!« Es schüttelte ihn, als er an den säuerlichen Geschmack des Bocks denken musste.

»Ein Ziegenbock?«, fragte Ílgorn neugierig. »Wie habt Ihr ihn denn zubereitet, Gevatter?«

Bob kratzte sich nachdenklich an der Stirn. »Nun, ich habe ihn gekocht.«

»Ah, sehr schmackhaft«, lobte Ílgorn den Troll. »In einer feinen Minzsoße, ja?«

»Nein, in ... Wasser«, antwortete Bob kleinlaut. Er kam sich schrecklich dumm vor, und in der Tat rollte das Menschlein entsetzt mit den Augen.

»Ihr habt ihn ungewürzt gekocht? Seid Ihr des Wahnsinns? Wisst Ihr nicht, dass Ziegenfleisch in einer Minzsoße zubereitet werden muss, angereichert mit Schnittlauch und Weinessig? Kein Wunder, dass der Bock zäh wurde und Euch nicht mundete.«

Bob nickte und tat, als verstünde er. Im Innersten seines Herzens war er tief beeindruckt. Das Menschlein schien von seinem Handwerk wirklich etwas zu verstehen.

»Ich will Euch ein Geheimnis verraten«, fuhr Ílgorn fort. »Ich bin nicht der einzige Reisende, der auf diesem Pfad durch das Gebirge zieht. Mir folgt ein Trupp von sieben Personen samt den dazugehörigen Packeseln. Die Tiere haben Gewürze geladen: Thymian und Minzblatt, Salzwurz und Königszwiebel.« Er streichelte wieder den Kopf seines zottigen Esels. »Der gute Ulf und ich sind nur die Vorhut dieses Trosses. Wir sollen einen Lagerplatz auskundschaften, an dem unsere Reisegruppe ein paar Tage lang verweilen kann.« Er senkte verschwörerisch die Stimme. »Nun hört gut zu, Gevatter Troll – unter meinen Begleitern befinden sich auch einige anmutige Burschen und Mägdlein, jung und mit rosiger Haut, ihr Fleisch süß und zart.«

Bob lief bei diesen Worten das Wasser im Mund zusammen. Gierig blickte er auf den Pfad, als hoffte er, dass die angekündigten Leckerbissen jeden Moment um die Ecke biegen würden.

»Acht zarte Menschlein«, murmelte er. »Ihr passt ja alle gar nicht in meinen Topf!«

»Ihr wollt uns doch nicht alle auf einmal ins Wasser werfen«, rief Ílgorn empört. »Jeder Mensch besitzt einen ganz eigenen Geschmack, wie Ihr als Genießer zweifellos wisst.

Jeder von uns muss sorgfältig und auf spezielle Art zubereitet werden.«

Das leuchtete Bob ein. »Dann also nacheinander ...«

»Und überhaupt, warum wollt Ihr sie kochen? So verderbt Ihr das zarte Fleisch und verbrüht den Geschmack!« Ílgorn schüttelte tadelnd den Kopf. »Nein, Ihr müsst sie langsam in einer feinen Soße garen lassen – in süßem Rahm, abgeschmeckt mit weißem Pfeffer und Steinpilzen. Dann könnt Ihr sie zusammen mit Kartoffeln und grünen Bohnen verzehren. Nun, wie klingt das, Gevatter?«

»Klingt gut«, gab Bob nach leichtem Zögern zu, »klingt wirklich gut. Aber ...«

»Kein Aber! Wisst Ihr was, Gevatter – ich werde Euch zur Hand gehen! Ich kann nicht dulden, dass Ihr mich und meine Gefährten wie ein paar räudige Kaninchen hinunterschlingt. Wir haben es verdient, als wohlschmeckende Mahlzeit zu enden.« Ílgorn überquerte den letzten Abschnitt der Brücke, seinen Esel hinter sich herziehend. »Bringt mich zu Eurer Höhle, damit ich einen Blick auf Eure Feuerstelle werfen kann. Denn für ein meisterhaftes Mahl muss auch der Ort der Zubereitung meisterhaft sein!«

Die Hilfsbereitschaft des Meisterkochs verblüffte Bob, doch Menschen waren nun einmal seltsame Wesen, deren Handlungsweisen ihm immer fremd bleiben würden. Ohnehin befasste sich der Troll in Gedanken längst mit angenehmeren Dingen. Verlockende Worte spukten in seinem Kopf umher. *Süßer Rahm*, dachte er, *Kartoffeln und grüne Bohnen*. Mit wachsendem Appetit beobachtete er Ílgorn, der seinen Esel an einer zwischen den Felsbrocken hervorragenden Wurzel festband, eines der Bündel vom Rücken des Tieres schnallte und sich anschließend dem Troll zuwandte.

»Worauf wartet Ihr, Gevatter? Die Nacht ist nicht mehr lang, und wenn die Soße rechtzeitig fertig sein soll, müssen wir uns sputen!«

So machten sie sich auf den Weg zu Bobs Trollhöhle. Es war ein mühsamer Aufstieg. Bob geriet mächtig ins Schwitzen; sein dicker Bauch streifte über die scharfkantigen Felsnasen, was entsetzlich kitzelte. Das Menschlein hingegen hatte wenig Mühe, dem Troll zu folgen; munter kletterte es Bob hinterher, das Bündel unter dem Arm, und es schien voller Tatendrang.

Bald erreichten sie die Höhle. Sie lag abseits des Pfads, verborgen zwischen mächtigen Felsbrocken. Eine Decke, zusammengenäht aus fleckigen Bärenfellen, hing vor dem Zugang. Bob schlug sie zurück und wies Ílgorn den Weg ins Innere der Höhle. Flackerndes Licht empfing sie; in der Mitte der Höhle brannte ein Feuer, gefasst in ein Rund aus schwarzen Steinen. Der Rauch zog über einen steinernen Kamin in der Felsendecke ab. Im Schein der Flammen war auch der Rest der Höhle zu erkennen: das Strohlager des Trolls, die mächtige Holztruhe, in der er seine Habseligkeiten aufzubewahren pflegte, und ein kleines Vorratslager, mächtige Fässer mit Bier, sauren Gurken und anderen Nahrungsmitteln.

Im hinteren Teil der Höhle aber war ein Funkeln und Glimmen zu erkennen, denn hier bewahrte der Troll seine Schätze auf: glänzende Schwerter mit prachtvoll verzierten Griffen; Gewänder aus dunklem Samt, auf denen eingenähte Edelsteine funkelten; goldene Helme, die den Köpfen wilder Tiere nachempfunden waren, grimmiger Bären und Wölfe und Adler. All diese Kostbarkeiten hatten einst Reisenden gehört, die das Gebirge überquert hatten und dabei unglücklicherweise an Bobs Höhle vorbeigekommen waren. So waren sie zunächst im Kochtopf des Trolls und später in seinem Magen gelandet. Ihre Besitztümer hatte Bob als Trophäen an die hinteren Wände seiner Höhle gehängt, damit sie ihn in Zeiten des Hungers an manch gute Mahlzeit erinnern sollten.

Sein besonderer Stolz galt einer Reihe kleiner Hornbögen, die von der Decke der Höhle herabhingen. Bob nutzte sie gelegentlich als Zahnstocher, doch vor allem erfreute er sich an ihrer niedlichen Form; er hatte selten etwas so Kleines und fein Gefertigtes in Händen gehalten. Die Bögen hatten einigen tapferen Bogenschützen aus dem Auenland gehört, die dem Heer des Nordreiches Arnor in einer Schlacht gegen den Hexenmeister von Angmar beigestanden hatten. Nur ein knappes Dutzend der wackeren Hobbits hatte die Schlacht überlebt. Bei der Rückkehr in ihre Heimat waren sie vom Weg abgekommen und hatten sich in das Gebirge verirrt. Seitdem galten sie als verschollen. Niemand ahnte, dass sie als schmackhaftes Beiwerk eines Grilltellers geendet waren, den sich Bob vor vielen, vielen Jahren zubereitet und der ihm damals ganz vorzüglich gemundet hatte.

Ílgorn der Meisterkoch schien sich nur wenig für die Schätze des Trolls zu interessieren. Er war statt dessen sogleich zur Feuerstelle geeilt, um sie mit fachmännischem Blick zu begutachten. »Eine schöne Feuerstelle habt Ihr da«, sagte er anerkennend. »Etwas rustikal vielleicht, doch dies will ich nicht als Hindernis, sondern als Herausforderung verstehen.« Prüfend betrachtete er den eisernen Bock, der sich über den Flammen erhob. »Wo bewahrt Ihr Euer Geschirr auf?«

»Das Geschirr?«, fragte der Troll verwirrt. Er hatte vor Jahren einen Porzellanteller besessen, doch der war längst zerbrochen. Bob vermisste ihn nicht sonderlich; er hatte ihn ohnehin nie benutzt, denn er bevorzugte es, sich das Essen ohne große Umständlichkeiten in das Maul zu stopfen.

»Ich meine das Kochgeschirr«, rief Ílgorn ungehalten. »Euren Kochtopf, Gevatter!« Er trommelte ungeduldig gegen seine Lederhaube.

Bob sprang sogleich auf und schleifte aus einem dunklen Winkel der Höhle den Topf herbei. Es war ein riesiger, bauchiger Kessel, gefertigt aus mattschwarzem Eisen. Er war so gewaltig, dass selbst Bob ihn nicht mit den Armen umfassen konnte. Behände zerrte der Troll ihn zur Feuerstelle.

Ílgorn war begeistert. Mehrmals schlug er mit der flachen Hand gegen den Topf und lauschte dem dumpfen Nachhall. »Welche Maßarbeit! Es muss ein tüchtiger Schmied gewesen sein, der diesen Kessel formte – sicherlich ein Mann Eures Volkes.« Er klatschte in die Hände. »Nun, worauf warten wir? Bis wir diesen mächtigen Zuber erhitzt haben, wird einige Zeit verstreichen, und die Soße muss fertig sein, bevor meine Gefährten die Brücke erreichen.«

Mit Feuereifer machten sich die zwei an die Arbeit. Gewissenhaft folgte Bob den Anweisungen des Meisterkochs, der es – wie sich herausstellte – sehr genau mit seinem Handwerk nahm. Zunächst musste Bob den Topf gründlich auswaschen und schrubben; dann hatte er einen ganzen Haufen Kartoffeln und Zwiebeln zu schälen, die Ílgorn in einem offen stehenden Fass erspäht hatte. Schließlich musste Bob den Kessel in die Ketten des Eisenbocks einhaken und einige Schläuche mit Öl herbeischaffen, denn Ílgorn hatte sich im letzten Moment gegen den süßen Rahm und für eine würzige Ölsoße entschieden. Der Troll geriet bei diesen Tätigkeiten mächtig ins Schwitzen, zumal ihm nicht alle Anweisungen des Meisterkochs einleuchteten. Doch er hütete sich davor, zu murren und somit als Kostverächter entlarvt zu werden.

Schon bald begann das Öl zu sieden. Bob musste den Meisterkoch zum Rand des Topfes emporheben. Zufrieden blickte Ílgorn auf den bernsteingelben Sud, der den halben Kessel ausfüllte. »Hervorragend ... nun wollen wir dieser Soße die rechte Würze verleihen.« Er kramte einige blecherne Dosen aus seinem Bündel hervor. »Muskatnuss und Majoran werden für einen kräftigen Geschmack sorgen und die Zartheit des Fleisches unterstreichen. Ein Strauch Rosmarin vielleicht, der dem Ganzen einen Hauch Raffinesse hinzufügt ... oder nehmen wir zwei?« Nachdenklich kratzte er sich am Kinn und warf schließlich fünf Rosmarinstrünke in den Topf. Auch einige Lorbeerblätter gab er hinzu, denn Lorbeer, so Ílgorn, »kann niemals schaden.« Abschließend schmeckte er die Soße mit reichlich Pfeffer und Kümmel ab, die er in vollen Händen in das sprudelnde Öl warf.

Staunend beugte sich der Troll über den Topf. Seine Nasenflügel bebten, als er den emporsteigenden Dampf einsog, und sogleich lief ihm das Wasser im Munde zusammen. Nie zuvor hatte in seiner Höhle ein so wundervoller Geruch geschwebt; eine würzige Schärfe lag in der Luft, getragen von der satten Schwere des erhitzten Öls. Dem Troll hüpfte das Herz vor Freude, als er an das kommende Mahl dachte.

Doch bis dahin sollte es noch ein Weilchen dauern. Ílgorn überhäufte Bob bald mit weiteren Anweisungen; mal galt es das Feuer anzufachen, mal den Topf höher zu hängen; mal galt es, die Kartoffeln und Zwiebeln in das Öl zu geben, mal die Soße mit einer großen Kelle umzurühren. Dem Meisterkoch schien stets etwas Neues einzufallen, und Bob wurde allmählich ungeduldig.

»Es muss doch endlich fertig sein!«, murrte er. »Die anderen Menschlein sind sicher längst bei der Brücke angelangt. Und bald wird es hell!« Sein Magen begann zu knurren, ein dumpfes anklagendes Grollen, das auch dem Meisterkoch nicht entging.

»Ihr enttäuscht mich, Gevatter«, seufzte Ílgorn. »Ein gutes Mahl braucht seine Zeit. Doch wie ich höre, seid Ihr wirklich recht hungrig, und wenn Ihr Euch nicht mehr gedulden wollt ...«

»Ja, hungrig«, fauchte Bob, »hungrig bin ich!« Gierig starrte er auf den Meisterkoch. Dieser zuckte mit den Achseln und gab sich geschlagen.

»Nun, so lasst uns prüfen, ob das Öl bereits Flocken geschlagen hat. Dann können wir den Kessel vom Feuer nehmen und zur Brücke zurückkehren.« Er wies auf den Topf. »Seht Ihr nach, Gevatter. Ich komme so schlecht zum Rand des Kessels empor.«

Missmutig ließ Bob den Topf an den Ketten zu sich herab und beugte sich über die Soße. Scharfer Pfeffergeruch stieg ihm in die Augen, und das heiße Öl spritzte empor. Unbeirrt starrte Bob auf den sprudelnden Sud.

»Ich kann keine Flocken erkennen!«, knurrte er.

»Seht genau hin, Gevatter Troll«, rief Ílgorn zu ihm empor. »Sie setzen sich meist am Grund des Kessels ab!«

Bob beugte sich noch tiefer über den Topf. Er spürte die wallende Hitze des Öls, kniff die Augen zusammen und versuchte den Grund des Topfes zu erkennen. »Willst du mich zum Narren halten, Meisterkoch?«, rief er aufgebracht. »Dort unten sind keine Flocken!«

»Seht genau hin, Gevatter«, wiederholte Ílgorn, der sich hinter den Troll geschlichen hatte. Verstohlen maß er die Gestalt des Trolls, der sich über den Kessel beugte. Dann nahm der Meisterkoch Anlauf und versetzte Bob einen kräftigen Stoß.

Erschrocken ruderte der Troll mit den Armen, verlor das Gleichgewicht, strauchelte. Dann kippte er kopfüber in das siedende Öl. Der Kessel, von seinem Gewicht mitgerissen, geriet ins Trudeln und schwankte wild in den Ketten des eisernen Bocks.

Ílgorn setzte einen Schritt zur Seite und brachte sich vor dem aufspritzenden Öl in Sicherheit. Er betrachtete die zuckende Gestalt, die über dem Feuer kreiste.

»Dass ich nicht früher darauf gekommen bin«, murmelte er. »Geröstetes Trollfleisch – am besten gespickt mit Bärlauch und fettem Speck. In einer Rotweinsoße, garniert mit Mandelsplittern und Petersilie.« Sein Mund formte ein höhnisches Lächeln. »Ob meine Gefährten wohl an einer solchen Mahlzeit Gefallen fänden?«

Zufrieden wandte er sich von der Feuerstelle ab. Es war an der Zeit, zur Hängebrücke zurückzukehren; der gute Ulf wartete sicherlich bereits auf ihn.

Doch noch bevor Ílgorn den Ausgang der Höhle erreicht hatte, ließ ihn ein eigenartiges, schlürfendes Geräusch herumfahren. Sein Blick fiel zurück zur Feuerstelle.

Der Troll hatte seine Arme aus dem Kessel befreit. Die breiten Pranken umschlossen die oberste Stange des Eisenbocks, und mit gewaltiger Kraftanstrengung zog sich Bob aus dem Kessel und plumpste neben das Feuer. Sein Haupt dampfte; das Gesicht glänzte vor Öl, und im zottigen Haar klebten goldbraune Zwiebelringe und Kartoffelschnitze.

Das Lächeln auf dem Gesicht des Meisterkochs fiel in sich zusammen.

»Sie ist wirklich köstlich, deine Soße«, lobte der Troll und leckte sich das herabtropfende Öl von den Lippen. »Und obwohl ich am Grund des Kessels keine Flocken gefunden habe, scheint sie mir fertig zu sein. Was meinst du, Meisterkoch?«

Entsetzt wich Ílgorn zurück.

»Ich sehe, du bist überrascht«, spottete Bob und stieß ein dröhnendes Lachen aus. »Woher sollte ein Menschlein auch wissen, dass die Haut eines Trolls so hart ist wie Stein und durch Feuer und Hitze nicht verletzt werden kann?« Er spähte in den Topf, der über dem Feuer baumelte. »Wie traurig, dass ich so viel von der guten Soße verschüttet habe! Nun reicht sie nicht mehr aus, um deine Gefährten darin zu garen.« Er erhob sich und schritt auf Ílgorn zu. »Ich werde sie wohl oder übel ihrer Wege ziehen lassen – und du musst mir allein bei meiner Mahlzeit Gesellschaft leisten, Meisterkoch.«

Mit diesen Worten packte er den wie versteinert am Ausgang verharrenden Ílgorn und schleifte ihn zum Kessel.

Es dauerte ein gutes Stündchen, bis der Meisterkoch gar war. Sein Fleisch war tatsächlich so zart, wie er versprochen hatte, und die Soße war ein Gedicht! Nie zuvor hatte Bob ein so meisterlich zubereitetes Mahl genossen. Noch Jahrhunderte später lobte er in Trollkreisen den unvergleichlichen Meisterkoch Ílgorn, der ihn einst unter so großem persönlichem Einsatz in die Kunst des Kochens eingeweiht hatte.

Die Trollbrücke

NEIL GAIMAN

Ein Großteil der Schienenstränge wurde Anfang der Sechzigerjahre demontiert, als ich drei oder vier war. Die Bahngesellschaft riss gewaltige Löcher ins Schienennetz, sodass man nirgendwo mehr hinfahren konnte als nur nach London, und die kleine Stadt, wo ich wohnte, war nun das Streckenende.

Meine früheste verlässliche Erinnerung: Ich bin achtzehn Monate alt, meine Mutter ist im Krankenhaus, um meine Schwester zur Welt zu bringen, und meine Großmutter geht mit mir zur Brücke, hebt mich hoch, sodass ich den Zug sehen kann, der dort unten entlangfährt, schnaufend und Rauch speiend wie ein schwarzer Eisendrache.

Im Laufe der nächsten Jahre verschwanden die letzten Dampfloks und mit ihnen das dichte Schienennetz, das Dorf mit Dorf und Stadt mit Stadt verband.

Ich merkte nichts davon, dass die Loks verschwanden. Als ich sieben war, gehörten sie schon der Vergangenheit an.

Wir lebten in einem alten Haus am Rand des Städtchens. Die Felder gegenüber waren leer und brach. Manchmal kletterte ich über den Zaun und legte mich in den Schatten der Binsen und las, manchmal packte mich auch die Abenteuerlust und ich erkundete den Park des verlassenen Gutshauses jenseits der Felder. Dort gab es einen überwucherten Zierteich, den eine niedrige Holzbrücke überspannte. Während meiner Streifzüge dort traf ich niemals irgendwelche Gärtner oder Hausmeister in Garten und Park und ich versuchte nie, in das Herrenhaus einzudringen. Das hätte bedeutet, mein Glück über Gebühr zu strapazieren, und außerdem gab es für mich nicht den geringsten Zweifel, dass es in allen verlassenen, alten Häusern spukte.

Es war nicht so, dass ich leichtgläubig gewesen wäre, ich glaubte lediglich an all die Dinge, die finster und gefährlich waren. Und Teil dieses jugendlichen Credos war auch, dass die Nacht von Geistern und Hexen bevölkert war, hungrig und flatternd und ganz in Finsternis gehüllt.

Der Umkehrschluss hatte dementsprechend etwas Beruhigendes: Im Tageslicht war man sicher. Im Tageslicht war man immer sicher.

Ein Ritual: Am letzten Schultag vor den großen Sommerferien zog ich mir auf dem Heimweg Schuhe und Strümpfe aus, hielt sie in der Hand und lief auf empfindlichen, weichen rosa Füßen den steinigen Schotterweg entlang. Während der Ferien trug ich nur unter Zwang irgendwelches Schuhwerk. Ich schwelgte in barfüßiger Freiheit, bis im September die Schule wieder begann.

Als ich sieben war, entdeckte ich den Pfad durch den Wald. Es war Sommer, heiß und hell, und an diesem Tag entfernte ich mich weit von zu Hause.

Ich unternahm eine Forschungsreise. Ich ging am alten Gutshaus mit seinen verbretterten Fenstern vorbei, durchquerte den Park und kam schließlich durch einen unbekannten Wald. Ich kletterte eine steile Böschung hinab und fand mich auf einem von Bäumen überschatteten Pfad. Das Licht, das durch das Laubdach drang, war grün und golden gefleckt und ich glaubte, ich sei im Feenland.

Ein Bach plätscherte entlang des Weges, er wimmelte nur so von winzigen, durchsichtigen Flusskrebsen. Ich holte sie heraus, beobachtete, wie sie sich auf meinen Fingerspitzen krümmten und wanden, dann warf ich sie wieder ins Wasser.

Ich lief weiter den Pfad entlang. Er war schnurgerade und mit kurzem Gras bewachsen. Hin und wieder fand ich einen dieser wunderbaren Steine: blasige, geschmolzene Dinger, braun und purpurn und schwarz. Wenn man sie gegen das Licht hielt, sah man alle Farben des Regenbogens darin schimmern. Ich war überzeugt, sie müssten ungeheuer wertvoll sein, und stopfte mir die Taschen damit voll.

Weiter und immer weiter ging ich den grüngoldenen Korridor entlang und ich sah niemanden.

Ich spürte weder Hunger noch Durst. Ich fragte mich lediglich, wohin der Pfad wohl führen mochte. Er verlief schnurgerade und war vollkommen eben. Der Pfad selbst veränderte sich nicht, die umliegende Landschaft umso mehr. Zuerst befand ich mich am Grund einer Senke, auf beiden Seiten ragten steile, grasbewachsene Böschungen auf. Dann lag der Pfad über dem Land und ich konnte auf die Baumkronen und die Dächer der vereinzelten Häuser in der Ferne hinabsehen. Mein Weg blieb eben und gerade und ich folgte ihm durch Täler und Ebenen, Täler und Ebenen. Schließlich kam ich in einem der Täler an eine Brücke.

Sie bestand aus akkuraten roten Backsteinen und überspannte den Pfad in einem gewaltigen Bogen. Neben der Brücke war eine steinerne Treppe in die Böschung gelegt worden, deren Abschluss ein hölzernes Törchen bildete.

Ich war verwundert, Anzeichen menschlicher Zivilisation auf diesem Pfad zu finden. Inzwischen war ich überzeugt, er müsse eine natürliche Formation sein, wie ein Vulkan. Und vornehmlich von Neugier getrieben (ich war schließlich hunderte von Meilen gelaufen oder jedenfalls glaubte ich das und war Gott weiß wohin gelangt), stieg ich die Stufen hinauf und ging durch das Tor.

Ich war nirgendwohin gelangt.

Die Oberseite der Brücke war mit Morast bedeckt. Auf beiden Seiten lagen Felder. Weizen wuchs auf dem einen, das andere war eine verwilderte Wiese. Riesige Traktorreifen hatten tiefe Furchen im getrockneten Schlamm hinterlassen. Ich überquerte die Brücke, um ganz sicher zu gehen. Kein Trippel-Trappel; meine bloßen Füße verursachten keinen Laut.

Nichts im Umkreis von vielen Meilen, nur Felder und Weizen und Bäume.

Ich pflückte eine Weizenähre, schälte die süßen Körner und kaute sie versonnen.

Schließlich wurde mir bewusst, dass ich Hunger hatte, und ich ging wieder zurück, die Treppe hinunter auf die verlassene Bahntrasse. Es wurde Zeit, nach Hause zu gehen. Ich hatte mich nicht verlaufen, alles, was ich tun musste, war, den Weg zurückzugehen, den ich gekommen war.

Unter der Brücke wartete ein Troll auf mich.

»Ich bin ein Troll«, sagte er. Er unterbrach sich kurz und fügte dann hinzu: »Fol rol de ol rol.«

Er war riesengroß: fast stieß er mit dem Kopf an die Wölbung des Brückenbogens. Und er war mehr oder minder durchsichtig. Ich konnte die Backsteine und Bäume hinter ihm erkennen, verschwommen, aber nicht verdeckt. Der Troll war die Fleischwerdung all meiner Albträume: er hatte lange Fangzähne, scharfe Krallen und starke, behaarte Pranken. Seine Haare waren lang, wie die dieser kleinen Plastikpuppen – Gonk genannt –, mit denen meine Schwester so gern spielte. Seine Augen quollen hervor. Er war nackt und sein Penis baumelte aus einem Büschel Gonkhaare zwischen seinen Beinen.

»Ich habe dich gehört, Jack«, flüsterte er, seine Stimme klang wie der Wind. »Ich habe dich über die Brücke trippeln und trappeln gehört. Und jetzt werde ich dein Leben auffressen.«

Ich war erst sieben, aber es war helllichter Tag und ich habe keine Erinnerung an Furcht. Es ist gut, wenn man sich als Kind den Elementen der Märchenwelt gegenüberfindet – Kinder haben das nötige Rüstzeug, um damit fertig zu werden.

»Friss nicht mich«, sagte ich zu dem Troll. Ich trug ein braun gestreiftes T-Shirt und braune Cordhosen. Meine Haare waren ebenfalls braun und mir fehlte ein Schneidezahn. Ich lernte gerade, durch die Zähne zu pfeifen, aber ich hatte es noch nicht ganz geschafft.

»Ich werde dein Leben auffressen, Jack«, sagte der Troll.

Ich sah ihm unverwandt ins Gesicht. »Meine große Schwester kommt gleich diesen Pfad entlang«, log ich. »Sie schmeckt viel besser als ich. Friss sie stattdessen.«

Der Troll schnupperte die Luft und lächelte. »Du bist ganz allein«, sagte er. »Nichts und niemand sonst ist auf dem Pfad. Überhaupt nichts.« Dann beugte er sich vor und strich mit den Fingern über mich. Es fühlte sich an wie Schmetterlingsflügel im Gesicht, wie die Berührung eines Blinden. Dann schnüffelte er an seinen Fingern und schüttelte seinen riesigen Kopf. »Du hast gar keine große Schwester. Nur eine jüngere und sie ist heute bei ihrer Freundin.«

»Das alles kannst du riechen?«, fragte ich erstaunt.

»Trolle können den Regenbogen riechen und die Sterne«, flüsterte er traurig. »Trolle können die Träume riechen, die du geträumt hast, noch ehe du geboren wurdest. Komm näher und ich werde dein Leben auffressen.«

»Ich habe Edelsteine in der Tasche«, sagte ich dem Troll. »Nimm sie, nicht mich. Sieh nur.« Ich zeigte ihm die Lavajuwelen, die ich gefunden hatte.

»Schlacke«, sagte der Troll. »Abfallprodukte von Dampflokomotiven. Sie haben keinen Wert für mich.«

Er öffnete das Maul weit. Scharfe Zähne. Atem, der nach verrottetem Laub und der verborgenen Unterseite der Dinge roch. »Fressen. Jetzt.«

Es schien, als werde er mit jeder Sekunde massiver, realer, während die Welt draußen flacher wurde, ihre Farben dumpfer.

»Warte.« Ich stemmte die Fersen in die feuchte Erde unter der Brücke, wackelte mit den Zehen, hielt mich fest an der realen Welt und starrte unverwandt in seine großen Augen. »Du willst mein Leben gar nicht auffressen. Noch nicht. Ich ... ich bin erst sieben. Ich habe noch gar nicht *gelebt*. Es gibt so viele Bücher, die ich noch nicht gelesen habe. Ich bin noch nie im Flugzeug geflogen. Ich kann noch nicht pfeifen, jedenfalls nicht richtig. Warum lässt du mich nicht laufen? Wenn ich älter und größer geworden bin, eine richtige Mahlzeit für dich, dann komme ich wieder.«

Die Augen des Trolls starrten mich an wie riesige Scheinwerfer.

Dann nickte er.

»Also dann, wenn du wiederkommst«, sagte er. Und er lächelte.

Ich machte kehrt und ging den stillen geraden Pfad zurück, wo einmal die Schienen verlaufen waren.

Schließlich fing ich an zu rennen.

Im grünen Licht sauste ich den Pfad entlang, schnaufend und keuchend, bis ich Seitenstiche bekam, und mit der Hand um die schmerzende Seite gekrallt stolperte ich heimwärts.

Die Felder verschwanden, als ich älter wurde. Häuser wurden eines nach dem anderen aus dem Boden gestampft, Reihe um Reihe, neue Straßen entstanden und wurden nach

Wildblumen oder respektablen Dichtern benannt. Unser Heim, ein alterndes, schäbiges viktorianisches Haus, wurde verkauft, abgerissen und bald erhoben sich neue Häuser in unserem Garten.

Überall wurden Häuser gebaut.

Einmal verlief ich mich in dem Neubaugebiet, das zwei Weiden verdrängt hatte, auf denen ich jeden Halm gekannt hatte. Aber es machte mir nicht viel aus, dass die Felder verschwanden. Das alte Gutshaus wurde von einer multinationalen Investorengruppe gekauft und auf dem Anwesen weitere Häuser gebaut.

Acht Jahre vergingen, ehe ich zu der alten Bahnlinie zurückkehrte, und dieses Mal war ich nicht allein.

Ich war fünfzehn und hatte in der Zwischenzeit zweimal die Schule gewechselt. Ihr Name war Louise und sie war meine erste Liebe.

Ich liebte ihre grauen Augen, ihre feinen, hellbraunen Haare und ihren staksigen Gang (wie ein Kitz, das gerade laufen lernt. Das hört sich völlig behämmert an und dafür entschuldige ich mich). Als ich dreizehn war, hatte ich sie Kaugummi kauen sehen und mich rettungslos in sie verliebt.

Das Schlimmste an der Sache war, dass Louise und ich gute Freunde waren und wir gingen beide mit jemand anderem.

Ich hatte ihr nie gesagt, dass ich sie liebte oder dass ich scharf auf sie war. Wir waren Kumpel.

Ich war an diesem Abend bei ihr gewesen. Wir saßen in ihrem Zimmer und hörten *Rattus Norvegicus*, die erste LP der Stranglers. Es war der Beginn des Punk und alles schien so unglaublich aufregend: die Möglichkeiten – musikalische und andere – waren unbegrenzt. Schließlich wurde es Zeit, dass ich mich auf den Heimweg machte, und sie beschloss, mich zu begleiten. Wir hielten uns an den Händen, unschuldig, einfach nur gute Freunde, machten wir uns schlendernd auf den zehnminütigen Weg zu mir nach Hause.

Der Mond schien hell, machte die Welt sichtbar und farblos und die Nacht war warm.

Wir kamen zu unserem Haus, sahen drinnen Licht, standen in der Auffahrt und sprachen über die Band, die ich gründen wollte. Wir gingen nicht hinein.

Dann beschlossen wir, dass ich sie nach Hause bringen würde. Also machten wir uns auf den Rückweg.

Sie erzählte mir von dem Dauerkrieg mit ihrer jüngeren Schwester, die ihr ständig das Make-up und Parfum klaute. Louise hatte den Verdacht, dass ihre Schwester schon mit Jungen schlief. Louise war noch Jungfrau. Das waren wir beide.

Wir standen auf der Straße vor ihrem Haus im natriumgelben Licht einer Laterne und starrten auf die schwarzen Lippen, in das blassgelbe Gesicht des anderen.

Wir grinsten uns an.

Dann gingen wir einfach weiter, suchten stille Straßen und verlassene Pfade. In einem der Neubaugebiete begann ein Weg, der in den Wald führte, und ihm folgten wir.

Der Pfad verlief schnurgerade und lag im Dunkeln, doch die Lichter der fernen Häuser leuchteten wie Sterne am Boden und der Mond gab uns ausreichend Licht. Einmal packte uns die Angst, als vor uns irgendetwas schnüffelte und schnaufte. Wir drängten uns dicht aneinander, erkannten, dass es ein Dachs war, lachten, umarmten uns und gingen weiter.

Mit leisen Stimmen redeten wir dummes Zeug, vertrauten uns an, was wir uns erträumten, was wir wollten und dachten.

Und die ganze Zeit wollte ich sie küssen und ihre Brüste spüren und vielleicht die Hand zwischen ihre Beine schieben.

Schließlich sah ich meine Chance gekommen. Eine alte Backsteinbrücke überspannte den Pfad und in ihrem Schatten hielten wir. Ich drängte mich an sie. Ihre Lippen öffneten sich unter meinen.

Dann wurde sie auf einmal kalt und steif und rührte sich nicht mehr.

»Hallo«, sagte der Troll.

Ich ließ Louise los. Unter der Brücke war es dunkel, aber die Gestalt des Trolls füllte die Dunkelheit.

»Ich habe sie gebannt«, erklärte der Troll, »damit wir reden können. Und jetzt werde ich dein Leben auffressen.«

Mein Herz hämmerte und ich spürte, dass ich zitterte.

»Nein.«

»Du hast gesagt, du würdest zu mir zurückkommen. Und hier bist du. Hast du pfeifen gelernt?«

»Ja.«

»Das ist gut. Ich konnte nie pfeifen.« Er schnupperte und nickte. »Ich bin zufrieden. Du hast gelebt, Erfahrungen gemacht, bist gewachsen. Umso mehr zu fressen. Mehr für mich.«

Ich packte Louise, die ein starrer Zombie geworden war, und schob sie vor. »Nimm nicht mich. Ich will nicht sterben. Nimm sie. Ich wette, sie schmeckt viel besser als ich. Und sie ist zwei Monate älter als ich. Warum nimmst du nicht sie?«

Der Troll schwieg.

Er beschnupperte Louise von Fuß bis Kopf, schnüffelte an den Füßen, am Schritt, an Brüsten und Haaren.

Dann sah er mich an.

»Sie ist unschuldig«, sagte er. »Das bist du nicht. Sie will ich nicht. Ich will dich.«

Ich trat an die Öffnung des Brückenbogens und sah zu den Sternen auf.

»Aber es gibt noch so vieles, das ich nie getan habe«, sagte ich teils zu mir selbst. »Ich meine, ich hab noch nie.

Na ja, ich hab noch nie Sex gehabt. Ich bin noch nie in Amerika gewesen. Ich hab noch nie ...« Ich unterbrach mich. »Ich hab nichts vollbracht. Noch nicht.«

Der Troll sagte nichts.

»Ich könnte zu dir zurückkommen. Wenn ich älter bin.«

Der Troll sagte immer noch nichts.

»Ich *werde* zurückkommen. Ehrlich, das werd ich wirklich.«

»Zu mir zurückkommen?«, fragte Louise. »Wieso? Wohin gehst du denn?«

Ich drehte mich um. Der Troll war verschwunden und das Mädchen, das ich zu lieben geglaubt hatte, stand im Schatten unter der Brücke.

»Wir gehen nach Hause«, sagte ich ihr. »Komm.«

Auf dem ganzen Rückweg sprachen wir kein einziges Wort.

Sie verliebte sich in den Drummer der Punk-Band, die ich gründete, und viele Jahre später heiratete sie jemand anderen. Wir trafen uns einmal zufällig in einem Zug, lange nachdem sie geheiratet hatte, und sie fragte, ob ich mich an jenen Abend erinnere.

Ich sagte, ja.

»Ich hatte dich wirklich gern an diesem Abend, Jack«, sagte sie. »Ich dachte, du würdest mich küssen. Ich dachte, du würdest mich um eine Verabredung bitten. Ich hätte Ja gesagt. Wenn du gefragt hättest.«

»Aber das habe ich nicht.«

»Nein«, stimmte sie zu. Sie trug die Haare ganz kurz geschnitten. Es stand ihr nicht.

Ich habe sie nie wiedergesehen. Diese adrette Frau mit dem verkniffenen Lächeln war nicht das Mädchen, das ich geliebt hatte, und die Begegnung hatte mir Unbehagen eingeflößt.

Ich zog nach London und ein paar Jahre später zog ich wieder zurück, aber die Stadt, in die ich heimkehrte, war nicht die, die ich in Erinnerung hatte: Es gab keine Felder, keine Farmen und keine schmalen Schotterwege, also zog ich sobald wie möglich wieder fort, in ein winziges Dorf zehn Meilen weiter.

Ich zog mit meiner Familie – inzwischen hatte ich eine Frau und einen kleinen Sohn – in ein altes Haus, das vor vielen Jahren einmal ein Bahnhof gewesen war. Die Schienen waren längst entfernt worden und das alte Ehepaar von gegenüber züchtete auf der einstigen Trasse Gemüse.

Ich wurde älter. Eines Tage entdeckte ich ein graues Haar, ein andermal hörte ich eine Aufnahme meiner Stimme und erkannte, dass ich mich genau wie mein Vater anhörte.

Ich arbeitete in London, wo ich für eine der großen Plattenfirmen Nachwuchstalente auftat und produzierte. Ich fuhr morgens mit dem Zug hin und kam manchmal abends heim.

Ich hatte mir eine kleine Wohnung in London genommen, denn es ist schwierig, ein geregeltes Pendlerdasein zu führen, wenn die Bands, die man unter die Lupe nehmen will, nicht vor Mitternacht auf die Bühne torkeln. Es bedeutete außerdem, dass es relativ einfach war rumzuvögeln, wenn mir der Sinn danach stand, was meistens der Fall war.

Ich glaubte, Eleanora – das war der Name meiner Frau, den ich wohl schon eher hätte erwähnen sollen – wisse nichts von den anderen Frauen, aber als ich an einem Wintertag von einer zweiwöchigen New-York-Tour zurückkam, fand ich mein Haus kalt und leer.

Sie hatte mir einen Brief hinterlassen, nicht nur einen Zettel. Fünfzehn säuberlich getippte Seiten und jedes einzelne Wort war wahr. *Du liebst mich überhaupt nicht. Und das hast du nie getan.*

Ich war erschüttert, fühlte mich wie betäubt. Ich zog einen dicken Mantel über, verließ das Haus und stiefelte los.

Es lag kein Schnee, aber der Boden war hart gefroren und das Laub knisterte unter meinen Schuhen. Die Bäume standen wie schwarze Skelette vor dem strengen grauen Winterhimmel.

Ich lief am Straßenrand entlang. Autos fuhren an mir vorbei auf dem Weg von und nach London. Irgendwann trat ich auf einen Ast, der in einem Laubhaufen versteckt gelegen hatte. Er riss das Hosenbein auf und verletzte die Haut darunter.

Schließlich erreichte ich das nächste Dorf. Ein Bach verlief im rechten Winkel zur Straße, am Ufer führte ein Pfad entlang, den ich nie zuvor gesehen hatte. Ich schlug diesen Weg ein und starrte auf das teilweise zugefrorene Flüsschen hinaus. Es gluckerte und plätscherte und sang.

Der Pfad führte auf die Felder hinaus. Er war grasbewachsen und schnurgerade.

Am Wegesrand fand ich einen halb von Erde bedeckten Stein, hob ihn auf und wischte die Krumen ab. Es war ein Klumpen aus irgendeiner geschmolzenen, purpurnen Substanz und hatte einen eigenartigen Regenbogenschimmer. Ich steckte ihn in die Manteltasche und hielt ihn in der Hand, während ich weiterging. Er fühlte sich warm und beruhigend an.

Der Fluss machte eine Biegung und verschwand zwischen den Feldern. Ich ging weiter durch die Stille.

Ich war vielleicht eine Stunde gelaufen, ehe ich die ersten Häuser sah; neu und klein und kastenartig standen sie oben an der Böschung.

Und dann entdeckte ich die Brücke und wusste, wo ich mich befand: Ich befand mich auf der alten Bahntrasse, war dieses Mal aus der anderen Richtung gekommen.

Graffiti waren auf die Brückenmauer geschmiert: FUCK und BARRY LIEBT SUSAN und das allgegenwärtige NF der Nationalen Front.

Ich stand unterhalb des roten Backsteinbogens der Brücke inmitten all der Eisverpackungen und Chipstüten und dem einsamen, traurigen gebrauchten Kondom und sah zu, wie mein Atem weiße Dampfwolken in der kalten Nachmittagsluft bildete.

Das Blut an meinem Hosenbein war getrocknet.

Über mir brausten Autos über die Brücke, aus einem hörte ich laute Musik dröhnen.

»Hallo?«, sagte ich leise, verlegen, ich kam mir idiotisch vor. »Hallo?«

Ich bekam keine Antwort. Der Wind ließ die Chipstüten und das Laub rascheln.

»Ich bin zurückgekommen. Wie ich gesagt habe. Hallo?«

Stille.

Dann fing ich an zu weinen, wortlos, sinnlos schluchzte ich unter der Brücke.

Eine Hand berührte mein Gesicht und ich sah auf.

»Ich hätte nicht gedacht, dass du zurückkommst«, sagte der Troll.

Er war jetzt nicht mehr größer als ich, aber davon abgesehen unverändert. Das lange Gonkhaar wirkte ungepflegt. Ein paar Blätter hingen darin. Die großen Augen waren voller Einsamkeit.

Ich zuckte mit den Schultern und wischte mir mit dem Ärmel übers Gesicht. »Ich bin zurückgekommen.«

Drei Kinder überquerten die Brücke über uns, schreiend und rennend.

»Ich bin ein Troll«, sagte der Troll mit leiser, furchtsamer Stimme. »Fol rol de ol rol.«

Er zitterte.

Ich streckte die Hand aus, nahm seine riesige, klauenbewehrte Pranke und lächelte ihn an. »Es ist in Ordnung«, sagte ich ihm. »Wirklich. Es ist schon in Ordnung.«

Der Troll nickte.

Er drückte mich zu Boden zwischen die Blätter und Chipstüten und das Kondom und legte sich auf mich. Dann hob er den Kopf, öffnete sein Maul und fraß mit seinen großen starken Zähnen mein Leben auf.

Als er fertig war, stand der Troll auf und klopfte sich die Kleidung ab. Er steckte die Hand in seine Manteltasche und zog einen blasigen, verbrannten Steinklumpen hervor.

Den reichte er mir.

»Das ist deiner«, sagte der Troll.

Ich sah ihn an. Er hatte mein Leben mühelos übergestreift, schien es vertraut und angenehm zu finden, als trage er es seit Jahren. Ich nahm den Schlackeklumpen aus seiner Hand und schnupperte daran. Ich konnte den Zug riechen, von dem er vor so langer Zeit herabgefallen war. Ich hielt ihn fest in meiner behaarten Pranke.

»Danke«, sagte ich.

»Viel Glück«, erwiderte der Troll.

»Tja. Dir auch. Also dann ...«

Der Troll grinste mit meinem Gesicht.

Er drehte mir den Rücken zu und schlug die Richtung ein, aus der ich gekommen war, zurück zum Dorf, zu dem leeren Haus, das ich an diesem Morgen verlassen hatte, und er pfiff vor sich hin, während er ging.

Seitdem bin ich hier. Verstecke mich. Bin ein Teil der Brücke.

Aus dem Schatten beobachte ich die Menschen, die vorbeikommen: ihre Hunde ausführen oder reden oder eben die Dinge machen, die Menschen so tun. Manche bleiben unter meiner Brücke stehen, um zu pinkeln oder sich zu lieben. Und ich beobachte sie, aber ich sage nie ein Wort und sie bemerken mich nicht.

Fol rol de ol rol.

Ich werde ganz einfach hier bleiben in der Dunkelheit unter dem Brückenbogen. Ich kann euch alle da draußen hören, trippel-trappel, trippel-trappel auf meiner Brücke.

O ja, ich höre euch.

Aber ich werde nicht rauskommen.

Zauberer und Helden

Obwohl im Kleinen Hobbit *und erst recht im* Herrn der Ringe *kein Mangel an ihnen herrscht, sind Zauberer und Helden nicht gerade das Erste, was einem in den Sinn kommt, wenn man an Tolkiens Geschöpfe denkt. Das liegt zum einen daran, dass sie überall in der Fantasy, auch schon lange vor Tolkien, zum Grundinventar gehören, und zumal die heroische Fantasy kommt ohne sie nicht aus – weshalb auch ein anderer üblicher Name für dieses Gebiet »Sword and Sorcery« lautet, Schwert und Zauberei. Außerdem gehören Zauberer und Helden für gewöhnlich der am wenigsten exotischen Fantasy-Spezies an: sie sind einfach nur Menschen.*

Nein, nicht »einfach nur«: Der einzige gewöhnliche *Mensch im* Herrn der Ringe, *der mir sofort einfällt, ist der schusselige Schankwirt Gerstenmann Butterblume – der nämlich ist weder ein Held noch ein Schurke. Unter dem Begriff »Helden« sind also hauptsächlich die Menschen zusammengefasst, die sich von Berufs wegen durch Heldentaten im Kampf hervortun – meistens Krieger, Fürsten oder deren Söhne. Eine Kriegerin oder Prinzessin ist bei Tolkien und überhaupt im Gros der Fantasy höchstens ausnahmsweise darunter; erst in jüngerer Zeit werden die Heldinnen häufiger, was wohl nicht einfach nur an der feministischen Mode liegt, sondern auch daran, dass Frauen heute einen Großteil des Fantasy-Publikums stellen* und auch die Autorinnen zahlreicher geworden sind. Die Geschichten von Marion Zimmer Bradley und von Diana L. Paxson in dieser Abteilung sind Beispiele dafür.

Die Hauptthelden bei Tolkien sind ja Hobbits, doch sie sind durch die Umstände, ja fast wider Willen in diese Rolle geraten, und das haben sie mit vielen Märchenhelden aus dem Volke gemein; der typische Fantasy-Held aber ist – wie etwa seinerzeit ein Ritter – von Standes wegen zum Heldentum prädestiniert, und wer, wie man heute sagen würde, als Quereinsteiger unter die berufsmäßigen Helden und Herrscher gerät, bleibt in der Regel darin. Auch das war übrigens schon im Märchen so: Der Schneidergeselle, der den Riesen besiegt oder den Drachen tötet, wird wahrscheinlich über kurz oder lang König, aber zum Schneidermeister bringt er es nicht mehr.

In Tolkiens Silmarillion wird eine ganze Kosmogonie entwickelt, die die Istarin – die Magier wie Gandalf, Saruman, Radagast – als eine völlig eigenständige Kategorie von Wesen neben Göttern, Elfen, Zwergen, Menschen behandelt. Im Herrn der Ringe und erst recht im Kleinen Hobbit merkt man davon allerdings nicht viel, Gandalf und Saruman (die anderen kommen kaum ins Bild) erscheinen als Menschen mit besonderen Gaben und besonderem Wissen. Dass sie aber zumindest eine besondere Zunft bilden, wird auch bei Tolkien deutlich und entspricht genau dem Bild des Zauberers, wie es in der ganzen Fantasy Tradition ist. Darin, dass man zum Zaubern besondere angeborene Talente braucht, stimmen die meisten Autoren überein, erst recht aber darin, dass das nicht genügt und man umfangreiche, zumeist geheime Kenntnisse erwerben muss – fast alle Zauberer waren irgendwann einmal Zauberlehrlinge. Bei den realen Vorbildern der Zauberer war das ja nicht anders, schon der Schamane der Naturvölker bildete seinen Nachfolger aus, und in unserer heutigen Vorstellung gehört das Buch zur Grundausstattung des mittelalterlichen Zauberers wie der Zauberstab, der kaftan-ähnliche Mantel und der spitze

Hut. Überhaupt hat das Bild des Gelehrten, des modernen Wissenschaftlers wie auch des Alchimisten und Astrologen stark auf das des Zauberers abgefärbt.

Tolkiens Gandalf hat übrigens dazu beigetragen, dass man sich den Stab eines Zauberers heute so groß und solide vorstellt, dass man ihn auch als Wanderstab benutzen kann oder, ganz ohne Zauberspruch, als Argument in einem Disput mit Kollegen – nicht so ein Dings, womit Harry Potter oder die Varietézauberer hantieren und das neben dem Knirps in den Aktenkoffer passt. Unsere Vorstellung von Druiden, die wir zu einem Großteil römischen Quellen verdanken, hat sich auch als ergiebiges Vorbild für die Zauberer der neueren Fantasy erwiesen. Eine besondere Bewandtnis hat es mit dem spitzen Hut und dem Umhang oder Mantel, der bei vielen zünftigen Zauberern mit Gestirnen bestickt ist – eine nahe liegende Deutung war es, darin orientalische Einflüsse zu sehen, etwa von den chaldäischen Magiern her, die eher Sterndeuter als Zauberer waren. Gerade in letzter Zeit – ein sensationeller Fund ging erst 2002 durch die Presse – findet die Archäologie aber immer mehr Hinweise auf eine Jahrtausende zurückliegende mittel- und westeuropäische Kultur, die über bemerkenswerte astronomische Kenntnisse verfügte, die Observatorien und astronomisch orientierte Steinkreise wie den von Stonehenge baute und deren Priester hohe kegelförmige Kopfbedeckungen aus dünn ausgehämmertem Goldblech trugen. Merkwürdig daran ist, dass diese Kultur noch vor der klassischen keltischen liegt und dass, als dank den ersten griechischen Reisenden und später dank den römischen Legionären die keltischen und germanischen Stämme ins Licht der Geschichtsschreibung traten, diese Kultur längst vergangen und vergessen war. Aber vielleicht hat die Sage im Bild des Zauberers doch eine Erinnerung daran bewahrt?

Zauberer und kriegerische Helden sind derart typische Gestalten der Fantasy, dass sie des Öfteren als gemeinsam auf

Abenteuer ausziehendes Paar auftreten oder sogar in einer Person – und natürlich häufig im Verein mit anderen Wesen, wie zahlreiche Geschichten unserer Anthologie belegen. In der folgenden Abteilung aber sind sie unzweifelhaft die Hauptpersonen.

Schattenwald

DIANA L. PAXSON

Schattenwald ... Shanna verglich diesen Namen mit der Wirklichkeit des Waldes, der vor ihr lag. Auf Landkarten hatte dieses Meer von Bäumen, welches das aufsteigende Land zwischen Sharteyns fruchtbarem Ackerland und den Bergen überflutete, irgendeinen altertümlichen Namen, doch Shanna zog den Namen vor, den die Bauern benutzten. Beim Blick durch das Laubdach sah der Himmel sehr dunkel aus, und nach der Hitze und dem Staub der Straße war es sehr kühl.

Sie straffte sich im Sattel und ließ die Schnallen an ihrem gesteppten Wams aus rotem Leder aufschnappen. Ihre neuen Reithosen klebten feucht am Sattel, und Schweiß rann ihr den Rücken hinunter. Sie fragte sich, wie die Männer ihrer Eskorte das zusätzliche Gewicht der ledernen, mit kleinen Eisenplättchen besetzten Brust- und Rückenpanzer ertragen konnten. Vermutlich hatten sie sich daran gewöhnt.

Zwar hatte es eine halbe Stunde gedauert, bis ihre alte Kinderfrau, Nellis, sich davon überzeugen ließ, sie die Kleidung einer Kriegerin und nicht die Gewänder einer Königstochter von Sharteyn tragen zu lassen, doch jetzt hatte Shanna keinen Grund zur Klage. Sie hatte nur aufgrund der Behauptung Oberhand behalten, der Weg führe immer dicht an den Grenzen Sharteyns entlang. Doch es lagen viele Meilen zwischen dem Wald und der Königsstadt Bindir, wo sie ihren Bruder Janos treffen und heimbringen würde – dies war die Alte Straße, mit dem Wagen bequemer zu befahren, doch sie war länger und wurde seltener benutzt, als die, welche die königlichen Kuriere bevorzugten. Shanna dehnte ihre Schultern unter dem dicken Leder und lächelte. *Ich werde mich daran gewöhnen, vermutlich ...*

Ihre kastanienbraune Stute beantwortete einen unabsichtlichen, antreibenden Druck von Shannas langen Schenkeln mit einem Sprung nach vorn und wäre beinahe auf Big Hwilos' Grauen geprallt.

»Ruhe, Calur!« Shanna nahm die Zügel kurz und vermied den Blick des alten Soldaten. Die Straße entrollte sich vor ihr wie ein weißes Banner, sie ritt ein gutes Pferd, und das Schwert, das zu gewinnen sie ihr Leben aufs Spiel gesetzt hatte, hing an ihrer Seite. Endlich war sie frei!

Oder wenn auch nicht ganz frei – sie dachte an ihre Eskorte – so war sie zumindest den Intrigen und der Etikette des Hofes von Sharteyn entkommen.

Und vielleicht würde sie irgendwie, irgendwo auf ihrem Weg die Unabhängigkeit finden, nach der ihre Seele sich sehnte, wie der Falke nach dem Himmel.

Die Bäume erhoben sich drohender, je weiter sie ritten. Shanna erkannte Eiche und Haselnuss, die schmalblättrige Esche und die stattliche Ulme. Schwarz gegen einen goldenen Himmel flatterten Krähen dem Wald zu, die sich tagsüber an der reichen Ernte Sharteyns gelabt hatten. Die Straße vor den Reitern war unter ihrem Baldachin goldfarbener Blätter schwach erhellt.

Und dann plötzlich waren sie umringt. Shanna blinzelte und versuchte ihre Augen auf das Halbdunkel einzustellen. Dann riss sie an den Zügeln, als etwas ihre Wange streifte, das sie nicht sehen konnte. Ein Soldat vor ihr schrie auf;

ihrem noch immer getrübten Blick wollte es scheinen, als entsprieße der Pfeilschaft seinem Hals, als er fiel. Männer schrien, ein Pferd wieherte gellend. Es krachte gewaltig, und Shanna sah, wie der prunkvoll bemalte Wagen, in dem Nellis reiste, auf die Seite kippte, und seine Räder sich hilflos weiterdrehten.

»Halt! Legt die Waffen nieder oder ihr sterbt!«, ertönte eine tiefe Stimme, doch es war zu spät.

Drei weitere Pfeile flogen haarscharf an ihr vorbei. Zwei Männer ihres Vaters schrien auf, als gefiederte Schlangen sich in ihre Rüstungen bohrten. Der dritte Pfeil prallte von einem Helm ab und streifte klirrend einen Baum. Als sie das Schwirren einer Bogensehne hörte, zuckte Shanna zusammen und beugte sich tief über die Mähne ihrer Stute, denn die fein gewirkte, vergoldete Panzerweste, die sie unter ihrem Wams trug, würde sie vor dem Geschoss eines kräftigen Jagdbogens nicht schützen.

Zwischen den Bäumen bewegten sich raschelnd unsichtbare Feinde. Ein abergläubischer Schauer überlief Shanna, und sie krallte sich fester in Calurs schwarze Mähne, doch dann schob sie ihre Furcht gewaltsam beiseite – *Waldgeister brauchen keine irdischen Waffen, um zu töten ...*

»Absitzen und ausschwärmen!«, rief Hwilos, und Shanna begriff, ohne dass ihr Zeit für Trauer blieb, dass der Führer ihrer Eskorte gefallen sein musste. »Hier bieten wir ihnen die besten Ziele!« Er wandte sich ihr zu. »Rasch, Herrin, ich werde dich decken!« Shanna, die Füße bereits von den Steigbügeln befreit, trieb die Stute nach vorn, rollte aus dem Sattel, fiel sich überschlagend auf die Straße und kroch auf die Bäume zu. Ihre klammernden Finger zerrupften Grasbüschel, ein Beerenstrauch schrammte ihr Gesicht; sie sah vor sich einen Baumstamm, nein, das Bein eines Mannes und rappelte sich hoch. Der kleine Dolch in ihrer Hand glänzte schwach im trüben Licht.

Sie spürte, wie das Messer ins Fleisch drang, zog es heraus, um erneut zustoßen zu können, während der Bogen und die Pfeile des Mannes zu Boden fielen, und dann schlossen sich harte Hände um ihre Arme; sie wurde nach hinten geschleudert und spürte die kalte Spitze einer Klinge an ihrer Kehle. »Rühr dich nicht, Bursche, wenn du am Leben bleiben willst«, drang eine grollende Stimme an ihr Ohr.

Shanna dachte an den sauren Atem des Mannes, von dem sie sich ihr Schwert erkämpft hatte. Es war besser tot zu sein, als lebendig in der Gewalt eines solchen Mannes! Sie stieß ihren Kopf nach rückwärts in das ungeschützte Gesicht ihres Gegners, und rammte ihm ihre Ellbogen in die Rippen, als sein Griff sich im ersten Augenblick jähen Schmerzes lockerte. Dann riss sie ein langer Arm herum, sie holte aus, und sein Abwehrschlag donnerte betäubend gegen ihren stählernen Helm. Der Helm fiel, und ihre schwarzen Haarflechten entrollten sich ungehindert. Shanna konnte sich nur noch schwach wehren, als ihr Gegner sie niederzwang und ihr Hände und Füße fesselte.

Sie starrte hoch und erblickte einen großen Mann – aus diesem Blickwinkel kam er ihr wie ein Baum vor –, der lächelte und das aus seiner Nase rinnende Blut zu stillen versuchte. Seine grauen Augen blinzelten aufreizend.

»Bei allen Göttern!« Die Stimme des Mannes kam gedämpft hinter der vorgehaltenen Hand hervor. »Vielleicht war das Glück uns endlich gnädig. Es ist ein Mädchen!«

Hinter ihm in den Büschen krachte es, und weitere Männer tauchten auf, keiner so groß wie er, doch alle mit denselben schlichten Tuniken und braungrünen Hosen bekleidet. Shanna vermerkte befriedigt, dass einige bluteten.

Einer der Ankömmlinge blieb vor Shannas Bezwinger stehen und hob salutierend seine Faust. »Herr, Befehl ausgeführt! Andros ist tot, und Tam hat einen Schuss durch die Lunge ...« Der große Mann nickte. Die gebieterischen Züge seines Gesichtes verhärteten sich, als er die Stirn runzelte. »Und dieses Weibsbild hat Vand erstochen. Haben wir noch mehr Männer verloren?«

»Nur Verwundete, Herr – nichts Ernstes.«

Shanna richtete sich mühsam auf. Zunächst gehorchte ihr die Stimme nicht, dann keuchte sie: »Ihr Bastarde, was habt ihr mit den Männern meines Vaters gemacht?«

Ein Dutzend Augenpaare starrten sie an, und richteten sich dann, zögernd begreifend, auf ihren Anführer. »Ich dachte mir gleich, dass die alte Hündin im Wagen nicht das Einzige war, das sie beschützen sollten!«, rief der Mann, der Meldung gemacht hatte. Dann sah er seinen Anführer an und fuhr in sachlichem Ton fort. »Wir haben fünf getötet. Zwei sind verwundet, ich weiß nicht, wie schwer. Arni und Farel bewachen sie und die drei, die wir gefangen genommen haben.« Shanna schloss die Augen und schluckte, voller Kummer um die Männer, die sie im Laufe der einmonatigen Reise von der Stadt Sharn ins Herz geschlossen hatte. Und sie verzehrte sich vor Empörung. Sie waren angegriffen worden, als sie sich noch innerhalb von Sharteyn befanden! Wenn ihr Vater das erfuhr ...

»Ich sehe, dass auch Ihr eine gute Beute gemacht habt«, fuhr die verhasste Stimme des Leutnants fort. »Wer ist es, den Ihr erwischt habt?«

»Ich glaube ...« Der große Mann beugte sich nieder und zwang Shannas Kinn in die Höhe. »Ich glaube, ich habe die Ehre, Euch die Königstochter von Sharteyn vorzustellen!« Er richtete sich auf und deutete eine Verbeugung an. »Lady, erlauben Sie mir, mich vorzustellen. Ihr seid nun die Gefangene von Roalt Larsenyi, früherer Prinzregent von Norsith. Und, wenn alles gut geht, werdet Ihr auch der Schlüssel zur Rückeroberung meines Throns sein!«

Shanna schüttelte ungläubig den Kopf und zwang sich, wieder klar zu denken. »Ihr wollt, dass mein Vater Euch hilft?«

Jetzt erinnerte sie sich – der Herrscher von Norsith war vor etwa zwei Jahren von seinem Neffen vom Thron gestoßen worden. Solange die Steuern pünktlich gezahlt wurden, schien der König nichts dagegen zu haben. Roalt hatte bei ihrem Vater um ein Bündnis nachgesucht, war aber abschlägig beschieden worden. Vollauf mit den Räubereien des Verbannten, Kintashe, beschäftigt, hatte Fürst Artinor weder die Zeit noch die Mittel, sich mit dem Unrecht, das im Lande irgendeines anderen geschah, zu befassen.

»Bei Yraines heiligem Feuer«, brach es aus Shanna hervor, »mein Vater wird Eure stinkende Haut an die Mauern von Sharn nageln! Warum musstet Ihr meine Männer töten? Hättet Ihr mich nicht einfach bitten können, ein Wort für Euch einzulegen?«

Roalt seufzte. »Wir hatten Euren Bruder zu Gast, als er und sein Gefolge im vergangenen Jahr durch diesen Wald kamen. Damals baten wir höflich. Doch er lehnte ab, und sein Gefolge war so zahlreich, dass wir nicht deutlicher werden konnten. Ihr seht ihm sehr ähnlich, Lady. Ich hielt Euch zuerst für irgendeinen Verwandten des alten Artinor, obgleich ich wusste, dass er keinen zweiten Sohn hatte. Nun wollen wir sehen, wie viel Ihr ihm wert seid.«

»O mein Lämmchen, du musst dich nicht grämen ...« flüsterte Nellis. »Ich habe dich aus den Armen deiner toten Mutter genommen und dich großgezogen, bis du eine Frau warst, und, wahrlich, du bist wie eine junge Göttin. Was könnte ich mehr vom Leben erbitten?« Nellis' Finger zuckten, und Shanna nahm ihre Hand und streichelte sie. Sie war so dünn und zerbrechlich, und das vermehrte ihre Furcht mehr, als alles andere. Während der achtzehn Jahre von Shannas Leben war Nellis für sie eine weiche Brust und ein tröstender Schoß gewesen, und manchmal ein Bollwerk, an dem sie unbeschadet ihre Wut austoben konnte. Was in dieser Welt war sicher, wenn Nellis so hinfällig werden konnte?

»Du wirst wieder gesund!«, sagte sie verzweifelt. »Mein Vater wird uns bald suchen lassen. Trink noch etwas Tee.« Shanna hantierte mit Becher und Schöpfkelle und bemerkte kaum, dass heiße Flüssigkeit ihr auf die Hand spritzte.

Nellis trank ein wenig Tee und sank wieder zurück. Shanna setzte den Becher nieder, straffte sich, und wegen der Männer, die sie von der anderen Seite der Lichtung beobachteten, zwang sie sich zu einem Lächeln. Hwilos, Sandy und Zansie allein waren von der Eskorte übrig geblieben, mit der sie aufgebrochen war. Sie war nun für diese Männer verantwortlich. Und für Nellis ebenso. Sie blickte herunter auf ihre alte Kinderfrau und zog sorgsam den Umhang zurecht, in den sie eingehüllt war. Als der Wagen umstürzte, war Nellis bewusstlos geworden; ihre Verletzungen schienen leicht zu sein, verglichen mit denen der verwundeten Männer. Aber irgendwie musste sie innere Verletzungen davongetragen haben, oder sie litt vielleicht unter dem Schock des Überfalls. Jetzt wusste Shanna, dass es ein Verbrechen gewesen war, eine alte Frau auf diese Reise mitzunehmen. Doch sie hatte befürchtet, von einer affektierten Hofdame begleitet zu werden, und in Nellis hatte sie nie eine alte Frau gesehen ...

Zwischen Shanna und dem Feuer bewegte sich ein Schatten. Sie sah auf und erblickte Fürst Roalt, der einen Überwurf in der Hand hielt, der aus weichen Biber- und Fuchspelzen zusammengenäht war. »Kann das helfen?«, fragte er. »Er wärmt ...«

Shanna nickte wortlos, hin- und hergerissen zwischen Zorn und Dankbarkeit. Wäre Roalt nicht gewesen, läge Nellis nicht hier, doch sie wusste, dass es sein eigenes Bett war, von dem der Fürst die Pelze genommen hatte.

Sie versuchte ihre Verwirrung zu verbergen, indem sie den Überwurf sorgfältig über Nellis' ausgezehrten Leib breitete. Als sie wieder aufblickte, bemerkte sie zu ihrer Überraschung, dass Roalt noch immer neben ihr war. Er saß auf der Erde, und sein Blick war nach innen gerichtet, als sei er mit seinen Gedanken weit fort. Im Gefühl jähen Wiedererkennens biss sich Shanna auf die Lippen und begriff, dass sie ihren Vater oft mit demselben kummervollen Ausdruck gesehen hatte. Ja, der frühere Herrscher von Norsith ähnelte in vielen Zügen ihrem Vater – nicht dem jetzigen Artinor, der verbraucht war durch Kriege, Intrigen und Angst um seinen Sohn, der von seiner Reise nach Blindir nie zurückgekehrt war, wo er dem König seine Dienste anbieten wollte, sondern dem Manne, den sie aus ihrer Kindheit kannte, mächtig, entschlossen und, ja, *freundlich* ...

Nachdem Nellis' Krankheit offenkundig geworden war, hatte Roalt nach Möglichkeiten gesucht, ihr zu helfen, doch es gab in der Nähe des Waldes keine Gehöfte, wohin man sie hätte bringen oder Heilkundige, die man hätte rufen können. Es war offensichtlich, dass die alte Frau weder die lange Reise zurück nach Sharn, noch, wenn Roalt es gewagt hätte, in das Land von Norsith überleben würde.

Wütend über ihre eigenen Empfindungen, stieß Shanna hervor: »Habt Ihr noch nichts von Euren Boten gehört, Fürst? Es ist fast zwei Monate her, seit Ihr sie nach Sharn geschickt habt. Vielleicht haben sie festgestellt, nachdem sie etwas anderes kennen gelernt haben, dass das Leben im grünen Wald nicht so hübsch ist. Was lässt Euch glauben, dass sie zurückkehren werden?«

Sie wappnete sich gegen seinen Wutausbruch, doch Roalt seufzte nur. »Ich schätze, ich verdiene Eure Worte – Ihr wolltet mir zu verstehen geben, dass es eines Herrschers unwürdig war, Euch gefangen zu nehmen, und das ist wahr. Aber mit jedem Jahr wird der Druck meines Vetters Deneth auf mein Land stärker. Das Volk wird immer kraftloser, und der König greift nicht ein. Ein trauriger Abstieg für einen Fürsten, wie ein Tier in der Wildnis leben und Reisende überfallen zu müssen. Doch was sonst kann ich tun?« Einen Augenblick lang schwebte Shanna eine Antwort auf den Lippen – er konnte sie nach Sharn zurückschicken, als sein Anwalt! Sie malte sich diese Szene in ihrer Phantasie aus, doch dann deren Fortsetzung, denn sie wusste, dass Fürst Artinor, hatte er seine Tochter erst einmal sicher zu Hause, niemals erlaubt haben würde, dass sie sich nochmals den Gefahren der Straße aussetzte. Sie schluckte. Roalt erhob sich. Die Gelegenheit war dahin.

Shanna war beinahe drei Monate gefangen, als Nellis starb – und Roalts Boten nach Sharteyn waren nicht zurückgekehrt. Die Fülle des Sommers mündete unmerklich in die ersten kühlen Tage des Herbstes. Unabhängig von jener letzten hartnäckigen Hoffnung, die Roalt davon abhielt, Shanna freizulassen, hätte sie sich in seinem Lager beinahe wie ein Gast fühlen können. Seine Männer waren beeindruckt von ihrer Fechtkunst und bestanden darauf, ihre Ausbildung zu vervollkommnen, indem sie ihr nicht nur die Handhabung des großen Jagdbogens, sondern auch die Kunst der waffenlosen Verteidigung beibrachten, die sie vor ihrer Gefangennahme hätte bewahren können.

Eines Tages, als die Sonne mit fast sommerlicher Wärme strahlte, schlenderte Shanna zum Fluss, um zu baden. In diesen Tagen bewachten sie die Männer aus Norsith nur locker. Sie warnten sie lediglich davor, zu weit flussaufwärts zu baden – und dies wohl mehr aus Besorgnis, sie könne in irgendeine Gefahr geraten, denn aus Furcht, sie könne fortlaufen – und waren überdies so höflich, sich zurückzuziehen und sie allein zu lassen.

Eine kleine Weile saß sie am Ufer und plantschte mit den Füßen im Wasser, um sich an dessen Kälte zu gewöhnen.

Darauf holte sie tief Luft und glitt ganz hinein, sodass das Wasser, das zum Ende des Sommers nicht tief war, ihren ganzen Körper bedeckte. Es war sehr klar, doch schwach braun, sodass Shannas lange Beine darin die warme Tönung alten Elfenbeins annahmen.

Da sie an die gekachelten Bäder des Palastes gewöhnt war, hatte sich Shanna anfangs vor den braunen Tiefen des Flusses gefürchtet, doch sie hatte dort niemals Aufregendes gefunden, sondern bloß Elritzen und gelegentlich einen Panzerkrebs, der ungestüm zwischen den Steinen hindurcheilte. Nun wünschte sie sich nur, das Wasser wäre ein wenig tiefer gewesen. Vielleicht gab es in der Nähe der Quelle tiefere Stellen. Wassertropfen perlten wie Kristalle an ihrem Körper, als sie sich aus dem Wasser erhob und vorsichtig flussaufwärts zu gehen begann.

Shanna hatte keine Ahnung gehabt, dass die Wälder so friedlich waren oder so schön. Das lag daran, schätzte sie, dass die Verbannten selten so weit vordrangen, und sie hatte am Ufer ihre Kleider zurückgelassen, die so streng nach Schweiß und Kochfeuer rochen – die verräterischen Ausdünstungen der Menschen. Ein Otter schlüpfte fast ohne Spritzer vom Flussufer ins Unterholz; die Wälder vibrierten von kleinen Lauten, Geraschel und Gezwitscher – eine lebendige Stille, ganz anders als die leere Lautlosigkeit rings um das Lager.

Shanna stand einen Augenblick da und atmete tief die reine Luft ein. Die Baumstämme säumten das Flussufer wie Säulen einen Tempel. Herbstliches Sonnenlicht strahlte durch die sich verfärbenden Blätter in hundertfachen Abtönungen von Gold. Während es durch die Steine rieselte, sang das Wasser ein heimliches Lied, als riefe es nach ihr, und Shanna lächelte und ging weiter.

Mit einem Mal sah sie, dass der Fluss durch zwei mächtige Felsblöcke gesperrt wurde, durch die das Wasser in einem kleinen Wasserfall hindurchschoss. Ihr Herz machte einen Sprung; im Schutze eines solchen Dammes musste es gewiss einen Teich geben, wie sie ihn sich wünschte. Eifrig kletterte sie voran, kroch um die Felsblöcke herum und befand sich unversehens am Rand einer stillen Wasserfläche von etwa zwei Dutzend Fuß im Durchmesser. Silberbirken umstanden sie wie die Bögen rings um den heiligen Weiher am Tempel, in dem Shanna geweiht worden war. Mit einem Seufzer des Entzückens glitt sie mit ihrem ganzen schlanken Körper hinein.

Shanna hatte in der kalten See des Nordens schwimmen gelernt. Welche Lust war es, in diesem Wasser zu baden, das so ruhig war und doch frisch, als werde es fortwährend von einer Quelle gespeist, die in seiner Tiefe entsprang.

Mit ein paar kraftvollen Stößen durchschwamm sie den Teich, drehte sich auf den Rücken, ließ sich treiben und blickte hinauf zu den sanft lispelnden goldenen Blättern der Birken. Dann fand die steigende Sonne eine Lücke in den Zweigen, und ein Strahlenbündel fiel hinab auf die Oberfläche des Teiches. Geblendet drehte Shanna sich im Wasser und blinzelte, als sie ein ebensolches goldenes Licht erblickte, das aus der Tiefe des Wassers emporleuchtete. Neugierig geworden, holte sie tief Luft, machte im Wasser eine Rolle und tauchte. Vom Grunde des Teiches stieg ihr Spiegelbild zu ihr empor. Für einen Augenblick fand Shanna dies bloß lustig, doch dann erinnerte sie ein jäher Gedanke daran, dass es unter Wasser keine Spiegelbilder gab; außerdem war das Haar weißlich, welches das Gesicht, das zum ihrigen aufstieg, umwehte ... Weißlich, und seine hervortretenden Augen waren so klar und braun wie das Wasser des Teiches, und es stieg und stieg – Shannas Muskeln spannten sich, um sie an die Oberfläche zu treiben, und bleiche Glieder schlossen sich um sie, schlüpfrig wie Forellenhaut und *kräftig.*

Shanna kämpfte, wendete jeden Trick an, den Roalt ihr gezeigt hatte, doch alles, was sie sah, war ein Funkenschweif in der Dunkelheit; ihre Pulse hämmerten in ihren Ohren. Als ihre Glieder kraftlos wurden, spürte sie, wie eine unglaublich geschmeidige Hand über ihre Brüste strich und zwischen ihre Schenkel fuhr. Dann gab die schreckliche Umklammerung sie frei, und der Auftrieb ihres Körpers schnellte sie an die Wasseroberfläche.

Shanna keuchte, schluckte Wasser und strebte keuchend einem Felsen am Rand des Teiches zu. Sie lag quer über dem Stein, und sog mit rasselnden Atemzügen die angenehme Luft ein.

»Du bist kein *Mann* ...«, sagte hinter ihr eine Stimme in einem sanften, betrübten Ton.

Shanna wälzte sich herum. Das Gesicht ihres Albtraums schwamm auf der Oberfläche des dunklen Wassers. Shanna blinzelte, sah noch einmal hin und erblickte darunter den matten Schimmer eines Körpers.

»Es ist so lange her, dass sie mir einen Mann zum Spielen brachten, und der Letzte ist zu rasch entzweigegangen ...«, schmollten schmale Lippen. »Doch ein Stück von ihm habe ich behalten ...« Das Wesen hob sich ein wenig aus dem Wasser, und Shanna sah, dass seine biegsamen Finger die blanke Wölbung eines männlichen Schädels liebkosten.

Eine Nixe ... In einer von Nellis' Geschichten kam dieser Name vor. Kein Wunder, dass Roalts Männer sich gefürchtet hatten, stromaufwärts zu gehen. Shanna fragte sich, ob sie je erfahren hatten, was ihrem verschwundenen Gefährten zugestoßen war.

»Bist du gekommen, um mich anzubeten?«, fuhr die liebliche Stimme fort. »Sie pflegten in jedem Frühjahr zu kommen. Sie brachten mir hübsche Dinge ...«

Shannas Blick streifte den goldenen Schimmer in der Tiefe des Teiches. Sie zwang ihre Finger ihr zu gehorchen, nestelte die goldenen Ringe aus ihren Ohrläppchen und hielt sie der Nixe hin.

»Herrin, wollt Ihr diese Ringe als mein Geschenk annehmen? Sie sind alles, was ich habe!« Als die Nixe nickte, warf Shanna die Ringe ins Wasser, die einen glitzernden Bogen beschrieben und verschwanden.

»Mein Name ist Sequilla.« Das Lachen der Nixe klang wie perlendes Wasser, doch wenn sie lächelte, entblößte sie eine erschreckende Zahl nadelspitzer Zähne. In einem Strudel bleicher Haare tauchte sie unter, und als sie wieder erschien, war sie Shanna ein paar Fuß näher gerückt.

»Lady Sequilla ...«, bestätigte Shanna und zog sich ein wenig zurück. Sie dachte nicht daran, dem Geschöpf ihren eigenen Namen preiszugeben. »Könnt Ihr mir vergeben, dass ich hier gebadet habe? Ich wusste nicht, dass Euch der Teich gehört.«

»Jeder weiß, dass dies mein Teich ist ...«, erwiderte die Nixe. Dann weiteten sich ihre Augen. »Doch vielleicht haben sie es vergessen. Sie pflegten im Frühjahr zu kommen, und ...«

Shanna seufzte, als Sequilla ihre Geschichte wiederholte. Es hatte Prozessionen gegeben und eine Priesterin, Musik von Flöten und Trommeln. Damals hatten sie ihr goldene Geschmeide dargebracht und Blumengebinde und zuweilen Männer ... Shanna fragte sich, wie lange das wohl her sein mochte. Sie hatte niemals von einer Zeit gehört, wo der Wald keine Wildnis gewesen war.

»Aber dann gab es eine Schlacht, und danach kam niemand mehr ...«

Die abschließende Klage der Nixe rief Shannas geschwundene Aufmerksamkeit zurück.

»O ja«, sagte Sequilla. »Dort drüben ...« Ein biegsamer Arm deutete auf eine tiefere Dunkelheit, eingerahmt von gebogenen Bäumen. Einen Augenblick verschwand sie, und tauchte dann wieder auf. »Sie sind noch da, weißt du, beide Heere.«

Beinahe gegen ihren Willen stand Shanna auf und schlich leise zum Waldrand. Die Brise war erfrischend kühl auf ihrer nackten Haut. Als die Zweige schwankten, drang Sonnenlicht für einen Augenblick in den Blätterbaldachin, und die höckerigen Schatten, die Shanna erspäht hatte, entpuppten sich plötzlich als ein grinsender weißer Schädel, umgeben von unversehrt glänzendem Goldgeschmeide, und mitten darin sah sie eine Krone und das Knochengerüst einer Hand, die noch immer den verwitterten Stumpf eines Schwertes umklammert hielt.

Die Nixe stieß einen traurigen, perlenden Seufzer aus.

»Manchmal erwachen sie, wenn neue Männer kommen, und wollen wieder kämpfen. So viele Männer ... aber keiner von ihnen nützt mir etwas ...«

Shanna schluckte ihre Übelkeit herunter, kehrte zum Rand des Teiches zurück und dachte scharf nach. Zwei Heere unbestatteter Toter, gefällt in Hass und Furcht – das war schon ein mächtiger Spuk! Kein Wunder, wahrlich, dass dieser Ort zum Schattenwald geworden war. Es war mehr als Kälte, was ihre Haut zum Prickeln brachte, und sie begann zum Ausfluss des Teiches zu klettern.

»Geh nicht ...«, rief die Nixe klagend. »Ich unterhalte mich gern mit dir.«

Shanna schüttelte den Kopf. »Ich muss jetzt gehen. Vielleicht kann ich wiederkommen ...«

»Komm ein anderes Mal wieder ...« Die Nixe sang es halb. Sie schwamm auf den Rand des Teiches zu, und Shanna kroch mit mehr Hast als Anmut über die Felsen, die ihn umgaben.

Doch selbst als sie flussabwärts stolperte, schien sie noch immer die Worte »ein anderes Mal« zu hören, die endlos von der silbernen Stimme des Wasserfalls wiederholt wurden.

Früh kam der Winter mit einem bitterkalten Wind, der jede kleine Öffnung in den Kleidern fand, und mit Flocken feuchten Schnees. Wenn Nellis so lange gelebt hätte, wäre dieser Schnee ihr Ende gewesen, dachte Shanna und zog ihren roten Umhang enger um den Körper. Man musste der Göttin danken, dass man damit gerechnet hatte, die Reise werde sich über den ganzen Winter hinziehen, sodass die Truhen im zerstörten Wagen warme Kleider enthalten hatten. Doch sie hatte nicht erwartet, den Winter an diesem Ort zu verbringen!

Sie war davon ausgegangen, dass es möglich sein musste, bei einem solchen Wetter in der Wildnis zu überleben, denn Roalt und seine Männer hatten dies bereits zweimal geschafft, bevor Shanna zu ihnen gekommen war. Aber in diesem Winter war die Stimmung verändert. Sie konnten nicht wissen, ob Gefangennahme oder Verrat Roalts Boten an der Rückkehr gehindert hatten, doch die Hoffnung war dahin. Die Augen der Männer zeigten bereits jetzt einen leeren Ausdruck, und der Winter war erst einen Monat alt.

Roalt weiß, dass sie ihren Lebenswillen verloren haben, dachte Shanna, die ihn beobachtete, während er ein neues Scheit in das kalte Feuer schob. *Was wird er unternehmen?* Während dieser letzten beiden Wochen war er sehr schweigsam gewesen, und die Kummerfalte zwischen seinen Brauen vertiefte sich, bis sie aussah wie eine Narbe. Es zuckte ihr verlangend in den Fingern, sie wegzustreicheln.

Shanna machte eine Bewegung, aufzustehen und zu ihm zu gehen, als ihr jäh klar wurde, was sie tun wollte. Sie ließ sich wieder in den Schnee nieder und krümmte ihre Finger, bis sie sich in die Handfläche eingruben. Sie versenkte sich in sich selbst und untersuchte nicht Roalts Handlungen, sondern die ihren.

Meine Männer haben ihr Wort gegeben, keinen Fluchtversuch zu unternehmen, aber nicht ich ... Und es ist schon einige

Wochen her, seit ich Roalt gebeten habe, mich gehen zu lassen ... Warum bin ich noch hier?

Sie saß im Schnee, vergaß die Kälte und spürte, wie Halbgedachtes sich aus ihrem Inneren nach oben drängte: *Roalt hat verloren. Seine Männer bleiben hier, weil sie ihn lieben – und das tue ich auch.*

Unbeweglich saß sie da, warme Tränen rollten über ihre Wangen und fielen unbeachtet in den Schnee, während sie in ihrer Erinnerung alles wiederholte, was sie je zu ihm und er zu ihr gesagt hatte. Und ein wenig später drängte sich ihr, wie von selbst, eine weitere Frage auf.

Wenn es also keine Hoffnung mehr gab, warum hatte dann Roalt nicht sie und die anderen fortgeschickt? Ihr Herz machte einen Sprung – vielleicht, weil er sie auch liebte?

Sie sprang auf die Füße, wollte zu ihm, als sie sah, wie der Wachtposten ungestüm herbeigerannt kam und fast ins Feuer rutschte, bevor er vor seinem Anführer Aufstellung nahm. Shanna blieb mit pochendem Herzen stehen. Hatte sie sich geirrt? War die Antwort ihres Vaters endlich da? Doch der Gesichtsausdruck des Postens verriet keine Freude, und Roalts Züge wurden grimmig. Jetzt stampften aus allen Richtungen Männer auf die Lichtung und griffen nach ihren Waffen. Geraune wurde laut und ebenso rasch leiser, als sich die Männer lauschend um Fürst Roalt und den Posten geschart hatten. Dann nickte Roalt schließlich, drehte sich um und gebot mit erhobener Hand Schweigen.

Es trat schneller ein, als Shanna es für möglich gehalten hätte. Einen Augenblick lang waren die einzigen Geräusche das Knacken des Feuers und das Schurren, mit dem eine Ladung Schnee von einem Ast rutschte.

»Wir haben es weit gebracht, meine Brüder und Waffengefährten ...« Roalts tiefe Stimme war nicht laut, doch Shanna verstand jedes Wort, als spreche er ihr ins Ohr. »Wir haben meinen Vetter davon überzeugt, dass wir eine Gefahr für ihn sind. Er bringt seine Streitkräfte hierher – ein Kompliment für uns, wenn jemand ein Heer auf zwei Dutzend Männer loslässt, meint ihr nicht auch?«

Es gab ein gedämpftes wölfisches Gelächter, doch Shanna konnte merken, dass alle Männer ihre Chancen abschätzten – entweder zu kämpfen oder zu fliehen. Big Hwilos machte den beiden anderen Männern aus Sharteyn Zeichen, und alle drei bezogen Posten hinter Shanna, die ihnen mühsam zulächelte. »Was mich angeht« – Roalts Stimme wurde hart –, »ich denke nicht daran, wieder fortzulaufen. Wenn ich den Feind in diesem Kampf vernichten kann, werde ich am Ende der Sieger sein. Wenn nicht – auch gut. Deneth wird mich niemals im Triumph durch die Straßen von Ennis Narr schleifen!«

Einer der Männer begann einen Beifallsruf. In gezogenen Schwertern spiegelten sich undeutlich Schnee und Himmel wieder. »Wir werden an deiner Seite stehen, Herr!«, riefen sie. »Tod oder Sieg!«

Shanna schluckte. Der Schlachtruf hallte in ihren Ohren wie die bittersüße Verlockung eines entfernten Hornrufs. O ja – war nicht ein rasches und ruhmreiches Ende besser als ein Leben in Schmach?

Roalt wandte sich um. Shanna begann zu zittern, als sein Blick, dieses eine Mal unverhüllt, auf ihrem Gesicht brannte. Doch bevor sie lesen konnte, was seine Augen sagten, veränderten sie sich wieder, und ein weiteres Mal verbarg der Schild männlicher Würde die Nacktheit seiner Seele.

»Dann werden wir kämpfen ...« Er sprach zu seinen Männern, doch seine Augen waren weiter auf Shanna gerichtet. »Doch bevor das geschieht, Lady, müssen wir Euch loswerden. Ich denke dass sogar Deneth eine Unterhändlerflagge respektieren wird, welche die Tochter Artinors trägt!«

Shanna schielte auf die Gesichter der Männer, die bei ihr standen, und als sie Enttäuschung darin las, begann sie zu lachen.

»Aber, mein Prinz, wie könnte ich Euch eines Siebtels Eurer Streitmacht berauben? Ihr wolltet ein Bündnis mit Sharteyn – jetzt habt Ihr es!« Sie zog ihr Schwert, das mit dem wohlklingenden Geräusch von Stahl aus der Scheide glitt, drehte es um und bot ihm das Heft dar.

Nun, da die Entscheidung getroffen war, verspürte sie eine tiefe Freude. Es war gewiss ein Geschenk, entscheiden zu können, mit wem man sterben wollte und als Kamerad anerkannt zu werden von diesen Männern, von *diesem* Mann. – Dies war genau der Augenblick, für den sie ihr Schwert der Göttin Yraine geweiht hatte! Merkwürdigerweise bedauerte sie in dieser Sekunde die Unvermeidbarkeit von Roalts Tod mehr als die ihres eigenen.

Der Prinz runzelte die Stirn; er setzte zum Sprechen an – um ihr Angebot zurückzuweisen? Aber Shannas Männer nickten, und Roalts Getreue begannen erneut Beifall zu spenden. Da ertönte aus einiger Entfernung die raue Tonfolge eines Trompetensignals. Die Hände der Männer griffen nach den Waffen.

Dann seufzte Roalt. »Das ist das Norsith-Signal, das Lager aufzuschlagen«, sagte er. »Sie haben einen langen Marsch hinter sich. Wahrscheinlich werden sie heute Nacht rasten, und uns im Morgengrauen angreifen. Wir werden das Gleiche tun«, fuhr er fort, »und ihnen am Morgen einen harten Kampf liefern. Vergesst nicht: wir kennen die Wälder, wie sie es nie tun werden. Und ... Shanna ...« – sein Ton wurde härter – »ich muss unter vier Augen mit Euch sprechen ...«

Shanna setzte sich auf, um sich sogleich wieder in ihre Decken zu hüllen, als die Kälte der Mitternacht an den ungeschützten Leib drang. Sie hatte sich in ihren Kleidern schlafen gelegt – das hatten alle getan –, doch dies war die kälteste Stunde der Nacht, in der unter dem Frosthauch des Mondes der Himmel zu gefrieren schien. Sie hörte die regelmäßigen Atemzüge der Männer ringsum, ein gelegentliches

Schnarchen, ein Murmeln, wenn jemand vom bevorstehenden Kampf träumte.

Sie war froh, dass die Männer schlafen konnten. Sie hatte nicht mehr als ein quälendes Dahindösen zustande gebracht, seit sie sich niedergelegt hatte. Vorher hatte sie eine Stunde mit Roalt herumgestritten, eine Auseinandersetzung, die keiner von beiden für sich entscheiden konnte. Er hatte darauf bestanden, alles zu versuchen, um sie zu schützen, doch er musste wissen, dass er sie nicht davon würde abhalten können, in den Kampf einzugreifen, selbst wenn er sie fortschickte. Und dann wären sie beide tot, und es würde überhaupt keine Rolle mehr spielen, was vorher gewesen war. Es sei denn – Shanna erschauerte, nicht nur vor Kälte, denn der Gedanke, der sie vom Schlafen abgehalten hatte, war gewiss eisig genug, ihr Schauer über den Rücken zu jagen. Furcht einflößend – und sehr wahrscheinlich verrückt. Doch wenn ihr auf jeden Fall der Tod bestimmt war, wie konnte sie das Risiko scheuen, das Roalt vielleicht davor bewahrte, ebenfalls zu sterben? Wenn nur die vergangenen Monate ihr genügend Seelenstärke und Kenntnis der Wälder eingebracht hatten, die Tat zu vollbringen, die sie vorhatte!

Ihr suchender Blick fand das dunkle Bündel, das Roalt war, der auf der anderen Seite des Feuers schlief, und ihr Herz flüsterte Worte des Abschieds, die auszusprechen, sie ihren Lippen niemals erlaubt hätte. Zuerst hatte sie gehofft, dass sie in dieser letzten Nacht miteinander schlafen würden. Warum nicht? Shanna hatte im vergangenen Jahr am Baalteyn-Feuer der Göttin gegeben, was sie ihr schuldig war, und er hätte sich wegen ihrer Unschuld keine Sorgen zu machen brauchen. Doch jetzt war sie froh. Es war gewiss besser, Roalts Leben zu retten, als in seinen Armen zu schlafen!

Auffällig gähnend stand Shanna auf und bewegte sich auf die Bäume zu. Wenn sie Glück hatte, würde der Mann der Wache hatte, glauben, sie ginge, um sich zu erleichtern, in den Graben, wo die Pferde waren. Calur hob ihren Kopf, als Shanna sich näherte, und sie legte die Hand auf die Nase der Stute, um sie zu beruhigen. Doch, obgleich das Pferd schnaubte, und bei der Berührung von Sattel und Zaumzeug tänzelte, folgte es Shanna willig über den vom Mondlicht gefleckten Pfad, der zum Fluss führte und hielt still, als Shanna aufsaß.

Als sie im Sattel saß, blickte Shanna zurück, und dann nicht wieder. Sie durfte sich nicht gestatten, darüber nachzudenken, ob Roalt vielleicht erwachte, feststellte, dass sie verschwunden war und glaubte, sie sei fortgelaufen ... Nein – es war wichtiger, sich Gedanken darüber zu machen, ob sie im unsicheren Licht des Mondes den Pfad wiederfinden würde. Nach ihrer Begegnung mit der Nixe hatte Shanna einige Zeit darauf verwendet, die Grenzen des alten Schlachtfeldes zu erkunden. Vom Rande des Waldes bis zum Teich der Nixe führten die Reste einer alten Straße darüber hinweg – vermutlich der lange vergessene Prozessionspfad. Wenn Shanna gelang, was sie sich vorgenommen hatte, würde diese Straße sie aus dem Wald zu den Lagerfeuern Fürst Deneths führen ...

Dieses Mal kam ihr der Weg kürzer vor. Shanna lenkte die Stute den Fluss entlang, dessen Stimme nun gedämpft unter dem Eis hervorklang, das ihn gefangen hielt, und suchte den Teich, wo die Nixe unter einer Kristalldecke schlief, die im Licht des Mondes glitzerte. Im mondlichtbleichen Himmel blinkten Sterne wie Eisscherben. Die Lücke in den Bäumen, die zum Schlachtfeld führte, gähnte wie ein offenes Tor.

»Heilige Yraine, süße Herrin der Sterne!«, flüsterte Shanna mit kalten Lippen. »Nun stärke und schütze mich!«

Calur mit Hand und Stimme besänftigend, lenkte Shanna die Stute durch die dunkle Öffnung in die Schatten, die dem Wald seinen Namen gegeben hatten.

Mondlicht sickerte mit trügerischem Glanz durch ein Netz kahler Zweige. War das der mondversilberte Rand eines Schildes oder bloß der Umriss eines Astes? Und dort – war das ein Totenschädel oder bloß eine glatte schneebedeckte Kuppe? Steifbeinig und vorsichtig trippelte die Stute vorwärts. – Und machte zitternd Halt vor dem nackten Rumpf eines stehenden Steins. Shanna starrte ihn an und stellte beunruhigt fest, dass der Menhir, obgleich überall dick Schnee lag, keine Spur davon aufwies. Sogar der Boden an seinem Fuß war frei. Und im nächsten Augenblick, als sie scharf hinschaute, erblickte sie andere Dinge – rund um den Stein einen Ring vermischter Trümmer von einer zerfallenden Rüstung und von weißen Gebeinen, und, gegen ihren Fuß gelehnt, ein zusammengeschrumpftes Skelett mit einem Schädel, der sie aus leeren Augenhöhlen zu beobachten schien, und dessen Hand noch immer ein ziseliertes goldenes Schwert umklammerte.

Shanna umklammerte mit kältestarren Fingern das Heft ihrer eigenen Waffe. Als sie das Schwert zog, zerstreute und brach sich Mondlicht auf der Vorderseite des Menhirs, und das alte Schwert an seinem Fuß sandte wie zur Antwort ein Glitzern zurück.

»Herr der Schatten« – Shannas Stimme brach sich; sie schöpfte röchelnd Atem und rief erneut. »Herr der Schatten, seid Ihr da? Ich rufe Euch!«

Ihre Stimme kam ihr dünn und geisterhaft vor; weiße Dunstwölkchen trugen wie entschwindende Geister ihre Worte hinweg. Jedoch so leise ihr Ruf gewesen war, er wurde gehört. Ringsumher verspürte Shanna eine Unruhe. Calur schlug unbehaglich aus. Shanna spürte die kraftvollen Muskeln unter sich, bereit zur Flucht, und zog die Zügel an.

»Sei friedlich, Liebchen, nur noch einen Augenblick ... ich werde deine Geschwindigkeit bald brauchen!«, flüsterte sie, und fügte noch leiser hinzu: »Heilige Herrin der Sterne, mach, dass ich keine Angst habe!« Doch ihr Atem ging kurz. Strenger als sie ihr Pferd zur Ruhe gezwungen, zügelte die Vernunft ihre Furcht.

Die Schatten wurden tiefer, trübten das Mondlicht. Etwas bewegte sich unmerklich am Fuße Menhirs.

»Wer ist es, der unseren Schlummer stört?« Die Stimme klang wie ein Widerhall der Erde, wie aus Luft gefiltert. »Das Schlachtfeld gehört uns, bis in alle Ewigkeit. Wappne dich, Herausforderer, und kreuze die Klinge mit mir!«

Shanna sah, wie aus der Dunkelheit ein schärfer umrissener Schatten sich hob und war mit einem Schlag sicher, dass er, würde er fallen, mehr zerstören würde als ihr körperliches Leben. Ihre Stimme hob sich, schrillte und übertönte das Gestammel ihrer verängstigten Seele.

»Ich bin nur ein Herold, doch an der großen Straße wartet ein Heer auf Euch. Wenn Ihr Euren Sieg erfechten wollt, so folgt mir!«

Und schon ließ sie die Zügel los und grub ihre Fersen in die Flanken der Stute. Als Calur vorwärts schoss, klammerte sie sich an die dunkle Mähne des Pferdes, und hinter ihr brauste die Dunkelheit wie ein Wirbelwind.

Die Stute suchte sich selbst den Weg durch das Wirrwarr der Bäume, denn Shannas ganzer Wille war darauf gerichtet, im Sattel zu bleiben, während ihr der Wahnsinn auf den Fersen war. Und dann lichteten sich die Bäume und sie brachen in eine Welt, bleich vom Mondlicht – weiße Straßen, graue Felder und die geisterhaften, von Laternen erhellten Zelte des Feindes.

Shannas Schwert flackerte wie eine silberne Flamme, als sie durch das Lager galoppierte. Ein aufgeschreckter Wachtposten sandte ihr einen Pfeil nach, doch später, als sie an seine vor Entsetzen aufgerissenen Augen dachte, wunderte sie sich, dass er überhaupt hatte auf sie anlegen können. Sie raste durch das Lager und wieder hinaus, doch erst nach einer Weile konnte sie das durchgegangene Pferd auf freiem Feld zum Halten bringen, dessen Flanken zitterten und dessen Hals mit weißem Schaum bedeckt war. Sie wendete die Stute und blickte zurück, um zu sehen, was sie angerichtet hatte.

Schatten wie ziehende Nebel entfärbten das Mondlicht, wurden dünner, erstarrten, wurden von Fackelschein aufgerissen, wurden dann dunkler und erstickten die Fackeln. Sie war zu weit entfernt, um die Schatten auszumachen, die sich in jener Dunkelheit befanden, und sie war froh darüber. Aber sie konnte die Rufe der Männer hören, die im Kampf gegen einen nicht greifbaren Feind über sich hinauswuchsen.

Nach einer Weile zwang Shanna die Stute zu einem langsamen Trab über die Wiese hin und zurück, damit die Kälte ihr keinen Schaden zufügte. Sie selbst aber beobachtete noch immer das stürmische Geschehen an der Straße, bis der Mond sank, der dunkle Himmel bleich wurde und die ersten Strahlen der steigenden Sonne das Heer der Schatten, vollauf befriedigt, zum Rückzug trieb in den Wald, dem sie ihren Namen gegeben hatten.

Als Prinz Roalt und seine Männer hinter den Lauerstellungen und Schutzwehren, die niemand auf die Probe gestellt hatte, hervorkamen, um festzustellen, was aus ihrem Feind geworden war, erblickten sie Shanna. Sie war erschöpft, beinahe bewusstlos, doch noch immer hielt sie sich auf dem Rücken ihrer erschöpften Stute, und kam ihnen über die aufgewühlten Felder entgegen. Sie erzählte ihnen, sie habe einen sonderbaren Lärm gehört und sei ausgeritten, um nach dem Rechten zu sehen. Sie wusste nicht, ob man ihr glaubte. Es war ihr gleichgültig.

Wo in der Nacht zuvor ein Heer gewesen war, fanden sich nur noch wenige Männer, die geistesabwesend umherirrten und einige andere, die durch Glück oder die Barmherzigkeit der Götter überlebt hatten. Sie begrüßten den Prinzen als ihren Retter, den Mann, den zu vernichten, sie ausgezogen waren. Die anderen waren tot, niedergestreckt von der Furcht oder von ihren wahnsinnig gewordenen Kameraden.

Shanna half eifrig beim Sammeln von Holz für die Verbrennung der Toten, damit deren Seelen frei würden, doch über die Ursache ihres Sterbens sagte sie nichts: erst war es das Entsetzen und später eine Art von Scham gewesen. Diese Art, sich mit einem Feind auseinander zu setzen, hatte man sie nicht gelehrt. Hätte sie geahnt, was geschehen würde, hätte sie die Schatten nie gerufen, selbst wenn es die einzige Möglichkeit gewesen wäre.

Und niemand stellte ihr Fragen. Prinz Roalt war, wie vorauszusehen, zur Gänze mit den Vorbereitungen beschäftigt, die für die erneute Übernahme der Macht in Norsith notwendig waren. Erst als alles für den Aufbruch nach Ennis Narr bereit war, hatte er Muße, mit Shanna zu reden, und bis dahin hatte sie Zeit, sich darüber klar zu werden, was sie tun musste.

»Meine Gebieterin!« Der Prinz erhob sich, um Shanna zu begrüßen, als sie das Zelt betrat. Er trug eine Halsbinde aus tiefblauem Leder über Stahlplättchen, befestigt mit Goldspangen, die er im Gepäck seines Vetters gefunden hatte und hohe Stiefel mit einem Überzug aus schwerer purpurfarbener Wolle, mit Eichhörnchenpelz gesäumt. Shanna kam jäh zu Bewusstsein, dass ihr eigenes Wams befleckt und ihre Reithose geflickt war, und sie schlug das ausgebleichte Scharlachtuch ihres Umhangs um sich – doch der Umhang war kaum ansehnlicher, nachdem sie ihn so lange nicht abgelegt hatte. Auf dem Menibbe-Teppich in der Mitte des Zeltes blieb sie stehen und blickte Roalt an. Reinlich und seinem Rang entsprechend gekleidet, war der Prinz nicht mehr der abgerissene Wolf aus den Wäldern, den sie gekannt hatte. Ihr Verhältnis hatte sich grundlegend verändert, dachte Shanna bitter, denn mit Sicherheit war sie nicht mehr die verwöhnte Prinzessin, die er gefangen hielt.

Seine grauen Augen leuchteten, seine großen Hände umschlossen ihre Schultern. »Lady Shanna«, wiederholte er weicher. »Am Morgen brechen wir auf. Ich möchte, dass Ihr mit mir reitet ...«

»Bin ich noch Eure Gefangene, Prinz?« Sie lächelte schwach. Er schüttelte lächelnd den Kopf. »Lange Zeit, glaube ich nun, bin ich der Eure gewesen. Komm mit mir als mein angetrautes Weib, Shanna – irgendwo werden wir geeignete Kleider für dich auftreiben. Ich denke, dein Vater wird jetzt dem Bündnis zustimmen, nachdem ich die Macht zurückgewonnen habe!« Seine Arme umschlossen sie; er hob ihr Kinn und seine festen Lippen fanden die ihren. So viele lange, einsame Nächte hatte sie sich nach diesem Augenblick gesehnt, und Shanna ließ sich gegen ihn sinken. Sie begriff sehr wohl, was er ihr anbot – Sicherheit, Luxus, einen ehrenvollen Platz – alle die Dinge, vor denen sie geflohen war, als sie Sharteyn verlassen hatte.

Nach wenigen Augenblicken seufzte sie und machte sich von ihm los. »Ich muss meine Reise nach Brindir beenden.«

»O süße Shanna!« Roalt schüttelte nachsichtig den Kopf. »Was hoffst du ausrichten zu können, was nicht auch ein Bote könnte, den ich oder dein Vater schicken?« Irgendetwas in ihrem Gesichtsausdruck musste sie verraten haben, denn er fuhr fort. »Bleib wenigstens bei mir in Ennis Narr, bis der Frühling kommt ...«

Sie starrte ihn an. Wäre es anders gewesen, wenn er sie gerettet hätte? Um ihn zu schützen, hatte sie ihre Seele besudelt. Schon gingen wegen ihres Rittes im Lager Gerüchte um, und sie wusste, dass der Schatten jener unirdischen Schlacht immer zwischen ihnen liegen würde.

»Mein Eid verpflichtet mich ...« Sie zuckte entschuldigend die Achseln, um seinen verletzten Stolz zu besänftigen. Doch es war nicht das Versprechen, ihren Bruder heimzubringen, das sie wieder forttrieb, sondern ein anderer Eid, der nämlich, den sie Yraine geschworen hatte.

»Nun gut, wenn du zurückkehren willst ...« Seine Erwiderung bedurfte keiner Antwort. Er küsste sie noch einmal, diesmal auf die Stirn, und sein Arm lag über ihren Schultern, als er das Zelttuch des Eingangs beiseiteschlug.

Ihre Männer erwarteten sie – Big Hwilos, Sandy und der narbenbedeckte kleine Zan – bereits zu Pferde, mit dem beladenen Packpferd und Calur. Ihre Augen wurden ein wenig größer, als sie Shanna mit dem Prinzen erblickten, doch bevor sie etwas sagen konnten, löste sie sich aus Roalts Umarmung und ergriff die Zügel der Stute.

»Was starrt ihr mich so an?«, sagte sie barsch und schwang sich in den Sattel. »Wir haben schon viel zu viel Zeit verschwendet. Auf geht's ...«

Roalt stand vor seinem Zelt und sah ihr nach, als sie fortritt. Doch sein Gesicht lag im Schatten, und als sie sich umblickte, sah sie nur noch die Umrisse seiner Gestalt vor den halbdunklen Baummassen. Calur warf den Kopf hoch, wehrte sich gegen die straffen Zügel, und Shanna wandte sich ab, um die Stute dahinpreschen zu lassen, frei unter dem offenen Himmel.

Der Verfolger

Marion Zimmer Bradley

Gleich dem, der auf verlass'nem Pfad
Aus Angst flieht und entsetzt
Ein einzig Mal nach hinten schaut
Und sich kein zweites Mal getraut,
Weil er nun weiß, was ihn da hetzt,
Hebt an zu grauenhafter Tat ...

In jener Nacht hörte Lythande Schritte auf dem Weg hinter sich. Vielleicht war es auch nur das Echo vom leichten Tritt der eigenen Füße. Schritt ... Stillstand ... Schritt; und dann nach kurzem Zögern: Schritt ... Stillstand ... Schritt, Schritt ... Stillstand ... Schritt.

Zuerst glaubte sie wirklich nur an ein Echo, aber als sie stehen blieb, um zu lauschen, waren drei Schritte und mehr in der Stille auszumachen.

Schritt ... Stillstand ... Schritt.

Ein Echo war's nicht. Jemand oder etwas folgte ihr. In der Welt der zwei Sonnen, in der das Phantastische wahrscheinlich war, spielte bei Begegnungen dieser Art meist Unheil mit. In ihrem Leben, das schon über drei gewöhnliche Lebenszeiten andauerte, hatte Lythande viel bösen Zauber erfahren. Sie war der Umstände halber eine gewerbliche Magierin, eine Adeptin des Blauen Sterns, und Sängerin aus freien Stücken. Schon früh hatte sie die Erfahrung gemacht, dass gutem Zauber nur sehr selten zu begegnen war. Das lange Leben verdankte sie der Leitung sicherer Instinkte; und instinktiv wusste sie, dass mit den Schritten im Rücken Gefahr drohte.

Um welche Gefahr es sich handeln mochte, war nicht klar. Sie hatte eine Stadt zurückgelassen, in der möglicherweise einige Bürger verärgert über sie waren. Vielleicht folgte ihr einer von ihnen in feindseliger Absicht – die, wie so oft im alten Land von Gandrin, dem tief wurzelnden Misstrauen gegenüber allen Magiern und dem Zauber schlechthin entsprang. Vielleicht war dieser Bewohner entschlossen, das Gesetz in die eigene Hand zu nehmen und die unwillkommene Kupplerin der Zauberei aus dem Weg zu räumen. So etwas kam nicht selten vor, und Lythande hatte schon oft mit Meuchlern zu tun gehabt, die durch den Mord an Zauberern den Zauber zu brechen versuchten. Ein Messer im Rücken konnte selbst der mächtigste Adept der Magie nicht überleben. Doch einer solchen Gefahr war mit denkbar einfachen Mitteln entgegenzutreten.

Lythande verließ den Weg und zog eins ihrer beiden Messer – das schlichte mit dem weißen Knauf, dessen Zweck es war, jene Gefahren der Reise abzuwehren, die Wegelagerer, Mörder und Diebe heraufbeschworen. Sie hüllte sich ein in die Falten der weiten, grauen Robe, die sie mit den nächtlichen Schatten verschmelzen ließen, und wartete darauf, dass der Verfolger sie einholte.

Aber so einfach war es nicht. Die Schritte des mysteriösen Fremden brachen ab. Lythande, die längst Ärgeres vermutete, steckte das Messer zurück in die Scheide und verharrte bewegungslos, alle Sinne geschärft.

Sie spürte ein schwaches elektrisches Knistern im Blauen Stern zwischen den Brauen und einen leicht schmerzhaften Druck im Kopf. Sie verstand die Zeichen: *der Geruch der*

Magie, übersetzte sie. Mit dem, was da auf sie lauerte, war nicht so einfach umzugehen wie mit einem Messer schwingenden Meuchler.

Sie griff nach dem schwarzen Messer in der linken Scheide und schlich lautlos an den Wegrand zurück. Das Messer galt der Abwehr übernatürlicher Gefahren, allen finsteren Gegnern bis zum Werwolf. Nur mit diesem Messer war sie imstande, auch das eigene Leben zu beenden.

In unregelmäßigen Schritten kam ein Schatten auf sie zu. Lythande hob das Messer. Es fuhr hinab, und das Glitzern der Zauberklinge verlor sich im Schatten. Ein unheimlicher Schrei wurde laut, doch er schien nicht vom drohenden Schatten dort auf dem Weg zu stammen, sondern aus der unendlichen Ferne eines gespenstischen Reiches. Das Blut stockte, der Blaue Stern zwischen den Brauen blitzte auf in schmerzhafter Intensität. Dann verhallte der Schrei, und Lythande spürte plötzlich wieder den schwarzen Schaft des Messers in der Hand. Aber im schwachen Mondschimmer erkannte sie, dass die Klinge fehlte. Nur ein paar Tropfen geschmolzenen Metalls fielen zu Boden.

Verschwunden war die Klinge, der ungezählte Schauerwesen zum Opfer gefallen waren. Der unheimliche Schrei, den der Verfolger ausgestoßen hatte, schien auf eine Verletzung hinzudeuten. Doch einem so mächtigen Wesen, das eine Zauberklinge unschädlich machte, ließ sich dadurch wohl kaum die Kraft nehmen. Und was das Messer nicht vermochte, konnte keine der Formeln, die Lythande kannte, bewirken. Vielleicht hatte sie das Unwesen in die Flucht getrieben, aber ob sie auch von ihm befreit war, blieb fraglich. Wahrscheinlich würde es ihr weiter folgen und ihr zu anderer Zeit, an anderem Ort auflauern.

Für den Augenblick waren Lythandes Mittel, sich zur Wehr zu setzen, erschöpft. Mit zornigem Blick musterte sie den Rest der Waffe, die sie noch nie im Stich gelassen hatte. Für Ersatz musste schnellstens gesorgt werden, bevor sie sich wieder nachts auf die Straßen von Gandrin wagen konnte.

Trotz ihrer in langen Reisen erworbenen Unerschrockenheit gegenüber allen *gewöhnlichen* Gefahren der Nacht, hielt sie es jetzt für ratsam, sich in Sicherheit zu begeben, denn einer gewerblichen Magierin wie Lythande begegneten allzu oft Gefahren durchaus ungewöhnlicher Art.

Sie ging weiter durch die Dunkelheit und lauschte mit angespannten Sinnen auf Geräusche des Verfolgers. Aus großer Entfernung waren noch schwache Laute zu hören. Ihr Angriff schien ihn in die Flucht geschlagen zu haben – ob für immer oder nur vorläufig, war Lythande in diesem Augenblick einerlei.

Wichtiger war ihr, Unterkunft für die Nacht zu finden. Sie kannte die Straßen dieser Gegend seit vielen Jahren und wusste, dass in der Nähe ein Gasthof lag. Noch nie hatte sie dort Rast gemacht. Es gingen Gerüchte um, nach denen dort abgestiegene Reisende nie wieder oder in schrecklich veränderter Gestalt gesehen worden waren. Aber Gerüchten schenkte Lythande keine Beachtung. Dass sie so lange Schaden von sich hatte fern halten können, verdankte sie der strengen Einhaltung der ersten Regel des Überlebens, und die verlangte, alles zu ignorieren, was nicht die eigenen Angelegenheiten betraf. In einzelnen Fällen hatten Neugier oder Mitleid auch sie dazu angestiftet, sich um das Schicksal anderer zu kümmern. Doch immer, wenn es dazu gekommen war, hatte sie bald allen Grund zur Reue gehabt.

Vielleicht war es ihr unergründliches Schicksal, das sie nun veranlasste, den Gerüchten nachzugehen. Ihre Augen folgten der schwarzen Spur des Wegs, und in weiterer Entfernung entdeckte sie einen schwachen Lichtschimmer. Ob er vom verruchten Gasthof, vom Lagerfeuer eines Jägers oder vom Unterschlupf eines Werdrachen stammte, machte ihr kein Kopfzerbrechen; sie war entschlossen, einen Platz für die Nacht zu finden. Das Geld des letzten Kunden, dem sie als Magierin zu Diensten gewesen war – sie hatte gegen gute Bezahlung dessen Stammschloss vom Spuk befreit –, reichte aus, selbst in der teuersten Herberge abzusteigen. Außerdem bot sich stets die Möglichkeit, die Logierkosten mit einer Gegenleistung auszugleichen – ob in der Eigenschaft als Magierin oder Sängerin, von denen in dieser Gegend nur wenige aufzukreuzen pflegten.

Ein paar Minuten zügigen Marschierens ließen das schwache Licht zu einer hell strahlenden Laterne werden, die über einem bemalten Schild baumelte. Darauf abgebildet war in Wort und Bild der Name des Gasthofs: »Hexe und Schwein«. Lythande musste lachen über das komische Schild. Umso merkwürdiger mutete es sie an, dass aus dem Innern des Hauses weder Musik noch fröhliche Stimmen zu hören waren. Es lag so still da wie der gespenstische Weg. Unweigerlich dachte sie wieder an jene unseligen Gerüchte.

Es gab eine sehr alte Geschichte über eine Hexe, die versucht hatte, Reisende in Schweine oder sonstige Gestalten zu verwandeln. Lythande wusste nicht mehr, wo ihr die Geschichte zugetragen worden war. Nun, wenn sie, die Adeptin des Blauen Sterns, einer Provinzhexe nicht Paroli bieten konnte, verdiente sie keine bessere Behandlung; dann mochte auch sie der Schweineherde einverleibt oder den zahlenden Gästen als Braten vorgesetzt werden. Lythande schulterte die Laute, versteckte den schwarzen Griff des verstümmelten Messers in einer weiten Tasche ihrer Zauberrobe und trat beherzt durch das halb geöffnete Tor.

Drinnen war es hell, doch nur insofern, als die Beleuchtung einen Kontrast zur mondlosen Dunkelheit des Waldes bildete. Das einzige Licht kam von der Feuerstelle, wo aus glühenden Scheiten kleine blaue Flammen züngelten. Lythande konnte im Halbdunkel ein halbes Dutzend Männer und Frauen ausmachen sowie eine Schar verwahrloster Kinder mit spitz zulaufenden Gesichtern und platt gedrückten Nasen, was ihnen ein schweinehaftes Aussehen verlieh. Eine große, korpulente Frau beherrschte die schummrige Szene. Sie trug ein Kleid aus Flicken und Flecken, das formlos von den Schultern herabhing.

Aha, dachte Lythande, *das muss die Wirtin, die Hexe sein. Und die schäbigen Kinder sind kleinen Ferkeln durchaus ähnlich.* Der Anblick vergnügte sie.

Mit verschnupfter, unfreundlicher Stimme, fragte die schwergewichtige Hexe: »Wer seid Ihr, Sir? Was treibt Ihr Euch auf den Landstraßen herum, wo zurzeit nur Geister und Gespenster herumspuken?«

Lythande war drauf und dran zu antworten, dass böser Zauber sie hierher getrieben habe und dass ein Monstrum in der Nähe sei. Aber statt dessen sagte sie mit bedächtiger Stimme: »Ich bin weder Geist noch Gespenst, sondern ein durchs Land fahrender Sänger, der wie Ihr die Gefahren der Straße fürchtet und Speise und Obdach für die Nacht sucht.«

»Zu Diensten, Sir«, sagte die Hexe entgegenkommend und sehr viel freundlicher. »Kommt ans Feuer und wärmt Euch.«

Lythande trat in den Raum, umringt von den kleinen Gestalten – ja, von nahem wurden ihre ferkelhaften Züge noch deutlicher, und ihr Quieken und Schnaufen verstärkte den Eindruck, der ihr Ekel bereitete. Dass die Wirtin sie mit »Sir« angeredet hatte, war ihr recht. Lythande war die einzige Frau, der es bisher gelungen war, in den Orden des Blauen Sterns und dessen Geheimnis vorzudringen. Sie hatte schon die Weihen des Adepten empfangen – der Blaue Stern leuchtete bereits zwischen den Brauen –, als sie ihres wahren Geschlechts überführt wurde. Aber sie war geschützt und blieb vor den schlimmsten Folgen der Entdeckung bewahrt. Zur Strafe hatte der Meister lediglich verkündet:

Sei hinfort, was du zu sein vorgetäuscht hast, denn sobald ein Mann dich als Frau erkennt, ist deine Zauberkraft verloren, dein Leben verwirkt.

Seit nunmehr drei Lebenszeitaltern zog Lythande als Berufszauberin durchs Land, zur ewigen Einsamkeit verurteilt. Sich einem Mann zu nähern, war ausgeschlossen. Aber auch eine Frau konnte sie nicht ohne weiteres ins Vertrauen ziehen, denn eine solche Person würde unter den Druck der zahlreichen Feinde des Ordens geraten, was keinem Menschen zuzumuten war. Einmal hatte Lythande eine Vertraute gehabt, die nach kurzer Zeit gefangen genommen und zu Tode gefoltert worden war, ohne das Geheimnis der Zauberin preiszugeben. Seitdem hatte Lythande darauf verzichtet eine andere Frau dieser Gefahr auszusetzen.

Was als eine listige Maskerade begonnen hatte, war jetzt ihr Leben. Nicht eine einzige Bewegung oder Geste widersprach dem Anschein, den sie sich gab, nämlich ein Mann zu sein, ein großer, glatt barbierter Mann mit üppigem blondem Haar, dem funkelnden Blauen Stern zwischen den zu Winkeln ausrasierten Augenbrauen, mit Zauberrobe, engen, hochschaftigen Stiefeln, Reithosen und einem Lederwams, so eng geschnürt, dass ihre Gestalt umso muskulöser und breitschultriger wirkte.

Die Wirtin reichte Lythande als Willkommenstrunk einen gefüllten Becher. Der heiße, dampfende Wein duftete nach Gewürzen. Lythande führte den Becher an die Lippen und tat, als würde sie trinken. Eine der vielen Regeln, die zum Schutz eines Adepten des Blauen Sterns dienten, verlangte von ihr, nie in der Gegenwart eines anderen zu essen oder zu trinken. Der Wein duftete köstlich, so auch die Speise, deren Düfte sich im Raum ausbreiteten. Wie schon so oft verwünschte Lythande ihren Eid auf jenes Gebot, das ihr immer wieder schwere Zeiten bescherte, in denen sie Hunger und Durst zu erleiden hatte. Aber sie war daran gewöhnt, Verzicht zu üben; und weil sie den Ruf des Wirtshauses kannte wie auch die alte Geschichte von der Hexe und den Schweinen, erneuerte sie den Vorsatz, weder Speisen noch Getränke anzurühren. Schuld an der wundersamen Verwandlung der Reisenden war stets ihre Gier gewesen – so jedenfalls hieß es in jener Geschichte, an die sich Lythande erinnerte.

Das gierige Grunzen der ferkelhaften Kinder diente ihr als Ermahnung. Bei den schmatzenden Geräuschen, die sie von sich gaben, vergingen ihr Hunger und Durst. Wenn Lythande in ein Wirtshaus einkehrte, bestellte sie für gewöhnlich die Mahlzeit aufs Zimmer. Aber auch darauf wollte sie sich diesmal nicht einlassen. In den Taschen ihres Gewandes steckte immer ein kleiner Vorrat an Brot und getrockneten Früchten, um bei Gelegenheit heimlich einen Bissen zu sich nehmen zu können.

Sie nahm Platz an einem der wuchtigen Tische nahe der Feuerstelle und tat weiter so, als nippe sie von ihrem Wein. »Was für Neuigkeiten gibt's, Freunde?«, fragte sie.

Lythande dachte an ihre jüngste Begegnung und war darauf gefasst, von den Gästen ähnliche Erlebnisse erzählt zu bekommen. Doch keiner gab eine Antwort. Statt dessen setzte sich ein raubeinig aussehender Mann ihr gegenüber, hob den Becher und sagte: »Auf Eure Gesundheit, Sir. Diese Nacht wird ein Sturm aufziehen, wenn mich nicht alles täuscht. Ich kenn mich aus. Seit vierzig Jahren befahr ich die Straßen der Gegend.«

»Aha«, antwortete Lythande anerkennend. »Ich bin fremd hier. Sind die Straßen im Allgemeinen sicher?«

»Sicher genug«, knurrte er. »Es sei denn, man macht den Eindruck, Perlen mit sich rumzuschleppen.« Natürlich gab es überall Diebe, die nach Opfern Ausschau hielten. Es kam nicht selten vor, dass Reisende, die dem Anschein nach mittellos waren, aufgeschlitzt wurden, weil die Räuber Juwelen in ihren Gedärmen vermuteten.

»Und wie steht's mit Euch?«

»Ich fahr wie mein alter Vater über Land. Ich bin Hundebarbier.« Seine Stimme klang trotzig. »Wer einen Hund feilbieten will, weiß, dass ich ihn zur Fasson bringen kann.« Im hinteren Teil des Raumes kicherte jemand. Der Hundebarbier richtete sich zur vollen Größe auf und donnerte: »Das ist ein ehrenwerter Beruf.«

Ein Mann, der vor dem Feuer stand, meldete sich zu Wort: »Einer aus deiner Zunft hat mal meinem Vater einen ausgemergelten Köter angedreht, den er als gesunden Wachhund angepriesen hatte. Das klapprige Vieh bekam nicht mal die Schnauze zum Bellen auf.«

»Ich verkauf keine Hunde«, protestierte der Barbier. »Ich richte sie nur her ...«

»Und natürlich kommt's bei dir nie vor, dass du 'nen Mischling auf reinrassig trimmst oder 'nem räudigen Köter das Fell aufpolierst«, meinte der Spötter ironisch. »In der Gegend weiß doch jeder, der krankes Vieh zu verschleudern hat oder ein gestohlenes Pferd unkenntlich machen will, dass der alte Gimlet, der Hundefälscher, mehr Tricks auf Lager hat als ein Zigeuner ...«

»Heh, heh ... willst du mit deinen Vergleichen anständige Zigeuner beleidigen?«, rief ein dunkelhäutiger Mann, der auf einer Kiste beim Feuer saß und fleißig Kohleintopf aus einem Holzteller löffelte. Am Ohr steckte ein goldener Ring, der ihn als Mitglied des geschmähten Volkes auswies. »Wir handeln mit Pferden im ganzen Land, und wer behauptet, unsereins betrügt, sollte sich hüten.«

»Du bist also Gimlet, der Hundebarbier«, tönte ein weiterer Gast, ein schäbiger Mann mit scheelem Blick. »Ich hab nach dir gesucht. Erkennst du mich?«

Der Hundebarbier sah auf mit abwehrender Miene. »Nein, Freundchen, tut mir Leid.«

»Letztes Jahr hat meine Hündin dreizehn Junge geworfen«, sagte der Alte mit verkniffenen Brauen. »Ist 'ne gute Hündin. Von klein auf der Stolz meiner Familie. Du hast versprochen, ihr einen Sud zu brauen, damit ihr genug Milch in die Zitzen schießt und alle Jungen satt werden können ...«

»Kleinigkeit für einen wie mich«, prahlte Gimlet. »Ich kann auch 'ner Kuh die Euter füllen und ...«

»Sicher. Würd mich nicht wundern, wenn du auch Gänsefüße mit Eisen beschlägst, so wie du angibst«, sagte der Mann.

»Was beklagst du dich, Freund? Hatten deine Hündchen nicht genug zu trinken?«

»O ja«, antwortete der Ankläger. »Es hat mir auch 'ne Weile Spaß gemacht, die Welpen nuckeln zu sehen. Aber dann ist mir eingefallen, mal nachzuzählen, und ich bin nur bis acht gekommen.«

Gimlet musste sich das Grinsen verbeißen.

»Ich hab bloß versprochen, dafür zu sorgen, dass die Hündin alle satt kriegt. Ein paar Bälger waren zu viel, und ich hab dir den Ärger erspart, sie selber zu ersäufen«, verteidigte sich Gimlet.

»Versuch nicht, dich da rauszuwinden«, zischte der Mann und ballte die Fäuste. »Es bleibt dabei ... du schuldest mir fünf kräftige Welpen.«

Gimlet sah sich in der Wirtsstube um. »Tja«, meinte er, »vielleicht können wir uns morgen darüber einig werden. Wie konnte ich ahnen, dass du dich wegen ein paar Bälger anstellst, die sowieso nicht überlebt hätten? Aber vielleicht hast du 'ne kinderlose Frau oder 'ne junge Tochter, die die

Welpen mit Fläschchen großziehen und in Puppenkleidchen stecken wollten. Viel Aufwand für nichts, wie man so sagt. Für den Fall will ich dich schadlos halten. Hier ... meine Hand drauf.« Er streckte die Hand aus und lächelte vertraulich. Lythande amüsierte sich köstlich über den Streit zwischen Schalk und Tölpel. Ihre ungeteilte Sympathie galt dem Schalk. Der Hundehalter war entwaffnet. Er zögerte einen Moment, nahm schließlich den Handschlag der Versöhnung an und bestellte eine Runde Bier für alle.

Die Wirtin, die sich offenbar schon auf eine handfeste Keilerei gefreut hatte, blickte ein bisschen enttäuscht drein und kam an Lythandes Seite.

»Wollt Ihr vielleicht ein Zimmer für die Nacht, Sir?«

Lythande dachte nach. Das Haus gefiel ihr nicht, und sie war sicher, dass sie darin kein Auge würde zumachen können. Aber hinaus zu müssen auf die dunkle Straße, weg vom warmen Feuer, mochte ihr noch weniger gefallen. Außerdem hatte sie das magische Messer verloren und würde draußen womöglich schutzlos dem schaurigen Monstrum begegnen.

»Ja«, sagte sie. »Ich werde die Nacht hier bleiben.«

Der Preis wurde zur Zufriedenheit beider Seiten vereinbart. Anschließend fragte die Wirtin: »Soll ich Euch ein Weib aufs Zimmer schicken?«

Für Lythande, die als Mann verkleidet reisen musste, war mit dieser Frage ein unangenehmer Punkt angeschnitten worden. Sie hatte wohl auch bisweilen sinnliche Gelüste, aber nur wenig Interesse an jenen Mädchen, die Reisenden in Wirtshäusern angeboten wurden. Kaum waren ihnen Brüste gewachsen, mussten sie schon das für sie bestimmte Gewerbe aufnehmen, manchmal sogar noch eher. Es galt jedoch als ungewöhnlich, ein Angebot wie das der Wirtin auszuschlagen, und Lythande lief jedes Mal Gefahr, die Maske zu verlieren, von der ihre Kraft abhing.

Doch heute stand ihr nicht der Sinn nach langen Ausreden.

»Nein, danke. Ich bin müde von der Reise und möchte schlafen.« Sie griff in die Tasche ihrer Robe und kramte ein paar Münzen hervor. »Gib das dem Mädchen als Entschädigung.«

Die Hexe verbeugte sich. »Wie's Euch beliebt, Sir. Frennet, führ den Herrn ins Südzimmer!«

Eine hübsche junge Frau, groß und schlank gewachsen, mit seidigen, langen Locken, stand von ihrem Platz am Feuer auf und wies den Weg mit wohlgeformtem Arm, der nur zum Teil von feinem Stoff bedeckt wurde. »Hier entlang, Sir«, sagte sie. Lythande stand auf, ging an Gimlet und dem Hundefreund vorbei und wünschte der ganzen Gesellschaft mit warmer, freundlicher Stimme eine gute Nacht.

Die Stufen, alt und abgetreten, führten über mehrere Etagen nach oben. Früher einmal mochte das Treppenhaus recht stattlich gewesen sein – zur Zeit des vierten Vorbesitzers, dachte Lythande. Jetzt hingen Spinnweben von den Wänden, und auf den oberen Absätzen schienen Fledermäuse zu hausen. Vom Handlauf des Geländers flatterte ein Schatten auf und krächzte mit kehliger Stimme: »Guten Abend, meine Damen. Guten Abend, meine Damen.«

Das Mädchen verscheuchte den Vogel mit erhobener Hand.

»Das war nur die lästige Dohle, ein Liebling von Madam. Kümmert Euch nicht darum«, sagte Frennet beschwichtigend. Lythande war froh, dass die Dunkelheit ihren Schrecken verbarg. Für ein Ordensmitglied war es unter aller Würde, einen dressierten Vogel überhaupt zu beachten, egal, zu welch wunderlichen Leistungen er es auch bringen mochte.

»Kann der Vogel nichts anderes sagen?«

»O doch, Sir. Er kennt eine Menge Wörter, aber man weiß nie, was er von sich geben wird. Wer nicht darauf gefasst ist, kann sich leicht erschrecken.« Frennet öffnete die Tür zu einem großen, dunklen Raum. Sie trat ein und zündete einen Kerzenleuchter an, der bei einem riesigen Himmelbett stand. Die Dohle hüpfte herbei und rief heiser: »Geht nicht da rein, Madam. Geht nicht da rein, Madam!«

»Ich werd Euch den Vogel vom Hals schaffen, Sir«, sagte Frennet, nahm einen Besen zur Hand und trieb die Dohle durchs Treppenhaus. Dann bemerkte sie, dass Lythande immer noch in der Türöffnung wartete.

»Es ist gut, Sir. Ihr könnt eintreten. Lasst Euch nicht von ihr Angst machen. Sie ist nur eine dumme Dohle.«

Lythande war allerdings weniger durch den Vogel als durch das heftige Prickeln des Blauen Sterns irritiert. *Der Geruch von Zauber*, dachte sie und wünschte, weit weg zu sein. Ohne ihr magisches Messer wollte sie keine Minute länger, geschweige denn eine volle Nacht an einem Ort verweilen, in dem das Böse so aufdringlich war wie hier.

»Ich bin ein wenig abergläubisch«, sagte sie wie selbstverständlich. »Kannst du mir vielleicht ein anderes Zimmer zeigen, in dem ich die Nacht verbringe? Das Wirtshaus schien mir nicht so voll zu sein. Es wird also möglich sein, mein gutes Kind.«

»Tja, ich weiß nicht, was die Madam dazu sagen würde«, meinte Frennet zögernd, und im selben Augenblick schrie der Vogel: »Gutes Kind, schlaues Kind!« Dann lächelte das Mädchen und sagte: »Aber was sie nicht weiß, macht sie nicht heiß. Kommt mit mir.«

Die beiden stiegen noch eine Treppe höher, und Lythande spürte, wie das Prickeln des Blauen Sterns, der Geruch des Zaubers verschwand. Die Zimmer der nächst höheren Etage waren heller und kleiner. Frennet öffnete eine Tür.

»Das ist mein eigenes Zimmer, Sir. Wenn's beliebt, überlass ich Euch gern die Hälfte meines Bettes. Ihr könnt getrost annehmen. Ich hab gehört, dass Ihr kein Weib wollt. Aber für das Trinkgeld will ich mich erkenntlich zeigen, und ...« Sie stockte, schluckte und sagte dann errötend, aber bestimmt: »Ich versteh nicht, warum Ihr als Mann reist, Madam. Aber Ihr werdet Eure Gründe haben, die mich nichts angehen. Und weil Ihr in gutem Glauben gekommen seid, um eine Nacht hier zu verbringen, find ich, dass Ihr ein Recht darauf habt. Nicht mehr, nicht weniger.« Das Mädchen war sichtlich verlegen. »Ich hab nie geschworen zu verschweigen, was im Haus so alles vorgeht, und will nicht schuldig sein an Eurem Tod ...«

»Mein Tod?«, sagte Lythande. »Was meinst du damit, Kind?«

»Was ich Euch jetzt sage, kann mir selber das Leben kosten«, antwortete Frennet, »aber Ihr sollt es wissen, Madam ... Sir, vornehmer Fremder. Wer hier schläft, wacht nicht mehr auf als Mensch. Habt Ihr unten die kleinen Kinder gesehen? Sie sind erst zur Hälfte verwandelt. Der Trunk scheint bei Kindern nicht so recht zu wirken. Dass Ihr Euren Wein nicht angerührt habt, ist mir aufgefallen. Wenn sie kommen, um Euch in den Schweinestall zu treiben, und sehen, dass Ihr Mensch geblieben seid, wird man Euch umbringen ... oder nach draußen jagen, wo Ihr dem Verfolger in die Hände fallt.«

Mit Schaudern dachte Lythande an das fremde Wesen, durch das sie ihr magisches Messer verloren hatte.

»Und wer ist das ... der Verfolger?«, fragte sie.

»Ich weiß nicht, Madam. Er folgt den Leuten und treibt sie in eine andere Welt. Mehr weiß ich auch nicht. Niemand ist zurückgekehrt, der Auskunft hätte geben können. Aber ich hör die Schreie der Verfolgten.«

Erschrocken sah sich Lythande in dem kleinen, bescheidenen Zimmer um. Dann fragte sie: »Woher wusstest du, dass ich eine Frau bin?«

»Wie soll ich's erklären, Madam? Ich weiß immer Bescheid ... über alles, egal was. Aber ich versprech Euch, der Wirtin nichts zu sagen.«

Lythande seufzte. Vielleicht verfügte das Mädchen über besondere Gaben. Die Maske war für Männer undurchschaubar, aber Lythande wusste und hatte sich seit Jahren damit abgefunden, dass es einige Frauen gab, die – aus welchen Gründen auch immer – der Täuschung nicht verfielen. Und daran ließ sich nichts ändern. Sie hätte das Mädchen umbringen können, aber das wollte Lythande nicht.

»Hüte dich, ein Wort zu sagen! Mein Leben hängt davon ab«, sagte sie. »Im Übrigen brauchst du dein Bett nicht mit mir zu teilen. Kannst du mich unbemerkt nach draußen führen?«

»Das kann ich schon, Madam. Aber die Nacht ist verhext, und der Verfolger streift umher. Ich mag Euch nicht schreien hören, wenn er Euch holt.«

Lythande lachte, obwohl ihr nicht danach zumute war. »Wer weiß? Vielleicht hörst du *ihn* schreien, wenn *ich* ihn hole«, sagte sie. »Ich glaube, ich bin ihm schon einmal begegnet.«

»Ja, Madam. Er treibt die Leute hierher und nimmt deren Seelen, wenn sie in Schweine verwandelt sind. Versteht Ihr?«

»Nun, mir wird er nichts anhaben«, bemerkte Lythande zuversichtlich. »Auch dir nicht, wenn ich es einrichten kann. Ich traf den Unhold, bevor ich hier ankam. Er hat mir das Messer gestohlen. Jetzt brauch ich Ersatz.«

»In der Küche sind viele Messer, Madam«, sagte Frennet. »Ich kann Euch eins besorgen.«

Gemeinsam schlichen sie die Stufen hinab. Lythande bewegte sich wie ein Gespenst, mit jener Lautlosigkeit, die schon so manchen glauben gemacht hatte, dass sie von dünner Luft verschluckt werde. Die meisten Gäste waren zu Bett gegangen. Aus den Schlafkammern tönten grunzende Laute. Wahrscheinlich, so dachte Lythande, würde der Schweinestall am Morgen aufgefüllt werden und der Verfolger an Seelen dazugewinnen; die Körper der Verhexten mochten wohl später in Form von Würsten oder Schweinebraten wieder auftauchen. Als die beiden an der Küche vorbeikamen, erhaschte Lythande einen Blick von der Wirtin – der Hexe. Sie wiegte Kräuter. Der scharfe Geruch erinnerte Lythande an das Getränk, das sie zum Glück nicht angerührt hatte.

Warum hatte sich das Böse in diesem Landstrich verschanzt? Dank ihrer weitreichenden magischen Sinne wurde sie der Schritte gewahr, die draußen um das Haus schlichen: Der Verfolger trieb sich umher. Sie spürte das Unheil in der Dunkelheit kreisen mit monströsem Appetit auf Menschenseelen. Aber warum und wie konnte es dazu kommen, dass ein Mensch mit einem solchen Unwesen einen Pakt geschlossen hatte?

Im Tempel des Sterns war immer davon die Rede gewesen, dass weder Gesetz noch Chaos in ihren Tiefen auszuloten seien. Aus den Tiefen des Chaos schien der Verfolger zu stammen. Lythande, die reisende Adeptin des Blauen Sterns, war eingeschworen auf das Gesetz, das sie gegen das Chaos verteidigen wollte, und sei es, dass die Entscheidung erst am jüngsten Tag fiele.

Dem Mädchen Frennet vertraute sie an: »Es gibt Dinge, denen ich bis zur letzten Schlacht zwischen Gut und Böse am liebsten aus dem Weg gehen würde, und dazu zählt der Verfolger. Aber das Chaos nimmt auf meine Wünsche keine Rücksicht. Wenn ich den Unhold schon jetzt stelle, brauch ich ihm am jüngsten Tag nicht mehr zu begegnen.« Leise trat sie in die Küche. Der Kopf der Hexe fuhr herum.

»Ihr? Ich dachte, Ihr wärt schon im Bett. Ich hab Euch extra das Mädchen hochgeschickt ...«

»Mach dem Mädchen keine Vorhaltungen. Es hat getan, was du verlangt hast«, antwortete Lythande. »Ich bin hierher gekommen ... zunächst, wie mir schien, nur zufällig. Jetzt weiß ich, dass ich den Auftrag habe, deinen Schweinestall aufzuräumen. Ich werde dich deinem üblen Spießgesellen selber zum Fraß vorwerfen.«

Sie schlug ein Zeichen mit der Hand und murmelte eine Formel. Die Hexe sank auf den Boden und lief grunzend auf allen vieren umher. Lythande spürte, wie das teuflische Wesen draußen im Dunkeln näher rückte, und winkte Frennet zu.

»Öffne die Tür!«

Frennet stieß die Tür auf. Lythande trieb die quiekende Hexe über die Schwelle. Ein Schrei war zu hören, unbestimmbar und wie aus der Ferne. Dann kam ein Schwein grunzend aus dem Nebel in den Innenhof gelaufen. Irgendwo da draußen ließ der Verfolger ein befriedigtes Brummen verlauten, das Lythande einen Schauer versetzte. Nun, die Hexe hatte es nicht besser verdient.

»Von ihr ist nichts übrig geblieben, Madam«, sagte das Mädchen.

»Jetzt kann sie als Wurst zum Frühstück gereicht werden, gewürzt mit den eigenen Kräutern.« Lythande musterte das feiste Schwein.

Kopfschüttelnd gestand Frennet: »Mir ist der Appetit vergangen.«

Die Dohle kam flatternd zur Küche hereingeflogen und krächzte: »Kluges Kind, kluges Kind!«, worauf Lythande meinte: »Wenn's nach mir ginge, hätte der Vogel bald ausgekrächzt. Aber wichtiger ist es wohl, dem Verfolger den Garaus zu machen. Die Hexe hat seinen Hunger bestimmt noch nicht stillen können.«

»Möglich«, antwortete Frennet. »Ihr seid mit der Alten fertig geworden, aber traut Ihr Euch auch zu, ihn unschädlich zu machen? Ich kann mir vorstellen, dass er auf Euch, auf die Seele einer so großen Zauberin, besonders scharf ist.«

Lythande teilte die Bedenken des Mädchens. Die Hexe war nur ein kleines Übel gewesen, und obwohl Lythande in ihrer Zeit schon mit ärgeren Fällen zu tun gehabt hatte, war ihr doch nie ein so ernster Feind wie der Verfolger in den Weg geraten. Das magische Messer hatte sie bereits an ihn verloren. Ob ihre Kräfte noch reichten?

An der Wand hing eine lange Reihe von Küchenmessern. Frennet wählte das längste und schwerste aus und reichte es der Zauberin. Aber Lythande schüttelte den Kopf und musterte die anderen Klingen mit prüfendem Blick. Alle waren einzig und allein für den Küchengebrauch geschmiedet worden, keins würde dem unheimlichen Gegner gewachsen sein.

Zwischen den Brauen fing der Blaue Stern zu prickeln an. Lythande blieb stehen und suchte nach der Ursache für die magische Warnung. Waren es nur die Geräusche des Verfolgers, die vom dunklen Feld herüberhallten?

Schritt ... Stillstand ... Schritt.

Schritt ... Stillstand ... Schritt.

Nein, die warnende Meldung hatte einen näher liegenden Grund. Vorsichtig drehte Lythande den Kopf und richtete den Blick auf das Schneidbrett, auf dem die Hexe jene Kräuter zerhackt hatte, die ahnungslose Gäste in Schweine verwandelten. Lythande nahm das Messer, das daneben lag, in die Hand, ein gewöhnliches Küchenmesser mit langer, scharfer Klinge, die vom Saft der Kräuter grün gefärbt war. Dann zog Lythande das ruinierte magische Messer aus der Tasche – den kunstvoll geschnitzten, mit magischen Runen verzierten Schaft –, betrachtete seufzend die Waffe, auf die sie immer so stolz gewesen war und warf sie schließlich zu den Küchenabfällen.

Frennet hielt Lythande fest. »Geht nicht nach draußen, Madam! Er wartet nur auf Euch!«

Und über dem Herd flatternd, schrie die Dohle: *»Geht nicht nach draußen, geht nicht nach draußen!«*

Lythande befreite sich sanft aus dem Griff des Mädchens. »Bleib hier«, sagte sie. »Du hast keinen Schutz, und ich kann dir keinen geben.« Dann zog sie die Kapuze der Robe über den Kopf und trat in den vernebelten Innenhof hinaus.

Der Feind war da; sie spürte ihn. Lauernd, teuflisch schmachtend, schlich er umher. Sie wusste: Sein Hunger galt ihr, ihrem Körper, ihrer Seele und ihrer Zauberkraft. Sie lauschte, das Messer fest in der Hand, auf die im Sinn des Sonnenlaufs kreisenden Schritte. Wenn sie den Kampf bis zum Morgengrauen würde hinauszögern können, käme ihr vielleicht das Licht gegen das Wesen der Dunkelheit zu Hilfe. Aber es war erst kurz nach Mitternacht, und an ein über Stunden dauerndes Ringen mit diesem schrecklichen Gegner mochte sie nicht denken, ob sie ihm an Kraft nun ebenbürtig war oder nicht.

Er musste sofort geschlagen werden, und zwar, so hoffte sie, mit dem Messer seiner Komplizin. Lythande stand allein im Nebel, und trotz der wärmenden Robe war ihr, als sei der Körper von Eis überzogen. Die Knie bebten. Kalte Schauer liefen ihr über den Rücken, die Schultern verkrampften sich wie in ahnungsvoller Erwartung eines plötzlichen Angriffs. Frennet stand fröstelnd im schwach erleuchteten Türrahmen und beobachtete sie mit hoffendem Lächeln.

Lythande glaubte, die Empfindungen von Männern nachvollziehen zu können, die um die Sicherheit ihrer Frauen zu kämpfen hatten. Wenn sie, die Zauberin, versagte, würde der Feind über das Mädchen herfallen und wahrscheinlich auch über die Dohle. Sie durften nicht geopfert werden, viel weniger noch ihre Seelen. Das Mädchen war unschuldig; der Vogel ein dummes Tier ... nun, vielleicht nicht dumm, aber harmlos. Aus dem Haus war sein Gekrächze zu hören:

»Oh, meine Seele, er kommt! Er kommt! Geht nicht nach draußen!«

Ja, der Unhold griff an. Der Stern auf der Stirn brannte wie glühende Kohlen. Sein blaues Licht drang von innen nach außen. Warum in aller Welt hatte sie nur den Entschluss gefasst, Zauberin zu werden? Nun, die Frage kam Jahre zu spät. Die Finger krallten sich um den rauen hölzernen Griff des Küchenmessers. Sie stieß mit aller Kraft in den Schatten, der sich über den Hof legte und schwarz vor ihr aufragte.

Ob es der eigene Schrei war, der gellend durch Mark und Bein drang, oder ob er aus dem riesigen Schattenwirbel stammte, der über den Hof jagte, wusste Lythande nicht zu sagen. Sie wurde vom Wirbel gepackt, von den Beinen gerissen und in den feuchten Nebel geworfen. Schreckliche Angst lähmte sie. Sollte sich der Verfolger nun in ein mächtiges Schwein des Chaos verwandeln? Wie würde sie einem solchen Untier begegnen? Aber sie hielt das Messer in der Hand, die dem Bösen eigene Waffe, und stach immer wieder zu, während der Strudel das Chaos grimmig festhielt.

Dann war ein lautes Stöhnen zu hören, der Wirbel verflachte und verschwand. Lythande stand im Hof, von den Armen Frennets heftig umschlungen.

Die Dohle rief: »Es ist weg, es ist weg! Oh, gutes Mädchen, gutes Mädchen!«

Der Hof war frei vom bösen Fluch. Der Nebel kroch über die verwitterten Mauern. Lythande blickte über die Schultern von Frennet und sah eine Gestalt in der Küche stehen. Sie ging hin und erkannte Gimlet, den Hundebarbier, in einen Mantel gehüllt, zum Aufbruch bereit.

»Ich such die Wirtin«, sagte er wütend. »Das Haus ist mir zu laut. Ständig rumort's überall. Heh, Mädchen«, rief er und ging auf Frennet zu, »wo ist deine Herrin? Du warst auf mein Zimmer bestellt.«

Mutig entgegnete sie: »Ich bin jetzt meine eigene Herrin und für Geld nicht mehr zu haben. Wo die Wirtin steckt, weiß ich selber nicht. Ihr könntet am Himmelstor nach ihr fragen, und wenn sie nicht da ist ... nun, Ihr wisst, wo Ihr sie dann suchen müsst.«

Gimlet blickte entgeistert drein. Als er endlich verstand, was Frennet gesagt hatte, ging er mit geballten Fäusten auf sie zu. »Ich bin um deinen Preis geprellt worden!«

Lythande griff in die Tasche und gab ihm eine Münze.

»Hier. Behalte den Rest, du Pfennigfuchser. Frennet kommt mit mir.«

Gimlet gaffte auf die Münze, die wohl wertvollste, die er je gesehen hatte, wie man seinen Augen unschwer ablesen konnte.

»Tja, mein Herr, wie Ihr meint. Ich muss jetzt zu meinen Hunden. Ob ich vorher noch ein Frühstück bekommen kann?«

Lythande zeigte auf die Schweinehälften, die von der Küchendecke hingen. »Bedien dich. Fleisch ist genug da.«

Er blickte auf, schluckte und verzog darauf das Gesicht. »Nein, danke«, sagte er und schlurfte nach draußen.

»Komm, wir gehen auch«, sagte Lythande zu Frennet.

»Kann ich wirklich mit Euch kommen?«

»Fürs Erste jedenfalls.« Das Mädchen hatte es verdient. »Schnell, hol die Sachen, die du mitnehmen willst.«

»Da ist nichts, was ich behalten wollte«, antwortete das Mädchen. »Aber was ist mit den anderen Gästen?«

»Jetzt wo die Hexe tot ist, werden sie wieder zu Menschen werden, falls sie nicht schon als Braten serviert worden sind. Da … sieh dich um«, sagte Lythande, und tatsächlich – die Fleischberge an der Decke hatten sich auf schreckliche Weise verwandelt; nach geschlachteten Schweinen sahen sie nicht mehr aus. »Komm, lass uns von hier verschwinden.«

Seite an Seite gingen sie über die Straße in Richtung Osten. Die Dohle flatterte hinterher. »Guten Morgen, meine Damen, guten Morgen!«, krächzte sie.

»Bevor die Sonne aufgeht«, sagte Lythande, »dreh ich dem Vogel noch den Hals um.«

»Gute Idee«, antwortete Frennet. »Oder zaubert ihn einfach weg. Darf ich fragen, Madam, warum Ihr in Männerkleidern reist?«

Lythande zuckte mit den Schultern und lächelte.

»Warum nicht?«

Steinhaut

JOHN MORESSY

Er ritt gemächlich durch den Wald. Die Hufe des großen Schlachtrosses waren auf dem federnden Nadelboden kaum zu hören. Dichter Nebel hing in den Bäumen und drang kühl durch Umhang, Wams und Hose. Er schlang den Umhang fest um sich, um das Kettenhemd vor der Feuchtigkeit zu schützen, und trabte weiter. Der Kopf nickte schläfrig auf und ab.

Ein Schreien weckte ihn auf. Es kam von links und brach jäh ab. Er lenkte das Pferd in die Richtung der Stimme und erreichte bald den Rand einer Lichtung.

Auf der anderen Seite lag düster im trüben Licht eine Hütte. Jemand kam herausgerannt, gefolgt von zwei weiteren Gestalten. Der Verfolgte schien eine Frau zu sein. Sie stürzte, und sofort waren die beiden Männer bei ihr. Er hörte deren Lachen.

Einer gegen zwei; er gab dem Pferd die Sporen und sprengte direkt auf sie zu, mit erhobenem Morgenstern. Die beiden, verlauste Lümmel, zu Fuß und mit Knüppeln bewaffnet, waren dem geharnischten Ritter weit unterlegen.

Sie hörten ihn kommen, machten auf dem Absatz kehrt, kamen aber nicht weit. Er zertrümmerte den Schädel des Ersten. Der andere warf den Knüppel fort und rannte. Der

Ritter preschte über ihn weg und ließ ihn wimmernd mit gebrochenem Rückgrat zurück.

»Sie sind tot«, sagte er, die flache Stimme klang wie ein Reibbrett. »Was wollten sie? Sprich!«

Sie rührte sich wieder. Ein Zittern durchfuhr ihren Körper, sie raffte sich auf und kam auf Händen und Knien zu stehen. Mit einer Hand hielt er den Dolch gezückt, die andere langte nach unten und hob ihr Gesicht.

Er war wie benommen von ihrer unerwartet großen Schönheit, schreckte zurück, fasste sich aber ein Herz, lachte heiser und steckte den Dolch in die Scheide.

»Jetzt weiß ich, was sie wollten, und werd es mir selber nehmen.«

»Ihr braucht nicht mit Gewalt zu nehmen, was ich freiwillig gebe«, sagte sie, und es klang so sanft wie eine Liebkosung.

»Du bist vernünftig. Oder fällst du vor jedem Mann auf den Rücken, der hier vorbeikommt?«

»Ihr habt mich gerettet. Ich bin nach altem Gesetz die Eure.«

»So ist es«, sagte er.

Er beugte sich vor und zerrte an ihren abgetragenen Kleidern, doch sie legte die Hand auf die seine und sagte: »Kommt mit ins Haus. Ihr wollt sicher essen und ausruhen.«

»Das Essen und Ausruhen hat Zeit. Zuerst bist du an der Reihe.«

»Mein Haus ist sauber und warm, und das Bett erwartet uns.«

Er half ihr auf die Füße, und als sie in voller Schönheit vor ihm stand, konnte er kaum an sich halten. Unter den schmutzigen, tropfnassen Lumpen sah er die Umrisse ihrer Figur, voll und verlockend.

Er warf einen argwöhnischen Blick auf die Hütte. »Ist jemand da drinnen?«, fragte er und hielt sie am Handgelenk fest.

»Wir werden allein sein. Kommt«, antwortete sie.

Er forderte sie auf voranzugehen, und folgte ihr auf Abstand mit gezogenem Schwert. Er staunte nicht schlecht, als er die Hütte von innen sah. Sie waren allein, wie versprochen, in einem Raum, den er in einer Waldhütte so nicht erwartet hätte. Im Licht zahlreicher Kerzen glänzte alles vor Sauberkeit, und es duftete wie im Gemach einer Königin. Graue, gescheuerte Steinfliesen bedeckten den Boden, die Möbel waren aus gebleichter Eiche, von Meisterhand geschnitzt und zusammengefügt. Ein Feuer brannte hell im Kamin und wärmte das prächtige Bett nebenan.

»Was wollt Ihr von mir?«, fragte sie.

Rasch sah er sich um. Die Hütte besaß nur einen Zugang, und die Läden vor den zwei kleinen Fenstern waren geschlossen. Er verriegelte selber die Tür und ging auf sie zu.

»Ich will dich, so wie ein Mann eine Frau will. Zu lange musst ich mein Mütchen an stinkenden Saumägden kühlen«, sagte er und verschlang sie mit gierigen Blicken.

Er warf den Mantel zur Seite und zog die Stiefel aus. Sie fing an, sich aus den dunklen Lumpen zu pellen, für ihn aber nicht schnell genug. Er riss ihr die Sachen vom Leib und fiel in blinder Wollust über sie her.

Als sein Heißhunger fürs Erste gestillt war, legte er die Kleider ab und streckte sich neben ihr aus. Er besaß weder Liebe noch Zärtlichkeit, geschweige denn Vertrauen. Doch als er in der Nacht erwachte, zog er sie an sich und nahm sie behutsam.

Am Morgen lag sie nicht neben ihm. Er stützte sich auf und langte zum Schwert. Dann sah er sie, in ihre Lumpen gekleidet, langsam hin und her schaukelnd, am Kamin sitzen. Sie streckte die Hände über das Feuer, und deren Anblick ließ ihm das Blut gerinnen: Sie waren kreidebleich, die Arme so dünn wie Stöcke. Als sie ihm das Gesicht zuwandte, schrie er auf, entsetzt über die runzelige Fratze.

»Wo ist sie? Wo ist die Frau?«, wollte er wissen.

»Hier«, sagte die Alte, und in der krächzenden Stimme erkannte er sie, die ihm in der Nacht zugeflüstert hatte.

Er sprang mit gezücktem Schwert vom Bett und holte aus zu einem Hieb, mit dem er die Alte halbieren wollte. Ihre Augen blitzten kalt auf. Sie hob die Hand zu einer schleppenden Geste, und das Schwert fiel klappernd auf die Fliesen. Schlaff und gefühllos hing sein Arm von der Schulter herab.

»Versucht nicht, Gewalt anzuwenden«, sagte sie.

»Na gut. Keine Gewalt. Aber gib meinem Arm die Kraft zurück.«

»Ich gebe Euch mehr als das, bevor Ihr geht. Warum also wollt Ihr mir wehtun?«

»Du hast mich getäuscht. Die schöne Frau war nur ein Trugbild.«

»Vielleicht täuscht Ihr Euch jetzt. Hattet Ihr nicht das Gefühl, die Frau sei wirklich, als sie in Euren Armen lag? Glaubtet Ihr, in einen Schatten zu stoßen?«

»Sie war wirklich. Aber warum hast du das getan?«

»Es gefiel mir. Habt Ihr auf mich, wie ich jetzt bin, noch Lust?«, fragte sie und lachte dünn auf sein Schweigen. »Wohl nicht. Geht, zieht Euch an. Ihr seht aus wie ein Narr, so wie Ihr dasteht, nackt und mit offenem Mund.«

»Gib meinem Arm die Kraft zurück.«

»Da ist sie ... aber lasst das Schwert, wo es liegt.«

Hastig zog er sich an. Er wollte nur eins: so schnell wie möglich verschwinden. Seine Stärke bestand in Muskeln und Stahl. Magie lag jenseits seines Verstands, ängstigte ihn.

»Lass mich mein Schwert nehmen und weggehen«, sagte er und knöpfte den Umhang zu. »Ich will dir auch kein Leid antun.«

»Warum eilt Ihr Euch so, mich zu verlassen? Fürchtet Ihr Euch vor mir?«

»Mir ist nicht recht, was ich nicht versteh.«

Mit hämischem Grinsen sagte sie: »Ihr versteht Euch nur aufs Kämpfen und Töten, eh? Schänden, Brandschatzen und Plündern ... darauf versteht Ihr Euch gut, eh? Wem dient Ihr, Soldat?«

»Dem, der zahlt«, antwortete er.

»Zurzeit aber zahlt wohl keiner, denn sonst würdet Ihr nicht allein durch den Wald reiten, verfroren und hungrig. Wann habt Ihr zuletzt gegessen?«

»Gestern ... in der Früh«, sagte er. Und wie auf ein Zeichen knurrte der Magen. Bratengeruch ließ ihm das Wasser im Mund zusammenlaufen.

»Ein Stück Brot, so hart wie Stein, stimmt's? Einen Schluck aus der Pfütze? Ein Mann, wie Ihr es seid, braucht kräftige Nahrung. Esst Euch satt«, sagte sie und zeigte auf einen mit dampfender Kost beladenen Tisch. Geflügel, knusprig braun gebacken; ein Stück Rind, halb durchgebraten; schneeweißes, feines Weizenbrot; eine Schale voll Obst, dessen süße Reife unter taubenetzter Haut erglühte; Krug und Becher aus Zinn. Noch vor wenigen Augenblicken hatte er nichts von alldem gesehen, und ob es schon dagewesen war, wusste er nicht. Doch die Speisen dufteten wirklich, und als er einen Kapaunenschenkel abriss und hineinbiss, schmeckte er ebenso wirklich, und der Wein war so blumig und voll, wie nur bester Wein sein kann.

Er setzte sich an den Tisch und schwelgte in einem Mahl, wie er es köstlicher und üppiger noch nie vorgefunden hatte. Als er kaum mehr einen Krumen verschlucken konnte, legte er die Hände auf den Bauch, wandte sich zur Alten hin und sagte: »Das war gut.«

»Ihr geizt mit Eurem Dank«, sagte sie trocken.

»Es kommt selten vor, dass ich mich bedanken müsste«, sagte er, rülpste und fügte hinzu: »Aber dir danke ich.«

»Nun gut«, sagte sie. »Ihr habt eine Nacht lang die schönste Frau genießen können, der Ihr je begegnet seid, und Ihr habt gegessen, wie es nur wenigen Königen in diesem unwissenden Land vergönnt ist. Nun, ich denke, wenn ich Euch jetzt noch einen Sack voll Gold gäbe, müsstet Ihr mit der Belohnung zufrieden sein.«

»Gold lehne ich nie ab.«

»Es liegt für Euch bereit«, sagte sie, und als er wieder auf den Tisch blickte, sah er einen Lederbeutel neben dem Becher liegen. Er öffnete ihn und ließ das Gold auf den Teller klirren. Während er sich an dem Anblick labte, fügte sie hinzu: »Außerdem will ich Euch noch etwas Besseres geben.«

»Wenn's besser ist als Gold, sag ich nicht nein.«

Sie drehte sich um und fing an, in einer Truhe zu wühlen, die neben ihr stand. »Ich hab Euch gründlich angesehen. Ihr seid viermal von Pfeilen getroffen worden und habt drei Schwertwunden, die lange brauchten, um zu verheilen.«

»Ich hab mich erholt und ein paar Dinge dazugelernt.«

»Hier«, sagte sie und wandte ihm das Gesicht zu. Sie hielt einen hauchdünnen, gräulichen Fetzen in der Hand, der wie eine Schärpe aussah. »Zieht das über. Kommt, ich helfe Euch.«

Er kam näher und blickte über ihre Schulter. »Was ist das?«

»Ein Handschuh. Ein besonderer Handschuh, für Euren Schwertarm«, sagte sie und nahm seine Hand.

Sie zog den Handschuh über seine Finger, streckte und massierte ihn über Handrücken und Gelenk, bis er wie eine zweite Haut zu passen schien. Er sah, wie das Grau verblasste und die natürliche Farbe seiner Hand darunter zum Vorschein kam, fahl zunächst, doch bald frisch und gesund, als wäre der Handschuh durchsichtig geworden oder mit der Haut verschmolzen. Der Druck, den er zu Anfang empfunden hatte, wich von der Hand und den Fingern, war aber nun am Arm zu spüren, während die Alte den Stoff bis unter den Ellbogen streifte. Eine dünne, schwarze Linie markierte den Rand.

»Er passt Euch wie angegossen«, krächzte sie. »Ich wusste es. Ihr seid es, für den er bestimmt war.«

»Was soll das bedeuten? Hast du auf mich gewartet? Das kann nicht sein!«

»Was sein kann und was nicht, könnt Ihr nicht wissen. Kembrec nimmt Euch an. Ihr seid der Ausgewählte, um mehr braucht Ihr Euch nicht zu kümmern.«

Er starrte stumm auf Hand und Arm. Vom Handschuh war nichts mehr zu sehen bis auf den schwarzen Kranz am Ellbogen. Er spürte weder Saum noch Naht. »Wo ist denn dieser Kembrec? Und was ist passiert mit diesem Handschuh, den du mir angezogen hast?«, fragte er, und es klang Furcht in seiner Stimme an.

»Kembrec war ein mächtiger Mann; der Handschuh ist ein Teil von ihm. Denn seine Feinde, die ihn am Ende überwältigt hatten, zerhackten ihn in Stücke, als er am Boden lag und starb. Sie glaubten, ihn auf diese Weise endgültig zu vernichten. Doch ich nahm Kembrecs Hand und Arm; ich kannte sein Geheimnis. Sie haben nie Verdacht geschöpft«, sagte die Alte und wiegte, träumerisch ins Feuer starrend, hin und her, wie schon am frühen Morgen. »Ich zog die Haut ab, vorsichtig und sorgsam, und ließ sie, wie versprochen, nicht verderben. Die andern dachten ... ah, wer weiß, was diese Memmen dachten. Sie hatten Angst vor seiner Macht, und so musste er sterben.« Sie blickte auf, und ihre Augen leuchteten. »Doch ich hab seine Kraft erhalten können.«

»Welche Kraft? Was redest du?«

»Mehr sag ich nicht. Ihr seid es, den ich suchte. Ich habe Euch belohnt. Geht jetzt, wohin Ihr wollt. Geht!«, befahl sie.

Er nahm das Schwert und verließ die Hütte ohne Widerwort. Sein Pferd stand in einem kleinen Stall. Es war gefüttert und gestriegelt worden. Geschirr und Sattelzeug lagen wohl geordnet beieinander, obwohl kein Knecht zu sehen war.

Er zäumte das Pferd und führte es über die Lichtung. Als er zurückblickte, stockte ihm der Atem. Von Hütte und Stall, die er soeben verlassen hatte, waren jetzt nur eingefallene Mauern zu sehen. Von Panik ergriffen sprang er aufs Pferd und gab ihm die Sporen. Dann sah er wieder zurück, und nichts als Morgennebel lag in der Lichtung.

Er ritt ohne Halt, um dem verwünschten Ort so weit wie möglich zu entkommen. Was sich an Rätseln zugetragen hatte, machte ihm zu schaffen. Die junge Frau war keine Illusion gewesen; er konnte noch immer ihr warmes, zartes Wesen spüren und das Bild ihrer Schönheit vor Augen sehen. Das duftende Haar und die köstlichen Lippen, der Geruch der Speisen, des Rauchs und der Laken und der Geschmack von Fleisch und Wein waren so wirklich wie die Hexe, die, am Feuer sitzend, von aberwitzigen Dingen gesprochen hatte. Sein Arm fühlte sich an wie immer und sah nicht anders aus, bis auf den schwarzen Kranz unterm Ellbogen. Vom Handschuh, den sie ihm so sorgfältig angepasst hatte, war nichts zu erkennen, und er fragte sich, was für ein Zauber in ihm wirken mochte.

Spät am Tag witterte er ein Dorf im Wind und schwenkte darauf zu. Obwohl ihm die Bauern, vor allem die übel riechenden, watschelnden Mägde zuwider waren, stand ihm nicht der Sinn danach, die Nacht allein zu verbringen. Lieber wollte er die Gesellschaft von Tölpeln ertragen, als einsam über unverständliche Dinge zu grübeln.

Die Dorfbewohner nahmen ihn herzlich auf und hießen ihn willkommen. Sie lebten in ständiger Angst vor plündernden Banden und hofften auf Schutz durch den Ritter. Sie gaben ihm ranziges Fleisch und knochenhartes Brot zu essen – das Beste, was sie ihm reichen konnten – und boten ihm eine trockene Schlafstelle an. Doch er zog es vor, auf dem Heuboden und in der Nähe seines Pferdes zu übernachten; die Ratten dort, so fand er, würden ihn weniger stören als das Fliegengeschmeiß in den Hütten.

Am Morgen wurde er von lauten Rufen geweckt. Schnell warf er das Kettenhemd über, nahm das Schwert und stieg von der Leiter. Drei Dörfler waren gekommen, um ihn zu suchen.

»Räuber, Herr! Sie wollen uns überfallen!«, schrie einer.

»Sie werden uns töten und das Dorf einäschern«, sagte der Zweite mit ringenden Händen.

»Rettet uns, Herr! Verjagt sie!«, flehte der Dritte.

»Wo stecken sie?«

»Auf dem Marktplatz«, sagte der Dritte.

Trotz der drohenden Gefahr musste der Ritter lächeln. Das Dorf bestand aus armseligen, wackligen Hütten, und der »Marktplatz« war nicht mehr als ein kleines, lehmiges Rund in der einzigen Gasse. Er warf das schwere, mit beiden Händen zu führende Schwert über die Schulter und ging nach draußen.

Auf dem Platz waren neun Männer, zwei auf Pferden, der Rest zu Fuß. Einer der Reiter trug ein Schwert, der andere eine langschaftige Axt. Drei hatten Spieße, drei weitere Degen, und einer hielt eine Armbrust. Sie waren alle von kräftigem Wuchs und blickten aus harten Gesichtern. Von dieser Bande konnten die Dörfler keine Gnade erwarten.

»Zum Gruße, Ritter«, sagte einer der Reiter. »Gehört Ihr zum Dorf?«

»Ich habe die Nacht hier verbracht, und das war genug. Nichts als Ungeziefer und Ratten. Ansonsten nur hässliche Weiber«, entgegnete er und spuckte aus.

»Ist das Euer Eindruck? Auch hässliche Weiber sind immerhin Weiber. Bestimmt gibt's das eine und andere zu fressen. Und wenn nichts mehr zu holen ist, lässt sich aus den Hütten bestimmt ein lustiges Feuerchen machen, um unsere Hände dran wärmen zu können.«

Der Ritter gab keine Antwort. Er blieb mit geschultertem Schwert gelassen stehn. Der Reiter kam etwas näher heran.

»Ihr habt ein prächtiges Schwert«, sagte er.

»So ist es.«

»Und ein solides Kettenhemd. Gebt mir beides, und Ihr dürft Euer Leben behalten.«

Dem Ritter war klar, dass er nun kämpfen musste, obwohl nur wenig Aussicht auf Sieg bestand. Mit zweien wäre er fertig geworden, doch gegen neun hatte auch der stärkste Ritter kaum eine Chance. Der Armbrustschütze allein konnte tödlich sein. Doch er wollte lieber im Kampf erliegen, als entwaffnet zum Gespött der Räuber am Leben bleiben. Und sie sollten noch reichlich Anlass zur Reue bekommen, bevor er zu Boden ging.

Als er, gefasst auf den Angriff, die Schultern straffte, nickte der Hauptmann dem Schützen zu, der sogleich in die Knie sprang und die Armbrust entlud. Der Ritter hatte keine Zeit, in Deckung zu gehen. Der Bolzen traf ihn dicht über den Augen, doch nicht härter als der Schlag eines Kindes, und prallte zur Verwunderung aller ab.

»Pikeniere!«, rief der Hauptmann.

Zwei Männer mit Spießen stürmten vor, doch ihr Stoß ging daneben, und auf kurzer Distanz hatte der Ritter leichtes Spiel mit den beiden. Als der Zweite mit herausquellenden Därmen zu Boden ging, blickte der Ritter um sich und sah – zu spät – den Angriff des Dritten.

Die Spitze des Spießes, mit voller Wucht gestoßen, traf auf den Bauch des Ritters. Doch er fühlte nicht mehr als ein Tätscheln auf angenehm sattem Magen. Schreiend ließ der Bandit die Waffe fallen; ein Schwerthieb genügte, und schon war er tot.

Dem Rest der Bande schien die Lust am Kämpfen vergangen zu sein. Der Ritter, verblüfft über das, was geschehen war, sah nun die Angst in ihren Gesichtern und wusste um seine Chance. Der Schütze war gerade dabei die Armbrust neu zu laden, als zwei der degenbewaffneten Räuber das Hasenpanier ergriffen. Der Dritte zögerte noch, aber rannte den beiden dann nach. Sie ahnten, dass ihre dünnen Klingen dem riesigen Schwert nicht gewachsen waren, das selbst einen gepanzerten Recken zu spalten vermochte.

Zu spät hörte der Ritter das heranpreschende Pferd. Bevor er in Deckung springen konnte, landete er im Dreck. Er rollte zur Seite und sah, wie das Ross des Hauptmanns über ihn wegstampfte. Zweimal konnte er den trommelnden Hufen entweichen. Beim dritten Ansturm aber wurden Knie und Schenkel getroffen. Die Wucht hätte die Knochen zersplittern müssen, doch er fühlte nichts.

Das wiehernde Pferd schüttelte wild seine Mähne und scheute. Der Ritter sprang unverletzt auf die Beine, und als der Hauptmann zum vierten Mal angriff, traf ihn das Schwert in der Mitte, und er stürzte schreiend vom Pferd.

Der zweite Reiter versuchte zu fliehen, doch die Bauern hielten ihn auf. Als die Kumpane ihn schreien hörten, fielen sie dem Ritter zu Füßen.

»Gnade, Herr! Verschont uns!«, rief einer.

»Verschont uns, und wir werden Euch treu ergeben sein«, wimmerte der Schütze.

Der Ritter blickte voller Verachtung auf sie nieder. »Ihr seid zu viert und ergebt euch einem. Auf euren Dienst kann ich verzichten.«

»Ich hab noch nie um Gnade gebeten, Herr, ich schwör's«, sagte der Dritte. »Mit einem Mann aus Stein will ich aber nicht kämpfen. Ihm dienen, ja.«

»Ich hab den Bolzen von der Stirn prallen und den Spieß an Eurem Leib zerbrechen sehn.«

Er hörte ihnen zu und ließ das Schwert auf der Schulter ruhen. Schließlich sagte er. »Steht auf. Behaltet eure Waffen. Führt die Pferde in den Stall und wartet dort.« Zur Bauernmenge, die ihn umringte, sagte er bloß: »Diese Männer sind Freunde. Seht zu, dass ihr sie als solche behandelt. Die euch Leid zufügen wollten, sind tot. Bringt deren Waffen in den Stall.«

»Wie Ihr meint, Herr«, antwortete einer, und alle gehorchten.

»Hängt die Leichen am Wege auf zur Warnung für andere«, fügte der Ritter hinzu.

Als die vier Räuber, die Pferde am Zügel führend, zum Stall trotteten und die Dörfler an ihre Arbeit gingen, blieb er nachdenklich zurück. Wie nach jeder Schlacht, so war er auch jetzt ruhig und gefasst. Er besann sich auf die merkwürdigen Dinge, die geschehen waren, und konnte es einfach nicht glauben, obwohl auch die Räuber schon davon sprachen. Wie war es nur möglich, dass ein Geschoss von der Stirn abprallte? Es hätte in den Schädel dringen und ihn auf der Stelle töten müssen. Sein Kettenhemd konnte einem Spieß standhalten, genauso wie seine Knochen den trommelnden Hufen.

Er sah ein Kind im Dreck hocken, das einen kleinen Gegenstand hochhielt und ihn mit offenem Mund begaffte. Ein Mann, der den Fund des Kindes gesehen hatte, stand staunend daneben.

»Was hast du da, Junge? Bring's her«, befahl der Ritter.

Der Junge kam mit zaghaften Schritten heran und hielt den Bolzen der Armbrust in der Hand. Das Geschoss war zerquetscht, als hätte es im vollen Flug eine Steinwand getroffen.

»Bring mir die Spieße«, rief der Kämpe.

Zwei dieser Waffen schienen in Ordnung. Die Spitze der dritten war zerbogen und stumpf, der Schaft aufgesplissen.

Voller Verwunderung ließ er laut seinen Atem entweichen. Dann dachte er an die Hexe und ihr Geschenk. Sie hatte ihn unverwundbar gemacht.

Er ließ sich im Dorf nieder, um für die Zukunft Pläne zu schmieden. Das Leben war leicht und bequem; seit langer Zeit fand er dort Ruhe. Die vier Strauchritter bewiesen ihm Treue, und die Bauern behandelten ihn mit Respekt, ja sie verehrten ihn. Sie nannten ihn nun »Lord Steinhaut«.

Im ganzen Land verbreitete sich sein Ruhm, und viele Siedler zogen ins Dorf, weil sie sich dort Schutz versprachen. Er nahm alle auf, die ihm dienen wollten, und als der Sommer zu Ende ging, war das Dorf um das Doppelte angewachsen.

Für ihren Schutz mussten die Dörfler mit tatkräftiger Arbeit bezahlen. Er befahl ihnen, jeden Tag einige Stunden am Bau einer Burg für sich und die Mannschaft zu wirken. Die Burg entstand auf einer Anhöhe, die das Dorf und das umliegende Land überschaute. Sie hatte einen tiefen Brunnen, einen Vorratskeller und standhafte Mauern. Zwar brauchte er selber keinen Schutz, der galt vielmehr seinen Mannen sowie den Schätzen, die er zu sammeln gedachte.

Im Laufe des Sommers lernte er mehr über seine Gabe hinzu. Er war nicht nur gegen die Waffen und Angriffe anderer gefeit, sondern konnte sich nicht einmal selber willentlich verletzen. Er strotzte vor Gesundheit wie noch nie, und alte Wunden machten ihm nicht mehr zu schaffen. Ob dies nun auch der Hexe zu verdanken oder die Folge guter Nahrung und des Müßigganges war, ließ sich nicht sagen. Auf jeden Fall erschien es ihm, als habe die Hexe ihn unsterblich gemacht – zumindest fast. Der Grund dafür blieb ihm ein Rätsel. Bald aber gab er das Grübeln auf und nahm sein Glück wie selbstverständlich an.

Im Herbst, kurz nach der Erntezeit, kam wieder eine Räuberbande in das Dorf. Sie war noch größer als die erste und auch kampferprobter. Ihr Hauptmann trug einen glänzenden Brustharnisch und ritt einen prachtvollen schwarzen Hengst. Seine Gefolgsleute bewiesen Zucht wie richtige Soldaten, als sie auf dem inzwischen größer gewordenen Dorfplatz Stellung bezogen.

Steinhaut hatte mittlerweile ein paar der stärksten jungen Männer aus dem Dorf in seine kleine Streitkraft eingereiht und sie mit Waffen gefallener Räuber ausgerüstet. Sie nahmen ihre versteckten Posten ein und warteten. Der Ritter ging mit geschultertem Schwert allein auf den Platz und zeigte unter offenem Lederwams die blanke Brust.

»Sind wir im Dorf des Recken, den alle Steinhaut nennen?«, fragte der Anführer.

»Ich bin Lord Steinhaut, und dies ist mein Besitz.«

»Ein reiches Dorf und gut geschützt. Ihr haltet es doch sicher nicht allein«, sagte der Hauptmann. Als Steinhaut keine Antwort gab, fuhr der Reiter fort: »Es wird gemunkelt, dass Ihr mit keiner Waffe zu verletzen seid.«

»Hast du den ganzen Weg zurückgelegt, um den Beweis dafür zu holen?«

»Wir wollen was zu essen haben und über Winter ein Quartier beziehen. Das Dorf hier sagt uns zu.«

»Wenn ihr mir dienen wollt, seid ihr willkommen. Ansonsten schert euch fort.«

»Jetzt hört mal her, Lord Steinhaut«, entgegnete der Räuberhauptmann zynisch. »Wir sind zu zwölft, du bist allein. Mag sein, dass hier und da ein treuer Knappe von Euch lauert, doch der wird Euch nicht helfen können. Wenn unsere Waffen Euch nicht niederzwingen, schafft's unsere Überzahl.«

Noch länger zu verhandeln erschien dem Ritter zwecklos. Er sprang nach vorn und hob das Schwert, um mit einem

Hieb über die Mähne des Pferdes hinweg den Reiter zu halbieren. Doch der schwang seine Klinge und traf den Recken zwischen Hals und Schlüsselbein. Der Stahl zersprang in Stücke, und gleich darauf fuhr Steinhauts großes Schwert durch Sattelknauf, Harnisch und Leib, und mit spritzendem Blut stürzte der Hauptmann zu Boden.

Vor dem gefallenen Reiter stehend wandte sich Steinhaut den anderen zu: »Ihr habt mein Angebot gehört. Bleibt und dient mir, oder geht und kommt nicht mehr wieder.«

Sechs von ihnen fielen den Ritter an und schrien nach Rache. Die anderen ließen die Waffen fallen und blieben zurück. Als vier der Angreifer von vier Schwerthieben getroffen ihr Leben aushauchten, nachdem sie dem Ritter trotz tödlicher Streiche mit Äxten und Degen nichts anhaben konnten, warfen sich die zwei anderen vor Steinhaut zu Boden.

»Geht, ich lass euch das Leben«, sagte er, als er wieder Luft geschöpft hatte. »Erzählt, was passiert ist, und erzählt es der Wahrheit entsprechend.«

Mit überschwänglichem Dank standen sie auf und flohen davon, ohne sich einmal umzublicken.

Bevor der Schnee die Wege versperrte, kamen noch manche Männer ins Dorf. Sie boten sich an, Lord Steinhaut zu dienen, und durften bleiben. Ganze Familien kamen und hofften auf Schutz. Söldner, Händler und ein fahrender Arzt suchten im Dorf des Helden ihr Glück. Nahe der Burg öffnete eine Taverne die Tore und wuchs zu einem blühenden Wirtshaus heran.

Drei Jahre später verließ Steinhaut das zu einer reichen Stadt ausufernde Dorf, das nun durch ein Heer geübter Kämpen, durch starke Wehrmauern und nicht zuletzt durch den ruhmreichen Namen des Helden geschützt war. Er hatte lange genug über seine Pläne nachgedacht und wollte sie nun in die Tat umsetzen.

Er reiste gen Osten und machte in jedem Dorf, in jeder Stadt Halt, um deren Tribut entgegenzunehmen und die besten Streiter anzuwerben. Sein Ruf eilte ihm voraus, und man nahm ihn überall mit Hochachtung auf. Zu einer Herausforderung kam es nicht einmal.

Als der Winter einsetzte, war er Herr über die ganze Provinz. Ein Jahr später gehörten ihm auch die beiden angrenzenden Provinzen, und nach fünf Jahren herrschte er als König Steinhaut über das Land. Niemand machte ihm den Anspruch streitig.

Jahre blutiger Kriege hatten das Land verwüstet und seine Bewohner entmutigt. Ihnen, die keinem ihrer Herrscher vertrauen konnten und an nichts mehr glaubten, gab Steinhaut neue Hoffnung. Den einfachen Leuten waren die Gründe für all die Kriege unverständlich geblieben. Sie wussten nur, dass seit der Zeit ihrer Väter Leben und Besitz den Launen bewaffneter Banden ausgeliefert war, die plötzlich und aus keinem ersichtlichen Grund plündernd, schändend und mordend auftauchten. Jeder bewaffnete Mann kam als Feind, um sie – wie es hieß – für den Treubruch mit einem beliebigen Herrscher zu strafen, den sie nicht einmal kannten.

Steinhaut war anders. Er kam in eigener Person und ohne Waffen. Stets stellte er sie vor die Wahl: ihm treu zu dienen und unter seinen Schutz zu treten, oder ihn zu schmähen und so fortzufahren wie bisher. Nur wenige verspürten den Wunsch, seine Gunst auszuschlagen, und es gab keinen, der den Mut dafür aufbrachte.

Steinhaut gab bekannt, dass er mit seinem Reich verheiratet sei und keine andere Gattin wolle. Er nahm die Töchter der mächtigsten Pächter und Kriegsherrn als seine Konkubinen und gründete eine Dynastie.

Seine Kinder waren schmächtig wie der Nachwuchs anderer Menschen, und die meisten starben schon nach ein paar

Tagen. Doch einige überlebten, und als ihre Zahl immer größer wurde, sah sich Steinhaut vor ein Problem gestellt, das ihm bisher nicht in den Sinn gekommen war. Er fragte sich, ob das Geschenk der Hexe zu vererben sei. Wenn ja, wahrscheinlich nur an ein einziges seiner Kinder. Womöglich aber fiele seine Wahl genau auf jenes, das sich gegenüber den anderen als Tyrann erweisen könnte. Das wollte Steinhaut nicht geschehen lassen.

Nie hatte er sich einem Menschen nah gefühlt oder für andere viel empfunden. Eltern, Familie oder Liebe – das alles war ihm völlig unbekannt. Solange er denken konnte, gab es in seinem Leben nichts als Kampf und Rüstung oder die Erholung von der Schlacht. Jetzt brauchte er nicht mehr zu kämpfen. Drum sorgte er sich um die Kinder und seinen Hof und hoffte, dass ihnen ein Leben, so wie er es kannte, erspart bliebe.

Zu Anfang war ihm das Problem nicht allzu dringlich, zumal er damit rechnen musste, so manche seiner Kindeskinder zu überleben. Doch als er eines Morgens mit fiebrigem Kopf und wässrigem Kot erwachte, fünf Tage mal fröstelnd, mal schwitzend im Bett lag und wild phantasierte, da wusste er, dass die Gabe der Hexe vor Krankheit und Seuche nicht schützen konnte. Er mochte gegen Menschenwaffen gefeit sein, sein Leben war trotzdem beschränkt, und der Tag würde kommen, dass er sein Reich nicht mehr lenken konnte.

Die neue Erkenntnis zwang ihn zum Handeln. Er ließ weise und weitsichtige Lehrmeister kommen und hörte auf ihren Rat. So lernte er langsam, ein Staatsmann zu sein. Er schuf eine Ordnung und manche Gesetze, um seiner Nachwelt den Frieden zu sichern, und auch ein Heer zum Schutz gegen äußere Feinde.

Dann hörte er auf, Waffen und Harnisch zu tragen. Inzwischen war allen sein unverwundbarer Zustand bekannt, und keiner wagte es, ihn mit dem Schwert zu prüfen. Nur einmal wurde ein Angriff versucht mit Mitteln, die tückischer waren als Stahl.

Er wusste, dass manche seiner gelehrten Berater einen heimlichen Hass gegen ihn, den Emporkömmling, hegten. Weil er aber den Neid nicht fürchtete und nicht nach Bewunderung schielte, ließ er sie im Amt, denn ihr Wissen war von Nutzen. Doch als drei von ihnen nach einer Ratssitzung blieben und ihm einen Becher Wein anboten, der sonderbar schmeckte, hatte der Neid auch für ihn das erträgliche Maß überschritten.

Er leerte den Becher, wischte sich die Lippen und schenkte neu ein. Dem ältesten der Verschwörer hielt er den Becher entgegen und sagte: »Der Wein ist heute besonders gut. Trink.«

Die Augen des Alten blitzten auf, doch er verzog keine Miene. Er nahm den Becher, raunte, »Auf die Gesundheit des Königs«, und trank jeden Tropfen.

Den anderen trat die Angst ins Gesicht, als Steinhaut den Becher neu füllte und, ohne ein Wort zu sagen, der weißhaarigen Frau überreichte, die reglos neben ihm stand. Zitternd nahm sie den Becher entgegen, und sie war bleich wie der Nebel, leerte ihn aber mit einem Zug.

Als Steinhaut zum dritten Mal nachschenkte, stöhnte der alte Mann auf und fiel, die Hände an den Leib gepresst, auf die Knie. Der dritte Berater, ein Mann in mittleren Jahren und groß in der Redekunst, warf sich vor die Füße des Königs.

»Gnade, Herr!«, winselte er. »Ich wurde verleitet. Die beiden flüsterten mir ein, Ihr lenktet das Reich ins Verderben. Um Eurer Kinder willen, um dem Volk zu dienen, ließ ich mich darauf ein.«

»Lügner!«, rief der Alte mit ersterbender Stimme.

Die Frau zeigte mit zitternder Hand auf den kriechenden Jämmerling und sagte kalt und berechnend: »Er trieb uns an und nannte Euch einen Tyrannen. Sagte ... nur den Weisen könne die Herrschaft glücken.«

Steinhaut hielt den randvollen Becher in der Hand und hörte die Schmerzensschreie der beiden, die mit dem Tod rangen, den sie dem König zugedacht hatten. Als sie still waren, blickte der andere auf und flehte um Gnade.

Steinhaut reichte ihm den Becher. »Hier ist meine Gnade. Nimm sie an oder stirb einen schlimmeren Tod.«

Kniend und am ganzen Körper zitternd nahm er den Becher aus Steinhauts Hand. Er führte ihn zum Mund und trank. Als auch er tot und mit entstelltem Gesicht am Boden lag, rief der König die Wache und ließ die Leichen entfernen.

Von dem vereitelten Königsmord drang nie eine Nachricht nach draußen, und selbst den anderen Beratern sagte Steinhaut kein Wort. Keiner wagte noch einmal eine Verschwörung.

Das Königreich Steinhauts wuchs von Jahr zu Jahr, und seine Macht nahm zu. Er empfing Gesandte aus Nachbarländern; manche kamen sogar aus fernen Staaten mit unbekannten Namen, und er nahm huldreich ihre Geschenke entgegen. Es wunderte ihn kaum, dass Herrscher und Könige seine Freundschaft suchten, denn er wusste, sie waren sich dessen gewahr, wie gefährlich er ihnen als Feind sein würde. Doch als sie ihn allen Ernstes um seinen Ratschlag als Regenten baten, da staunte er nicht schlecht. Denn Staatskunst, Weisheit oder Weitsicht zählten nicht zu seinen Gaben. Ihm war nur Unverletzlichkeit gegeben. Die Weisheit überließ er seinem Rat.

Er gab den Fremden, was sie suchten. Wenn sie, zurückgekehrt in ihre Länder, seine Empfehlung in die Tat umsetzten, ging es den Staaten besser. Ihm wurde klar, dass er in all den Jahren seiner Macht viel über Wesen und Gebrauch der Herrschaft gelernt hatte. Dieses Wissen veränderte ihn sehr.

Er war nun nachdenklich geworden und verließ sich weniger auf seine Gabe als auf sein Urteil.

Im sechzehnten Jahr der Herrschaft empfing er eines Tages zwei Besucher, die eine merkwürdige Bitte vortrugen. Der Winter hatte begonnen, und keiner machte sich mehr ohne gewichtigen Grund auf die Reise. Es war kalt an jenem Morgen, als ein junger Mann eine Frau mit schwarzer Augenbinde zu König Steinhaut führte. Die Frau trat zögernd vor den König und warf sich mit der Bitte vor ihm auf die Knie, er möge ihr mit seiner Kraft das Augenlicht zurückgeben.

»Ich bin kein Arzt, Frau«, sagte er mild.

»Ein Arzt kann mir nicht helfen, Herr. Ich hoffe auf ein Wunder.«

»Ein Zauberer bin ich auch nicht. Nur ein Mann.«

»Ein Mann mit großen Gaben und einer Kraft, die Euch den anderen Menschen überlegen macht. Ich bitte Euch, nutzt diese Kraft, um mir zu helfen«, flehte die Frau.

»Heilen kann ich nicht mit meiner Gabe. Sie ist ein Schutz, den ich selbst nicht versteh, doch zweifellos kein Zauber, den ich auf andere übertragen könnte.«

»Ihr habt Zauberkräfte, Herr. Damit könnt Ihr mir helfen«, beharrte die Frau.

Er ging auf sie zu und hob sie vom Boden. »Sag mir, wie es zu deiner Blindheit kam.«

»Da war eine Hexe, die meinen neugeborenen Sohn aus der Wiege nehmen wollte. Ich rang mit ihr und trieb sie fort, doch sie verfluchte mich. In dieser Nacht brannten meine Augen, und am Morgen war mein Blick wie vernebelt. Bald sah ich überhaupt nichts mehr«, berichtete die Frau.

Er ließ eine Bank neben den Thron stellen und bot ihr an, sich zu setzen. »Du verdienst die Hilfe, die ich geben kann. Ich verspreche dir Obdach und Schutz für den Rest deines

Lebens. Dein Sohn soll einen Platz bekommen, an dem er all sein Vermögen entwickeln kann. Mehr steht nicht in meiner Macht.«

»Werft nur einen Blick auf meine Augen. Berührt sie und wollt, dass ich sehen kann«, bat sie.

Ihr Sohn sah ihn schweigend und flehentlich an. Steinhaut wusste, dass er die tapfere Frau nicht heilen konnte, doch wenn sie seine Berührung zu trösten vermochte, war er dazu bereit. Er befahl, dass alle den Saal verließen, bis auf die Frau und den Sohn.

Als die Tür hinter dem letzten Diener geschlossen war, entfernte die Frau das dunkle Tuch. Die klaren, lebendigen Augen blitzten auf, als sie mit rascher Geste die Hand hob und Steinhaut mit schlaffen Gliedern zurück in den Thron sank, zu matt, um zu schreien.

»Ihr habt Erfolg gehabt«, sagte sie, und er erinnerte sich jetzt an die Stimme. »Aus dem namenlosen Söldner ist ein König geworden. Dank meiner Hilfe.«

»Das weiß ich zu schätzen. Ohne dein Geschenk wär ich längst tot.«

»Mein Geschenk, König Steinhaut? Nein, Leihgabe solltet Ihr treffender sagen. Sie wird nun auf den rechtmäßigen Nutznießer fallen.«

Er sah den jungen Mann an, der ihn mit gierigen Blicken begaffte. »Unser Sohn?«, fragte er.

»So ist es. Ich nannte ihn Kembrec, nach dem, der eigentlich hätte sein Vater sein sollen und dessen Haut er tragen wird.«

»Genug erklärt. Jetzt wollen wir handeln«, sagte Kembrec, zog seinen Dolch und trat an den Thron. Er entblößte Steinhauts schlaffen Arm und brachte die schwarze Naht zum Vorschein. Er trennte sie mit chirurgisch sicheren Schnitten auf und streifte die äußere Hautschicht ab wie einen Handschuh.

Der König spürte nichts. Sein Arm war so bleich und trocken wie ein verwitterter Ast, so glatt wie Marmor. Er blutete kaum. Doch dann kehrte rasch die alte Farbe zurück. Er versuchte, die Finger zu krümmen, und fand, dass er sich wieder bewegen konnte.

Kembrec hatte sofort den grauen Stoff über den eigenen Arm gezogen. Er hob die Hand wie ein Sieger, und sein eisiges Lachen schallte durch den Saal. Dann führte er die Dolchspitze an Steinhauts Brust.

»Wie wollt Ihr Euch jetzt nennen, Vater? Steinhaut ist kaum mehr der passende Name.«

»Ich habe ihn nicht ausgesucht.«

»Ihr braucht keinen Namen, wenn ich Euch töte«, sagte Kembrec und stach mit dem Dolch durch die Haut. »Und das dürfte jetzt nicht allzu schwer sein.«

»Er hat getan, was ich von ihm wollte. Lass ihn am Leben«, sagte die Hexe.

»Wie du meinst«, sagte Kembrec und trat einen Schritt zurück. »Doch ich schone ihn nicht aus Dankbarkeit. Er soll lernen, was es heißt, in Todesangst leben zu müssen. In Furcht vor Schmerzen!«, rief er, schwang plötzlich den Dolch und schnitt eine Kerbe in Steinhauts Ohr.

»Warum hasst du mich so?«, fragte der König sanft und wischte sich das Blut vom Hals.

»Weil Ihr die Haut von Kembrec trugt und ich drauf verzichten musste. Vier Jahre lang wachte ich auf mit der Angst, dass mich womöglich ein wildes Tier oder ein brutaler Narr mit dem Schwert umbringen würde, bevor ich mein Erbe antreten könnte. Ich war ein leichtes Opfer für Willkür, Krankheit und Gift ... und Ihr hattet den Schutz. Dafür hasste ich Euch.«

»Jetzt bin ich schutzlos«, sagte der König.

»So ist es«, sagte Kembrec mit Wonne. »Ihr sollt in Zukunft wie jeder Mensch dem Tod ins Auge blicken.«

»Das musste ich schon, bevor du geboren wurdest. Nach zwanzig Jahren hab ich vergessen, wie einem dabei zumute ist. Ich werde mich wieder erinnern.«

»Und ich werde Euch auf die Sprünge helfen, bevor ich den Saal hier verlasse.«

»Nein, Kembrec. Wir müssen sofort gehen«, sagte die Hexe. »Wir brauchen Zeit, um zu planen.«

»*Wir?* Ich werde planen, so wie's mir passt.«

»Soweit bist du noch nicht, mein Junge. Bleib unter meiner Führung, bis deine Zeit gekommen ist. Du brauchst meinen Rat«, sagte sie und langte nach seinem Arm.

»Du kannst mir gestohlen bleiben, Hexe«, sagte Kembrec und stieß den Dolch bis zum Heft in die Brust seiner Mutter. Ein kläglicher kleiner Schrei entfuhr ihr, und sie wankte zurück. Mit weit aufgerissenen Augen starrte sie Steinhaut an und öffnete den Mund, um zu sprechen. Doch es gelang ihr kein Wort. Sie taumelte, stürzte zu Boden und zerfiel unter den Kleidern zu Staub.

»Das war ihr Ende«, sagte Kembrec. »Sie hätte versucht, mich zu gängeln, so wie sie es mit Euch und dem Zauberer, dessen Namen ich trage, getan hat. Vor ihr wär ich nie sicher gewesen.«

»Jetzt gibt es nichts, was dich halten könnte, und keinen, der dich bedroht«, sagte der König.

»Nichts und niemanden!«, rief Kembrec. Er fuhr mit der Klinge über den Arm, ohne Schmerz zu empfinden. Er stieß den Dolch vor seinen Leib und zeigte laut lachend die stumpf gewordene Spitze.

»Was hast du nun vor?«, fragte der König.

»Ich bleibe, solang es mir passt. Das Schloss ist nicht übel, und über Euch, armer Narr, mach ich mich lustig«, sagte Kembrec. Er sah sich um im Saal und trat in die Mitte, um einen besseren Ausblick zu haben. »Ja, doch, ich glaube, hier bleib ich.«

»Das wirst du bestimmt«, sagte Steinhaut, verdrehte den Handknauf des Throns, und unter dem verblüfften Jungen gab plötzlich der Boden nach.

Der König blickte vorsichtig über den Rand, doch die Grube war schwarz. Dann stieß er mit dem Fuß die Lumpen der Frau dort hinein, die schnell im Dunklen verschwanden. Er hörte schwach die wütenden Schreie an den glatten Wänden des Schachts widerhallen, der zwanzig Männerlängen in die Tiefe reichte. Der König rieb den blutverschmierten Hals und lächelte. Als kaum eine Stunde später der Schacht bis zum Rand mit Steinen und Mörtel gefüllt war, drang kein Laut mehr durch.

Er verbarg die Kerbe im Ohr hinter dem aufgeschlagenen Kragen der Robe. Keiner sollte davon etwas wissen. Den Handschuh verloren zu haben, war Pech, doch zu verwinden. Ihm kam es allein darauf an, dass andere ihn für unverwundbar hielten. Er ging zurück auf den Thron, nahm lächelnd Platz und machte es sich bequem.

Ihm tat der unglückliche Kembrec fast Leid. Der Junge hätte einer weiseren Führung bedurft. Es dauert seine Zeit, um zu lernen, dass Unverwundbarkeit an sich nicht alle Probleme auf einmal löst, dass selbst ein unverwundbarer Mann nur dann überlebt, wenn er seinen Verstand zu gebrauchen lernt.

Kembrec, sinnierte der König, würde ein ganzes Leben lang ungestört mit dieser Lektion beschäftigt sein.

Der Zauberer Marnôt

Erik Simon

Vor langer Zeit in einem fernen Land,
von dem uns nur noch längst vergessne Sagen,
die ich in alten Pergamenten fand,
berichten, hat sich dieses zugetragen:

In jenes Land – es war ein Königreich –
kam einst auf weißem Ross ein Mann geritten
bis vor das Schloss des Herrschers, um sogleich
um eine Audienz bei ihm zu bitten.

Er stellte sich als Zaubermeister vor,
versiert in vielen wunderbaren Dingen.
Kaum drang die Kunde an des Königs Ohr,
ließ er den Fremden schleunigst vor sich bringen.

Der König war, wie allgemein bekannt –
er herrschte nämlich schon seit dreizehn Jahren –,
auf jede Art von Zauberei gespannt
und gierig, immer Neues zu erfahren.

Und wie der Fremde nun vor ihm erschien,
den Mantel staubig von der weiten Reise,
sah ihn der König an und fragte ihn,
was seine Herkunft sei und wie er heiße.

»Ich bin Marnôt von Qyra, Majestät,
und komm aus hinterm Meer gelegnen Ländern,
wo man sich auf die Zukunftsschau versteht
und die Gestalt der Dinge zu verändern.«

Und wie sein Wort verklungen war, verschwand
der Zaubrer plötzlich auch, und eine Taube
ließ sich hernieder auf des Königs Hand,
die weißen Schwingen etwas grau vom Staube.

Der König war ein unerschrockner Mann:
»Bist du das, Zauberer, soll das uns zeigen,
was du vermagst?«, sprach er den Vogel an,
die Taube aber hüllte sich in Schweigen.

Dann flog sie eine kurze Strecke fort
vom Throne, und an ihrer Stelle zeigte
Marnôt sich abermals am selben Ort
und sprach, indessen er sich tief verneigte:

»Verzeiht, dass ich Euch keine Antwort gab;
doch ist die Zaubermacht so eingerichtet,
dass, legt ein Mann sein wahres Äußres ab,
er auf die eigne Stimme auch verzichtet.

Ich hätte gurren können, doch man soll
mit Königen nur ehrerbietig reden.«
Da bat, des Staunens und des Lobes voll,
der König ihn, in seinen Dienst zu treten.

Das tat Marnôt und dankte vielemal;
er wusste trefflich seines Amts zu walten
und diente seinem Herrn, wie der befahl,
in immerfort sich ändernden Gestalten.

Auch kannte er manch wundersame Mär
von künftigen wie von vergangnen Tagen;
nicht lange, da gebot der hohe Herr,
ihm seine eigne Zukunft weiszusagen.

»Ich sehe«, sprach der Zauberer Marnôt,
»Euch oft verwandelt Euer Reich durchstreifen
in vielerlei Gestalt, doch Euer Tod
muss fern sein, denn mein Blick kann ihn nicht greifen.

Nie wird es je in diesem Königreich,
das so vortrefflich ist an Macht und Ehre,
noch einen König geben, der mit Euch
an Ruhm und Größe zu vergleichen wäre.«

Da rief der König: »Das ist wunderbar,
weil deine Worte weiter nichts erklären,
als mir schon selber eingefallen war!
Nun sollst du mich die Zaubersprüche lehren.«

»Es wird geschehen, wie Ihr es befehlt,
doch müsst Ihr wissen, dass die Zauberworte
sich ändern mit der Form, die man sich wählt,
dazu noch mit der Stunde und dem Orte.

Für die Verwandlung in – verzeiht! – ein Schwein
muss man schon achtundvierzig Formeln üben,
und wollt Ihr etwa gar ein Adler sein,
bedarf es ihrer siebenhundertsieben.

Indes, ich steh ja Tag und Nacht bereit,
wann immer Ihr den Wunsch danach verspüren
und nennen solltet, Euch nach Ort und Zeit
und Form die rechten Worte zu soufflieren.

Doch um die Rückverwandlung sorgt Euch nicht,
sie tritt von selber ein – in jedem Falle –,
wenn Ihr die Stimme, die der Form entspricht,
erschallen lasst, und zwar beim dritten Male.

Der dritte Ton reicht unbedingt schon aus
in den Gestalten angemessner Weise:
Man brüllt als Löwe oder piepst als Maus
und zirpt als Grille, sei's auch noch so leise.«

Gesagt, getan. Der König ging seither
oft durch sein Reich in vielerlei Gestalten;
er liebte das, sein Volk nur fand es schwer,
sich immer angemessen zu verhalten.

Den Hund zu schelten, der am falschen Baum
das Bein hebt, oder ihn auch nur zu streicheln,
wird, falls der Hund der König ist, wohl kaum
geeignet sein, sich bei ihm einzuschmeicheln.

Besonders jeder unbekannte Hund,
der niemals bellte (ohne je zu beißen),
stand im Verdacht, er schweige aus dem Grund,
er wolle sich nicht jäh als Mensch erweisen.

Doch die Verwirrung wuchs; so musste bald
des Reiches Kanzler eigens proklamieren,
der König wähle niemals die Gestalt
von Ratten, Läusen und dergleichen Tieren.

Man dürfte solches schädliche Gezücht
auch weiterhin mit aller Kraft vernichten;
der Ratten-König sei nur ein Gerücht,
wie es die Feinde unsres Reichs erdichten.

Da sprach der König, der doch lange Zeit
das Wechseln der Gestalt genossen hatte,
zu seinem Zauberer: »Ich bin es Leid –
nun sieht mein Volk mich schon im Geist als Ratte!

Erst gestern Morgen hörte ich den Hengst,
der ich gerade war, ›Herr König‹ nennen;
ich musste schweigen, dabei weiß ich längst,
dass sie mich eben daran oft erkennen.

Und nicht zu wiehern, war ich wohl bedacht,
sonst wäre bald mein wahres Ich erschienen.
Drum sage, Meister, kann mir deine Macht
denn nicht mit einem bessren Zauber dienen?«

»Wenn Euch die Formen, die ich Euch verlieh«,
erwiderte Marnôt, »nicht mehr behagen,
so mögt Ihr – doch ich tat es selbst noch nie –
das Schwerste: unsichtbar zu werden, wagen.

Die Formel dafür ist mir wohl bekannt,
doch konnte ich sie niemals ausprobieren:
Sie wirkt allein bei Menschen, die ein Land
als legitimer Erbmonarch regieren.«

Er merkte an: »Die Rückverwandlung führt
man durch wie in den andern Fällen allen:
Es braucht die Stimme, die der Form gebührt,
nur dreimal nacheinander zu erschallen.«

Den Herrscher freuten diese Worte sehr;
er ließ das Zauberwerk sogleich geschehen
und ward von keinem Untertanen mehr
in seinem ganzen Königreich gesehen.

Marnôt, der ihn nun gleichfalls nicht mehr sah,
rief ehrerbietig, doch auch ungeduldig
nach einer Weile: »Seid Ihr, Herr, noch da?«
Der König aber blieb die Antwort schuldig.

Doch schrieb, geführt von unsichtbarer Hand,
ein Federkiel, und nach und nach erschienen
die Worte: »Sind anscheinend außerstand,
Uns momentan der Stimme zu bedienen.

Sonst fühlen Wir uns wohl, und frohgemut
erproben Wir die Macht, die Wir gewannen.«
– Zur selben Nacht noch ritt mit Hab und Gut
der Zaubermeister unerkannt von dannen.

Er murmelte, dieweil er ritt: »Wie dumm
von mir, so schrecklich unbedacht zu handeln!
Ein Unsichtbarer ist natürlich stumm;
wie soll er sich da jemals rückverwandeln?

Doch kann ich nun zumindest diesen Fall
in meinem neuen Zauberbuch beschreiben;
die weite Reise lohnte allemal,
um dafür den Monarchen aufzutreiben.«

– Der König konnte unsichtbar zu sein
nur ein paar Tage unbeschwert genießen,
dann stellten sich die ersten Zweifel ein
und fingen an, ihn heftig zu verdrießen.

Ein Herrscher, unsichtbar und dann noch stumm,
kann nur durch schriftlichen Erlass regieren,
auch lässt er sich vor keinem Publikum,
am wenigsten im Ausland präsentieren.

So hatten die Minister ihre Not;
das Fundament des Reiches kam ins Wanken:
Der legitime Herrscher war nicht tot
und nicht im Traume willens, abzudanken.

Das heißt, nach Recht und Sitte konnte man
den Prinzen nicht zum neuen König krönen;
im Land jedoch begann das Volk, sich an
den herrscherlosen Zustand zu gewöhnen.

Da machten sie das Reich denn kurzerhand
zur Republik, von der sich in den Sagen
nichts Nennenswertes mitzuteilen fand
seit jenes letzten, größten Königs Tagen.

Drachen und Drachentöter

Im Herrn der Ringe *spielen Drachen keine große Rolle, wohl aber im* Kleinen Hobbit, *wo Gandalf und die Zwerge Bilbo Beutlin überreden, sie bei ihrem Zug gegen den Drachen Smaug zu begleiten. Smaug ist der typische Westliche Drache, wie er in der europäischen Mythologie weit verbreitet ist und nicht nur in die phantastische Literatur übernommen wurde, sondern auch in die Bilderwelt des Christentums, wo er für gewöhnlich Satan verkörpert: ein bald echsen-, bald schlangenförmiges schuppenbedecktes Reptil mit großen, ledrigen Fledermausflügeln, das – mitunter aus mehreren Köpfen – Feuer speit, das Schätze hortet und Menschen frisst. (Dass sich Drachen mit Vorliebe Jungfrauen opfern lassen, war eine jener typischen fixen Ideen des symbolwütigen Mittelalters, und es wird da kaum um deren kulinarische Eigenschaften gegangen sein.)*

Die folgende Abteilung, die den Drachen gewidmet ist, setzt zugleich das Thema der kriegerischen Helden fort, denn wo ein Drache ist, stellt sich gewiss auch ein Ritter oder ein anderer Krieger ein, der sich mit ihm zu messen gedenkt – oder auch ein Zauberer. Man könnte geradezu zu den oben angeführten Kennzeichen des Westlichen Drachen hinzufügen, dass irgendwann ein Held kommt und ihn besiegt; erst die neuere Fantasy hat dieses Klischee ab und zu durchbrochen und Drachen vorge-

führt, die sich schließlich mit dem Helden arrangieren – eine der ersten und berühmtesten Geschichten dieser Art ist übrigens Tolkiens »Bauer Giles von Ham« – oder (seltener) Drachen als von vornherein positive Gestalten.

Und noch etwas hat die neuere Fantasy erkannt: dass der Drache nicht schlechthin ein gefräßiges, Feuer speiendes und wahrscheinlich übel aus dem Maul riechendes Reptil ist, sondern auch, vielleicht sogar vor allem ein magisches Wesen. Dabei wird wohl auch die Bekanntschaft mit dem Östlichen Drachen eine Rolle gespielt haben, der zwar noch grotesker als der westliche aus Körperteilen vieler verschiedener Tiere besteht, aber weniger ein Ungeheuer ist als vielmehr eine Himmels- und Wassergottheit, die sich vor allem im Regen manifestiert; in China war er ein Symbol der Weisheit und das Emblem des Kaisers. Wenn es ein Geschöpf gibt, das noch allgemeineren Anspruch als die Tolkien'schen Elben erheben könnte, Sinnbild für das Wunderbare und Phantastische zu sein, so ist es der Drache, und manche Autoren haben diese Bedeutung auch ganz deutlich gemacht. Die unendliche Geschichte von Michael Ende nennt Glücksdrachen »Geschöpfe der Luft und der Wärme, Geschöpfe unbändiger Freude, und trotz ihrer gewaltigen Körpergröße so leicht wie eine Sommerwolke« (die Verfilmung macht aus dem Glücksdrachen Fuchur leider ein ziemlich kitschiges fliegendes Schoßhündchen); in Ursula Le Guins berühmtem Erdsee-Zyklus sind die Drachen die ältesten aller Lebewesen, und einer Legende zufolge sind die Menschen später aus den Drachen hervorgegangen, indem sie einen Teil ihres Wesens verloren, die Einheit zwischen Sein und Sprache (sprich Denken, Bewusstsein).

Aber, wie ebenfalls Ursula Le Guin schrieb: »Niemand kann einen Drachen erklären.« Michael Swanwick hat es in der ersten Geschichte unserer Anthologie denn auch gar nicht versucht, dennoch ahnt mit seinem Helden auch der Leser, dass es einen Zusammenhang zwischen dem Tode des letzten

Drachen und dem Verschwinden der Elfen geben muss. In der letzten Erzählung des Bandes schließt George R. R. Martin den Bogen, denn selbst in der von ihm erfundenen Welt, wo Drachen Kriegern als Reittiere dienen, ist »Der Eisdrache« ein Fremdling: unerklärlich und wunderbar. Und eben darum wahr.

Die Drachen der Mitternachtsberge

S. W. Wittmann

Von allen Schänken in der Stadt galt der »Fünfköpfige Habb« als die anständigste. Die Kundschaft hier war rau, aber ehrlich, und der alte Habb hielt es für unter seiner Würde, das Bier zu panschen. Auch zu Schlägereien kam es selten, denn gerade beim Fünfköpfigen Habb pflegte abends Onero sein Bier zu trinken.

Habb selbst hatte sich längst mit seinem Spitznamen abgefunden und war sogar stolz darauf wie auf das unverdünnte Bier und das ordentliche Betragen der Serviermädchen. Einst hatte über dem Eingang ein Schild gehangen, auf dem ein Bierhumpen abgebildet war, neben dem es sich ein Drache bequem gemacht hatte. Der Drache war klein geraten, etwa so groß wie der Humpen, und ähnelte am ehesten einem stachelbewehrten Hühnchen. Eigentlich sollte die Schänke »Zum Fünfköpfigen Drachen« heißen, doch das Volk nannte im Handumdrehen sowohl die Schänke selbst als auch ihren Besitzer den Fünfköpfigen Habb.

Habb hatte es aufgegeben, gegen das Schicksal anzukämpfen, und zog sogar seinen Nutzen aus dem Vorgang. Das Schild mit dem fünfköpfigen Hühnchen, das er zunächst abgenommen hatte, wurde wieder aufgehängt und regelmäßig erneuert, und zu einem nicht allzu hohen Preis konnte jeder die Spezialität des Hauses bestellen: ein gebratenes Huhn, dem die Kunst des Koches noch vier Hühnerköpfe hinzugefügt hatte. Das Auftauchen dieses Gerichts wurde für gewöhnlich von Begeisterungsrufen begleitet, und der stolze Kunde, mit einem Messer bewaffnet, versuchte alle fünf Köpfe mit einem Hieb abzutrennen.

Onero beteiligte sich nicht an derlei Vergnügungen. Er saß an einem gesonderten Tischchen in der Ecke, nahm ab und zu einen Schluck Bier, und wenn er an einem Abend drei Humpen geleert hatte, bezahlte er und ging nach Hause. Onero trank nur helles Bier und immer drei Humpen. So viel Beständigkeit erregte selbst bei jenen Achtung, die helles Bier für eines Mannes unwürdig hielten. Zumal es ja nicht um irgendwen ging, sondern um den berühmtesten Mann der Stadt. Jeder Bürger und jeder Zugereiste wusste, wer Onero war, und deshalb versuchte man auch in seiner Abwesenheit in der Schänke nicht zu krakeelen. Onero selbst schien weder die neugierigen Blicke der Zugereisten zu bemerken noch das Getuschel hinter seinem Rücken. Er trank schweigend sein Bier. Die Stammgäste pflegten die schweigsame Gestalt am hintersten Tischchen nicht zu beachten.

Manchmal traten auf der Straße kleine Jungen an Onero heran und fragten etwas. Onero antwortete, und die Jungen gingen stolz ihrer Wege. Es kam vor, dass sich in der Schänke jemand an seinen Tisch setzte. Meistens waren das Zugereiste von weit entfernten Städten, wenn nicht überhaupt aus anderen Ländern – Oneros Ruhm ging um die ganze Welt. Mit solchen Leuten unterhielt sich Onero lange, nickte, stellte Fragen. Manche lud er zu sich nach Hause ein. Dann wusste man in der Stadt, dass das Tischchen in der Ecke beim »Fünfköpfigen Habb« bald verwaist sein würde. Onero würde seine Sachen packen und fortreiten, für ein, zwei Monate oder gar für ein halbes Jahr.

Dann würde er zurückkehren, und hinter ihm würden auf Bauernwagen Trophäen folgen. Onero machte kein Hehl aus den Ergebnissen seiner Reisen, und die ganze Stadt hatte Gesprächsstoff.

Der Abend hatte erst begonnen, und vor Onero stand der erste Humpen, von weißem Schaum gekrönt. Es war noch wenig Volk in der Gaststube, es war jeder zu sehen, und viele beachteten den Neuankömmling, obwohl an ihm nichts Besonderes war. Ein Mann in den Jahren, aber noch nicht alt, trotz den grauen Strähnen im Bart und dem runzligen Gesicht. Gekleidet war er in einen ungefärbten Reisemantel und schwere Stiefel. Der Mantel, die Stiefel, auch die Mütze mit Ohrenklappen, die der Mann gerade absetzte, als er eintrat, und besonders der verschnörkelte Wacholderstab, alles war von Staub bedeckt und deutete auf einen Wanderer hin, der von weither kam. Nur dass der seltsame Besucher keinen Rucksack trug und nicht einmal das schäbigste Täschchen in der Hand hielt.

Der Mann ließ einen zupackenden Blick durch den Saal schweifen, machte ohne Zögern das hinterste Tischchen aus und ging zu Onero hin.

»Ich darf mich hier setzen?«

Onero nickte, ohne vom Teller mit in Butter gebackenen Erbsen aufzuschauen. Der Unbekannte setzte sich ihm gegenüber, lehnte den Stab an die Wand. Dann sagte er: »Ich heiße Mangan. Mangan aus Manganea.«

Onero nahm drei gelbe, von einer knusprigen Kruste umhüllte Erbsen auf den Zinnlöffel, beförderte sie in den Mund, dann hob er den Blick zu seinem Gegenüber.

»Seid mir gegrüßt, Mangan aus Manganea. Ich heiße Onero und stamme von hier.«

Die lockenköpfige Nistra kam an den Tisch und stellte einen Humpen mit ebensolchem hellen Bier wie Oneros vor den Wanderer. Sie fragte mit routiniertem Lächeln: »Was wünscht der Herr zum Bier? Es gibt Krebse, gedörrten und geräucherten Fisch, eingemachte Preiselbeeren, Salzbrezeln, geröstete Brotschnitten ...«

»Brotschnitten bitte«, sagte Mangan rasch.

»Die Schnitten gibt's ohne was, mit Butter, mit Knoblauch, Käse ...«

Der Gast warf Nistra einen sanften Blick zu, und das Mädchen, dem die vorbereitete Rede im Halse stecken blieb, suchte eilig das Weite.

»Ihr habt noch nicht von mir gehört?«, erkundigte sich Mangan.

»Nein.« Onero schüttelte den Kopf. »Ich lebe ganz abgeschieden.«

»Ich auch.« Mangan hob den Humpen und tauchte den Schnurrbart in den dichten Schaum. »Doch von Euch habe ich gehört. Übrigens bin ich Zauberer.«

»Das habe ich bemerkt.«

»Wie denn?«

»Nur Zauberer machen sich auf eine weite Reise, ohne etwas anderes als den Stab mitzunehmen.«

»Eine bemerkenswerte Beobachtung. Ich trage wirklich ungern unnütze Dinge mit mir herum.«

»Und was hat den Magier und Stubenhocker Mangan veranlasst, mit seinen Gewohnheiten zu brechen und sich auf so einen weiten Weg zu machen?«

Der Zauberer schwieg eine Weile, sammelte seine Gedanken; dann sagte er: »Sagt, Onero, habt Ihr nicht bemerkt, dass seit einigen Jahren etwas Sonderbares auf der Welt vor sich geht?«

»Sonderbares geht auf der Welt vor, so lange ich denken kann.«

»In den letzten Jahren aber haben die Mächte des Bösen wieder ihr Haupt erhoben. Schwarze Magie hat zugenommen und begegnet einem jetzt überall.«

»Verzeiht meine Unwissenheit, weiser Mangan, aber mir sind noch nie die Mächte des Bösen begegnet, und an Magie glaube ich nicht, ob sie nun schwarz, weiß oder orange ist.«

Der Zauberer verschluckte sich am Bier.

»Erlaubt!«, rief er aus, nachdem er sich geräuspert hatte. »Und das sagt Ihr? Der Mann, der zwei Dutzend Drachen getötet hat?«

»Fünfzehn. Ich habe genau fünfzehn Drachen getötet.«

»Und danach behauptet Ihr, es gebe keine Magie der dunklen Mächte?«

»Genau.« Onero einen Löffel voll gut durchbackenen Erbsen, kaute nachdenklich und spülte mit Bier nach. Dann sagte er gemächlich, als führe er einen begonnenen Gedanken zu Ende: »Ehrlich gesagt, an die Magie lichter Mächte glaube ich noch weniger. Eine Macht ist kein Zaun, man kann sie nicht mit einer Farbe anstreichen. Sie ist einfach da. Die einen halten sie für gut, die anderen für böse, aber was die Leute auch glauben, es ändert nichts. Und Magie? ... Mir ist nie welche untergekommen. Tricks, geschickte Täuschung – so viel Ihr wollt. Aber Magie – an die glaube ich nicht.«

»Als Ihr die Drachen getötet habt, ist euch niemals Magie begegnet?«

»Keine Bohne. Ein Drache ist einfach ein Tier. Ein seltenes, gefährliches, ziemlich unangenehmes, wenn man von Nahem mit ihm zu tun hat. Aber ich habe in ihnen nichts Zauberisches erblickt. Aber das können wir später erörtern, zunächst wolltet Ihr mir etwas über die Plagen erzählen, die den bewohnten Ländern drohen.«

»Ja, gewiss. Das ist wichtiger als selbst die scharfsinnigste Diskussion. Doch so lange ich erzähle, werdet Ihr als gegeben nehmen müssen, dass es doch Magie gibt. Versteht, ich befasse mich seit vielen Jahren mit dieser Angelegenheit und habe dabei durchaus beachtliche Erfolge erzielt. Ich versichere Euch also, dass es Zauberei nicht nur gibt, sondern dass sie auch von Grund auf böse sein kann. Ich meine keine Dorfzauberer, die grob und ungeschliffen sind wie die Kerle, unter denen sie leben, ich spreche von der höchsten Magie, die nur wenigen zugänglich ist. Diese Magie ist es, die Wirbelstürme und Orkane heraufbeschwört, sie stachelt zu Kriegen an, ruft Seuchen hervor. Auch Drachen werden von diesem bösen Willen geschickt. Mehr noch, ein Drache ist die höchste Verkörperung der bösen Kräfte, und ich staune, dass Euch das nicht bekannt ist. Seit einigen Jahren also hat der Einfluss der Magie, die den Mächten des Guten feindlich gesonnen ist, unerhört zugenommen. Die Lage ist nicht einfach nur ernst, sondern katastrophal. Hinter allem, was auf der Welt vor sich geht, ist deutlich die Hand der Finsternis zu spüren ...«

»Vor allem früh am Morgen ...«, murmelte Onero, den Blick auf den Teller mit Erbsen geheftet.

»Was ...?«, fragte Mangan zurück, fuhr jedoch fort, ohne eine Antwort abzuwarten: »Es ist mir also gelungen festzustellen, wo sich derjenige verbirgt, dessen Wille das Böse auf Erden bewirkt! Kennt Ihr solch einen Ort – Schigan?«

»Wenn Ihr die Schigankette meint, da überlebt nicht einmal der böseste Zauberer. Seid Ihr überhaupt jemals in dieser Gegend gewesen? Sommer gibt's da nur dem Namen nach, ringsum kahle Tundra, fast keine Menschen. Und die Berge noch weiter nördlich, die sind überhaupt ganz mit Eis bedeckt. Ich war einmal dort in der Nähe, nicht in den Bergen selber, aber die Kette war schon am Horizont zu sehen. Und ich kann Euch sagen – ein übler Ort. Wenn die Mächte des Bösen sich diesen Ort als Wohnsitz ausgesucht haben, dann haben sie eine gute Tat vollbracht, denn dort können sie niemandem schaden.«

»Aber von dort aus breitet es sich über die ganze Welt aus.«

»Natürlich von dort aus. Der Schigan sind die Mitternachtsberge, wo soll die Dunkelheit sonst herkommen? Und ich kann darin nichts Schlechtes sehen. Mehr noch: Die Nacht liebe ich nicht weniger als den Tag. Überhaupt schlafe ich gern.«

»Ich meine nicht die Dunkelheit der Nacht, sondern die dunklen Mächte. Gerade von dorther kommen die Drachen in die Welt geflogen und bringen Tod und Verderben ...«

»Hört«, unterbrach ihn Onero. »Habt Ihr überhaupt jemals im Leben einen lebenden Drachen gesehen? Oder wart Ihr wenigstens in den Gegenden, wo ein Drache vorkommt?«

»Nein. Eben darum bin ich zu Euch gekommen.«

»Nun, dann sage ich als ein Mann, der schon etliche Drachen gesehen hat, dass ich, wenn ich eine Macht des Bösen wäre, eine andere Art wählen würde, um die Menschen zu bedrängen. Ein mittelgroßer Heuschreckenschwarm bringt viel mehr Unannehmlichkeiten als selbst der erschröcklichste Drache. Ein Drache ist einfach ein dummes Raubtier, weiter nichts.«

»Warum tötet Ihr dann Drachen?«

»Das ist mein Beruf. Ich verdiene damit meinen Lebensunterhalt. Und ich verdiene nicht schlecht, kann ich Euch versichern. Ein Drache ist geradezu dafür geschaffen, seinem Bezwinger Ruhm einzubringen. Er ist gar zu effektvoll, eigentlich ganz und gar unwirklich. Ein Drache ist so etwas wie ein Jahrmarktschreier oder wie das Schild über der Tür dieser Kneipe. Mächte, die insgeheim wirken, würden niemals einen Drachen benutzen.«

»Und dennoch möchte ich Euch bitten, mich auf meiner Reise zum Schigan zu begleiten.«

»Daraus wird wohl nichts, zumindest jetzt.« Onero stieß mit einer heftigen Bewegung den leeren Humpen weg, und die flinke Nistra stellte ihm unverzüglich einen vollen hin.

»Ihr habt vielleicht gehört, dass in Nestellè ein Drache aufgetaucht ist. Man hat mir von dort Boten geschickt, aber sie haben mir für die Arbeit einen solchen Hungerlohn angeboten, dass ich abgelehnt habe.«

»Das heißt, Ihr macht Eure Arbeit nur fürs Geld?«, fragte Mangan entsetzt.

»Natürlich nicht. Aber Nestellè ist eine reiche Gegend, die können anständig bezahlen, also sollen sie blechen. Oder eben selbst mit ihrem Vieh fertig werden, immerhin liegt in der Stadt eine beachtliche Garnison, der sie jeden Tag mehr bezahlen, als sie mir für die ganze Arbeit geboten haben.«

»Schade ...«, ließ sich der Zauberer vernehmen. »Ehrlich gesagt, hatte ich sehr mit Euch gerechnet.«

»Das Problem ist« – Onero lächelte –, »dass ich nicht an bösen Zauber glaube. Und wenn Ihr nichts dagegen habt, würde ich Euch etwas zeigen, was meine Worte bekräftigt. Ich meine meine Trophäen. Ich glaube, das wird Euch interessieren. Das ist kein lebendiger Drache, aber immerhin etwas.«

»Im Kloster von Bayo wird die getrocknete Pfote solch eines Ungeheuers aufbewahrt. Mit Krallen und Schuppen. Ich habe sie gesehen und muss Euch sagen, dass dieses Ding immer noch schwarze Magie verströmt. Als ob ein eisiger Lufthauch durch eine undichte Tür zieht. Dort habe ich mich denn auch überzeugt, dass Drachen nicht einfach magische Wesen sind, sondern von bösen Mächten hervorgebracht.«

»Dann müsste in meinem Haus kein kalter Luftzug sein, sondern der reinste Eissturm. Fünfzehn Drachenköpfe sind etwas mehr als eine getrocknete Pfote.«

»Ihr bewahrt die Köpfe der getöteten Drachen bei Euch zu Hause auf?!« Der Zauberer sprang auf, und der Mantel wogte hinter seinem Rücken wie das gesträubte Gefieder eines Vogels.

»Wo denn sonst? Natürlich zu Hause. Und welcher Eishauch auch von diesen Köpfen ausgehen mag, ich habe mich noch nie erkältet.«

»Und man kann sie sehen?«, fragte Mangan mit einem Seufzer.

»Ebendas schlage ich Euch ja vor. Wenn es Euch passt, können wir sofort gehen.«

»Ja, gewiss«, antwortete der Magier hastig, »gewiss! Man denke – ein echter Drachenkopf! Ich dachte, Ihr verbrennt die Überreste der erlegten Ungeheuer, damit sie nicht die Umgebung anstecken.«

»Tue ich ja auch«, sagte Onero und stand auf, »aber die Köpfe behalte ich zur Erinnerung.«

Er leerte in einem Zug den zweiten Humpen, winkte die diensteifrige Nistra zurück und ging zur Tür. Der Zauberer bezahlte für sein Bier, das er nicht ausgetrunken hatte, und die nicht angerührten Schnitten, und eilte Onero nach.

Auf der Straße war es noch hell, die Sonne hing müde knapp über den Dächern, bereit, unter den Rand der Erde zu tauchen. Der »Fünfköpfige Habb« lag am Stadtrand, doch Oneros Haus stand überhaupt einzeln. Hier gab es keinen gepflasterten Weg mehr, unter den Füßen raschelte Gras: Bunte Margeriten, Wiesengras und die ewigen Blätter des unausrottbaren Wegerichs. Onero und der aufgeregte Zauberer gingen nebeneinander. Nach einer Weile erkundigte sich der Hausherr: »Also schön, nehmen wir an, in der Tiefe des Schigangebirges verbirgt sich tatsächlich irgendein Bösewicht. Und wie gedenkt Ihr mit ihm zu kämpfen?«

»Zunächst einmal«, sagte Mangan unschlüssig, »finde ich heraus, wo genau er sich verbirgt. Ich erforsche die Struktur der magischen Ströme rings um sein Schloss und versuche sie zu unterbrechen ...«

»Ihr redet mit solcher Gewissheit von einem Schloss, als wärt Ihr schon im Schigan gewesen. Nur in Ritterromanen wohnt der Bösewicht immer in einem Schloss. Und wenn er sich in einer Höhle eingerichtet hat oder einfach im Schnee sitzt? Und wenn er kein Mensch ist, sondern eben ein Drache oder ein wuterfüllter Feuerberg? Oder überhaupt etwas, wofür unsere Sprache keine Worte hat?«

»Das ändert nichts«, erklärte der Zauberer geduldig. »Man muss nur die Elemente, über die er gebietet, auf sich selbst zurücklenken, und der Feind fällt, von der eigenen Macht verbrannt. Glaubt mir, damit kenne ich mich gut aus. Und wenn der schwarze Magier hundertmal stärker ist als ich, er kann trotzdem nicht standhalten. Eine allzu große Macht hat immer ihre schwachen Stellen, das muss Euch bekannt sein, denn sonst könntet Ihr keine Drachen vernichten. Ein allmächtiger Zauberer ist verletzlich, wenn man nahe genug kommt. Gerade deswegen haben sich ja die größten Zauberer in die Wüste zurückgezogen und niemanden auch nur drei Tagesreisen weit an sich herangelassen.«

»Das ist alles äußerst lehrreich« – Onero nickte –, »doch ich möchte wissen, wozu Ihr mich braucht. Ihr habt einen hervorragenden Plan, Ihr seid Euch des Erfolges gewiss – also geht doch hin und bringt den Schurken um!«

»Der Plan ist gut, doch er hat einen Mangel. Ich kann mich dem Gebieter der dunklen Mächte nicht nähern, denn die Gebirgspässe werden von Drachen bewacht. Und nur Ihr könnt mit ihnen kämpfen.«

»Ach soo!«, antwortete Onero ernst. »Das ist freilich interessant. Wie kommt Ihr darauf, dass es dort Drachen gibt? Hat Euch jemand von ihnen erzählt? Wart Ihr dort? Habt Ihr auch nur einen einzigen gesehen?«

»Ich war in der Nähe, habe mit den Einheimischen gesprochen und mir ihre Erzählungen angehört. Und schließlich war ich nahe genug an den Bergen, um die durchdringende Magie der Drachen zu spüren, von der mich ein schwacher Abglanz im Kloster von Bayo berührt hat. Wer diese trostlose Macht des Drachens einmal gespürt hat, kann sie mit nichts anderem verwechseln!«

»Ihr sprecht sehr dichterisch«, stimmte Onero zu, »doch ich habe immer noch meine Zweifel ...«

»Ich weiß sogar, worin sie bestehen. Ihr wollt sagen, dass Ihr mir nicht glaubt, weil ich die Reste der Drachen in Eurem Haus nicht zu entdecken vermag, obwohl ich mich vorher gebrüstet habe, welche Wirkung auf mich allein schon die getrocknete Pfote gemacht hat?«

»Ebendas meinte ich«, gestand Onero.

»Nun denn, Ihr wohnt in jenem Haus, welches sich gleich hinter den Bäumen zeigen wird. Ein einstöckiges Steinhaus mit Schieferdach – es ist mir schon aufgefallen, als ich in die Stadt kam. Hätte ich nicht die Drachenmagie erkannt, hätte ich glauben können, in diesem stillen Haus habe sich ein böser Zauberer eingenistet, solch eine Finsternis verströmt es. Alles roch hier nach Drachen, und ich habe gleich an Euch gedacht. Ich habe sogar versucht, bei Euch anzuklopfen, aber da sagte ein Passant, um dieses Zeit würdet Ihr gewiss in der Schänke sitzen. Wie Ihr seht, konnte ich feststellen, dass dieses Haus mit Drachen in Verbindung steht. Doch mir wäre nie in den Sinn gekommen, dass Ihr in dem Hause, in dem Ihr wohnt, einen Drachenkopf aufzubewahren wagt!«

»Fünfzehn Köpfe.«

Mangan stöhnte und griff sich an den eigenen Kopf, als fürchte er, dieser würde gleich der schrecklichen Sammlung hinzugefügt.

»Sagt mal«, erkundigte sich Onero plötzlich, »ist Euch nicht der Gedanke gekommen, in dem Haus könnte sich wirklich ein böser Magier eingenistet haben, der vorübergehende Zauberer mit dem Schatten eines Drachen abschreckt?«

»Nein. Drachenmagie kann man nicht nachahmen. Außerdem rede ich ja schon lange mit Euch und sehe, dass in

Euch kein Tropfen immaterieller Energien steckt. Ich konnte mir nicht vorstellen, dass es derart prosaische Menschen auf der Welt gibt. Wahrscheinlich ist das auch der Grund, warum die verderbliche Macht der Drachen auf Euch nicht wirkt.«

Onero stieg die Vortreppe des Hauses hinauf, das mit schwarzem Naturschiefer gedeckt war, nahm das Schlüsselbund vom Gürtel.

»Ein prosaischer Mensch ...«, wiederholte er nachdenklich. »Das habt Ihr gut gesagt. Schade, in der Stadt wird Euch niemand glauben. Sie halten mich für einen Helden. Doch ich werde Euch die Wahrheit zeigen. Tretet ein.«

Die schwere Tür öffnete sich. Mangan schrie auf und wich zurück. Von der Wand des geräumigen Vorsaals herab grinste ihn eine ungeheuerliche Visage an. Der Drachenkopf hing bedrohlich über dem Eintretenden. Er war mindestens fünfmal so groß wie der Kopf des größten Stiers. An ihm prangten drei Paar gewundene Hörner. Ein siebtes, gerade und spitz, ragte genau zwischen den Augen vor, die durch rubinrote Glasstückchen ersetzt waren. Die gelben Zähne waren gebleckt, einer der Hauer war gebrochen.

Onero stand in der Tür und genoss die Wirkung.

»Na, wie gefällt er Euch?«, erkundigte er sich schließlich.

»Frappierend«, murmelte Mangan. »Ich hätte nicht gedacht, dass sie so groß sein können. Und die Kraft ... welch eine schreckliche Kraft von ihm sogar jetzt noch ausgeht.« Er trat vorsichtig an den Kopf heran. Er murmelte Beschwörungen und machte ein paar Handbewegungen.

»Das ist der größte«, erläuterte Onero. »Ich habe ihn in Dunlas erlegt. Es war gar nicht schwer, das Tier war alt und litt an allen denkbaren Krankheiten. Am schwierigsten war es, die Haut von Parasiten zu reinigen. Er war über und über von Wanzen und Läusen bedeckt. Der ganze Kopf war mit Geschwüren überzogen. Ich musste ihn hier aufhängen, weil hier Halbdunkel herrscht und man nicht so deutlich sieht, dass der Kopf von Würmern zerfressen ist. Wenn ich dieses Tier nicht getötet hätte, wäre es ein paar Monate später von selber verreckt. Doch ich kam rechtzeitig, um ihn zu erledigen, als er noch herumkroch, und erhielt von den dankbaren Stadtbewohnern zwanzigtausend Dukaten.«

»Ich habe gehört, dass eine Menge Ritter gegen das Ungeheuer von Dunlas in den Kampf geritten sind, und alle sind seiner tödlichen Gewalt erlegen«, rief ihm Mangan vorsichtig in Erinnerung.

»Eben, sie sind geritten. Zu Pferde gegen einen Drachen reiten kann nur ein Idiot oder ein Selbstmörder. Dabei hat man es nicht nur mit dem Drachen zu tun, sondern auch mit dem vor Angst wahnsinnigen Pferd. Ich aber bin fünfzehnmal zu Fuß gegen einen Drachen angetreten und fünfzehnmal Sieger geblieben. Übrigens, was stehen wir hier herum, gehen wir hinauf.«

Sie stiegen in einen großen Saal im ersten Stock hoch. Diesmal wusste Mangan schon, was er zu erwarten hatte, wagte aber trotzdem nicht gleich, den Raum zu betreten. An jeder Wand waren drei hässliche Köpfe angebracht, von Hörnern, Kämmen, lückenhaften Zahnreihen geziert. Ein Drache hatte überhaupt keine Zähne, statt eines Gebisses hatte er beilartige Knochenplatten, mit denen er mit einem einzigen Zuschnappen einen Lanzenschaft zermalmen konnte. Die Ungeheuer hatten ganz unerwartete Farben: leuchtend rote Flecken auf hellblauem Grund wechselten mit schwarz-weißen Zebrastreifen, preißelbeerfarbenen Sprenkeln auf Grün; einer der Köpfe schien wie von einem Schlaganfall blau angelaufen zu sein, und daneben funkelte mit Glotzaugen ein makellos rosafarbener Kopf.

»Wie gefällt Euch meine Sammlung?«, erkundigte sich Onero mit unverhohlenem Stolz.

Mangan ging rings um den Saal, von einem Kopf zum nächsten, fuchtelte mit den Armen, abwechselnd Beschwörungen murmelnd und vor Begeisterung aufstöhnend.

»Eins verstehe ich nicht«, gestand er schließlich. »Wieso seid Ihr noch am Leben? Diese Überbleibsel erzeugen ein derart tiefes Gebiet negativer Energie, dass ich momentan alle meine Kräfte anstrengen muss, um mich und Euch vor den schädlichen Einflüssen der Drachenmagie zu bewahren. Außerdem, beachtet: Es gibt hier genau zwölf Köpfe, und sie sind im Kreis angeordnet! Jeder Schwarzmagier würde seine Seele hergeben, um solch einen mächtigen Zauberkreis zu besitzen!«

»Ein Quadrat.«

»Was?«

»Ich sage, der Saal ist quadratisch, und die Köpfe sind im Quadrat angeordnet. Dann verdanke ich mein Leben wohl diesem Zufall.«

»Ihr könnt noch scherzen?!«, schrie der Zauberer auf. »Gut, dass sie nach unten schauen, sonst könnte man nicht durchs Zimmer gehen, selbst die tote Magie wäre zu stark! Sagt nur, wie seid Ihr auf den Einfall gekommen, ausgerechnet zwölf Köpfe zu versammeln?«

»Mehr passen nicht an die Wand«, gestand Onero. »Ich könnte sie natürlich in zwei Reihen aufhängen, aber dann reichen die Köpfe nicht. Na, Ihr seht selber, einer hängt im Vorsaal, zwölf hier, einer im Arbeitszimmer und einer auf dem Boden. Das ist der frischeste Kopf, und er riecht noch nach Drache. Ein ekelhafter Geruch, kann ich Euch sagen. Als ich dieses gestreifte Prachtstück da erlegt habe, boten mir die Leute dort als Bezahlung die Hälfte ihrer Herden an. Weiter hatten sie einfach nichts. Könnt Ihr euch vorstellen, wie ich alle diese Hammel nach Hause getrieben hätte? Ich musste mich mit einem einzigen begnügen, den mir die dankbaren Hausfrauen brieten. Und sogar den habe ich am

Abend weggeworfen. Nachdem das Fleisch einen Tag lang neben dem Drachenkopf auf dem Wagen gelegen hatte, hätten es nicht einmal die Hunde gefressen. Aber ich bin trotzdem zufrieden – habt Ihr jemals einen gestreiften Drachen gesehen? Also ich habe einen.«

»Übrigens« – Mangan machte eine weit ausholende Geste –, »Ihr sagt, dass das einfach nur Tiere sind, aber urteilt selbst: Kommt unter Tieren eine solche Vielfalt vor? Nur erfahrene Jäger können einen Wolf vom anderen unterscheiden, unter den Drachen aber findet man keine zwei gleichen. Dieser hier hat Ohren, als Einziger von allen, der hat winzige Augen, sein Nachbar tellergroße Glotzen. Und Flügel? Sagt, hatten sie Flügel?«

»Manche hatten welche. Aber geflogen ist nur einer – der hier, der mit den Ohren. Und eigentlich flog auch der nicht, sondern sprang hin und her und benutzte die Flügel zur Unterstützung. Was ihm nicht gut bekam. Ich habe ihn wie einen Bären mit dem Spieß erlegt, und er war so in Fahrt, dass er nicht ausweichen konnte. Und was die Vielfalt angeht, so behaupte ich ja nicht, dass sie alle Geschwister seien. Zeigt einem unerfahrenen Menschen eine Giraffe und, sagen wir, einen Schwertwal – er kann an ihnen nichts Gemeinsames entdecken. Dabei nährt die eine wie der andere die Jungen mit Milch, also sind sie eng verwandt. Und schaut Euch die Hunde an! Ein Dackel hat keine Ähnlichkeit mit einem Dobermann oder einem Bullterrier, die Kunst der Hundezüchter hat an ihnen ein böses Wunder vollbracht. Vielleicht verhält es sich mit den Drachen ebenso. Das habe nicht ich zu entscheiden, sondern Ihr Gelehrten. Übrigens, was stehen wir hier, Ihr sagt ja, dass es schädlich ist. Ich schlage vor, wir gehen ins Arbeitszimmer, dort ist nur ein Kopf. Ein eigelber Drache. Aber wenn ich bei reichen Auftraggebern den Preis hochtreibe, nenne ich ihn golden.«

Sie gingen ins Nebenzimmer, welches kaum den Namen »Arbeitszimmer« verdiente, obwohl es einen Tisch und ein paar Bücherschränke enthielt. Doch am meisten waren Waffen vorhanden. Schwerter und Äxte, Lanzen, schwere Armbrüste, merkwürdig geformte Klingen, Spieße, Harpunen ... Eisen von allen Arten und Formen. Über dem Tisch war der nicht allzu große Kopf eines gelben Drachen angenagelt. Aus dem von starren Fühlern umgebenen Maul ragte eine lange Knochenschneide, die an eine Harpune erinnerte.

»Ihr habt hier ein ganzes Arsenal«, bemerkte Mangan anerkennend. »Wozu braucht Ihr so viel verschiedene Waffen?«

»Dachtet Ihr etwa, ich ziehe mit dem treuen Schwert in der Hand in den Kampf? Das tun Dummköpfe, die das Tier füttern gehen. Die meisten von diesen Geschöpfen kann man mit dem Schwert nicht erlegen – es gibt zu viele Knochenplatten, Kämme und dergleichen Kram. Eine Lanze taugt auch nichts, wenn man nicht genau weiß, wohin man zielen muss. Aber was weiß man schon genau, wenn man gegen einen Drachen antritt? Meine bescheidene Ansicht lautet, dass man gegen einen Drachen am besten eine schwere Streitaxt einsetzt, mit einer Spitze an dieser Stelle hier, sodass man sie gut in einen Spieß verwandeln kann. Wenn das Tier den Wanst über den Boden schleift, dann empfiehlt es sich, an dem Steinen eine geeignete Klinge zu befestigen und dann das Tier auf sich zu zu locken. Zu diesem Zweck benutze ich für gewöhnlich eine Armbrust. Ernstlich Schaden anrichten kann sie nicht, aber aus irgendeinem Grunde können es Drachen partout nicht leiden, wenn sie mit einem Pfeil eins vor die Nase kriegen. Wie Ihr seht, mache ich aus meiner Arbeit kein Geheimnis, aber die Ritter, die sich gelegentlich um Rat an mich wenden, haben mich im Zorn einen Metzger genannt und sind losgeritten, um ihre Drachen zu Pferde und mit dem Schwert in der Hand kleinzuhacken. Erstaunlich, aber kein Einziger ist danach vorbeigekommen, um mit seinen Trophäen zu prahlen. Übrigens wartet fast jeder Drache dem Jäger mit etwas Neuem auf; wie Ihr richtig sagtet: Die Drachen sind sehr vielfältig. Nehmen wir nur diesen hier ... Wisst Ihr, warum er hier hängt und nicht bei den anderen? Er hat es als Einziger geschafft, mich zu verwunden. Es war ein schrecklich flinkes Tier, dabei sind Drachen meistens ungelenk. Außerdem kämpfen sie nicht gern, und um den Gegner einzuschüchtern, zeigen sie gleich alle ihre Tricks und Maschen. Manchmal ist es ziemlich einfach, rechtzeitig vor einem wegzulaufen, um am nächsten Tag mit den notwendigen Werkzeugen wiederzukommen. Aber dieses Hühnchen hat bis zum letzten Augenblick seine Zunge nicht gezeigt. Seht Ihr, was das für ein Ding ist? Er konnte damit wie mit einer Lanze zustoßen, indem er die Zunge fast zwei Ellen vorschnellte. Solch einen Hieb hatte ich nicht erwartet, und er durchlöcherte mir das Bein. Den dunklen Mächten sei Dank, aber der Stachel erwies sich nicht als giftig. Dem Drachen selbst hat sein geschickter Stoß allerdings nichts genützt, wie Ihr seht.«

»Ihr erzählt Erstaunliches!«, murmelte der Zauberer. »Sagt, haben sie Feuer gespien?«

»Nein, ich habe nie einen Feuer speienden Drachen getroffen. Und ich fürchte, das sind lauter Märchen. Wenn so ein Tier ins Dorf einbricht, werfen die Leute selber in Panik Feuer breit, und dann schreiben sie die Brände dem Feuer speienden Ungeheuer zu. Es ranken sich zu viele Märchen um Drachen, zu viel Magie, Poesie und Lüge. Da sagt Ihr also, die Drachen kommen vom Schigangebirge geflogen. Vielleicht habt Ihr Recht, denn die meisten von ihnen haben Flügel. Aber ich habe nie fliegende Drachen gesehen. Wenn man es recht bedenkt, kann das nur eins bedeuten: Zu uns gelangen nur alte, gebrechlich gewordene Drachen, die im Schigangebirge kein Auskommen mehr finden. Und das heißt, wenn ich mich bereit finde, Euch zu begleiten, kriege ich es mit jungen Ungeheuern im Vollbesitz ihrer Kräfte zu tun. Ob ich mit denen fertig werde? Das ist übrigens Nebensache. Wichtig ist etwas anderes: Wozu sollten die dunklen Mächte, wenn es sie dort gibt, den Menschen altersschwache und kranke Drachen auf den Hals schicken? Nur, damit ich sie erlege?«

»Vielleicht habt Ihr Recht«, ließ sich Mangan nachdenklich vernehmen, »und die Drachen, mit denen es die Menschen zu tun hatten, sind in der Tat nur Hofhunde voller Flöhe, die der dunkle Herrscher aus seinem Bau verjagt, wie ein grausamer Herr einen zahnlos gewordenen Köter verjagt. Doch umso schrecklicher ist der Gedanke, welche Pläne wohl die Finsternis ausbrüten mag. Und folglich ist es umso wichtiger, in den Schigan vorzudringen und diese Pläne in Erfahrung zu bringen. Ihr fürchtet, Ihr könntet einen jungen Drachen nicht gewachsen sein? Nun denn, ich werde nicht darauf bestehen, obwohl ich ohne Euch kaum Überlebenschancen habe. Ihr habt mir auch so schon außerordentlich geholfen, indem Ihr mir über Drachen Dinge erzählt habt, von denen ich nichts ahnen konnte. Nehmt auch Ihr einen guten Rat an: Bewahrt diese Dinge nicht zu Hause auf, ihre Magie ist gar zu schrecklich.«

»Verzeiht, hochweiser Herr«, sprach Onero langsam, »aber ich glaube nach wie vor weder an schwarze noch an lichte Magie. Und was Schrecken angeht, so habt Ihr keine Ahnung, was mir schon alles begegnet ist. Und wenn Ihr es Euch vorstellen könntet, würden Ihr nicht davon reden, mich könnte irgendetwas schrecken. Wenn ich gegen einen Drachen antrete, überlege ich nicht, ob er jung oder alt ist, ich überlege, wie ich ihn vernichten kann. Na schön, sei's drum, ich zeige Euch noch etwas. Etwas, was keiner von meinen Gästen gesehen hat. Vielleicht versteht Ihr dann wenigstens ungefähr, was wirklich alles übersteigt. Dazu müssen wir allerdings in den Keller gehen, im Hause traue ich mich das nicht aufzubewahren.«

»Lebt es?«, erkundigte sich der Magier beunruhigt.

»Sehe ich wie ein Selbstmörder aus?«, antwortete Onero mit einer Gegenfrage. »Ich habe noch nie etwas in die Stadt mitgebracht, ohne mich zu überzeugen, dass es ordentlich ausgeweidet, getrocknet und mit Fichtenrauch geteert ist.«

»Also gehen wir!«, sagte Mangan entschlossen.

Sie gingen durch den großen Saal in den Vorsaal. Unter dem eindringlichen Blick der Glasaugen öffnete Onero eine schwere Tür, zündete eine Laterne an, die in einer Wandnische stand. Er hob die Laterne über den Kopf und beleuchtete die steilen Stufen, die abwärts führten.

»Vorsicht. Hier ist es trocken, aber die Stufen sind alt, die Hälfte hat sich im Laufe der Zeit gelockert. Das Haus steht auf dem Fundament eines alten Turmes, früher war hier eine Bastion, und im Keller wurden Kugeln für Ballisten aufbewahrt. Dann war in dem Turm ein Gefängnis und im Keller die Folterkammer. Der Turm ist vor hundert Jahren abgetragen worden, und jetzt erinnert sich schon niemand mehr daran, dass der Keller noch existiert. Dabei ist schon die Erinnerung an das, was sich hier zugetragen hat, schlimmer als alle Drachen zusammen. Wartet, ich öffne jetzt die zweite Tür.«

Mangan blieb vor dem verschlossenen halbrunden Durchgang stehen. Die Tür war altertümlich, wie eine Festungstür, mit Eisennägeln beschlagen, deren Köpfe jeder faustgroß waren. Ihr Anblick ließ an die Knochenschuppen eines Drachen denken. Onero holte ein Bund mit merkwürdig geformten Schlüsseln hervor und beugte sich übers Schloss.

»Was ist dort hinter der Tür?«, fragte der Zauberer beunruhigt. »Ich spüre eine unvorstellbare Kraft. Die durchdringende Drachenmagie übertönt sie fast, doch von hier aus sehe ich, dass sie viel unaufhaltsamer und böser ist als die von den Drachen ausgehende. Onero, Ihr spielt gefährliche Spiele. Ein unvorbereiteter Mensch darf mit derlei Dingen nichts zu tun haben.«

»Und Euch haltet Ihr für vorbereitet?«, murmelte Onero verärgert, während er quietschend den Schlüssel in dem eingerosteten Schloss drehte. »Warum habt Ihr denn diese unvorstellbare Kraft nicht gleich entdeckt, als Ihr in die Stadt gekommen seid?«

»Die Drachenmagie hat sie übertönt. Diese hier ist der Drachenzauberei verwandt, aber viel raffinierter und darum nicht so leicht zu bemerken.«

»Jetzt braucht Ihr nur noch zu sagen, dies sei die Magie des Herrschers der dunklen Mächte selber. Na schön, ich habe nichts dagegen. Denn das heißt, dass ich die Quintessenz des Bösen auf der Welt getrocknet und geräuchert habe. Fertig, Ihr könnt eintreten. Aber fasst nichts an.«

Eine Zeit lang betrachtete Mangan verständnislos den Keller, der unmittelbar unter dem Saal mit den Drachenköpfen lag. Beim Lichte des Öllampe war kaum etwas zu erkennen, doch auf den ersten Blick wirkte der Keller völlig leer. Der geübte Blick des Zauberers blieb jedoch an der Wand gegenüber haften. Mit einem leisen Ausruf trat Mangan vor und in den Kreis, wo sich die toten Blicke der Drachen vom ersten Stock kreuzten. Ein wilder Schrei erfüllte den Keller, als hätten die salpeterfleckigen Wände die Erinnerung an vergangene Jahrhunderte auferstehen lassen. Die Gestalt des Zauberers flammte lila auf, rote Flammen schossen zur Decke. Mangan versuchte noch, dem Schlag auszuweichen oder ihn abzulenken, vielleicht riss er auch nur erschrocken die Arme hoch, doch im nächsten Augenblick verdichtete sich das Feuer, wurde heller und verschwand spurlos. Der Keller war wieder leer.

Onero stand in der Tür und wartete mit erhobener Laterne. Eine Zeit lang geschah nichts, dann trat aus der leeren

Stelle, wo der Zauberer verschwunden war, eine undeutliche Gestalt hervor.

»Ich bin mit dir zufrieden, Onero. Was willst du für den Dienst?«

»Ich bin glücklich, dir zu dienen, Gebieter.«

»Trotzdem, was willst du für dich?«

Einen Augenblick lang zögerte Onero, dann sagte er: »Alle Zauberer, die sich um Hilfe an mich gewandt haben und in die Falle geraten sind, haben von heimtückischen Plänen des Herrschers der Finsternis gesprochen. Ich möchte wissen, ob es wahr ist, dass die Finsternis ein Ziel hat.«

»Du bist ein Philosoph geworden, Onero. Ich habe dein Gespräch mit dem Zauberer gehört. Warum hast du ihm die Wahrheit erzählt?«

»Weil ich sie selbst wissen will.«

»Die Wahrheit kann man von keinem anderen erfahren, wer dieser andere auch sei. Es gibt keine Antwort. Lass deine Überlegungen und brich nach Nestellè auf, sonst segnet der Drache dort das Zeitliche, ehe du für ihn Geld kriegst.«

Drei Ellen Drachenhaut

L. Sprague de Camp

Junker Eudoric Dambertsohn ritt von seiner Werbung um Lusina, Tochter des Zauberers Baldonius, mit einem Gesicht so lang wie die Nase eines Olifanten nach Hause. Herr Dambert, Eudorics Vater, fragte:

»Nun, wie ist es dir ergangen, Junge? Schlecht, wie?«

»Ich ...«, begann Eudoric.

»Ich habe dir gleich gesagt, es sei ein eselhafter Einfall, und hatte ich nicht Recht? Wo doch Baron Emmerhard mehr Töchter hat, als er zählen kann, und jede von ihnen ein hübsches Stück Land mitbekommen wird! Warum antwortest du nicht?«

»Ich ...«, sagte Eudoric.

»Los, Junge, sprich frank und frei!«

»Wie kann er das, wenn Ihr die ganze Zeit redet?«, wandte Frau Aniset, Eudorics Mutter, ein.

»Oh«, sagte Herr Dambert. »Pardon, mein Sohn. Außerdem und weiterhin, wie ich dir gesagt habe, wenn du Emmerhards Schwiegersohn wärst, würde er seinen Einfluss geltend machen, dass du dir deine Sporen verdienen kannst. Hier stehst du, ein kräftiger junger Mann von dreiundzwanzig, und noch nicht zum Ritter geschlagen. Es ist eine Schande für unsere Familie.«

»Es gibt im Augenblick keine Kriege, die Gelegenheit zu ritterlichen Taten böten«, sagte Eudoric.

»Ja, das ist wahr. Gewiss, wir alle preisen die Segnungen des Friedens, den uns die weise Regierung unseres Souveräns und Kaisers in den letzten dreizehn Jahren beschert hat. Und doch ... wenn unsere jungen Männer eine ritterliche Tat vollbringen wollen, sind sie gezwungen, Banditen aufzulauern, Aufständische zu zerstreuen und andere derartige unstandesgemäße Leistungen zu vollbringen.«

Da Herr Dambert eine Pause machte, warf Eudoric ein: »Herr Vater, dies Problem scheint jetzt einer Lösung nahe zu sein.«

»Wie meinst du das?«

»Wenn Ihr mich doch bloß anhören wolltet, Herr Vater! Doktor Baldonius verlangt, dass ich, bevor er mir Lusina anverlobt, eine Aufgabe erfülle, die mir nach jeder Rechtsauslegung die Ritterschaft eintragen muss.«

»Und das wäre?«

»Er möchte drei Quadratellen Drachenhaut haben. Wie er sagt, braucht er sie für seinen magischen Mummenschanz.«

»Aber in dieser Gegend hat es seit einem Jahrhundert oder noch länger keine Drachen mehr gegeben!«

»Sicher, aber laut Baldonius gibt es die Reptilienungeheuer noch weit im Osten, in den Ländern von Pathenia und Pantorozia. Denkt doch, er hat mir ein Einführungsschreiben an seinen Kollegen Doktor Raspiudus in Pathenia gegeben.«

»Was?«, rief Frau Aniset. »Du sollst auf eine jahrelange Reise in unbekannte Länder gehen, wo, wie es heißt, die Menschen auf einem einzigen Bein hüpfen oder die Gesichter auf dem Bauch tragen? Das will ich nicht haben! Außerdem mag Baldonius ja der Privatzauberer Baron Emmerhards sein, aber es lässt sich nicht leugnen, dass er nicht von edlem Blut ist.«

»Und wer«, fragte Eudoric, »war von edlem Blut, als das göttliche Paar die Welt erschuf?«

»Unsere Vorfahren waren es, davon bin ich überzeugt, wie es auch um die des gelehrten Doktors Baldonius bestellt gewesen sein mag. Ihr jungen Leute seid immer voller idealistischer Ideen. Vielleicht wirst du sogar von häretischen Einbildungen angesteckt werden, denn ich habe gehört, dass die Ostlinge nicht der wahren Religion anhängen. Fälschlicherweise glauben sie, Gott sei einer, statt zwei, wie wir es wissen.«

»Wandern wir nicht in die Irrgärten der Theologie«, meinte Herr Dambert, das Kinn in die Hand gestützt. »Es steht fest, dass die Heiden im Süden glauben, Gott sei drei, eine noch verderblichere Vorstellung als die der Ostlinge.«

»Wenn ich Gott auf meinen Reisen treffe, werde ich ihn nach der Wahrheit fragen«, sagte Eudoric.

»Sprich kein Sakrileg aus, du impertinenter Welpe! Immerhin und nichtsdestotrotz wäre es nicht schlecht, einen einflussreichen Mann wie Doktor Baldonius in der Familie zu haben, sei seine Herkunft auch bescheiden. Mich dünkt, ich könnte ihn bewegen, durch Zauberkünste meine Felder, mein Rindvieh und meine Leibeigenen gedeihen zu lassen, meine Feinde dagegen mit Pocken und Maul- und Klauenseuche zu schlagen. Wie war das mit den schlechten Sommern, die wir hatten? Der Gott und die Göttin wissen, dass wir alle übernatürliche Hilfe brauchen, die wir bekommen können, um uns vor Mangel zu bewahren. Andernfalls mögen wir eines schönen Tages erwachen, um festzustellen, dass wir unsern Besitz an einen schmierigen Handelsmann mit gekauftem Titel verloren haben, einen, der statt der Lanze die Feder und statt des Schildes das Zahlbrett führt.«

»Dann habe ich Eure Erlaubnis, Herr Vater?«, rief Eudoric, und ein breites Grinsen überzog sein kantiges, sonnengebräuntes junges Gesicht.

Frau Aniset hatte immer noch Einwände, und der Streit tobte eine volle Stunde weiter. Eudoric wies darauf hin, er sei doch nicht das einzige Kind, da er noch zwei jüngere Brüder und eine Schwester habe. Am Ende gaben Herr Dambert und Frau Aniset Eudorics Verlangen nach, vorausgesetzt, dass er rechtzeitig zurückkomme, um bei der Ernte zu helfen, und dass er einen von ihnen ausgewählten Diener mitnehme.

»An wen denkt Ihr dabei?«, fragte Eudoric.

»Ich bin für Jillo den Stallmeister«, sagte Herr Dambert.

Eudoric stöhnte. »Dieser alte Reaktionär, der mir andauernd Predigten über die Pflichten und die Würde meines Standes hält?«

»Er ist nur ein Jahrzehnt älter als du«, erwiderte Herr Dambert. »Überdies und außerdem brauchst du einen älteren Mann mit Sinn für Ordnung und Schicklichkeit, der dich auf dem rechten Weg für einen Edelmann hält. Klassenloyalität geht über alles, mein Sohn! Junge Männer neigen dazu, jede neue Idee, die vorüberfliegt, hinunterzuschlucken, wie ein Frosch nach Fliegen schnappt. Bald stellen sie dann fest, dass sie zu ihrem Schmerz und Schaden eine Wespe verschlungen haben.«

»Er ist ein schrecklicher Tölpel, Vater, und mit nicht allzu viel Verstand gesegnet.«

»Ja, aber er ist ehrlich und treu, keine geringen Tugenden in unsern degenerierten Tagen. Zu Zeiten meines Vaters gab es noch nichts von höflichen ›Ihr‹ und ›Euer‹ selbst zu den Knechten und Küchenjungen. Da hieß es nur ›du‹ und ›dein‹.«

»Ihr schweift ab, lieber Dambert«, sagte Frau Aniset.

»Ja, ich rede zu viel. Das ist der Fluch des Alters. Eudoric, der treue Jillo kennt sich mit Pferden aus und wird eure Tiere in bestem Zustand halten.« Herr Dambert lächelte. »Ganz zu schweigen und abgesehen davon, dass er, wie ich

Jillo Godmarsohn kenne, nur zu gern für eine Weile von seiner keifenden Frau wegkommen wird.«

So verließen Eudoric und Jillo Arduen den Besitz des Ritters, in der Baronie Zurgau, in der Grafschaft Treveria im Königreich Locania im Neu-Neapolitanischen Kaiserreich und wandten sich nach Osten. Eudoric – von mittlerer Größe, kräftig gebaut, dunkel, mit kantigem Kinn, sonst aber unauffälligen Gesichtszügen – ritt sein Reisepferd und führte sein starkes Streitross Morgrim am Zügel. Der dünne Jillo saß auf einem zweiten Reisepferd und führte ein Maultier. Morgrim war Eudorics komplette Rüstung, sorgfältig zu einem kompakten Bündel zusammengeschnürt und mit einem Segeltuch-Überzug versehen, aufgepackt worden. Das Maultier trug den Rest ihres Gepäcks.

Vierzehn Tage lang zogen sie durch die Herzogtümer und Grafschaften des Reichs, ohne dass sich etwas Besonderes ereignete. Als sie Länder erreichten, wo sie die lokalen Dialekte nicht mehr verstehen konnten, wechselten sie zum Helladischen über, der Sprache des Alt-Neapolitanischen Kaiserreichs, die gebildete Männer überall beherrschten.

Sie kehrten in Gasthöfen ein, wo es Gasthöfe gab. In diesen ersten vierzehn Tagen beschäftigten Eudoric die Träume von seiner geliebten Lusina zu sehr, als dass er die Schenkmädchen bemerkt hätte. Danach begann er vor Verlangen zu fiebern, und in Zerbstat ging er zur beiderseitigen Zufriedenheit mit einer ins Bett. Danach versagte er sich jedoch dergleichen, nicht aus Gründen der Moral, sonder aus Sparsamkeit.

Wenn die Nacht sie noch auf der Straße antraf, schliefen sie unter den Sternen – oder, wie es ihnen in den Sümpfen von Avaria geschah, unter einem tropfenden Wolkendach. Als sie sich auf dem nassen Boden zur Ruhe legten, fragte Eudoric seinen Gefährten:

»Jillo, warum hast du mich nicht daran erinnert, ein Zelt mitzunehmen?«

Jillo nieste. »Weil ich, Herr, niemals auf den Gedanken gekommen wäre, ein gesunder Springinsfeld wie Ihr würde jemals, ob es nun regnet oder schneit, eins brauchen. Die Helden in den Rittergedichten reisen nie mit Zelten, sondern übernachten immer im Freien.«

»Zur tiefsten Hölle mit den Helden der Rittergedichte! Tausend Strophen lang rasseln sie auf ihren Streitrössern dahin. Das Wetter ist immer gut. Essen, Unterkunft und Kleidung zum Wechseln erscheinen wie durch Magie, wann immer gewünscht. Ihre Rüstungen rosten nie. Sie erkälten sich weder die Atemwege noch die Blase. Sie fangen sich in den Gasthöfen keine Flöhe und Läuse. Sie werden niemals von Kaufleuten beschwindelt, denn keiner von ihnen tut etwas so Vulgäres wie Kaufen und Verkaufen.«

»Verzeiht mir, Herr«, sagte Jillo, »aber so spricht ein Ritter nicht. Es schickt sich nicht für Euren Stand, solche Worte in den Mund zu nehmen.«

»Gleichfalls zur tiefsten Hölle mit meinem Stand! Wohin diese Paladine auch gehen, sie finden Jungfrauen in Not, die sie retten können, oder erleben andere angenehme, spannende und reinliche Abenteuer. Was für Abenteuer haben wir gehabt? Einmal sind wir im Turonischen Wald vor Räubern geflohen. Einmal habe ich dich halb ertrunken aus dem Albis gefischt. Einmal ging uns in den Asciburgi-Bergen das Essen aus, und wir mussten drei Tage lang mit leerem Magen über diese haarsträubenden Gipfel klettern.«

»Das göttliche Paar prüft nur, aus welchem Stoff ein wackerer Ritter-Anwärter besteht, Herr. Ihr solltet diese kleinen Unannehmlichkeiten als eine Gelegenheit willkommen heißen, Eure Mannheit zu beweisen.«

Eudoric machte ein unanständiges Geräusch mit seinem Mund. »So viel für meine Mannheit! Im Augenblick hätte ich lieber ein festes Dach über dem Kopf, ein wärmendes Feuer vor mir und eine heiße Mahlzeit in meinem Bauch. Und ehe ich noch einmal auf eine so törichte Reise gehe, werde ich einen dieser Verseschmiede suchen – vielleicht diesen Troubadour Landwin von Kromnitch, der uns voriges Jahr besuchte – und ihn mitschleppen, damit er sieht, wie wenig die wirklichen Abenteuer denen aus seinen Rittergedichten gleichen. Und wenn er in den Albis fällt, kann er von mir aus ertrinken. Wäre es nicht meiner angebetenen Lusina wegen ...«

Eudoric versank in düsteres Schweigen, unterbrochen nur von seinem Niesen.

Sie ritten weiter, bis sie in das Dorf Liptai an der Grenze von Pathenia kamen. Nachdem die Grenzwachen sie befragt und passieren lassen hatten, ritten sie im Schritt durch den tiefen Schlamm der Hauptstraße. Die meisten der schlampigen Häuser bestanden aus Baumstämmen oder roh behauenen Planken, die nichts von Farbe wussten.

»Himmel!«, rief Jillo. »Seht Euch das an, Herr!«

»Das« war ein gigantisches Schneckenhaus, aus dem ein kleines Wohnhaus gemacht worden war.

»Hast du nichts von den Riesenschnecken Pathenias gewusst?«, fragte Eudoric. »Ich habe von ihnen in Doktor Baldonius' Enzyklopädie gelesen. Voll ausgewachsen werden sie – oder vielmehr ihre Häuser – hierzulande oft als Wohnungen benutzt.«

Jillo schüttelte den Kopf. »Es wäre besser gewesen, Ihr hättet mehr Zeit mit Euren ritterlichen Übungen und weniger mit Lesen verbracht. Euer Vater hat niemals schreiben gelernt, und doch weiß er seine Pflichten zu erfüllen.«

»Die Zeiten ändern sich, Jillo. Ich kann vielleicht nicht so gut Reime schmieden wie Doktor Baldonius oder dieser Esel Landwin von Kromnitch, aber heutzutage bewirkt ein Federstrich oft mehr als ein Schwertstreich. Hier ist eine Herberge. Steige ab und frage drinnen, was sie für die Übernachtung berechnen.«

»Warum, Herr?«

»Weil ich es wissen möchte, bevor wir unsern Hals in die Schlinge stecken! Mach schon! Wenn ich hineingehe, werden sie bei meinem Anblick die Preise verdoppeln.«

Als Jillo herauskam und die Preise nannte, sagte Eudoric: »Zu teuer. Wir versuchen es in der anderen Herberge.«

»Aber, Herr! Wollt Ihr uns in einer Flohbude unterbringen wie die, in der wir in Bitava gelitten haben?«

»Jawohl! Hast du mir nicht gepredigt, es sei gut, wenn ritterlicher Stoff durch Unannehmlichkeiten gestählt werde?«

»Darum geht es nicht, Herr.«

»Um was dann?«

»Nun, wenn ein besseres Quartier zu haben ist, wäre es eine Beleidigung für Euren Rang und Stand, sich mit dem schlechteren zu begnügen. Kein Edelmann ...«

»Da ist sie«, sagte Eudoric. »Und angemessen schmutzig ist sie auch. Siehst du, guter Jillo, erst vorgestern habe ich unser Geld gezählt, und ach! mehr als die Hälfte ist dahin, und unsere Reise haben wir noch nicht zur Hälfte vollendet.«

»Aber, edler Herr, kein Mann aus ritterlichem Stoff würde sich herablassen, sein Silber zu zählen wie irgendein niedrig geborener Krämer ...«

»Dann muss es mir wohl am richtigen ritterlichen Stoff mangeln. Wir sind da.«

Ein Dutzend Meilen hinter Liptai begann der große, dichte Motolische Wald. Jenseits des Waldes lag die Provinzhauptstadt Welitschowo. Hinter Welitschowo lichtete sich der Wald allmählich zu den weiten, grasbewachsenen Ebenen von Pathenia. Hinter Pathenia, so war Eudoric erzählt worden, erstreckten sich die grenzenlosen Wüsten von Pantorozia, durch die ein Mann monatelang reiten konnte, ohne eine Stadt zu sehen.

Ja, versicherte der Wirt ihm, es gab viele Drachen im Motolischen Wald. »Aber Ihr braucht Euch nicht zu fürchten«, sagte Kasmar in gebrochenem Helladisch. »Vom Gejagtwerden sind sie wachsam und sogar scheu geworden. Wenn Ihr auf der Straße bleibt und Euch nirgendwo aufhaltet, werden sie Euch nicht belästigen, es sei denn, Ihr erschreckt sie oder treibt sie in die Enge.«

»Haben Drachen in letzter Zeit schöne Jungfrauen verschlungen?«, fragte Eudoric.

Kasmar lachte. »Nein, guter Herr. Wie kämen schöne Jungfrauen auch dazu, im Wald herumzulaufen und die Tierchen aufzuscheuchen? Lasst sie in Ruhe, sage ich Euch, und sie werden Euch ebenfalls in Ruhe lassen.«

Ein vorsichtiger Instinkt warnte Eudoric, nicht von seinem Vorhaben zu sprechen. Nachdem er und Jillo sich ausgeruht und ihre Ausrüstung vervollständigt hatten, ritten sie, es war zwei Tage später, in den Motolischen Wald. Für eine Meile folgten sie der Welitschowo-Straße. Dann führte Eudoric, in voller Rüstung auf Morgrim sitzend, seinen Gefährten vom Weg ab und in südliche Richtung. Sie schlugen einen weiten Bogen, indem sie sich durch schmale Zwischenräume der Bäume zwängten und sich unter Ästen duckten. Eudoric richtete sich nach der Sonne und brachte sie nahe Liptai auf die Straße zurück.

Am nächsten Tag machten sie es ebenso, nur dass sie in nördlicher Richtung von der Straße abwichen.

Nach drei weiteren der Erkundung gewidmeten Tagen wurde Jillo unruhig. »Guter Herr, warum schlagen wir völlig ziellos einen Kreis nach dem anderen? Die Drachen leben ja, wie man sagt, weiter östlich, wo keine Menschen sind.«

»Ich habe mich einmal im Wald verirrt«, entgegnete Eudoric, »und möchte das nicht noch einmal erleben. Deshalb erkunden wir das Feld unserer Aktionen, wie ein General ein zukünftiges Schlachtfeld erkundet.«

»Es ist ein sinnloses Unterfangen«, meinte Jillo mit einem Schulterzucken. »Aber schließlich seid Ihr immer einer von denen gewesen, die sich mit der auf der Hand liegenden Lösung nicht zufrieden geben können.«

Endlich, als sie sich die Schleichwege der näher gelegenen Waldgebiete gut eingeprägt hatten, führte Eudoric seinen Begleiter weiter nach Osten. Dort stießen sie nach einigem Hin und Her auch tatsächlich auf die unverwechselbaren Spuren eines Drachen. Das Tier war durch das Unterholz gebrochen und hatte dadurch einen Pfad geschaffen, auf dem sie beinahe ebenso bequem reiten konnten wie auf der Straße. Sie folgten dieser Fährte mehr als eine Stunde lang, und dann stieg Eudoric ein starker Moschusgeruch in die Nase.

»Meine Lanze, Jillo!« Eudoric bemühte sich, seine Stimme nicht vor Nervosität in die Höhe steigen zu lassen.

An der nächsten Biegung des Pfades hatten sie den Drachen in seiner vollen Größe von dreißig Fuß vor sich. Er drehte ihnen das Gesicht zu.

»Ha!«, sagte Eudoric. »Mir kommt er nicht anders als ein Basilisk vor, wenn er auch einen längeren Hals und längere Beine hat als die Tiere, die in den Flüssen von Agisymba leben – wenn die Bilder in Doktor Baldonius' Buch nicht lügen. Gib Acht, ruchloser Wurm!«

Eudoric fällte seine Lanze und gab Morgrim die Sporen. Das Streitross trabte an.

Der Drache hob den Kopf und spähte hierhin und dahin, als könne er nicht gut sehen. Als die Hufschläge näher kamen, öffnete er seine Kiefer und stieß ein lautes, heiseres, stöhnendes Brüllen aus.

Daraufhin bremste Morgrim mit steifen Vorderbeinen seinen Lauf, drehte sich schwerfällig auf der Hinterhand und lief auf dem Pfad zurück. Jillos Reisepferd ging ebenfalls durch, aber in eine andere Richtung. Der Drache machte sich in einem wackelnden Trab hinter Eudoric her.

Eudoric war noch keine achtzig Ellen weit gekommen, als Morgrim dicht an einer großen alten Eiche vorbeilief, die ihnen einen dicken Ast in den Weg streckte. Das Pferd lief darunter hindurch. Der Ast traf Eudoric vor die Brustplatte, schleuderte ihn rückwärts über den hohen Rand seines Sattels und warf ihn unter großem Geklapper auf die Erde.

Halb betäubt sah Eudoric den Drachen näher und näher herantrotten – und dann watschelte er, kaum weiter als eine Armeslänge von ihm entfernt, an ihm vorbei und verschwand auf der Spur des fliehenden Pferdes. Das Nächste, was Eudoric zu Bewusstsein kam, war, dass Jillo sich über ihn beugte und jammerte:

»O weh, mein armer, heroischer Herr! Habt Ihr irgendwelche Knochen gebrochen?«

»Sämtliche, glaube ich«, ächzte Eudoric. »Was ist aus Morgrim geworden?«

»Das weiß ich nicht. Und seht Euch diese schreckliche Delle in Eurem schönen Kürass an!«

»Hilf mir aus dem Ding. Die Delle sticht mir höchst schmerzhaft in die Rippen. Diese Strapazen, die ich für meine liebe Lusina auf mich nehmen muss!«

»Wir müssen Eure Brustplatte zu einem Schmied bringen, der sie aushämmert und wieder glatt feilt.«

»Zu den Dämonen mit allen Schmieden! Sie würden mir den halben Preis einer neuen Brustplatte berechnen. Ich repariere sie selbst, wenn ich einen flachen Stein finde, auf den ich sie legen, und einen großen Stein, mit dem ich daraufhauen kann.«

»Nun ja, Herr«, meinte Jillo, »Ihr seid schon immer geschickt mit den Händen gewesen. Aber man wird sehen, wo die Beule war, und das wäre nicht passend für einen Mann von Eurer Stellung.«

»Stopf dir meine Stellung in den Hals!«, schrie Eudoric. »Kannst du von nichts anderem sprechen? Hilf mir auf, bitte.« Er kam langsam auf die Füße, zuckte zusammen und hinkte ein paar Schritte.

»Wenigstens scheint nichts gebrochen zu sein«, sagte er. »Aber ich weiß nicht, ob ich zu Fuß bis nach Liptai zurückgehen kann.«

»Oh, Herr, daran ist überhaupt kein Gedanke! Ich soll es zulassen, dass Ihr zu Fuß geht, während ich reite?« Jillo band sein Reisepferd von dem Baum los, an dem er es festgemacht hatte, und führte es zu Eudoric.

»Ich nehme deine Höflichkeit nur an, guter Jillo, weil ich muss. Den Weg zu Fuß zu laufen, wäre nichts als eine angemessene Strafe für jemanden wie mich, der seinen Auftrag so vermasselt hat. Hilf mir hinauf, ja?« Eudoric grunzte, als Jillo ihm in den Sattel half.

»Sagt mir doch, Herr, warum ist das Tier an Euch vorbeigetrampelt, ohne Halt zu machen, um Euch, der Ihr hilflos dalagt, zu verschlingen?«, fragte Jillo. »Lag es daran, dass ihm Morgrim als eine bessere Mahlzeit erschien? Oder dass das Ungeheuer fürchtete, Eure Rüstung werde ihm Verdauungsstörungen bereiten?«

»Meiner Meinung nach war es keins von beidem. Hast du bemerkt, wie grau und milchig seine Augen waren? Laut Doktor Baldonius' Buch werfen Drachen ebenso wie die Schlangen von Zeit zu Zeit ihre Häute ab. Dieser Drache stand kurz vor dem Hautwechsel, und so war die Haut über seinen Augen dick und undurchsichtig wie Glas geringer Qualität geworden. Deshalb konnte er ein still liegendes Objekt nicht deutlich sehen und verfolgte nur jenes, das sich bewegte.«

Sie trafen nach Dunkelwerden in Liptai ein. Beide konnten sich kaum noch auf den Füßen halten, Eudoric von seinen Verstauchungen und blauen Flecken, Jillo von seinen wunden Füßen nach dem ungewohnten Drei-Meilen Marsch.

Zwei Tage später, als sie sich erholt hatten, machten sie sich mit den beiden Reisepferden auf die Suche nach Morgrim. »Denn«, sagte Eudoric, »dies Pferd ist in solidem Geld mehr wert als alle meine übrigen Besitztümer zusammen.«

Eudoric ritt ungerüstet bis auf ein leichtes Kettenhemd, denn das Reisepferd konnte bei einem flotten Ritt das zusätzliche Gewicht des Eisens nicht tragen. Er nahm jedoch seine Lanze und sein Schwert mit, nur für den Fall, dass sie wieder einem Drachen begegnen sollten.

Sie fanden den Ort des ersten Treffens, aber weder den Drachen noch das Streitross. Eudoric und Jillo folgten den Hufabdrücken des Pferdes im weichen Boden ein paar Bogenschüsse weit, aber dann verlor sich die Fährte auf härterem Grund.

»Trotzdem bezweifle ich, dass Morgrim dem Untier zur Beute gefallen ist«, meinte Eudoric. »Er war schneller als manch ein leichter gebautes Pferd, und so, wie er aussah, war der Drache kein Renner.«

Nach Stunden vergeblichen Suchens, Pfeifens und Rufens kehrten sie nach Liptai zurück. Gegen eine geringe Gebühr wurde Eudoric erlaubt, am Nachrichtenbrett der Stadt eine Notiz in helladischer Sprache anzubringen, in der er eine Belohnung für die Zurückgabe seines Pferdes versprach.

Es verlautete jedoch kein Wort darüber, dass irgendwer Morgrim gesehen habe. Soviel Eudoric wusste, konnte das Streitross ebenso gut geradenwegs nach Welitschowo gelaufen sein.

»Du hast sonst immer einen Rat bereit, guter Jillo«, sagte Eudoric. »Nun löse mir dies Rätsel. Wie wir festgestellt haben, gehen unsere Pferde durch, sobald sie einen Drachen sehen und riechen, weswegen ich sie nur wenig tadle. Hätten wir alle Zeit der Welt, könnten wir sie zweifellos schulen, den Ungeheuern entgegenzutreten, angefangen mit einem ausgestopften Drachen und dann, wenn es sich machen ließe, mit einem, der in irgendeines Monarchen Menagerie im Käfig gehalten wird. Aber unser Geld schmilzt dahin wie Schnee im Frühling. Was ist da zu tun?«

»Nun, wenn die Pferde nicht stehen wollen, bleibt uns nichts übrig, als die Würmer zu Fuß anzugreifen«, antwortete Jillo.

»Das kommt mir vor, als sollten wir unser Leben für nichts und wieder nichts wegwerfen, denn diese großen Eidechsen können uns überholen und ausmanövrieren und sind zudem noch gepanzert. Hat man nicht ganz unverschämtes Glück und erlegt so ein Untier gleich zu Beginn mit einem Speerstoß – sagen wir, ins Auge oder den Schlund hinunter –, dann könnte der Bursche, dem wir begegnet sind, mit einem Haps meine Lanze und mit dem zweiten mich schlucken.«

»Euer ritterlicher Mut gäbe Euch eine ausreichende Verteidigung, Herr. Das göttliche Paar würde bestimmt dem Gerechten den Sieg gewähren.«

»Nach allem, was ich über Schlachten und Fehden gelesen habe«, wandte Eudoric ein, »habe ich den Eindruck, als sei die Aufmerksamkeit des heiligen Paars oft abgelenkt, gerade wenn es den Ausgang irgendeines weltlichen Kampfes entscheiden sollte.«

»Das ist das Schlimme am Lesen, es unterminiert den Glauben an die wahre Religion. Aber zumindest wäret Ihr in Eurer Plattenrüstung ebenso gut gepanzert wie der Drache.«

»Ja, aber dann könnte die arme Daisy das ganze Gewicht nicht bis an den Ort des Kampfes tragen – oder zumindest könnte sie es nicht hintragen und dann noch genug Atem für einen Angriff haben. Wir müssen auf das Wohlergehen unserer Tiere ebenso bedacht sein wie auf unser eigenes, denn ohne sie ist es ein langer Weg zurück nach Treveria, Ebenso wenig halte ich davon, dass wir den Rest unseres Lebens in Liptai verbringen.«

»Dann, Herr, könnten wir die Rüstung dem Maultier aufladen, und Ihr legt sie erst im Drachenland an.«

»Das gefällt mir nicht«, sagte Eudoric. »Zu Fuß bin ich in der schweren Rüstung nicht beweglicher als eine Schildkröte. Mir wäre es nur ein geringer Trost, dass der Drache Bauchweh bekommt, wenn er mich frisst.«

Jillo seufzte. »Das ist nicht die rechte ritterliche Einstellung, Herr, wenn Ihr mir verzeiht, dass ich es sage.«

»Sag, was du willst, aber ich werde den Weg einschlagen, den mir der gesunde Menschenverstand rät. Was wir brauchen, sind zwei von diesen schweren, stählernen Armbrüsten für Belagerungen. Auf kurze Entfernung durchschlagen sie eine Brustplatte, als sei sie ein Blatt Papyrus.«

»Es dauert zu lange, sie aufzuwinden«, sagte Jillo. »Bis Ihr bereit zu Eurem zweiten Schuss seid, ist die Schlacht schon vorüber.«

»Oh, wir müssten eben gleich beim ersten Schuss treffen. Aber immer noch besser ein Schuss, der die Schuppen des Ungeheuers durchdringt, als zwanzig, die abprallen. Doch wie dem auch sei, wir haben diese wirksamen kleinen Handkatapulte nicht, und in diesem barbarischen Land werden sie auch nicht hergestellt.«

Ein paar Tage später hörte Eudoric, der sich immer noch darüber aufregte, dass es ihm an Mitteln, sein Ziel zu erlangen, fehlte, plötzlich ein Geräusch, als habe es einmal ganz nahe gedonnert. Als er und Jillo aus Kasmars Gasthof eilten, sahen sie eine Menge Pathenier um die Baracken der Grenzwachen herumstehen.

Auf dem Exerzierplatz waren die Soldaten angetreten, um der Vorführung einer Waffe zuzusehen. Eudoric, dessen paar Wörter Pathenisch für eine Unterhaltung nicht ausreichten, fragte unter den Leuten nach jemandem, der Heladisch spreche. Als er einen gefunden hatte, erfuhr er von diesem, der Mann, der die Waffe erläuterte, sei ein Pantorozier. Es war ein untersetzter, stupsnasiger Bursche mit einer runden Pelzmütze, einer Jacke aus grober, ungefärbter Wolle und beuteligen Hosen, die in weichen Stiefeln steckten.

»Er sagt, das Gerät sei von den Sericanern erfunden worden«, berichtete der Dorfbewohner. »Sie leben eine halbe Welt von uns entfernt, jenseits der pantorozischen Wüsten. Er streut etwas Pulver in das Ding, berührt es mit einer Flamme, und *bum!* spuckt es eine Bleikugel so sauber, wie man es sich nur wünschen kann, durch das Ziel.«

Der Pantorozier machte es noch einmal vor. Er goss aus dem dünnen Ende eines Horns Pulver in seinen Messinglauf. Er legte einen Lumpen über die Öffnung des Rohrs, eine Bleikugel darauf und schob Kugel und Lumpen mit einem Stock das Rohr hinab. Er streute eine Prise Pulver in ein Loch an der oberen Seite des Rohrs nahe dem hinteren geschlossenen Ende.

Nun stellte er eine gegabelte Stütze vor sich auf den Boden, platzierte das Rohr in die Gabel und ergriff eine kleine Fackel, die ein Grenzwächter ihm reichte. Er drückte den hölzernen Stock des Geräts gegen seine Schulter, sah an dem Rohr entlang und führte mit seiner freien Hand die Fackel an das Loch. Ffft, *bum!* Eine Rauchwolke, und in dem Ziel erschien ein weiteres Loch.

Der Pantorozier sprach mit dem Hauptmann der Grenzwache, aber sie waren zu weit entfernt, als dass Eudoric sie hätte verstehen können, selbst wenn er ihr Pathenisch beherrscht hätte. Nach einiger Zeit ergriff der Pantorozier Rohr und Gabelstütze, warf sich den Pulverbeutel über die

Schulter und ging niedergeschlagen zu einem Karren, der unter einem schattigen Baum stand.

Eudoric näherte sich dem Mann, der gerade in seinen Karren kletterte. »Guten Abend, werter Herr«, begann Eudoric, aber der Pantorozier spreizte die Hände und gab durch sein Lächeln zu verstehen, dass er nicht verstand.

»Kasmar!«, rief Eudoric, denn er hatte den Gastwirt in der Menschenmenge entdeckt. »Wollt Ihr die Güte haben, für mich und diesen Mann zu dolmetschen?«

»Er sagt«, übersetzte Kasmar, »er habe anfangs eine Wagenladung von diesen Geräten gehabt und sie jetzt alle bis auf eins verkauft. Er hoffte, das Letzte in Liptai loszuwerden, aber unser tapferer Hauptmann Boriswaf will nichts damit zu tun haben.«

»Warum nicht?«, fragte Eudoric. »Ich habe den Eindruck, es sei in geübten Händen eine wirksame Waffe.«

»Das ist ja gerade das Problem, wie Meister Vlek sagt. Boriswaf sagt, sollte eine so teuflische Waffe in Gebrauch kommen, werde es den Untergang der edlen Kriegskunst bedeuten, denn alle Männer würden die Waffen niederlegen und sich weigern, gegen diese grauenhafte Erfindung zu kämpfen. Und wie sollte er als Berufssoldat dann sein Brot verdienen? Betteln gehen?«

»Fragt Meister Vlek, wo er die Nacht zu verbringen gedenkt.«

»Ich habe ihn bereits überredet, bei uns zu wohnen, Junker Eudoric.«

»Gut, denn ich würde mich gern weiter mit ihm unterhalten.«

Beim Abendessen fragte Eudoric den Pantorozier über den Preis aus, den er für sein Gerät verlange. Kasmar, der wieder dolmetschte, sagte: »Wenn ihr handelseinig werdet, bekomme ich zehn Prozent als Vermittlungsgebühr, denn ohne mich wäret ihr hilflos.«

Eudoric erhielt das Gewehr zusammen mit dreißig Pfund Pulver und einem Beutel voll Bleikugeln und Lappen für weniger als die Hälfte dessen, was Vlek von Hauptmann Boriswaf verlangt hatte. Wie Vlek erklärte, hatte er auf seiner Handelsreise nicht schlecht verdient und wollte jetzt gern schnell nach Hause zu seinen Frauen und Kindern.

»Nur denkt daran«, ließ er Eudoric durch Kasmar sagen, »überladet das Gewehr nicht, damit es nicht explodiert und Euch den Kopf abreißt. Drückt den Stock fest gegen Eure Schulter, damit es Euch nicht wie ein ausschlagendes Maultier auf den Hintern wirft. Und haltet Feuer von dem Pulvervorrat fern, damit er nicht mit einem Mal hochgeht und Euch in Stücke zerfetzt.«

Später sagte Eudoric zu Jillo: »Dieser Kauf hat unsere Mittel beinahe völlig erschöpft.«

»Trotz der eines Krämers würdigen Art, mit der Ihr diesen Barbaren heruntergehandelt habt?«

»Ja. Hoffen wir, dass das Ding funktioniert, oder wir haben bald die Wahl zwischen dem Verhungern und der Suche nach einer Beschäftigung als Müllsammler oder Grabenausheber. Vorausgesetzt natürlich, dass man sich an diesem stinkigen Ort überhaupt die Mühe macht, Müll zu sammeln.«

»Junker Eudoric!«, entrüstete sich Jillo. »Ihr wollt Euch doch nicht wirklich erniedrigen, Knechtsarbeiten gegen Bezahlung auszuführen?«

»Immer noch lieber als verhungern. Wie Helvolius der Philosoph sagt, kein Reiter trägt schärfere Sporen als die Not.«

»Aber wenn es zu Hause bekannt würde, hackte man Euch die vergoldeten Sporen ab, zerbräche Euer Schwert über Eurem Kopf und degradierte Euch zum Knappen!«

»Aber bisher habe ich noch keine Rittersporen, die man abhacken könnte, nur die einfachen versilberten eines Junkers. Ansonsten verlasse ich mich auf dich, dass es niemand herausfindet. Geh jetzt schlafen und hör auf zu brummen.«

Der nächste Tag fand Eudoric und Jillo tief im Motolischen Wald. In der Mittagspause zündete Jillo ein Feuer an. Eudoric stellte eine kleine Fackel aus einem Stock her, dessen Ende mit einem in Schinkenfett getränkten Lappen umwickelt war. Dann lud er das Gerät, wie Meister Vlek es ihm gezeigt hatte, und schoss drei Kugeln auf eine Markierung an einem Baum ab. Das dritte Mal traf er sein Ziel genau. Allerdings reagierten die Reisepferde auf den Lärm mit Zerren und Aufbäumen.

Eudoric und Jillo stiegen wieder auf und ritten dahin, wo sie den Drachen getroffen hatten. Jillo zündete die Fackel wieder an, und sie suchten vorwärts und rückwärts auf der Spur des Tiers. Zwei Stunden lang sahen sie kein Wildleben außer einer fliehenden Sau mit ihren Frischlingen und mehreren Riesenschnecken mit Häusern wie Felsbrocken.

Dann wurden die Pferde widerspenstig. »Ich glaube, sie riechen unsere Beute«, meinte Eudoric.

Als der Geruch den Reitern selbst in die Nase stieg und die Pferde fast nicht mehr zu zügeln waren, stiegen Eudoric und Jillo ab.

»Binde die Pferde fest an«, sagte Eudoric. »Wir ständen dumm da, wenn wir das Untier erschlügen und dann feststellten, dass die Pferde weg sind, sodass wir diesen Land-Basilisken zu Fuß nach Hause schleifen mussten.«

Wie als Antwort ertönte weiter vorn ein tiefes Grunzen. Während Jillo die Pferde anband, legte sich Eudoric seine neue Ausrüstung zurecht und lud methodisch das Rohr.

»Da kommt er«, sagte Eudoric. »Halte die Fackel bereit. Bringe sie nicht an das Pulver, bevor ich es dir sage!«

Der Drache kam in Sicht. Er trampelte über den Pfad und schwang seinen Kopf von einer Seite zur anderen. Da er gerade seine alte Haut abgeworfen hatte, schimmerte er in einem netzförmigen Muster aus Grün und Schwarz, als sei er frisch angestrichen. Seine großen goldenen Augen mit den Schlitz-Pupillen waren jetzt klar.

Die Pferde schrien, und der Drache wurde aufmerksam und beschleunigte den Schritt.

»Fertig?« Eudoric legte das Rohr in die Gabel.

»Jawohl, Herr. Und los geht's!« Ohne einen weiteren Befehl abzuwarten, hielt Jillo die Fackel an das Zündloch.

Mit einem lauten Knall und einer Rauchwolke entlud die Waffe sich und schleuderte Eudoric einen Schritt zurück. Als der Rauch sich verzog, eilte der Drache immer noch unverletzt auf sie zu.

»Du Idiot!«, schrie Eudoric. »Ich habe dir doch gesagt, du sollst erst Feuer geben, wenn ich es befehle! Du bist schuld, dass ich den Drachen nicht getroffen habe!«

»Es tut ... tut mir Leid, Herr, ich war gelähmt vor Furcht. Was machen wir jetzt?«

»Weglaufen, Dummkopf!« Eudoric ließ das Gerät fallen, drehte sich um und floh.

Jillo rannte ebenfalls. Eudoric stolperte über eine Wurzel und fiel der Länge nach hin. Jillo hielt an, um seinen gefallenen Herrn zu beschützen, und drehte sich zu dem Drachen um. Während Eudoric sich hochrappelte, schleuderte Jillo die Fackel auf das offene Maul des Drachens zu.

Sie fiel kurz vor ihrem Ziel zu Boden. Zufällig schritt der Drache aber gerade über den Beutel mit Schwarzpulver. Die Fackel senkte sich auf ihrer Bahn auf diesen Sack unter dem Kopf des Ungeheuers nieder.

BUMM!

Als die Drachenjäger zurückkehrten, wand sich der Drache im Todeskampf. Die Explosion hatte seine ganze Unterseite aufgerissen. Blut und Eingeweide drangen hervor.

Eudoric holte tief Atem. »Dies ritterliche Abenteuer reicht mir für viele Jahre. Los, wir müssen das Tier abhäuten. Vielleicht können wir den Teil der Haut, den wir nicht mit nach Hause nehmen, verkaufen.«

»Was schlagt Ihr vor, wie wir den Drachen nach Liptai befördern? Die Haut allein muss hunderte von Pfund wiegen.«

»Wir spannen unsere Pferde vor den Schwanz des Drachen und führen sie und lassen den Drachen hinterherschleifen. Das wird eine mühselige Arbeit, aber wir müssen so viel retten wie möglich, um unsere Verluste wettzumachen.«

Eine Stunde später kämpften sie, von Kopf bis Fuß mit Blut bespritzt, immer noch mit der Masse. Dann kam ein Mann in Försterkleidung mit einem großen vergoldeten Medaillon auf der Brust angeritten und stieg ab. Er war ein großer, wettergegerbter Mann mit einem Mund wie eine Rattenfalle.

»Wer hat dies Tier getötet, gute Herren?«, fragte er.

Jillo ergriff das Wort: »Mein edler Herr, der Junker Eudoric Dambertsohn. Er ist der Held, der das Ungeheuer erlegt hat.«

»Stimmt das?«, wandte der Mann sich an Eudoric.

»Nun ... äh ... ich darf mich nicht rühmen, viel dazu beigetragen zu haben.«

»Aber getötet habt Ihr ihn, ja? Dann, Herr, steht Ihr unter Arrest.«

»Was? Aber aus welchem Grund?«

»Das werdet Ihr erfahren.« Aus einer Tasche holte der Fremde ein Stück Schnur hervor, das in bestimmten Abständen mit Knoten versehen war. Damit maß er den Drachen von der Nase bis zum Schwanz. Dann stand er wieder auf.

»Um Eure Frage zu beantworten, aus drei Gründen: *imprimis* für das Töten eines Drachen außerhalb der Jagdzeit, *secundus* für das Töten eines Drachen, der die erlaubte Mindestgröße nicht erreicht, und *tertius* für das Töten eines weiblichen Drachen, der das ganze Jahr geschützt ist.«

»Ihr sagt, dies sei ein weiblicher Drache?«

»Ja, das ist so deutlich zu sehen wie die Nase in Eurem Gesicht.«

»Woran sieht man das bei einem Drachen?«

»Wisset, Bube, dass ein männlicher Drache kleine Hörner hinter den Augen hat, die diesem Exemplar fehlen.«

»Wer seid Ihr überhaupt?«, verlangte Eudoric zu wissen.

»Oberförster Wojzik von Prath, zu Euren Diensten. Meine Dienstmarke.« Der Mann berührte sein Medaillon. »Jetzt zeigt mir bitte Eure Scheine!«

»Scheine?«, wiederholte Eudoric verständnislos.

»Eure Jagdscheine, Einfaltspinsel!«

»Niemand hat uns gesagt, dass wir Jagdscheine haben müssten, Herr«, erklärte Jillo.

»Unkenntnis des Gesetzes ist keine Entschuldigung; Ihr hättet Euch erkundigen müssen. Das ist die vierte Gesetzesübertretung.«

Eudoric stotterte: »Aber warum ... warum im Namen des Gottes und der Göttin ...«

»Ich bitte Euch, schwört nicht bei Euren falschen Ketzer-Gottheiten.«

»Aber warum«, begann Eudoric von neuem, »wollt Ihr Pathenier diese Reptilienungeheuer erhalten?«

»*Imprimis,* weil ihre Häute und andere Teile einen kommerziellen Wert haben, den wir, würde die ganze Rasse ausgelöscht, verlören. *Secundus,* weil sie helfen, das Gleichgewicht in der Natur zu bewahren, indem sie die Riesenschnecken verschlingen, die andernfalls des Nachts in solchen Scharen aus dem Wald kommen würden, dass sie unsere Felder, Obstbäume und Gärten leer fräßen und unser Volk dem Hunger überantworteten. Und *tertius,* weil sie der

Landschaft ein malerisches Element hinzufügen, was Ausländer dazu veranlasst, unser Land zu besuchen und ihr Gold darin auszugeben. Befriedigt diese Erklärung Euch?«

Eudoric schoss es durch den Kopf, ob er sich auf den Fremden stürzen und ihn entweder töten oder kampfunfähig machen solle, während er und Jillo ihre Beute retteten. Doch während er noch überlegte, ritten drei weitere zäh aussehende Männer, wie Wojzik gekleidet und mit Armbrüsten bewaffnet, unter den Bäumen hervor und hielten hinter ihrem Anführer an.

»Jetzt kommt mit, ihr zwei«, sagte Wojzik.

»Wohin?«, fragte Eudoric.

»Zurück nach Liptai. Morgen früh nehmen wir die Postkutsche nach Welitschowo, wo Euer Fall untersucht werden wird.«

»Verzeihung, Herr ... was nehmen wir?«

»Die Postkutsche.«

»Was ist das, mein guter Herr?«

»Bei dem einzigen Gott, Ihr müsst wirklich aus einem barbarischen Land kommen! Ihr werdet schon sehen. Nun kommt, damit uns die Nacht nicht mehr im Wald antrifft.«

Die Postkutsche fuhr regelmäßig dreimal pro Woche zwischen Liptai und Welitschowo hin und her. Jillo legte die Reise in düsterem Brüten zurück. Eudoric betrachtete interessiert die vorüberfliegende Landschaft und stellte, wenn sich ihm die Gelegenheit bot, dem Kutscher Fragen über seine Beschäftigung: Bezahlung, Arbeitsstunden, Fahrgeld, Kosten des Wagens und so weiter. Als die Gefangenen ihren Bestimmungsort erreichten, stanken sie beide fürchterlich, weil man ihnen keine Möglichkeit gegeben hatte, das Drachenblut aus ihren besudelten Kleidern zu waschen.

Sie näherten sich der Hauptstadt, und der Kutscher peitschte seine Pferde zum Galopp an. Sie rasselten die Straße neben dem schlammigen Fluss Pschora entlang, bis der Fluss abbog. Dann donnerten sie über die Planken einer Brücke.

Welitschowo war eine richtige Großstadt mit einer holperig gepflasterten Hauptstraße und einer farbenfreudigen, mit einer Zwiebelkuppel versehenen Kathedrale des Einen Gottes. In einem solide aus Holz erbauten Stadtpalast fragte ein schnurrbärtiger Beamter: »Wer von Euch beiden Fremden hat das Tier nun in Wahrheit getötet?«

»Der jüngere - Eudoric heißt er«, antwortete Wojzik.

»Nein, Euer Ehren, ich war es!«, rief Jillo.

»Als wir sie auf frischer Tat bei dem Verbrechen ertappten, hat er anders ausgesagt«, erklärte Wojzik. »Dieser hagere Bursche stellte es als Tatsache hin, dass sein Gefährte die Tat verübt habe, und der andere leugnete es nicht.«

»Das kann ich erklären«, fiel Jillo ein. »Ich bin der Diener des verehrungswürdigen Junkers Eudoric Dambertsohn von Arduen. Wir zogen aus, das Geschöpf zu erschlagen, weil wir das für eine edle und heroische Tat hielten, die zu unserm Ruhm auf Erden und zu unserm Guthaben im Himmel beitragen werde. Beteiligt waren wir beide, aber den Todesstreich vollführte Euer demütiger Diener hier. Da ich jedoch als guter Diener wünschte, aller Ruhm solle meinem Herrn zufallen, schrieb ich ihm das Gelingen zu, ohne zu wissen, dass man es ihm zum Vorwurf machen werde.«

»Was habt Ihr dazu zu sagen, Junker Eudoric?«, fragte der Richter.

»Jillos Bericht entspricht im Wesentlichen der Wahrheit«, antwortete Eudoric. »Ich muss jedoch gestehen: Es ist einem unglücklichen Zufall und nicht meiner Absicht zuzuschreiben, dass ich das Untier nicht erschlagen habe.«

»Ich habe den Eindruck, sie bringen lauter Lügen vor, um das Gericht zu verwirren«, sagte Wojzik. »Ich habe Euer Ehren über die Umstände ihrer Festnahme berichtet, und danach mögt Ihr urteilen, wie die Dinge stehen.«

Der Richter legte die Fingerspitzen aneinander. »Junker Eudoric«, sagte er, »Ihr könnt Euch als unschuldig, als allein schuldig oder als gemeinsam mit Eurem Diener schuldig erklären. Ich glaube nicht, dass Ihr Euch von jeder Schuld lossagen könnt, da Meister Jillo als Euer Diener auf Euren Befehl hin gehandelt hat. Ihr seid daher für seine Taten verantwortlich und habt den Drachenmord zumindest begünstigt.«

»Was geschieht, wenn ich mich für unschuldig erkläre?«, erkundigte sich Eudoric.

»Nun, in diesem Fall – und wenn Ihr einen Rechtsanwalt finden könnt – werdet Ihr einen ordentlichen Prozess bekommen. Eine Kaution wird ausländischen Reisenden, die dem Gesetz so leicht durch die Finger schlüpfen können, natürlich nicht zugestanden.«

»Mit anderen Worten, ich muss im Gefängnis bleiben, bis mein Fall zur Verhandlung kommt. Wie lange wird das dauern?«

»Da unser Terminkalender voll besetzt ist, mindestens ein Jahr und ein halbes. Wohingegen, wenn Ihr Euch für schuldig erklärt, alles im Handumdrehen erledigt ist.«

»Dann erkläre ich mich für allein schuldig«, sagte Eudoric.

»Aber, lieber Junker ...«, jammerte Jillo.

»Halt den Mund, Jillo. Ich weiß, was ich tue.«

Der Richter lachte vor sich hin. »Ich sehe, ein alter Kopf auf jungen Schultern. Nun, Junker Eudoric, ich finde Euch schuldig in allen vier Anklagepunkten und verurteile Euch zu der üblichen Strafe von hundert Mark pro Punkt.«

»Vierhundert Mark!«, rief Eudoric aus. »Unser gesamtes gemeinsames Vermögen beträgt im Augenblick vierzehn Mark und siebenunddreißig Pfennig sowie einige Besitztümer, die noch bei Meister Kasmar in Liptai liegen.«

»Dann müsst Ihr die entsprechende Gefängnisstrafe absitzen, die mit einer Mark pro Tag angerechnet wird – falls Ihr nicht jemanden findet, der den Rest der Strafe für Euch bezahlt. Gefängniswärter, bringt ihn weg.«

»Aber, Euer Ehren!«, rief Jillo, »was soll ich ohne meinen edlen Herrn anfangen? Wann werde ich ihn wiedersehen?«

»Ihr dürft ihn jeden Tag während der regulären Besuchsstunden sehen. Es wäre gut, wenn Ihr ihm etwas zu essen mitbrächtet, denn unsere Gefängniskost ist nicht die appetitlichste.«

Als Jillo bei seinem ersten Besuch flehte, Eudoric möge ihm erlauben, die Haft mit ihm zu teilen, sagte Eudoric: »Führ dich nicht dümmer auf als du bist! Ich habe die Alleinschuld auf mich genommen, damit du in Freiheit bleibst und für mich Botengänge tun kannst. Hätte ich dich jedoch zum Mitschuldigen erklärt, wären wir jetzt beide eingelocht. Hier, trage diesen Brief zu Doktor Raspiudus; sprich mit ihm persönlich und mache ihm klar, in welcher Klemme wir sitzen. Wenn er wirklich ein guter Freund unseres eigenen Doktors Baldonius ist, wird er sicher zu unserer Rettung herbeieilen.«

Doktor Raspiudus war klein und fett. Ein buschiger weißer Bart hing ihm bis zum Gürtel. »Ah, der liebe Baldonius!«, rief er in gutem Helladisch. »Wie bringt mir das die Erinnerung an die Zeiten zurück, als wir beide an der Mystik-Fakultät der Universität zu Saalingen studierten? Schmiedet er immer noch Verse?«

»Ja, das tut er«, antwortete Eudoric.

»Und nun, junger Mann, bin ich sicher, dass Euer sehnlichster Wunsch ist, aus diesem stinkenden Loch herauszukommen, nicht wahr?«

»Erstens das und zweitens, unsere drei übrig gebliebenen Reittiere und anderen Besitztümer, die wir in Liptai zurückgelassen haben, abzuholen, und drittens mit den drei Quadratellen Drachenhaut, die ich Doktor Baldonius versprochen habe, und genug Geld für den Heimweg abzureisen.«

»Mich dünkt, all das lässt sich leicht arrangieren, junger Herr. Ich brauche nur Eure Vollmacht, damit ich nach Liptai gehen und die fraglichen Objekte abholen kann. Dann komme ich hierher zurück, um Eure Strafe zu bezahlen und Euch zu befreien. Eure Feuerwaffe ist, wie ich fürchte, verloren, da sie vom Gesetz beschlagnahmt wurde.«

»Sie wäre auch ohne einen neuen Vorrat des magischen Pulvers von geringem Wert«, meinte Eudoric. »Euer Plan hört sich großartig an. Aber, Herr, was springt für Euch dabei heraus?«

Der Zauberer rieb sich die Hände. »Nun, das Vergnügen, einem alten Freund einen Gefallen zu tun – und auch die Möglichkeit, für meine eigenen Zwecke eine vollständige Drachenhaut zu erwerben. Ich weiß ein wenig über Baldonius' Experimente. Und wenn er dieses und jenes mit drei Ellen Drachenhaut tun kann, gelingt mir bestimmt mehr mit einer ganzen.«

»Wie wollt Ihr diese Drachenhaut an Euch bringen?«

»Inzwischen werden die Förster das Tier abgehäutet und die anderen Teile, die Geldeswert besitzen, in Sicherheit gebracht haben. Alles wird zugunsten des Königreichs versteigert werden. Und ich werde bieten.« Raspiudus lachte. »Wenn die anderen Interessenten erfahren, gegen wen sie bieten, glaube ich nicht, dass sie den Preis sehr weit in die Höhe treiben.«

»Warum könnt Ihr mich nicht gleich herausholen und dann nach Liptai gehen?«

Von neuem lachte der Zauberer. »Mein Junge, zuerst muss ich feststellen, ob in Liptai alles so ist, wie Ihr sagt. Schließlich habe ich nur Euer Wort, dass Ihr der Eudoric Dambertsohn seid, von dem Baldonius schreibt. Deshalb übt

Euch noch ein paar Tage in Geduld. Ich werde dafür sorgen, dass Euch ein besseres Essen geschickt wird als der Fraß, der hier ausgeteilt wird. Und nun, bitte, Eure Vollmacht. Hier sind Feder und Tinte.«

Um nicht zu verhungern, nahm Jillo Arbeit als Helfer eines Pflasterers an und machte während seiner Mittagspause hastige Besuche im Gefängnis. Als vierzehn Tage ohne eine Nachricht von Doktor Raspiudus vergangen waren, wies Eudoric seinen Diener an, zum Haus des Zauberers zu gehen und nach einer Erklärung zu forschen.

»Sie haben mich an der Tür weggeschickt«, meldete Jillo. »Sie sagten zu mir, der gelehrte Doktor habe nie von uns gehört.«

Als Eudoric die Bedeutung dieser Nachricht aufging, schlug er fluchend gegen die Wand. »Dieser dreckige, verräterische Hexer! Er bringt mich dazu, diese Vollmacht zu unterschreiben, und dann, wenn er mein Eigentum in seinen schmutzigen Pfoten hat, ist es ihm genehm, uns zu vergessen! Bei dem Gott der Göttin, wenn ich ihn jemals zu fassen bekomme ...«

»Was soll denn dieser Lärm?«, fragte der Gefängniswärter. »Ihr stört die anderen Gefangenen.«

Als Jillo den Grund für seines Herrn Ausbruch erklärt hatte, lachte der Gefängniswärter. »Es weiß doch jeder, dass Raspiudus der schlimmste Geizhals und Verräter in Welitschowo ist. Hättet Ihr mich gefragt, dann hätte ich Euch gewarnt.«

»Warum hat ihn noch keines seiner Opfer umgebracht?«, erkundigte sich Eudoric.

»Wir sind ein gesetzestreues Volk, mein Herr. Wir erlauben Privatpersonen nicht, die Rache in die eigenen Hände zu nehmen, und wir haben *sehr* einfallsreiche Strafen für Tötungsdelikte.«

»Wollt Ihr damit sagen«, fragte Jillo, »dass unter Euch Pathenern ein Edelmann eine Beleidigung nicht mit der Waffe rächen darf?«

»Natürlich nicht! Wir sind schließlich keine blutdurstigen Barbaren.«

»Ihr meint, es sind keine echten Edelleute unter euch.« Jillo rümpfte die Nase.

»Also dann, Meister Tiolkhof ...«, mit aller Willenskraft beruhigte Eudoric sich, »... sitze ich hier für ein Jahr und länger fest?«

»Ja, aber vielleicht bekommt Ihr gegen Ende dieser Zeit Strafnachlass wegen guter Führung – drei oder vier Tage sicher.«

Als der Gefängniswärter gegangen war, sagte Jillo: »Wenn wir hier herauskommen, Herr, müsst Ihr Eurer Ehre wegen diesen Renegaten unbedingt auf ein Duell bis zum Tod fordern.«

Eudoric schüttelte den Kopf. »Hast du nicht gehört, was Tiolkhof sagte: Sie halten das Duellieren für barbarisch und kochen die Duellanten in Öl oder tun etwas ähnliches Unterhaltendes mit ihnen. Und Raspiudus könnte die Forderung seines hohen Alters wegen sowieso ablehnen. Stattdessen müssen wir das an Verstand benutzen, was das heilige Paar uns gegeben hat. Ich wünschte jetzt, ich hätte dich nach Liptai geschickt, unsere Sachen zu holen, und mich nie mit diesem feisten Zauberer eingelassen.«

»Nur zu wahr, aber wie konntet Ihr das wissen, lieber Herr? Ich mit meiner Unkenntnis der Sprache und all dem hätte wahrscheinlich sowieso alles falsch gemacht.«

Nach weiteren vierzehn Tagen starb König Vladmor von Pathenia. Als sein Sohn Yogor den Thron bestieg, erließ er eine Generalamnestie für alle geringeren Verbrechen als Mord. So fand sich Eudoric wieder draußen auf der Straße, aber ohne Pferd, Rüstung, Waffen und Geld, von ein paar Mark abgesehen.

»Jillo«, sagte er an jenem Abend in ihrem dürftigen Kämmerchen, »wir müssen irgendwie in Raspiudus' Haus gelangen. Wie wir heute Nachmittag gesehen haben, ist es ein großes Gebäude mit einer hohen, festen Mauer ringsherum.«

»Wenn Ihr einen Beutel von diesem schwarzen Pulver hättet, könnten wir eine Bresche in die Mauer sprengen.«

»Aber da wir das Zeug nicht haben und auch kein Geld, es zu kaufen, müssten wir schon die königliche Waffenkammer überfallen, und ich glaube nicht, dass wir das können.«

»Wie wäre es dann, wenn wir auf einen Baum nahe der Mauer kletterten und uns von einem passenden Ast auf die Innenseite abseilten?«

»Ein viel versprechender Plan, *wenn* es dort einen überhängenden Baum gäbe. Aber es ist keiner da, wie du selbst gesehen hast, als wir den Ort auskundschafteten. Lass mich nachdenken. Raspiudus muss sich von Zeit zu Zeit Vorräte in seine Festung liefern lassen. Ich bezweifle, ob seine Zauberkraft groß genug ist, dass er Nahrungsmittel aus der Luft beschwören kann.«

»Meint Ihr, wir sollten uns als, sagen wir, Hühnerfarmer, die Eier verkaufen wollen, Einlass verschaffen?«

»Genau. Aber nein, es geht doch nicht. Raspiudus ist kein Dummkopf. Er weiß, dass ich durch die Amnestie freigekommen bin, und wird auf einen derartigen Trick schon warten. Wenigstens würde ich das an seiner Stelle tun, und ich schreibe ihm nicht weniger Verstand zu als mir selbst ... Ich habe es! Wer würde ihn jetzt besuchen? Wen hat er viele Jahre lang nicht mehr gesehen? Wen wird er sofort willkommen heißen?«

»Das weiß ich nicht, Herr.«

»Wer wird sich Gedanken machen, was aus uns geworden ist, und uns, nachdem er unsere Schwierigkeiten in seinem Kristall entdeckt hat, mit Hilfe magischer Mittel folgen?«

»Oh, Ihr denkt an Doktor Baldonius?«

»Jahwohl. Mein Bart ist, seit ich mich das letzte Mal rasiert habe, fast so lange geworden wie seiner. Und wir sind ungefähr von der gleichen Größe.«

»Aber ich habe nie gehört, dass Euer alter Lehrer auf einem verzauberten Besenstiel fliegen könnte, wie es die mächtigen Magier tun sollen.«

»Wahrscheinlich kann er es nicht, aber das weiß Doktor Raspiudus ja nicht.«

»Wollt Ihr den Doktor Baldonius spielen?«, fragte Jillo. »Oder mir befehlen, ihn zu spielen? Letzteres würde nie gut gehen.«

»Das weiß ich, mein guter Jillo. Du beherrschst die gelehrte Ausdrucksweise der Zauberer und anderer Philosophen nicht.«

»Würde Raspiudus Euch nicht erkennen, Herr? Wie Ihr sagt, ist er ein geriebener alter Halunke.«

»Er hat mich nur einmal gesehen, in dieser dunklen, muffigen Zelle, und das nur für eine Viertelstunde. Dich hat er überhaupt noch nicht gesehen. Ich glaube, ich kann mich gut genug verkleiden, dass ich ihn in die Irre führe – falls dir nicht etwas Besseres einfällt.«

»O weh, mir fällt gar nichts ein! Aber welche Rolle soll ich dabei spielen?«

»Ich wollte allein gehen.«

»Nein, Herr, gebt diesen Gedanken auf! Ich soll es zulassen, dass mein Herr seinen sterblichen Leib und seine unsterbliche Seele in der Höhle eines Zauberers riskiert, ohne dass ich dabei bin und ihm helfen kann?«

»Wenn du mir so hilfst, wie du es getan hast, als du die Feuerwaffe losgehen ließest, obwohl der Drache noch außer Schussweite war ...«

»Ja, aber wer hat die Fackel geworfen und uns letzten Endes gerettet? Welche Verkleidung soll ich tragen?«

»Da Raspiudus dich nicht erkennt, brauchst du keine. Du wirst Baldonius' Diener sein, wie du meiner bist.«

»Ihr vergesst, Herr, dass mich zwar Raspiudus nicht kennt, seine Türhüter aber wohl. Sie werden sich sogar bestimmt an mich erinnern nach dem Lärm, den ich veranstaltet habe, als sie mich nicht ins Haus ließen.«

»Hm. Du bist zu alt für einen Pagen, zu dünn für einen Leibwächter und zu ungebildet für den Famulus eines Zauberers. Ich habe es! Du gehst als meine Konkubine!«

»O Himmel, Herr, nicht das! Ich bin ein normaler Mann! Das würde ich nicht überleben!«

Eudoric, eine Klappe über einem Auge und den seit einem Monat gewachsenen Bart weiß gefärbt, erschien an dem massiven Tor vor Raspiudus' Haus. Unter seinem Hut lockte sich eine weiße Perücke. Er überreichte dem Türhüter einen Brief, der in einer glaubwürdigen Nachahmung von Baldonius' Handschrift geschrieben war:

Doktor Baldonius von Treveria übermittelt seinem alten Freund und Kollegen Doktor Raspiudus von Welitschowo seine Komplimente und bittet um die Gunst einer Audienz, um mit ihm über das Verschwinden zweier jungen Protegés von ihm zu sprechen.

Einen Schritt hinter ihm, gebückt, um seine Länge zu verbergen, stand ein geschminkter und gepuderter Jillo in Frauenkleidern. Wenn Jillo schon als Mann nicht besonders ansehnlich war, so war er als Frau fürchterlich, zumindest soweit man sein Gesicht unter dem Schleier sehen konnte. Auch trug das Kleid nichts zu seiner Schönheit bei, das Eudoric aus billigem Stoff zusammengeprünt hatte. Das Ding sah genauso aus wie das, was es war: Die Arbeit eines blutigen Laien im Schneidern.

»Mein Herr bittet Euch einzutreten«, sagte der Türhüter.

»Sieh da, lieber alter Baldonius!«, rief Raspiudus und rieb sich die Hände. »Du hast dich kein bisschen verändert seit jenen fröhlichen, verruckten Tagen in Saalingen! Schmiedest du immer noch Verse?«

»Du hast den Verheerungen der Zeit selbst sehr gut widerstanden, Raspiudus«, erwiderte Eudoric, indem er Baldonius' Stimme nachahmte. »›Die Jahre fliegen dahin wie nach Norden der Wildgänse Schar; die Gänse kehren zurück, doch ach, nicht ein einziges Jahr!‹«

Raspiudus brüllte vor Lachen und klopfte sich den Bauch. »Immer noch der alte Baldonius! Hast du das gedichtet?«

Eudoric machte eine bescheiden abwehrende Handbewegung. »Ich bin nur ein Verseschmied, aber wer weiß, hätte nicht die höhere Weisheit mein ganzes Streben in Anspruch genommen, wäre aus mir vielleicht ein echter Poet geworden.«

»Was ist mit deinem armen Auge geschehen?«

»Meine eigene Unvorsichtigkeit – ich habe eine Ecke eines Pentagramms offen gelassen. Der Dämon konnte mit seinen Klauen nach mir schlagen, ehe es mir gelang, ihn zu bannen. Aber jetzt, guter Raspiudus, möchte ich die Angelegenheit mit dir besprechen, die ich in meiner Note erwähnte.«

»Ja, ja, dazu ist noch Zeit genug. Bist du müde von der Reise? Möchtest du baden? Etwas zu essen? Zu trinken?«

»Nicht gleich, alter Freund. Im Augenblick kommen wir aus Welitschowos bestem Hotel.«

»Dann lass mich dir mein Haus und mein Grundstück zeigen. Deine Dame ...?«

»Sie bleibt bei mir. Sie spricht nur Treverisch und fürchtet sich, unter lauter Fremden von mir getrennt zu werden. Sie ist bloß die Tochter eines Schweinehirten, aber ein treues Geschöpf. In meinem Alter hat das mehr Gewicht als ein hübsches Gesicht.«

Bald darauf erblickte Eudoric in Raspiudus' Ställen sein und Jillos Reisepferd und das Pack-Maultier. Er machte ein paar zögernde Ansätze, als sei er Baldonius auf der Suche nach seinen jungen Freunden, sich nach ihrem Verschwinden zu erkundigen. Jedes Mal wich Raspiudus geschickt aus und versprach eine spätere Aufklärung.

Eine Stunde später zeigte Raspiudus ihnen sein magisches Sanktuarium. Mit offensichtlichem Interesse betrachtete Eudoric mehrere Quadratellen Drachenhaut, die auf einer Arbeitsbank lagen. Er fragte:

»Ist das die Decke eines dieser pathenischen Drachen, von denen ich gehört habe?«

»Gewiss, guter Baldonius. Sind sie in eurem Teil der Welt ausgestorben?«

»Ja. Aus diesem Grund habe ich ja meinen jungen Freund und früheren Schüler, von dem ich dir immerfort erzählen will, nach dem Osten geschickt. Er sollte mir für meine Arbeit etwas Drachenhaut beschaffen. Wie gerbt man sie denn?«

»Mit Salz und ... *uff!*«

Raspiudus brach zusammen. Eudoric hatte einen kurzen Knüppel aus seinen voluminösen Ärmeln gezogen und ihm damit auf den Kopf geschlagen.

»Binde und kneble ihn und rolle ihn hinter die Bank!«, befahl Eudoric.

»Wäre es nicht besser, ihm die Kehle durchzuschneiden, Herr?«, fragte Jillo.

»Nein. Der Gefängniswärter hat uns doch erzählt, dass man hier einfallsreiche Strafen für Mord hat, und ich habe keine Lust, sie durch Erfahrung kennen zu lernen.«

Während Jillo den bewusstlosen Raspiudus fesselte, nahm sich Eudoric drei Stücke Drachenhaut, jedes ungefähr eine Quadratelle groß. Er rollte sie zu einem Bündel und band sie mit einer Kordel aus einer Innentasche seiner Robe zusammen. Dann fiel ihm noch etwas ein, und er bediente sich mit dem Inhalt von Raspiudus' Börse. Mit der Rolle über der Schulter verließ er das Laboratorium und rief den nächsten Stalljungen an:

»Doktor Raspiudus lässt sagen, du sollst uns diese beiden Pferde satteln.« Er zeigte darauf. »Aber mit guten Sätteln, denke daran! Sind die Hufeisen der Tiere in Ordnung?«

»Beeilt Euch, Herr«, murmelte Jillo. »Jeder Augenblick, den wir uns hier aufhalten ...«

»Sei ruhig! Wenn wir Eile verraten, ist das die sicherste Methode, Argwohn zu erregen.« Eudoric erhob die Stimme. »Zieh den Gurt fester an, Bursche! Ich möchte mir meine alten Knochen nicht brechen, indem ich vom Pferd falle.«

Jillo flüsterte: »Können wir nicht auch das Maultier und Eure Rüstung mitnehmen?«

Eudoric schüttelte den Kopf. »Zu gefährlich«, gab er ebenso leise zurück. »Sei froh, wenn wir mit heiler Haut von hier wegkommen.«

Als die Pferde zu seiner Zufriedenheit gesattelt worden waren, sagte er: »Leih mir etwas von deiner Kraft beim Aufsteigen, junger Mann.« Er ächzte, als er sich unbeholfen in den Sattel schwang. »Die Pest über deinen Herrn, dass er uns einen so albernen Auftrag gibt - mir, der ich seit Jahren nicht mehr auf einem Pferde gesessen habe! Reiche mir die verdammte Hautrolle herauf. Ich danke dir, Junge; hier hast du eine Kleinigkeit für deine Mühe. Lauf voraus und sage dem Türhüter, er soll das Tor weit öffnen. Ich fürchte, wenn dies Tier plötzlich losrennt, werde ich über seinen Kopf fliegen!«

Ein paar Minuten später, als sie um die Ecke gebogen und von Raspiudus' Haus nicht mehr gesehen werden konnten, sagte Eudoric: »Und jetzt im Trab!«

»Wenn ich bloß dies verdammte Kleid ausziehen könnte«, brummte Jillo. »Ich kann darin nicht ruhig reiten.«

»Warte, bis wir das Stadttor hinter uns haben.«

Als Jillo das ihn beleidigende Kleidungsstück abgelegt hatte, sagte Eudoric: »Nun reite, Mann, wie nie zuvor in deinem Leben!«

Sie sprengten auf der Straße nach Liptai dahin. Jillo blickte zurück und schrie auf. »Etwas fliegt hinter uns her! Es sieht aus wie eine riesige Fledermaus!«

»Einer von Raspiudus' Sendlingen«, stellte Eudoric fest. »Ich habe doch gewusst, dass er loskommen würde. Gib dem Pferd die Sporen! Wenn wir nur die Brücke gewinnen können ...«

Sie flohen in einem wahnsinnigen Galopp. Der Sendling kam näher und näher, bis Eudoric meinte, den von seinen Schwingen erzeugten Luftzug zu spüren.

Dann donnerten die Pferdehufe über die Pschora-Brücke.

»Diese Dinge überqueren laufendes Wasser nicht.« Eudoric sah sich um. »Langsam, Jillo. Die Pferde müssen uns viele Meilen tragen, und wir dürfen sie nicht gleich am Anfang erschöpfen.«

»... und da sind wir«, sagte Eudoric zu Doktor Baldonius.

»Hast du deine Familie schon gesehen, Junge?«

»Gewiss. Es geht allen gut, Dank sei dem göttlichen Paar. Wo ist Lusina?«

»Nun ... äh ... ahem ... Tatsache ist, sie ist nicht hier.«

»Oh? Wo ist sie dann?«

»Du bringst mich in Verlegenheit, Eudoric. Ich habe dir ihre Hand als Belohnung für diese drei Ellen Drachenhaut versprochen. Nun, du hast mir die Haut gebracht, und das mit nicht geringer Mühe und Gefahr, aber ich kann meinen Teil des Handels nicht erfüllen.«

»Warum nicht?«

»O weh! Meine pflichtvergessene Tochter ist diesen Sommer, als du auf der Drachenjagd warst, mit einem umherziehenden Schauspieler durchgebrannt – vielleicht war es auch anders herum. Es tut mir aufrichtig Leid ...«

Einen Augenblick lang runzelte Eudoric schweigend die Stirn. Dann sagte er: »Regt Euch nicht auf, geschätzter Doktor. Ich werde mich von der Wunde erholen – vorausgesetzt natürlich, dass Ihr mir eine Salbe auflegt, indem Ihr mich für meine Verluste auf materiellere Art entschädigt.«

Baldonius hob die buschigen grauen Augenbrauen. »So? Du scheinst mir vom Kummer nicht so überwältigt zu sein, wie ich nach den verliebten Seufzern und Tränen geschlossen hätte, mit denen du dich im Frühling von der Dirne verabschiedet hast. Und jetzt willst du an ihrer Statt Geld annehmen?«

»Jawohl, Herr. Ich gebe zu, dass meine Leidenschaft sich während unserer langen Trennung etwas abgekühlt hat. Ist es ihr gleichermaßen ergangen? Was sagte sie von mir?«

»Ja, ihre Gefühle hatten sich in der Tat verändert. Sie sagte, du seist zu sehr Opportunist, um ihr gefallen zu können. Ich möchte deine Gefühle nicht verletzen ...«

Eudoric winkte ab. »Fahrt fort, bitte. Die Monate in der rauen Welt haben mich abgehärtet, und es interessiert mich.«

»Nun, ich sagte ihr, sie sei töricht, denn du seist ein aufgeweckter Junge, der es, sofern er die Drachenjagd überlebe, noch weit bringen könne. Aber ihre Worte waren: ›Das ist es ja gerade, Herr Vater. Er ist zu aufgeweckt, um sehr liebenswert zu sein.‹«

»Hmpf«, grunzte Eudoric. »Wie man konjugieren könnte: Ich bin ein Mann voller Tatkraft, du bist ein Opportunist, er ist ein skrupelloser Schurke. Es ist alles eine Sache des Standpunkts. Wenn sie nun die Narren dieser Welt vorzieht, wünsche ich ihr viel Freude mit ihnen. Als Mann von Ehre hätte ich Lusina geheiratet, wäre das ihr Wunsch gewesen. Aber wie die Dinge stehen, bleibt uns allen viel Ärger erspart.«

»Dir vielleicht, denn ich bin überzeugt, meine eigensinnige Tochter wird feststellen, dass das Leben einer Schauspielerfrau kein Bett von Rosen ist:

›Wer aus Laune gefreit,
wird bald nur noch sinnen
Voll Reue und Leid,
Wie dem Joch zu entrinnen.
Suchst du ein Gemahl,
gedenke der Lehre:
Eine missliche Wahl
bringt dir nichts als Misere.‹

Aber genug davon. An welche Summe hättest du gedacht?«

»Genug als Ersatz für mein gutes Streitross Morgrim und meine Rüstung mit Lanze und Schwert plus anderer Kleinigkeiten und der Reisekosten. Fünfzehnhundert Mark sollten reichen.«

»Fünf-zehn-*hundert*! Puh! Das kann ich mir nicht leisten – und außerdem sind diese verschimmelten Stücke Drachenhaut nicht einen Bruchteil dieser Summe wert.«

Eudoric seufzte und stand auf. »Ihr müsst wissen, was Ihr Euch leisten könnt, mein guter Weiser.« Er ergriff die Rolle der Drachenhaut. »Euer Kollege Doktor Calporio, Zauberer des Grafen von Treveria, hat großes Interesse an diesem Material ausgedrückt. Tatsächlich bot er mir mehr an, als ich von Euch erbat, aber ich hielt es einfach für ehrenhaft, Euch die erste Chance zu geben.«

»Was!«, schrie Baldonius. »Dieser Quacksalber, dieser Scharlatan, dieser Fälscher? Soll er falschen Gebrauch von der Haut machen und nicht ein Zehntel der magischen Wirkungen damit erzielen, wie ich es könnte? Setz dich, Eudoric; wir wollen darüber diskutieren.«

Nach einer Stunde des Feilschens erhielt Eudoric seine

fünfzehnhundert Mark. Baldonius sagte: »Gelobt sei das göttliche Paar, dass das erledigt ist. Und was hast du nun für Pläne, geliebter Schüler?«

»Würdet Ihr es glauben, Doktor Baldonius«, mischte sich Jillo ein, »dass mein armer, verblendeter Herr vorhat, seine Familie zu entehren und seine Klasse zu verraten, indem er ein niedriges kommerzielles Unternehmen gründet?«

»Wirklich, Jillo. Was für eins?«

»Er meint die von mir geplante Postkutschen-Verbindung«, erklärte Eudoric.

»Gütiger Himmel, was ist das?«

»Ich will nach einem wöchentlichen Fahrplan einen Wagen zwischen Zurgau und Kromnitch verkehren lassen, der alle Personen mitnimmt, die das Fahrgeld bezahlen können, wie man es in Pathenia macht. Wir dürfen nicht zulassen, dass die heidnischen Ostlinge fortschrittlicher sind als wir.«

»Was für eine ausgefallene Idee! Brauchst du einen Partner?«

»Danke, nein. Baron Emmerhard hat sich bereits mit mir zusammengetan. Er hat mir meine Ritterschaft als Lohn für seine Beteiligung versprochen.«

»Es gibt keinen Adel mehr«, stellte Jillo fest.

Eudoric grinste. »Emmerhard drückte sich so ähnlich aus, aber ich überzeugte ihn, dass alles, was mit Pferden zu tun hat, eine für einen Edelmann passende Beschäftigung ist. Jillo, du kannst mich beim Fahren der Kutsche ablösen, was auch dich zu einem Edelmann machen wird.«

Jillo seufzte. »O weh! Der wahre Geist der Ritterschaft stirbt in diesem degenerierten Zeitalter. Wie betrübt es mich, dass ich ihr Ende miterleben muss! Wie viel wollt Ihr mir bezahlen, Herr?«

Die Drachenprobe

Angela und Karlheinz Steinmüller

»Wie sie dem Kampf entgegenfiebern.« – Der Wind von der Wüste her wehte feinen Sand heran. Jaron nahm die Pfeife aus dem Mund und wies auf die jungen Männer, die im umzäunten Geviert des Übungsplatzes mit abgestumpften Schwertern aufeinander einschlugen. Gerade öffnete ein Knecht einen Käfig, ein Wolf stürzte hervor, sie sprangen zu den Pfählen, hakten die eisernen Netze los, wirbelten sie durch die Luft – schon verstrickte sich der Wolf in den Maschen.

»Ein guter Jahrgang«, meinte Kregert, »reif für die Probe.«

Jaron sog tief ein, blähte die Backen, stieß den Rauch plötzlich wie angewidert hervor: »Ich wünschte, wir verlören keinen der Jungen. Prächtige Kerle!«

»Sei kein Schwächling, Jaron! Sie müssen den Ernst schmecken. Schmerz und Blut und Tod. Drachentöter! Drachentöter! – Wie lieb ich diesen Schreckensruf!«

Der eisige Sturzbach des Orcheron-Wasserfalles hatte Adhelm gut getan. Mit prickelnd warmer Haut stand er zwischen den Kameraden, rief »Tod den Drachen! Tod den Drachen!« wie sie, ließ wie sie den Thrak, den Fürsten seiner Heimat Grunelien, hochleben. »Zum Helden geboren sind wir«, sang er mit ihnen das uralte Kampflied, »die Furcht ist uns fremd und der Schmerz schreckt uns nicht, erschlagen der Drachen Gezücht. Wenn zittert das Land und die Erde verbrannt, wenn Heere entfliehn und die Sturmwolken ziehn, stehn wir still zur Pflicht, erschlagen der Drachen Gezücht.« Mit ihnen lauschte er, was Jaron, genannt »der Waran«, ihr Lehrmeister, ihnen zu sagen hatte: drei Jahre Ausbildung waren verstrichen, die Zeit der Probe und Prüfung nahte, ein jeglicher würde Können und Mut unter Beweis stellen müssen.

»Ihr wisst, viele einfältige Leute in den Dörfern und Städten behaupten, sie hätten noch nie einen Drachen erblickt. Das ist zugleich wahr und nicht wahr. So wie wir Menschen es lernten, uns gegen die Drachen zu verteidigen, so wuchs auch die Heimtücke der Drachen. Ihr wisst: wandelbar ist ihre Gestalt. Nur den Recken des Kristallenen Zeitalters war es vergönnt, sie in ihrer wahren, schleimigen, Grauen erregenden Form zu schauen. Seit wir Drachentöter sie bis in ihre Schlupfwinkel verfolgen, tarnen und verbergen sie sich in fremder Gestalt – wenn es sein muss, in menschlicher. Dies wollen wir nie vergessen.«

Wie üblich hörte der Waran sich gern reden. Drachenbrut, Menschenfluch. Doch etwas war anders als sonst, wohl wegen dem Mann, der breitbeinig und mit verschränkten Armen neben ihm auf dem Podest stand; seine Stimme hatte einen anderen, besorgten, angespannten Klang. – Prüfungsangst! Der Waran litt unter der Furcht, dass sie, seine Zöglinge, die Proben nicht in Ehren bestehen könnten! Dabei waren die Heimwehkranken, die Feigen und Zuchtlosen längst ausgeschieden, spätestens damals, als der Waran sie ohne eine Krume Brot und ohne einen Tropfen Wasser für eine Woche in die Wüstenglut geschickt hatte. Wer vorzeitig zurückkehrte, wurde in Schimpf und Schande nach Haus gejagt … Er, Adhelm, hatte Heuschrecken gefressen und Wasser aus Kakteen gequetscht, sich tags unter Felsen versteckt und nächtens Springmäusen aufgelauert. Zwei Kameraden waren verreckt, er hatte am letzten Tag ihre aufgedunsenen Leichen entdeckt, ihn schreckte nichts mehr. Wer die Wüste überstanden hatte, fürchtete keine Prüfung. – Es sei denn jene langatmige Abfragerei, die der Waran so liebte: Welches sind die sicheren, welches die unsicheren Erkennungszeichen eines Drachen? Wie beschrieb Elm Jourq seine Waffen? Wieso erquickt Drachen menschliche Furcht, menschliches Leid? Nenne die siebzehn Künste, sich Drachen zu nähern! – Vielleicht zitterte der Waran, dass der eine oder andere beim Kreuzverhör versagte? Dann musste er ihn, Adhelm, rufen, nicht umsonst meckerten ihn die Kameraden bisweilen als Besserwisser an ...

»Der Tag, an dem ihr euch der geheimen Bruderschaft der Drachentöter draußen in der Welt zugesellen werdet, ist nicht mehr fern. Allerdings: nicht alle von euch werden das Ziel erreichen. Rebal Kregert, Waran dritter Stufe, Haupt des Drachenamtes zu Rengor, ist deshalb zu uns gekommen.«

Der Name brachte Unruhe in die Reihen der Kameraden; auch Adhelm reckte sich entgegen aller Vorschrift: der oberste aller Drachentöter trug den wettergrauen Mantel eines fahrenden Händlers. Wo versteckte er Schennsann oder Kurzschwert? Sein Gesicht war narbig – veräzt von Drachenhauch?

»Erweist ihm euren Gruß!«

Hacken scharrten im Sand: »Tod den Drachen! Tod den Drachen!«

Ein hartes, schmallippiges Lächeln huschte über Kregerts Antliz. Mit einem kurzen Ruck seiner Rechten erheischte er Ruhe.

»Meine jungen Freunde. Ihr verteidigt nicht Grunelien. Ihr verteidigt die Menschheit. Seit Jahrhunderten währt der Krieg. Menschen gegen Ungeheuer. Gut gegen Böse. Drachentöter gegen Drachen. Ohne uns wäre die Welt längst eine Wüste. Ihr habt geschworen: eiserne Zucht, unbedingten Gehorsam, ständige Wachsamkeit.« Er hob die Stimme. »Wo bleibt sie, eure Wachsamkeit? Ihr habt die Kennzeichen der Drachen auswendig gelernt. Habt ihr sie je angewandt? Ihr habt gelobt, das Übel auszurotten. Weshalb duldet ihr es in eurer Mitte?«

Eiseskälte überlief Adhelm, als stünde er noch unter den stürzenden Wassern des Orcheron. Aus den Augenwinkeln spähte er nach links, nach rechts; festgebannt wie er standen die Kameraden, wagten sich nicht zu rühren, mit mahlenden Kiefern Borq, sein linker Nachbar, zur rechten hitzrot im Gesicht Kinnorq, der gewiss noch nicht begriffen hatte, was das Donnerwetter bedeutete: dass einer von ihnen ...

»Es fällt mir nicht leicht,« sprach der Waran, »die Prüfungen auszusetzen. Über unser Lager ist der Bann gelegt, Soldaten sperren die Wege – bis das Scheusal vor meinen Füßen liegt! Und nun stimmt an: Auf des kühnen Thrakes Spuren ...«

Zögernd wie die anderen fiel Adhelm ein: »... fäll ich Feinde ringsumher, köpf wie Blumen in den Fluren Ungeheuer bis zum Meer.«

Die Glut des Tages nistete noch unter dem niedrigen Dach der Schlafbaracke. Adhelm schwitzte, aber seine Hitze kam nicht von außen. Drachen! Drachen! Drachen! Die Kameraden um ihn redeten aufeinander ein, ein und dasselbe Wort stach immer wieder hervor. Wie bei einer Sammlungsübung saßen sie, die Beine untergeschlagen, im Rund.

»Aber wir kennen uns doch«, stammelte Kinnorq, »wieso lässt der Waran das zu?« Sein Gesicht war verquollen.

»Wenn ich dran denke, dass ich dieselbe Luft mit einem Drachen atme«, Fith schüttelte sich, »dass einer von uns ... ein Scheusal, Argling, Ungeheuer ...«

Da waren sie wieder, die Blicke, tastend, argwöhnisch brennend, die Blicke, die schon den gesamten Nachmittag hin- und herflogen. Bist du, Kinnorq, alter Freund und Kamerad, vielleicht selbst das Ungeheuer?

»Wir müssen ihn herausfinden ...«, wiederholte Dassert, der an seinen dreckigen Zehen zupfte und polkte, »wenn wir ihn nicht entlarven ...«

»Am besten, wir stimmen ab«, ulkte Elion – und erntete eine Woge von Hass.

»Sie wissen, wer es ist«, schimpfte Kinnorq, »und halten damit hinterm Berge. Ich ertrag das nicht ...«

»Wirst noch öfter mit Drachen zu tun haben, Drachentöter,« rief ihm Adhelm zu. Kinnorq fuhr auf: »Wohl mit dir, was?« – Aller Blicke ruhten plötzlich auf Adhelm, dass ihm wüstenheiß und orcheronkalt mit einem Male war.

»Wir müssen nach den Regeln unseres Handwerks vorgehen«, sagte er schnell. »Der Waran erwartet genau das von uns. Mit Köpfchen. Wozu haben wir es gelernt.«

Die Erleichterung, die auf seine Worte Platz griff, teilte er nicht. Ihm schwante, dass das Erlernte hoffnungslos unangemessen war. – Beim Thrak, noch nie hatten sie einem wirklichen Drachen gegenübergestanden!

»Die Kennzeichen«, murmelte Dassert zehenpolkend, und sie leierten bedächtig im Chor: »Böse Werke, wache Nächte, Feueratem, Furcht vor Freude, Freud' am Fürchten, jäh' Verschwinden, ätzender Griff ...«

Elion sprang auf: »Das ist's!« Er eilte durch die Tür und kehrte bald darauf mit seinem Kurzschwert zurück. Einer um den anderen sollte die Hand darauf legen – sechsunddreißig Hände.

Ein Geschehen wie bei feierlichem Brüderschwur. Langsam kreiste das Schwert: »Fass richtig zu! Halt fest! Länger! Kräftiger!«

Die Klinge war rutschig von Schweiß, als das Schwert bei Adhelm angelangte. Sorgsam wischte er es an seinem Wams sauber. Umklammerte es mit beiden Händen. Ihm war, als gäbe der warme Stahl unter seinem Griff nach. Wie, wenn sich nun feiner Rauch emporkräuselte, Flecken bildeten? Sie würde über ihn herfallen, seine Kameraden, sie würden ihn binden, zum Waran schleifen, und dann Gnade ihm bei allen Drachen!

»Gib schon her, ist nicht deins!« Elion entwand ihm das Schwert, prüfte es mit einem Blick, reichte es weiter.

Sechsunddreißig Hände. Rote Himmelsglut brach durch die lang gestreckten Fenster der Baracke und im letzten Schein der Sonne glitzerte grünlich der Stern Smáragd.

Hatte er denn wirklich geglaubt, ein Drache ließe sich so leicht entlarven? Das Schwert glänzte im Abendrot, makellos glatt, makellos silbern.

»Ich sag euch, es ist in der Wüste geschehn. In der schlimmen Woche. Da haben nicht nur Sayth und Herwon in den Sand gebissen.« Borq rieb sich den Nacken, machte eine lange Pause. »Sondern noch einer von uns. Das Drachengezücht hat ihn umgebracht. Und seine Gestalt angenommen.«

»Ich halt das nicht aus«, jammerte Kinnorq, »in der Wüste! Aber wir alle waren in der Wüste – vielleicht seid ihr alle Drachen!« Er schoss hoch, stürzte auf Elion zu: »Los, gib's schon zu!« Er lief zu Adhelm, rüttelte ihn: »Raus damit! Ihr seid doch in der Überzahl, habt von mir nichts zu befürchten!«

»Und du willst ein Drachentöter werden,« tadelte Dassert. Er untersuchte seine Zehen, griff sie einzeln, bog sie hin und her, wackelte mit ihnen. »Singst jeden Morgen so schön: Und wenn die Welt voll Drachen wär.«

Natürlich zeigten sich auch später keine Flecken auf dem Schwert. Natürlich besaß auch keiner der Kameraden den

»Feueratem«. Natürlich versagten auch die restlichen Drachenmale. Adhelm wälzte sich auf seiner Matte. Er wusste, was ihm wie den anderen bevorstand: wache Nächte, Kennzeichen Nummer zwei. Der eine, der andere Kamerad schnarchte zwar leis – doch er, Adhelm, misstraute ihrem Schnarchen. Sie stellten sich schlafend, mimten – was gewiss nicht leicht fiel – regelmäßigen Atemzug, nur um sich nicht verdächtig zu machen. Was seinerseits schon wieder verdächtig war ...

Kalte Nachtluft fiel durch die Fenster ein, kroch über den Boden. Wie festgefroren lag Adhelm. Wach, überwach – unter einem Dach mit einem Drachen! Wer vermochte da Schlaf zu finden! Ein Drachenmensch, halb entdeckt und halb entlarvt, würde »jäh entschwinden« – die Nacht nutzen, um sich davonzustehlen. Oder er würde einen um den anderen im Schlaf meucheln, oder er würde sich schlafend stellen, um nicht aufzufallen ...

Insgeheim ging Adhelm die Kameraden durch. Fith, das Großmaul aus Rengor, mit seinen »einflussreichen Verwandten«. Borq hatte sich erst vor einer Woche das Bein aufgeschlagen – bei Drachen floss doch wohl kein warmes rotes Menschenblut? Wäre das nicht eine Probe? Sie würden im Kreis sitzen, sich den Arm ritzen, schauen, wie es hervorquillt ... Zwecklos. »Die Tücken der Drachen«, Teil 3 »Drachen in Menschengestalt«, Absatz B, Satz 7: »Wiewohl der Drach nicht zu eigentlich menschlichem Leben befähigt ist, vermag er dessen Anzeichen täuschend hervorzubringen. Würg ihn, und er röchelt blau. Schneid ihn, und es springet Blut. Doch hüte dich, davon zu kosten; giftiger als tausend Vipern bringt es alsbaldigen Tod.«

So also müsste die Probe verlaufen: ein jeder kostete das Blut seines rechten Nebenmannes; einer opferte sich, damit sie das Scheusal entlarvten. Vielleicht genügte es, einen Hund vom Lebenssaft lecken zu lassen? Davon aber schwiegen die Bücher.

Einer muss der Drache sein. Dassert, der Zehenpolker. Oder Kinnorq, der Jammerlappen, oder ... Einer muss der Drache sein. Kostete es denn stets Menschenopfer, einen Drachen aufzuspüren?

Bedächtig erhob sich Adhelm, schlich ans Fenster. Eisig stand der Tote Pflüger am Himmel, ein klares Zwölfgestirn. Ihm im Rücken schnarchten die Kameraden, oder gaben vor zu schnarchen. Beobachteten ihn vielleicht unter zweimal fünfunddreißig blinzelnden Lidern hervor. »Ihr Lügner«, hätte er in die gespannte Stille der Baracke schreien mögen, »sich zu verstellen ist Drachenart.« Aber war nicht auch Drachenart, sich um der Verstellung willen nicht zu verstellen?

Draußen der Übungsplatz. Ein Schatten nur das Haus der Lehrmeister. Dahinter, endlos, Sand, Steine, Felsen. Irgendwo zwischen Dünen und Gefels lagen sie auf der Lauer, die Soldaten ...

Adhelm schrak zusammen. Eine Hand berührte seine Schulter, ein Mund flüsterte ihm ins Ohr. »Willst du dich verdächtig machen?« Dassert war es, der Zehenpolker.

»Ich höre, wie sie überlegen,« flüsterte Adhelm zurück. »Der ist es, der Dassert, nein der Fith, der schnarcht nicht recht, wenn nur kein Verdacht auf mich fällt. – Woher überhaupt nehmen die in Rengor die Gewissheit, dass sich ein Drache bei uns eingeschlichen hat?«

»Beruhige dich.«

»Wie können sie etwas bemerkt haben, was wir nicht längst wüssten? Hat das Drachenamt einen Spitzel bei uns eingeschleust? Hat der Waran irgendwelche Absonderlichkeiten gemeldet? Wir – alle zusammen – sind doch nicht blind!«

»Sei still.«

»Ich glaube einfach nicht, dass einer von uns ...«

Dassert schlug ihm die Hand vor den Mund.

»Und wenn die Welt voll Drachen wär, wir wollten nicht verzweifeln ...« Schrill schallte das alte Lied, als sie, eine Bande übernächtigter, rotäugiger Helden durch die Schlucht zum Orcheron-Fall tappten. Adhelm, zähneklappernd, schrubbte sich ruckhaft die Gliedmaßen. Das eisige Wasser brachte ein wenig Klarheit – musste nicht ein Drache unter so viel Nass zerweichen, seine Form verlieren, in Rauch und Dampf zerstieben?

Er schüttelte die Nässe ab, beäugte die anderen. Wesen wie er, Menschengestalten, bibbernd wach.

Vielleicht war die Welt voller Drachen. Nie zuvor hatte er das Lied ernst genommen. Hatte geglaubt, Drachen seien eine seltene Erscheinung, so gut wie ausgestorben, wohl dem Drachentöter, der einem begegnete! Doch nun: jeder war verdächtig. Sein Freund Dassert, der Zehenpolker, was trieb ihn in der Nacht? Weshalb jammerte Kinnorq, witzelte Elion? Tarnung, Larve, Maske all ihr Gehabe. Ein Gefühl, das ihn lange nicht heimgesucht hatte, überwältigte ihn. Er war einsam und allein, umgeben von fremden, feindlichen Wesen, ausgesetzt ... – Wie das Wasser schüttelte er die Erinnerung an das Kinderheim, in dem er aufgewachsen war, ab, marschierte, singend wie die anderen, zum Lager zurück: »In Trutz und Rüstzeug stehen wir ...«

Der Waran empfing sie mit einer Standpauke: »Habt ihr ihn? Wieso nicht? Habt ihr nichts bei mir gelernt?« Er schritt ihre Reihe ab, verharrte bisweilen, dass alle den Atem anhielten. Als ob er schnüffelte ... Sein Zorn, das sah Adhelm nur zu deutlich, war gespielt. Er lebte schier auf an ihrem Zittern, der alte Waran. »Dann braucht ihr wohl ein wenig Nachhilfe? – Fith, was schreibt Munreth von Sarmint über Drachen-Fallen? Ihre eigne Tücke wird ihnen zum Verderben, nicht wahr? Da müsst ihr ihn packen. Kein Drache schafft es, sich wie ein aufrechter Grunelier zu verhalten. Habt ihr die Kennzeichen vergessen?«

Von der Veranda des Lehrmeisterhauses her beobachtete sie grinsend Kregert.

»Die Kennzeichen, Kinnorq! Nichts bemerkt?«

Kinnorq stammelte die Litanei herab, »Wache Nächte« – die Zunge stolperte ihm, gleich würde er ausplaudern, was er in der Nacht gesehen, belauscht hatte ...

Mir kann nichts geschehen, sprach sich Adhelm zu, ich bin doch kein Drache.

Kinnorq stammelte fort; er wagte es nicht, ihn, Adhelm, anzuschwärzen, immerhin reichte sein nicht allzu reger Verstand, um den kurzen Schluss zu ziehen: wer den Nachtwandler beobachtet, ist selbst wach.

»Heute Abend«, sprach der Waran, »will ich den Drachen hier liegen sehen, gebunden, mir zu Füßen. Anderenfalls!!!«

»Aber das können sie doch nicht«, klagte Kinnorq, während sie Armbrüste und Hakenbüchsen, Kurzschwerter und lange, gekrümmte Säbel, genannt Schennsann, für die täglichen Übungen aus dem Waffenkeller holten. »Sie können uns doch nicht alle umbringen, bloß weil einer ein Drache ist.«

»Hast du vergessen, was du gelernt hast«, äffte Elion den Waran nach, »Der Drach muss zu Rauch und Asche werden, gleich um welchen Preis. Was ist schon ein Menschenleben wert, was sind schon fünfunddreißig Menschenleben wert? Wächst ja nach das Menschengeschlecht ...«

Kinnorq hieb mit dem Schennsann nach Elion, traf diesen, obwohl der sofort zurücksprang, an der Brust, dass das lederne Wams aufschlazte, es rot hervorsickerte.

Bleich geworden tastete Elion nach der Wunde. Dann straffte er sich, griff eine Armbrust, legte den Bolzen ein, spannte, zielte auf Kinnorq. Der ging in Kampfstellung, Beine gegrätscht, leicht wippend, den Schennsann wie ein Schild vor sich haltend.

»Du glaubst doch nicht, dass du den Bolzen abwehren kannst? – Leg den verdammten Schennsann weg, du Idiot, und komm her.« Scheinbar grundlos lachte Elion. »Komm, Freundchen.«

Ein Prickeln wie nach einem Bad im Wasserfall durchlief Adhelm. Zwei Dachentöter, dran und drauf miteinander zu kämpfen!

»Du wirst mein Blut, tödlicher als das Gift von tausend Vipern, kosten, Freundchen. Nun leck schon, du Memme!«

Totenstill war es, als Kinnorq den Finger zum Mund führte. »Nicht ausspucken!« Er stand da, die Backen aufgeblasen wie ein Frosch, dass Adhelm die Heiterkeit kaum unterdrücken konnte.

»Wie lange braucht es«, fragte Kinnorq, ein Zittern in der Stimme, »bis das Gift wirkt?«

»Vielleicht Minuten«, Elion kostete seinen Triumph aus, »vielleicht Tage. – Nun denn, jetzt wisst ihr, dass ich nicht der Drache bin.« Er warf die Armbrust in die Ecke. »Fröhliches Suchen, Freunde.« Und schlenderte munter pfeifend hinüber zur Schlafbaracke.

»Ich dreh ihm den Hals um«, zischte Borq, »auch wenn er kein Drache ist.«

Adhelm war nicht nach »Waffentummeln« zumute. Er begab sich in den Schatten einer Zeltplane, ließ sich in den Sand nieder. Sammlung tat Not. Keiner der anderen war fähig, das Rätsel zu lösen. In ihrer Angst schoben sie einander den Verdacht zu, fahndeten nach fadenscheinigen Gründen, stellten einander die dümmsten Fallen und betrachteten die »Tücke« der Fallenstellerei wiederum als Hinweis. Zu viele Köpfe verdarben den Sinn.

Wichtig war, dass er die Furcht nicht an sich heranließ. Sie vergiftete das Hirn. Klar und frei sollten seine Gedanken sein. Klar und frei, sprach er sich zu, ich bin klar und frei, mein Geist schwebt über der Wüste und sieht das Ganze. Nichtig, nichtig, nichtig ist jedes Begehren.

Die alte Drachentöter-Übung verfing. Wie damals im Heim, wenn er im finstren Strafkeller hockte, löste sich sein Geist. Ein Drachentöter zu sein, das hatte er sich stets gewünscht, wenn man ihn schlug, ihm die Suppe entzog, ein Drachentöter sein, um zurückschlagen zu können. Alle Macht, aller Zauber haftete diesem Wort an. Als Drachentöter wirst du geliebt, bewundert – und gefürchtet. Du streichst, verkleidet als Händler oder Marktknecht, durch die finstersten Straßen, niemand erkennt dich, niemand weiß, welches Geheimnis du mit dir trägst. Du aber beschützt die arglosen Menschen, du spürst das Gezücht gnadenlos auf, überantwortest es der gerechten Strafe und tauchst wieder in der Menge unter. Du bist wie ein Weberschiffchen. Überall und nirgends. Ungreifbar. Das aus dem Dunkel heraus aufblitzt und, als wäre nichts geschehn, verschwindet. Doch du ziehst die Fäden der Macht nach dir, weißt dich eins mit deinem obersten Herren, dem Thrak.

Es war sein Glück, dass die Werber aus Rengor auf ihn aufmerksam wurden, ihn ins Ausbildungslager holten, sonst wäre er, der Findelbalg ohne Eltern und Verwandte, im günstigsten Fall als Karawanenknecht im Dreck der Wüstennester versackt. So aber stand ihm nach drei Jahren mit schmerzenden Muskeln und gähnender Paukerei und viel Gekrieche im Sand die Welt von den schimmernden Inseln im Nordmeer bis zu den südlichen Eisgebirgen offen. »Tod den Drachen! Tod den Drachen!« Der Erkennungsruf war ihm – wie allen Kameraden – in Fleisch und Blut übergegangen. Einer von ihnen sollte ein Scheusal sein? Er sah sie vor sich: Kinnorq und Dassert, Fith und selbst Sayth und Herwon, die in der Wüste verreckt waren. Er kannte sie alle, hätte in die Haut eines jeden schlüpfen können. Drachen? Lächerlich!

Welch Aberwitz, dass sie sich nun gegenseitig belauerten! Jede Handlung wurde verdächtig, selbst das Nichtstun. Da bewegten sie sich, wie Figuren auf einem Brett, eingeschränkt und vorhersagbar - vorherbedacht. Es gab Spielmeister dabei, das erkannte er klar und überdeutlich in dem schwebenden Zustand, in dem er sich befand, Spielmeister, die die Figuren in die Ausgangsstellung geschoben hatten, nun mit stillem Vergnügen ihren Felderwechsel beobachteten.

»Furcht vor Freude, Freud' am Fürchten!« Drachen empfanden je das Entgegengesetzte. Ihm war das heimliche Freudezucken im Antlitz des Warans nicht entgangen, ebenso wenig das kaum verhohlene Grinsen des großen Drachentöters aus der Hauptstadt. Da saßen sie auf der Veranda des Lehrmeisterhauses, blickten über das Übungsfeld und zerflossen in schierem Hochgenuss. Meine Herren Drachen, alle Achtung, wie sorgsam habt ihr euer Vergnügen eingefädelt!

Sein Geist gewann an Schwere, sank herab: Tod den Drachen, Tod den Drachen! - Er war ein Drachentöter - und ratlos. Ein Weberschiffchen, verhakt im Gefäd. Niemals würde es ihm gelingen, die Kameraden von seiner Eingebung zu überzeugen ... Und wenn die beiden Ungeheuer sich erst einmal an ihrem Opfer geweidet hatten - würden sie sich damit zufrieden geben?

Du Held im Gläsernen Berg, steh mir bei, flüsterte er, als er, die Sonne sank bereits, den harten Boden erreichte.

Adhelm wusste, was seine Pflicht, die eines Drachentöters, war. Er schlenderte, in das Gleißen des vorabendlichen Himmels blinzelnd, hinüber zum Waffenkeller. Sie saßen noch immer auf der Veranda und frohlockten, die Un-Menschen!

Kälte und Dunkelheit schlugen ihm auf der kurzen Treppe entgegen. Drunten tastete er nach den Spinden, nach seinem Kurzschwert, das verstand er am besten zu handhaben, prüfte dessen Schärfe mit dem Daumen, steckte sich zusätzlich einen Dolch in den Gürtel. Den leichten Harnisch zog er unter das Wams. Sollte er es aus der Entfernung wagen, mit einer Armbrust? Bolzen einlegen, abknien, spannen, drauf? Mehr als einen Schuss hätte er nicht ... Da hing auch die glasäugige Maske gegen den Giftbrodem verwundeter Drachen. Auf sie verzichtete er, er wusste seine Aussichten abzuschätzen. Seltsam, dass er keine Furcht vor dem Ende empfand. Wenn es ihm wenigstens glückte, die Ungeheuer zu überraschen!

Ein wenig täppisch stieg er hinauf ans Licht.

»Er hat sich zum Kampf gerüstet!«, empfing ihn das Geschrei der Kameraden. »Der Drache hat sich zum Kampf gerüstet!«

»Los, haut ab«, schrie er und fuchtelte mit dem Dolch ins Rund, »lasst mich. Ich weiß, wer die Drachen sind!«

»Du bist der Drache«, sagte Dassert, der Zehenpolker, betrübt. »Es gibt keinen Zweifel.«

Sie waren verrückt, einer wie der andere. Wie er auch schob und drängte, sie bildeten eine lebende Mauer, versperrten ihm den Weg zur Veranda.

»Du bist der Drache, denn du hast gewacht.«

»Du bist der Drache, denn du hast das Schwert, bevor du es griffst, mit Wachs geschützt.«

»Du bist der Drache, denn du hast weder Eltern noch Familie.«

»Du bist der Drache, denn du hast Sayth und Herwon gemeuchelt.«

»Du bist der Drache, denn du hast dich zum Kampf gerüstet.«

In seinem Schreck war er trotz Dolch und Kurzschwert wehrlos, noch ehe sie ihn überwältigten.

»So kostet doch mein Blut«, flehte und lachte er, als sie ihm die Hände banden. »Der Waran ist der Drache und der aus Rengor ebenso, glaubt mir – Furcht vor Freude, Freud' am Fürchten, das ist der Beweis.«

Da mochte er sich sträuben und strampeln, wie er wollte, sie beherrschten die Kunst des Menschenverschnürens hervorragend, auf beste alte Drachentöterweise, dass ihm kaum Luft blieb und das Blut zu Kopfe stieg und der Strick um den Hals mit jedem Zerren und Rucken enger wurde.

Dassert, den er für seinen Freund gehalten, stieß ihn auf die Bretter der Veranda, vor die Füße der Drachen. Genau zur rechten Zeit, die Sonne berührte den fernen Rand der Wüste. In ihren schrägen Strahlen lebte das Holz der Dielung auf, zarte Härchen griffen in das Licht, als wollten sie den feinen, über den Boden hinstiebenden Staub fangen. Eine winzige, wundersame Welt entfaltete sich vor ihm – ein Fußtritt konnte sie auslöschen – am nächsten Abend aber würde sie aufs Neue erblühen.

»Sieh her, der junge Adhelm.«

»Und er bereitet uns nicht einmal die Freude, sich zu Tode zu fürchten.«

Eine Faust packte ihn im Genick. Schleppte ihn ins Innere.

»Wie ist's, junger Freund, wenn man noch fünf Minuten zu leben hat?« Der oberste Drachentöter tätschelte ihm die Wangen und lockerte den Strick um den Hals, gerade genug, dass Adhelm wieder Luft schnappen konnte. Er, der Waran dritter Stufe und Herr über hunderte von Kämpfern, grinste breit. Das Katz- und Mausspiel von Qual und Hoffnung, das Drachen mit ihren Opfern trieben, begann. »Erzähl schon!«

Der Waran setzte Adhelm ein Glas mit schalem, lauwarmem Orcheron-Wasser an die Lippen. Gierig trank er. Wasser – in der Wüste bedeutete es Leben.

»Ich habe Euch durchschaut, meine Herren Drachen«, sprach er, ein Zittern unterdrückend, als er seiner Stimme wieder mächtig war. »Als Einziger habe ich die Mut- und

Geistesprobe bestanden. Leider bin ich nicht fähig, meinem Beruf nachzukommen. Aber eines werde ich nicht: Euch durch Furcht erquicken.«

»Tapfer, tapfer.« Sie lachten. »Werden noch sehen, wie der Schmerz dir bekommt.«

»Außerdem irrst du dich.« Der Waran hatte zur Pfeife gegriffen, schmauchte vor sich hin. »Mutprobe, Geistesprobe, welch ein Unfug, Schmarrn von Halbreifen. Was deinen Kameraden da draußen fehlt, ist die Mord-Probe. Ihr müsst töten lernen. Euereins, unsereins. Wer nicht fähig ist, Menschen zu töten, hat keinen Platz in unserer Brüderschaft. – Drachen. Hast du je einen Drachen gesehen, Kregert?«

»Wir kommen ins Schwafeln, Waran.« Kregert brach einen Span vom Tisch, kratzte sich damit am Hals. »Willst du nun deinem Muster-Zögling eine Hintertür öffnen oder nicht? Er hätte vielleicht wirklich das Zeug für den inneren Kreis.«

Der Waran legte die Pfeife beiseite. Er griff Adhelm ins Haar, riss ihm den Kopf hoch. Seine schwarzen Augen blickten starr. Adhelm konnte, gespiegelt und kopfstehend, sich selbst in den Pupillen erkennen.

»Du kannst deinen Hals aus der Schlinge ziehen, Junge, indem du einen anderen zum Drachen stempelst. Um die Mord-Probe kommt ihr nicht herum; sie erst macht euch zu Drachentötern. Aber nirgendwo steht geschrieben, dass du sterben musst. Nutze also, was du an Hinterlist und Tücke in dir hast. Als wärst du ein Drache, Junge! – Für das bisschen Rauch, wenn der andre stirbt, werden wir schon sorgen.«

Sie packten ihn im Nacken, er wankte ins Freie. Schweigend blickten die Kameraden herauf. Sie erwarteten ein Zeichen, einen Urteilsspruch. Noch immer heiß blies der Wind.

Niemals würde er einen von ihnen umbringen!

Unsicher stakste er, gefesselt wie er war, die drei Stufen von der Veranda hinab auf sie zu, seine Kameraden, die seine Mörder werden wollten. Tod den Dra-chen, tappten seine Füße, Tod den Dra-chen.

Sie hatten einen Pfahl in den Sand gerammt; er würde als lebende Zielscheibe dienen. Schweigend zurrten sie ihm die Hände fest. Und er brachte nicht einmal den Mund auf, ihnen zu sagen, dass dies unnötig sei, dass er nicht davonlaufen würde.

Er war klar, sein Geist frei wie vor Stunden. Ein fasriges, schlohweißes Wölkchen schwebte im Abendhimmel, ein unstetes Gebilde aus Wasserdampf, kurzlebig und sonnendurchtränkt.

»Schau uns an, du Drache!« Etwas Eiskaltes, Spitzes stieß ihn in den Nacken. »Du Scheusal, jetzt bibberst du!«

Sie quirlten um ihn, noch unschlüssig, wie sie ihn zu Tode befördern sollten, Fith und Borq und Kinnorq. Der Hass troff aus ihren Gesichtern.

»Schneid ihm doch ein Ohr ab! Mal sehen, ob's dann raucht.«

»Soll ich mein gutes Messer ruinieren?«

Dassert spuckte vor ihm aus: »Ein schneller glatter Bolzenschuss ...«

»Wir wollen ihm das Vergnügen nicht verkürzen«, ulkte Elion, »Drachen, heißt es doch, haben Freude am Schmerz.«

Lächelnd wie über spielende Kinder schauten Jaron und Kregert von der Veranda herab.

Vielleicht war es dieses Lächeln, das den Ausschlag gab. »Such dir einen aus, Junge, stempel ihn zum Drachen! – Dann wirst du selbst einer von uns sein. Mit Hinterlist und Tücke ...« Unerträglich, ihr Triumph!

Kinnorq tänzelte heran: »Jetzt jammerst du, Schwächling! Warst immer so hochnäsig, mal sehen, ob du's noch bist, wenn ich dir den Riecher runterschneide …« Er schlotterte vor Verzückung. »Heijo, Kinder, das wird ein Spaß!«

Adhelm biss sich auf die Lippen, um nicht vor erleichtertem Lachen herauszuplatzen. Braver feiger Kinnorq, du kommst mir wie gerufen!

Tief holte er Luft, dann donnerte er ein »Halt!« über den Übungsplatz. »Habt ihr klaren Kopf behalten, Kameraden? Habt ihr aufgemerkt? Meine Falle, die Drachen-Falle, ist zugeschnappt. Endlich.«

Sie erstarrten, als hätte sie ein Bannfluch getroffen, mitten in der Bewegung. Nur der Waran schmauchte genüsslich seine Pfeife.

»Ihr erinnert euch: Furcht vor der Freude, Freud' am Fürchten.« – Er wusste, sie alle, wie sie um ihn standen und ihn anglotzten, waren ihrer Empfindungen nicht mehr Herr, schwankten jäh zwischen Mitgefühl und Abscheu, Erleichterung und gierigem Hochgefühl. Er wusste aber auch, dass sie sich dieses nicht eingestehen würden. Desto sicherer wälzten sie ihr schlechtes Gewissen ab, desto sicherer waren sie bereit, Kinnorq zu opfern.

»Ihr alle empfindet Schmerz, Enttäuschung, Zorn. Nur einer frohlockt. Nur einen erquickt meine Qual.«

Mit stillem Vergnügen beobachtete Adhelm, wie Kinnorq der Unterkiefer herabklappte, er das Kurzschwert zückte, fluchend heranstürzte. Dassert fiel ihm in den Arm.

Zwei, drei Sätze der Erklärung bedurfte es noch: Kinnorq hatte sich schlafend gestellt, er, Adhelm, hatte sich verdächtig gemacht, um als Köder zu dienen, die Sache war mit dem Waran abgesprochen … Schon banden sie ihn los.

Adhelm schaute nicht hin, als sie Kinnorq, der schrie und wild um sich hieb, überwältigten. Er rieb sich stumm die schmerzenden Handgelenke. Der schwerere Teil der Aufgabe stand ihm noch bevor.

»Meine Herren, Ihr verspracht Eurem gelehrigen Schüler ein wenig Räucher-Zauber«, sprach er leis, als er die Veranda betrat, »für den Fall, dass da noch einer zweifele.« Unten am Pfahl kreischte Kinnorq.

»Willkommen in unserer Brüderschaft«, begrüßte ihn Kregert, ohne den Blick von dem Schauspiel zu lösen. »Tausend Tode stirbt ein Feigling, du hast den richtigen gewählt.«

Jaron erhob sich, die Pfeife klemmte ihm im Mundwinkel. Er schob Adhelm vor sich her ins Innere. »Hurtig, hurtig. Wenn er seinen Geist ausgehaucht hat, besprühen wir ihn zur Probe mit Wasser. – Aus dieser Karaffe. Aber Vorsicht, dass du dich nicht bespritzt. – Ist bisweilen ganz günstig, den alten Aberglauben von den Drachen ein wenig weiterleben zu lassen. – Wirst es noch weit bringen, Junge, bis in die Garde des Thrak. Was sagst du?«

Adhelm wehrte ab: »Nichts, nichts.« Die Furcht ist uns fremd und der Schmerz schreckt uns nicht, erschlagen der Drachen Gezücht – das alte Lied summte und brummte in ihm, womöglich kam es noch über seine Lippen. Kalt lag der Griff des Kurzschwerts in seiner Hand.

Bevor Jaron, den es hinaus zog, die Tür öffnen konnte, hieb ihm Adhelm mit einem einzigen glatten Streich – er hatte drei Jahre an Pfosten geübt – den Kopf vom Rumpf. Dumpf fiel der schwere Körper. Adhelm riss den Stöpsel aus der Karaffe, sprengte die wasserklare Flüssigkeit über den Toten.

Die Tür flog auf, Kregerts Schennsann, zweimal länger als ein Kurzschwert, durchschnitt pfeifend die Luft. Adhelm schüttete ihm die ätzende Flüssigkeit ins Gesicht, stach zu. Hustend entwich er den aufwallenden Rauchschwaden.

Draußen auf der Veranda schüttelte ihn ein krampfhaftes Lachen. »Ich habe die Drachen erschlagen, schaut her, ich, Adhelm, habe zwei auf einen Streich niedergestreckt!«

Aus unzähligen Wunden blutend, baumelte Kinnorq am Pfahl.

Spät in der Nacht saß Adhelm auf der Veranda und beobachtete, wie die beiden schnellen Monde über den Himmel zogen. Er hatte sich eine Pfeife aus der Sammlung des Warans geholt und angezündet. Der Rauch schmeckte ihm nicht, aber das tat seiner Hochstimmung keinen Abbruch. Sollten Soldaten die Wege versperren – sollten sie nur! Die Verzückung, die er während des kurzen Kampfes empfunden hatte, pulste noch in ihm. Furcht vor Freude, Freud' am Fürchten. Ob er nun ein Drache war oder ein Mensch, er würde noch viel Spaß haben in diesem Leben.

Der Eisdrache

GEORGE R. R. MARTIN

Adara liebte am meisten den Winter, denn wenn es auf der Welt kalt wurde, kam der Eisdrache.

Sie war sich nicht sicher, ob es die Kälte war, die den Eisdrachen herführte, oder ob der Eisdrache die Kälte mit sich brachte. Das war die Art von Fragen, die ihren Bruder Geoff häufig beschäftigten, der zwei Jahre älter und unersättlich neugierig war. Adara hingegen kümmerten solche Probleme wenig. Solange nur die Kälte, der Schnee und der Eisdrache alle pünktlich eintrafen, war sie glücklich.

Sie wusste wegen ihres Geburtstags immer, wann diese Dinge zu erwarten waren. Adara war ein Winterkind, das während des schlimmsten Frostes geboren worden war, an den sich die Leute erinnern konnten, selbst die Alte Laura, die auf dem nächsten Hof lebte und sich an Dinge erinnerte, die geschehen waren, bevor irgendjemand sonst geboren worden war. Die Leute sprachen noch immer über jenen Frost. Adara hörte ihnen oft zu.

Sie sprachen auch über andere Dinge. Sie sagten, es sei jener schreckliche Frost gewesen, der ihre Mutter getötet hatte. Er hätte sich in jener langen Nacht an dem großen Feuer vorbeigestohlen, das Adaras Vater geschürt hatte, und wäre dann unter die Decken auf dem Wochenbett gekrochen.

Und sie sagten auch, dass die Kälte im Schoß in Adara eingedrungen sei, dass ihre Haut blassblau und eisig anzufassen gewesen sei, als sie das Licht der Welt erblickte, und dass sie in all den Jahren seither nicht wärmer geworden sei. Der Winter hatte sie berührt, hatte sein Zeichen auf ihr hinterlassen und sie zu seinem Eigentum gemacht.

Es stimmte, dass Adara immer ein Kind war, das abseits stand. Sie war ein sehr ernstes kleines Mädchen, das nur selten mit den anderen spielte. Sie wäre schön, sagten die Leute, aber es war eine seltsame, fremdartige Schönheit. Mit ihrer bleichen Haut, dem blonden Haar und den großen, klaren, blauen Augen unterschied sie sich zu sehr von den anderen. Sie lächelte, aber nicht sehr oft. Niemand hatte je gesehen, dass sie weinte. Einmal, mit fünf Jahren, war sie auf einen Nagel getreten, der aus einem Brett ragte, das unter einer Schneebank verborgen gewesen war, und der Nagel war ganz durch ihren Fuß gedrungen. Aber Adara hatte selbst damals nicht geweint oder geschrien. Sie hatte ihren Fuß losgemacht und war zurück zum Haus gegangen, wobei sie eine Blutspur im Schnee zurückgelassen hatte. Als sie dort angekommen war, hatte sie bloß gesagt: »Vater, ich habe mich verletzt.« All die Bockigkeiten, Temperamentsausbrüche und Tränen einer normalen Kindheit waren nichts für sie.

Selbst ihre Familie wusste, dass Adara anders war. Ihr Vater war ein riesiger, grober Bär von einem Mann, der im Allgemeinen wenig für die Leute übrig hatte. Aber ein Lächeln breitete sich stets auf seinem Gesicht aus, wenn Geoff ihn mit Fragen löcherte, und er war voller Umarmungen und lautem Lachen für Teri, Adaras ältere Schwester, die goldenhaarig und sommersprossig war und schamlos allen Jungen der Umgebung schöne Augen machte. Hin und wieder umarmte er auch Adara, vor allem, wenn er betrunken war, was in den langen Wintern häufig der Fall war. Aber dabei gab es kein Lächeln. Er legte dann nur seine Arme um sie und presste ihren kleinen Körper mit all seiner enormen Kraft an sich. Tief in seiner Brust schluchzte er, und dicke, feuchte Tränen liefen über seine geröteten Wangen. Er umarmte sie niemals im Sommer. In den Sommern war er zu beschäftigt.

Außer Adara war jeder im Sommer beschäftigt. Geoff arbeitete dann mit seinem Vater auf den Feldern, stellte endlose Fragen über dies und das und lernte so alles, was ein Bauer wissen musste. Wenn er nicht arbeitete, lief er mit seinen Freunden zum Fluss und erlebte Abenteuer. Teri führte den Haushalt und kochte, und sie arbeitete während der geschäftigen Jahreszeit ein wenig im Gasthaus am Kreuzweg. Die Tochter des Gastwirtes war ihre Freundin, und sein jüngster Sohn war ihr mehr als nur ein Freund. Wenn sie nach Hause kam, war sie stets am Kichern und voll von Klatschgeschichten und Nachrichten, die sie von Reisenden, Soldaten und den Boten des Königs gehört hatte. Für Teri und Geoff waren die Sommer die beste Zeit, und beide waren zu beschäftigt für Adara.

Ihr Vater war von allen am beschäftigsten. An jedem Tag mussten tausende Dinge erledigt werden, und er erledigte sie und fand dabei noch tausend weitere. Er arbeitete vom Aufgang der Sonne bis zu ihrem Untergang. Seine Muskeln wurden im Sommer hart und sehnig, und er stank jeden Abend, wenn er vom Feld kam, nach Schweiß, aber er kam immer lächelnd nach Hause. Nach dem Abendbrot setzte er sich dann mit Geoff hin, erzählte ihm Geschichten und beantwortete seine Fragen. Oder er lehrte Teri Dinge über das Kochen, die sie noch nicht wusste. Oder er ging zum Gasthaus hinüber. Er war wirklich ein Sommermensch.

Er trank im Sommer niemals, außer hin und wieder einen Becher Wein, um den Besuch seines Bruders zu feiern.

Das war ein weiterer Grund, warum Teri und Geoff den Sommer liebten, wenn die Welt grün und heiß war und vor

Leben überschäumte. Nur im Sommer kam Onkel Hal zu Besuch, der jüngere Bruder ihres Vaters. Hal war ein Drachenreiter im Dienste des Königs. Er war ein großer, schlanker Mann mit einem Gesicht wie ein Adliger. Drachen ertrugen keine Kälte, daher flogen Hal und sein Geschwader im Winter stets nach Süden. Aber in jedem Sommer kehrte er in der blitzenden, grün-goldenen Uniform des Königs zurück und machte auf seinem Weg zu den Schlachtfeldern im Norden und Westen bei ihnen Halt. Der Krieg dauerte schon an, so lange Adara lebte.

Immer wenn Hal nach Norden kam, brachte er Geschenke mit: Spielzeug aus der Stadt des Königs, Kristall- und Goldgeschmeide, Süßigkeiten – und eine Flasche teuren Weines, die er mit seinem Bruder leeren konnte. Er grinste Teri an und brachte sie mit seinen Komplimenten zum Erröten, und er unterhielt Geoff mit Geschichten vom Krieg und von Burgen und Drachen. Was Adara betraf, so hatte er oft versucht, ihr mit Geschenken, Späßen und Umarmungen ein Lächeln zu entlocken. Er hatte nur selten Erfolg damit.

Adara mochte Hal nicht, so gutmütig und nett er auch war; denn wenn Hal da war, bedeutete dies, dass der Winter weit entfernt war.

Außerdem hatte es eine Nacht gegeben – damals, als sie erst vier war, und alle dachten, sie würde fest schlafen –, als sie gehört hatte, wie ihr Vater und sein Bruder sich beim Wein unterhalten hatten. »Ein ernstes kleines Ding«, hatte Hal gesagt. »Du solltest freundlicher zu ihr sein, John. Du kannst sie nicht für das verantwortlich machen, was geschehen ist.«

»Kann ich das nicht?«, hatte ihr Vater erwidert, und seine Stimme klang belegt vom Wein. »Nein, das kann ich wohl nicht. Aber es ist schwer. Sie sieht aus wie Beth, aber sie hat nichts von ihrer Wärme. Der Winter ist in ihr, weißt du. Immer wenn ich sie berühre, spüre ich die Kälte, und ich erinnere mich, dass es wegen ihr war, dass Beth sterben musste.«

»Du bist kalt zu ihr. Du liebst sie nicht so wie die anderen.«

Adara erinnerte sich an die Art, wie ihr Vater daraufhin gelacht hatte. »Sie lieben? Oh, Hal. Ich habe sie am meisten von allen geliebt, mein kleines Winterkind. Aber sie hat mich niemals zurückgeliebt. Sie empfindet nichts für mich oder für dich oder für irgendeinen von uns. Sie ist so ein kaltes kleines Mädchen.« Und dann hatte er zu weinen begonnen, obwohl es Sommer war, und obwohl Hal bei ihm war. Und Adara hatte in ihrem Bett gelegen und zugehört und sich gewünscht, Hal würde wegfliegen. Sie hatte nicht alles verstanden, was sie gehört hatte, damals noch nicht, aber sie hatte sich alles gemerkt, und das Verstehen kam später.

Sie hatte nicht geweint; nicht mit vier, als sie es gehört hatte, und auch nicht mit sechs, als sie es endlich verstand. Hal hatte sie ein paar Tage später verlassen, und Geoff und Teri hatten ihm aufgeregt nachgewunken, als sein Geschwader über sie hinwegflog. Dreißig große Drachen, die in stolzer Formation über den Sommerhimmel zogen. Adara schaute zu, und ihre kleinen Hände hingen reglos an ihrer Seite.

Es gab andere Besuche in anderen Sommern, aber Hal brachte sie niemals zum Lächeln, was immer er ihr auch mitbrachte.

Adara bewahrte ihr Lächeln in einem verborgenen Lager auf und benutzte es nur im Winter. Sie konnte kaum ihren Geburtstag und damit die Rückkehr der Kälte erwarten. Denn im Winter war sie ein besonderes Kind.

Sie hatte es schon immer gewusst, schon damals, als sie noch sehr klein war und mit den anderen im Schnee gespielt hatte. Die Kälte war ihr niemals so unangenehm wie Geoff,

Teri und ihren Freunden. Adara blieb oft noch stundenlang alleine draußen, wenn die anderen schon längst ins Warme geflohen oder zu der Alten Laura gelaufen waren, um die heiße Gemusesuppe zu essen, die sie den Kindern gerne kochte. Adara suchte sich am abgelegenen Ende der Felder einen geheimen Ort – in jedem Jahr einen anderen – und dort baute sie dann ein großes weißes Schloss. Sie bearbeitete den Schnee mit ihren nackten Händen und formte ihn zu Türmen und Befestigungsanlagen, die wie jene auf dem Königsschloss in der Stadt waren, von dem Hal so oft sprach. Sie brach Eiszapfen von den unteren Ästen der Bäume ab und verwendete sie als Turmspitzen und Wachposten, die sie überall auf ihrem Schloss anbrachte. Und am Ende des Winters kam oft ein kurzes Tauwetter, dem ein plötzlicher Frost folgte, und ihr Schloss verwandelte sich über Nacht in Eis, das so hart und stark war, wie es echte Schlösser gewiss sein mussten. Den ganzen Winter über arbeitete sie an ihrem Schloss, und niemand wusste etwas darüber. Aber jedes Mal kam der Frühling und mit ihm ein Tauwetter, dem kein Frost folgte; dann schmolzen all die Wälle und Mauern dahin, und Adara begann erneut, die Tage bis zu ihrem Geburtstag zu zählen.

Ihre Winterschlösser waren nur selten leer. Beim ersten Frost kamen jedes Jahr die Eiseidechsen aus ihren Löchern gekrochen, und die Felder wimmelten von den winzigen blauen Wesen, die hierhin und dorthin wieselten und kaum den Schnee zu beruhren schienen. Alle Kinder spielten mit den Eiseidechsen. Aber die anderen waren ungeschickt und grausam, und sie brachen die zarten kleinen Tiere entzwei, zerbrachen sie zwischen ihren Fingern, wie sie einen Eiszapfen zerbrechen würden, der von einem Dach herabhing. Selbst Geoff, der viel zu nett war, um so etwas zu tun, wurde manchmal neugierig und hielt die Eidechsen zu lange, weil er sie untersuchen wollte, und die

Wärme seiner Hände ließ sie dann schmelzen und verbrennen und schließlich sterben.

Adaras Hände waren kühl und sanft, und sie konnte die Eidechsen so lange halten, wie sie wollte, ohne ihnen zu schaden. Geoff schmollte dann immer und stellte viele ärgerliche Fragen. Manchmal legte sie sich in den kalten, feuchten Schnee und ließ die Eidechsen über ihren ganzen Körper krabbeln. Sie liebte die leichten Berührungen ihrer Füße, wenn sie über ihr Gesicht flitzten. Manchmal trug sie Eiseidechsen in ihren Haaren verborgen, während sie ihre Arbeiten erledigte, aber sie achtete sorgsam darauf, sie niemals mit ins Haus zu bringen, wo die Hitze des Feuers sie töten würde. Nachdem die Familie gegessen hatte, sammelte Adara immer einige der Abfälle auf und brachte sie zu ihrem geheimen Ort, und dort verstreute sie die Reste. Und so waren die Schlösser, die sie errichtete, in jedem Winter voller Könige und Edelleute – kleine Pelztiere, die sich aus den Wäldern schlichen, Wintervögel mit blassem, weißem Gefieder und hunderte von wimmelnden, herumflitzenden Eiseidechsen, die kalt, schnell und dick waren. Adara mochte die Eiseidechsen lieber als all die Haustiere, die die Familie über die Jahre besessen hatte.

Aber es war der Eisdrache, den sie wirklich liebte.

Sie wusste nicht, wann sie ihn das erste Mal gesehen hatte. Es schien ihr, als sei er schon immer ein Teil ihres Lebens gewesen, eine Vision, die man im tiefsten Winter erhaschte, wie sie auf majestätischen blauen Flügeln über den eisigen Himmel glitt. Eisdrachen waren selbst in jenen Tagen selten, und wann immer einer erspäht wurde, deuteten die Kinder auf ihn und staunten, während die alten Leute vor sich hin murmelten und die Köpfe schüttelten. Es war ein Zeichen für einen langen und bitteren Winter, wenn Eisdrachen im Lande gesichtet wurden. Die Leute sagten, dass man in der Nacht, als Adara geboren wurde, einen Eisdrachen gesehen hatte, der über das Angesicht des Mondes geflogen sei. Und in den Wintern seit diesem Jahr hatte man ihn stets gesehen, und jene Winter waren tatsächlich sehr schlimm gewesen, und der Frühling war in jedem Jahr später gekommen. Daher entzündeten die Leute große Feuer und beteten und hofften, dass der Eisdrache wegbleiben würde, und Adara war von Furcht erfüllt.

Aber die Gebete und die Feuer zeigten niemals Wirkung. In jedem Jahr kehrte der Eisdrache zurück. Adara wusste, dass er wegen ihr kam.

Der Eisdrache war groß, um die Hälfte größer als die schuppigen grünen Kriegsdrachen, die Hal und seine Kameraden flogen. Adara hatte Legenden über wilde Drachen gehört, die größer waren als Berge, aber solche hatte sie nie gesehen. Hals Drache war gewisslich groß genug – fünfmal so groß wie ein Pferd – aber im Vergleich zu dem Eisdrachen war er klein – und zudem noch hässlich.

Der Eisdrache war aus kristallenem Weiß, jenem Weiß, das so hart und kalt ist, dass es fast blau wirkt. Er war mit Raureif bedeckt, sodass seine Haut brach, wenn er sich bewegte, und sie knirschte dabei, wie es die Schneekruste unter dem Stiefel eines Mannes tat. Reifflocken fielen von ihm ab.

Seine Augen waren klar und tief und eisig.

Seine Flügel waren riesig und wie die einer Fledermaus geformt. Ihre Farbe war ein zartes, durchsichtiges Blau. Adara konnte durch sie hindurch die Wolken sehen und oftmals auch den Mond und die Sterne, wenn das Tier seine Kreise über den frostigen Himmel zog.

Seine Zähne waren Eiszapfen, zackige Speere von unterschiedlicher Länge, die in drei Reihen hintereinander standen und gegen sein tiefblaues Maul sehr weiß wirkten.

Wenn der Eisdrache mit den Flügeln schlug, bliesen die kalten Winde, und der Schnee wirbelte umher, und die Welt schien zu schrumpfen und zu frösteln. Manchmal, wenn in der Kälte des Winters eine Tür von einer plötzlichen Windbö aufgerissen wurde, eilte der Hausherr zu ihr, um sie zu verriegeln und sagte: »Ein Eisdrache fliegt vorbei.«

Und wenn der Eisdrache sein großes Maul öffnete und ausatmete, dann strömte kein Feuer heraus, nicht der brennende, schweflige Gestank von geringeren Drachen.

Der Eisdrache atmete *Kälte.*

Wenn er atmete, bildete sich Eis. Wärme floh. Feuer versiegten und erloschen, vom Frost besiegt. Bäume gefroren bis in ihre geheimen Seelen hinein, und ihre Zweige wurden spröde und brachen unter ihrem eigenen Gewicht. Tiere wurden blau und wimmerten und starben. Ihre Augen traten ihnen aus dem Kopf, und ihre Haut wurde von Frost bedeckt.

Der Eisdrache atmete Tod in die Welt; Tod und Stille und *Kälte.* Aber Adara fürchtete sich nicht. Sie war ein Winterkind, und der Eisdrache war ihr Geheimnis.

Sie hatte ihn tausende Male am Himmel gesehen. Als sie vier war, sah sie ihn zum ersten Mal auf der Erde.

Sie war draußen und baute an ihrem Schneeschloss, und er kam und landete nahe bei ihr auf der Leere der schneebedeckten Felder. Die ganzen Eiseidechsen liefen davon. Adara blieb einfach stehen. Der Eisdrache blickte sie für zehn lange Herzschläge an, bevor er sich wieder in die Lüfte erhob. Der Wind pfiff um sie herum und durch sie hindurch, als er mit den Flügeln schlug, um in die Luft zu steigen, aber Adara fühlte sich seltsam frohgemut.

Später in diesem Winter kehrte er zurück, und Adara berührte ihn. Seine Haut war sehr kalt. Sie zog trotzdem ihren Handschuh aus. Sonst wäre es nicht richtig gewesen. Sie hatte ein wenig Angst, dass er bei ihrer Berührung verbrennen und schmelzen würde, aber das tat er nicht. Irgendwie wusste Adara, dass er noch viel empfindlicher für

Hitze war als die Eiseidechsen. Aber sie war etwas Besonderes. Sie war das Winterkind, sie war kühl. Sie streichelte ihn und gab schließlich seinem Flügel einen Kuss, der ihre Lippen schmerzte. Das war im Winter ihres vierten Geburtstages, das Jahr, in dem sie den Eisdrachen berührte.

Der Winter ihres fünften Geburtstages war das Jahr, in dem sie das erste Mal auf ihm ritt.

Er fand sie, als sie an einer anderen Stelle in den Feldern an einem anderen Schloss arbeitete. Wie immer war sie allein. Sie sah ihn kommen, lief zu ihm, als er landete, und presste sich an ihn. Das war nach dem Sommer, in dem sie das Gespräch ihres Vaters mit Hal gehört hatte.

Sie standen für viele Minuten so beieinander, bis sich Adara schließlich an Hal erinnerte, ihre kleine Hand ausstreckte und an dem Drachenflügel zupfte. Und der Drache schlug einmal mit seinen großen Flügeln und breitete sie dann flach auf dem Schnee aus, und Adara kletterte hinauf, um ihre Arme um seinen kalten, weißen Hals zu schlingen.

Und dann flogen sie das erste Mal zusammen.

Sie hatte kein Geschirr oder eine Peitsche, wie sie die Drachenreiter des Königs benutzten. Manchmal drohte das Schlagen der Flügel, sie abzuschütteln, und die Kälte des Drachenfleisches kroch durch ihre Kleidung und biss und betäubte ihr eigenes Fleisch. Aber Adara hatte keine Angst.

Sie flogen über den Hof ihres Vaters, und sie sah den erschrockenen und ängstlichen Geoff unter sich, der sehr klein aussah. Sie wusste, dass er sie nicht sehen konnte. Darüber musste sie lachen, und es war ein eisiges, klingelndes Lachen, das so hell und frisch war wie die Winterluft.

Sie flogen über den Gasthof am Kreuzweg hinweg, wo viele Menschen herauskamen, um sie vorbeifliegen zu sehen.

Sie flogen über den Wald dahin, der ganz weiß und grün und still war.

Sie flogen hoch in den Himmel hinauf, so hoch, dass Adara nicht einmal mehr die Erde unter sich sehen konnte. Einmal glaubte sie in der Ferne kurz einen zweiten Eisdrachen zu sehen, aber er war bei weitem nicht so groß wie *ihrer*.

Sie flogen fast den ganzen Tag lang, und schließlich kehrte der Drache in einem weiten Bogen um und senkte sich in einer großen Spirale zum Boden hinab, glitt auf seinen steifen, glänzenden Flügeln dahin. Er ließ sie kurz nach der Abenddämmerung auf dem Feld absteigen, von dem sie gestartet waren.

Ihr Vater fand sie dort, und er weinte, als er sie sah, und umarmte sie heftig. Adara verstand das nicht – und auch nicht, warum er sie schlug, als er sie nach Hause gebracht hatte. Aber als sie und Geoff ins Bett gebracht worden waren, hörte sie, wie ihr Bruder aus seinem Bett schlüpfte und zu ihr herübertapste. »Du hast alles verpasst«, sagte er. »Es war ein Eisdrache hier und hat alle erschreckt. Vater hatte Angst, dass er dich gefressen hätte.«

Adara lächelte in der Dunkelheit vor sich hin, aber sie sagte nichts.

Sie flog in diesem Winter noch viermal mit dem Eisdrachen, und auch in jedem folgenden Winter. In jedem Jahr flog sie weiter und öfter als beim vorherigen Mal, und der Eisdrache wurde immer häufiger über ihrem Hof am Himmel gesichtet.

Jeder Winter war länger und kälter als der vorhergegangene.

In jedem Jahr kam das Tauwetter später.

Und manchmal gab es Stellen auf dem Boden – dort, wo der Eisdrache sich zur Rast niedergelassen hatte –, die niemals so richtig aufzutauen schienen.

Während ihres sechsten Jahres gab es viel Gerede im Dorf, und es wurde ein Bote zum König geschickt. Es kam niemals eine Antwort.

»Eisdrachen sind eine üble Sache«, sagte Hal, als er den Hof in diesem Sommer besuchte. »Wisst ihr, sie sind nicht wie richtige Drachen. Man kann sie nicht zureiten oder ausbilden. Es gibt Geschichten über Leute, die es versucht haben und die man später erfroren mit Peitsche und Geschirr in den Händen gefunden hat. Ich habe von anderen Leuten gehört, die Hände oder Finger verloren haben, nur weil sie einen von ihnen berührt haben. Sie sind ihnen abgefroren. Ja, eine üble Sache.«

»Warum tut dann der König nichts?«, wollte ihr Vater wissen. »Wir haben ihm eine Botschaft gesandt. Wenn wir das Biest nicht töten oder verjagen können, haben wir in ein oder zwei Jahren überhaupt keine Pflanzzeit mehr.«

Hal lächelte grimmig. »Der König hat andere Sorgen. Der Krieg verläuft nicht gut, musst du wissen. Sie rücken in jedem Sommer weiter vor, und sie haben doppelt so viele Drachenreiter wie wir. Ich sage dir, John, es ist die Hölle dort. Eines Tages werde ich nicht mehr zurückkommen. Der König kann wahrlich keinen Mann entbehren, um einen Eisdrachen zu jagen.« Er lachte. »Außerdem glaube ich, dass noch nie jemand eines von diesen Dingern getötet hat. Vielleicht sollten wir einfach dem Feind diese ganze Provinz überlassen. Dann wäre es *sein* Eisdrache.«

Aber das wäre er nicht, dachte Adara, die zuhörte. Egal welcher König das Land regierte, es würde immer *ihr* Eisdrache sein.

Hal reiste ab, und der Sommer kam und ging. Adara zählte die Tage bis zu ihrem Geburtstag. Hal kam noch einmal vorbei, bevor die Nächte kühl wurden, als er seinen hässlichen Drachen für den Winter in den Süden brachte. Sein Geschwader wirkte jedoch deutlich geschrumpft, als es in diesem Herbst über dem Wald auftauchte, und sein Besuch war kürzer als üblich und endete in einem lauten Streit zwischen ihm und ihrem Vater.

»Sie werden sich während des Winters nicht rühren«, sagte Hal. »Das Gelände ist dann zu tückisch, und sie werden keinen Vorstoß riskieren, bei dem sie nicht von oben durch Drachenreiter gedeckt werden können. Aber wenn der Frühling kommt, werden wir nicht mehr in der Lage sein, sie aufzuhalten. Möglicherweise wird es der König gar nicht erst versuchen. Verkaufe den Hof jetzt, so lange du noch einen guten Preis dafür bekommen kannst. Du kannst dir im Süden ein neues Stück Land kaufen.«

»*Dies* ist mein Land«, sagte ihr Vater. »Ich bin hier geboren worden. Genau wie du, obwohl du das anscheinend vergessen hast. Unsere Eltern wurden hier begraben. Und auch Beth. Ich möchte neben ihr liegen, wenn ich einmal sterbe.«

»Du wirst um einiges schneller sterben, als dir lieb ist, wenn du nicht auf mich hörst«, sagte Hal wütend. »Sei nicht dumm, John. Ich weiß, was das Land dir bedeutet, aber es ist nicht so viel wert wie dein Leben.« Er redete weiter und immer weiter, aber ihr Vater war unbeirrbar. Der Abend endete damit, dass sie sich anfluchten, und Hal verließ sie mitten in der Nacht und knallte die Tür hinter sich zu, als er ging.

Adara, die zugehört hatte, traf eine Entscheidung. Was immer auch ihr Vater tat oder nicht tat, sie würde bleiben. Wenn sie fortging, würde der Eisdrache nicht wissen, wo er sie finden konnte. Und wenn sie zu weit in den Süden zogen, würde er überhaupt nicht mehr zu ihr kommen können.

Hier jedoch konnte er kommen, und er kam kurz nach ihrem siebten Geburtstag zu ihr. Jener Winter war der kälteste von allen. Sie flog so oft und so weit mit ihm, dass sie kaum noch Zeit hatte, an ihrem Eisschloss zu bauen.

Hal kam im Frühling wieder. Es waren nur ein Dutzend Drachen in seinem Geschwader, und in diesem Jahr brachte er keine Geschenke mit. Er und ihr Vater stritten sich wieder. Hal tobte, bat und drohte, aber ihr Vater blieb felsenfest. Schließlich verließ Hal sie, er musste zu den Schlachtfeldern.

Das war das Jahr, in dem die Linien des Königs durchbrochen wurden, im Norden, bei irgendeiner Stadt mit einem langen Namen, den Adara nicht aussprechen konnte.

Teri hörte als Erste davon. Sie kam eines Abends ganz aufgeregt aus dem Gasthof zurück. »Ein Bote hat auf seinem Weg zum König Rast gemacht«, erzählte sie ihnen. »Der Feind hat eine große Schlacht gewonnen, und er soll um Verstärkung ersuchen. Er sagt, dass unsere Armee auf dem Rückzug sei.«

Ihr Vater runzelte die Stirn, und es bildeten sich Sorgenfalten auf seinem Gesicht. »Hat er irgendetwas über die königlichen Drachenreiter gesagt?« Streit oder nicht, Hal gehörte zur Familie.

»Ich habe danach gefragt«, sagte Teri. »Er sagt, die Drachenreiter wären die Nachhut. Sie sollen Angriffe fliegen und möglichst viel verbrennen und den Feind so lange aufhalten, dass unsere Armee sich sicher zurückziehen kann. Oh, ich hoffe nur, dass Onkel Hal in Sicherheit ist!«

»Hal wird es ihnen zeigen«, sagte Geoff. »Er und Schwefel werden sie alle verbrennen.«

Ihr Vater lächelte. »Hal konnte immer selbst auf sich aufpassen. Auf jeden Fall gibt es nichts, was wir tun können. Teri, wenn noch mehr Boten kommen, dann frage sie, wie es steht.«

Sie nickte, und ihre Sorge konnte ihre Aufregung nicht ganz überdecken. Es war alles so spannend.

In den folgenden Wochen verklang diese prickelnde Spannung, als die Menschen das Ausmaß der Katastrophe zu begreifen begannen. Die königliche Landstraße wurde immer belebter. Der ganze Verkehr floss von Norden nach Süden, und alle Reisenden trugen Grün und Gold. Am Anfang marschierten die Soldaten in disziplinierten Kolonnen und wurden von Offizieren angeführt, die goldene Helme trugen, aber selbst zu dieser Zeit wirkte ihr Antlitz nicht besonders ermutigend. Die Kolonnen marschierten müde dahin, und die Uniformen waren verdreckt und zerrissen, während die Schwerter, Piken und Äxte, die die Soldaten trugen, eingekerbt und oft auch fleckig waren. Einige der Männer hatten ihre Waffen verloren; sie humpelten blindlings mit leeren Händen vorbei. Und die Wagenzüge mit den Verwundeten waren häufig länger als die Marschkolonnen selbst. Adara stand oft neben der Straße im Gras und sah zu, wie sie vorbeizogen. Sie sah, wie ein Mann, der keine Augen mehr hatte, einen anderen stützte, der ein Bein verloren hatte. Sie sah Männer ohne Beine oder ohne Arme oder ohne beides. Sie sah einen Mann, dessen Kopf von einer Axt gespalten worden war, und viele Männer, die mit getrocknetem Blut und Dreck bedeckt waren, Männer, die leise vor sich hin stöhnten, während sie vorbeiwankten. Sie roch Männer, deren Körper schrecklich grün und aufgedunsen waren. Einer von diesen starb und wurde am Straßenrand zurückgelassen. Adara erzählte es ihrem Vater, und er kam mit ein paar Männern aus dem Dorf und begrub ihn.

Am häufigsten aber sah Adara die verbrannten Männer. In jeder Kolonne, die vorbeizog, gab es Dutzende von ihnen. Männer, deren Haut schwarz und verschmort war und die in Fetzen herabhing, Männer, die einen Arm, ein Bein oder die Hälfte ihres Gesichtes an den heißen Atem eines Drachen verloren hatten. Teri berichtete ihnen, was die Offiziere sagten, wenn sie beim Gasthof Halt machten, um zu trinken oder zu rasten; der Feind hatte viele, viele Drachen.

Fast einen ganzen Monat lang strömten die Kolonnen vorbei, und es wurden jeden Tag mehr. Selbst die Alte Laura gab zu, dass sie noch niemals so viel Verkehr auf der Straße gesehen hatte. Von Zeit zu Zeit ritt ein einsamer Bote in die

Richtung, aus der der Strom kam, aber immer galoppierte er alleine in den Norden. Nach einiger Zeit wusste jeder, dass es keine Verstärkung geben würde.

Ein Offizier aus einer der letzten Kolonnen riet den Leuten der Gegend, alles zusammenzuraffen, was sie tragen konnten, und nach Süden zu ziehen. »Sie kommen«, warnte er sie. Einige hörten auf ihn, und eine Woche lang war die Straße tatsächlich voll von Flüchtlingen aus Städten, die weiter im Norden lagen. Einige von ihnen erzählten schreckliche Geschichten. Als sie gingen, folgten ihnen immer mehr der Leute aus dem Dorf.

Aber die meisten blieben. Es waren Leute wie ihr Vater, und das Land war in ihrem Blut.

Das letzte organisierte Militär, das die Straße entlang kam, war eine heruntergekommene Kavallerieabteilung. Die Männer waren abgemagert wie Skelette, und sie ritten auf Pferden, deren Haut sich über ihren Rippen spannte. Sie donnerten in der Nacht vorüber, ihre Tiere schäumten und keuchten, und der Einzige, der Halt machte, war ein bleicher junger Offizier, der sein Pferd kurz zügelte und ihnen zurief: »Geht, geht! Sie verbrennen alles!« Dann war er fort und eilte seinen Leuten nach.

Die wenigen Soldaten, die danach kamen, waren alleine oder in kleinen Grüppchen. Sie benutzten nicht immer die Straße, und sie bezahlten nicht für die Dinge, die sie sich nahmen. Ein Schwertkämpfer tötete einen Bauern auf der anderen Seite des Ortes, vergewaltigte seine Frau, raubte sein Geld und lief davon. Seine Lumpen waren grün und golden.

Dann kam überhaupt niemand mehr. Die Straße war verlassen.

Der Gastwirt behauptete, er könne Asche riechen, wenn der Wind aus dem Norden blies. Er nahm seine Familie und ging in den Süden. Teri war unglücklich. Geoff lief mit großen Augen herum und war aufgeregt und hatte nur wenig Angst. Er stellte tausend Fragen über den Feind und machte Übungen, um zu einem Krieger zu werden. Ihr Vater ging seinen Arbeiten nach und war so beschäftigt wie immer. Krieg oder nicht, er hatte Korn auf den Feldern stehen. Er lächelte jedoch weniger als sonst, und er begann zu trinken, und Adara sah ihn häufig zum Himmel hinaufschauen, während er arbeitete.

Adara wanderte oft alleine über die Felder, spielte in der feuchten Sommerhitze ganz für sich und überlegte sich, wo sie sich verbergen würde, wenn ihr Vater versuchen sollte, sie alle hier wegzubringen.

Als Letzte von allen kamen die königlichen Drachenreiter, und mit ihnen auch Hal.

Es waren nur vier von ihnen. Adara sah den Ersten und ging, es ihrem Vater zu sagen, und er legte ihr die Hand auf die Schulter, und gemeinsam schauten sie zu, wie er vorbeiflog, ein einzelner grüner Drache, der irgendwie zerzaust aussah. Er machte bei ihnen keinen Halt.

Zwei Tage später kamen drei Drachen in Sicht, die gemeinsam flogen, und einer von ihnen trennte sich von seinen Begleitern und ließ sich in weiten Kreisen zu ihrem Bauernhof herab, während die anderen beiden weiter nach Süden flogen.

Onkel Hal war dünn, grimmig und bleich. Sein Drache sah krank aus. Die Augen des Lindwurms tränten, und einer seiner Flügel war teilweise verbrannt worden, sodass er nur mit Mühe und auf eine ungeschickte, schwerfällige Art flog. »Wirst du jetzt gehen?«, fragte Hal seinen Bruder vor all seinen Kindern.

»Nein. Es hat sich nichts geändert.«

Hal fluchte. »Sie werden innerhalb von drei Tagen hier sein«, sagte er. »Ihre Drachenreiter werden vielleicht sogar noch früher kommen.«

»Vater, ich habe Angst«, sagte Teri.

Er blickte sie an, sah ihre Furcht, zögerte und wandte sich schließlich wieder seinem Bruder zu. »Ich bleibe. Aber nimm die Kinder mit, wenn du kannst.«

Jetzt war es an Hal, innezuhalten. Er dachte einen Augenblick nach und schüttelte dann den Kopf. »Das kann ich nicht, John. Ich würde es liebend gern tun, wenn es möglich wäre. Aber das ist es nicht. Schwefel ist verwundet. Er ist kaum in der Lage, mich alleine zu tragen. Wenn ich ihm zusätzliches Gewicht aufbürde, schaffen wir es vielleicht überhaupt nicht.«

Teri begann zu weinen.

»Es tut mir Leid, Liebes«, sagte Hal zu ihr. »Das tut es mir wirklich.« Seine Fäuste ballten sich in hilfloser Verzweiflung.

»Teri ist fast erwachsen«, sagte ihr Vater. »Wenn ihr Gewicht zu groß ist, dann nimm eines der anderen Kinder mit.«

Die Brüder sahen sich mit Verzweiflung in den Augen an. Hal bebte. »Adara«, sagte er schließlich. »Sie ist klein und leicht.« Er zwang sich zu einem Lächeln. »Sie wiegt fast überhaupt nichts. Ich werde Adara mitnehmen. Der Rest von euch nimmt Pferde oder einen Wagen oder geht zu Fuß. Aber geht, verdammt noch mal, *geht.*«

»Wir werden sehen«, sagte ihr Vater unverbindlich. »Du nimmst Adara und bringst sie für uns in Sicherheit.«

»Ja«, stimmte Hal zu. Er wandte sich um und lächelte sie an. »Komm, mein Kind. Onkel Hal nimmt dich mit auf einen Ritt auf Schwefel.«

Adara blickte ihn sehr ernst an. »Nein«, sagte sie. Sie drehte sich um, schlüpfte durch die Tür und begann zu laufen.

Sie folgten ihr natürlich. Hal und ihr Vater und sogar Geoff. Aber ihr Vater vergeudete Zeit damit, an der Tür stehen zu bleiben und ihr nachzurufen, sie solle zurückkommen.

Als er schließlich begann, ihr nachzulaufen, war er schwerfällig und langsam, während Adara wirklich klein und leicht und sehr flink war. Hal und Geoff hielten länger mit ihr mit, aber Hal war geschwächt, und Geoff geriet schon bald außer Atem, obgleich er ihr ein paar Augenblicke lang dicht auf den Fersen gewesen war. Zu dem Zeitpunkt, als sie das erste Weizenfeld erreicht hatte, waren die drei bereits weit zurückgeblieben. Sie tauchte schnell in dem Getreide unter, und die anderen suchten stundenlang vergeblich nach ihr, während sie sich vorsichtig auf den Wald zubewegte.

Als die Nacht hereinbrach, holten sie Laternen und Fackeln und setzten die Suche fort. Von Zeit zu Zeit hörte sie ihren Vater fluchen, oder sie vernahm Hal, der ihren Namen rief. Sie blieb hoch oben in dem Gezweig der Eiche sitzen, auf die sie geklettert war, und lächelte zu den Lichtern der Suchenden, als sie die Felder immer wieder durchkämmten. Schließlich schlief sie ein und träumte vom Einbruch des Winters, und sie fragte sich, wie sie wohl bis zu ihrem Geburtstag überleben sollte. Er war noch weit entfernt.

Die Morgendämmerung weckte sie; die Dämmerung und ein Geräusch am Himmel.

Adara gähnte und blinzelte, dann hörte sie es wieder. Sie kletterte den höchsten Ast des Baumes hinauf, so weit, wie er sie noch tragen konnte, und schob die Blätter beiseite.

Am Himmel waren Drachen.

Sie hatte noch niemals Tiere wie diese gesehen. Ihre Schuppen waren dunkel und rußig, nicht grün, wie die des Drachen, den Hal ritt. Einer war rostfarben, ein anderer hatte den Farbton getrockneten Blutes, und ein dritter war schwarz wie Pech. Alle hatten Augen, die wie glühende Kohlen leuchteten, und aus ihren Nüstern strömte Rauch. Ihre Schwänze peitschten hin und her, während ihre dunklen, ledrigen Flügel die Luft durchschnitten. Der Rostfarbene öffnete sein Maul und brüllte, und der Wald erbebte unter seiner Herausforderung. Selbst der Ast, auf dem Adara saß, zitterte ein wenig. Auch der Schwarze machte ein Geräusch, und als er seinen Rachen offnete, schoss ein orangefarbener und blauer Flammenspeer heraus und versengte die Bäume unter ihm. Blätter schrumpften zusammen und wurden schwarz, und Rauch stieg von jenen Stellen auf, die der Drachenatem erreicht hatte. Das Tier, das die Farbe von Blut hatte, flog dicht über ihrem Kopf entlang, seine straff gespannten Flügel knarrten und sein Maul war halb geöffnet. Zwischen seinen gelben Zähnen sah Adara Ruß und Asche, und der Wind, den sein Vorbeiflug erzeugte, scheuerte wie Feuer und Sandpapier über ihre Haut. Sie zuckte zurück.

Auf den Rücken dieser Drachen ritten Männer mit Peitschen und Lanzen, die schwarz-orangene Uniformen trugen und deren Gesichter unter dunklen Helmen verborgen waren. Der Reiter des rostfarbenen Drachen machte Zeichen mit seiner Lanze und deutete auf den Bauernhof jenseits der Felder. Adara schaute hinüber.

Hal stieg auf, um sich ihnen entgegenzustellen.

Sein grüner Drache war ebenso groß wie die ihren, aber irgendwie sah er für Adara klein aus, als sie zusah, wie er vom Bauernhof abhob. Bei vollständig ausgestreckten Flügeln war deutlich zu erkennen, wie schwer er verletzt war; die rechte Flügelspitze war verkohlt, und er neigte sich beim Fliegen stark nach einer Seite. Hal sah auf seinem Rücken wie einer der winzigen Spielzeugsoldaten aus, die er den Kindern vor Jahren als Geschenke mitgebracht hatte.

Die feindlichen Drachenreiter teilten sich und kamen von drei Seiten auf ihn zu. Hal sah, was sie taten. Er versuchte zu wenden, sich direkt auf den schwarzen Drachen zu stürzen und den anderen zu entkommen. Seine Peitsche zuckte heftig, fast verzweifelt. Sein grüner Drachen öffnete das Maul und brüllte eine schwache Herausforderung, aber seine Flamme war bleich und kurz und erreichte den näher kommenden Feind nicht.

Die anderen hielten sich zunächst zurück. Dann spuckten ihre Drachen auf ein Signal hin gleichzeitig ihr Feuer. Hal wurde in Flammen getaucht.

Sein Drachen gab ein hohes, jaulendes Geräusch von sich, und Adara sah, dass er brannte, dass Hal brannte, dass beide brannten, Drache wie Reiter. Sie fielen wie ein Stein zu Boden und lagen rauchend inmitten des Weizens ihres Vaters.

Die Luft war voller Asche.

Adara bog den Hals zur anderen Seite und sah eine Rauchsäule, die hinter dem Wald und dem Fluss aufstieg. Das war der Hof, auf dem die Alte Laura und ihre Großkinder und *deren* Kinder lebten.

Als sie wieder zurückblickte, kreisten die drei Drachen immer niedriger über ihrem eigenen Bauernhof. Einer nach dem anderen landeten sie. Sie sah, wie der erste Reiter abstieg und auf ihre Tür zuschlenderte.

Adara war verängstigt und verwirrt und schließlich erst sieben Jahre alt. Und die schwere Luft des Sommers lastete auf ihr und erfüllte sie mit Hilflosigkeit und verstärkte all ihre Ängste. Daher tat Adara – ohne nachzudenken – das Einzige, was sie tun konnte, etwas, das ihr völlig selbstverständlich erschien. Sie rannte durch die Felder und durch den Wald, weg von dem Bauernhof, ihrer Familie und den Drachen, weg von allem. Sie rannte immer in Richtung des Flusses, bis ihre Beine vor Schmerzen pochten. Sie rannte zu dem kältesten Ort, den sie kannte, zu einem kühlen Unterschlupf, zu Dunkelheit und Sicherheit.

Und dort verbarg sie sich in der Kälte. Adara war ein Winterkind, und Kälte machte ihr nichts aus. Aber selbst dort, in ihrem Versteck, zitterte sie noch immer.

Der Tag wurde von der Nacht abgelöst. Adara verließ ihre Höhle nicht.

Sie versuchte zu schlafen, aber ihre Träume waren voller brennender Drachen.

Sie machte sich ganz klein, als sie in der Dunkelheit lag, und versuchte abzuzählen, wie viele Tage es noch bis zu ihrem Geburtstag waren. Die Höhle war angenehm kühl; Adara konnte sich fast einbilden, dass es überhaupt nicht Sommer war, sondern Winter – oder zumindest kurz vor Anbruch des Winters. Bald würde ihr Eisdrache zu ihr kommen, und sie würde auf seinem Rücken in das Land des Immerwährenden Winters fliegen, wo große Eisschlösser und Kathedralen aus Schnee für alle Ewigkeiten in endlosen weißen Feldern standen, und wo überall Stille und Schweigen war.

Es fühlte sich fast wie der Winter an, als sie dort lag. Es schien, dass die Höhle immer kälter und kälter wurde. Sie fühlte sich dadurch sicher. Sie nickte kurz ein. Als sie aufwachte, war es noch kälter geworden. Eine weiße Schicht aus Frost bedeckte die Höhlenwände, und sie saß auf einem Bett aus Eis. Adara sprang auf die Füße und blickte zum Höhleneingang, der in ein bleiches Dämmerlicht getaucht war. Ein kalter Wind umschmeichelte sie. Aber er kam von draußen, aus der Welt des Sommers, und überhaupt nicht aus den Tiefen der Höhle.

Sie stieß einen leisen Freudenschrei aus und kroch und kletterte über die eisbedeckten Felsen.

Draußen wartete der Eisdrache auf sie.

Er hatte auf das Wasser geatmet, und jetzt war der Fluss gefroren, obwohl man erkennen konnte, dass das Eis schnell dahinschmolz, während die Sommersonne aufging. Er hatte auf das grüne Gras geatmet, das am Ufer wuchs und das so hoch war wie Adara, und jetzt waren die Halme weiß und spröde, und als der Eisdrache seine Flügel bewegte, zerbrach das Gras und fiel zu Boden. Es wurde so sauber gestutzt, als wäre es von einer Sense abgemäht worden.

Die eisigen Augen des Drachen blickten in die von Adara, und sie lief zu ihm, kletterte seinen Flügel hinauf und warf die Arme um ihn. Sie wusste, dass sie sich beeilen musste. Der Eisdrache wirkte kleiner als sonst, und sie erkannte, dass ihm die Hitze des Sommers dies antat.

»Schnell, Drache«, flüsterte sie. »Bring mich weg, bring mich zum Land des Immerwährenden Winters. Wir werden niemals hierher zurückkommen, niemals. Ich werde für dich das allerschönste Schloss bauen, und ich werde mich um dich kümmern und jeden Tag mit dir fliegen. Nur bring mich hier weg, Drache, bring mich zu dir nach Hause.«

Der Eisdrache hörte sie und verstand. Seine großen, durchsichtigen Flügel breiteten sich aus und begannen zu schlagen, und eisige arktische Winde heulten durch die Sommerfelder. Sie stiegen auf. Weg von der Höhle. Weg von dem Fluss. Über den Wald. Höher und höher. Der Eisdrache schwenkte nach Norden. Adara erhaschte einen Blick auf den Hof ihres Vaters, aber er war sehr klein und wurde immer winziger. Sie wandten ihm den Rücken zu und glitten davon.

Dann erreichte ein Geräusch Adaras Ohren. Ein unmögliches Geräusch, das zu leise und zu weit entfernt war, als dass sie es gehört haben konnte, vor allem über die Flügelschläge des Eisdrachen hinweg. Aber sie hörte es trotz allem. Sie hörte die Schreie ihres Vaters.

Heiße Tränen rannen ihre Wangen hinab, und wo sie auf den Rücken des Eisdrachen fielen, brannten sie kleine Pockennarben in den Frost. Plötzlich war die Kälte beißend unter ihren Händen, und als sie eine Hand wegzog, konnte sie den Abdruck sehen, den sie auf dem Hals des Drachen zurückgelassen hatte. Sie hatte Angst, aber noch immer klammerte sie sich fest. »Kehr um«, wisperte sie. »O *bitte*, Drache. Bring mich zurück.«

Sie konnte die Augen des Drachen nicht sehen, aber sie wusste, wie sie aussehen würden. Sein Maul öffnete sich und stieß eine blau-weiße Wolke aus, einen langen, kalten Strom, der in der Luft hing. Er gab keinen Ton von sich; Eisdrachen sind still. Aber in ihrem Geist hörte Adara sein trauriges Wehklagen.

»Bitte«, wisperte sie noch einmal. »Hilf mir.« Ihre Stimme war dünn und brüchig.

Der Eisdrache kehrte um.

Die drei dunklen Drachen standen vor dem Stall, als Adara zurückkehrte, und machten sich über die verbrannten Kadaver des Viehs ihres Vaters her. Einer der Drachenreiter stand bei ihnen, lehnte sich auf seine Lanze und stieß seinen Drachen von Zeit zu Zeit an.

Als der kalte Windstoß über die Felder pfiff, blickte er auf, schrie etwas und rannte zu dem schwarzen Drachen. Das Tier riss einen letzten Fleischbrocken aus dem Pferd ihres Vaters, schluckte und erhob sich dann widerstrebend in die Lüfte. Der Reiter ließ seine Peitsche knallen.

Adara sah, wie die Tür des Hauses aufgerissen wurde. Die anderen beiden Reiter stürmten heraus und rannten zu ihren Drachen. Einer von ihnen zog im Laufen seine Hose hoch. Er war bis zur Hüfte nackt.

Der schwarze Drache brüllte, und sein Feuer schoss zu ihnen hoch. Adara spürte die versengende Hitze, und ein Schaudern durchzuckte den Eisdrachen, als die Flammen über seinen Bauch tanzten. Dann drehte er seinen langen Hals herum, richtete seine unheilvoll leeren Augen auf den Feind und öffnete seine frostbedeckten Kiefer. Zwischen seinen eisigen Zähnen strömte sein Atem heraus, und dieser Atem war bleich und kalt.

Er berührte den linken Flügel des pechschwarzen Drachen. Das schwarze Tier gab einen schrillen Schmerzensschrei von sich, und als es wieder mit den Flügeln schlug, brach die frostbedeckte Schwinge entzwei. Drache und Drachenreiter begannen hinabzufallen.

Der Eisdrache atmete erneut.

Sie waren gefroren und tot, bevor sie auf dem Boden aufschlugen.

Der rostfarbene Drache und der mit der Farbe von Blut, auf dem der nacktbrüstige Reiter saß, flogen auf sie zu. Adaras Ohren waren erfüllt von ihrem zornigen Gebrüll, und sie konnte um sich her ihren heißen Atem spüren. Sie sah, wie die Luft vor Hitze flimmerte und roch den Gestank des Schwefels.

Zwei lange Schwerter aus Feuer kreuzten sich in der Luft, aber keines von ihnen berührte den Eisdrachen, obgleich er in der Hitze zusammenzuckte und Wasser wie Regen von seinen Flügeln strömte, wenn er mit ihnen schlug.

Der blutfarbene Drache flog zu dicht heran, und der Atem des Eisdrachen umhüllte den Reiter. Seine nackte Brust wurde vor Adaras Augen blau, Feuchtigkeit bildete sich und bedeckte ihn in Windeseile mit Frost. Er schrie und starb. Er fiel von seinem Reittier, obwohl sein Halfter zurückblieb – es war am Hals des Drachen festgefroren. Der Eisdrache flog noch näher heran, und seine Flügel sangen das geheime Lied des Winters. Und dann traf ein Flammenstrahl den Strahl aus Kälte. Der Eisdrache schauderte erneut und zuckte tropfend zurück. Der andere Drache starb.

Der letzte Drachenreiter war jetzt hinter ihnen. Der Feind saß in voller Rüstung auf dem Drachen, dessen Schuppen die braune Farbe des Rostes hatten. Adara schrie, und noch während sie dies tat, umhüllte das Feuer den Flügel des Eisdrachen. Es war nach einem kurzen Augenblick verschwunden – aber das war auch der Flügel: Er war geschmolzen, zerstört.

Der verbliebene Flügel des Eisdrachen schlug wild, um ihren Sturz zu verlangsamen, aber sie schlugen trotzdem mit einem heftigen Schlag auf der Erde auf. Die Beine des Drachen zersplitterten unter ihm, und sein Flügel brach an zwei

Stellen, während Adara durch den Aufprall weggeschleudert wurde. Sie fiel auf die weiche Erde des Feldes und überschlug sich. Als sie sich wieder auf die Beine kämpfte, war sie am ganzen Körper zerschlagen, aber nicht ernstlich verletzt.

Der Eisdrache sah jetzt sehr klein aus. Sein langer Hals sank erschöpft zu Boden, und sein Kopf lag im Weizen.

Der feindliche Drachenreiter glitt heran und brüllte seinen Triumph heraus. Die Augen seines Drachen brannten düster. Der Mann schwenkte seine Lanze und schrie etwas.

Der Eisdrache hob noch einmal schmerzlich seinen Kopf und gab den einzigen Laut von sich, den Adara jemals von ihm gehört hatte: Einen schrecklichen dünnen Schrei voller Melancholie, wie das Geräusch, das der Nordwind macht, wenn er um die Türme und Befestigungsanlagen des weißen Schlosses streift, das verlassen im Land des Immerwährenden Winters steht.

Als der Schrei verklang, schickte der Eisdrache ein letztes Mal Kälte in die Welt: einen langen, rauchenden, blauweißen Strom der Kälte, der voller Schnee und Stille war und das Ende aller lebenden Wesen in sich trug. Der Drachenreiter flog direkt hinein, während er noch immer Peitsche und Lanze schwenkte. Adara sah, wie er zu Boden krachte.

Dann begann sie zu laufen, weg von den Feldern, zurück zum Haus und ihrer Familie. Sie rannte so schnell sie konnte, sie rannte und keuchte und weinte dabei die ganze Zeit, wie es eine Siebenjährige tut.

Ihr Vater war an die Schlafzimmerwand genagelt worden. Er hatte zusehen sollen, während sie sich nacheinander über Teri hermachten. Adara wusste nicht, was zu tun war, aber sie band Teri los, deren Tränen mittlerweile getrocknet waren, und sie befreiten Geoff, und dann holten sie ihren Vater herunter. Teri kümmerte sich um ihn und säuberte seine Wunden. Als sich seine Augen öffneten und er Adara sah, lächelte er. Sie umarmte ihn ganz fest und weinte um ihn.

Als die Nacht hereingebrochen war, sagte er, dass er jetzt erholt genug sei, um abzureisen. Sie schlichen sich im Schutze der Dunkelheit davon und folgten der königlichen Straße nach Süden.

In jenen Stunden der Dunkelheit und der Angst stellte ihre Familie keine Fragen. Aber später, als sie im Süden in Sicherheit waren, gab es endlose Fragen. Adara gab ihnen so gut sie konnte Antwort. Aber keiner von ihnen glaubte ihr, außer Geoff, und auch er tat es nicht mehr, als er älter wurde. Schließlich war sie erst sieben Jahre alt und verstand nicht, dass Eisdrachen niemals im Sommer gesehen wurden und dass man sie nicht reiten oder zähmen konnte.

Außerdem war kein Eisdrache zu sehen gewesen, als sie in jener Nacht das Haus verlassen hatten. Nur die riesigen dunklen Kadaver der drei Kriegsdrachen und die kleineren Leichen von drei Drachenreitern, die in schwarz-orangene Uniformen gekleidet waren. Und ein Teich, der zuvor nicht da gewesen war, ein kleiner, stiller Tümpel, dessen Wasser sehr kalt war. Sie waren vorsichtig um ihn herumgegangen, als sie sich auf den Weg zur Straße gemacht hatten.

Ihr Vater arbeitete drei Jahre lang für einen anderen Bauern im Süden. Seine Hände wurden niemals wieder so stark, wie sie gewesen waren, bevor man Nägel durch sie hindurch getrieben hatte, aber er machte dies mit der Stärke seines Rückens und seiner Arme wett – und durch seine Entschlossenheit. Er sparte, so viel er konnte, und schien glücklich zu sein. »Hal ist fort, und auch mein Land ist weg«, sagte er immer zu Adara, »und darüber bin ich traurig. Aber es ist alles in Ordnung. Ich habe meine Tochter zurück.« Denn der Winter war jetzt aus ihr verschwunden, und sie lächelte und lachte, ja, sie weinte sogar wie jedes andere kleine Mädchen.

Drei Jahre, nachdem sie geflohen waren, besiegte die Armee des Königs den Feind in einer großen Schlacht, und die königlichen Drachenreiter verbrannten die fremde Hauptstadt. In dem Frieden, der darauf folgte, wechselten die nördlichen Provinzen erneut den Besitzer. Teri hatte sich wieder gefangen und heiratete einen jungen Händler, mit dem sie im Süden blieb. Geoff und Adara kehrten mit ihrem Vater zu ihrem Bauernhof zurück.

Mit dem ersten Frost kamen die Eiseidechsen hervor, wie sie es immer getan hatten. Adara sah ihnen mit einem Lächeln zu und erinnerte sich daran, wie es früher gewesen war. Aber sie versuchte nicht, sie zu berühren. Es waren kalte und zerbrechliche kleine Lebewesen, und die Wärme ihrer Hände würde sie verletzen.

Über die Autoren

Marion Zimmer Bradley (1930–1999) erlangte mit dem Fantasy-Klassiker *Die Nebel von Avalon* Weltruhm. Erste Erzählungen veröffentlichte die US-Amerikanerin bereits 1952, und noch immer ist sie weltweit eine der bekanntesten und beliebtesten Autorinnen des Fantasy-Genres. Bis zu ihrem Tod trat sie nicht nur als Autorin, sondern auch als Herausgeberin und Förderin phantastischer Literatur in Erscheinung. Zu ihren Bestsellern gehören unter anderem *Die Erbin von Ruwenda* (2000) und der *Darkover*-Zyklus.

Lyon Sprague de Camp (1907–2000) hat als alleiniger Autor wie auch in Zusammenarbeit mit anderen ein umfangreiches Œuvre an Romanen und Erzählungen geschaffen. Er hat u.a. etliche Fortsetzungen zu dem von Robert E. Howard begonnenen *Conan*-Zyklus geschrieben. Zu seinen besten Arbeiten gehören einige Science-Fiction-Zeitreisegeschichten und die gemeinsam mit Fletcher Pratt verfassten Werke, darunter der fünfteilige *Harold-Shea*-Zyklus (1941–54) – Fantasy, wo der Held in verschiedene mythologische und literarische Welten gerät – und die *Geschichten aus Gavagans Bar* (1978).

Andy Duncan hat sieben Jahre lang als Zeitungsreporter und Redakteur in Greensboro (North Carolina) gearbeitet und ist jetzt Collegelehrer. Er begann in den späten Neunzigerjahren Science-Fiction und Fantasy zu schreiben und hat 2001 zwei World Fantasy Awards gewonnen – für die Erzählung »Beluthahatchie« und für sein erstes Buch *Andere Geschichten* (Other Stories, 2000).

Monika Felten, geboren 1965, lebt mit ihrer Familie in der Holsteinischen Schweiz, einem Landstrich, wo zwischen Wäldern, Seen und Hünengräbern immer noch Elfen und Feen ihr Wesen zu treiben scheinen. Für ihren Roman *Elfenfeuer* (2001) wurde sie mit dem Deutschen Phantastik Preis ausgezeichnet.

Esther M. Friesner heißt eigentlich Esther Mona Friesner-Stutzman, wurde 1951 geboren und lebt in Madison (Connecticut). Sie hat zahlreiche Romane geschrieben und ist eine der führenden Autorinnen auf dem Gebiet der humoristischen Fantasy, dazu gehören etwa der New-York-Zyklus oder der *Majyk*-Zyklus um einen Zauberlehrling. Einige andere von ihren Romanen zählen zur Science-Fiction und spielen nach einer weltweiten Katastrophe oder in alternativen Geschichtsabläufen. Für ihre Erzählung »Der Tod und die Bibliothekarin« (1994) erhielt sie einen Nebula Award.

Neil Gaiman (geb. 1960), früher Journalist, schrieb Kinderbücher, die Kult-Comicserie *Der Sandmann* und zusammen mit Terry Pratchett den Roman *Ein gutes Omen*. Sein erster eigenständiger phantastischer Roman *Niemalsland* etablierte den Engländer als Bestsellerautor. Zuletzt erschien von ihm bei Heyne der Roman *Sternwanderer* (2002). Neil Gaiman lebt mit seiner Familie in den Vereinigten Staaten.

Tom Godwin (1915–1980) wuchs im Westen der USA auf und war u.a. Goldsucher. Er hat drei Romane und rund dreißig Erzählungen geschrieben, die größtenteils ins Gebiet der Science-Fiction gehören, so auch seine berühmteste Geschichte »Die kalten Gleichungen« (1954). »Noch ehe die Rosen Dornen hatten« erschien im Jahre seines Todes und ist in seinem Schaffen eher eine Ausnahme.

Markus Heitz, geboren 1971, lebt und arbeitet im Saarland. Sein Debütroman *Schatten über Ulldart* (2002) wurde von der Kritik als die Neuentdeckung in der deutschen Fantasy gefeiert. Mittlerweile liegen alle fünf Bände seiner Saga um die Rückkehr der Dunklen Zeit vor. Heitz ist auch Autor erfolgreicher *Shadowrun*-Romane.

Bernhard Hennen (geb. 1966) ist einer der erfolgreichsten deutschen Fantasy-Autoren. Nach dem Studium der Germanistik, Geschichte und Vorderasiatischen Altertumskunde arbeitete er unter anderem als Radiomoderator und Journalist. Seine phantastischen und historischen Romane wurden mehrfach mit Preisen ausgezeichnet. Zuletzt erschien sein Doppelband *Im Schatten des Raben* (2003) und der *Gezeitenwelt*-Roman *Der Wahrträumer* (2002); auf dieser phantastischen Welt spielt auch die Erzählung »Eine Frage des Glaubens«.

Markolf Hoffmann, 1975 in Braunschweig geboren, studiert Geschichte und Literaturwissenschaft in Berlin. Mit 20 Jahren gewann er mit einer seiner Erzählungen einen Literaturwettbewerb. Neben seiner schriftstellerischen Tätigkeit und dem Studium engagiert er sich in Kurzfilmprojekten und ist Mitglied einer Berliner Band. Sein erster phantastischer Roman *Nebelriss* (2004) erscheint ebenfalls im Heyne Verlag.

Henry Kuttner (1914–1958) ist ein Klassiker der US-amerikanischen SF und Fantasy. Er hat – oft gemeinsam mit seiner Frau C.L. Moore – unter einer Vielzahl von Pseudonymen geschrieben, von denen manche, wie Lewis Padgett und Lawrence O'Donnell, lange Zeit bekannter als die richtigen Namen waren. In den Vierziger- und Fünfzigerjahren verfasste er eine große Anzahl von abenteuerlichen SF- und Fantasyromanen, seinen bleibenden Ruhm verdankt er jedoch seinen Erzählungen wie den Zyklen um den Erfinder Galloway Gallegher oder um die Mutanten-Familie der Hogbens.

Ursula K. Le Guin, geboren 1929 in Kalifornien, hat seit 1968 zahlreiche Romane und Erzählungen veröffentlicht. Ihr erfolgreichstes Werk ist zweifellos der *Erdsee*-Zyklus, der seit über dreißig Jahren Generationen von Lesern begeistert und zu Recht als Klassiker der Fantasy-Literatur gilt; Werke wie *Die linke Hand der Dunkelheit* (deutsch auch: *Winterplanet*) und *Planet der Habenichtse* haben einen festen Platz unter der besten SF aller Zeiten. Die Autorin ist für ihre Arbeit mit über 40 Preisen ausgezeichnet worden; ihre Science-Fiction- und Fantasy-Geschichten werden auf der ganzen Welt gelesen. Zuletzt erschienen ihr SF-Roman *Die Erzähler* (2000) sowie der fünfte und sechste *Erdsee*-Band: *Das Vermächtnis von Erdsee* (2001) und *Rückkehr nach Erdsee* (2002).

Swjatoslaw Loginow, 1951 in Ussurijsk im Fernen Osten Russlands geboren und langjähriges Mitglied des Phantastik-Seminars von Boris Strugatzki in Sankt Petersburg, ist einer der erfolgreichsten russischen Autoren von Science Fiction und Fantasy der spät- und nachsowjetischen Ära und hat auf diesem Gebiet zahlreiche Preise gewonnen, so für die (auch deutsch erschienene) Erzählung »Der Barbier« (1983) und allein vier verschiedene für den Roman *Der vielarmige Gott des Dalains* (1995). Ein Großteil seines Werkes gehört zur Fantasy, aber auch seine SF enthält des Öfteren Fantasy-Motive.

George R. R. Martin, Jahrgang 1948, veröffentlichte seine erste Science-Fiction-Geschichte 1971 und wurde anschließend vor allem mit originellen und eindringlichen Erzählungen rasch einer der erfolgreichsten amerikanischen Science-Fiction-Autoren, der mehrmals die wichtigsten Preise auf dem Gebiet – Hugo und Nebula Award – gewann. Seit den Achtzigerjahren hat er sich auch anderen phantastischen Genres wie der Fantasy zugewandt, für den Film gearbeitet und das Projekt *Wild Cards* gestartet, einen Zyklus thematisch zusammenhängender Romane und Erzählungen, an dem sich auch andere bekannte SF-Autoren beteiligten (deutsch sind zehn Bände erschienen). Zu seinen neuesten Arbeiten gehört der Fantasy-Zyklus *Ein Lied von Eis und Feuer* (A Song of Ice and Fire).

John Moressy (geb. 1930) ist US-Amerikaner und Englischprofessor. Er debütierte 1966 mit einem realistischen Gegenwartsroman, wandte sich in den Siebzigerjahren der Science-Fiction und in den Achtzigern der Fantasy zu. Ein Großteil seiner Fantasy gehört zu zwei Zyklen: dem eher düsteren *Eisenengel* (Iron Angel, vier Romane 1980–85) und dem heiteren Zyklus um den zögerlichen Zauberer *Kedrigern* und seine Freunde (fünf Romane 1986–90).

Diana L. Paxson wurde 1943 geboren und ist US-Amerikanerin und schreibt seit den frühen Achtzigerjahren Fantasy. Etliche von ihren Romanen spielen in Kalifornien, sei es in der Gegenwart wie *Der Wolf und der Rabe* (The Wolf and the Raven, 1993), sei es in der Zukunft, wo nach einer Katastrophe Technik durch Magie ersetzt worden ist, wie in der *Westria*-Dilogie (1982-83). In anderen Romanen hat sie Motive der keltischen oder germanischen Überlieferung aufgegriffen, so in der gemeinsam mit Adrienne Martine-Barnes verfassten Trilogie *Die Chroniken von Fionne Mac Cumhal* (1993–95).

Andrzej Sapkowski (geb. 1948) ist für die Fantasy in Polen das, was für die Science-Fiction St. Lem ist. Sein Erfolg gründet sich vor allem auf die sieben Bände seines Zyklus um den Hexer Geralt, von dem die beiden ersten Bände, die Episodenromane *Der letzte Wunsch* (1993) und *Das Schwert der Vorsehung* (1992), auch ins Deutsche übersetzt und in Polen verfilmt worden sind; die übrigen fünf Bände der *Saga vom Hexer* mit einer durchgehenden Romanhandlung erschienen 1994 bis 1999. Er hat auch andere Erzählungen geschrieben, darunter SF und Unheimliche Phantastik und die Novelle *Maladie* (1995), die Motive aus der Sage von Tristan und Isolde aufgreift.

Gundula Sell (geb. 1963) lebt in Meißen. Sie war Theatermalerin, Vertragssachbearbeiterin, Studentin am Literaturinstitut in Leipzig, Verlagslektorin, Zeitungsredakteurin und Fraktionsangestellte im Sächsischen Landtag, seit 1992 arbeitet sie in der Sächsischen Staatskanzlei. Sie hat Gedichte, Zeitungsartikel, Rezensionen und den historischen Erzählungsband *Die rote Blume* (2001) geschrieben; in Anthologien des Heyne Verlages sind bisher drei phantastische Erzählungen von ihr erschienen.

Erik Simon, Jahrgang 1950, lebt in Dresden. Er ist Physiker, hat aber den größten Teil seiner beruflichen Karriere als Autor, Verlagslektor, Herausgeber, Kritiker und Übersetzer der Science-Fiction, Phantastik und Fantasy gewidmet und seit 1992 fünfmal den Kurd-Laßwitz-Preis gewonnen. Er hat reichlich zwei Dutzend Anthologien herausgegeben, im Heyne Verlag unter anderem *Alexanders langes Leben, Stalins früher Tod* (1999) und zusammen mit Friedel Wahren *Tolkiens Erbe* (2001). Der Berliner Shayol Verlag hat eine Werkausgabe seiner Erzählungen und Versballaden begonnen, von der bisher zwei Bände vorliegen: *Sternbilder* (2002) und *Mondmysterien* (2003).

Angela und **Karlheinz Steinmüller** waren die führenden SF-Schriftsteller in der DDR der Achtzigerjahre. Angela wurde 1941 geboren und ist Mathematikerin, ihr Mann Karlheinz, Jahrgang 1950, ist Physiker und Doktor der Philosophie. Gelegentlich einzeln, meist aber gemeinsam haben sie drei Erzählungsbände und drei Romane geschrieben; der jüngste, *Der Traummeister* (1990, bei Heyne 1992), ist Science-Fiction mit Fantasy-Elementen, und »Die Drachenprobe« spielt auf demselben Planeten, wo eine irdische Kolonie ins Mittelalter zurückgesunken ist und man eine gestaltwandlerische einheimische Lebensform »Drachen« nennt. Die Steinmüllers haben zweimal den Kurd-Laßwitz-Preis gewonnen. Seit den Neunzigerjahren haben sie sich hauptsächlich mit Futurologie befasst und auch Bücher darüber geschrieben, zuletzt *Ungezähmte Zukunft* (2003).

Michael Swanwick, ein 1950 geborener US-Amerikaner, debütierte 1980. Er hat größtenteils Science-Fiction geschrieben und für seinen Roman *In Zeiten der Flut* (1991) einen Nebula Award erhalten. Zur Fantasy hat er einige Erzählungen beigetragen, die – wie auch seine SF – durch ihre dichte Atmosphäre und komplexe Struktur beeindrucken, vor allem aber den Roman *Die Tochter des stählernen Drachen* (1994), dessen Heldin mehrere phantastische Welten durchläuft, um schließlich in der Wirklichkeit anzulangen, und der nicht nur ein bedeutender Fantasy-Roman ist, sondern zugleich ein Roman *über* die Fantasy

Maxim Terin wurde 1967 in Saratow an der Wolga geboren, wo er noch heute lebt. Er ist Strahlenphysiker und hat bei verschiedenen Unternehmen, beim Finanzamt sowie bei einer Bank gearbeitet, seit 2002 ist er wieder im Staatsdienst. Er schreibt seit 1996, insbesondere phantastische, humoristische und satirische Erzählungen, von denen die meisten zunächst im Internet publiziert und etliche in russischen Anthologien nachgedruckt wurden.

S. W. Wittmann (geb. 1951) ist Chemiker und hat bisher als Wissenschaftler, Ingenieur, Transportarbeiter und Lehrer gearbeitet. Er lebt in Sankt Petersburg und verdankt seinen Familiennamen einem aus Österreich eingewanderten Vorfahren. Er hat phantastische Kurzgeschichten und eine historische Erzählung veröffentlicht; weitere Arbeiten von ihm sind unter einem Pseudonym erschienen.

Paul Edwin Zimmer (1943–1997) war US-Amerikaner und schrieb seine ersten, zur Science-Fiction gehörenden Romane gemeinsam mit seiner Schwester Marion Zimmer Bradley. Als alleiniger Autor hat er unter anderem in den Achtzigerjahren den mehrbändigen Fantasy-Zyklus *Dunkle Grenze* (Dark Border) verfasst.

Übersetzer, Quellen- und Rechtsvermerke

DIE ERZÄHLUNG DES WECHSELBALGS
von Michael Swanwick
Originaltitel: ›The Changeling's Tale‹
Erstveröffentlichung in *Asimov's Science Fiction,* January 1994.
Copyright © 1994 by Michael Swanwick.
Aus dem Amerikanischen übersetzt von Erik Simon.
Copyright © 2003 der deutschen Übersetzung
by Wilhelm Heyne Verlag, München.

DIE FRAU AUS DEM ELFENHÜGEL
von Paul Edwin Zimmer
Originaltitel: ›Woman of the Elfmounds‹
Erstveröffentlichung in der Anthologie Martin H. Greenberg, ed.: *Elf Magic,* DAW 1979. Copyright © 1979
by Paul Edwin Zimmer.
Übersetzung aus dem Amerikanischen von Martina Knaup aus der Anthologie *Der flüsternde Spiegel,* hrsg. von Werner Fuchs.
© Droemersche Verlagsanstalt Th. Knaur Nachf. München 1985.

GALADRIEL ISLAND
von Monika Felten
Originalveröffentlichung.
Copyright © 2003 by Monika Felten.

SENATOR BILBO
von Andy Duncan
Originaltitel: ›Senator Bilbo‹
Erstveröffentlichung in der Anthologie Patrick Nielsen Hayden, ed.: *Starlight 3*, TOR Books 2001. © 2001 by Andy Duncan.
Aus dem Amerikanischen übersetzt von Erik Simon.
Copyright © 2003 der deutschen Übersetzung
by Wilhelm Heyne Verlag, München.

DER GOTTESMANN UND DER KOBOLD
von Esther M. Friesner
Originaltitel: ›The Godsman and the Goblin‹
Erstveröffentlichung im *Magazine of Fantasy and Science Fiction*, December 2000. Copyright © 2000 by Mercury Press, Inc.
Aus dem Amerikanischen übersetzt von Erik Simon.
Copyright © 2003 der deutschen Übersetzung
by Wilhelm Heyne Verlag, München.

EINE FRAGE DES GLAUBENS
von Bernhard Hennen
Originalveröffentlichung.
Copyright © 2003 by Bernhard Hennen.

PLATIKS BRETTER
von Gundula Sell
Originalveröffentlichung.
Copyright © 2003 by Gundula Sell.

TAGEBUCH DES ORKS GYRSCH
von Maxim Terin
Originaltitel: ›Дневник орка Гырша‹
Aus der Anthologie ›Совершенно неСИрьезно‹, St. Petersburg: Helicon Plus 2003. Copyright © 2003 by Maxim Terin.
Aus dem Russischen übersetzt von Erik Simon.
Copyright © 2003 der deutschen Übersetzung
by Wilhelm Heyne Verlag, München
Mit freundlicher Genehmigung des Autors.

NOCH EHE DIE ROSEN DORNEN HATTEN
von Tom Godwin
Originaltitel: ›Before Willows Ever Walked‹
Erstveröffentlichung im *Magazine of Fantasy and Science Fiction*, March 1980. Copyright © 1980 by Mercury Press, Inc.
Aus dem Amerikanischen übersetzt von Biggy Winter.
Copyright © 1981 der deutschen Übersetzung by Wilhelm Heyne Verlag, München.

DIE ERZÄHLUNG DER FRAU
von Ursula K. Le Guin
Originaltitel: ›The Wife's Story‹
Aus dem Band von U. K. Le Guin: *The Compass Rose*. Copyright © 1982 by Ursula K. Le Guin.
Aus dem Amerikanischen übersetzt von Hilde Linnert.
Copyright © 1985 der deutschen Übersetzung by Wilhelm Heyne Verlag, München.

EIN MEISTERLICHES MAHL
von Markolf Hoffmann
Originalveröffentlichung.
Copyright © 2003 by Markolf Hoffmann.

DIE TROLLBRÜCKE
von Neil Gaiman
Originaltitel: ›Troll Bridge‹
Erstveröffentlichung in der Anthologie Ellen Datlow & Terri Windling, ed.: *Snow White, Blood Red*, AvoNova 1993.
Aus dem Band von N. Gaiman: *Smoke and Mirrors*, Avon Books 1998. Copyright © 1998 by Neil Gaiman.
Aus dem Englischen übersetzt von Ingrid Krane-Müschen.
Copyright © 2001 der deutschen Übersetzung by Wilhelm Heyne Verlag, München.

SCHATTENWALD
von Diana L. Paxson
Originaltitel: ›Shadow Wood‹
Erstveröffentlichung in der Anthologie Marion Zimmer Bradley, ed.: *Sword and Sorceress #2*, DAW Books, New York 1985.

Übersetzung aus dem Amerikanischen von Hans J. Schütz aus der Anthologie *Wolfsschwester*, hrsg. von Marion Zimmer Bradley.

DER VERFOLGER
von Marion Zimmer Bradley
Originaltitel: ›The Walker Behind‹
Erstveröffentlichung im *Magazine of Fantasy and Science Fiction*, July 1987.
Aus dem Amerikanischen übersetzt von Michael Windgassen.

STEINHAUT
von John Moressy
Originaltitel: ›Stoneskin‹
Erstveröffentlichung im *Magazine of Fantasy and Science Fiction*, June 1984.
Aus dem Amerikanischen übersetzt von Michael Windgassen.

DER ZAUBERER MARNÔT
von Erik Simon
Erstveröffentlichung in *Alien Contact 24*.

DIE DRACHEN DER MITTERNACHTSBERGE
von S. W. Wittmann
Originaltitel: ›Драконы полуночных гор‹
Aus dem Band von С. Логинов: «Черный смерч», Moskau: EKSMO-Press 1999. Copyright © 1998, 1999 by Swjatoslaw Wittmann.
Aus dem Russischen übersetzt von Erik Simon.
Copyright © 2003 der deutschen Übersetzung by Wilhelm Heyne Verlag, München.
Mit freundlicher Genehmigung des Autors.

DREI ELLEN DRACHENHAUT
von Lyon Sprague de Camp
Originaltitel: ›Two Yards of Dragon‹
Erstveröffentlichung in der Anthologie Lin Carter, ed.: *Flashing Swords! #3*. Dell 1976.
Copyright © 1976 by Lin Carter.
Übersetzung aus dem Amerikanischen von Rosemarie Hundertmarck aus dem Band L. S. de Camp: *Die besten Stories von L. Sprague de Camp*. Copyright © 1981 der deutschen Übersetzung by Arthur Moewig Verlag, München.

DIE DRACHENPROBE
von Angela und Karlheinz Steinmüller
Originalveröffentlichung.
Copyright © 2003 by Angela und Karlheinz Steinmüller.

DER EISDRACHE
von George R. R. Martin
Originaltitel: ›The Ice Dragon‹
Erstveröffentlichung in der Anthologie Orson Scott Card, ed.: *Dragons of Light*, Ace 1980.
Copyright © 1980 by George R. R. Martin.
Übersetzung aus dem Amerikanischen von Rainer Gladys aus der Anthologie *Drachen füttern verboten*, hrsg. von Margarete Weis.
Copyright © 1995 Bastei Verlag Gustav H. Lübbe, Bergisch Gladbach.